马洛里塔学园

［英］伊妮德·布莱顿（Enid Blyton） 著

杨筱艳 译

上海译文出版社

图书在版编目（CIP）数据

七年级的日子/（英）伊妮德·布莱顿
（Enid Blyton）著；杨筱艳译. —上海：上海译文出
版社，2024.6
（马洛里塔学园）
ISBN 978 - 7 - 5327 - 9514 - 7

Ⅰ.①七… Ⅱ.①伊…②杨… Ⅲ.①儿童小说-长
篇小说-英国-现代 Ⅳ.①I561.84

中国国家版本馆 CIP 数据核字（2024）第 100522 号

马洛里塔学园（全 6 册） MALORY TOWERS

［英］伊妮德·布莱顿 著 杨筱艳 译

责任编辑 闫雪洁 庄雨蒙
封面插图 龙 欢 装帧设计 张擎天

上海译文出版社有限公司出版、发行
网址：www. yiwen. com. cn
201101 上海市闵行区号景路 159 弄 B 座
上海景条印刷有限公司印刷

开本 890×1240 1/32 印张 36.375 字数 493,000
2024 年 6 月第 1 版 2024 年 6 月第 1 次印刷
印数：0,001 — 5,000 册

ISBN 978 - 7 - 5327 - 9514 - 7/I·5953
定价：180.00 元（全六册）

闪耀着青春的华彩与理想之光的学园

杨筱艳

从《简爱》到《大卫·科波菲尔》，到风靡全球的《哈利·波特》……我们对寄宿学校的认识往往来自文学作品，甚至有些作家本人也曾是寄宿学校的学生。

说起寄宿学校的起源，就不能不提英国。在世界教育史上，"英国寄宿学校"几乎成了一个专有名词。在英国，送自家孩子到其他家庭或学校让他们一起学习的传统可以追溯到一千多年前。

上述提及的这些书籍我都拜读过，而最让我难忘和喜爱、对寄宿学校的描写也最具正向意义的，则来自这样一套让我一见钟情的优秀的儿童文学作品——《马洛里塔学园》。它是英国"国宝级"童书大王伊妮德·布莱顿的代表作之一。若干年前，我第一次读到这套书的原版时就爱上了它，手不释卷，反复阅读。2022年，我收到上海译文出版社的邀约，把这套书翻译成中文，这于我真是幸事一件。我终于可以借助我的专业，把这样一部优秀的作品介绍给中国的读者朋友们了，我相信，读过这套书的大读者、小读者，一定会和我一样热爱这部作品。

阅读这样一部作品，我们可以从中获得哪些收益呢？

首先，我们可以了解有关英国寄宿学校的学制以及学科设定等方面的知识。

这套书一共六本，书中提到的七至十一年级，可大致对应国内的初中和高一、高二。书中的孩子在十年级时，要面临一场学校的会考，这是与国内的学制不大相同的地方。这场会考要求很严，能通过的学生进入十一年级的学习，不能通过的学生则继续留在十年级。孩子们在预科结束后，面临着"分流"：一部分选择进入大学深造，一部分则选择进入类似专科的学校，为将来的就业做职业准备，也有一部分选择直接就业。

寄宿学校设立的课程丰富多彩，有文学、戏剧、数学、历史、法语、体育、音乐……细读的过程中，我们会发现这些课程的设置理念不仅在当时很先进，放在当代也毫不落伍。当然，随着时代的发展，英国寄宿学校的学制以及学科设定在不断变化，不同的寄宿学校之间也有着不少差别。

书中的马洛里塔学园，是一所有名的寄宿学校。"马洛里塔"中的"塔"代表它独特的建筑。书中是这样描写的：

"在小山的山顶上，矗立着一座巨大的方形建筑，用色泽柔和的灰色石头建成。那座山的一侧是真正的悬崖，山崖陡峭，直逼下海。在这座优雅建筑的每一端，都竖立着一座圆形的塔……窗户闪闪发亮，绿色的藤蔓覆盖了一部分的墙面，有几处地方，绿藤几乎要爬上屋顶了。它看起来像一个古老的城堡……远处是深蓝色的康沃尔海。"

这四角的塔，以东南西北命名。马洛里塔学园有整洁的宿舍，舒适的休息室，正规的教室，美丽的玫瑰园及用于表演和活动的庭院。更让人羡慕和喜爱的是，学校还有一个天然的游泳池！书中是这样描写的：

"它原先是一块凹陷下去的岩石，所以它的底部布满岩石，坑坑洼洼的。边上长满了海藻，有时泳池的石床有点儿黏糊糊的。可是，每一天，海水涌入这个天然的池塘，把它注得满满的。池面荡漾着可爱的波纹，在里面畅游真是一种享受。"

这样的校园，谁能不爱呢！身为读者，也恨不能置身其中读书、锻炼、玩乐……

故事就发生在这样美丽的、独具古堡风格的校园之中，而那些性格各异的女孩，也正是在这样的环境中，由一个十二三岁的孩童，成长为十八岁的青年，从马洛里塔这所让她们终身难忘的学园走向更为广阔的世界！

其次，我们可以在阅读中了解马洛里塔学园的教学理念。这一理念，在校长格雷灵女士的讲话里得以充分展现：

"有一天，你们会成长为年轻的女士，带着你们的求知欲，带着一颗善良的心和助人的愿望，走入这个世界。你们也要带着对无数事物的充分理解，勇于承担责任的意愿，向世界展示你们是值得被爱与被信任的。所有这一切，如果你们愿意的话，你们都将在马洛里塔学到。我不想历数那些通过考试取得学历的成功者，虽然这是极荣耀的事，我反而要历数那些通过学习而拥有了善良的心灵，美好、明智、值得信任、优秀而健康的女性，那些值得这个世界依靠的女性。若有人经年在此学习，却不能拥有这些品质，则是我们的失败。"

这样的教育观和女性观，由校长格雷灵女士用低沉温和的声音娓娓道来，振聋发聩！即便在今时今日，它依然有着相当的先进性，显现出真正教育者的灵性。

　　这样的理念，被校长和老师们落实在一天天的教学中，落实在一天天与孩子们的相处中。她们不迁就、不放纵，严厉却又非常富有人情味，还有着英国人独特的幽默感。孩子们与教法语的杜邦老师之间的"智斗"，让人印象深刻。这位可爱的法国小姐，用不熟练的英语，在古灵精怪的艾莉西娅的推波助澜之下，给全班同学增添了不少乐趣！每当假期来临，女孩们离校时，总会打趣地称平时严肃又温情的波茨小姐为"波斯猫"。虽然舍监老师严厉、不讲情面，还不苟言笑，可她对女孩们无比关怀，尤其擅长对付那些"装病躲懒"的孩子，可是当有人真的生病或受伤时，她又会给予她们母亲般的照顾。

　　一部优秀的文学作品中的人物应该有着鲜明的个性，而无需完美。正是这种不完美成就了角色作为"文学人物"的完美，也让情节随人物走，人物在情节中成长。比如，小主人公达瑞尔，她聪慧、勤奋、热情、正直，有极强的组织能力，可是性格急躁；艾琳有着灵活的头脑，非凡的音乐天赋，却非常健忘，每学期她的健康证明能否正常送达学校都让舍监老师伤透脑筋；艾莉西娅有着惊人的记忆力，但有时对待同学却语带尖酸；温柔的小玛丽露是全校最善良的孩子，却胆小怯懦；梅维斯天生有一副金嗓子，却有点儿虚荣；莫伊拉对伙伴严苛、强硬，甚至蛮横，在关键问题上，她却公平公正……这些女孩是古老庄严的马洛里塔学园里最明亮的光，最鲜活的泉，最美好的花，最难忘的风景。有了她们，马洛里塔才是有生命力的，而她们也因在马洛里塔的学习而成长，学识一天比一天丰富，人格一天比一天健全，能力一天比一天强大，从稚嫩的小树成长为枝繁叶茂又可抵御风霜的参天大树。学校学习的意义，不仅仅在于考高分、通过会考和继续深造，而在于提升能力，学会独立自主，找到今后的人生目标。从这个意义上说，马洛里塔学园真是一所成功的寄宿学校。难怪人人向往之，身为读者，也恨不得加入其中！

说到人物，还有一个不能不提及的重要角色——格温。可以说，她是唯一一个在马洛里塔待了六年，在学业和品行上却没有太多进步和改变的人。作为读者，真的不免为她着急。作者也借用这个人物，写出了学校教育的局限与艰难。可是，学校不能教给她的，生活这个更严格的老师能教会她；老师不能改变她的，现实能让她清醒过来。最终，她也找到了自己的道路，在现实生活中慢慢地历练自己。

书中还侧面描写了各式各样的家庭教育。最鲜明的一例就是约瑟芬。她的父亲疼爱她到了溺爱的程度，无视她的缺点错误，日常以钱物来表达对孩子的关怀，最终导致她成为马洛里塔学园的"失败者"而黯然离开。这样的情节也促使读者思考：学校教育必须与家庭教育相结合；不当的爱，往往会成为孩子成长过程中难以攻克的阻碍。

最后，说明一下这套书极为有趣的结构。它有点儿像英剧和美剧，有固定的角色，但每一季都会出来一至两个新角色，使故事更加富有变化，层层推进，也更为生动有趣。

于我而言，马洛里塔不是虚构的，它真实存在着，达瑞尔和她的伙伴们、老师们也都是真实存在的，这种存在打破了时空的限制，每当我们打开一册，故事便又重头开始，永远鲜活，永远明媚，永远闪耀着青春的华彩与理想之光。

且让我们，走进马洛里塔学园。

故事，开始了。

2023. 11. 26

七年级的日子

CONTENTS

目录

第一章

整 装 待 发

达瑞尔·里弗斯对镜自照。差不多该出发去赶火车了，趁着还有点儿时间，可以再欣赏一下自己穿上新校服的模样。

"挺不错的。"达瑞尔说，转了个圈，"棕色大衣，棕色帽子，橙色丝带，里面是棕色短上衣配橙色腰带，我喜欢。"

达瑞尔的妈妈把头伸进她的房间，微笑着说："照镜子哪？我也挺喜欢这一身的。我得说，马洛里塔学园的校服真不错。来吧，达瑞尔。第一学期可不能误了火车。"

达瑞尔兴奋起来，她就要去寄宿学校了，这可是人生头一次。马洛里塔学园不收十二岁以下的孩子入学，因此，达瑞尔可能是学生中年纪最小的一群当中的一个，日子长着呢，对于即将到来的快活、友谊，学习和玩乐，她可是期待得不得了。

"学校是什么样儿？"她一直很好奇，"我读过好多有关学校的故事，可我希望马洛里塔学园有点儿新花样，每所学校都是不一样的，我真想在那里交上几个好朋友。"

离开现在的朋友，达瑞尔是有些伤感的。那些朋友都不上马洛里塔学园。从前她跟她们一起上日制学校，她们当中的大多数还接着在那所学校读书，也有的去了不同的寄宿学校。

她的行李箱打包好了，塞得满满当当的。在箱子的侧面，用大大的黑体字写着达瑞尔·里弗斯。标签上写着 MT 两个字母，代表马洛里塔学园。她得随手拎着她的网球拍子，还得拿着一个小包，里面是妈妈替她装好的头一天晚上要用的东西。

"头一天晚上，你的行李是没法打开的。"她说，"所以，人人都要随身带一个小的手提袋，装件睡袍，还有牙刷什么的。这五英镑钞票你拿着，这钱你得用来维持一学期的开销，因为你这个年纪的小姑娘不许有更多的零花钱。"

"够用啦。"达瑞尔说着把钱放进钱包里，"我在学校也没什么需要买的。出租车在等着呢，妈妈，我们走吧！"

她已经跟爸爸告过别了。他一大早就得开车去上班，他紧紧拥抱着她说："再见，祝你好运，达瑞尔。在马洛里塔学园你会学到很多东西的，那可是所好学校，你得保证好好地回报学校！"

现在，他们终于出发了。行李也放进了出租车，就放在司机的身边。达瑞尔伸出头去，最后看了一眼自己的家。"我会回来的，很快！"她冲着大黑猫叫道，它正趴在墙头给自个儿洗澡呢，"开始几天我肯定会想念你们大家的，可我很快会安顿下来的，对吧，妈妈?"

"那当然，"妈妈说，"你会过得很愉快的，说不定连暑假也不想回家来呢!"

她们得先赶到伦敦坐开往康沃尔郡的火车，马洛里塔学园就在那里。"有一趟开往马洛里塔的专列。"里弗斯夫人说，"看，指示牌在那，马洛里塔学园，七号站台，来吧。时间很富裕，我再陪你一会儿，看你安全上了车，找到你的宿舍主管老师和其他的同学后再走。"

她们走到站台。一列长长的火车停在那里，上面标着"马洛里塔"字样，所有的车厢都被马洛里塔学园的学生预订了。火车的窗户玻璃上贴有不同的标识，第一节车厢的窗户玻璃上贴的是"北塔"，第二节车厢的窗户玻璃上贴的是"南塔"，接下来的车厢分别贴着"西塔"和"东塔"。

"你在北塔。"妈妈说道，"马洛里塔学园给姑娘们设有四处住宿区，每一处的上方都有一座塔。你呢，住在北塔。舍监老师说了，你的宿舍主管老师是波茨小姐，我们得找到她。"

达瑞尔看向人潮拥挤的站台，那里站着的姑娘都是马洛里塔学园的学生，因为她们都身穿棕色大衣，头戴棕色帽子，帽子上有橙色丝带。看上去她们彼此认识，聚在一起说说笑笑，嗓门儿很大。达瑞尔突然感到有些惶恐。

我可能永远也认不全这些女孩了。她想着，一边四下里看着。老天，她们当中有些人看上去身量多高、多成熟啊！简直像大人了，我一定会被她们吓坏的。

那些高大成熟的姑娘对达瑞尔来说简直像大人一样，这一点儿不奇怪。她们完全无视年纪小的姑娘。

年纪小的姑娘们给她们让路，她们以一种高傲的姿态登上各自的车厢。

"你好，洛蒂，你好，玛丽。这位是佩内洛普，你好，佩妮，过来。希尔达，假期你一封信也没写给我，你这个坏丫头。吉恩，到我们车厢来！"

欢乐的声音在站台上此起彼伏。达瑞尔寻找着妈妈，啊，她正在跟一位面容严肃的女士说话呢。那肯定就是波茨小姐无疑了。达瑞尔盯着她看。是的，她喜欢波茨小姐眨眼的样子——可她的嘴角含着一丝坚定，要是得罪了她，可不是好玩的。

波茨小姐走了过来，低头冲达瑞尔微笑。"哦，新来的姑娘。"她说道，"你跟我一个车厢，往后走——瞧，就在那边。新来的姑娘们总是跟我一个车厢的。"

"哦，除了我还有别的新生吗？我是说，跟我同一个年级的？"达瑞尔问。

"哦，是的，还有两个，她们还没到。里弗斯夫人，这位是跟达瑞尔同一个年级的同学，叫艾莉西娅·约翰斯，你们道别之后，她会替你照顾达瑞尔的。"

“你好。”艾莉西娅说，两只明亮的眼睛冲着达瑞尔眨了眨，“我跟你一个年级。你想坐靠窗的座位吗？要是想的话，你最好马上就跟我走。”

“那——我们说再见吧，亲爱的。”里弗斯夫人快活地说，她吻了吻达瑞尔，给了她一个拥抱，“一接到你的信我就会回复的。祝你过得愉快！”

“好的，我会的。”达瑞尔说，目送着她的妈妈走下站台。她没时间感到孤独，因为艾莉西娅完全掌控了她，推着她往波茨小姐所在的那节车厢走，把她推上台阶。

“把你的包放在角落里，我会把我的放在你的包的对面。”艾莉西娅说，“然后，我们可以站到门那儿，四下看看。我是说——看那边，好一幅‘依依不舍送爱女’的画面哪！”

达瑞尔看过去：那是一个跟她差不多大的女孩，穿着同样的校服，长长的头发披散在肩上。女孩正和她的妈妈抱头痛哭。

“这个时候，妈妈应该做的就是咧嘴笑笑，给她塞上一把巧克力然后转身就走！”艾莉西娅说，“要是你有这么个孩子，做别的都没用。可怜的妈妈的小宝贝！”

那位妈妈几乎跟那个女孩一样惨兮兮，眼泪也顺着脸颊流下来。波茨小姐迈着坚定的步子朝她们走过去。

“瞧‘波斯猫’的吧。”艾莉西娅说。达瑞尔感觉相当震惊。波斯猫！居然给主管老师起个外号叫“波斯猫”！无论如何，波茨小姐看起来可一点儿也不寒碜，她看起来相当体面。

"把格温交给我吧。"她对那女孩的妈妈说，"她该去她的车厢了。她很快会安顿下来的，莱西夫人。"

格温看起来要迈步了，可她的妈妈依然紧紧地抱着她。艾莉西娅打鼻子里哼唧了一声。"知道是什么让格温成了个傻瓜了吧？"她说，"就是她妈妈！呃，我很高兴我妈妈很理智。你妈妈看起来也挺好——开开心心，兴高采烈的。"

听见自己的妈妈受表扬，达瑞尔挺高兴的。她看着波茨小姐坚决地将格温从妈妈的怀抱中拉出来，领着她朝她们走来。

"艾莉西娅，又一个转学新生。"她说。艾莉西娅将格温拉上了车厢。

格温的妈妈也跟到了车厢边，朝里面看。

"找个角落的座位，宝贝。"她说，"别背对着火车头坐。那会让你难受，你知道的。还有……"

又有一个女孩上了车，矮矮的个儿，挺结实，面目平常，头发齐整地编成辫子拖在背后。"这是波茨小姐负责的车厢吗？"她问道。

"是的。"艾莉西娅说，"你就是第三个转学新生吧？北塔的？"

"是，我是莎莉·霍普。"那个女孩说。

"你妈妈在哪儿？"艾莉西娅问，"她应该先领你去见波茨小姐，在她那儿先登记。"

"哦，我没麻烦我妈妈送我，"莎莉说，"我自己一个人来的。"

"天哪!"艾莉西娅说,"呃,老妈跟老妈可太不一样了。有的跟着来了,笑着说再见,有的跟着来了,痛哭流涕——有的呢,连来都不来。"

"艾莉西娅,别多话。"波茨小姐的声音传过来。她了解艾莉西娅,这女孩管不了自己的嘴。莱西夫人突然之间恼怒起来,不再给格温碎碎念了,她怒气冲冲地盯着艾莉西娅。幸好,就在这个时候,列车员吹响了哨子,大家一阵乱抢,坐到座位上。

波茨小姐带着两三个新生,跳上车厢,车厢门砰地关上了。格温的妈妈朝车厢里望,哎呀,格温正趴在地上,找着什么东西。

"格温在哪儿?"莱西夫人的声音传来,"我得跟她道别。"

可是,此刻火车已开动,格温坐下来,放声痛哭。

"我还没说再见呢。"她抽泣着。

"唉,你要说多少遍再见哪?"艾莉西娅问道,"你已经说了差不多有二十遍了。"

波茨小姐看了看格温,她对格温的情况已经心中有数了——一个被宠坏的独生女,自私自利,一开始会挺难对付。

她看了看安静乖巧的莎莉·霍普。有趣的小姑娘,小辫子紧紧绑着,还有张古板的小脸。妈妈没来送她,她在乎吗?波茨小姐也拿不准。

接下来,她看了看达瑞尔。达瑞尔是个容易了解的孩子,什么事都放在脸上，有什么说什么，可也不像艾莉西娅那么口无遮拦的。

一个善良、直率、值得信任的姑娘，波茨小姐这样想。我想，她会不会有点儿小淘气？她看起来脑子很灵光，我得看看，她是怎么运用她的聪明才智的。我是可以跟北塔的这个达瑞尔相处愉快的。

姑娘们开始交谈起来。"马洛里塔是什么样的？"达瑞尔问道，"我看过它的照片，它看起来真是大极了。"

"是啊。它可以看到最美的海景呢。"艾莉西娅说，"你知道，它建在悬崖上。你在北塔，太幸运了——那儿可以看到最美的景色。"

"每座塔都有自己的教室吗？"达瑞尔问。艾莉西娅摇了摇头。

"哦，不，四座塔的姑娘都在同一些教室里上课。每座塔大约有六十个姑娘。帕梅拉是我们的头儿。她在那边！"

帕梅拉是一个安静的高个子姑娘，她正带着一个跟她差不多年纪的女孩，走进车厢。看起来，她跟波茨小姐十分友好，似乎很急切地想跟她讨论新学期的计划。

艾莉西娅，还有另一个叫苔丝的姑娘，莎莉和达瑞尔也聊起来。格温呢，她坐在角落里，满面忧伤。完全没有人注意她，她不习惯这样！

她小小地呜咽了一声，用眼角的余光看着其他人。艾莉西娅敏锐地察觉到了她的眼光，咧开嘴笑起来。"装的吧!"她跟达瑞尔咬耳朵，"一个人要是真的伤心，是会转过脸去，不让人看见的。可千万别理我们的这位宝贝格温。"

可怜的格温，艾莉西娅这个人缺乏同情心，对她倒是件好事，要是格温早知道这点就好了。她总是表现得太夸张，她在马洛里塔的日子不会那么好过的。

"打起精神来，格温。"波茨小姐用一种欢快的调子说，然后，马上就转过去，又跟那些大一点的姑娘聊起来。

"我有点儿想吐。"最后，格温宣布，想要争取大家的注意，以赢得一些同情。

"可你看起来不像要吐的样子。"艾莉西娅直截了当地说，"是不是，波茨小姐? 我每回想吐的时候，都面带菜色。"

格温满心希望自己是真病了! 这样就会让这个说话尖刻的女孩难堪了。她向后靠着椅子背，虚弱地喃喃自语："我真的要吐了，哦，天哪，怎么办呢?"

"来，稍等一下——我有纸袋。"艾莉西娅说着，从她的包里掏出个大袋子来，"我有个哥哥，一坐车就恶心想吐，所以，我妈妈无论到哪儿都带着纸袋子，给我哥哥萨姆用。看着他把鼻子埋进袋子里吐啊吐，可怜的萨姆，活像一匹戴着马粮袋的马儿!"

艾莉西娅的话让所有人都忍不住笑了起来，当然了，格温没有笑，而是满面怒气，这个可怕的女孩，又开始取笑她了，她绝对不会喜欢她的。

这之后，格温安安静静地坐着，再也没有试着去吸引别人的注意了。她怕艾莉西娅还会说些什么话。

可达瑞尔却用充满喜爱的目光饶有兴趣地看着艾莉西娅。她多想跟她交上朋友啊！她们在一块儿，可有得开心啦！

第二章

风 尘 仆 仆

去往马洛里塔是一段长长的旅途，可火车上有餐车，女孩们轮流去那里吃午餐，这可真够幸运的。她们还在火车上喝了茶。一开始，所有的女孩都叽叽喳喳的，不过，随着时间的推移，她们都沉默下来，有些人睡着了。这旅途可真长啊！

到达马洛里塔站了，真是太令人兴奋了。学校离车站还有一两英里远，车站外，排列着大大的马车，会把女孩们送往学校。

"来吧。"艾莉西娅说，她紧紧挽住达瑞尔的胳膊，"要是我们动作快，就可以坐在马车的前排，紧挨着车夫。快点！拿好你的包了吗？"

"我也去。"格温说。可在她拿好所有的行李之前，那两个人都走得不见踪影了。她们爬上马车的前座。其他的女孩三三两两地出来了，车站上唯一的一位搬运工正在帮着车夫把无数的箱子搬上马车。

"从这儿能看到马洛里塔吗?"达瑞尔问，四下里看着。

"不能。能看到的时候我会告诉你的。有个拐角，那里可以瞥见一眼。"艾莉西娅说。

"是啊，惊鸿一瞥的景色最可爱了。"帕梅拉说。她是北塔的宿舍长，一个安静的姑娘，她是紧接着艾莉西娅和达瑞尔后面上车的。她说这话时眼睛闪闪发光："我觉得在那个拐角处看到的马洛里塔最美了，特别是在夕阳西下时分。"

达瑞尔能感受到，帕梅拉在说起她心爱的学校时，声音里充满了温暖。她看着帕梅拉，喜欢上了她。

帕梅拉接收到她的目光，笑起来："你真的很幸运，达瑞尔，你刚刚转学到马洛里塔学习，你还可以在那里待上好多学期。我呢，学习快要结束了，再过一个或两个学期，我就不能再去马洛里塔了——除非作为校友。你尽可能好好地把握时光吧。"

"我会的。"达瑞尔说，眼睛紧盯着前方，等待着与学校的初会，她将在那里待上至少六年。

她们拐入一个弯道。艾莉西娅用胳膊肘轻轻推了推她。"到了! 你瞧! 就在那边，在那座小山上! 后面是海，就是悬崖下面。当然啦，这里是看不见海的。"

达瑞尔放眼望去，她看见，在小山的山顶上，矗立着一座巨大的方形建筑，用色泽柔和的灰色石头建成。那座山的一侧是真正的悬崖，山崖陡峭，直逼下海。在这座优雅建筑的每一端，都竖立着一座圆形的塔。达瑞尔可以瞥见另外的两座，加上正面看见的，一共四座。北塔，南塔，东塔和西塔。窗户闪闪发亮，绿色的藤蔓覆盖了一部分的墙面，有几处地方，绿藤几乎要爬上屋顶了。它看起来像一个古老的城堡。

我的学校！达瑞尔想，一线温暖涌上她的心头。真好。我多么幸运啊，能有马洛里塔这样的地方做我的母校，可以在那里待那么多年。我一定会爱它的。

"你喜欢它吗?"艾莉西娅热切地问。

"喜欢，非常喜欢。"达瑞尔说，"可我肯定会在里面迷路的，肯定的，它太大了。"

"哦，我会给你指路的。"艾莉西娅说，"你很快会熟悉路的，快到让你惊讶。"

马车又拐了个弯，马洛里塔从视线里消失了。四周风景再次映入眼帘，不远处，是下一个弯道。过了没多久，所有的马车都铆足了劲爬上台阶，那道台阶直通一扇宏伟的大门。

"真像一个城堡的入口。"达瑞尔说。

"是啊，"格温在她们身后说道，声音里充满了意外，"走上这些台阶，我感觉自己像童话里的公主。"她将蓬松的金发捋到背后。

"可不是嘛!"艾莉西娅嘲讽地说，"不过，当波茨小姐对你采取行动的时候，你脑子里的这些念头就会烟消云散了。"

达瑞尔一下车，就被挤进了一群冲上台阶的女孩当中，晕头转向了。她四下里找艾莉西娅，不过，她好像不见了踪影。于是，达瑞尔走上台阶，紧紧抓着手中的小包和网球拍。在一大群吵吵嚷嚷的女孩中间，她觉出一丝失落和孤单。身边不见了友好的艾莉西娅，她有点儿恐慌。

接下来的事她就记不太清楚了。达瑞尔不知道到哪里去，也不知道该干什么。她想找艾莉西娅或是宿舍长帕梅拉，却没有找到。她是不是该直接去北塔？好像人人都明确地知道要做什么，要去哪里，除了可怜的达瑞尔！

接着，她看见了波茨小姐，松了一口气。她走到波茨小姐面前，波茨小姐低头看她，微笑着说："你好啊，迷路了是吗？艾莉西娅那个淘气丫头去哪儿了？她应该照顾你的。所有北塔的女孩子都要去北塔，整理晚上睡觉的用品。舍监老师在等着你们呢。"

达瑞尔不知道从哪条路走到北塔去，所以她站在波茨小姐身边等着。不一会儿，艾莉西娅又出现了，身边围着一群女孩子。

"你好！"她冲着达瑞尔说，"我把你给丢了。这些都是我们年级的女孩，不过现在我没法告诉你她们的名字，要不然一定会把你弄得晕乎乎的。她们一部分住北塔，其他的住别的塔。来吧，我们去北塔，去见见舍监老师。咱亲爱的格温在哪儿呢?"

"艾莉西娅,"波茨小姐严厉地说,可她的眼睛在眨巴着,"给格温一点儿时间吧!"

"莎莉·霍普呢?她在哪儿?"艾莉西娅说,"来吧莎莉。好吧,波茨小姐,我会带她们去北塔,像照顾小宝贝似的照顾好她们!"

莎莉、格温和达瑞尔跟在艾莉西娅身后。她们来到一个大厅,两边都有门,一道宽阔的楼梯弯弯曲曲通往楼上。

"大礼堂、体育馆、实验室、艺术教室、缝纫室都在这边,"艾莉西娅说,"来吧,穿过庭院就到我们的北塔了。"

达瑞尔好奇庭院是什么。她很快就清楚了。马洛里塔是绕着一个巨大的长方形空间建造的,这个空间就叫庭院。在她们刚才进来的那个门的对面,还有一扇门,艾莉西娅带着她和其他人穿过这道门走了出去,就来到了庭院里,四周被建筑物包围着。

"多可爱的地方!"达瑞尔说,"中间下沉的那一块是什么?"

她指了指低于庭院的一大块下沉圆形绿地,围绕着绿地两侧倾斜面的是一些石座,看起来有点儿像一个露天的圆形赛场,赛场下沉,石座略高,环绕着赛场。

"夏天就在这里演戏。"艾莉西娅说,"演员在场里面演,观众坐在四周的石座上。我们玩得很开心。"

围绕着下沉的场地,在平地上有一个美丽的花园,种植着玫瑰等各色花卉。花床之间还有绿地，还没有被园丁修剪过。

"庭院又暖和又避风。"达瑞尔说。

"夏天有点儿热了。"艾莉西娅说，领着她们穿过庭院，走到对面去，"但是，春季学期你该来这儿看看！一月返校的时候，我们家那里还有霜冻，可能还下着雪，可在这个避风的庭院，花床上的附子和迎春花全开了，美极了。看这里，郁金香就要开花了，现在才四月呢！"

在这个四周是建筑物的中空长方形的两头，都有一座塔。艾莉西娅走向北塔。它与其他三座塔一模一样。达瑞尔看着它。它有四层楼那么高。艾莉西娅在它的外面停住了脚步。

"一楼是我们的餐厅，还有我们的公共休息室，没课的时候我们就待在那儿。一楼还有厨房。三楼是寝室——我们睡觉的地方，就是宿舍，你知道。四楼还有更多的寝室。顶楼是职员的卧室，还有储藏室，用来放我们的行李。"

"我猜，每座塔的结构都是一样的。"达瑞尔说，抬起头来看着这座属于她的塔，"好想睡在顶楼啊，最顶端看到的景色该多美啊！"

北塔的大门打开着，女孩子们进进出出。

"动作快点儿。"她们对艾莉西娅说，"马上就要吃晚饭了——闻起来很香，看来是好吃的。"

"刚到达的这一天总是有好吃的。"艾莉西娅说，"过后就不那么好了！可可和饼干，就这类东西。来吧，我们去找舍监老师。"

每座塔都有专职的舍监老师，负责女孩们的健康和生活起居。北塔的舍监老师是一位胖胖的女士，总是忙忙碌碌的，穿着印花长外衣和笔挺的围裙，非常整洁，一尘不染。

艾莉西娅将新来的姑娘带到她面前。"又多了三个让你惩罚、责怪了，你也会追着她们跑的。"艾莉西娅说着，咧嘴一笑。

达瑞尔看着舍监老师，她正皱着眉头看着手里长长的名单。她的头发齐齐整整地塞进一顶漂亮的帽子里，被一个蝴蝶结绑在脑后。她看上去真是一尘不染，让达瑞尔觉得自己邋邋遢遢、乱七八糟的。她有点儿怕这位舍监老师，希望她不要强迫自己常常吃那种难吃的药。

这时，舍监老师抬起头来，微笑了一下，达瑞尔心里的害怕立刻飞走了。她一笑，她的眼睛，她的嘴巴，甚至她的鼻子，都跟着笑起来，达瑞尔没法害怕一个会这样笑的人。

"好吧，让我瞧瞧——你是达瑞尔·里弗斯，"舍监老师说着在名单上勾掉她的名字，"带了你的健康证明了吗？请交给我。你是莎莉·霍普吧？"

"不，我是格温德琳·玛丽·莱西。"格温说。

"别忘了玛丽这个中间名，"艾莉西娅傲慢地说，"亲爱的格温德琳·玛丽。"

"够了，艾莉西娅，"舍监老师说着，在名单上勾掉了她的名字，"你跟你妈妈当年一样淘气。不，我想，你比她更淘气。"

艾莉西娅咧开嘴笑起来，告诉其他人："我妈妈小时候也在马洛里塔学习。她也在北塔，舍监老师照管了她好几年。她让我向你致以真诚的问候。她说她恨不得把我的兄弟们都送来让你管教。她认定了只有你才能管得了他们。"

"要是他们跟你一样，那我倒是很庆幸他们不在这儿。"舍监老师说，"约翰斯家的孩子一次来一个就够我受的了。你妈妈已经让我添了几根白头发了，你呢，又让我多添了几根白发。"

她再次微笑起来。她有一张智慧、和善的脸，要是哪个姑娘病了，在舍监老师的照看下，总会觉得很安全。不过，要是谁在她面前作假、偷懒或是粗心，那可就要倒霉了！那个时候，她的微笑就会消失，她的脸会板起来，她的眼睛会闪着危险的光。

一声响亮的钟声响彻北塔。"晚饭时间。"舍监老师说，"回头再打开行李吧，艾莉西娅。你们的火车晚点了，你们一定都累了。今天晚上，所有七年级生晚饭后就要立刻就寝。"

"哦，舍监老师！"艾莉西娅开口抱怨，"吃完饭后再给十分钟吧……"

"我说了，立刻就寝，艾莉西娅。"舍监老师说，"快去吧，快点洗手下楼。快！"

不一会儿，艾莉西娅和其他人都坐了下来，享受一顿美味晚餐。她们都饿了。达瑞尔扫视着餐桌，她确信自己永远也不会认识自己年级的所有女孩！而且，她也确信，她永远也不敢跟她们一起大笑，一起闲聊。

可是，她会的——而且，很快就会的。

第三章

初 来 乍 到

　　听从了舍监老师的命令，吃完晚饭之后，所有的七年级生都上楼，去了她们的宿舍。达瑞尔很喜欢那间屋子。屋子是长形的，长长的落地窗，可以俯瞰大海，这叫达瑞尔高兴极了。她站在窗前，听着远远传来的沙滩上的海浪声，看着那缓缓波动的蓝色大海。这个地方多可爱啊！

　　"往后退，幻想家！"艾莉西娅的声音响了起来，"舍监老师眨眼就会到了。"

　　达瑞尔转过身，看了看屋子，屋里有十张床，床与床之间用白色帘子隔开，帘子可以随意地拉开或拉上。

　　每个姑娘都有一张白色的床和彩色的被子。达瑞尔的目光一路看过去，床上的被子颜色各不相同，看起来十分漂亮。每个小隔间里都有一个壁橱，可以挂东西，还有一个衣柜，顶端有一面镜子。屋子的两头，有洗手池和冷热水龙头。

女孩们都在忙着打开她们的小行李袋，达瑞尔也打开了自己的袋子，她抖开睡衣，拿出法兰绒毛巾，还有她的牙刷和面霜，在她的衣柜边的栏杆上，已经挂好了一条干净的毛巾。跟这么多人一起在这儿睡觉肯定挺有意思的，达瑞尔想。晚上，我们聊起天来，该多有趣啊，我们还能玩好多可以在宿舍里玩的游戏。

七年级生都在同一间宿舍里。艾莉西娅在，达瑞尔在，还有莎莉和格温，此外还有其他六个女孩。当三个新来的转学生在洗手池那里跑来跑去，洗脸刷牙的时候，老生们都盯着她们。

其中一个女孩看了看手表："都上床吧！"她命令道。她是个高个儿，皮肤黑黑的姑娘，举止娴静。人人都爬上了床，只有格温例外，她还在梳着她那头美丽的金发，边梳边数数。

"五十四，五十五，五十六……"

"嗨，你，新来的——你叫什么？快上床吧！"那个高个儿、黑皮肤的女孩再次命令道。

"我每晚必须要梳头一百下。"格温宣称，"这下子，我忘记数到几了！"

"闭嘴，上床吧，格温·玛丽。"艾莉西娅说，她跟格温是邻床，"凯瑟琳是我们宿舍的头儿，你得听她的命令。"

"可……可我答……答应了妈妈……"格温说着，眼泪流了下来，"我答应过妈妈，每晚，要……要梳头一百下的！"

“今儿晚上没数够的，明天晚上再补上好了。”宿舍头儿冷冷的声音传过来，"请上床吧。"

“哦，就让我梳完吧。”格温说着，又开始疯了似的梳起头发来，"五十七，五十八……"

“我能把她的梳子扔了吗，凯瑟琳？”艾莉西娅坐起来说道。格温尖叫一声，跳上床去。女孩们都笑起来。她们都明白，艾莉西娅不会真那么做的。

格温气呼呼地躺下了。她决定把自己弄得悲惨兮兮，哭上一场。她想起妈妈，想起远方的家，开始抽抽搭搭起来。

“擤擤鼻涕吧，格温。”艾莉西娅睡意蒙眬地说。

“别说话了。”凯瑟琳说。房间静下来。莎莉·霍普发出一声轻轻的叹息，达瑞尔疑心她还没睡着。她的床与莎莉的床之间的帘子是拉开的。不，莎莉还没睡着，她躺着，眼睛睁得大大的，眼中并没有泪水，可她的面容很哀伤。

也许，她想家了，达瑞尔想着，也开始想起家来。不过，她很理智，不会做傻事，而且，来到马洛里塔，她太兴奋了，没空想家。毕竟，她那么热切地盼着来这儿，现在她来了，她打定主意要开开心心，过得快快活活。

舍监老师来了。她俯身看了看姑娘们的床铺。一两个姑娘已经睡熟了，因为太累了。舍监老师走过长长的屋子，给她们掖被角，拧紧滴滴嗒嗒的水龙头，将窗帘拉好，因为外面灯光挺亮。

"晚安。"她低声说道,"可别说话哦。"

"晚安,舍监老师。"还没睡着的姑娘喃喃地回答。达瑞尔偷眼看去,想看看舍监老师的脸上是不是还带着那温和的微笑。她接触到达瑞尔偷窥的目光,冲她微笑着点点头。"睡个好觉!"她说,悄悄地走了出去。

格温是唯一一个刻意不想睡的人。妈妈对她怎么说来着?"今晚对你来说会很难过,我知道的,宝贝。但是,勇敢些,好吗?"

于是,格温打定主意保持清醒,体会这份难过。可她的眼睛不听使唤地闭上了,格温很快睡熟了,跟其他人一样。在家里,妈妈却轻轻揉着眼睛说:"可怜的小格温,我真不该把她送走啊!我能感觉,她还醒着,哭得肝肠寸断呢。"

可是,格温却打着满足的小呼噜,正做着梦,梦见自己如何在这群女孩当中称王称霸,成为年级的尖子生,样样游戏都拿手。

第二天早上,一阵响亮的铃声唤醒了所有的女孩。一开始,达瑞尔不知自己身在何处,接着,她听到了艾莉西娅的声音:"起床啦,懒虫!早餐前一定要收拾好床铺!"

达瑞尔从床上跳下来,阳光铺洒进屋子里,因为凯瑟琳已经把窗帘拉开了。叽叽喳喳的说话声响起来,女孩子们蹦蹦跳跳地跑到洗手池边。达瑞尔飞快地穿好衣服,骄傲地穿上棕色的外衣,系上橙色的腰带,其他的女孩也同样穿着。她将头发朝后梳，用两根发夹别得整整齐齐。格温则把头发披散在肩上。

"你的头发不能这样散着。"艾莉西娅说，"在学校时不能这样，格温！"

"我的头发一直是这样梳的。"格温说，她那漂亮的、傻兮兮的小脸上现出一种固执的神情。

"嗯，这样看起来糟透了！"艾莉西娅说。

"才不是呢！"格温说，"你自己的头发又粗又短，所以你才这么说。"

凯瑟琳走了过来，艾莉西娅冲着她眨眨眼睛。"我们就让亲爱的格温炫耀一下她那丝般柔顺的长发吧，你觉得怎么样？"她用一种温和的声音说道，"波茨小姐没准儿也喜欢这种发型呢。"

"我的家庭教师温特小姐就很喜欢这个发型。"格温高兴地说。

"哦——那你以前上过学吗？还是说你只有家庭教师？"艾莉西娅说，"这就难怪了。"

"有什么难怪不难怪的？"格温傲慢地说。

"别管了，你会明白的。"艾莉西娅说，"准备好了吗，达瑞尔？早餐的钟声响了，把你的床单披好。好了，格温，把你的睡袍叠好。看看莎莉吧，人家也是新生！人家事事都准时完成，用不着别人催！"

莎莉微微一笑，她几乎一言不发。她完全不是害羞什么的，只是特别安静，特别自律，达瑞尔简直不敢相信她是一个新生，她总是清清楚楚地知道该干什么。

她们都下楼来到餐厅，长长的餐桌已经准备好，女孩子们也已坐好，正在礼貌地跟宿舍主管老师打招呼。达瑞尔她们的舍监老师也在那，另外还有三个大人，达瑞尔之前还没见过她们。

"那位是杜邦老师，"艾莉西娅小声说，"我们马洛里塔有两位法国老师，一位胖胖的，笑模笑样的，另一位呢，瘦瘦的，阴沉沉的。这学期是胖胖的、笑模笑样的这位教我们。她们俩的脾气都不大好，所以，希望你的法语很不错。"

"呃，不是很好。"达瑞尔说，真希望自己的法语学得不错。

"杜邦老师讨厌鲁吉耶老师，鲁吉耶老师呢，也讨厌杜邦老师。"艾莉西娅接着说，"有一天你会看到她们吵成一团的，要是吵得太厉害，舍监老师就要出马来安抚她们了！"

达瑞尔的眼睛睁得大大的，对面的凯瑟琳笑起来。"艾莉西娅的话一个字也别信。"她说，"她常常满嘴跑火车。从来没见过两位老师吵架呢。"

"哈，总有一天她们会吵的。我要是能亲眼看见就好了。"艾莉西娅说。

杜邦老师矮矮胖胖，圆滚滚的，她将头发在头顶梳成一个圆髻，她的眼睛又黑又亮，总是骨碌碌转。她穿着一件十分合体的黑色连衣裙，小小的脚上穿着合脚的黑色鞋子。

她眼睛近视，可从不戴专门的近视眼镜，而是戴着一副长柄眼镜，这种东西名叫"单柄眼镜"，用一条黑色的长丝带系着。当她要看近前的什么东西时，就会用这副眼镜，用手将眼镜贴在眼睛上。

艾莉西娅很会模仿，她学着可怜兮兮的杜邦小姐眨眼睛，用手拿起不存在的眼镜，送到鼻子尖，总逗得同学们哈哈大笑。不过，她跟其他人一样，对杜邦老师很是敬畏，在她的面前尽可能地把自个儿的急脾气藏起来。

"新生们早饭后去见校长。"波茨小姐宣布道，"七年级三位新转来的学生，八年级两位，十年级一位。你们可以一块儿去。之后，去会议室跟我们一起祈祷。帕梅拉，你能带新生们去见校长吗？"

帕梅拉是北塔女孩的宿舍长，她站了起来。转学生们也都站了起来，达瑞尔也在其中，她们跟在帕梅拉身后。她领着她们穿过一道门，来到庭院，又穿过一座楼的一扇门，这座楼连接着东塔和北塔。校长的办公室就在这座楼里，医务室也在这里，生病的姑娘会被送到这里来。

她们来到一扇漆成深米色的门前，帕梅拉敲了敲门。一个低低的声音传来："进来吧！"

帕梅拉推开门说："我把新生们带来了，格雷灵女士。"

"谢谢你，帕梅拉。"那个低低的声音又响起来。达瑞尔看见一位灰色头发的女士，坐在桌边，正在写着什么。她有一张镇定的、光滑的脸，一双蓝得惊人的眼睛，还有坚毅的嘴角。

达瑞尔有点儿怕这位镇定的、声音低沉的校长，她祈祷，自己可别因为表现不好而被送到她面前来！

新来的女孩们在校长面前站成一排，格雷灵女士细细地打量着她们。达瑞尔觉得自己脸红了，她也不知道为什么。她的膝盖也打起颤来。她希望格雷灵女士可别问自己什么问题，因为她确定自己一个字也说不出来！

格雷灵女士问了问她们各自的名字，又跟每个女孩聊了两句，用很正式的方式称呼她们。

"有一天，你们会成长为年轻的女士，带着你们的求知欲，带着一颗善良的心和助人的愿望，走入这个世界。你们也要带着对无数事物的充分理解，勇于承担责任的意愿，向世界展示你们是值得被爱与被信任的。所有这一切，如果你们愿意的话，你们都将在马洛里塔学到。我不想历数那些通过考试取得学历的成功者，虽然这是极荣耀的事，我反而要历数那些通过学习而拥有了善良的心灵，美好、明智、值得信任、优秀而健康的女性，那些值得这个世界依靠的女性。若有人经年在此学习，却不能拥有这些品质，则是我们的失败。"

这些话语是如此庄严神圣，达瑞尔几乎不能呼吸了。刹那间，她下决心，要成为马洛里塔的骄傲。

"对你们当中的部分人而言，学会这些易如反掌，对另一些人而言，则困难重重。无论难易，你们必须谨记：离开这里之后，你们要幸福，以及能带给他人幸福。"

片刻的停顿之后，格雷灵女士又以轻松一些的语气说道："在马洛里塔的这段日子，你们将收获满满，看看你们是否也能贡献满满！"

"哦，"达瑞尔心中又惊又喜，已全然忘了她以为自己一个字也说不出来这回事，"格雷灵女士，告别的时候，我爸爸也说了一模一样的话呢！"

"是吗?"格雷灵女士说，用笑意盈盈的目光看着眼前这位热情洋溢的小姑娘，"你有这样的父母，真是三生有幸，那么我所说的这些，对你而言就不难学会。也许有一天，马洛里塔会以你为荣。"

又说了两句之后，校长让姑娘们离开了。她们走出屋子，内心满满的感动，连格温都一言不发，在这一刻，每一个姑娘的心里都在想，在即将到来的一年，在马洛里塔，无论将要做什么，都要努力做到最好。这样的愿望能否实现，则全看各人了。

然后，她们便去会议室做祷告。她们找到自己的位置，等待着格雷灵女士走上讲台。

不一会儿，大厅里便响起了赞美诗。新学期的第一天开始了。达瑞尔放声歌唱，心里又幸福又激动。到写信时，她有多少话要跟妈妈说啊！

第四章

师 生 一 堂

每天早晨祷告时，全校会集中在一起，女孩们按班级站队，东南西北塔的七年级，以此类推。

达瑞尔紧张地看了看班上的同学，真是个大班啊！估计有二十五到三十个女孩。她的宿舍主管波茨小姐同时也是七年级的老师。杜邦老师正劲头十足地唱着。站在她身边的，一定就是另一位法国老师了，她俩真是天壤之别啊。这位高高的个儿，瘦骨嶙峋，她的头发也挽成一个小小的圆髻，不过不是在头顶，而是在脑后，达瑞尔觉得她的脾气不大好。

艾莉西娅告诉她其他的老师们都是谁。"那个是历史老师卡顿小姐，在那边，你看她，穿着高领，鼻子上架着夹鼻眼镜的那个。她聪明非凡，要是你不爱历史的话，她可会讽刺人了。那位是教美术的林妮老师，人特别好，很好相处。"

如果林妮老师为人好相处的话，达瑞尔希望自己多多跟她接触。她看起来人很好，年轻，一头红发，打着细小的卷儿。

"那个是教音乐的，扬先生，看见了吗？他喜怒无常，每回他领着我们听音乐或是唱歌的时候，我们就想摸清楚他是高兴还是不高兴。"

四个塔的舍监老师也都来做祷告，达瑞尔看到自己的舍监老师，她看上去有点儿严肃，当她在努力地思考正在做的事的时候，她总是露出这样的表情。艾莉西娅又开始说悄悄话了。

"那个是……"

波茨小姐的目光转向她，艾莉西娅立刻住嘴，开始认真地看着她的赞美诗集。对于总是讲悄悄话的人，特别是在祷告时讲话的人，波茨小姐一向是不客气的。

祷告结束后，女孩们鱼贯而出，回各自的教室。她们沿着马洛里塔的西边跑着，不一会儿整个大楼都响起了匆匆的脚步声、笑声和闲聊声。学校并没有规定，在教学区的走廊里要保持安静。

七年级生纷纷走进教室，教室可以看到美丽的海景。这是一间大大的教室，一头是老师的座位，另一头是橱柜。桌椅齐齐整整地排成行。

"我要坐靠窗的位子。"一个胖胖的女孩扑通一声坐下来。

"我也要。"格温说。可这胖姑娘惊奇地瞪着她。

"你是新转来的，是吧？呃，你可没资格选座位。你们新来的要等到老生选好座位以后，再坐到那些剩下的位子上。"

格温的脸红了。她将金色的头发一甩，一脸怒气。

她挨着自己选中的那张桌子站着，不大敢坐下去，可又固执地不想放弃。一个小个子的瘦瘦的女孩把她推到一边。"这张桌子归我了。喂，丽塔！你的假期过得好吗？又要回来对付'波斯猫'了，真头痛啊是不是？"

达瑞尔一直等着，直到所有的女孩都找到位子坐下来，现在只剩她自己、莎莉、格温和其他一两个新生了。然后，她溜到艾莉西娅身边的座位，坐下来，庆幸自己运气不错。艾莉西娅正在跟另一边的一个女孩交流着新闻。她看上去跟她很要好。

她转向达瑞尔："达瑞尔，这是我的朋友，贝蒂·希尔。我们总是坐在一起，不过，贝蒂是西塔的，倒霉。"

达瑞尔冲着贝蒂微笑，她是个活泼可爱的女孩，狡黠的棕色眼睛，额前有刘海。达瑞尔喜欢贝蒂，可听到艾莉西娅已经有一个朋友了，心里又有些不是滋味。她多希望艾莉西娅是她一个人的朋友啊。她并不特别想跟莎莉或格温做这样的朋友。

"嘘。"一个靠门坐的女孩说道，"'波斯猫'来了。"

教室里立刻安静下来，当女孩们听到班主任老师那急促而轻快的脚步声从门外走廊传过来，她们立刻起立，目视前方。老师风风火火地走进教室，冲着女孩们点点头，说道："请坐下。"

女孩们都坐了下来，安静地等待着。波茨小姐拿出花名册，开始点名，追加了几个别的塔的女孩的名字。然后，她将目光转向她面前那一张张期待的脸。

"好吧，"她说，"夏季学期总是最美妙的，可以游泳，打网球，还可以野餐和漫步。可是，切勿以为夏季学期仅仅是一场野餐，它不是。它也意味着艰苦的学习。你们当中的一些人将在下学期接受考试。嗯，本学期用功苦学，下学期收获成功，而本学期懒惰松懈，下学期则收获眼泪！"

她停了一会儿，然后用严厉的目光盯着两三个女孩子："上学期，有那么一两个姑娘，似乎每周都甘于垫底，请将这个位置留与新来者吧，提升几个名次！我很少对新生抱很大的希望——可对于你们，我还是寄托厚望的。"

几个女生的脸红了，波茨小姐接着说道："我绝不相信新来的姑娘们中有智力欠缺的孩子，当然了，我对她们了解得还不多。如果你智力欠缺落后于人，我绝不会责怪你，当然不会——可如果你脑子聪明而落于人后，那我可有说辞了。你们都明白我的意思，对吧？"

"是的。"大多数的女孩回答，语气热烈。波茨小姐微笑起来，她严肃的面容有那么一会儿变得明亮起来。她说道："好吧，现在，该说的严厉的话都说了，我们继续吧。以下物品每个姑娘都要备好，如果你缺什么，课后去级长凯瑟琳处领取，我会给你们十分钟的时间处理这件事。"

接着，开始上课了。这是节数学课，波茨小姐来了一次快速测试，以检查新生们的水平如何，全班是不是能保持进度的一致。达瑞尔发现题目很简单，可格温呢，则难过地哭了起来，她的金发全铺在了课桌上。

"你怎么了，格温?"波茨小姐冷冷地问道。

"嗯……我的家庭教师温特小姐，从来没有教过我这样做加法。"格温哭着说，"她教的算法跟这个完全不一样。"

"现在，你得学我的这种算法。"波茨小姐说，"而且，格温——你今天早上为什么没有梳头?"

"我梳了。"格温说，抬起她那双大大的淡蓝色的眼睛，"我好好地梳了，我梳了四十下……"

"好了，我不想听细节。"波茨小姐说，"你不能这样散着头发就来课堂，课后把头发编成辫子。"

"编辫子?"可怜的格温惨兮兮地说，班上其他的人都开始咯咯笑了，"可是我从来没……""够了。"波茨小姐说，"要是你不会梳辫子，弄得齐齐整整的，那下次假期可以让你妈妈把你头发剪短。"

格温看起来吓得不轻，达瑞尔好不容易才忍住笑。

波茨小姐一转头在黑板上写字，艾莉西娅就小声说："我说的没错吧!"格温怒气冲冲地盯了她一眼，做了个鬼脸。妈妈哪会剪掉这么美丽的头发呢! 眼下，她得把它编成辫子。天啊，她甚至不知道怎么编。格温的心情太坏了，她几乎没有回答任何数学题。

依然是早上。课间休息到来了，女孩们冲出去，找到喜欢的地方玩起来。学校有好些网球场，有些人跑过去抓紧时间打上一局，有些去了庭院散步，有的则躺在庭院里闲聊。达瑞尔本想跟艾莉西娅一块儿玩的，可艾莉西娅跟贝蒂一起走了，达瑞尔相信，她们不想要第三人跟她们一起。她看了看其他的新生，有两个她不知道名字的女孩，已经交上了朋友，另一个女孩，在同年级有一个表亲，她去找她了。格温不知去向，也许是去编辫子了吧！

莎莉·霍普独自坐在草地上，面容平静。达瑞尔走到她面前。"你觉得马洛里塔怎么样？"她问道，"我觉得挺不错的。"

莎莉拘谨地抬起眼，说道："我觉得还行。"

"你离开了原先的学校难过吗？"达瑞尔问，"我当然是想来马洛里塔的，可我也讨厌离开我所有的朋友。你也讨厌跟朋友分别吗？"

"事实上，我不觉得我有朋友。"莎莉认真地说。达瑞尔觉得奇怪。莎莉可真叫人捉摸不透，她彬彬有礼地回答问题，可是她并不反问问题。

好吧，至少我不用非跟她交朋友不可！达瑞尔想。天哪，格温来了！她觉得那叫辫子吗？全都散开了。

"我的头发怎么样？"格温用可怜巴巴的调子问，"我好不容易编好的。波茨小姐可真凶，不让我保持原先一直梳的发型，我不喜欢她。"

“我帮你编吧。”达瑞尔跳起来说，“看来你不大会编辫子，格温！”

她灵巧、飞快地把金发编成了两条长长的辫子，用细丝带扎好辫梢。

“好了！”她将格温转了个身，上下打量她，“你看上去整齐多了！”

格温皱起眉头，也没说声谢谢。事实上，她看上去确实整齐多了。她可真是被宠坏了！达瑞尔想。好吧，我一点儿也不想跟莎莉交朋友，可我更不想跟格温交朋友。我真受不了她的愚蠢和装腔作势！

上课铃响了，所有的女孩都跑回她们的教室。达瑞尔也跑起来，她知道她的教室在哪儿。她已经知道了好多同年级的同学的名字。不久，她就会在马洛里塔如鱼得水了！

第五章

如 鱼 得 水

　　达瑞尔很快就适应了。她不仅记住了北塔里同年级的女孩们的名字，而且记住了所有人的名字，从宿舍长帕梅拉到七年级年纪倒数第二小的学生玛丽露。达瑞尔自己才是北塔七年级生当中最小的，可她觉得，玛丽露要小得多。

　　玛丽露活像只受惊的小老鼠。她怕老鼠，怕甲虫，怕打雷，怕夜晚的声响，怕黑，还怕好多好多的东西。可怜的玛丽露，难怪她有那么一双大大的惊恐的眼睛。很难有什么东西能吓得住达瑞尔。玛丽露看到地板上的一只"剪刀虫"，吓得跑到了宿舍的另一头，达瑞尔看了哈哈大笑起来。

　　北塔七年级生宿舍里有十个姑娘：沉静的级长凯瑟琳，话篓子艾莉西娅，像只不守规矩的小猴子，还有三个新生——达瑞尔、格温和莎莉，以及面对任何意外都会睁着那双惊恐的大眼睛，害羞得像紧张的小马一样后退的玛丽露。

另外还有聪明的艾琳，数学和音乐学科的学霸，总是在年级名列前茅——可她在日常琐事上是多么地笨拙啊。要是有谁丢了书，那肯定是艾琳无疑。要是有人在错误的时间跑错了教室，那肯定是艾琳无疑。据说曾有一次，她以为要上美术课呢，就跑到艺术教室，在那儿坐了有半个小时，显然是在等着林妮老师的到来。班上其他同学正在上课呢，没有人知道她在那儿。

"可一个人也没来，你就干坐在那儿一点儿没起疑心吗？"凯瑟琳诧异地说，"你当时在想什么，艾琳？"

"我在想着波茨小姐布置的数学题，没别的。"艾琳说，眼睛在大大的镜片后面闪闪光亮，"是一道很有趣的题目呢，有两三种解法，你瞧……"

"饶了我们吧，课外就不要提什么数学啦！"艾莉西娅抱怨道，"艾琳，我觉得你真是个怪人。"

可艾琳才不是呢。她是最用功的姑娘，因为她的思维总是深陷于功课或是别的什么，而把日常琐事给忘了。她也相当有幽默感，要是她真的被什么东西逗乐了，便会爆发出巨响的傻笑，把全班人吓一跳，让波茨小姐跳起来。把全班人都逗得放声大笑，让教室里乱成一团，这是艾莉西娅的爱好。

同年级的另外三个女孩是：来自苏格兰的吉恩，她快乐又机灵，擅长为各种校级社团和慈善机构理财；艾米莉，一个安静的、学习很勤奋的女孩，针线活儿上很拿手，为此成为杜邦老师的宠儿；还有维奥莱特，一个害羞和没什么特色的女孩，因为她似乎对什么都不感兴趣，所以很容易被人忽视。年级中一半的人甚至从来不在意维奥莱特在或是不在。

以上就是这十个姑娘。在跟她们生活了仅仅几天之后，达瑞尔便觉得，好像认识了她们很久了似的。她了解艾琳的长筒袜常常皱巴巴地塌下来；她了解吉恩说话的方式，苏格兰口音短促又尖锐；她知道杜邦老师不大喜欢吉恩，因为她对老师的热情和善感很是不屑，吉恩自己也从来不迷恋任何一件事物。

达瑞尔了解格温对任何事都长吁短叹；玛丽露呢，看到任何昆虫或是爬行动物都会惊恐得大喊大叫。她喜欢凯瑟琳那低沉而坚定的声音，还有那种一切尽在掌握的劲头。她更了解艾莉西娅，她的肚子里什么事也藏不住，这点其实人人都知道。她喋喋不休地谈论着她的兄弟们，还有她的爸妈，她的狗，她的功课，她的游戏，她的毛线活儿，还有她对所有事情和所有人的看法。

艾莉西娅完全没有时间装腔作势，也没时间找借口，没时间叹气，没时间抱怨或是矫情。她跟达瑞尔一样，是个直来直去的人，只是不像达瑞尔这么和善，她高兴起来就有些尖刻，瞧不起人，所以，像格温这样的女孩，就会讨厌她，而像玛丽露这样的，就会怕她。达瑞尔却非常喜欢她。

她真是活力十足，达瑞尔心想。跟艾莉西娅在一起，谁也不会感到无聊的。我真希望自己像她那样有趣。艾莉西娅说话时，人人都洗耳恭听，哪怕她说一些不那么中听的话时也是如此。可我说话的时候，大家都当没听见似的。我真的很喜欢艾莉西娅，真希望她没有跟贝蒂做朋友，她就是我想选的那种朋友啊。

达瑞尔花了更多的时间去认识另几个塔里的七年级生。她在班上见到她们，可在公共休息室和宿舍却碰不上她们。因为另几个塔里的七年级生有她们自己的休息室，当然了，是在她们各自所在的塔里。达瑞尔想，首先认识自己所在的北塔的女孩们就够了。

她不大认识自己所在的北塔的那些高年级女孩，因为她在教室里根本就碰不到她们。早晨做祷告的时候，她能看见她们。有时，当扬先生同时给超过一个班的人上音乐课时，她会碰见她们；有时，她会在网球课上或是在游泳池里碰见她们。

当然了，她听说过她们当中一些人的传闻。预科的玛丽莲，是体育学科的课代表，大多数女孩都非常喜欢她。"她很公平，而且连七年级生她也辛辛苦苦地教。"艾莉西娅说，"她跟体育课老师老好人雷明顿一样好，不过老好人可不会为那些小傻子操心，可玛丽莲会的。"

大家也都很佩服宿舍长帕梅拉。她很聪明，非常有文艺派头。据说她已经在写一本书了，这让七年级的女孩们十分敬佩。能写篇像样的作文就很难了，更别说写书了。

有两个姑娘，一个叫桃乐丝，一个叫范妮，好像没人喜欢她们。"她俩太可恶了，无法用语言形容。她们俩实在是太装了。"艾莉西娅说。当然了，对于任何一件事，任何一个人，上至温斯顿·丘吉尔，下至马洛里塔厨房的小伙计，她总能立刻给出一番评价。

"你说的装是什么意思？"格温说，她从来没有听过这种说法。

"天哪，你也太无知了吧！"艾莉西娅说，"装就是装腔、伪善、假虔诚，自以为除了她们自己之外谁都不怎么样，给人添堵，一对令人作呕的家伙，永远阴魂不散。有一次，半夜里，我偷偷溜过大厅去找西塔的贝蒂·希尔玩，桃乐丝从窗户里看见我了，就埋伏着等我回去。坏蛋！"

"她抓到你了吗？"玛丽露问，她的眼睛惊恐地大睁着。

"当然没有啦！我怎么可能让自己被这种坏丫头抓住呢！"艾莉西娅轻蔑地说，"我回去的时候，一下子就发现了她，把她关进了鞋柜里。"

艾琳一下子爆发出她那种惊天动地的大笑声，把她们都吓得跳起来。"这种点子我怎么想不到呢！"她说，"怪不得那个坏丫头每天早上祷告的时候都狠狠地盯着你呢。我打赌，她们正监视着你，巴不得你做些不该做的事好告发你呢。"

"我打赌我会打败她们的！"艾莉西娅不以为意地说，"要是她们胆敢捉弄我，我会要她们好看的！"

"哦，干吧，干吧。"达瑞尔鼓励道，她捉弄人的本事不行，自己不敢行动，可是她时刻准备着为敢做这事的人摇旗呐喊。

不久，达瑞尔也认熟了所有的教室。她认识艺术教室，那儿有朝北的明亮窗户。她还没在实验室里上过课呢，那里看起来有点儿恐怖。她爱极了那个大大的体育馆，喜欢里面所有的器械、绳子、跳马还有那些垫子。她的体育不错，艾莉西娅也是，她像只猴子似的善爬，像匹马似的结实。当然啦，玛丽露是什么项目都不敢做，除非被逼着做。

所有的女孩都在各座塔里睡觉，在这所宏伟的建筑的其他部分上课，这真有趣。现在，达瑞尔也知道了老师们都住哪儿，她们住在那座朝南的楼里，除了波茨小姐和杜邦老师之外，她们和女孩们住在一起，以便照看她们。她开始感到疑惑，刚来的时候，她怎么会感到那么无所适从，那么害怕呢？现在，她一点儿都不觉得自己是新生了。

达瑞尔所有最爱的事物当中，还有一件，那就是海边那巨大的游泳池。它原先是一块凹陷下去的岩石，所以它的底部布满岩石，坑坑洼洼的。边上长满了海藻，有时泳池的石床有点儿黏糊糊的。可是，每一天，海水涌入这个天然的池塘，把它注得满满的，池面荡漾着可爱的波纹，在里面畅游真是一种享受。

海岸边太危险了，不能游水；浪头也大，学校不允许任何人在外海里游泳。在池塘里游是很安全的。池塘一头相当深，这里有一个跳板，那里有一个滑道，还有一个很好的弹簧板，用于助跑后起跳。

玛丽露和格温很怕泳池。玛丽露是因为怕水，格温呢，是因为她讨厌冷水池。艾莉西娅一看到瑟瑟发抖的格温就两眼放光。可怜的格温总是被突然地猛推一把跌进池子里，所以她一看到艾莉西娅和贝蒂走近就匆匆躲开。

第一周过得很慢。太多东西要学，要了解，一切都那么新鲜、那么令人激动。达瑞尔珍爱每一分钟，很快适应了一切。她天生手脚快，反应灵敏，很快女孩们便接受了她，喜欢上了她。

可是，对可怜的格温，大家既接受不了也不喜欢。对莎莉·霍普呢，大家想尽办法逗她开口，让她说说她家里的事，可是徒劳无果。所以，女孩们就由得她去，完全不再理会了。

"第一周过去啦！"几天后，艾莉西娅这样宣布，"第一周往往过得慢得要命，过后，日子就像飞一样啦，不久半学期就会过去，那时候，我们就会盼着假期到来了。你已经适应了，是吧，达瑞尔？"

"哦，当然啦。"达瑞尔说，"我喜欢这儿。要是每学期都像现在一样好，那我可要开心坏啦！"

"哦，你等着瞧吧。"艾莉西娅说，"一开始事情总是很顺利，等你挨了杜邦老师一两次的骂之后，等舍监老师给你喂过一剂药之后，或是等你被'波斯猫'关过禁闭之后，或是被雷明顿小姐狠狠批评过一顿之后，或是被哪个老生教训了一顿之后，你就会……”

"哦，别说了!"达瑞尔叫起来，"这种事不会发生的，艾莉西娅。别想吓唬我!"

但是，艾莉西娅说得没错。事情可不像达瑞尔想的那么顺利、那么简单呢!

第六章

古 灵 精 怪

达瑞尔脑子很好使，而且她也知道如何使用聪明才智。很快，她就发现，班级课程学来轻而易举，而且，在作文这类课程上，她还能远远领先于其他人。她心里很快活。

我还以为我得比在原先的学校还要努力很多很多倍呢，她暗想，其实才不要呢！只有数学我学得不太好。我希望数学学得跟艾琳一样好，她的心算都比我笔算做得好。

于是，一两周之后，达瑞尔稍稍放了心，不那么过于担心自己的学业了。她开始像艾莉西娅那样，在班上小小地搞怪取乐了。艾莉西娅可乐呵了，她恶作剧的时候可有人搭把手了。

贝蒂·希尔可比艾莉西娅过分多了。有时候，达瑞尔简直怀疑，还有什么事是她不敢做的。贝蒂和艾莉西娅最爱捉弄的老师有两位：一位是教法语的杜邦老师，另一位是安静温柔的戴维斯老师，她是教针线活的，有时也负责晚间的自习。戴维斯老师似乎从来没有想到艾莉西娅和贝蒂会捉弄她，杜邦老师倒是想到了，可是还是躲不掉。

"你听说过吗？有一回，贝蒂在杜邦老师的书桌里放了只白老鼠。"艾莉西娅说，"可怜的小东西，跑不出来啦，它绝望之下突然推倒了墨水瓶，它的鼻子伸进了瓶子里，杜邦老师吓得魂儿都飞啦！"

"她怎么样啦？"达瑞尔兴致勃勃地问。

"飞一样逃出教室，就好像有一百只狗在后面追她似的。"艾莉西娅说，"她一走，我们就赶紧把老鼠从瓶子里放了出来，过了一会儿，杜邦老师又杀回来啦，她命令我们当中的一个把她的书桌搬出去，把老鼠弄出来，可书桌里啥也没有，杜邦老师还以为自己的眼睛出毛病了呢！"

"哦，我当时要在场就好了！"达瑞尔叹气，"艾莉西娅，再来点儿这种乐子吧。数学课上来点儿，好吗？我知道，波茨小姐就要检查我的数学预习了，要是出点这类事，她就顾不上我了！"

"什么？在波茨小姐的课上开这种玩笑！"艾莉西娅讥讽地说，"别傻了。波茨小姐对一切了如指掌，她这个人是你根本骗不了的！"

"呃，那就在杜邦老师的课上吧。"达瑞尔央求道，"我喜欢杜邦老师，可我还没见过她发脾气呢，真想见识一下。来嘛，在她的课上来场恶作剧吧。"

艾莉西娅觉得，她只有好好地露一手，才对得起达瑞尔这种慕名而来的观众，她皱起眉头，使劲儿想着。

贝蒂给她出点子："你要不要试试萨姆、罗杰和迪克上学期搞的恶作剧？"她又转向达瑞尔："艾莉西娅的三个兄弟都在同一所学校上学，他们学校有个老师叫什么托戈的——反正那些男孩子都这样叫他啦——这人特好欺负，谁都可以拿他寻开心，喜欢做什么就做什么，他根本拿他们没办法。"

达瑞尔觉得，罗杰、萨姆和迪克听起来就是好哥哥好弟弟，她真希望自己也有个兄弟，可她只有一个妹妹。

"上学期，罗杰做了件挺有趣的事。"艾莉西娅突然说，"我想，我们也行，不过，你和贝蒂得帮把手，达瑞尔。"

"哦，乐意之至。"达瑞尔说，"怎么帮？"

"呃，罗杰假装耳背。"艾莉西娅说，"老托戈让他做的每件事，他都假装听错。托戈说：'约翰斯，坐直点儿。'罗杰就说：'多吃点儿？好呀好呀，多吃多吃。'"

达瑞尔大笑起来。"哦，艾莉西娅，这肯定好玩儿极了。来吧，假装耳背，来吧。我们会为你摇旗呐喊的，跟平常一样。我们准备好了。在杜邦老师的课上行动吧！"

很快，艾莉西娅要捉弄杜邦老师的消息一下子就在七年级生当中传遍了，大家都兴奋不已。刚返校的兴奋劲儿已经过去了，女孩们都有点儿蠢蠢欲动，准备来点儿刺激的了。

"好吧，"艾莉西娅说，"我来假装耳背听不清杜邦老师的话——你呢，达瑞尔，就大声地重复，然后贝蒂重复，最后全班人重复。明白了吗？我们来演一场好戏。"

第二天早上，对此一无所知的杜邦老师，面带明亮的微笑，走进了七年级的教室。

这是夏天里一个美丽的日子。她接到了家里来的两封信，告知她，她新近添了一个小侄子，她戴了枚新胸针，昨晚上还洗了头发，她心情非常好。

她含笑环视全班。"哦，我亲爱的姑娘们！"她说，"今天我们要学一些非常非常棒的法语，是不是①？我们要比八年级学得更好！就连格温，也可以准确无误地说出动词来！"

格温面露怀疑之色，自从她来到马洛里塔之后，她已经很少提到她的家庭教师了。看样子，她应该学会的东西，那位家庭教师温特小姐连一半也没教给她！可话又说回来，格温想，她却赞美过她的头发和蓝眼睛，她还赞扬了格温温和的脾气，还说她的举止是多么文雅。这种事对于像格温这样的人来说，最令她开心。可对她而言，在马洛里塔多学点儿东西总是很有用的。

她多希望自己从前能多学点儿法语。杜邦老师测验的时候，考到的很少是她学过的，甚至，杜邦老师还建议给她补补法语，

---

① 这里杜邦老师说的是法语。

以便能赶上本年级的平均水平。不过到目前为止，格温逃开了补课，而且她下定决心要一直逃下去。一周五节法语课已经够糟的了，更别说补课了。

她回了杜邦老师一个微笑，笑里带着深深的怀疑，心里祈求着艾莉西娅快快开始恶作剧，这样，杜邦老师就不会把注意力集中在她身上了。杜邦老师再一次含笑环视全班，她觉得今天早上，女孩们看起来是那么热情洋溢，反应那么积极。可爱的姑娘们啊！她会跟她们聊聊她新添的小侄儿，那会让她们很开心的，毫无疑问！

杜邦老师只要接到身在法国的亲爱的家人们的消息，总忍不住提及他们。姑娘们也鼓励她这么做，因为她们听到亲爱的约瑟芬、可爱的伊冯娜、小坏蛋路易丝越多，要学的动词的阳性阴性就越少①。所以，当杜邦老师向她们提及她的新小侄子时，她们都挺开心的。

"他的名字叫约翰②——我们管他叫约翰。他好小啊，哦，小不点儿③。"她举起双手，比划了一个距离，以示她的小侄儿是多么小。"那么，Il-est-tout-petit 这句话是什么意思？谁能告诉我？"

艾莉西娅做全神贯注状，坐着，身体努力地向前倾，一只

---

① 法语的名词分阳性阴性。
② 这里杜邦老师说的是法语。
③ 这里杜邦老师说的是法语。

手放在耳朵后面。杜邦老师注意到了她。

"啊，艾莉西娅，你听不清我的话吗？我来重复一遍：Il-est-tout-petit.请跟我读。"

"请问您说什么？"艾莉西娅礼貌地说，将两只手都放在耳后。

达瑞尔已经忍不住笑了，她努力地绷紧脸。

"艾莉西娅，你怎么了？"杜邦老师叫道，"你听不见吗？"

"饼不见了？哦，不是的杜邦老师。"艾莉西娅说，看起来有点小小的惊讶。有人咯咯地小声笑了一声，马上又把笑吞进肚里。

"杜邦老师是说'你听不见吗'。"贝蒂大声地重复给艾莉西娅听。

"钉子不见了？"艾莉西娅更惊讶地说，比任何时候都惊讶。

"你听不见吗？"达瑞尔大声叫道，也加入了这场游戏。

杜邦老师砰地捶了一下桌子："姑娘们！你们忘乎所以了。课堂上居然发出这么大的噪音。"

"杜邦老师，艾莉西娅可能是聋了。"达瑞尔说的声儿那么大，就好像聋的是杜邦老师似的，"也许，她耳朵痛。"

"啊，可怜的小东西！"杜邦老师叫道，她自己有时就深受耳痛之苦，因此对同病者很是同情。她冲着艾莉西娅大声说："你耳朵痛吗？"

"儿童？不，杜邦老师我可不是儿童。"艾莉西娅回答，"我是少女了。"

艾琳实在忍不住了，她发出了她那种炸裂似的大笑声，把坐在她前排的女孩子吓得跳了起来。

"天哪！"杜邦老师也跳了起来，"怎么回事？啊，你，艾琳——你为什么要发出这么大的声音？我不允许这种事！"

"有时候人是会忍不住打喷嚏的呀，杜邦老师。"艾琳结结巴巴地说，把鼻子埋进手绢里，就好像她还要打喷嚏似的。奇怪的声音从手绢里挤出来，好像她在努力地把笑憋回去。

"艾莉西娅，"杜邦老师转向那个捣蛋鬼，那家伙立刻将双手放在耳朵后，皱起眉头，好像要听得更清楚一些，"艾莉西娅，别胡说了，告诉我，你着凉了吗？"

"不，我不要照亮，这里够亮了。"艾莉西娅说，杜邦老师更糊涂了。

"杜邦老师是说'着凉'不是说'照亮'。"达瑞尔用最大的声音解释说。

"你明白吗？着凉——中暑的反义词。"贝蒂接着热心地说，"你着凉了吗？"

"你着凉了吗？"全班人都大叫起来，就好像训练有素的合唱团似的。

"哦，着凉！你怎么不说清楚点，好让我听得见。"艾莉西娅说，"是啊，可不是，我着凉了。"

"啊，所以你可怜的耳朵就受影响了。"杜邦老师说，"你着凉多久了，艾莉西娅？"

达瑞尔用最大的声音重复了一遍，接着贝蒂又重复了一遍。

"哦，我什么时候着的凉？大概两年前吧。"艾莉西娅说。艾琳又把鼻子埋进手绢里了。杜邦老师看起来有点儿茫然。

"可怜的孩子，没必要勉强上法语课了。"杜邦老师说，"艾莉西娅，你坐到窗口阳光底下去，自己读读法语书吧，我们说的你一个字也听不见。"

艾莉西娅疑惑地看了看达瑞尔，好像没听见。达瑞尔热情地用最大的嗓门儿重复了一遍。贝蒂本想重复来着，可倒霉的是，她为了憋住大笑没法做到。可班上其他人又齐声重复了。

"我们说的你一个字也听不见。"她们异口同声地说。

门突然开了，怒发冲冠的波茨小姐探头进来。她正在隔壁给八年级上课，无法想象七年级吵得这样沸反盈天是怎么回事。

"杜邦老师，抱歉打扰一下，有必要让姑娘们在课上这么大声地反复读法语吗？"她问。

"啊，波茨小姐，太抱歉了。可姑娘们不是为了我才这么大声的，是为了可怜的艾莉西娅。"杜邦老师解释道。

波茨小姐看起来惊讶极了。她看着艾莉西娅。艾莉西娅不自在起来。她努力表现出无辜的样子。可是，每当艾莉西娅或是贝蒂看起来无辜的时候，波茨小姐总是很警惕。

"这是什么意思，杜邦老师？"她厉声说，"艾莉西娅突然耳聋了？今天早上她还好好的呢。"

"可现在，她聋得可厉害可厉害啦。"杜邦老师肯定地说。

波茨小姐盯着艾莉西娅，目光犀利。"课间到我这儿来，艾莉西娅。"她说，"我想跟你聊几句。"

谁也不敢把这句话重复给艾莉西娅听，倒是杜邦老师自己帮了个忙，她冲着艾莉西娅喊："波茨小姐说，你能不能……"

"用不着费事帮着重复，杜邦老师。"波茨小姐说，"艾莉西娅会来找我的。我十一点钟等你，艾莉西娅。还有，我跟你说话的时候，麻烦你站起身来。"

艾莉西娅站了起来，脸色通红。波茨小姐走了出去，她关门的动静可不小，杜邦老师不喜欢人家摔门。

"啊，这门，吵得我头都大了！"她说，"波茨小姐人很好，很聪明，她不像我，没有头痛的毛病……"

"也没有耳朵痛的毛病。"达瑞尔插嘴，可没有人发出笑声。波茨小姐的到来和她的怒气，彻底破坏了课堂上的欢快气氛。

艾莉西娅再也不提她的耳朵痛了，她拿出一本书，坐在窗边的太阳光里，她深信波茨小姐会再次出现。她想，她肯定看穿她的把戏了！

杜邦老师再也不关注她了，她全身心地投入，想从七年级生当中找出那个能够也愿意把法语动词都弄明白的人。可没人真正表现出色，今天早上她满心快活，可这会儿她的好脾气用完了，她可被全班人折磨坏了。

休息的铃声打响后，她愤而离开教室。女孩们把艾莉西娅围住了。"哦，艾莉西娅，你说'钉子'的时候，我都快笑晕过去了。'波斯猫'这么闯进来可太糟糕了——你现在害怕吗，艾莉西娅?"

"达瑞尔的声音大得差一点儿把屋顶都掀了!"艾琳说，"我为了忍住笑都快憋坏了。"

"我得走了，去听听'波斯猫'有什么话好说。"艾莉西娅说，"她就在隔壁八年级上课，我怎么把这茬给忘了，真可惜!回见了，姑娘们!"

第七章

大 发 雷 霆

艾利西娅被狠狠地批了一顿，还被罚写作业。她从波茨小姐的房间出来，直接闯进了杜邦老师的屋子。

"你去见了波茨小姐了吗，艾莉西娅？"杜邦老师问道，她以为艾莉西娅没听到波茨小姐的话。

"哦，去过了，谢谢，杜邦老师。"艾莉西娅说着，抬腿就走了。杜邦老师注视着她的背影。真怪啊！艾莉西娅清清楚楚地听到了她说的话。耳朵有毛病会好得这么快吗？杜邦老师呆站着，皱起了眉头。波茨小姐从屋里出来，看见了她。

"要是艾莉西娅再表现出耳背的样子，就把她送到我这儿来。"波茨小姐冷冷地说，"我总能药到病除。"

她走开了。杜邦老师急促地喘气："坏丫头，艾莉西娅！她糊弄我！"杜邦老师有时候是有点儿迷糊。"她害我上当受骗！

我再也不相信她了！坏丫头！"她说。

达瑞尔非常享受这场闹剧。艾莉西娅可真会捣蛋！她欣赏地望着她，艾莉西娅心里很受用，这种欣赏常常会激励她更加调皮。玛丽露也在盯着艾莉西娅，就好像她是个了不得的大人物似的。艾莉西娅走过去，挽住达瑞尔的胳膊。

"我们很快会有新点子的。"她说，"你、我和贝蒂。勇敢的'坏蛋三人组'，或者也可以起个别的名儿！"

"哦，是啊！"达瑞尔说。一想到能和贝蒂、艾莉西娅结成一伙她就激动万分。她接着说道："我们干吧！也许我也能想出个好点子来！"

不过，她们打定主意，在这件事过去之前不再轻举妄动。也许下次可以试试捉弄一下林妮老师。

格温很嫉妒艾莉西娅和贝蒂的派头，她们被尊为七年级的领袖人物，而且她们已将达瑞尔当成朋友。毕竟，达瑞尔跟她一样是新来的。而她，格温，要比她们都漂亮多了，而且，举止也比她们要优雅得多，对此她信心十足。

她将莎莉·霍普视为知己。"我不喜欢达瑞尔·里弗斯总是要出风头的样子！你呢？"她对莎莉说，"她以为自己很了不起呢！巴结艾莉西娅和贝蒂！她们俩求着跟我好我也不会答应的。"

莎莉看起来对此并不感兴趣，不过格温并不介意。她继续抱怨达瑞尔："她以为她的脑子特别灵光，她以为她的网球打得好得不得了，她以为她游泳超级棒！我倒要让她知道知道，我比她强一倍！"

"呃，那你干吗不让她知道知道？"莎莉厌烦地说，"而不是让人人都觉得你比她弱一倍！"

格温生气了。怎么能想到，安静娇小的莎莉·霍普会对她说这种话！她看着莎莉，好像恨不得她马上消失。

"好吧。"格温一本正经地说，"我正有此意，莎莉，以前我从来没有试过，因为不值得。我根本不想来马洛里塔学园，妈妈也不想我来。是爸爸非要我来。我跟家庭教师温特小姐学得很好，现在我也可以学得很好，只要我觉得值得！"

艾莉亚娅走过，正好听到这一番奇妙的演讲，她放声大笑起来。

"你不会打网球，你不会游泳，脚趾一碰到冷水你就鬼叫起来，你甚至连十二乘法表都搞不清楚，小丫头，就这样你还说什么你不想显摆你的能力是因为不值得！虽然你对自己评价这么高，可你什么也不会做，而且永远也学不会！"

莎莉也大笑起来，惹得格温气坏了。她多想好好地嘲弄她们一番！可温特小姐总是说，小淑女要懂得控制自己。而且，毫无疑问，惹毛艾莉西娅可是件危险的事。

格温仰头，鼻孔朝天地走开了。"亲爱的格温德琳·玛丽，"艾莉西娅用响亮的声音评论道，"妈妈的小宠物，爸爸的小心肝，温特小姐的好学生，连分数都不会做呢！"

那天晚上，女孩们在游泳池玩得很开心。艾莉西娅潜入水底，一口气游完整个泳池，然后又游回来。人人都为她鼓掌。

"你怎么能屏住呼吸那么长时间！"达瑞尔叫道，"要是我也能做到就好了！艾莉西娅，等你喘过一口气，再来一次吧！"

"这回我的耳朵里进水啦！"艾莉西娅说，猛地摇着脑袋，"耳朵全堵上了，我得等耳朵好了以后，再潜一次水。"

艾莉西娅潜水和游泳一样棒。格温在浅水区那头踩了好半天水了，羡慕地望着她。她可以肯定，她自己可以比艾莉西娅游得好，潜得好——只要能克服恐怖的第一步就行了。她真的不喜欢头一次就在冷水池里游，她可受不了，水一到她的鼻子她就要大喘气，好像马上就要淹死了一样。

只有一个人比她还糟糕，就是可怜的玛丽露。可没有人取笑玛丽露，因为这太像逗弄一只糊涂的小猫咪了。格温看见她在自己附近的水里挣扎着，而且，她知道，玛丽露比她更害怕泳池，她感觉到了一股征服的力量。

格温踩水来到玛丽露身边，突然扑向她，将她压到水底。玛丽露连叫都来不及，她张开嘴，水一下子就灌了进去。她开始在水中绝望地挣扎。格温感受到了她的挣扎，恶意地多压了她一会儿，超过了玛丽露能承受的程度。等格温感到有人在她光裸的肩上猛地一推，这才放开了玛丽露。

格温转身一看，达瑞尔正气得发抖。看起来她是在发抖，其实她是气疯了。"你这个坏蛋！"达瑞尔叫道，"我看见了！你压着可怜的玛丽露，你明明知道她有多害怕。你差点儿把她淹死了！"

她把玛丽露拉上水面，让她待在那儿，玛丽露被呛得又喘又咳，脸都发紫了，吞下去的那些水快要让她生病了。

女孩们纷纷游到这场事故的现场来，达瑞尔气得声音都在颤抖，又冲着格温说："你给我等着！我也会压你一回，格温，让你也尝尝滋味！"玛丽露用尽全力，紧紧地扒着达瑞尔。

格温被达瑞尔声音里的怒气吓坏了，想着，还是趁达瑞尔或是其他人实施报复之前赶快从泳池里出来。她开始踩水向台阶上走去。

达瑞尔已将抽泣的玛丽露交给艾莉西娅，正当格温往台阶上爬的时候，达瑞尔一把将她抓下水。

"我不会淹你的，你这个小丑！"她叫道，"可我要给你这种人一点儿颜色瞧瞧！"

接下来，达瑞尔粗鲁地摇晃着格温，格温尖叫起来，她慌里慌张地想要从水里挣扎出来。

"嗨，达瑞尔！"传来了级长凯瑟琳的声音，"住手！你是怎么想的！放开格温！"

达瑞尔依然怒气冲冲，她反驳凯瑟琳道："该有人教训教训这个胆小鬼格温，没错吧！"

"是，可不该由你来教训！"凯瑟琳冷冷地说，"你这样做是错误的，我真替你害臊！"

"我还替你害臊呢！"达瑞尔大叫起来，人人都吃了一惊，"要是我是七年级的级长，我很乐意看到格温这种人去学游泳、潜水，做啥都行，就是别去惹玛丽露，懂吗？"

以前谁也没有看过达瑞尔发火，她们都盯着她。"从泳池上来！"凯瑟琳命令道，"快点，上来！老师没看到算你走运！"

达瑞尔上来了，依然发着抖，她走到先前放毛巾的地方，将毛巾围在身上。她慢慢地往山崖上爬去，心咚咚地跳着。

可恶的格温！讨厌的凯瑟琳！可恨的马洛里塔学园！

可她还没爬到崖顶，来到通往马洛里塔庭院的小门前时，她就泄了气。她很沮丧，她怎么能那么做呢？她一心想控制好自个儿的脾气的，可别让小时候那种暴脾气再发作了。

达瑞尔心平气和地回到学校，擦干身体，换好衣服。她被凯瑟琳当众批评了，没有一个人支持她，连艾莉西娅在内。她冲着班长鬼喊鬼叫，她对格温的态度和格温对玛丽露的态度一样恶劣——区别在于，格温对玛丽露是纯粹的残酷，可她那样摇晃格温是出于愤怒，可不是残酷。不过，愤怒也是残酷的，所以呢，她大概跟格温一样地恶劣。

她后悔那么摇晃格温。脾气那么暴可真是太糟了，处事急躁，不过脑子。然后，火气过了，就会觉得丢脸得要命。非得去跟那个被你伤害的但你还是很不喜欢的人说声抱歉，才会心安一点。

达瑞尔听见有人在更衣室里抽泣，她探头想看看是谁。是格温，被达瑞尔那样粗暴地对待，她正在试图安慰自个儿。格温大声地抽泣着。

我要写信告诉妈妈，她想，告诉她达瑞尔有多可怕！

达瑞尔从她身后走来，吓得她跳起来。达瑞尔说："格温！我很抱歉那样对你，真的。我太生气了，我自己控制不了自己！"

格温没法大方地接受这样轻描淡写的道歉，也一点儿没法表现得礼貌。她挺直了身子，看着达瑞尔，就好像她臭不可闻似的。

"你要能觉得抱歉就好了！"她轻蔑地说，"我要写信告诉我妈妈。要是她知道马洛里塔的姑娘是你这种德性，她绝不会送我上这儿来的！"

第 八 章

自 我 批 评

留在游泳池的女孩们开始讨论着这突如其来的一幕,又是兴味盎然又是惊讶无比。

"安静成熟的达瑞尔会一下子爆发成那个样子,谁能想得到啊!"

"她可没资格对凯瑟琳那么无礼,真是太粗鲁啦!"

"凯瑟琳,你会怎么处理她?"

凯瑟琳这时已爬出了游泳池,她那一向镇定自若的脸变得通红,神情烦躁。她一直都是非常喜欢达瑞尔的,而现在,短短一秒钟之内,她对达瑞尔的看法大为改观!艾莉西娅也是困惑,她摇晃着脑袋,想把耳朵里进的水甩出来。达瑞尔的脾气这么大,谁能想得到啊!

"北塔的姑娘们,穿好衣服后,都到公共休息室来。"最终,凯瑟琳用惯常的冷静调子说道。女孩们相互对视，七年级会议！她们猜想，一定与格温和达瑞尔有关！她们爬上悬崖，一窝蜂地拥进更衣室，叽叽喳喳地聊着。格温和达瑞尔都不在那儿。

格温回她的宿舍去了，去拿块干净手绢擦眼泪。当然了，她本不需要如此，可是她有意要这样小题大做！她一直都很嫉妒达瑞尔，现在她抓住了达瑞尔的把柄，她可太高兴了。就那么走过来道歉——一个字都不是出自她的真心，这点格温坚信不疑！

其余的北塔的七年级生，一共八个人，都聚集在公共休息室。凯瑟琳坐在一张桌子上，环顾四周。

"我相信你们都达成了共识，不管我们有多喜欢达瑞尔，也不能无视这样的行为。"她开口道。

"哦，凯瑟琳，别跟她吵架！"玛丽露用细小的声音央求道，"我差点儿淹死，她救了我，真的。"

"她没有。"凯瑟琳说，"格温是不会淹死任何人的，她又不傻。我想，她是因为游泳游不好，老是被人取笑，所以才会突然做出这样的事。"

玛丽露坚信达瑞尔是一个女英雄。她被按在水下，那么痛苦，当然会真真切切、实实在在地感觉要被淹死了——而这个时候，这个强大的、怒气冲天的达瑞尔出现了！这就是善意啊，凯瑟琳怎么能看不出来呢？玛丽露再也不敢多说什么了，可是她面带焦虑、担心的神情坐了下来，她多希望自己能勇敢无畏地为达瑞尔辩护啊，可她做不到。

"我认为，"艾琳说，"达瑞尔对凯瑟琳这样无礼，她应该道歉，要是她不道歉，我们应该拒绝跟她交流，一周不跟她说话。我得说，达瑞尔真是惊到我了。"

"嗯，我觉得，她也应该向格温道歉。"凯瑟琳说，"我在游泳池的那一头就听到了尖叫声，这可比向我道歉重要得多。"

"真是令人不快！"艾莉西娅小声地嘀咕，"我多讨厌对亲爱的格温德琳·玛丽说出'我很抱歉'这样的话啊！"

"你是不是也该说格温几句？"吉恩这样问道。

"是的，当然该说。"凯瑟琳说，"呃，我想知道，达瑞尔在哪儿？哦，天哪，要她向格温道歉，我真希望她不要为此大吵大闹。要是她脾气还是那么火爆，可真有点棘手。我并不想打她的小报告，也不想对她不理不睬。我可真是想不到她的脾气这么坏。"

她这一番话刚说完，门开了，达瑞尔本人走了进来，看到女孩们都坐在这里，沉默而严肃，她有点儿惊讶。凯瑟琳看到达瑞尔如此冷静，有点吃惊，她正要开口说话。

可还没等她说一个字，达瑞尔直直地朝她走过来。"凯瑟琳，我实在是太抱歉了，用那种口气跟你说话，我简直想象不出我怎么会那样。我想，我那会儿太暴躁了。"

这可太出乎凯瑟琳的意料了，她没有盯着达瑞尔，而是微笑起来。"没关系的。"她相当尴尬地说，"我知道你很生气，可是，达瑞尔……"

"我错得太离谱了。"达瑞尔说，她擦了擦鼻子，每次她觉得不好意思的时候都会这样。"我是说，我的脾气啊，总是那么坏。是爸爸遗传的，可他为了生命中一些有价值的事而克制了他的脾气。我是说，只有因为一些真正重要的原因，他才会发火。我不是这样。我呀，总是为一些愚蠢的小事而发脾气，我真够讨厌的，凯瑟琳！可说实话，来马洛里塔的时候，我就下决心，再也不乱发脾气了。"

达瑞尔走进休息室时，女孩们都冷冷地看着她，此刻，她们却用充满了温暖爱意的眼神看着她。这个人犯了错，却勇于认错，后悔犯错，不给自己找借口，谁能不喜欢这样的人？

"嗯，今晚你又能很好地控制你的脾气了。"凯瑟琳说，"我想，格温也该为她的所作所为受到惩罚，可不该由你来惩罚她，该由我或是帕梅拉来责备她，甚至，该由波茨小姐来批评她。要是人人都乱发脾气，高兴责骂谁就责骂谁，那学校会变成什么样儿？"

"我知道。"达瑞尔说，"我也是这样想的。你为我感到羞耻，可我比你更为自己感到羞耻，凯瑟琳，希望你能相信我。"

"我相信。"凯瑟琳说，"可我还是有点儿担心，达瑞尔，因为你还得做件你不愿意做的事，你讨厌做的事，否则这事还不能算完。"

"哦，什么事？"达瑞尔问，看起来她真的惊慌了。

"呃，你还得去跟格温道歉。"凯瑟琳说，她原以为达瑞尔会立刻大发雷霆。

"跟格温道歉？哦，我已经向她道歉了。"达瑞尔松了口气，说道，"我还以为你真的让我去做一件什么可怕的事呢。每次我发过脾气，不多久我就后悔了。说真的，我一定要去道歉的。"

达瑞尔将她的头发甩到脑后，用清朗的目光看着凯瑟琳。姑娘们都盯着她，天哪，这个会根本不用开！她们根本不需要批评达瑞尔，不用勉强她去改正。她自我批评、自我纠正了。姑娘们用欣赏的目光看着她。玛丽露也坐不住了，心想：达瑞尔这人多好啊！

达瑞尔接着说："当然了，我依然认为，格温对玛丽露做了件恶劣的事。很可惜，玛丽露自己不能振作起来，要不然，像格温这样的人就不会欺负她了。"

玛丽露皱起了眉头，哦，达瑞尔觉得她软弱无能，胆小如鼠。她就是这样的人啊，她自己也知道。她知道，一个像达瑞尔这样强大的人，是不会喜欢像自己这样懦弱的家伙的。可她又多么想让达瑞尔喜欢自己啊！

格温打开门，走了进来。她重梳了头发，金灿灿的头发又披在肩上了。显然，她把自己当成了一个受到虐待的天使或是诸如此类的人。

她听到了达瑞尔所说的最后一句话，脸涨得通红。"像格温这样的人就不会欺负她了。"她听到的就是这句。

"哦，格温，下一回你要再吓唬人的话，挑一个跟你势均力敌的人吧。"凯瑟琳说，她的声音听上去有点儿硬邦邦的，"跟玛丽露说，你的行为太野蛮了，你很抱歉。你把她吓坏了。达瑞尔向你道过歉了，现在，轮到你道歉了！"

"哦，达瑞尔说她向我道过歉了，是吗?"格温说，"哼，我可不认为那是道歉！"

"你说瞎话！"达瑞尔惊谔地说，她转身面对着女孩们，"我真的道歉了！信我还是信格温随你们的便，可我真的道过歉了，很爽快地道过歉了！"

凯瑟琳看看满脸通红的达瑞尔，又看看冷笑着的格温。"我们相信你。"她平静地说。她的声音又变得硬邦邦的了："现在，格温，当着我们大家的面，让我们听得明明白白，你该对玛丽露说什么?"

格温被迫说了声抱歉，她是结结巴巴、含含糊糊地说了的，她很不情愿说这些话，可大家的眼睛都盯着她，她没法不说。她长这么大从没为任何事道过歉，她不喜欢道歉。这一刻她讨厌极了达瑞尔——是的，她也讨厌那个傻乎乎的玛丽露！

她跑出屋子，差一点儿流泪了。她走后，大家都松了口气。"呃，这事总算是完了。"艾琳说，她可不喜欢看到这一出，"我得去练习室了。我想，这种不愉快过后，来点儿音乐是有益的。"

她走进好多间练习室中的一间，弹起钢琴来。很快，她就会忘了一切，沉浸在音乐中的。可其他人就没那么容易忘怀了。达瑞尔发脾气当然是不太好，可是，大家都同意，格温该受责备。

达瑞尔道歉是那么自然，那么大方；可格温呢，对那么害羞的玛丽露道个歉，却那么结结巴巴，不情不愿的。女孩们这么一比较，觉得格温的态度真是没有诚意。格温也明白，她觉得道歉丢脸极了；觉得一个小玩笑干吗这么大惊小怪的。天啊，女孩们不总是这样闹着玩的吗？总之，她必须要写信给妈妈，她被那个野蛮的达瑞尔责骂了！谁都受不了这个啊！

她走回休息室，打开自己的柜子。她的信纸都放在柜子里，她拿出一摞，坐了下来。通常她并不喜欢给妈妈写信，她觉得写信无聊极了。自从来了马洛里塔之后，尽管家庭教师温特小姐一周给她写三封信，可她从没回过信，格温会轻视那些喜欢她的人，可又很讨厌那些不喜欢她的人。

"我正给妈妈写信。"她对周围的女孩们宣布道。她们有的在做针线，有的在读书。这是晚饭前的自由活动时间。没有人在意格温的话，除了吉恩之外。

"现在可不是写家书的时候，不是吗？"她说，"你是怎么啦，格温，在这个周中写信回家？到了星期天，你接到信的时候，准会又是叹息又是抽抽搭搭的，会害得我们都用手捂住耳朵！"

"我写信告诉妈妈，达瑞尔是怎么骂我的。"格温清清楚楚地说，好让人人都听得明明白白，"我可忍不了这种事，我妈妈也忍不了的！"

凯瑟琳站了起来，说："我很高兴你能告诉我你要干什么，我也会去把我的信纸拿来。我敢肯定，你不会告诉你妈妈，为什么你会受到责备，可是我会告诉她的！"

格温气得扔掉笔，把刚写了个开头的信纸一把从信纸簿上撕下来，揉成一团。"好吧，信我不写了。"她说，"我不会让你在我家人面前编派我的。这个学校可真是糟糕透顶！难怪妈妈不想让我离开家了！"

当这女孩气呼呼地离开了房间之后，艾莉西娅说："我得说，可怜的、亲爱的格温啊，真是事事不顺心。马洛里塔学园对她正合适！"她又猛地摇了摇头，达瑞尔惊讶地望着她。

"你为什么一直这样摇头？"她问。

"我跟你说了，我没法把耳朵里的水倒出来。"艾莉西娅说，"好像水全堵耳朵里了。我说，我真希望明天我不至于聋了！有一次我在水下待了好久之后真的聋了。"

"哦，艾莉西娅，要是你明天在杜邦老师的课上真的聋了，该多有趣啊！"达瑞尔没心没肺地说，"天哪，我真的没法想象那种场景！"

"呃，我也没法想象啊。"艾莉西娅说，"希望我的耳朵明早之前能好吧。"

第九章

麻 烦 上 身

游泳池事件导致了不少后果。首先，玛丽露形影不离地跟随着达瑞尔，就像狗狗找到了主人，难分难舍。她总是在达瑞尔身边替她拿东拿西，替她整理课桌，甚至课桌的抽屉，每天还主动替她整理床铺。

可达瑞尔并不喜欢这样，她对玛丽露说："别这样，自己的事我可以自己做，为什么要你替我铺床？你知道，自己的事情自己做，自己的床自己铺，玛丽露，你别傻了。"

"我不是傻。"玛丽露说着，用她那大大的眼睛凝望着达瑞尔，"我只是想，想回报你一点，达瑞尔，回报你的救命之恩，不然我就被淹死了。"

"别傻啦！"达瑞尔说，"你不会真的被淹死的，现在我明白了。不过，我还是会那样对付格温的。这不值一提。"

可达瑞尔怎么说也没用，玛丽露还是那么崇拜她，时刻准备着为她效劳。达瑞尔在自己的抽屉里发现了巧克力，总发现自己桌上有一小瓶花。可这却激怒了她，让她很不高兴。玛丽露是在胆怯地寻求一种可能帮到她的友情，达瑞尔可不想看到这样。玛丽露太软弱了，她需要一个强大的朋友，对她而言，达瑞尔是她遇到的最好的女孩。

其他人都因为玛丽露对达瑞尔的关注而取笑她。"今天那个小狗狗冲你摇尾巴了吗？"艾莉西娅说。

"我也好想有人每天在我桌上摆美美的花哟。"艾琳说。

"这种蠢事都是达瑞尔鼓动的！"格温说，她很嫉妒玛丽露对达瑞尔所有的友好小心思。

"她没有鼓动。"凯瑟琳说，"你能看出来，她没有这样做。"

游泳池事件的另一个后果是，格温真的记恨达瑞尔了。她长到这么大，还没有被人那么摇晃呢，她可忘不了！连她妈妈也没摇晃过她呢！这个被宠坏了的自私自利的格温，要是小时候多受点惩罚可能对她反而是件好事。可偏偏没有。所以，现在，那么一通大摇大晃，对她而言，不仅仅是有人突然暴脾气发作，可以轻易忘记的事，而是奇耻大辱，无论如何也要报复。

总有一天，我要报复她的，等着瞧吧！格温心想，等多久都无所谓。

游泳池事件的第三个后果就是，艾莉西娅因为在水下时间久了，真的耳聋了。艾莉西娅知道，这种耳聋不会持续太久，她的耳朵会噗地一下子就好了，她就又能像从前一样听得清清楚楚了。可在此期间，一想到她装聋作哑之后居然真的耳聋了，可真够糟心的。这一回，杜邦老师会说什么呢?

不幸的是，艾莉西娅坐在教室的后部，倒数第二排。任何一个听力正常的人，哪怕坐在最后一排，也能听得清清楚楚，可是，艾莉西娅的耳朵，像她自己说的"被堵住了"，她发现，要想听清楚别人说的每一个字，可真是有点儿难了。

更糟糕的是，这一天的法语课不是杜邦老师上，而是鲁吉耶老师，消瘦、高挑，瘦骨嶙峋的。她可难得有幽默感，看她那薄薄的、总是紧紧地抿着的嘴唇就知道了。艾莉西娅想，真怪，怎么坏脾气的人嘴唇都是薄薄的呢。

鲁吉耶老师有一把柔和的嗓音，可当她生起气来，声音就会拔得老高，变得刺耳，像乌鸦似的，女孩子们都讨厌这一点。

今天，她以一出法语剧开场。几乎每学期，女孩子们都要学一出法语剧，各自表演不同的角色。有时，她们会在学校的音乐厅表演剧目，可更多的时候，她们不表演，只在课堂上展示。

"好吧，"鲁吉耶老师说，"今天我们要讨论这出戏，也许会分一分角色。也许，新转来的姑娘们当中有一两个法语比较好的可以扮演主角，那样就太好了! 我想，老生们都不会介意的。"

她们是不会。学得越少就越好，新生们有气无力地微笑着。

她们觉得鲁吉耶老师的小小玩笑话可太没意思了。

"好吧，我们先来看看，上学期是谁扮演了主角。"鲁吉耶老师说道，"你，艾莉西娅，你扮演的是什么角色？"

艾莉西娅没有听见，所以她没回答。贝蒂用手肘推推她。"上学期的那出戏中，你扮演了哪个角色？"她大声重复。

"哦，抱歉，老师，刚才我没听见你的话。"艾莉西娅说，"我扮演的是牧羊人。"

"我想，那是上上学期吧。"鲁吉耶老师说道。艾莉西娅还是没听见。

贝蒂又大声重复了一遍："老师是说，她觉得牧羊人的角色是上上学期的。"

老师很是吃惊。为什么贝蒂要这样把她的每一句话重复一遍？突然，她记起，杜邦老师跟她说过的有关艾莉西娅的事。啊，是了，这个淘气的坏丫头！她装过聋子，不是吗？现在，她又来这一套了，跟鲁吉耶老师玩起了同样的把戏。

"哦，不，不！"鲁吉耶老师生气地自语，"这太过分了！我不能容忍。"

"艾莉西娅，"她拍拍脑后的小发髻，说道，"你真是有趣的姑娘，总是做些有趣的事，是不是①？而我呢，也一样是有趣的人，会做些有趣的事。我想请你把这个句子，写上五十遍：'我

---

① 鲁吉耶老师在这里说的是法语。

不应该在鲁吉耶老师的课堂上装聋作哑。'用法语，用你最工整的字，写出来。"

"您说什么，老师？"艾莉西娅说，她只听到了老师叫自己的名字，其他的就没怎么听见，"我听不太清楚。"

"啊，这个坏丫头①。"老师叫起来，突然就发起脾气来，她总是这样，"艾莉西娅，好好听着②，听清楚了！你必须罚抄'我不应该在鲁吉耶老师的课堂上装聋作哑'，一百遍！"

"可你刚才说了抄五十遍的。"贝蒂打抱不平。

"你也要罚抄，就写'我不应该插嘴'，一百遍！"老师怒吼起来。

全班一片安静。她们都知道，鲁吉耶老师被惹毛了。她很快就会迁怒所有人的。她是全校脾气最暴的老师。

老师在黑板上写着什么的时候，贝蒂马上跟艾莉西娅咬耳朵，可看到可怜的艾莉西娅听不清她的话，她匆匆忙忙写了张小纸条。

"你被罚写一百遍了，看在老天的分上，别再说你听不见什么什么了，要不然你会被罚写一千遍的，她可真是气疯了！"

艾莉西娅点点头，老师问她有没有听到她所说的，她一律有礼地回答："听到了，谢谢您，老师。"她巴望着老师原谅有关她装聋作哑的事迹。

---

① 鲁吉耶老师在这里说的是法语。
② 鲁吉耶老师在这里说的是法语。

接下来是波茨小姐的课，鲁吉耶老师目光闪闪地对她说："哎呀，你的一个姑娘，艾莉西娅，她呀耳朵又聋了，真可怜是不是？这么年轻、这么健康的姑娘！"

丢下这句临别赠言之后，鲁吉耶老师就消失了。

波茨小姐冷冷地看着艾莉西娅。"你这个人，竟然愚蠢到同样的把戏玩两次，真叫我想不到。"可怜的艾莉西娅！她没听见波茨老师说了些什么，所以用询问的眼光看着她。

"你可以从后面坐到前几排来。"波茨小姐说，"吉恩，请跟艾莉西娅换个座位。你们可以随后再挪桌子里的东西。"

吉恩站起身来，高兴地想，这下她可以离开前排了，前排老是处在波茨小姐的眼皮底下，现在她可以去坐抢手的后排了。坐后排讲悄悄话容易得多了，玩个小把戏或是传个小纸条也容易得多了。艾莉西娅没有动，因为她真的没有听见老师的话。她的耳朵里突然响起一阵奇怪的嗡嗡声。

"你得换座位啦，傻瓜！"贝蒂大声冲她耳朵说，"快去，去吉恩的座位。"

艾莉西娅意识到发生了什么。她满心沮丧。什么？离开她心爱的后排座位，离开贝蒂的身边，去坐前排，笼罩在每一位老师老鹰一般的目光之下。前排座位一点不好玩，这是人人都知道的呀！

"哦，老师，说实话，我真的聋了！"她沮丧地说，"都是因为潜到水下游泳！"

"前几天，你以为，或者不如说，你假装耳聋，"波茨小姐毫不动容地说，"我究竟怎么才能知道你是真聋还是假聋，艾莉西娅？"

"呃，这一回是真的了！"艾莉西娅说，真希望她的耳朵不要嗡嗡响得这么厉害，"求您啦，让我待在后排吧！"

"那么，艾莉西娅，"波茨小姐响亮而清晰地说，以便艾莉西娅无论真聋还是装聋都保管能听见，"听我说，告诉我你是否同意我的观点。如果你没有聋，而是玩花招，那么把你放在我眼皮底下是最好的。如果你真的聋了，坐在后排听不见，那么把你放在这个你能听见的位置，这也是大家认可的常识，你认为呢？"

艾莉西娅只有同意，别无他法。她相当不快地坐到了吉恩的位置上。当然了，她坐在这儿听得清楚多了。这时，奇怪的事发生了，她的一只耳朵里响起了噗的一声，然后，另一只耳朵里也是噗的一声。她晃了晃脑袋，太好了，太好了！她的耳朵噗地响了，又恢复了正常。她像以前一样可以听得清清楚楚了。

她太高兴了，于是跟坐在旁边的玛丽露耳语："我的耳朵噗地响啦，我能听见了！"

波茨小姐有一对超级尖的耳朵，她听到了这悄悄话，从黑板前转过身来："可不可以请你好心地把刚才说的话重复一遍呢，艾莉西娅？"

"我刚才说：'我的耳朵噗地响啦，我能听见了！'"艾莉西娅说。

"很好。"波茨小姐说，"我也是这样想的，你可能会发现，坐前排听得更清楚。"

"可，老师，我……"艾莉西娅开口道。

"够了。"波茨小姐说，"不管你是不是聋，请让我们开始上课吧，不要把时间再浪费在你的耳朵上了。"

艾莉西娅气坏了，因为吉恩和她不得不在课间收拾课桌里的东西了。她恨透被扔到前排了。吉恩呢，换座位她可开心坏啦！

"我拼命祈祷可以坐到后面来。"她说，"现在，实现啦！"

"这不公平。"艾莉西娅抱怨道，"今天早上我是真的聋了啊，然后我的耳朵突然就好了。波茨小姐应该相信我的。"

帮她收拾的达瑞尔忍不住大笑起来。艾莉西娅心情不好，这可不是取笑她的好时机。她的眉头都皱起来了。

"哦，艾莉西娅，我知道我大笑不大厚道。"达瑞尔说，"可是，说真的，真是太好玩了！起先你是装成聋子，老师上了当；然后，你真的聋了，却没人相信了！真像那个寓言故事里的男孩，没狼的时候叫'狼来啦，狼来啦'；等狼真的来了，他再叫救命，就没人来救他了，因为没人相信他！"

"我还以为你是我的朋友呢。"艾莉西娅僵硬地说，"我可不想听别人说教。"

"哦，我可没说教，真的，我没有!"达瑞尔说，"听着，艾莉西娅，你罚写一百遍要写好久好久，我知道你讨厌抄写，可我喜欢啊!"

　　"好吧，非常感谢。"艾莉西娅开心起来了。

　　于是，当天晚上，鲁吉耶老师收到了那一百遍罚抄，一半字迹十分拙劣，另一半呢，写得十分工整漂亮。"一个孩子，一面纸上的字迹这么糟糕，另一面又写得这么好，真是奇怪啊!"鲁吉耶老师疑惑地说。

　　可除了疑惑之外老师并没有进一步的想法，这对艾莉西娅而言倒是一件幸事!

第十章

奇 怪 友 情

天气热极了。姑娘们就指着在游泳池里泡着过日子了。退潮的时候无法游泳让她们抱怨不已。好在，游泳池超级大，涨潮时潮水涌进来，足够全校的人都泡进去。

达瑞尔本来超爱网球，一下子又转而热爱游泳了。哦，那清凉甘美的水啊！她真不能理解，格温或玛丽露居然会害怕得不敢下水。不过，她们坚持说，天越热，水越冷，她们不喜欢这么冷的水。

"可这就是水的好处啊。"达瑞尔说，"在这么个热得发疯的日子里，享受到如此的清凉，太爽了！要是你们能下决心一个猛子扎进水里，而不是一寸一寸地浸到水里，你们就会爱上这感觉的！你们真是胆小鬼，你们俩都是！"

玛丽露也好，格温也好，都不愿被人叫胆小鬼。每回达瑞尔大大咧咧地将她和格温联系在一起，还嘲笑她的羞怯的时候，玛丽露都感到好受伤。她花了好多心思，努力地想让达瑞尔喜欢她，为此她比从前更加紧密地追随着达瑞尔，甚至替她整理休息室的储物柜，这点让达瑞尔特别恼火，因为玛丽露常常打乱她原本摆放东西的位置。

"我的糖果呢？我记得是放在前面这里的。还有，我的写字板呢？老天！我正急着有事儿呢！"

结果就是，储物柜里所有的东西都稀里哗啦地掉到了地上！玛丽露在一旁凄凄惨惨地看着。"哦，我替你整理得好好的。"她会这样说。

"好吧，求你别这样啦！"达瑞尔会这样命令，"你干吗去弄乱别人的东西？你好像总是一个劲儿地盯着我的东西啊，你好像特别热衷于整理东西，把它们摆过来挪过去。你去弄艾莉西娅的东西吧，她的东西比我的要乱得多了！放过我的东西吧！"

"我只是想帮你的忙。"玛丽露会这样嘟囔。她那么敬佩、喜欢一个人，可却让人家觉得讨厌，这滋味太糟糕了。也许达瑞尔是想让她去整理艾莉西娅的东西。她知道，达瑞尔可喜欢艾莉西娅了。那么，好吧，她也会去帮艾莉西娅的忙的。

可艾莉西娅比达瑞尔还受不了玛丽露这样做，当可怜的玛丽露打碎了装她妈妈照片的相框时，她严禁玛丽露再碰任何她的东西。

"你看不出别人讨厌你吗？"她说，"我们不喜欢你这样的小傻子成天在我们身边绕来绕去，难道你看不出来吗？看这个相框，碎成一万片了，都是因为你在旁边晃来晃去。"

玛丽露哭了起来，每当别人责备她的时候，她总是很害怕。她走出房间，跟通道上的格温撞了个满怀。

"喂，又哭了，这回又是为什么？"格温问，她总是对别人之间的吵嘴特别感兴趣，虽然她从不会心怀同情。

"没什么。只不过，每回我想帮达瑞尔和艾莉西娅的时候，她们总是对我那么刻薄。"可怜的玛丽露哭着说，心里委屈得要命。

"哦，像艾莉西娅和达瑞尔这种人，你能指望她们怎么样？是啊，那个贝蒂也是一样。"格温说，能说上几句敌人的坏话太叫人开心了，"总是自信过头，嘴皮子不饶人，我想不明白你干吗想跟她们交朋友。"

"我刚刚把艾莉西娅装妈妈照片的相框给打碎了。"玛丽露擦着眼泪说，"这下可真的惹大麻烦了。"

"呀，估计艾莉西娅是不会原谅你了，"格温说，"她怕是连跟你拼命的心都有了。她那么崇拜她妈妈，任何人连碰都不能碰那个相框，你完蛋了，玛丽露。"

说这话的当儿，格温的脑海里蹦出一个绝妙的主意。她停下脚步，思索片断，目光闪闪。一瞬间，她知道该如何报复达瑞尔和艾莉西娅了。是啦，也让这个小傻子玛丽露难过难过。玛丽露好奇地望着她。

"怎么了，格温?"她问。

"没什么。只不过，有个主意。"格温说。突然，她用胳膊挽住了这个小姑娘的胳膊，让她大大地紧张起来。

"你跟我交朋友呗，"她用甜甜蜜蜜的声音说，"我可不会像达瑞尔那样对你，也不会像艾莉西娅那样对你。我的嘴巴不像艾莉西娅的那么坏，也不像达瑞尔那样瞧不起人。你干吗不跟我交朋友呢？我不会嘲笑你的小善意的，我是说真的哦。"

玛丽露怀疑地看着格温。她实在不喜欢格温，可格温笑得那么甜美，使她心生感激。而且，每回她想帮艾莉西娅和达瑞尔做事的时候，他们对她又真的好可怕。可这时，她又回想起了格温是如何将她压到水下的。

她把胳膊从格温的胳膊里抽出来。"不要，"她说，"我没法跟你交朋友，格温。那天，在游泳池，你对我太残忍了，从那以后我总是做噩梦。"

一想到这个傻傻的、软弱的小玛丽露居然拒绝了她，格温就气不打一处来。可她还是甜甜地笑着，再次挽住了玛丽露的胳膊。

"你知道，那天在游泳池，我不是故意的。"她说，"只是开个玩笑啦。你不是常看见别人潜水吗？我压你压得太重了，对不起，我不晓得你那么害怕。"

每当格温认定了一条道儿，她一定要走到底。玛丽露不知道如何脱身，所以，像往常一样，她投降了。

"那……"她犹豫地说，"如果那天在游泳池，你真的不是故意要伤害我的话，格温，我就跟你交朋友吧。不过，我可不会说达瑞尔和艾莉西娅的坏话。"

格温捏了捏她的胳膊，又给了还在犯迷糊的玛丽露一个甜甜的笑，然后走开，去安静地斟酌这个突如其来的计划去了。

这太妙了！格温想，人人都知道达瑞尔有多烦玛丽露，因为玛丽露总是跟在她身后，不要多久，大家都会知道，艾莉西娅有多生气，因为玛丽露打碎了她妈妈的相框。所以呢，如果我要耍玛丽露，人人都会想，是达瑞尔或是艾莉西娅在报复她！哦，太好了，太妙了，艾莉西娅现在不得不跟玛丽露坐一块儿了，这事儿变得更容易了。

格温坐在庭院里，琢磨着她的计划。她决心要报复这三个人，她太不喜欢她们了。她要吓玛丽露一次——不过，她会让大家都认为是艾莉西娅和达瑞尔干的！然后呢，她们就会受到责备和处罚。

而且，如果我跟玛丽露成了好朋友，谁也不会怀疑这些事儿是我干的。格温高兴地想，真的，我太聪明了。我打赌，任何一个七年级生都想不出这等好计划来。

她想得没错。她们想不出——不过，不是因为她们不够聪明，只不过是她们没那么刻薄。格温看不出这点来，她甚至没有意识到自己在做一件残忍的事情。她管这个计划叫"给她们所有人一个教训"。

她小心地计划着。她在等待着时机，等着轮到艾莉西娅或达瑞尔整理教室和给花瓶灌水的时候，大家都知道她们俩，也只有她们俩待在教室里。这样，好机会就来了，可以在某人的课桌里放点儿什么或是拿走点儿什么。

她会把一只蟑螂放进玛丽露的抽屉——或者，放几条虫子也行，甚至，要是她能抓住一只老鼠的话，放老鼠也行。不过，格温立刻把老鼠排除了，因为她自己就怕极了老鼠。她也不怎么喜欢蟑螂或是其他虫子，但是她可以把这玩意铲进一个火柴盒或是别的什么东西里。

这个她能办到，她能把玛丽露最喜欢的铅笔拿走，藏到艾莉西娅的储物柜里，这事儿可真够狡猾的，还可以把玛丽露的一两本书放到达瑞尔的柜子里，等玛丽露发现这些把戏的时候，她会对玛丽露表现出无比的同情。

格温开始在花园里转来转去，看看可以捉到什么虫子。吉恩是一个很不错的园丁，她喜欢时不时地去学校花园帮帮忙，她看到格温用一柄小铲子在花床上挖来挖去，很是惊奇。

"你在干吗？"她问道，"在找你埋的骨头吗？"

"别犯傻了，"格温说，跟吉恩的偶遇让她很恼火，"我就不能干点儿园艺？你就是独一份儿吗？"

"哦，你在做什么园艺呢？"吉恩问，她对于引起她好奇的东西总爱刨根问底。

"就挖挖土。"格温说道，"松松土呗，地干得要命。"

吉恩打鼻子里哼了一声，她能哼出好多不同的声调，这些哼哼调主要是为了格温、莎莉和玛丽露准备的。

格温用她的小铲子一通乱挖，巴不得能把一只虫子顺着吉恩的脖子放进去，但有可能，吉恩根本不在乎这个。

格温到底还是不喜欢找虫子。她打算去找找蜘蛛。可当她在木棚子上看到一只的时候，自己先狼狈而逃了。可是，那蜘蛛大极了，要是放进玛丽露的桌子里可再合适不过了。它会大摇大摆地爬出来的。

格温颤抖地用一个花盆对着蜘蛛当头扣了下去，好歹把它给捉住了。她设法把它弄进了一个小纸盒子里。她自我感觉十分聪明，接着溜进了休息室，打算连盒子带蜘蛛藏进自己的柜子里，等适当的时候好用。

那天晚上，格温把话题引到蜘蛛上："今天我在木棚那里裹了一头的蜘蛛网，哦，太可怕了，我可太讨厌蜘蛛了。"

"我哥哥萨姆曾经驯服了一只蜘蛛，"艾莉西娅开始说道，她总是一有机会就提一提家人的历史，"它住在我们家暖房的一株蕨类植物下面，每天晚上，我妈妈给那株蕨浇水的时候，它都会爬出来喝水。"

"哦！幸好我看不到这一幕！"玛丽露突然说，"我怕极了蜘蛛。"

"你是个傻子，"艾莉西娅说，还在为打碎的相框生气呢，"这个也怕，那个也怕——你过的是什么日子啊，玛丽露，我真想找一只大个儿的蜘蛛，顺着你的脖子放进去!"

玛丽露脸都白了，光是想想她就吓得心怦怦跳了。"你要那样做，我会死的!"她小声地说。

"胆小鬼，"艾莉西娅懒洋洋地说，"好吧，就等着我抓到蜘蛛吧!"

格温一言不发，可心里乐开了花! 还能有比这更妙的吗? 艾莉西娅所说的比她希望她说的还要多得多。不仅这样，而且每一个北塔的七年级生都听到了她的话。这可好极了!

我等到礼拜一，轮到艾莉西娅和达瑞尔值日的时候，她想，然后，我就执行计划。这会给她们全体上一课的。

于是，等周一来临，格温便等待着机会。现在，她已经和玛丽露形影不离了，这让艾莉西娅、达瑞尔和贝蒂十分惊讶诧异。玛丽露怎么会跟那个可怕的格温交上了朋友呢? 特别是当发生了那么可怕的淹水事件之后? 格温又为什么会巴结玛丽露呢? 七年级生们对此都很疑惑。

格温的机会来了，她抓住了机会。下午上课前十分钟，老师叫她去休息室取东西。她跑过去拿，然后又拿着那个纸盒子跑到七年级教室里。她打开盒子，把那个大个儿的长腿蜘蛛放进了课桌里。它爬进了黑暗的角落里，十分安静地蜷缩在那里。

格温匆匆跑开了，自信没人看见自己。两分钟之后，达瑞尔和艾莉西娅慢慢地晃了进来，往花瓶里注满水。

啊! 格温太走运了!

第十一章

蜘 蛛 事 件

　　这天下午的第一节课是心算课，女孩们都对这课抱怨不休，除了几个速度快的，比如艾琳，她就很喜欢做心算。但这节课也意味着，谁都不需要打开课桌，因为心算都是口头练习。

　　因为这天下午天气格外炎热，波茨小姐对女孩们还算宽容。再加上数学也不是她的强项，特别是心算，波茨小姐今天不那么严格。对此，达瑞尔可开心了。

　　接下来是杜邦老师的课，是法语对话课。课上，女孩们努力用法语回答老师所提的简单问题。波茨小姐走了，杜邦老师来了，因为天太热，老师不似往常那样喜气洋洋的。她太丰满了，无法消受这等炎热的天气。她正对着女孩们的大课桌旁坐下来，前额上细小的汗珠在闪闪发亮。

"坐下①。"她说。女孩们心怀感激地坐下来，想着，这样热的天，她们唯一真正喜欢的课程是游泳课。

课缓慢地、磕磕绊绊地进行着。法语会话到了姑娘们口中就变得结结巴巴起来，不断地停顿，这可刺激了老师。

"啊，"最终，她叫起来，"如此炎热的下午，实在不适合跟像你们这样的孩子做对话。把语法书拿出来，我给你们做些解释，如果你们可以把我说的听进你们那笨笨的脑瓜子里去的话，倒是可以帮助你们对话的！"

女孩们打开课桌，拿出语法书。格温热切地盼望着，想看到玛丽露打开课桌时会发生什么。可什么也没发生，玛丽露既没有看见蜘蛛，也没有打扰它。她关上了课桌。

所有的女孩都按老师的要求打开到语法书的某页。这时，玛丽露发现，她错把英语语法书当作法语语法书拿出来了。于是，她重新打开课桌去拿书。

"你在干什么②，玛丽露？"杜邦老师问道，她讨厌课桌被反复打开再关上，"你在干什么？"

玛丽露将英语语法书塞进课桌的后部，将法语语法书扯了出来。蜘蛛察觉到自己从书中掉了出来，于是惊慌地跑开了。等它几乎要跑出玛丽露视线的时候，她看见了它。她将课桌盖重重地摔下，发出可怕的砰的一声，她自己则发出了令人心碎

① 这里杜邦老师说的是法语。
② 这里杜邦老师说的是法语。

的尖叫。

人人都惊得跳了起来，杜邦老师一跃而起，一大堆书被她一带，哗啦哗啦掉在地板上。她瞪着玛丽露。

"天啊，干吗这么叫喊！玛丽露，你疯了吗？"

玛丽露连话都说不出来了。那个巨大的蜘蛛，显然直冲着她过来，彻底把她毁了。她把她的椅子从桌子旁贴地一滑老远，盯着那蜘蛛，巴望着它能从桌盖上跳过去。

"玛丽露！"杜邦老师怒吼着，"告诉我你怎么啦？我命令你告诉我！"

"哦，老师……我的，我的，我的课桌里，有一只，一只超级大的，巨大的蜘蛛！"玛丽露结结巴巴地说，面色相当苍白。

"一只蜘蛛？"杜邦老师说，"你大惊小怪的，叫得那么大声，把我们都吓了一跳！玛丽露，你应该感到羞耻！你让我很生气。坐下！"

"哦……我……我不敢。"玛丽露颤抖地说，"它还会出来的，老师，它超级大啊。"

杜邦老师拿不准能不能相信真的有这只蜘蛛。上周，艾莉西娅闹的那出聋哑人闹剧，这又来了一出！

艾琳咯咯笑，杜邦老师以一个怒视让她定住了。"我们来瞧瞧，这只蜘蛛是不是真的存在。"她坚定地说，"我警告你，玛丽露，这回如果又是一个把戏，并没有什么蜘蛛，我就要把你送到波茨小姐那里受惩罚。从此我再不过问你的事了。"

她来到玛丽露桌边，猛然一把掀开桌盖，玛丽露倒吸一口气，有多远跑多远，用惊恐的双眼看着桌子内部。她并没有看到什么蜘蛛，它想必已经找到了一个更黑暗的角落，撤退到哪里去了。

杜邦老师用锐利的眼光扫视了一番桌子，然后，转向可怜的玛丽露。

"坏丫头，"她说，跺着脚，"你，一向是安静的，表现很好的，你也欺骗我，欺骗我这个可怜的老师，我可不吃这套。"

"老师，求你相信我。"玛丽露绝望地央求，被这样嘲弄，她实在受不了，"刚才它真的在那里——超级大的一只啊。"

杜邦老师大力地翻遍了课桌里的书本。"没有什么蜘蛛，一只也没有！"她说，"告诉我，如果它真的还在的话，它去哪儿了？"

蜘蛛被这一阵剧烈的翻找惊着了，突然，它飞快地从藏身之处跑出来，跑到杜邦老师的手心里，继而跳上了她的胳膊。

杜邦老师盯着那只巨大的玩意，好像真的无法相信自己的眼睛。她发出了比玛丽露还要响亮的尖叫。她太害怕蜘蛛了，而此刻，正有一只超级大的家伙，在她的身体上跑着！

艾琳爆发出大叫，这如同一个信号，让整个班级陷入了疯狂，一个接一个地，全体攀到了杜邦老师的身上。

"啊，那个怪物在哪儿啊？姑娘们、姑娘们，你们看见了吗？"杜邦老师哀叫着。

"它在这儿!"顽皮的艾莉西娅说,用手指沿着杜邦老师的脊背轻快地滑下。

杜邦老师尖叫一声,以为那是蜘蛛在她背上爬。她害怕地说:"把它弄掉!求你啦!艾莉西娅,把它从我身上弄走!"

"我想它是沿着你的脖子爬下去了,老师。"贝蒂说,她的话让杜邦老师大惊失色,她立刻觉得蜘蛛在她身体上上下下到处乱爬,她开始发抖,打颤。

此时,七年级教室里完全是一片喧闹。波茨小姐在八年级教室里,又一次又惊又怒,她的年级此刻又在干什么了?是杜邦老师丢下她们走了,还是她们全体都发疯了?

"你们复习一下地图。"她对八年级学生们说,学生们吃惊地对视,她们也听到了从七年级教室里传来的声音,波茨小姐离开了八年级教室,迅速走到了七年级教室门前。

她推开门,一片嘈杂的声音扑面而来。比课间还要吵,波茨小姐严肃地想着。起先,她完全看不到教室里有老师在,还以为教室里只有姑娘们呢。接着,她瞥见杜邦老师,在一群女孩当中冒出个头尖儿来,发生什么事了?

"姑娘们。"可是没人听见波茨小姐的声音,"姑娘们!"

艾琳突然看见了她,开始推推这个推推那个。"瞧啊,'波斯猫'来了。"她窃窃私语。

姑娘们像潮水一般从老师身边退下来,眨眼间,大家都回到了自个儿的课桌边。杜邦老师独自站着,发着抖,诧异地想着到底出了什么事。那只巨型蜘蛛去哪儿了？

"杜邦老师，真的是你！"波茨小姐说，她几乎忘记了那条规则，教员之间是不能当着学生们的面相互指责的，"我完全无法想象有你在场，班上居然还能出这种事！"

杜邦老师冲波茨小姐眨眨眼。"是一只蜘蛛，"她一边解释，一边浑身上上下下地寻找着，"啊，波茨小姐，一只巨型蜘蛛啊，它沿着我的胳膊跑，然后就失踪了，啊啊啊啊！我觉得它爬遍了我全身。"

"蜘蛛不会伤着你的，"波茨小姐冷冷地、无情地说，"你能去定定神吗，杜邦老师？让我来处理七年级的事。"

"啊，不①，"杜邦老师愤怒地说，"这个班都是好孩子，这些姑娘，她们是帮着我抓这只巨型蜘蛛的！它超级大啊，波茨小姐。"

波茨小姐完全难以置信，她觉得杜邦老师夸大其词。杜邦老师张开手冲着波茨小姐比划着，看起来那只蜘蛛简直有中等大小的青蛙那么大。

女孩们对这一切都兴致盎然。多好的一节法语课！格温尤其享受，因为她是始作俑者，当然，谁都不知道。她端坐在桌边，仔细地看着两位老师。

突然，她觉得有什么东西爬上了她的腿，她朝下一看，正

---

① 这里杜邦老师说的是法语。

是那只蜘蛛！它老早就离开了杜邦老师的身体，悄悄地藏身在一张桌子下面，躲避着四处践踏的那些脚。此刻，当平静似乎重新来临，蜘蛛便想着重新寻找一个更好的藏身之地。它沿着格温的脚爬着，爬到了她的袜子上，爬到了她的膝盖上。她发出了刺耳的尖叫，每个人又都惊得跳将起来。

波茨小姐猛地一转身。

"格温！给我出去！你怎么敢这么叫！不，别跟我说你看到了蜘蛛，我听够了什么蜘蛛的话。我为你们所有人感到羞耻！"

格温猛烈地摇头，不敢再尖叫出声，可一想到那只蜘蛛正在她身上到处爬，就吓得魂不附体。

"是那只蜘蛛！"她又开口道，"它……"

"格温德琳！我说过什么？我不想再听到有关那只可怜的蜘蛛的任何一个字！"波茨小姐愤怒地提高了声音说道，"给我出去。作为这种可耻行为的惩罚，今晚全班得提早一小时上床睡觉，而你，格温，得提早两小时！"

格温痛哭着冲出了教室，一出教室，她就颤抖着，仔仔细细地搜遍了全身，看看那只蜘蛛是不是还在她身上的某一处。突然，她看到它跑到了走廊里，大大地松了口气。

她靠墙站着，那只蜘蛛明明可以爬到别人身上的，却爬到了她身上，多讨厌啊！这下子，她要受到双倍的惩罚了，很快，她就会放出风声，说是艾莉西娅和达瑞尔把蜘蛛放进玛丽露的课桌里的！波茨小姐用那种口气跟她说话多让人伤心啊！蜘蛛爬到了她身上，她是没办法才叫的呀。

也许，波茨小姐来到教室，听说了所有的事，反而是件好事。也许，格温得向波茨小姐暗示一下，是艾莉西娅和达瑞尔把蜘蛛放进课桌里的。

正在这时，波茨小姐从教室里走了出来，她用充满怒气的眼光看着格温。

"波茨小姐，那只蜘蛛跑到那边去了。"格温指着前面说道，渴望着重新被波茨小姐归为好孩子。

波茨小姐毫不在意她的话，像一阵风一样走进了八年级教室，关上了门。格温一下子泄了气，现在，她该怎么办呢？待在这里，还是重回教室？万一校长格雷灵女士路过这里，她可一点儿也不想被校长发现她在这里。她决定冒险回教室去，她推开门，悄悄地溜了进去。

"哈，你又回来了！谁让你回来的？"杜邦老师问道，此刻她正为自己在这一场闹剧中的表现而羞愧，正想随便在哪一个人身上发泄她的羞耻感，"你尖声一叫，把波茨小姐气得脸都白了。"

"呃，杜邦老师，你也尖叫了呀。"格温用受伤的口吻申辩道，"我觉得，你叫得比我还响呢。"

杜邦老师从座位上站了起来，尽管她个头不高，但对于格温而言，她简直是巨大的。她明亮的黑眼睛闪闪发亮。

"你对我太无礼了！你居然跟我顶嘴！我！在这里执教了二十年的杜邦老师！你……你……"

格温转身逃走了。她宁可站在门外一整天，也好过面对着这副面孔的杜邦老师！

第十二章

闲 言 碎 语

　　这一天尚未结束时，这件被称为"蜘蛛事件"的事就传遍了全校。引发了无数的笑声。

　　鲁吉耶老师听到了，露出了冷笑。"谁能想象得到，一位法国女士会如此愚蠢！"她说，"我可不怕什么蜘蛛啦，剪刀虫啦，蛾子啦，连蛇也不在话下。杜邦老师出了这么大的丑，她真该为自己感到羞愧！"

　　当然，七年级生对这件事的讨论比谁都热烈，她们一想到可怜的玛丽露和杜邦老师，还有格温都成了同一只蜘蛛的受害者，便尖叫起来，大笑不止。

　　"多聪明的蜘蛛啊！"艾琳说，"它就冲着整个年级里最怕它的三个人去了，我要对这只蜘蛛脱帽致敬。"

　　"我真不知道它为什么要选我的课桌。"玛丽露说。

"是啊，这可太丢人了。"格温说，"可怜的玛丽露，你看到它的时候一定吓死了。我真想知道是谁放进去的呢？"

一片沉默。这是头一次，七年级生意识到蜘蛛可能是被人故意放进去的。她们互相看看。

"把它放进可怜的玛丽露的课桌，这招真是太卑鄙了。"吉恩说道，"她没法不怕这种东西，她看见蜘蛛的时候吓得魂都要飞了。要我说，我们年级里有本事开得起这样玩笑的，只有艾莉西娅！"

"不是艾莉西娅还有谁会干这种事！"一个狡猾的声音响起，"你就喜欢恶作剧，是不是，艾莉西娅？你和达瑞尔昨天下午课开始前就在教室里。我们大家都记得你说过，你要把一只蜘蛛顺着玛丽露的脖子塞进去，我可以肯定！"

说话的是格温。艾莉西娅瞥了她一眼。"嗯，可我没有做。"艾莉西娅说，"达瑞尔也没做。对不住，让你失望了，亲爱的格温德琳·玛丽，可我们就是没做，要说真的有什么人做过这事的话，要我说，就是你！"

"玛丽露是我的朋友。"格温说，"我不会对她做这种事的。"

"哼，前一周你差点儿把她给淹死了，下一周你就很可能在她的课桌里放上只蜘蛛。"达瑞尔说。

"奇怪的是，下午课开始之前，只有你和艾莉西娅两个在教室里。"格温坚称。没人附和她的话，这叫她很恼火。

"闭嘴吧。"凯瑟琳干脆地说，"我们都知道，不是达瑞尔和艾莉西娅，因为她们说不是她们干的。蜘蛛肯定是偶然爬进去的，就是这么回事。"

"呃，我觉得……"格温开口。

可全班人立刻异口同声："闭嘴，格温，格温，闭嘴！闭嘴，格温，格温，闭嘴！"

没办法了，格温只好闭嘴了，她又气又恼。这本来是个那么妙的主意，可结果是给她自己换来了双倍的惩罚，原本她要大家相信是艾莉西娅和达瑞尔使的诡计，可是彻底失败了。真的，七年级生确实要提早一个小时上床睡觉，可是她们一致认为，这很值得。

整件事让格温感觉糟透了。她决定绝不因为首次的失利而退缩，而是继续对付玛丽露。这样，到最后，全班人总会将这一切都归咎于艾莉西娅和达瑞尔的。她觉得自己应该提醒一下波茨小姐，让她觉得艾莉西娅和达瑞尔是罪魁祸首。

可她没来得及细想，她得去波茨小姐那里交作业。波茨小姐的小屋子在北塔，是与杜邦老师共用的一间。在小屋里，她俯首帖耳地站在老师身边。

"老师，那天，那只蜘蛛的事，我很遗憾。"格温开始说道，"事先，艾莉西娅和达瑞尔就在教室里，我敢肯定，她们俩知道内情。我听见艾莉西娅说……"

波茨小姐抬起眼看她。"你是想打小报告吧？"她说，"还是，用文雅一点儿的话说，你想搬弄是非是不是？如果你真有此意，不要在我面前玩这一套。格温，我在上寄宿学校的时候，对于打小报告的学生，我们可有的是办法惩罚她。跟告密者同宿舍的女孩，都会狠狠地批评她。你可能有好多有趣的事想要告诉我，可别指望我会听你的。我不知道，这儿的姑娘对告密者有没有同样的惩罚，我得去问问她们。"

格温的脸涨得通红。告密者！想想，波茨小姐居然这样叫她，格温·玛丽·莱西，被叫作告密者！就因为她好心好意地想给老师一点儿提醒！格温无语了，她觉得自己快要放声大哭了，可波茨小姐一向对哭哭啼啼的女孩很不耐烦。格温走出屋子，很想像在家时那样用力地摔门，可她不敢。她感到委屈极了。要是妈妈知道把她送到这么一所可怕的学校来，她一定会立刻把自己接走的。温特小姐也会被吓坏的。不过，格温拿不准爸爸的态度，有的时候，他讲话的腔调跟波茨小姐一模一样。

这一周就这么过去了。这是挺愉快的一周，炎热，但有凉风，这使得游戏与游泳变得比以往更有趣。艾莉西娅和贝蒂为了学校的运动会努力地训练着。她们都是很棒的游泳选手和跳水选手。达瑞尔也想效仿她们，她也是不错的选手，可还是比不上她们俩。不过，达瑞尔特别大胆，敢从最高的跳板上往下跳，敢滑下各种不同角度的滑道。

这一周，最不开心的人就是玛丽露了。她在许多小事上麻烦不断。比如，在休息室里，她的衣服掉进了一小摊水里，弄湿了，她不得不把衣服拿到舍监老师那里烘干。

舍监老师很生气。"玛丽露！你就不能在休息室里把衣服妥当地挂好吗？你明明知道的，休息室的地板上总会有一摊一摊的水，都是姑娘们从游泳池进进出出的时候弄的。"

"我是挂好的，舍监老师。"玛丽露小声地说，"我肯定我是挂好了的。"

接着，玛丽露的网球拍突然断了三根弦。这几根弦看起来不像是磨损而断的，倒像是被割断的。

玛丽露很不安。"我的新球拍！"她说，"看，格温，谁能想到一个新球拍会坏成这样？"

"这是不可能的。"格温说着装模作样地仔细地查看了球拍，"这几根弦是被割断的，玛丽露，看来有人故意整你。真倒霉。"

玛丽露很悲伤。她想象不到自己会有敌人。但是，当她发现她最好的衣服上的扣子被剪掉了的时候，她明白了，有人对她十分不善，恶意满满。

"别担心，我会帮你缝好扣子的！我虽然讨厌缝纫，可我会为你缝的，玛丽露。"

于是，格温一个晚上缝好了六个蓝扣子，大大地秀了一番。七年级生惊讶地盯着她。她们都知道，只要有可能，格温是绝不会修补任何东西的。

"那些扣子是怎么掉下来的？"吉恩问道。

"这我也想知道啊。"格温沾沾自喜地说，"六个扣子啊，都掉了！我帮玛丽露缝上了。因为，竟然有人这样整她，我很遗憾。而且，我也想知道，是谁割断了她网球拍上的弦。"

七年级生你看看我，我看看你，最近，可怜的玛丽露身上发生了这些事，也真是够怪的。连她的祈祷书都消失了，她的几支铅笔也不见了踪影，真的，虽然这些都在艾莉西娅的课桌里找到了，可大家觉得不过是巧合。而现在，大家开始怀疑，是不是有人故意放在那里。不过，不是艾莉西娅，艾莉西娅是不会做这种事的。可是，有人会做。

快到期中了，很多女孩很是兴奋，因为她们当中有些人盼望着父母的来访。住得不远的父母肯定会来的。达瑞尔高兴得都发抖了，因为她的爸妈要来了。他们住得很远，可他们决定去康沃尔郡度一周的假，正好半途来探望一下达瑞尔。

女孩们开始聊起了家人。"我盼着我的三个兄弟能来。"艾莉西娅说，"我们可以一起做运动。"

"我希望我的小妹妹能来。"吉恩说，"我要带她参观一下马洛里塔学园。"

"你妈妈会来吗，莎莉?"玛丽露问。

"不来。"莎莉说，"她住得太远了。"

达瑞尔记起大约一两周之前，她妈妈在信里告诉她的一些事。她说自己遇上了莎莉·霍普的妈妈，很喜欢她。她还说，她看见了霍普夫人的宝宝，莎莉的妹妹，一个三个月大的小宝宝。达瑞尔本想把这些事告诉莎莉，可又忘记了。

这会儿，她想了起来，说道："哦，莎莉，我想，你妈妈不来是因为小宝宝。"

莎莉一下子僵住了。她盯着达瑞尔，好像不能相信自己的耳朵。她的脸变得十分苍白，

当她开口说话时，她好像哽咽了。"你知不知道自己在说什么？"她说，"什么小宝宝？我们家根本没有小宝宝！我妈妈不来是因为路太远了，我告诉过你！"

达瑞尔糊涂了。"可是，莎莉，我妈妈在信里说她看见了你们家的小宝宝，是小妹妹，三个月大了，她说的。"

"我没有什么小妹妹！"莎莉用低沉的、奇怪的声调说，"我是独生女。因为爸爸常常要出远门，我妈妈和我从不瞒着对方什么事。我更没有什么小妹妹！"

女孩们好奇地看着莎莉，心想：她这是怎么啦？她讲话好怪啊。

"好吧，我想你自己心中有数的。"达瑞尔心神不安地说，"不管怎样，我希望你会喜欢小妹妹，有妹妹挺不错的。"

"我讨厌小妹妹。"莎莉说，"我不会跟任何人分享我妈妈！"

莎莉走出屋子，像往常一样板着一张脸。女孩们彻底糊涂了。

"她真是个怪人。"艾琳说，"从来不说什么，有什么事全放在心里。可是，有时候，这种内向的人会突然爆发。那时候，我们就得小心了！"

"呃，我一定要写信告诉我妈妈，她弄错了。"达瑞尔说。

后来，她真的写了。等再看到莎莉的时候，达瑞尔把写信的事告诉了她。

"我弄错了，说你有个小妹妹，真对不起。"她对莎莉说。"我已经写了信告诉我妈妈，你没有妹妹。她可能弄错了你妈妈的意思了。"

莎莉定定地站着，盯着达瑞尔，好像突然之间，她开始讨厌起达瑞尔来。

"你凭什么管我家的闲事？"她爆发了，"离我和我家远点儿！你这个小管事婆，别老打听别人的事！"

达瑞尔的脾气也上来了。"我没有。"她激动地说，"你说话小心点儿，莎莉，我从来没有故意打听别人的事。这有什么大不了的，你有没有小妹妹，我才不在乎呢。"

"你去告诉你妈妈，叫她也别多管闲事！"莎莉说，"别写信八卦我们家的事！"

"哦，别傻了！"达瑞尔怼了回去，这会儿她真的气坏了，"你这种态度，大家都会觉得你有不可告人的秘密！不管怎么样，我会等着看，我妈妈在下封信里会写什么——到时我会告诉你的。"

"我不想知道，不想知道！"莎莉说着伸出手来，好像她要推挡达瑞尔，"我讨厌你，达瑞尔·里弗斯。你妈妈送你来，给你寄东西、寄长信，还要来看你！你在我面前炫耀，你是故意的！你真是坏透了，坏透了，坏透了！"

达瑞尔彻底哑火了，莎莉到底是什么意思啊？

她目送这个女孩走出房间，一屁股坐到一张长椅上，彻底糊涂了。

第十三章

期 中 假 期

　　期中假①这一周，女孩们异常兴奋，大多数人会在周六见到她们的父母。体育老师雷明顿小姐突然决定，为爸爸妈妈举办一场小型的游泳比赛。每一个参观马洛里塔的人，都对这个美丽的天然游泳池印象深刻，很喜欢看到它。

　　"既然今年天气这么热，这个期中假，让你们的爸爸妈妈来到凉风习习的泳池，倒是很不错。他们不仅可以欣赏海水之美，还可以看到他们的女儿游泳和跳水！"雷明顿小姐说道，"在那儿，我们会享受愉快的时光，回来还可以吃上点草莓和冰激凌！"

　　多有趣啊！一想到这个，达瑞尔就高兴得恨不得自己给自

---

① 英国的中学一般在学期进行到一半时有一个期中假，为期一周。

己一个拥抱。她的游泳和跳水都练得那么好，她知道爸爸妈妈看到了一定会开心。之后，他们还可以吃上草莓和冰激凌。多棒啊！

可当星期三到来，宣布期中成绩的时候，她便垂头丧气起来。她本来以为自己能排到前三或前四名，可事实上却排到了倒数第十名。她简直不敢相信自己的耳朵！凯瑟琳是第一名，艾莉西娅是第五，贝蒂是十四名，格温垫底，玛丽露排倒数第六，跟达瑞尔也相去不远！

成绩还在继续宣布中，达瑞尔安静地坐着。她们年级大约有三十多名女孩，有二十多个都比她学得好。这里面肯定出了什么错！

达瑞尔十分焦急地跑去找波茨小姐。"波茨小姐，"她十分羞怯地开口，因为老师正在批试卷，看起来很忙，"波茨小姐，请原谅我打扰了你，可我能问你一件事吗？"

"什么事？"波茨小姐边说边用蓝色的笔飞快地划过一行行的字。

"呃……是关于排名的事。"达瑞尔说，"我的排名，真的那么靠后吗？"

"让我看一下——你排多少来着？真是退步很多啊。"波茨小姐说着将排名表拿到眼前看，"是啊，没错，我很惊讶，也很失望，达瑞尔。起初两个星期，你学得那么好。"

"可是，波茨小姐……"达瑞尔突然住了口，她不知道如何把想说的话说出口。她想说，她比全年级至少一半的人都聪明，那她为什么排名这么后？可不知怎么的，这话听起来挺自以为是。

可波茨小姐的脑子转得实在快，看出了她的难堪。"你是来问我，你本来可以轻轻松松排在前几名的，怎么会落到差不多垫底的地步？"她说，"嗯，我得告诉你，达瑞尔。有像艾莉西娅这样的人，喜欢在班上出洋相，浪费自己和他人的时间，可考试成绩还是很好。也有像你这样的人，也爱出洋相，也会浪费时间——可不幸的是，你的成绩会受影响，下滑到底。你明白吗？"

达瑞尔的脸一下子红透了，看起来她恨不得钻到地缝里去。她点点头。

"是的，谢谢老师。"她一边用很小的声音说，一边用清透的棕色眼睛看着波茨小姐。"要是我早知道这样会影响我的成绩，我一定不会那么傻的。"她说，"我、我原以为，我脑子好，记忆力强，我无论如何也差不到哪里去的。这个成绩一定会让爸爸妈妈失望的。"

"他们当然会的。"波茨小姐说着又拿起了笔，"如果我是你，达瑞尔，我就不会学艾莉西娅和贝蒂，如果你能坚持自我而不效仿他人，你一定会更好的。你瞧，无论你做什么，你总是全力以赴。你要宝玩闹，自然会影响你做其他事。艾莉西娅可以同时做好两三件事，那当然有其道理。可世上最出色的人，是一心一意、全力以赴的人，只要你做的事是正确的。"

"我明白了。"达瑞尔说，"就像我爸爸一样。他就是一心一意、全力以赴的人。他是个外科医生，他一心从事救死扶伤的事业——所以，他是最棒的。"

"说得太对了。"波茨小姐欣慰地说，"可如果他分心了，比如，他同时涉猎数样事物，他可能就不会成为一个了不起的外科医生。如果你选择了一项你认为值得为之付出的事业，比如，做医生、教书、写作，或是绘画，你最好全身心地投入其中。对于资质二三流的人而言，倒没什么。可是，如果你恰巧具有一流的资质，长大之后，你就应该选择一流的职业，那么，你从小就要学会全力以赴。"

达瑞尔并不想问波茨小姐，她是不是觉得她自己也具有一流的资质，但是她禁不住期望着，自己的确有。她离开的时候，已完全心服口服。她没能全力以赴，名列前茅，却一门心思跟着艾莉西娅和贝蒂胡闹，成绩滑到垫底，真可惜。

格温的妈妈和她以前的家庭教师温特小姐周六也会来。格温盼着在她们面前炫耀一番。当她谈论起课程来，当她说起自己如何事事出色的时候，温特小姐该是多么自惭形秽啊！

玛丽露的家人不来了，她非常失望。格温安慰她："没关系，玛丽露。你可以整天跟我和我妈妈还有温特小姐待在一起。我不会让你感觉孤单的。"

玛丽露并不想跟格温做伴。被格温选中让她厌倦了，她也厌倦了听格温没完没了地说起她家的事情，格温觉得她一家子都出色得无法形容。

格温却非常享受有玛丽露这样一位安静的听众，虽然她也瞧不上玛丽露，因为她认为玛丽露真没用，可以忍受那么多事。

当达瑞尔听说玛丽露的家人周六的期中假不能来时，她去找玛丽露。"你愿意整天跟我还有我爸妈在一块儿吗?"她说，"他们会开车带我去吃午饭。我们要来一次妙极了的野餐。"

玛丽露的心猛跳起来。她用崇拜和喜爱的眼光盯着达瑞尔。达瑞尔邀请她一起过期中假，还有比这更好的事吗? 近来，达瑞尔一直都很生她的气，发现她是个大麻烦。可现在，达瑞尔向她发出了邀请，这真是太好了。

然后，她想起了格温的邀请，脸色暗淡下来。"哦，"她说，"格温要我跟她待在一起，我答应她了。"

"那你就去告诉她我邀请了你，我的爸妈想见见你。"达瑞尔说，"我觉得，她不会介意的。"

"嗯，我拿不准敢不敢这么说，"胆小的玛丽露说道，"格温肯定会很生气的——特别是她不喜欢你，达瑞尔。"

"那也就是说，你不想跟我在一起，更想跟格温在一起了?"达瑞尔没好气地说，每回玛丽露脸上露出胆怯的表情时，她都会很恼火，"那你就去呗。"

"达瑞尔，你怎么能这么说?"玛丽露激动得叫起来，快要哭出来了，"为什么呀? 我、我，只要能跟你一起，我什么都愿意做的。"

"那你就去跟格温说吧，"达瑞尔说，"要是你渴望一件事，你就会有足够的勇气去争取。你可真是个可怕的胆小鬼。"

"哦，我知道的。"玛丽露绝望地说，"不要老是这样说了！这只会让我更胆小，你去跟格温说吧，达瑞尔。"

"当然不行啦。"达瑞尔说，"我可不替你做这种苦差事！而且，我也拿不准，要不要接受一个傻孩子一整个期中假都黏着我。"

达瑞尔走开了，只留下玛丽露绝望地看着她的背影。吉恩正好路过，听到了一切，有点儿同情玛丽露，她赶上了达瑞尔。

"我想你对她有点儿过分了。"她用直率的苏格兰腔说道。

"嗯，这对她有好处。"达瑞尔说，"要是我能让她鼓起点勇气来，她将来会感激我的。我是故意这样说的，让她感到羞愧，激她去跟格温谈。"

"你让她感到羞愧这没问题，可别用这种法子来激起她的勇气。"吉恩说，"你这样羞辱她，只能让她陷入绝望！"

吉恩说得对。玛丽露相当绝望。要她去找格温，问她介不介意自己期中假跟达瑞尔在一起而不是跟她在一起，玛丽露越想越害怕。到最后，她真的去找格温了，可她却发现，自己根本不敢跟格温说，情况比以往更糟糕。可怜的玛丽露！

格温也听说了达瑞尔邀请玛丽露过期中假，玛丽露显然不想跟达瑞尔去，这让她很高兴。

她跟玛丽露说起这事。"我已经邀请过你了，高贵的达瑞尔竟然还有脸再邀请你！"她说，"你很懂礼节，拒绝了她，我很高兴，玛丽露。达瑞尔觉得你是个可怜虫，你肯定不想跟那样的女孩在一块儿的，是不是？"

"是的。"玛丽露说完后就再也说不出别的来了。要是她能勇敢、坦率地说出"不是"，那该多好啊。

期中假的早晨晴朗明媚，必定是美好的一天。海水在阳光下波光粼粼，海面平静如镜。两点钟会涨潮的，到时候游泳池就完美了。真是太幸运了！

女孩们把好多张野营凳搬到游泳池边，放在高出游泳池的布满了岩石的地上。那里潮水很少能淹过去，是观看的好地方。达瑞尔一边上上下下忙碌着，一边高声唱着歌。她的心跳得很快，因为这天下午她就要见到爸妈了。玛丽露没有唱歌，她冷静而伤心，莎莉·霍普也很冷静，她比平常更面无表情。

艾莉西娅的兴致很高。她的爸爸妈妈和她的一个兄弟要来了。贝蒂的父母不来，不用想了，她当然是跟艾莉西娅在一起。

达瑞尔瞥见莎莉搬完了几张野营凳之后，艰难地爬上了悬崖，她被莎莉脸上悲伤的表情触动了。她忍不住跟莎莉打招呼。

"嗨，莎莉，莎莉·霍普！你家人不来，是不是？那你今天愿意跟我和我爸妈在一起过吗？我想请谁都可以的。"

"不必了，谢谢你。"莎莉用僵硬的口气小声说道，一言不发地继续往悬崖上爬。

呃，她可真是个怪丫头，达瑞尔想。到目前为止，她邀请的两个女孩都不肯跟她在一起，这让她很恼火。她准备去找其他家人没来的女孩们，她真的得邀请到某个人才行。因为她妈妈说过，她可以请另一个女孩跟他们一起出去。"可能的话，请你特别的朋友来吧。"她妈妈在信里这样写过。

可达瑞尔并没有什么"特别的朋友"，她那么喜欢艾莉西娅，可艾莉西娅是贝蒂的朋友；她也喜欢艾琳，可看起来，艾琳从不需要朋友，音乐就弥补了一切。

那么——邀请艾米莉如何？达瑞尔想。她对这位安静的、用功的艾米莉完全不感兴趣，看起来，她每天晚上做针线活最努力。可艾米莉的家人不能来，还没人邀请她跟她们在一起。于是，她去问了艾米莉，艾米莉高兴得脸都红了，说好的，她很高兴能一起出去。看起来，达瑞尔邀请了她，让她很惊讶。她们俩一块儿出去，准备见达瑞尔的爸妈，玛丽露看到后，眼泪都快流下来了。想到艾米莉将要享受的招待，她心里实在受不了。她喜欢那样的待遇，可自己却没有勇气争取。

第十四章

美好时光

不久，马洛里塔前面宽大的车道就挤满了各种型号、不同大小的汽车。家长们从车里跨出来，寻找着自家的孩子，到处都是欢迎的、开心的尖叫声。

"妈妈！爸爸！你们早到了，我好开心啊！"

"妈妈！没想到你来得这么早！哦，又看到你真是太好了！"

达瑞尔也在寻找着自己的爸爸妈妈。很快，她看见了坐在黑色轿车中的爸爸，妈妈坐在他身边，穿着条新裙子，看起来漂亮极了，而且很开心，因为她很快就要看到达瑞尔了。

达瑞尔从门道那里一路尖叫着跑向车道，像一支离弦的箭，差一点儿就把格温撞了个跟头。格温正在焦急地等着自己的妈妈。达瑞尔猛扑进爸爸妈妈怀里。

"妈妈！我等啊等啊！哦，又看到你太高兴了！你好，爸爸。"

"你好，宝贝儿。"妈妈说，高兴地看着她。达瑞尔晒成了
棕色，皮肤闪闪发光。她温暖的棕色眼睛里充满了快乐和爱意。
爸爸也表示很开心，达瑞尔更是开心得不得了，幸福到了顶点。
他们一家都很快乐。

达瑞尔领他们进了学校，一路上高谈阔论。

"你们一定得去看看我的宿舍，一定得看看我睡的那张好
床——我一定要让你们看看从我们宿舍窗子看出去的风景。太
棒了！"

她的情绪无比激动，把艾米莉的事忘了个精光。可是，艾
米莉还在附近耐心地等着她呢。

达瑞尔突然看到了艾米莉，停下了脚步。

"哦，艾米莉！妈妈，你说过，我可以选一个朋友跟我们一
块儿出去，就是她啦！这位是艾米莉·莱克，跟我同年级。"

里弗斯夫人看着艾米莉，有些吃惊。她从没想到，达瑞尔
选的朋友是这样一个安静而朴素的小姑娘。她也并不知道，达
瑞尔还没有固定的好朋友。她与艾米莉握手，说她很高兴艾米
莉能跟他们一块儿出去。

艾米莉尾随着他们，听着达瑞尔兴奋的说话声，还有她父
母逗乐的回答。她喜欢达瑞尔的父母，她的妈妈很漂亮，很幽
默，也很通情达理。至于达瑞尔的爸爸，谁都会一眼就信任他。
艾米莉盯着他那张坚定而英俊的脸庞，心想：他深黑的眼睛和

浓黑的眉毛，跟达瑞尔的很像，可是他的眼睛比达瑞尔的更大，眉毛也比达瑞尔的更浓。

达瑞尔深以父母为傲，很想炫耀他们。她看见格温与两位女士在一块儿，一位显然是她的妈妈，有着一头与格温一样的明亮金发，还有一张稚气而空洞的脸庞。另一位肯定是温特小姐，那位家庭教师，多可怕的女士！

可怜的温特小姐，其实并不真的那么可怕。她相貌平平，寒酸，一副急于讨好所有人的样子。温特小姐很崇拜格温，因为她觉得格温很美，很优雅，她似乎看不出这个傻傻的小姑娘那副被宠坏了的自私的样子。

玛丽露跟她们在一起，试着保持微笑，可看起来真的不开心。她不喜欢莱西夫人，也不喜欢温特小姐，她听见格温对她们撒的一些小谎，开始觉得很糟糕。

"我在我们年级差不多是网球打得最好的。"她听见格温说，"就算被选入赛队我也毫不惊讶，妈妈！"

"哦，宝贝儿，你真是太聪明了！"莱西夫人深情地说。玛丽露吃惊地盯着格温。什么嘛，人人都知道，格温做什么运动都笨手笨脚的！

"而且，杜邦老师很喜欢我的法语。"格温接着说，"在法语上我肯定名列前茅，她说过我的发音好极了！"

温特小姐兴奋得脸都红了："哦，格温宝贝儿！这真是太好了！当然了，我很用心地教过你，我因为从没有去过法国，当时还一直担心我的发音相当拙劣呢。”

玛丽露很想说，格温在法语课上总是垫底，可她不敢说。格温怎么能用这些谎言来骗自己的家人呢？她们又怎么会相信她？

“今天下午你要参加游泳比赛吗？”莱西夫人深情地看着格温问道。今天，格温的金发全披散在背后，在她妈妈看来像一个真的天使。

“我想我不会参加，妈妈。”格温说，“最好能给其他人一个机会。毕竟，我在好多事上都太出色了。”

“这才是我可人的不自私的好姑娘！”莱西夫人说着捏了捏格温的胳膊。玛丽露感到轻微的恶心。

接着，达瑞尔把一切都毁了！当她和她的爸爸妈妈经过，莱西夫人被她美丽而快活的笑容吸引住了。

“那儿有个漂亮姑娘，亲爱的！”她对格温说，“她是你的朋友吗？我们过去跟她说说话吧。”

“哦，不，她不是我的朋友。”格温说。

可玛丽露却为这番赞扬达瑞尔的话感到高兴，她冲着达瑞尔叫：“达瑞尔！达瑞尔！莱西夫人想跟你说话。”

达瑞尔来到莱西夫人身边，格温一边对她怒目而视，一边把她介绍给妈妈。

“你要参加游泳比赛吗？”莱西夫人亲切地问道，“我听说格温宝贝儿不参加，老天保佑她。”

"格温！哦，她根本不会游泳！"达瑞尔说，"她要花五分钟的时间才能把脚指头伸进水里，我们总是冲她大叫，是不是，格温？"

达瑞尔完全是用幽默逗趣的口吻说的，可格温的脸涨得通红，那一刻她真恨不得把达瑞尔推下悬崖！

莱西夫人真以为达瑞尔在开玩笑呢。她大笑起来，自以为银铃般的笑声十分优美。

"我猜，要是格温参赛的话，会把你们都打败的！"她说，"就像她要是参加网球赛，也是一样，还有课程，我想也是同样优秀吧。"

达瑞尔吃惊地望着格温，格温也盯着她，满脸通红。

"格温跟您开玩笑呢，我希望如此！"达瑞尔笑着说，然后跑到自己家人那里去了。

"这个姑娘真是口无遮拦，是那种迟钝的女孩吧。"温特小姐又迷惑又担心。

格温自己恢复过来了。"哦，她不是个好女孩，"她说，"没人喜欢她，她根本没什么朋友。你知道原因在哪儿吗？因为她总是打击别人，我想，是嫉妒吧，我们别拿她当回事儿，妈妈。玛丽露在这儿，她会告诉你，说到网球，我在班上可是一流的，其他科目也一样！"

这可太难为玛丽露了！只会让她变得比以往更胆小。于是，她喃喃地说要去跟杜邦老师说两句什么话就走开了。能逃离莱西一家，哪怕几分钟也是高兴的。

达瑞尔领着她爸妈把她能想到的有关马洛里塔的东西都看了个遍，从宿舍窗子往外看到的风景，到她收拾得整整齐齐的课桌内部。之后，他们往汽车走去，半道上，里弗斯一家看到了莎莉·霍普。

"啊，那不是莎莉·霍普吗？"里弗斯夫人说着停下了脚步，"我肯定那就是她。那天，我去她妈妈那里喝茶，在休息室里看到一张她的照片，很漂亮。"

"是她，就是莎莉。"达瑞尔说，"你想跟她说话吗，妈妈？"

"嗯，她妈妈托我给她带个口信儿。"里弗斯夫人说。

于是，达瑞尔扬起她清脆的声音，叫道："莎莉，莎莉·霍普！过来一会儿，好吗？"

莎莉一定听到达瑞尔的喊声了，因为四周的人都听到了。可就算这样，她也完全无视达瑞尔，冲着车道上通往灌木丛的小路跑去，消失了。

"真服了她！"达瑞尔说，"我还以为她肯定能听到我的叫声呢。我曾邀请她跟我们一起出去，可她不愿意。"

"来吧。"她爸爸说着打开了车门，"我们去悬崖边，然后沿着一条很棒的路开，我发现那条路一直通往一个孤独的小海湾，我们就在那儿吃午饭。"

达瑞尔和艾米莉上了车。艾米莉坐得舒舒服服。里弗斯夫人好心地问了她很多有关她自己的问题。通常人们都会觉得艾米莉有点儿呆呆的，不去理会她。可里弗斯夫人却觉得艾米莉是达瑞尔选中的朋友，迫切地想要好好地了解她。

很快，里弗斯夫人就知道了艾米莉很喜欢缝纫。达瑞尔吃惊地听着她们的谈话。她以前从没听艾米莉说过这么多的话！老天爷，听听她对她正在做的那个椅垫的描述——颜色、针法，还有所有的一切！

"达瑞尔一向对刺绣没什么兴趣，这总是让我有点儿失望。"里弗斯夫人对艾米莉说，"我也很喜欢刺绣的。我在家做了一套六个椅垫，挂毯风格的。"

"哦，真的呀？"艾米莉叫起来，"我也绣了一些，可到现在只做成两件。我很喜欢那种风格。

"也许你能影响一下达瑞尔，让她也喜欢上缝纫！"里弗斯夫人笑着说，"在家里，为了让她做一件简单的活计，我费了多大的劲儿啊！"

"嗯，要是达瑞尔愿意的话，我会教她做针线活的。"艾米莉说，她迫切想要取悦这位善良的里弗斯夫人。

达瑞尔吓了一跳。老天爷，她请艾米莉出来，可不是为了让她跟妈妈一起计划着教自己做针线活的呀！她立刻转移了话题，把格温如何跟妈妈和家庭教师吹牛的事讲给她们听。

不一会儿，他们就开到了海滩上，吃了一顿美味的午餐。这学期以来，达瑞尔还没吃过这么好吃的午饭呢。冷鸡肉和泡菜——泡菜！学校里可是一根泡菜也看不到啊。小小的纸盒里满满地装着新鲜的沙拉和沙拉酱。真好吃！还有果酱和巧克力厚片。多好的午饭啊！

"还有姜汁啤酒配着吃。"里弗斯夫人说着将杯子注满，"再吃点儿鸡肉吧，达瑞尔？还有很多呢。"吃完午饭，女孩们就该回去参加体育比赛了。艾米莉不参赛，所以她说她会为达瑞尔的爸妈找一个好位子观看。达瑞尔把爸妈交给她照顾，自己回马洛里塔换衣服。

这一天可真开心。看起来每个人心情都很好，笑话满天飞。甚至两位法语老师也是手挽手，这个学期以来还没见她们这么友好过呢。

游泳比赛太令人激动了。里弗斯夫人为达瑞尔出色的泳技、优美的跳水动作和胆大无畏的精神而高兴。她是低年级女孩中表现最好的之一。有些高年级的女孩跳水很棒，特别是预科的队长玛丽莲，她从最高的跳板上来了个优美的燕式跳水，大家都为她欢呼。

"这些动作你都会做吗，宝贝儿？"达瑞尔听见莱西夫人问格温。格温坐在达瑞尔和其他几个人的旁边，她警惕地四下看看，巴不得妈妈没在公开场合问自己这么难堪的问题。

"呃，不是所有的都会。"她说。

温特小姐亲切地拍拍她的肩："你总是这么谦虚。"达瑞尔一想到格温也会被说谦虚简直想放声大笑。她用讽刺的眼光看了看坐在格温身边的小玛丽露，很好奇，玛丽露怎么能做到听着年长些的女孩吹这种牛还一言不发的。

下午茶时间，达瑞尔和艾米莉忙前忙后，给大人们端盘子，送上草莓和冰激凌。她们拿了好多冰激凌，自己也吃了个够。她们之前吃了多好的一顿午餐。现在，这又是多好的一顿下午茶啊！除了草莓和冰激凌之外，还有小圆面包、蛋糕和各色饼干。马洛里塔学园招待得真好啊！

"妈妈，又看到莎莉·霍普了！"达瑞尔突然说，远远地看到了莎莉的脑袋，"我马上去找她。顺便说一句，你不要说起我弄错的那件事，就是你说的有关莎莉的小妹妹的那件事，其实她没有妹妹。"

"可达瑞尔，亲爱的——她真的有个小妹妹！"她妈妈惊讶地说，"我看过她的。"

"呃，那莎莉是什么意思啊?"达瑞尔疑惑地说，"我一定要去找她，把事情弄清楚！"

第十五章

突 如 其 来

　　想找莎莉可不那么容易，她好像再一次彻底消失了。达瑞尔突然意识到莎莉在躲着自己。不会的，她为什么要躲？根本没有理由这么做啊！

　　达瑞尔到处去找莎莉，没人知道她在哪儿。这可有点儿不寻常。达瑞尔回到爸妈身边，急切地想，再也不能浪费跟他们相处的时间了，因为这时间太宝贵了。

　　"呃，我找不到莎莉，她完全不见踪影。"达瑞尔说，"不管怎样，我一定会把她妈妈的口信带到的。她妈妈说什么来着，妈妈？"

　　"哦，她妈妈好像有点儿为莎莉着急，因为这是她在寄宿学校的头一学期，莎莉写了一些古古怪怪又干巴巴的信。"里弗斯夫人说道，"亲爱的，我给霍普夫人看了几封你写的信，我知道你不会介意的，她说她巴不得莎莉也多多写信给她，写你这样的信。她说她好像跟莎莉完全失去了联系。她真的很着急，希望我跟莎莉谈谈，告诉她，妈妈把最深厚的爱给了她，而且很抱歉不能在头一个学期的期中假时来看她。她妈妈说，她的小妹妹要把拥抱和亲吻带给她。"

"我会告诉她的。"达瑞尔说，心里深感迷惑。"可是，亲爱的妈妈，莎莉真的好奇怪啊。她亲口告诉过我，她没有妹妹，而且，我一谈到她妈妈她就怒气冲冲的，她说我太爱管闲事了什么的。"

"嗯，也许她在开玩笑。"里弗斯夫人也有点儿迷惑，"莎莉确实知道家里新添了个小妹妹。这也是她为什么被送到寄宿学校来的原因之一。那个小娃娃身体很娇弱，需要霍普夫人的全力照顾。那真是个可爱的宝宝呀。"

"你跟同学发过脾气吗?"达瑞尔的爸爸问，目光闪闪。达瑞尔脸红了。

"嗯，发过一次。"她说，"之后我就下定决心再也不乱发脾气了。"

"哦，达瑞尔，我希望你没有暴跳如雷。"她妈妈急切地说。

艾米莉替达瑞尔回答了。"哦，那个气人的女孩，达瑞尔只是在游泳池里好好地把她修理了一通。她叫得山响，站在塔顶上差不多都能听见!"

"达瑞尔!"她妈妈吃惊地说。达瑞尔咧开嘴笑起来。

"我知道啊，我太可怕了，是不是？我再也不会那样了。现在我能控制好自己的脾气了。"

"说起那个特别的女孩，我们都巴不得修理她一通呢。"艾米莉说，"我们都偷着乐坏了！"

他们都大笑起来。达瑞尔快活极了，她肯定这一辈子都不会再乱发脾气了！

这一天终于还是结束了。大约六点钟的时候，汽车纷纷从大车道里隆隆地驶出来，女孩们拼命地挥着手。家长们一个接一个地走了，兴奋的交谈平息下来。她们回到休息室，谈论着这一天的事情。

不多一会儿，达瑞尔记起了她要带给莎莉·霍普的口信。她环视休息室，发现莎莉不在这儿。她去哪儿了呢？她似乎动不动就没了人影。

"莎利·霍普在哪儿？"达瑞尔说。

"她在某间音乐教室里，我敢肯定。"凯瑟琳说，"今天大家都不上课，她为什么一定要今天练习，只有天知道了！"

"我去找她。"达瑞尔说完便离开了休息室。她跑到了音乐室，这里是女孩们每天练习的地方。屋子很小，只放了一台钢琴，一张琴凳和一把椅子。

其中两间屋里传出了乐声。达瑞尔把头探进第一间，发现艾琳在里面，轻柔地弹奏着，自得其乐，她甚至都没有看到达瑞尔。达瑞尔微笑着关上了门。艾琳实在是太痴迷音乐了！

达瑞尔又去了另一间，里面也传来了乐声。这乐声不像艾琳弹奏的那样迷人动听，只是普通的五指练习，一遍又一遍地练着，简直是怒气冲冲的。

达瑞尔打开门。屋里的正是莎莉，好极了。她走进去，关上了门。

莎莉转过头来，皱起了眉头。 "我要练习呢。"她说，"出去。"

"你怎么了？"达瑞尔的火一下子上来了，"你用不着这么粗声大气地跟我说话。我今天一整天都在找你，我妈妈想跟你谈谈。"

"嗯，可我不想跟她谈。"莎莉说，又开始气呼呼地用力弹起来，一遍又一遍，一遍又一遍。

"你为什么不想跟我妈妈谈话？"达瑞尔生气地叫起来，"她给你带来了你妈妈的口信。"

没有回答。一遍又一遍，一遍又一遍，莎莉的手指在琴键上弹奏着，琴声比什么时候都响亮。

达瑞尔发起脾气来。"别弹了！"她叫起来，"别这么粗鲁！你到底是怎么啦？"

莎莉将踏板踩下来，弹奏的声音更加响亮。显然，她一个字也不想听。

达瑞尔走近她，将嘴巴凑到她的耳朵底下，说："你为什么要说你没有小妹妹？你有，正因为如此，你妈妈才不能来看你。

但是她托我妈妈把爱意带给你，还说……”

莎莉从钢琴边摇摇晃晃地站起来，她的脸看来异常苍白。"闭嘴！"她说，"你这个爱管闲事的家伙！离我远点儿。就因为你妈妈跟你成天腻在一起，对你宝贝得要命，你就觉得自己可以跑来像这样嘲笑我了吗？我讨厌你！"

"你疯了！"达瑞尔叫道，她用手在钢琴上猛地一击，发出一片刺耳的噪音，"我要对你说的，你不想听也得听！你妈妈告诉我妈妈，你只给她写怪怪的、干巴巴的信……她说……"

"我就不听！"莎莉说着声音就哽咽了，她从琴凳上站起来，顺手推了达瑞尔一把。可是，达瑞尔在火头上，受不了别人这样碰她，于是，她用尽全力回推了莎莉一把。身强力壮的达瑞尔一下子把莎莉推到墙那头，摔倒在椅子上，在椅子上躺了好半天。

莎莉痛苦地用手捂着胃。"哦，好痛。"她说，"哦，你这个坏丫头，达瑞尔！"

莎莉跌跌撞撞地走出房间，达瑞尔依然气得发抖。可她的怒火一下子就消散了，恐惧感淹没了她。她怎么能做出这么可怕的事？莎莉是奇怪、是傻、是可怕，这都是事实。可是她，达瑞尔，却恃强凌弱。她又乱发脾气了，就在不久前，她还跟爸妈吹牛说她再也不会这样了。

她跑向门边，急切地跟在莎莉身后，想请求她的原谅。可莎莉已不知去向。达瑞尔跑回休息室，莎莉也不在那儿。她在一张椅子上坐下来，擦了擦火热的额头，刚才的一幕多可怕！多可恨啊！她为什么不能管好自己的脾气呢？

"怎么啦？"艾莉西娅问。

"哦，没什么大不了的。莎莉闹了点儿别扭。我呢，发脾气了。就是这样。"达瑞尔说。

"傻瓜！"艾莉西娅说，"你做了什么？摇晃她了？像灰姑娘的后妈一样虐待她了？"

达瑞尔笑不出来，她差不多要哭了。激动的一天过后，加上这突如其来的争吵，让她感到筋疲力尽。当艾米莉拿着针线活来找她的时候，她一点儿也提不起劲儿来。

"我就知道你们这些人很友善的。"艾米莉开口道，开始用一种以往很少有的口吻闲聊起来。多无聊啊！达瑞尔很想让艾米莉安静些，要是她是艾莉西娅，她就会这样说了。可是，按惯例她应该比伶牙俐齿的艾莉西娅要和气些，她不想伤害他人的感情。所以，达瑞尔尽可能耐心地忍受着艾米莉。

玛丽露从屋子的另一头观察着她。她很想过来加入艾米莉和达瑞尔。可格温正滔滔不绝地跟她说着家族故事，她不得不听。而且，她也有点儿担心自己过去后达瑞尔会冷落她。

达瑞尔在休息室等着莎莉出现。到时，也许她可以漫不经心地过去，跟莎莉道个歉。她现在为自己感到羞愧，她要弥补莎莉。哦，天哪！甚至在你还没有意识到之前就大发雷霆之火，真是太糟糕了。这种脾气能成什么事呢？

莎莉没有再回到休息室来。不多会儿，晚饭钟响起，女孩们纷纷涌入餐厅。达瑞尔再次寻找莎莉，可她还是不在。这真是太奇怪了。

波茨小姐发现有一个空座位，她问道："谁没来？"

"莎莉·霍普。"达瑞尔说，"我最后看到她是在一间练习室里，大概一个小时之前。"

"好吧，去叫她来。"波茨小姐不耐烦地说。

"哦，我在那儿的时候她就离开了。"达瑞尔说，"我不知道她去哪儿了。"

"那我们先吃吧。"波茨小姐说，"她肯定也听到晚饭的钟声了。"

女孩们聊着白天的事，只有达瑞尔很沉默。莎莉会不会在某个地方很伤心？她会有什么事吗？她为什么变得怪怪的？她是不是为某些事而不高兴？

玛丽露大声吸着鼻子。"你的手绢呢？"波茨小姐问，"你没有手绢吗？玛丽露，你应该有一块的，立刻去拿一块吧。我可听不得你吸鼻子的声音。"

玛丽露溜出了教室，跑回到宿舍。好一会儿她都没有回来，波茨小姐不耐烦起来。

"真是的！玛丽露是不是要花一整晚去找块手绢！"

接着，传来了跑上楼梯的脚步声，餐厅的门被猛地推开。

玛丽露进来了，看上去比往常更惊慌。"老师！我找到莎莉了。她躺在宿舍的床上，发出可怕的声音！"

"什么样的声音？"波茨小姐问，急忙站起身来。

"像是呻吟的声音，而且她团成一团，一直在说：'哦，我的肚子！'"可怜的玛丽露放声大哭，"老师，快去看看她吧，她连话都说不出来了！"

"姑娘们，继续吃饭。"波茨小姐迅速说，"听起来，莎莉似乎吃了太多草莓和冰激凌了。凯瑟琳，请去找舍监老师，请她去你们的宿舍。"

她冲出房间。女孩们立刻议论纷纷，抓住吓坏了的玛丽露问来问去。

只有达瑞尔还呆呆地坐着，一丝冰凉的恐惧爬上她的心头。她那样把莎莉推到对面墙上，莎莉跌进了椅子！她一定是胃受了伤。达瑞尔记得她说过"胃好痛啊"，这祸不是草莓和冰激凌闯的，而是达瑞尔的坏脾气闯下的！

达瑞尔再也吃不下饭了，她一个人溜进了休息室。莎莉不会伤得太重吧？也许只是淤青了。肯定的，要不了多一会儿，波茨小姐就会进来，高兴地说："还好莎莉没什么大碍！"

"哦，希望如此，希望如此吧。"可怜的达瑞尔说，焦急地等着波茨小姐急匆匆的脚步声。

第十六章

陷 入 困 境

晚饭过后，女孩们蜂拥进入休息室，就寝前她们还有半个小时的时间，过完兴奋的一天，她们都很累了，有些人已经昏昏欲睡了。

艾莉西娅吃惊地看着达瑞尔，说："为什么你愁眉苦脸的？"

"呃，我正为莎莉担心呢。"达瑞尔说，"希望她的病不是很严重。"

"怎么会呢？"艾莉西娅说，"吃了草莓会肚子痛或是过敏，好多人都这样呢，我的一个哥哥就是这样。"

艾莉西娅陷入了她的家庭历史回顾之中，达瑞尔心怀感激地听着，艾莉西娅并没有像格温那样，讲那些美化自个儿的故事。她只是滔滔不绝地讲起在家度假的时候，她和她的哥哥们之间的有趣故事。要是艾莉西娅说的都是真的话，他们弄的那些恶作剧真的可以让任何一个当妈的一夜白头！尽管如此，今天达瑞尔见到艾莉西娅妈妈的时候，发现她的头上没有一根白发。

就寝的钟声响起了，第一声是提醒七年级的，第二声是提醒八年级的。她们立刻放下手中的东西。舍监老师对那些拖拖拉拉的人可没什么耐心。所以，好多女孩都飞快地跳上了床！

波茨小姐没有回来。达瑞尔的焦虑又爬上了心头。也许舍监老师会了解情况。一看到舍监老师在盥洗室附近徘徊，达瑞尔就准备去问问她。

可舍监老师不在那儿。来的是杜邦老师，她喜气洋洋地看着大家，依然和和气气，因为这一整天，她们都过得很愉快。

"杜邦老师好！舍监老师在哪儿？"艾莉西娅惊讶地问。

"在照顾莎莉·霍普。"她说道，"啊，可怜的孩子，她痛得很厉害啊。"

达瑞尔的心沉了下去。"那，她——她在医务室吗？"她问。生病的女孩都会被送往医务室。医务室里有许多很好的房间，就在校长的私人套房的上面。医务室里也有个专门的护士长老师，一位常常微笑，但又很严厉的护士，她不仅能对付得了各种事故和各种病症，也能对付得了各种女孩！

"当然，她在医务室里，病得很重。"杜邦老师说。

然后，她又用夸张的腔调说了一两句话，让达瑞尔的心沉到了底。她说："是她可怜的肚子，哦，不，肚子是你们的说法，是不是①？她的肚子痛得厉害。"

"哦，她们知不知道是什么引起的疼痛，杜邦老师?"达瑞尔担心地问，"莎莉是伤着自己了吗?"

杜邦老师并不知道。"我只知道不是因为吃草莓和冰激凌的缘故。"她说，"因为莎莉并没有吃这些东西。她跟舍监老师说的。"

一切更确定了，一定是因为达瑞尔粗暴的一推，让她摔的那一下子！可怜的达瑞尔！她觉得太难过了，杜邦老师犀利的目光注意到了达瑞尔垂头丧气的面孔，她开始怀疑，是不是又有一个姑娘要生病了！

"你没事吧，我的小达瑞尔?"她用同情的语气说道。

"哦，没事，谢谢老师。"达瑞尔吃了一惊，"我还好，我只是……我想，我只是累了。"

那天晚上，达瑞尔几乎不能成眠。她被发生的事吓坏了。她怎么能发那么大的脾气？她怎么可以冲着莎莉那样大吼大叫？她怎么能把她推得撞到墙上？她，达瑞尔，真是坏透了！没错，莎莉是有点儿奇怪，有点儿讨厌，可是达瑞尔的行为还是不可原谅。

现在，莎莉还病着。她有没有说出达瑞尔发脾气的事？一想到格雷灵女士如果知道了会怎么做，达瑞尔就不寒而栗。格

----

① 这一句"是不是"，杜邦老师说的是法语。

雷灵女士还会听说我惩罚格温的事，她会让我过去，告诉我，我已经失败了，达瑞尔想。哦，莎莉，明天就好起来吧！然后，我会跟你说，我太抱歉了，我会尽我所能补偿你的。

最后，达瑞尔终于困了，当晨起的铃声响起，她觉得好累。她的头一个念头就是莎莉。她看着那个女孩空空的床，发起抖来。她多么希望今天晚上莎莉就能回来啊！

她抢在所有人的前面跑下楼，看到波茨小姐，跑向她。"请问，"她说，"莎莉怎么样？"

波茨小姐想，达瑞尔这孩子多好啊。"恐怕，她还没有完全好。"她说，"医生还搞不清具体的病因是什么。可看起来，她的确病得很重，可怜的孩子。这也太突然了，昨天她看起来还好好的。"

达瑞尔难过地转过身。是的，莎莉在跌进椅子之前还是好好的。她知道病因，没别人知道！显然，莎莉没有把和她吵架的事告诉任何人。

今天是周日，在教堂时，达瑞尔全心全意地为莎莉祈祷。她觉得有负罪感，也很羞愧。而且，她也很害怕，觉得应该把争吵和她是如何重重地推了可怜的莎莉的事告诉波茨小姐或是舍监老师。可是她太害怕了，不敢说！

太害怕了！平时，达瑞尔勇敢无畏，对她而言，害怕真是一种奇怪又特别的事。可她就是害怕。假如，莎莉病得非常非常重，假如——只是假如，她好不了了！假如这一切都是达瑞尔的坏脾气引起的怎么办?

她不能告诉任何人,因为她们会觉得她太坏了,她还会让她的爸爸妈妈蒙羞。大家会说:"那个女孩啊,因为脾气太坏被马洛里塔学园开除了!你们知道吗?她把另一个女孩害得病得很重!"

被马洛里塔开除是件可怕的事。她永远也摆脱不了这件事!可她能肯定,格雷灵女士一旦知道了是她导致莎莉生病、挨痛,校长绝不会多留她一天。

可怜的达瑞尔想:我不能告诉任何人,不能!我怕这事让人知道,因为我害怕后果,爸爸妈妈知道了又会怎么样呢?我是个胆小鬼,我不敢说。从前,我从不知道自己是个胆小鬼!

她突然想到了玛丽露,以前她总是叫玛丽露胆小鬼。可怜的玛丽露,现在,达瑞尔自己也明白了害怕是何种滋味。这真是一种可怕的感觉,你无法释怀。她过去怎么能那样嘲笑、奚落玛丽露?就算没有这些嘲笑,害怕本身的滋味已经够糟糕了。

达瑞尔觉得非常难过,非常卑微。开学的时候,她那么满怀希望,那么精神十足。她打算名列前茅!她要样样事情都出色,要让爸爸妈妈为她骄傲!她要找到一个好姑娘做好朋友。而所有这一切,她都没有做到。

她的成绩排名很差,她也没有为自己找到一个朋友。小玛丽露那么害羞,却那么热切地献出她的友谊,可自己对她却那么凶。现在,她达瑞尔做了这么坏的事,还不敢告诉任何人!

那一天达瑞尔都心情沮丧，谁也没法让她摆脱这种情绪。波茨小姐怀疑达瑞尔是不是生了病，所以一直紧密地关注着她。玛丽露很焦急，一直在她身旁绕来绕去，巴望着能做点儿什么。头一回，达瑞尔和气地对待她，没有嘲笑她或是赶她走。达瑞尔很感激玛丽露的好意和同情。

那天，来了两位医生给莎莉看病！这消息传遍了北塔。"她病得很严重，不过这病不传染，所以我们不用隔离，可怜的莎莉。"苔丝说。今天早上，她不得不去见校长的时候，听见莎莉在楼上的医务室里哼哼。

达瑞尔多希望今天妈妈能在身边啊。不过，她记不得爸爸妈妈去哪儿了，虽然他们告诉过她地点。可是昨天太过兴奋，她全忘了。她在海边的一个布满岩石的角落里坐了下来，想着心事。

她再也不能做一个胆小鬼了，留在马洛里塔，做一个胆小鬼，比离开这里还要糟糕。她知道自己有勇气坦白的，可她该对谁说呢？

达瑞尔想：我最好能给莎莉的妈妈写封信，告诉她，她是莎莉最亲的人。我要写信告诉她所有的事，有关争吵是怎么发生的，一切的一切。我还得告诉她，莎莉说她没有妹妹，这真的很奇怪。不过，也许霍普夫人会理解的。然后，霍普夫人可以自主处理，我希望她告诉校长！哦，天哪！如果真的发生了，也许我会感觉好点儿。

她离开海边，回到北塔。她拿出信纸簿，开始写信。写这样的一封信可不是件容易的事。达瑞尔一直觉得写作并不难，她将一切对霍普夫人和盘托出，关于争吵和随后的一切，关于莎莉不想跟自己的妈妈谈话，关于莎莉有多么不开心。达瑞尔很惊讶，看来自己竟然这么了解莎莉！

　　信一写完，她便感觉好多了。她没有通读一遍，而是舔湿了一张邮票贴在信封上，立刻把它寄了出去。明天一早，霍普夫人就会收到信了！

　　接下来，又一个传言传遍了北塔！莎莉的病情恶化了！一位专家来给她治病了！还是她家人派来的，他们明天就会到！

　　那一天，达瑞尔食不下咽。这是她度过的最长的一天。玛丽露被达瑞尔惶恐的脸色吓坏了，紧紧地跟着她。达瑞尔乐于接受，感觉自己得到了安慰。玛丽露不知道达瑞尔为什么这么难过，也不敢问她。她忘记了因为自己的胆小懦弱，达瑞尔嘲笑、奚落过她多少次，她只想帮助达瑞尔。

　　其他的女孩没有注意到什么，她们照常出外散步、洗澡，躺在阳光下，度过了一个快活的、懒洋洋的星期天。波茨小姐依然关注着达瑞尔。她可能发生什么事呢？是在为莎莉的病担心吗？不，这不可能的。她跟莎莉并不那么友好。说到这个，波茨小姐意识到，并没人跟莎莉很亲近。

　　就寝时间终于到了。除了说莎莉并没有好转之外，舍监老师并没有带来有关她的新消息。当然，任何人都不被允许探望莎莉。达瑞尔央求舍监老师说她想去看看莎莉，就看一会儿，这让舍监老师很吃惊。

达瑞尔躺在床上，思索着。九年级、十年级的女孩们陆续就寝了，十一年级、预科生也就寝了，接着，舍监老师、杜邦老师、波茨小姐都休息去了。达瑞尔听见了熄灯的声音。

天晚了，外面很黑。大家都入睡了，除了达瑞尔。"我真的没法只是躺在这儿想来想去了！"达瑞尔绝望地自言自语，一把掀掉了被子，"我要疯了，我要起来，到院子里去！那里的玫瑰一定很香，我可以冷静一下，然后就能睡着了！"她披上晨衣，轻悄悄地溜出屋子，没有惊动任何人。她走下宽阔的楼梯，走进庭院。然后，在寂静的夜里，她听到汽车开上小山坡的声音，那车朝着马洛里塔开过来了，停在外面。这么晚了，谁会来呢？

达瑞尔抬头朝医务室的窗子看了一眼，那里灯火通明，莎莉可能还没睡。不然的话，灯会调暗的。那儿有什么事吗？哦，天哪，要是她知道就好了！

达瑞尔溜过拱门，那道门从庭院通往车道。车道上停了辆车，一个黑乎乎的形状，悄无声息，里面没有人。有人进了马洛里塔。达瑞尔蹑手蹑脚地走到通往主楼的门口，不知是谁把门开着！她推开门，走了进去。

现在，她可以发现，到底发生了什么了！

第十七章

美 妙 惊 喜

　　大厅有微弱的灯光。校长女士的房间黑乎乎的，显然她在楼上的医务室里。达瑞尔蹑手蹑脚地上了楼。楼上到处亮堂堂的，一片喧闹。可怜的莎莉怎么了？

　　达瑞尔不明白出了什么事。这大半夜的，这么多人围着她转，莎莉一定病得很重！达瑞尔的心沉重极了，她不敢往前再迈一步，生怕有人会发现她。她必须弄清真相！不弄清发生了什么，她没法回去睡觉。万一呢，万一需要她帮把手呢！

　　她在一个窗台坐了下来，将厚重的窗帘拉起来裹住自己，竖起耳朵，去捕捉从医务室的任何一间房里传出的片言只语。这是舍监老师的声音——北塔的舍监老师！这是护士长的声音，又尖又脆，正在发号施令。然后又是一个男人的声音。达瑞尔屏住呼吸，听着那些神秘的声音和响动，可是她一个字也听不清。

哦，她，脾气火暴的小坏蛋达瑞尔，正是所有麻烦和烦恼的根源。要是他们知道了，会怎么说呢？达瑞尔拉起窗帘，裹住脑袋，泪水浸湿了沉重的丝缎。

她在那儿坐了大约有半个小时。然后，相当突然，毫无预警地，她一下子就睡过去了！她埋在厚重的窗帘里，筋疲力尽，沉沉地睡了。

她不知道自己睡了多久，之后，她听到一些声音，醒了过来。她坐起来，搞不清楚自己身在何处！她记起来了，她肯定是在医务室附近，她是来弄清楚莎莉到底怎么了。

刹那间，所有恐惧与焦虑重新涌上心头。她孤独又失落，很想妈妈。她听到有声音朝她这边而来，便用窗帘裹紧了自己。来的是医生吗？还是护士？也许是校长女士本人？

达瑞尔的心脏几乎停止了跳动。有人朝着她坐的窗台走过来了，那人用达瑞尔熟悉的声音在说话。"她会好的，"那个声音说道，"总算抢救得及时！现在……"

达瑞尔好像石化了一样听着这熟悉的声音！这不可能！这不可能是爸爸的声音！

她突然发现自己能动弹了。她猛地拉开窗帘，从中间望出去。她看见爸爸跟舍监老师走在一起，热切地说着话。是真的，真的是她的爸爸。

"爸爸！"达瑞尔尖叫起来，忘记了所有的一切，只知道这是她爸爸。她还以为他在千里之外呢，而他正朝着她走来。她喊道："爸爸，爸爸！停一停，是我，达瑞尔啊！"

她爸爸如同中了一枪般停下了脚步！他无法相信自己的耳朵。达瑞尔像一颗小炮弹似的，朝他扑过去。她紧紧地抱住了他，哭了起来。

"怎么了，宝贝儿？"她爸爸惊讶地说，"你为什么会在这儿？"

格雷灵女士走上前来，相当惊讶，也相当不满。她问道："达瑞尔！你来这儿干什么，孩子？里弗斯先生，您最好到楼下我的房间来。请吧。"

爸爸搂着达瑞尔，跟着格雷灵女士下了楼，舍监老师紧随其后，像一只受了惊的母鸡。达瑞尔紧紧地贴着爸爸，就好像永远也不会放开他似的。她在做梦吗？半夜时分，这真的是她的亲爸爸吗？他怎么会来？为什么来？达瑞尔毫无头绪。但是，他来了，这就足够了。

他在一张大大的扶手椅上坐了下来，达瑞尔坐在他的膝盖上。舍监老师不见了，只有格雷灵女士在场，她很迷惑地望着达瑞尔和她的爸爸，有点儿摸不着头脑。

"你可以哭个够，然后告诉我，怎么了。"达瑞尔的爸爸说道，"为什么呢？我们昨天才见过你，你是那么快乐！不要紧，我在这儿，一切都可以交给我。"

"不行的。"达瑞尔哭着说，"我真是太坏了！又是因为我的坏脾气。爸爸，都是我的错，才害莎莉病得这么重！"

"我亲爱的孩子，你在说什么呢？"她爸爸不解地说。达瑞尔将头依偎在他怀里，心里觉得好受多了。爸爸总能解决问题的，妈妈也是。谢天谢地，今晚他能在这儿。

然后，她抬起头来，诧异地说："可爸爸——你为什么会在这儿？我还以为你在老远以外呢。"

"呃，本来是的。"里弗斯先生说，"可是格雷灵女士打电话给我，说小莎莉·霍普得了阑尾炎，而常来的那位医生病了，问我能不能赶紧过来做个手术。我当然能了！我就跳上汽车，开到这儿来了。到了就发现一切准备就绪，做了这个小手术。所以，我在这儿啊！两个礼拜之后，莎莉又能活蹦乱跳了，也能回去上课了！"

达瑞尔心里的一块大石头落了地，她几乎能听见石头滚走的声音。哎呀，阑尾炎嘛，人人都可能会得啊！她爸爸可会治阑尾炎啦！

她急切地说："爸爸，被推倒了不会引发阑尾炎吧……跌倒呢？会不会？"

"老天啊，不会的！"她爸爸说，"莎莉的病已经有段日子了，这点毫无疑问。从这学期起，甚至更早，我想是这样。可你为什么会这么问？"

接下来，达瑞尔滔滔不绝地坦白了一切，莎莉表现得多么古怪，多么粗鲁，达瑞尔又是怎么发脾气，怎么重重地推了莎莉一下，莎莉是怎么跌倒的，达瑞尔全说了。

"我好担心，好担心，好担心啊。"达瑞尔抽泣着说，"我想，要是格雷灵女士知道了，会把我从马洛里塔开除的。我会让你和妈妈丢脸，我睡不着，所以就起来了……"

"真是个傻孩子！"她爸爸说着吻了吻她的额头，"要是你有这个傻念头的话，也许我们还是把你领回去，让你待在家里为好，达瑞尔！"

"哦，不，千万不要！我喜欢待在这儿！"达瑞尔说，"爸爸，我知道莎莉病了，可不是因为我，你不晓得我的心情是多么不一样。可是，天哪，我写信给霍普夫人说了这一切，她会怎么想呢？"

接下来，她不得不说了有关那封信的事，还有信里都写了什么。她的爸爸和格雷灵女士听说莎莉不承认自己有一个妹妹，也很是困惑。

"这事儿透着古怪，必须弄清楚。"里弗斯先生对格雷灵女士说，"有可能影响她的身体，使她不能尽快恢复健康。您说霍普先生和夫人什么时候能来？"

"明天，我会去见他们说明情况的。"格雷灵女士说，"那么，里弗斯先生，您愿意让我们为您准备一张床铺吗？现在很晚了。"

"哦，不！"里弗斯先生说，"我习惯开夜车，我要回去，谢谢您。而且，达瑞尔该睡了。现在，不要再担心了，宝贝儿，会好的，你那么小小地一推是不会伤着莎莉的。不过，跌倒在地可能让她的肚子痛得更厉害了。我猜，她一整天都不舒服，可怜的孩子。"

"我可不是小小地推了她一下，是重重地推。"达瑞尔说。

"这坏脾气可能是我遗传给你的，想到这个让我很难过。"她爸爸说。

达瑞尔紧紧地搂住他的脖子。"不要担心，我会克服它的！"她说，"我会像你那样，让脾气发挥好作用。"

"好吧，晚安，宝贝儿。"她爸爸说着又吻了吻她，"一旦允许你探视，你就去看看莎莉吧。我想，那时你会感觉好些的。"

"我现在感觉就好多了。"达瑞尔说，从他的膝盖上滑下来，眼睛红红的，但是面带笑容。她感觉太不一样了，而且，她的担忧一扫而光。

她爸爸乘着夜色开车走了，格雷灵女士亲自送达瑞尔上床，替她盖好被子。校长女士还没有走出房间，达瑞尔就睡过去了。

在医务室，莎莉也睡着了，她不再痛了。舍监老师照顾着她，听着她安稳的、有规律的呼吸，很是高兴。达瑞尔爸爸的手术做得多么熟练，多么迅速啊——手术只用了十三分钟！舍监老师觉得，还好他离得近，及时赶来了，这可太幸运了。

第二天早上，天气晴朗明媚。铃声一响起，达瑞尔就醒了，虽然疲惫，可是心情又快乐起来了。她躺着想了一会儿心事，心里充满了感激之情。莎莉会好起来的。她的爸爸是这样说的。

而且他还说莎莉的病跟她不相干。不，也不能说是不相干，这事对她影响重大。下一次她就不那么容易发脾气了。她受了一个大教训！

达瑞尔从床上一跃而起，心想：事情的结果是这样，我该做点儿什么，以示感激和感恩。可我什么也做不了，我想知道莎莉今天身体怎么样了。

事实上，莎莉恢复得很好。当听说她爸爸妈妈要来探望她，她简直不敢相信自己的耳朵。

"妈妈要来吗？"她问了一次又一次，"你肯定我妈妈要来吗？可上周六她没法来，她真的要来吗？"

格雷灵女士将霍普先生和夫人接到了自己的大客厅里。霍普先生是一个魁梧的大块头，看上去很是焦急。霍普夫人是一个五官精致的女士，有一张甜美的面孔。

"莎莉还不适合见你们。"格雷灵女士说道，"我很高兴地告诉你们，手术非常成功，她恢复得很好。里弗斯医生正巧在离此地不远的一家旅馆里，我们昨晚请他来做的手术。他是我们这里的一个姑娘的父亲，那姑娘叫达瑞尔·里弗斯。"

"哦，达瑞尔·里弗斯！"霍普夫人说着从包里拿出一封信，"今天我收到一封她写来的奇怪的信，格雷灵女士，请读一读。她似乎认为是她让莎莉病倒了，当然不是这样。可她信上说的一些别的事让我很担忧。在我见莎莉之前，您能让我跟达瑞尔说两句话吗？"

格雷灵女士读了信，神情严肃。"这事儿是有些怪。"她说，"为什么莎莉一直说她没有妹妹，而事实上她有？"

"我不知道。"霍普夫人伤心地说，"达芙妮宝宝出生了，莎莉不看她，也不跟她说话。有一次，莎莉不知道我在看着，我发现她在掐可怜的达芙妮。可莎莉不是一个残忍的孩子啊。"

"你们还有别的孩子吗？"格雷灵女士问。

霍普夫人摇了摇头。"没有。"她说，"达芙妮出生的时候，莎莉十二岁。一直以来莎莉都是我们的独生女，我们还以为有了个妹妹她会很高兴。您知道，我们并没有把莎莉宠坏，可在达芙妮出生之前，她不用跟任何人分享我们的爱。有时候，我怀疑，她是不是嫉妒了？"

"她当然是嫉妒了！"格雷灵女士立刻说，"霍普夫人，我想，她跟您太亲近了，有了妹妹以后，她痛恨跟妹妹分享您的爱。可能她不想告诉你，怕您讨厌她。"

"哦，她从未跟我说过一个字！"霍普夫人说，"只是她变了，她不再快乐了。她不像过去那样跟我们亲近，也不像过去那样爱我们了。而且，她似乎痛恨宝宝。我想这会过去的。可是，并不像我想的那样。我和我丈夫认为，如果送莎莉到寄宿学校来是最好的。因为那一段时间，我身体不好，只能照顾宝宝，没法再同时关注莎莉。我们已经尽力了。"

"是的，我明白。"格雷灵女士体贴地说，"可是在莎莉看来，一定认为你们不要她了，要把她送走，好给宝宝腾地方，

马洛里塔学园·七年级的日子

宝宝占据了你全部的关心和注意。霍普夫人，这种对小得多的宝宝的嫉妒很常见，也很自然。您不必责备莎莉，也不能听之任之。只要您能让莎莉感受到您还和从前一样爱她，一切都会好起来的。现在，我们叫达瑞尔来，好吗？"

达瑞尔被叫来了。她紧张地走进来，很害怕，霍普夫人会说什么呢，她很担心。可她很快平静下来，把自己知道的一切都说了出来。

格雷灵女士转向霍普夫人。"我觉得，如果我们让达瑞尔在您之前去探望莎莉几分钟，是个不错的主意。"她说，"我们可以让她告诉莎莉您来了，我们可以让她说您把宝宝丢下就是为了尽可能快地来看莎莉。你愿意吗，达瑞尔？"

达瑞尔点点头。她一下子明白了莎莉的麻烦！天哪！她嫉妒自己的小妹妹，嫉妒到都不想承认自己有妹妹。可怜的、奇怪的莎莉啊。有妹妹多好啊，莎莉不知道自己有多幸运！

"我会告诉她的。"达瑞尔热切地说，"你们走了以后，我会尽我所能让莎莉明白有个妹妹会多有趣。我想要出点儿力——而且，我很愿意这样做！"

第十八章

建 立 友 情

　　达瑞尔来到楼上的医务室。她随身带着格雷灵女士给舍监老师的小字条："在莎莉母亲来之前，请允许达瑞尔看望莎莉，只要几分钟。"

　　舍监老师有点儿惊讶，不是很乐意地打开了门，让达瑞尔进去。达瑞尔蹑手蹑脚地走了进去。这是间舒适的屋子，里面有三张白色的床铺，从大窗子外望去，风景很好。样样东西都是乳白色的，一尘不染。在最里面的一张床上躺着的，正是莎莉，脸色苍白但眼神明亮。

　　"你好，莎莉。"达瑞尔说，"我一直很担心你。你好点了吗？我爸爸让你好点了吗？"

　　"是的，我真的很喜欢他。他人真好。"莎莉说，"整个周六我都难受极了，达瑞尔。可我不能告诉任何人，怎么能说呢？

我不能扫人家的兴对吧?"

"我觉得你很勇敢。"达瑞尔说,"你知道谁来看你了吗?"

"不会是我妈妈吧?"莎莉说,她的眼睛闪闪发光。

达瑞尔点点头。"是她,还有你爸爸。你知道吗? 莎莉,你妈妈把你的小妹妹丢下来,好马上来看你,真想不到啊! 她一定想你想得不得了。因为一般来说,小娃娃还小,妈妈是没法儿离开的。"

莎莉似乎完全忘记了她跟达瑞尔说过她没有小妹妹,她冲着达瑞尔伸出手去。"她把宝宝带来了吗?"她小声说,"还是说她把宝宝丢下了? 真的吗? 真的吗?"

"是的,可怜的小东西。"达瑞尔说,"她一定觉得很孤单! 我也有个小妹妹,有妹妹真好啊。我的小妹妹可崇拜我啦,她觉得我好得不得了。我希望你的妹妹也这样想。"

刹那间,莎莉对小妹妹的看法经历了一个突然的变化。一下子就云开雾散了。她冲着达瑞尔感激地微笑起来。"可能的话你还会来看我的,是不是?"她说,"别说我的病,一个字也别说,好吗? 我是说,别跟别人说。"

"当然,我不会说的。这也不是什么病,只不过是你的身体出了点儿小毛病。"达瑞尔说,"天啊,任何人看你妈妈一眼就会知道她是个好妈妈——我是说,是那种会永远爱你的妈妈,不管她有多少孩子,不管你做了什么。我觉得她非常亲切。"

"我也这么想。"莎莉叹了口气说道,"我对你那么粗暴,真对不起，达瑞尔。"

"你不必告诉我你有多抱歉，在你肚子疼成那样的时候我还那样推你。"达瑞尔说。

"你推我了吗?"莎莉说，"我都忘记了。看，舍监老师要说什么?"

舍监老师在冲达瑞尔招手，示意她出去。霍普先生和夫人站在门外。达瑞尔匆忙跟莎莉道了个别，然后轻手轻脚地出去了。霍普先生和夫人走了进去，达瑞尔听见莎莉看见妈妈时开心地轻叫起来。

达瑞尔愉快地蹦跳着下了楼，穿过大厅来到庭院。她跑进自己教室所在的那幢大楼时，正好打了下课铃。

达瑞尔溜进了七年级的教室，姑娘们都抬头看着她。

"你去哪儿了? 走了那么久! 你逃了半节数学课，幸运的家伙。"

"我去看莎莉了。"达瑞尔郑重地说。

"乱讲! 现在还不许任何人去看她呢。"艾琳说。

"可我就是去了啊。我爸爸治好了她，她感觉好多了。"达瑞尔为有这样一个爸爸而自豪，"他是晚上来的，我看见他了。"

"达瑞尔·里弗斯，这都是你编出来的吧。"艾莉西娅说。

"不是的，真的不是的。我说的都是真的。"达瑞尔说，"我还看见了霍普先生和夫人，他们现在正在看望莎莉。今晚他们就住在格雷灵女士那儿，明天走。

"现在，亲爱的莎莉有没有搞清楚她到底有没有小妹妹？"格温拖长腔调慢吞吞地说。

达瑞尔觉得胸中有怒火升起，可她立刻把这股火压了下去。"这不关你的事，你没有六个大姐姐，重重地坐在你身上，真是可惜了。"达瑞尔说，"那样的话你就会乖一点儿了，不过也许只会乖一点点儿。"

"嘘！杜邦老师来了！"站在门边的一个女孩小声地嘘着。杜邦老师走了进来，今天早上她一脸不高兴，因为九年级的人真是太愚蠢了。不论杜邦老师或是波茨小姐今天怎么不高兴，达瑞尔都不会在乎。她一直想着莎莉快乐的样子，她想知道莎莉怎么样了。

莎莉快活地和爸爸妈妈待在一起。那堵莎莉自己建成的、隔在她与妈妈之间的墙倒塌下来。因为刹那间，嫉妒烟消云散了。妈妈丢下了宝宝来看她，莎莉满足了。她也不想把达芙妮宝宝一个人留给陌生人，可是这对她来说是一个信号——妈妈是想着她、爱着她的。古怪的小莎莉啊！

舍监老师跟霍普先生和夫人说时候不早该走了。"明天回家前我们还会来看你的。"莎莉妈妈说，"要是你特别想我留下的话，我还可以多留一天，让爸爸一个人先回家去。"

"不，别把宝宝丢下太久了！"莎莉叹了口气说，"我知道爸爸情愿你跟他一块儿回去。我已经好多了，妈妈，很快就会好的，那时候我的感觉又不一样啦。"

这个时候霍普夫人可以肯定莎莉恢复了常态，又是一个无私的小姑娘了，她很高兴。达瑞尔·里弗斯给她写了信，这事儿做得太对了！现在一切妥当了。

老师允许达瑞尔每天来看莎莉两次，其他人还不能来呢。莎莉热烈地欢迎她。莎莉大不一样了，不再是一个古怪的、封闭的小人儿了，而是一个友好的、热心的女孩，动不动就谈起她的家、她的狗、她的院子，向达瑞尔询问课程和运动的事，杜邦老师是不是生气了，波茨小姐说了些什么，格温和玛丽露是不是还是朋友。

"你知道，莎莉，"达瑞尔说，"我以为是我伤了你，你有可能被送走，那个时候，我真的是吓坏了，我突然间明白了玛丽露的感觉——总是害怕一切！我取笑过她，我很抱歉。"

"我们对玛丽露好一点吧。"莎莉说，现在她的力气又回来了，而且达瑞尔每天都来看她，她甚至觉得，连对格温都能好一点！"告诉她我很想她来看我。"

这个口信让玛丽露不知所措。莎莉选了她作为第一批探访者之一。她拿了一大盒麦芽糖，来到了医务室。莎莉看起来相当苍白，可神情大不一样了。她的眼睛发亮，微笑着。她亲切地欢迎玛丽露的到来。

她们谈起话来，玛丽露比平时放开了一些。她不怕莎莉了，她告诉了莎莉好多事情。接着，她担心起来。

"你知道，莎莉，我真的希望格温再也不要一直说达瑞尔的坏话了。她一直想让我相信达瑞尔，还有艾莉西娅，对我耍了些讨厌的花招。昨天，我的墨水瓶洒了，我的地图集弄得全是墨水。格温说她可以肯定这事儿是达瑞尔干的，因为她看见那天达瑞尔的手指头上全是墨水。"

"达瑞尔才不会做这种事呢！"莎莉愤怒地说，"格温说这种话，你怎么能相信呢？"

"我阻止不了她。"玛丽露说着脸上又露出了惧怕的神色，"你知道，她一直都说，她是我的朋友，她什么都不瞒我。"

"你是她的朋友吗？"莎莉问。

"不，不是这样的。我不想告诉她，我并不想跟她做朋友。"玛丽露说，"别说我是个胆小鬼，我知道我就是，可我没办法。"

"该走了，玛丽露。"舍监老师走进来说，"告诉达瑞尔，过半小时后她可以来了，带点简单的游戏过来，像'幸福家庭'什么的，别太劳神的。"

达瑞尔来了，带着"幸福家庭"游戏。可两个姑娘并没有专心于那些牌，她们在谈论格温和玛丽露。

"格温恶意满满。"莎莉说，"她总是说你和艾莉西娅的坏话，污蔑是你对玛丽露玩了那些把戏。"

"我想知道是谁玩的那些把戏。"达瑞尔说，"你觉得会是另外一个塔里的女孩吗？是西塔的伊芙琳吗？她总是搞些愚蠢的、戏弄人的把戏。"

"不，我觉得是格温自己做的！"莎莉看着手里的牌说道。

达瑞尔惊讶地看着她。"哦，不会吧。"她说，"天啊，格温和玛丽露可是朋友啊。"

"这是格温说的，玛丽露可不是这样说的。"莎莉说。

"是啊，可是，装成是某人的朋友然后又一直耍坏点子，谁能干得出来这种事啊！"达瑞尔说，"这种事真是太讨厌了。"

"我觉得格温就是这样讨厌！"莎莉说，"我永远也受不了她，她是个真正的两面派。这个世界上，她谁也不在乎，除了她自己。"

达瑞尔看着莎莉，说："我觉得你真是聪明，你似乎能看透所有的人——比我厉害多了。我觉得你比我了解玛丽露。"

"我喜欢玛丽露。"莎莉说，"要是我们能让她不怕这怕那就好了。她会变得很有趣的。"

"我们该怎么做呢？"达瑞尔说着，心不在焉地把所有的牌都洗在一块儿了，"天哪，瞧我干了什么呀。不要紧，谈天可比打牌有意思多了。我们怎么能帮到玛丽露呢？我曾经试着鼓励她，让她为自己感到羞愧，可这一点儿用也没有。"

"难道你没看出来她已经为自己感到羞愧了吗？"莎莉出人意料地说，"可感到羞愧却没有给她带来任何勇气。除了她自己，没人能给她勇气。"

"嗯，想想办法，让她自己鼓起勇气来！"达瑞尔说，"我打赌你想不出来。"

"我今晚睡觉前会想的。"莎莉说，"你明早来看我的时候，我会想出计划来的——我要想不出来才怪呢！"

第十九章

绝 妙 计 划

　　早上，课间休息时，达瑞尔照常去看望莎莉，莎莉亲切地招呼着她："哎，我想出一个办法来了！算不上一个超级好的计划，但是作为一个起点还是很管用的。"

　　"什么计划？"达瑞尔边问边想着，这个早晨，因为脸颊上的颜色和眼睛里的光彩，朴素的小莎莉显得多漂亮啊。

　　"听着，等你有机会的时候，装成在游泳池里遇上麻烦了，如何？然后你冲着玛丽露大叫，求她跑去把救生带拿来扔给你。"莎莉说，"要是她做到了，她会觉得她救了你，让你幸免于难，她一定会高兴坏了。把救生带插入水中我们大家都会，她做起来应该很简单的。"

　　"没错，这是个好主意。"达瑞尔说，"我明天就试试看。我会跟别人打好招呼，让她们不要插手，让玛丽露去做。至少，我得跟那些我信得过的人说好——至于亲爱的格温嘛，就算了，你真的认为让玛丽露做这件事，能让她不那么惧怕一切吗？"

"嗯，在我看来，除非玛丽露开始有点儿理智和勇气，不然的话，她永远也不会正视自己的问题。"莎莉严肃地说，"要是你认为自己做不了某件事，那你就真的什么事也做不了了。如果你相信自己可以做到，有的时候，你连不可能的事都能做到呢。"

"你是怎么会知道这些道理的？"达瑞尔满怀欣赏地问，"我真希望自己懂这些道理！"

"哦，这也没那么难啊。"莎莉说，"你只要设身处地地替别人想想，像他们那样去感受；再想想，如果你是他们，你会如何治愈自己，这就行了。这话听起来有点儿乱七八糟的，可我没法准确地表达我的意思，我找不到合适的词。"

"哦，但我还是能知道你的意思！"达瑞尔说，"你做的正是我妈妈一向要我做的——设身处地，站在别人的立场想想，感受他们所感受到的。可是我太没耐心了，总是做不到。我太在意自己的感觉了！你不一样！我觉得，你又聪明又善良，莎莉。"

莎莉脸红了，看上去很高兴，而且也很害羞。"我不聪明，而且你知道的，就凭我对达芙妮的态度，我也不善良。"她说，"可无论如何，你能这样想我，真是太好了！你觉得你能完成这个计划吗，达瑞尔？"

"哦，我想可以的。"达瑞尔说，"明天我们去游泳池的时候我就试一试。玛丽露有点儿感冒了，老师不允许她这周下水游泳呢。所以，她会在池边上看着，把救生带拿来扔给我不难。她可别吓一跳啊！"

"我猜，她很庆幸这一周感冒了。"莎莉说着，咯咯笑起来，"她真的讨厌水！我打赌，她永远也学不会游泳的。"

"舍监老师说玛丽露感冒了不能下水的时候，有件事儿特别有趣。"达瑞尔说，"亲爱的格温马上就开始在课堂上装模作样地吸鼻子，巴望着波茨小姐能向舍监老师汇报一下，这样她也就不用下水了。她比玛丽露还怕下水！"

"后来呢？"莎莉饶有兴趣地问，"哦，我真的好想回学校去。幸好有你来告诉我这些事，不然我就要活活闷死啦。"

"波茨小姐被格温吸鼻子的声音弄得好生气，她责备了格温。"达瑞尔说，"然后，格温就说她可以肯定，玛丽露把感冒传染给她了，所以呢，波茨小姐就把她送到舍监老师那里去了。然后，舍监老师一点儿都不同情她，灌了她一大杯难喝得要命的药，也没有说格温可以不下水，还说海水中的盐对她有好处。我听见舍监老师对波茨小姐说，揭穿格温的把戏的唯一方法就是一小撮盐。所以呢，她肯定会在泳池里喝上几口海水啦！"

莎莉开怀大笑起来。她几乎像是亲眼看见了格温的小心机没有得逞，还无缘无故被喂了一口药而气呼呼的样子。达瑞尔站起身来。

"钟响了，"她说，"我午饭后再来，把所有笑点都讲给你听。我还没把那件事讲给你听呢，就是艾莉西娅和贝蒂在杜邦老师桌上的一堆书上拴了根线，艾莉西娅就在杜邦老师眼皮底下把书一拉！我想，艾琳差一点儿笑死了。她笑起来有多大声，你是知道的。"

"哦，是呀，你一定得再来，把所有的一切都讲给我听。"莎莉说，她盼望着达瑞尔的探望甚过一切。"我喜欢听你说话。"

莎莉现在完全变了个人，这真奇怪，达瑞尔回想一番，记起莎莉·霍普总是表现得那么安静、沉默寡言，严肃得要命，现在变成了床上这个这么爱笑、热情，眼睛亮闪闪、通情达理、善良的女孩，富有真正的幽默感，这真不可思议。

"当然了，她不像艾莉西娅那么风趣。"达瑞尔心想，"可是，她最令人信任，而且，虽然她在认识人方面有着同样的聪明，却没艾莉西娅那么伶牙俐齿。"

达瑞尔仔细地思考了计划，要骗出玛丽露的行动力和一点儿勇气，这应该很容易。她会让艾莉西娅和贝蒂把其他人引到泳池的另一边，这样，玛丽露和达瑞尔就会独自留在深水区。然后她就可以挣扎着，叫喊着，假装抽筋了。

我会冲着玛丽露喊："快，快，把救生带扔给我呀。"她想，然后，玛丽露肯定会行动起来的，然后我就抓着救生带喘个不停，叫着："哦，玛丽露，你救了我的命！"这么一来，要是玛丽露还对她自己没有改观，那就怪了。一旦玛丽露知道，她是可以做成这样的事的，她就能振作起来，就能面对那些她总是害怕的傻事了！

看起来，这个计划真是完美。达瑞尔跟艾莉西娅和贝蒂分享了这个秘密。"这真的是莎莉想出来的点子，"达瑞尔说，"真的好棒，你们觉得呢？"

"哎呀，你怎么突然为玛丽露那个小傻子操起心来了？"艾莉西娅惊讶地说，"她是不会改变的，她没救了。"

"但是我们必须让她改变。"达瑞尔争辩，艾莉西娅对这个计划是这个态度，让她相当失望。

"可能性不大。"艾莉西娅说，"恐怕，玛丽露会吓得动弹不得，多半只会在泳池边哭叽叽，让别人跑去拿救生带。而且，这事儿会让她比过去更糟，因为人人都会鄙视她的。"

"哦，那就糟糕了。"达瑞尔有点儿沮丧地说，"艾莉西娅，我没想到这一点。"

达瑞尔把艾莉西娅的话告诉了莎莉。"我很明白她的意思。"她说，"也许这样会让玛丽露变得更糟而不是更好，因为人人都可能笑话她。你瞧，艾莉西娅真是聪明，莎莉，我们就想不到这个，是不是？"

"是的，艾莉西娅很聪明。"莎莉慢慢地说，"但有的时候，她有点儿聪明过头了。达瑞尔，她忘了一件重要的事。"

"什么事？"达瑞尔问。

"她忘记了，挣扎求救的是你。"莎莉说，"大家都晓得，玛丽露觉得你好得不得了，她会为你做任何事——只要你让她做。现在有件事她可以做了，她会做的！我不会错的，你就看着吧。达瑞尔，给玛丽露一次机会吧，艾莉西娅把她看成一个软弱的小哭包，可要是为了她爱的人，她肯定能做出一番事来的。"

"好吧，莎莉，我会给她机会。"达瑞尔说，"我忍不住会想，艾莉西娅也许是对的。你知道，她真的很聪明，总是能把人看穿，我恨不得她不是贝蒂的朋友，要是她是我的朋友多好！"

莎莉再也没说什么。她跟达瑞尔玩起了多米诺骨牌，一声不吭。没过多久，舍监老师来了，把达瑞尔轰走了，她不得不去做上课的准备去了。

"我要用莎莉的法子试试玛丽露。"她告诉艾莉西娅，"你要是看到玛丽露站到深水区这边来，你和贝蒂就把其他人引到游泳池的浅水区那一头去，好吗？然后我就大声叫起来，看看玛丽露有没有勇气把救生带扔给我，就这么简单！"

"这事儿对她可太难了！"艾莉西娅说，她明明已经泼了一盆冷水了，可达瑞尔还是要实行这个计划，这让她有些气恼，"好吧，我们走着瞧吧。"

于是，第二天下午，计划开始实施了。七年级生穿着泳衣，披着沙滩长袍，边闲聊着，边下了泳池。格温也下水了。她的脸拉得老长，因为她装感冒失败，七年级的人把她好一番嘲笑！

玛丽露没有换泳衣，为此她很高兴。她真痛恨下水！达瑞尔叫她："你扔硬币下来，扔到深水区，玛丽露，看我潜下水捞上来！”

“好吧。”玛丽露高兴地说，拿几枚硬币放进口袋。她的感冒差不多好了，真可惜！她太享受不用游泳的时光了！

女孩们纷纷跳入水中，有的是跃进水中，有的是从跳板上跳进水中。只有格温，小心翼翼地踩着台阶。她一下子就下了水，这可是头一回，因为有人推了她一把，她哗啦一下跌进水中。她冒出头来，愤愤不平。当然啦，她的身边一个人影儿都没有，是谁推她的，她一头雾水。也许是达瑞尔，或者是艾莉西娅！坏蛋！

玛丽露在深水区那一头，看着其他人，主要是看着达瑞尔，欣赏着她的矫健泳姿，她结实的棕色手臂那么利落地劈开水面，像一枚小鱼雷似的，勇往直前。玛丽露把手伸进口袋，摸着那些硬币。达瑞尔要她替她扔硬币下水，真好。为达瑞尔做任何事都是好的，哪怕是一件小事。

“到另一头来，我们来场比赛吧！”艾莉西娅突然叫起来，“来吧，都来。”

“我要在这边再待一会儿，先把硬币捞起来！”达瑞尔叫道，“我不想比赛了，你们开始以后，我会让开道的。玛丽露，硬币准备好了吗？”

艾莉西娅和贝蒂是唯二知道这个计划的女孩，她们观察着发生的一切。两个姑娘都很肯定，达瑞尔一叫起来，玛丽露一定会哭叽叽，动弹不得。她没有勇气跑去拿救生带的！

其他女孩在四周摩拳擦掌，各就各位。玛丽露朝水中扔了一枚硬币，达瑞尔潜下水捞。

她捞出了硬币，得意洋洋。"再扔一枚，玛丽露！"她叫道。扑通，又一枚硬币扔了下来。达瑞尔又潜下水去，想着，是时候了，该假装抽筋了。她钻出水面，气喘吁吁。

"救命啊，救命！"她大叫，"我抽筋了！快，玛丽露，救生带，救生带！救我，救我！"

她胡乱挥舞着胳膊，挣扎着，让自己又往水下沉了沉。玛丽露瞪大了眼睛，彻底目瞪口呆。艾莉西娅轻轻推了推贝蒂。

"我说的没错吧，"艾莉西娅小声说，"对一个小傻子来说，拿救生带真是太难了！"

"救命！"达瑞尔又大叫了两三声，心想，她是真的有麻烦了，一边用力地往泳池边游。

可有人抢在了达瑞尔前头！哗啦！一声响亮的水声，那个吓坏了的玛丽露，穿戴齐整的玛丽露，跳进了水中！尽力地回想着她所知道的有限的游泳动作，她竭力想游近达瑞尔，伸出胳膊，想要救她。

达瑞尔第二次把头伸出水面时，看到了玛丽露湿漉漉的脑袋在她身边起伏着，惊得无以复加！她简直不敢相信自己的眼睛。

"抓住我，达瑞尔，抓住我！"玛丽露气喘吁吁地说，"我来救你！"

第二十章

奋 不 顾 身

　　这时，又有两三个游泳的女孩子过来了，大声叫着："出什么事啦，达瑞尔？让开点儿，玛丽露。"

　　可玛丽露做不到。她尽了最大的努力，跳入水中，游了好几下——可现在，她的力量流失了，她的衣服沉重，让她往下坠。一位女孩将她安全地送到了池边，她抓紧池边，喘着气，焦急地转头看达瑞尔，看她是否安全了。

　　显然，达瑞尔从抽筋中恢复了过来，因为她爆发般地朝着玛丽露游了过来，她的眼睛闪闪发亮。

　　"玛丽露，你就这么跳下水了，你几乎还不会游呢！真是个傻瓜，可你是我认识的最勇敢的傻瓜！"达瑞尔叫道。

　　有人帮着颤抖的、吃惊不已的玛丽露从泳池里出来。这时，波茨小姐从悬崖上下来，吃惊地看着穿戴齐整、浑身湿透的玛丽露从泳池中爬上来，女孩们围在她身边，拍着她的肩膀，赞扬她。

"发生什么事了？"波茨小姐好奇地问，"玛丽露掉下水了吗？"

一声声热切的声音告诉她所发生的事。"达瑞尔抽筋了，叫救命，要救生带，可玛丽露直通通地跳下水去救她，她自己几乎不会游泳呢！"

波茨小姐与其他人一样吃惊，玛丽露！她可是看见蜘蛛都会尖叫的啊！多令人激动啊。

"她为什么不扔救生带？"艾莉西娅问道。

"它它它，它不在那儿。"玛丽露回答，她的牙齿打着颤，一半是因为冷，一半是因为兴奋和震惊，"它它它，送送送去修了，你们不知道吗？"

不。没人注意到救生带已经不在老地方了。那么说，玛丽露并不是傻，她知道救生带不在，没法用来救达瑞尔，于是她用了第二个选择——自己跳下水。这谁能想得到呢？波茨小姐赶紧将打着颤的玛丽露带上悬崖。

达瑞尔转身面对艾莉西娅，目光闪闪。

"这下谁对了？是莎莉，还是你？天啊，玛丽露真勇敢，她好像不喜欢水，甚至不知道怎样游泳。不，她比我们任何人都勇敢，因为她一定害怕得要命，可还是跳下水了！"

艾莉西娅发现自己错了，她也表现得宽宏大量，点了点头，说："是的，她勇敢极了，我从来不知道她内心也是有勇气的。可我敢打赌，她不会为别的任何人这样做，只为你！"

达瑞尔等不及要把事情告诉莎莉。下午茶过后，她冲到莎莉那儿，脸庞闪亮："莎莉！你的点子真是太棒了！简直是奇迹。你知道吗？今天下午，泳池边根本没有救生带。所以，玛丽露穿着衣服鞋子就直直地跳进了水里，来救我！"

"天啊！"莎莉说着脸庞也开始闪光，"我从来没想到会这样，你也没想到吧，达瑞尔？真是太棒了。现在你要好好地对待玛丽露啊。"

"你什么意思？"达瑞尔问。

"你该告诉玛丽露她有多勇敢，大家有多意外，现在她自己知道了，面对其他许多事，她也能一样勇敢。"莎莉说，"很容易啊！一旦你让一个人相信自己，他们就无所不能了！"

"你真是个又有趣又有智慧的人。"达瑞尔欣赏地说，"我从来没有这样思考过问题，我会尽我全力。玛丽露来看你的时候，你也跟她说两句吧。"

于是，玛丽露在惊讶和欢喜中，成了眼下的女英雄，因为不久，学校上上下下都传遍了，她是如何穿着齐齐整整的衣服就跳入泳池中去救达瑞尔的。

"你要再缩到角落里，或者因为看见一只蜘蛛就尖叫得脸都紫了，可就不好了！"达瑞尔说，"现在我们都知道你有多勇敢，我们期待着看到你更多勇敢的表现！"

"哦，是的，我会试试的。"玛丽露满面笑容地说，"现在我知道了，我是可以很勇敢的。当你知道你不可能那么糟糕的时候，感觉是不一样的。我从来也没有想到，我敢跳到水里去，而且是那么深的水。我做到了！我连想都没想过，我就是做到了。你知道，那其实并不是真的勇敢，因为我根本不需要鼓起勇气什么的。"

只有一个人没有对玛丽露说一句表扬的话，这个人就是格温。一来是因为她相当嫉妒发生在玛丽露身上的事，连老师们也对此大惊小怪的。因为所有的人都认识到，这是唯一的机会，能让玛丽露认识到，只要她想做就一定能做得到。格温痛恨一切大惊小怪，特别是玛丽露跳下水要救的人，是达瑞尔。

她没想到会有人这么愿意帮达瑞尔！她想起，曾经那个生气的女孩对她多凶啊。要是我，我就让她在水里挣扎去好了，愚蠢的玛丽露！我猜，现在她可要得意了！

可玛丽露并不得意，她还是与以往一样，相当害羞，非常内向。现在，她变得自信多了，也有主见多了。她证明了自己，她别无所求，快乐又骄傲，虽然她没有表现出来。爱出风头是格温这样的女孩才喜欢做的事。

头一次，玛丽露能更好地面对格温了，这让格温又气又恼。当莎莉在两周内重回学校时，她看上去也是模样大变。对于格温的胡说八道她不再忍了，她站在玛丽露一边，惹恼了格温，让格温十分生气，她盼着能跟莎莉吵上一架。

学期剩下的日子飞速流逝，离假期只有三个礼拜了！达瑞尔几乎不敢相信时间过得这么快。

现在她的功课好多了，有两次在周考试成绩中，她排名第五。格温是唯一一个总是垫底的人，连玛丽露都上升了一两名。达瑞尔很好奇，到学期结束，格温拿着成绩单回家的时候，她会怎么说服她的父母相信她样样事情都是第一名，因为她的成绩单真的能显示格温的成绩有多烂。

有一天，达瑞尔跟她谈起了这个。"格温，你爸妈看到你的成绩单，发现你的成绩很糟糕的时候他们会怎么说呢？"她好奇地问道。

格温看起来吓了一跳："你说我的成绩单，是什么意思？"

"天啊，难道你不知道什么是成绩单吗？"达瑞尔惊讶地问，"我会给你看一下我以前的一张，我这里有上一次的一张，是我以前学校的，我得带来给波茨小姐看。"

她把成绩单给格温看，格温惊恐万状地看着它。什么！这张单子上包括了所有的科目，标着分数，还有年级排名，还有老师对于功课的评语！格温完全能够想象出来，她的那张单子上会写些什么样的评语！

法语：相当落后，相当懒惰。

数学：丝毫没有努力，最好能在假期里补习一二。

运动：丢人，完全没有合作感和团队精神。

诸如此类。

可怜的格温！她真的从来没有想过，有那么一天，她糟糕的成绩和懒惰会用这种形式展现在她父母眼前。她扑通坐在椅子上，盯着达瑞尔。

"格温，你以前从来没有拿过成绩单吗？"达瑞尔惊讶地问。

"没有，从来没有。"格温垂头丧气地说，"我跟你说了，我来这儿以前从来没有上过学，只有我的家庭教师温特小姐教我，她当然从来没有弄过成绩单。她只是告诉妈妈，我学得有多好，妈妈相信她。没来这儿以前我不知道原来我这么落后。"

"嗯，我想你爸妈看到你的成绩单后一定会非常震惊的！"达瑞尔冷酷地说，"我敢肯定，那是全校最差的一张成绩单。期中的时候，你跟你妈妈和温特小姐说了那么多谎，到你拿着成绩单回去过假期的时候，你一定会后悔的！"

"我会把它撕掉的！"格温怒气冲冲地说，她感到她无法承受爸妈看到她的成绩单后受到的震惊、沮丧和愤怒。

"你没法这么做。"达瑞尔说，"成绩单是寄到家里去的，哈哈！你在家会大大丢脸的，我太高兴了。玛丽露把你在期中假的时候跟你妈妈和温特小姐讲的一些可笑的事告诉我了。这么吹大牛真是，你的脑子真是连只老鼠也不如，你还不会用它！"

格温气得说不出话来。达瑞尔怎么敢这样跟她说话？而且，玛丽露怎么敢把期中假的时候偷听到的她跟妈妈讲的话传出去？这个狡猾的小坏蛋，她会让玛丽露付出代价的。她会把玛丽露的钢笔踩碎在脚下的，她会，她会……她有一万种方法来对付这个可恶的玛丽露！

"在我跟她交上了朋友之后这样对我！"格温气愤地想，"背信弃义！我讨厌她。"

接着，她开始思考成绩单的事。想到她爸爸要看到那个东西她就不寒而栗。他曾说过，她懒惰又自负，过于自负，所以他才会把她送到学校来。他说了好些可怕的话，格温试着忘掉，可是在闲暇的时候，这些话还是会回到她脑子里。

她喜欢说什么谎就可以说什么，她喜欢怎么吹牛就怎么吹——可要是在成绩单上出现了"懒惰、不可信任、不负责任、自负、愚蠢"这样的字眼（她知道这些词都是她该得的），那她吹的牛和撒的谎不就白费了吗？

格温紧张地想，还有两到三星期的时间了。这么短短的几周，我能让成绩单变得漂亮点儿吗？我必须要试一试！为什么以前我不知道学校会有成绩单这种东西呢？要不然我会稍稍努力一些的。现在，我只好做点儿苦工了！

格温开始用功了！波茨小姐无比惊讶，杜邦老师也同样惊讶。她学得多努力啊！她埋首于书本，写了无数作文，又用最工整的字迹抄写出来。她在课堂上是注意力最集中的一个。

"格温怎么啦？"波茨小姐问杜邦老师，"我开始相信她终于有了一点儿脑子了——只是一点儿！"

"我也这么想。"杜邦老师说，"看见这个法语作业了吗？只有一个错误！这可是从来没有过的事。格温真是改面换头了。"

"你是说，改头换面吧。"波茨小姐说，"嗯，令人惊讶的事不少啊。达瑞尔的功课也进步了很多。而莎莉·霍普呢，像换了个人似的。玛丽露呢，自从跳进泳池之后，开朗了许多。格温是最令人惊讶的。昨天，她给我写了好几篇还不错的作文，只有六处拼写错误。通常她至少有二十处错误。在她的成绩单上，我得用'能运用大脑'来代替'从不用脑子'了!"

格温并不享受这么用功的日子。达瑞尔嘲笑她，还把"这么懒惰的格温为什么突然有了这么大的变化"的原因告诉其他人。

"她不想家人知道期中假的时候她撒了那么大的谎。"她说，"是吧，玛丽露？这就是吹牛的下场了。格温，迟早你得付出代价的。"

玛丽露也笑起来。现在，她勇敢得多了，虽然只有达瑞尔或是莎莉在她身边时她才会勇敢。格温对她怒目相向。变脸变得真可怕啊!

第二天，格温就找到机会去报复玛丽露了。她走进休息室，当时那里一个人也没有，玛丽露的柜子里放着她的宝贝自来水笔!格温一眼就看到了。

"这笔完蛋了!"格温恶意满满地说着，把自来水笔扔到地上，用力地踩上去。自来水笔碎了，溅了一地的墨水!

第二十一章

深 受 冤 枉

第一个发现自来水笔残骸的是吉恩。她到休息室来拿一本书，一看到地上的墨水和蓝色自来水笔的残骸时，她就停下了脚步。

"天啊！"吉恩说，"这是谁干的？真是太卑鄙了！"

艾米莉和凯瑟琳走了进来。吉恩指着那支笔，"瞧，"她说，"有个意外你们看看。"

"这是玛丽露的自来水笔。"凯瑟琳难过地说，"真是糟透了。谁会把它弄坏？这不是意外。"

玛丽露和文静的维奥莱特一块儿走了进来。当玛丽露看到她的自来水笔时，她停下脚步，大声痛哭："哦，谁干的！这是我妈妈送我的生日礼物。现在碎成这样了！"

所有的女孩都围拢过来。达瑞尔、莎莉和艾琳边走边聊，也走了进来，看到一小群人安安静静地围在一起，很是吃惊。

她们加入进来。玛丽露再次放声大哭，这毫不意外。

"妈妈会怎么说呀？她说过，要是我把笔带到学校来用，一定要爱惜它。"

艾莉西娅吹着口哨进来了，看到碎了的自来水笔，外加一大摊深紫罗兰色的墨水，也很吃惊。谁会做这么缺德的事！

"谁干的？"她问，"得报告给波茨小姐。我打赌是格温干的，她是个小坏蛋。"

"格温在哪儿？"凯瑟琳问。没人知道。事实上，她刚才就在门外，正要进来，然后装成吃惊的样子，再惋惜自来水笔碎了。可当听到女孩们愤怒的声音时，她改主意了，犹豫地站着，听着。

"听着，"艾莉西娅说，"有一个办法肯定可以搞清楚是谁干的，我们也一定要弄清楚。"

"什么办法？"凯瑟琳问。

"那个踩碎自来水笔的人，鞋底一定沾上了紫罗兰色的墨水。"艾莉西娅严肃地说。

"哦，是的，"其他的女孩附和，"肯定是这样！"

"你真聪明，艾莉西娅。"凯瑟琳说，"我们要检查我们北塔所有柜子里的鞋子。谁的鞋底有紫罗兰色的墨水就是谁干的。"

"我看都不用看就知道是谁干的。"达瑞尔轻蔑地说，"除了格温没别人。除了她，没人这么多坏心眼儿！"

格温因愤怒和恐惧而打着颤。她匆匆地查看了一眼自己户外鞋的鞋底。没错，上面沾上了紫罗兰色的墨水。她飞快跑向过道，跑进小储藏室，拿出一瓶紫罗兰色墨水，冲到衣帽间，鞋子都放在那儿的。要是她及时赶到那里就好了！

她果然及时赶到了，因为其他人正忙着收拾残局，之后才能来查看鞋子。格温在达瑞尔的一只鞋上涂了点儿墨水，接着，将瓶子扔进了旁边的柜子里。然后，她匆忙脱下自己染了墨水的鞋子，也塞进柜子里，然后拿出一双便鞋。

她跑到庭院里，重新出现在休息室的门外，似乎相当平静，临危不乱。哦，如果需要，格温可会演啦。

"格温来了！"艾莉西娅叫道，"格温，你知不知道有关玛丽露的自来水笔的事？"

"自来水笔？她的自来水笔怎么啦？"格温天真地问。

"有人踩在自来水笔上，把它踩碎了。"莎莉说。

"多可恨哪！"格温说，摆出一副厌恶的表情，"谁干的？"

"我们正想知道这个，"达瑞尔说，格温得意的表情让她十分气愤，"我们会查出来的，等着瞧吧！"

"希望你能查出来。"格温说，"别那么瞪着我，达瑞尔。我可没干这种事！这事儿倒像是你干的！我发现，玛丽露跳下泳池救了你的事这么轰动让你嫉妒坏了吧！"

大家都倒吸了一口气。格温怎么有脸说这种话？达瑞尔怒火中烧。她感到那种熟悉的、炽热的火焰又从胸中升腾起来。莎莉看到了她的脸色，把手放在达瑞尔的肩膀上。

"平静点儿，老朋友。"她温和地说，达瑞尔冷静下来。可是，面对微笑着的格温，要忍住不爆发，憋得她差点儿窒息。

"格温，我们觉得，那个踩碎自来水笔的人鞋上一定会染上紫罗兰色的墨水。"凯瑟琳说着直视她的脸，"所以，我们打算查一查所有人的鞋。我们肯定，用这个方法一定可以找到那个罪魁祸首。"

格温面不改色，热情地说："这主意太好了！我巴不得它是我想出来的呢。这个主意一定会告诉我们是谁踩碎了可怜的玛丽露的自来水笔，那个讨厌的家伙！"

听了这话，大家都很惊讶，一丝疑惑涌上女孩们的心头。要是格温踩碎了自来水笔，她会为这个主意这么高兴吗？也许，真的不是她干的？

"要是你们喜欢的话，你们尽管先查一查我的鞋子好了。"格温说着将一只鞋翻过来，又将另一只鞋如法炮制。当然，上面一丝墨水渍也没有。

"我们也要查一查放在柜子里的鞋。"凯瑟琳说，"可是，能不能麻烦大家，先把脚上的鞋翻过来让我们看看？"

大家都照做了，可是没有人的鞋底有墨水。接着，七年级生排成庄严的一列队伍，朝着衣帽间进发，她们的鞋柜在那里。

头一个检查的就是格温的鞋，因为凯瑟琳感觉她的鞋是最有可能染上墨水的，其他人也这样想。可是，偏偏没有。

染上了鲜艳墨水的是达瑞尔的鞋！凯瑟琳把鞋拿出来，惊骇万状地盯着它。接着，她无声地将鞋递到达瑞尔面前。

"是……是你的鞋！"她说，"哦，达瑞尔！"

达瑞尔盯着那只染了墨水的鞋，无法言语，她环视了周围沉默的女孩们，有些人转开了目光。艾莉西娅用犀利的眼神盯了她一眼。

"天哪天哪，是我们正直坦荡的达瑞尔啊，谁能想得到呢?"艾莉西娅夸张地说，"我连想都没想过是你，达瑞尔。"

她带着厌恶的表情转过头，达瑞尔抓住了她的胳膊，气愤地说："艾莉西娅，你不会认为是我踩碎了自来水笔吧? 我没有，我告诉你，我没有干! 我做梦都没想过做这种龌龊事。艾莉西娅，你怎么能认为是我干的?"

"嗯，你没法否认你的鞋上有墨水呀。"艾莉西娅说，"达瑞尔，你是个暴脾气，我不怀疑一怒之下你是会踩碎玛丽露的自来水笔的。别问我为什么，我可没你那种坏脾气。"

"可是艾莉西娅，我不是那种有恶意的人！"达瑞尔叫道，"你知道我不是的，艾莉西娅。我以为你是我的朋友！你和贝蒂总是让我和你们在一块儿，你怎么能相信你的朋友会做这种事！"

"你不是我的朋友。"艾莉西娅说着，冲出了房间。

"一定有什么事弄错了。"达瑞尔发了疯一般说，"别相信是我做的，求你们，别相信！"

"我不相信是你干的。"说话的是玛丽露，她的泪水顺着脸颊流下来，她用胳膊挽住达瑞尔，"我知道你没干！我站在你这边，达瑞尔！"

"还有我。"莎莉温柔的声音响起来，"我也不相信是你干的，达瑞尔。"

在一群怒目相向的女孩当中，有了两位友军，这让达瑞尔很高兴，她几乎要哭了。莎莉将她带出了衣帽间。凯瑟琳四下看看其他人，她的表情困惑而沮丧。

"我也不相信是达瑞尔干的。"她说，"但我想，我们还是要把她当成嫌疑人，除非有了不同的证据。真可惜，因为我们大家都喜欢达瑞尔。"

"我从来就不喜欢她。"格温充满恶意地说，"我一直认为她什么样的坏事都干得出来，瞧她那坏脾气！"

"闭嘴！"吉恩粗暴地说。格温哑了声，为她自己所说的和所做的得意洋洋。

从此，莎莉和玛丽露成了达瑞尔的好朋友。她们支持她，帮助她，坚决地保护她。玛丽露公开地蔑视格温。可是，情况还是太让人难过了。虽然没人提议对踩碎自来水笔的事采取惩罚，可是四周冷冷的目光，那些冷言冷语，就足够了。

玛丽露为这事操碎了心。都是因为她的自来水笔，才让达瑞尔陷入这种境地。不过，她知道不可能是达瑞尔干的。像莎莉一样，她对达瑞尔天生的诚实与善良有绝对的信任，她可以肯定，达瑞尔永远也不会对任何人做出如此恶劣的事。

那么，是谁干的呢？肯定是对玛丽露和达瑞尔都怀有恶意的人，这个人肯定是格温。这么说来，一定是格温把达瑞尔的鞋染上了墨水。

这也意味着，格温自己的鞋肯定也染上了墨水。可是，当她把鞋底亮给大家看的时候，上面可是一点儿墨水也没有啊。

晚上，玛丽露躺在床上，冥思苦想。她是怎么做到的呢？会不会有可能，当她们讨论要检查鞋子的时候，格温就在那儿呢？不，她不在啊。可是，她有可能在房间外听到啊！而且，她可能有时间跑到鞋柜那儿，在达瑞尔的鞋上染上墨水，再脱下她自己的鞋，然后从容地回到活动室，加入谈话！

玛丽露激动地坐了起来。突然之间，她可以肯定就是这么回事了。她开始颤抖起来，每次她害怕或是激动的时候就会这样。格温把她的鞋藏在哪儿了呢？应该是离鞋柜不远的地方。她会不会已经把鞋拿走，藏到了某个安全的地方了呢？或者，鞋还在那儿？

天很晚了，也很黑。大家老早就睡着了。玛丽露犹豫着，要不要勇敢下楼，走到衣帽间，查看一番呢？她太希望把这件讨厌的事弄个水落石出了。

可是，她实在太怕黑了。她也曾很怕水，直到她跳进泳池中去救达瑞尔。可如果这能帮到达瑞尔的话，也许她也不应该怕黑。她应该试试。玛丽露从床上爬起来。她没有穿上晨衣，她只是不记得穿了。她悄悄地走过房间，出了门。谢天谢地，走廊里还闪着微弱的光亮！

她走过走廊，下了楼梯，又走下通往楼下的那道楼梯。她来到了衣帽间。天哪，这里真是黑得伸手不见五指。玛丽露觉得有一丝凉意从背上蜿蜒而下。她害怕了，有那么一瞬间，她快要尖叫出声了。她知道她会的！这都是为了达瑞尔！我所做的是为了别人，而且很重要。她对自己说，要多坚定就有多坚定。

"我不应该尖叫。可是，开关在哪里啊？"

她找到了开关，随即打开。刹那间，光亮来了，衣帽间被照得清清楚楚。玛丽露深吸一口气。她那么想尖叫可还是没有叫出来，她真为自己感到骄傲。

她看了看柜子。那是格温的柜子。她朝那儿走过去，把所有的鞋都拿了出来。没有，没有一只鞋上有墨水。那么，那只染上墨水的鞋可能会藏在哪里呢？

第二十二章

学 期 结 束

　　玛丽露瞥见一旁的小橱柜。她知道里面装着什么，旧的球、一两副旧球拍、破破烂烂的球鞋诸如此类的垃圾。格温的鞋有可能在那儿！她小心翼翼地打开了橱柜的门，生怕有蜘蛛或是剪刀虫从里面爬出来。

　　她将脑袋探进那些尘封的垃圾里，用手指戳一戳，她拉出了一只旧球拍，又有什么东西砰地响了一声。

　　玛丽露很怕这声响会惊动了别人，她屏住呼吸，颤抖着。似乎并没有人听见，她又开始翻找起来。

　　她找到了格温的鞋！她找到了那瓶紫罗兰色的墨水，就是这瓶墨水落下去发出了砰的一声。玛丽露看着那个瓶子，明白格温拿它干什么用了。她看着那只鞋子——右脚的那一只，有一抹紫罗兰色墨水的痕迹！

玛丽露双手颤抖，又看了看鞋子里面的名字来确认。是的，上面有一个名字，用温特小姐那细小的笔迹写成——格温·莱西。

那么，这真的是格温的鞋！真的是！我就知道，不是达瑞尔干的！玛丽露开心地想。我要直接回去叫醒其他人。我要马上告诉她们。不，我不能。也许凯瑟琳知道我半夜起来到处窥探，她会生气的。

玛丽露拿起瓶子和鞋子，她关上灯，站在黑暗中。她在乎黑暗吗？一点儿也不。她一路走上楼，一点儿也没有想到黑暗，她满脑子想的都是自己的那个大发现。不是达瑞尔干的！不是达瑞尔干的！

早上，玛丽露是第一个醒来的。她走到凯瑟琳床边，摇了摇级长，让她无比惊讶。玛丽露说："醒醒！我有重要的事告诉你！把大家都叫醒吧。"

其他人被惊醒了，都在床上坐起来。玛丽露站在床边，夸张地挥舞着格温的鞋子。

"瞧，我找到了真正沾了墨水的鞋子！跟鞋放一起的还有一瓶紫罗兰色的墨水。瞧见了没？那个真正把我的自来水笔踩碎的人，把她的鞋藏起来了，然后用这瓶墨水染了达瑞尔的鞋，好让大家以为是达瑞尔干的！"

"可这是谁的鞋呢？"凯瑟琳惊诧地问，"而且，你是从哪里找到这些的？"

"昨天半夜我悄悄地下楼，在衣帽间里找到的。"玛丽露得意洋洋地说。大家都惊得目瞪口呆，玛丽露在黑暗里下了楼！天啊，她很怕黑，这是大家都知道的！

"我是在橱柜里发现鞋和墨水瓶的。"玛丽露激动地说，"我能说出鞋子里写的那个名字吗？不，不用我说。看看这屋里的人，你们就会知道鞋子里写的是谁的名字，看看脸色就知道！"

千真万确。又羞又怕之下，格温的脸红了。她又痛苦又气愤地盯着玛丽露，这么说，玛丽露终于发现了一切！自己当时为什么不把鞋和墨水瓶扔进海里啊！

"是格温！"女孩们七嘴八舌地说，盯着那个红着脸、又气又怕的女孩。这一次，格温什么也不想否认。她躺在床上，把头埋进枕头里。

凯瑟琳检查了鞋子和瓶子，然后，她走到达瑞尔的床边，伸出手去，说道："达瑞尔，我道歉，因为有那么一会儿我认为是你干的。我并不真的这样想，可是看起来没有别的解释。我恳请你的原谅。"

"哦，这没什么。真的没什么！"达瑞尔说，她的脸热热的，"那个时候，我真的感觉糟透了。幸好有玛丽露和莎莉支持我。格温不会有这样的支持者。"

女孩们一个接一个地请求达瑞尔的原谅，艾莉西娅有点儿僵硬，因为她实在为自己说过的那些难听话而羞愧。可话说回来，艾莉西娅的个性强，她还要接受好多教训，才能让她不那么强硬，让她学会同情他人，理解他人。

"我愿意跟你做回朋友。"艾莉西娅尴尬地说，"你还和以前一样，跟贝蒂和我形影不离，好吗？"

达瑞尔看向身边站着的莎莉那张小小的坚定的脸，说："如果你不介意的话，我想，我要和莎莉还有玛丽露形影不离。我以前对她们并不好，可她们在我陷入麻烦的时候真正地站在我这一边。现在，她们才是我真正的朋友！"

"哦！"玛丽露说，她的脸庞闪闪发光，"谢谢你，达瑞尔！"

莎莉什么也没说，可是达瑞尔感觉到，莎莉在她的胳膊肘上快活地捏了一下。

达瑞尔开心极了。从现在起到学期结束，一切都恢复了风平浪静。好极啦！

达瑞尔看见格温脸朝下躺在床上，她痛哭着。在达瑞尔善良的心中，她无法忍受有人这么悲伤，哪怕是她的敌人她也受不了。

她走到格温床边，轻轻地摇了摇她，说道："我不会告诉任何人，要是我求其他人的话，她们也不会说的。可是，你得给玛丽露买一支好看的笔，代替被你踩碎的那一支，明白吗？"

"好的。"格温的声音低低的，"我会的。"

大家都疏远了格温。她无法出声道歉，甚至，当她把买好的一支好看极了的自来水笔交给玛丽露的时候，她也无法说出任何惭愧的话来。她比以前的玛丽露还要软弱，因为她没有战胜自己的力量。

"她永远不会改好了，是不是，凯瑟琳?"达瑞尔问。

凯瑟琳微笑起来。"这取决于她在马洛里塔待多久。"她说，"你待得越久就会越强大，真怪。这是我姑姑告诉我的。她也在这儿学习过，她跟我讲过各种讨厌的女孩变好的事!"

"要是她们都像格温的话就改变不了。"达瑞尔说，"没有什么能改变她，我希望她能离开!"

格温也希望能离开。这学期的最后两周对她而言十分不愉快。自来水笔的事，虽然没人再提起，可每个人一见到格温就会想到这件事，然后，她们看都尽量不看她，只要有可能就不跟她说话。她们也肯定，正是格温，在整个学期对玛丽露玩了那么多可怕的把戏。

可怜的格温! 女孩们的蔑视，加上她自己的感受，看起来在这学期剩下的日子里，她得拼命操劳了。她的日子不会好过的，这也是她自食其果，她没法抱怨!

这学期剩下的日子里，达瑞尔非常快活。她和莎莉、玛丽露形影不离。达瑞尔不再想得到艾莉西娅的友情了。现在，莎莉是她的朋友，这友情令人无比满意，因为莎莉性情平和，聪明理智，有莎莉在身边，达瑞尔就不会轻易地发脾气了!

考试来了，又结束了。达瑞尔考得非常好。莎莉考得不那么理想，部分是因为这学期她缺了两三周的课，部分是因为生病之后老师不允许她做全部的功课。

格温的成绩好得出乎任何人的意料！

"这只能说明，格温，只要你努力就能做到！"波茨小姐相当严肃地说，"你为什么要等到学期的最后两三周才努力，其原因我无从想象。也许下学期，也许你能整个学期都努力上进！"

格温没有告诉波茨小姐她为什么在最后几周里这么努力！她热切地希望波茨小姐能够在她的成绩单里美言几句！这学期真是太可怕了！她巴不得再也不回来了。下学期，她得好好努力，好让同学们忘记她这学期的所作所为。

达瑞尔觉得这真是可爱的一学期——除了莎莉生了场病，还有那两三天，女孩们误以为她对玛丽露耍了个可怕的诡计。不过那些日子，达瑞尔也不怎么常想起，她天性乐观，喜欢想起美好的事情。

学期结束了，她挺遗憾。但说起来，假期还是很可爱的呀！

假期里，莎莉会跟她待在一起，她也会在莎莉家待上一个星期。"你可以看见我的小妹妹了。"达瑞尔说，"你会喜欢她的，她是个好孩子。"

"你也能看到我的小妹妹。"莎莉半是害羞地说，"我得教她，把她教成个好孩子，就跟你一样！"

玛丽露巴不得住得离莎莉和达瑞尔都近一些，这样她就能看到她们了。不要紧，反正还有下学期，下下学期，下下下学期。玛丽露意识到，莎莉才是达瑞尔真正的朋友，而她不是，可她不介意。达瑞尔喜欢她，欣赏她，这对于小玛丽露而言才是最重要的。当妈妈发现玛丽露不再怕黑的时候，她会多么惊讶啊！

最后一天到来了，女孩们带着兴奋，在最后一分钟里捆扎好行李，到处寻找钥匙。校园简直成了个马戏团，北塔、南塔、东塔、西塔的女孩们全都混在了一堆。

"最后这一天真是一团糟啊！"杜邦老师气喘吁吁地说，试图从一大群兴奋的女孩中间穿过去，"达瑞尔！莎莉！让我走过去好吗？啊，这些疯疯颠颠的英国丫头！"

在一片混乱不堪中，波茨小姐依然保持镇定和高效，传递小件行李，在名单中划掉那些被家长接走的孩子的名字，替她们找到丢失的钥匙。她是北塔唯一保持正常的人。连舍监老师都时不时地慌里慌张，她花了好长时间才找到一份衣物单子，她小心地插进皮带里。

马车滚滚而来，送女孩们去火车站。

"来吧，达瑞尔！"莎莉叫道，"我们坐前座，玛丽露在哪儿呢？"

"她坐汽车走！"达瑞尔叫道，"嗨，玛丽露，再见！给我写信，告诉我所有的新鲜事！再见！"

"快点！"波茨小姐叫道，女孩们匆匆上了马车。"艾莉西娅在哪儿？要是她再消失不见，我可就要疯了。艾莉西娅！马上上车！再也不要下去了。再见姑娘们，乖一点儿——至少，尽你们所能地表现好吧！下学期，没有健康证明就别来见我了！"

"再见,'波斯猫',再见!"女孩们叫着,"再见了,亲爱的'波斯猫'!"

"天哪!"达瑞尔可从来没有当着波茨小姐的面叫她的外号,"她们真是胆大包天!"

"我们只有这时候敢这样,只有在喊再见的时候!"艾莉西娅咧嘴笑着说,"她从来不介意的。瞧她笑得像朵花儿似的!"

达瑞尔将身体探出马车。"再见啦,'波斯猫'!"她叫道,"再见,再见了,马洛里塔!"她差点儿就无法呼吸了。

"我会很高兴再见到你们的。"

再见!直到见面的那一天,再见!达瑞尔和莎莉,还有其他人。我很快会再见到你们的。

好运!

马洛里塔学园

〔英〕伊妮德·布莱顿（Enid Blyton） 著

杨筱艳　译

上海译文出版社

图书在版编目（CIP）数据

八年级的日子／（英）伊妮德・布莱顿
（Enid Blyton）著；杨筱艳译. —上海 ：上海译文出
版社，2024.6
（马洛里塔学园）
ISBN 978 - 7 - 5327 - 9514 - 7

Ⅰ.①八… Ⅱ.①伊… ②杨… Ⅲ.①儿童小说－长
篇小说－英国－现代 Ⅳ.①I561.84

中国国家版本馆 CIP 数据核字（2024）第 100531 号

八年级的日子

CONTENTS

目 录

第 一 章

重 回 学 园

"我真的很喜欢这个假期。"达瑞尔说着钻进爸爸的汽车，准备再度朝马洛里塔学园出发，"可是，开学了，我开心极了，我离开学园都八个星期了！"

"哦哦，真糟糕！"爸爸说道，"你妈妈准备好了吗？我要不要按喇叭催催她？真怪啊，我总是头一个准备好的。啊，你妈妈来了！"

里弗斯夫人从台阶上匆匆下来。"亲爱的，你们等急了吧？"她说，"最后一分钟的时候电话响了，是莎莉·霍普的妈妈，达瑞尔。她问我们什么时候可以顺路接莎莉跟我们一起走。"

莎莉·霍普是达瑞尔最好的朋友。达瑞尔的爸爸里弗斯先生要开车送她们去马洛里塔学园，学校在康沃尔郡。他们一大早就出发，这样就能在天黑前赶到，莎莉要与他们同行。

“我讨厌离开家，可再次回学校又叫人忍不住地兴奋。”达瑞尔说，“这是我在马洛里塔的第五个学期，妈妈，我就要上八年级了！我感觉好极了！”

“嗯，你十三岁了，是个大姑娘了。”达瑞尔的妈妈说，在车里坐稳当，“你一定会瞧不上七年级的学妹们，是不是？你会觉得她们都是些小娃娃！”

“大概会的吧。”达瑞尔说着，大笑起来，“嗯，九年级的也瞧不上我们。我们老死不相往来！”

“你的小妹妹在跟你挥手道别呢。”爸爸说，汽车慢慢滑出车道，“她会想念你的，达瑞尔。”

达瑞尔热烈地招手，“再见啦，费莉西蒂！”她叫着，“你将来也会到马洛里塔来的，那时候我们就可以在一起了！”

车子隆隆地驶出车道，上了路。达瑞尔回头最后看了一眼自己的家，她又要有三个月看不到它了，这让她感到一丝忧伤——可作为一个理智的姑娘，下一秒钟她就打起了精神，把思绪转到马洛里塔学园去了。去年一年里，她对学校的爱与日俱增，身为其中一员，她深感自豪。七年级的四个学期，有波茨小姐在背后支持她，现在，还有八年级一整年的时间可以期待。

一个小时后，他们到达了莎莉·霍普的家。莎莉已经准备好了，正在等他们，她上学用的箱子和头晚过夜的小包都放在她身边的台阶上。跟她站在一起的是她的妈妈，她们的身边，还有个小娃娃，十八个月大，紧紧地抓着莎莉的手。

"你好，莎莉。你好，达芙妮！"达瑞尔兴奋地大叫，"太好了，你们准备好了！"

莎莉的行李在车后备厢里放好了，跟达瑞尔的放在一起。小包放在了车顶架上，她的曲棍球棒被用力地推进了车子，然后，她自己也坐上了车。

"我也要去！"达芙妮叫道，看着亲爱的姐姐莎莉要走了，她满眼是泪。

"再见啦，亲爱的妈妈！我一有空就会写信回来的！"莎莉叫着，"再见啦，达芙妮宝贝儿。"

车子又起动了，达芙妮开始号啕大哭。莎莉看起来有点儿难过。"我讨厌离开妈妈，"她说，"现在，我也讨厌离开达芙妮。她现在可真可爱，会到处跑，话又讲得那么好。"

"你还记得，当她还是个小婴儿的时候，你有多讨厌她吗？"达瑞尔说，"现在，我打赌，你没她可不行。有个妹妹真有趣。"

"是的，过去我对她太坏了。"莎莉回忆着，"那是我在马洛里塔度过的头一学期，糟透了——那时候我惨兮兮的，以为自己被家里送走了，好给达芙妮腾地方，她是家里的新宝贝儿。我还讨厌过你呢，达瑞尔——现在想想，真好笑是不是？"

"现在，我们成了最好的朋友了。"达瑞尔大笑着说，"喂，你觉得，这学期谁会担任八年级的级长呢，莎莉？凯瑟琳升九年级了，所以她不可能当了，得换人了。"

"也许是艾莉西娅吧。"莎莉说，"她是年纪最大的。"

"我知道——可你觉得她能当好头儿吗?"达瑞尔怀疑地说，"我知道，她聪明绝顶，样样领先，可是你不觉得，她太热衷于搞怪了吗?"

"当了级长以后就不会了吧。"莎莉说，"我想，艾莉西娅需要的就是一些责任感，这正是她缺乏的。你知道的，上学期她被指派负责远足，可她不肯。她为什么不能成为一个好的级长，我觉得另有一个原因。"

"是什么?"达瑞尔问，津津有味地八卦起学校的同学来。

"嗯，她心肠太硬了。"莎莉说，"谁有了困难她可不会帮人家，嫌费事。她才不想麻烦自己呢，她当了级长，就只会发号施令，把大家管得俯首帖耳，除此之外，她不会有所作为。可是，做级长的确需要有所作为的，你不觉得吗?"

"那谁适合来当这个级长呢?"达瑞尔问，"你来当如何? 你看人总是很准，有人难过或是有困难时你也很友善，而且，你还如此——不知为什么，你如此沉着，你不像我这么好激动，总是把事情搞砸。我想你来当这个级长。"

"我可不想当。"莎莉说，"总之，这毫无可能。我觉得，你当这个级长倒是很不错，你真的可以——大家都喜欢你，大家都信任你。"

有那么疯狂的一刹那，达瑞尔想，有没有可能会选她做这个级长呢! 所有女孩都喜欢她，都信任她，除了一两个人之外。

"可我的脾气，依然是个问题。"她懊恼地说，"记得上学期吗？玛丽戈蒂打网球时错怪了我，我气得七窍生烟！当然了，我不知道她认错了人。但是，我冲她大吼大叫，把网球拍扔到地上，还拿脚踩，想想吧，我都不知道自己哪根筋不对了。"

"哦，那天的太阳把你晒坏了，而且人又多。"莎莉安慰她，"你并不总是为这样的蠢事乱发脾气的，你正在学着把脾气用在正道上！比如，用来对付那个讨厌的格温德琳·玛丽！"

达瑞尔大笑起来："是啊，她真是个傻瓜，是不是？上学期帮扬先生代了两个月课的音乐老师特里小姐，你还记得格温是怎么崇拜她的？多傻啊！我觉得，特里小姐能忍她真是太厉害了。"

"哦，格温崇拜什么人的时候总是很傻，她就是那种人。"莎莉说，"我希望这学期她找到什么人去崇拜一下，如影随形地跟着人家，谢天谢地，看起来我没有这个荣幸！"

"我希望来几个新生。"达瑞尔说，"察言观色一番真有趣，是不是？看看她们会是哪种人。"

"一定会有新生的。"莎莉说，"哎，要是玛丽露被选做级长，那不是很有趣吗？"

两个女孩大笑起来。玛丽露跟莎莉和达瑞尔都很要好，但达瑞尔是她心目中的女英雄。莎莉和达瑞尔也非常喜欢小玛丽露，她是个特别胆怯的小家伙，一听到要她负责什么事，就缩回去了。要是告诉她，要选她做级长，那她的脸色才叫好看呢。

"她一定吓得呆若木鸡，魂飞魄散的。"达瑞尔说，"不过，她现在已经好多了，莎莉。你还记得以前她受惊吓的时候膝盖都会打颤吗？现在她几乎不这样了。我们对她挺好的，不会吓她，我们还帮她建立起了自信。她现在不一样了，再不会那么糟糕了。"

开往康沃尔郡的路程相当长，旅途中他们还停下来野餐，坐在草地上休息，里弗斯夫人还换下里弗斯先生，自己开车，好让丈夫休息一下。旅途遥遥，两个女孩坐在后座聊天，或是昏昏欲睡。

"就快到了。"里弗斯先生说，这会儿又换了他来开车，"我们也许会看见别家的车也往学校方向开，留心看着。"

很快他们就看到了一辆车——艾琳他们家的那辆红色汽车。艾琳坐在后座上，拼命地挥着手，差一点儿打掉了正在开车的她爸爸的眼镜。汽车突然来了个急转。

"艾琳就是这个性子！"莎莉咧开嘴笑着说，"嗨，艾琳，假期过得好吗？"

两辆车差不多并驾齐驱，两个女孩回头看着艾琳快活的脸，她们喜欢她，她是个聪明的女孩，特别擅长音乐，可她真的有些粗心大意，总是忘带或掉东西。不过，她的性格特别招人喜欢，没人会真生她的气。

"又是一辆车！是谁家的？"莎莉说，第三辆车从岔路上开上了这条路，后面也绑着学校用的箱子，一下子开到他们前面去了。

"是高年级的女生吧。"达瑞尔说,"看起来像是乔治娜·托马斯。我很好奇,这学期谁会是全校学生的头儿呢。帕梅拉已经走了,希望不会是乔治娜才好,她做什么事都太霸道了。"

现在,他们离学校很近了,突然,它在拐角处出现了。女孩们沉默地看着它。

她们都非常非常爱她们的学校,并深为它自豪。她们看着那巨大的灰色建筑,每一端都有一个圆形的塔——北塔、南塔、东塔和西塔。爬藤几乎爬上了屋顶,现在已变为红色。

"我们的城堡!"达瑞尔骄傲地说,"马洛里塔学园,世界上最好的学校。"

没过多久,那辆车就转到通往前门的大台阶上了。车道上还有其他的车,四周还站着一堆一堆正在闲聊的学生,车道上充满了快活的声音。

"你好,露西!瞧,弗里达来了!她晒黑了是不是?假期过得好吗,弗里达?你看起来好像一直住在水里似的,瞧你晒得多黑。"

"你好,珍妮,你收到我的信了吗?你一封都没回,你这个坏蛋!嗨,苔丝!小心我的小箱子,把你的大脚丫子挪开!"

"再见,妈妈,再见,爸爸!我一安顿下来就会写信的,别忘了喂我的宠物老鼠,好吗?"

"让开别挡道!你会被车碰到的!哦,是贝蒂·希尔,贝蒂！贝蒂！你带回来什么新的诡计或是笑话吗？"

一辆车的车窗里，一双调皮的眼睛朝外张望着，一簇头发落在棕色的前额上。"可能吧！"贝蒂说着从车上走下来，"谁知道呢！有谁看到艾莉西娅了吗？还是说，她还没来呢？"

"坐火车的姑娘们还没到呢！火车一如既往地晚点了！"

"达瑞尔，达瑞尔·里弗斯！嗨，这儿呢！嘿！我说，我们进去吧，找我们的宿舍，来吧！"

真吵啊！真是乱七八糟！达瑞尔禁不住地兴奋，又回到学校了，回到了马洛里塔学园，真好啊！

第 二 章

新 生 到 来

　　达瑞尔与爸爸妈妈道别，他们发动汽车，开走了。自己的爸爸妈妈在分别的时候总是很理智，这让达瑞尔很高兴。他们不像格温的妈妈，总是放声痛哭；他们从来不指望她缠在他们身边，悲悲戚戚的。他们一如既往地谈笑风生，保证说期中假时会来看她，然后吻了吻她，道个别，就走了，快快活活地挥手示意。

　　不一会儿，达瑞尔和莎莉就拎着她们的夜用小箱子，走上楼梯，来到大厅里。她们还随身带着曲棍球棒，其他女孩们四处走动，不断有人的腿碰上这球棍。

　　波茨小姐在大厅里。七年级时，她一直是她们的级主任，同时也是她们的宿舍主管，因为她负责北塔的事务，她们就睡在北塔。四个塔都有女孩们的宿舍，每个塔都有一位主管老师负责监管宿舍，也都另外有一位舍监老师。

波茨小姐看见了莎莉和达瑞尔，叫住了她们："莎莉！达瑞尔！替我照管一下新生，好吗？八年级她要跟你们一起学习，也跟你们同宿舍，带她去找舍监老师。"

达瑞尔看见一个又高又瘦的女孩站在波茨小姐身边，看上去紧张又害怕。达瑞尔记起自己头一次来到马洛里塔学园的时候是如何迷茫，不由得对这个女孩心生同情。达瑞尔走向她，莎莉跟在她身后。

"你好，跟我们来吧，我们会照顾你的。你叫什么？"

"艾伦·威尔逊。"女孩说道，她的面色十分苍白，看上去筋疲力尽。额头中央有一道深深的皱褶，从她的两道眉毛中间切下来，让她看起来一直眉头紧锁。达瑞尔不是很喜欢她的这副模样，可她还是冲着艾伦友好地微笑着。

"我想，这一切乱糟糟的让你晕头转向吧。"她说，"去年我来的时候跟你有同感。我叫达瑞尔·里弗斯，这位是我的朋友，莎莉·霍普。"

这个女孩微微地露出个礼貌的笑容，然后，沉默地跟在她们身后。她们一同穿过兴奋的人群。

"那不是玛丽露吗？"达瑞尔说，"你好，玛丽露！你长高啦！"

小玛丽露微笑起来。"希望如此。"她说，"我可受够当全年级最矮小的了。这位是谁？"

"艾伦·威尔逊。新转来的，八年级。"达瑞尔说。

"跟我们同宿舍。"莎莉加了一句，"我们正要带她去找舍监老师。你好，艾琳。艾琳，我看见你在车里的时候，向我们招手，差一点儿把你爸爸的眼镜都打掉了呢。"

艾琳咧开嘴笑："是啊，这是第三回了。他都生我的气了。你们是要去找舍监老师吗？我也一块儿去。"

"你带健康证明了吗？"莎莉调皮地问。艾琳报到的时候总是忘带这个，这是一个流传于女孩们当中的经典笑话。不管她妈妈把证明多么妥帖地放在她的小手提箱里，或是用信封装好交给艾琳，放在口袋里，她都会忘。

"你的带了吗？"达瑞尔对艾伦·威尔逊说，"我们必须立刻上交证明。要是你刚交了证明，说你没有跟任何染病的人接触过，可是万一又染上了麻疹或是水痘什么的，那你就要倒霉了。天哪，艾琳，你不会真的说你又没带你的证明吧？"

艾琳在她所有的口袋里摸索着，脸上带着滑稽的表情。"一时找不着。"她说，"一定是放在我的夜用小箱子里了。不对——我妈妈说她再也不会放在那儿了，因为放那儿总会消失不见。老天啊！"

"舍监老师说了，要是你下次返校时再忘带证明，她就把你隔离起来。"莎莉说，"你得在医务室待上两天，直到你妈妈把证明送来。你可真是个傻瓜，艾琳。"

在口袋里一通乱找之后，艾琳跟随着莎莉、达瑞尔和艾伦去了北塔，跟她们一同走进了宿舍。八年级的宿舍与达瑞尔睡了四个学期的七年级宿舍离得不远。它在三楼，是一间大大的、可爱的屋子，里面有十张白色的床，每一张床上都铺着漂亮的被子。

女孩们把手提箱放在宿舍里，然后去找舍监老师。啊，她在那儿！正领着另一个新生进宿舍。达瑞尔打量着那个女孩，她大约与达瑞尔同龄，跟自己一样有着一头黑色鬈发，可是剪的要短得多，活像个男生。她看上去脏兮兮的，很不整洁，但她的笑容非常动人，她看着其他女孩的时候，目光闪闪，并不像艾伦那样迷茫和无助。

"啊，莎莉，达瑞尔，这是另一位新生。"舍监老师轻快地说，"照顾她一下，好吗？她的名字叫贝琳达·莫里斯。现在，你们是不是都带了夜用小箱子？你们的健康证明带了吗？"

"我们的小手提箱在那儿呢。"达瑞尔指着放在地上的箱子，"这是我的健康证明，舍监老师。"

"我的小手提箱在哪儿？"贝琳达突然发问。

"你刚才不还提着的吗？"舍监老师说着四下打量，"这样，把健康证明给我，然后你去找你的小手提箱。"

"可健康证明就在手提箱里啊。"贝琳达说着茫然四顾。

"有可能你把它忘在大厅了，人人都会绊倒的。"舍监老师说，"姑娘们，谢谢，达瑞尔。这是你的证明吗，莎莉？还有你的，玛丽露，你的，艾伦。你的呢，艾琳？"

"这事儿吧特别奇怪，舍监老师。"艾琳说着，又开始浑身上上下下摸索，"您知道，我今天出发的时候还带在身上的。我记得我妈妈说……"

舍监老师盯着艾琳，真的怒火万丈了，生气地说："艾琳！你胆敢告诉我你又没把证明带来！你知道上学期我跟你说了什么。这儿有个规矩，忘记带健康证明的姑娘们，都要被隔离，直到开出了证明为止。我从没有强制执行过这个规矩，但是对于你，我真的想……"

"舍监老师，不要隔离我！"艾琳一边央求，一边打开她的小手提箱，把里面的东西稀里哗啦全倒在地板上，"我会找到的，我会的！"

女孩们都站在一边，大笑着。艾琳丢东落西的样子真是太滑稽了。舍监老师严肃地俯视着她。艾琳弯着腰，拼命地找着——突然，她惊叫一声，手抚胸口。

"哦！有东西刺了我一下！是什么呀？老天爷啊，有什么东西狠狠地蜇了我一下！"

她站直身子，摸着胸口。然后，她解开外套——女孩们放声大笑起来。

"艾琳！你这个傻瓜！你把健康证明别在前襟上了！你再也不可能把它弄丢了，除非你故意这么做。"

艾琳低下头，乐了。"当然啦！"她说着把别针拿下来，"现在我想起来了。我知道我会把它弄丢的，除非把它牢牢地钉在什么地方——所以呢，我就把它牢牢地别在前襟上了。给您，舍监老师，你再也用不着隔离我了！"

舍监老师接过证明，把它和其他人的放在一起。"艾琳，这次你是侥幸逃脱了！"她说完胖胖的脸上突然绽开一个笑容，"每学期开学你都要让我的头上添几根白发！现在，姑娘们，打开你们的夜用小箱子，把用品拿出来。大行李箱要到明天才能打开。然后，你们各人都要查验一下自己带来的衣服。"

她离开了，身上的围裙沙沙作响，她去照看更多返校的女孩了，要核对名单，验收证明，平息混乱，欢迎回到北塔的全部六十个女孩。在另外三个塔里，还有三个舍监老师也在做着同样的事。迎回大约二百五十名女孩，还有她们的行李箱、手提箱等七零八碎的东西，真不是件轻松的活儿。

贝琳达四处溜达着寻找她的手提箱，其他人还在整理她们的东西。她又溜达回来了，手里拎着个棕色的箱子。她打开箱子，抖出了一套睡衣。

她吃惊地盯着那衣服。"老天啊！我不知道自己居然有这样的睡衣！"她说，"而且，妈妈给我带的这双卧室拖鞋也太华丽了吧。我猜，她是想给我个惊喜！"

达瑞尔伏在她肩头看看箱子，然后咧开嘴笑了。"你要再把东西往外拿，一定会惹麻烦的！"她说，"这是乔治娜·托马斯的箱子！要是她知道你错拿了她的箱子，一定会发疯的！现在，她一定到处在找这个箱子呢！你不识字吗，贝琳达？"

达瑞尔指着睡衣领子上的姓名牌："乔治娜·托马斯。"

"老天爷啊，我真是个傻瓜！"贝琳达说着把乱七八糟的东西一股脑儿地塞回箱子，"我还以为这是我的箱子呢！"

她又出了屋子，大概又去找自己丢失的箱子了。达瑞尔冲着艾琳咧开嘴笑。

"艾琳，我们这儿又来了一个你，这可怎么办呀！"她说，"有一个就够吃不消的了，可现在有两个！你们会让杜邦老师发疯的，对于我们年级的主管帕克老师来说——呃，你知道她是什么样的人！她无法容忍这种迷糊、粗心的事。这学期，班上有了你和贝琳达，我们可有乐子了！"

艾琳一点儿也不介意被人取笑。她是个聪明的女孩，有幽默细胞，有音乐天赋，可是在日常琐事上非常迷糊，没头没脑。要是谁丢了语法书，那一定是艾琳，要是谁在某节特别的课上缺席，那也一定是艾琳。现在，又来了个贝琳达，跟艾琳一样没头没脑。艾琳很喜欢她的样子，而且已经决定要跟她成为朋友。

不一会儿，贝琳达又回来了，这次走运了，她带回了自己的箱子，她把东西从箱子里全倒出来，然后把东西放到她的地盘，跟其他人一样——睡衣放在枕头下，牙刷、法兰绒毛巾、牙膏和海绵放在宿舍一头的玻璃窗台上，洗脸盆就在那一处。刷子和梳子呢，放在她们的袋子里。袋子呢，则放在梳妆台最上面的抽屉里。然后，空了的手提箱就放在走廊，堆成一堆，等着被放到放箱子的储藏室里去。

接下来，楼梯上响起一阵脚步声，宿舍里的女孩们都抬起了头。"坐火车的女孩们来了！她们终于到了！是不是晚点了！"

更多的女孩叽叽喳喳地进了宿舍。艾莉西娅·约翰斯进来了，眼睛闪闪发亮。她的身后，是吉恩，那个直脾气、理智的苏格兰女孩。然后，是艾米莉，一个安静的女孩，她的爱好是缝纫和做最精致的刺绣。

"一，二，三，四，五，六，七，八，我们一共八个。"达瑞尔数着说道，"还有两个。她们是谁呢？"

"我猜，一个是格温德琳·玛丽。"艾琳说着，做了个鬼脸，"亲爱的格温德琳·玛丽！我猜，她妈妈还在哭哭啼啼，不肯放她的小宝贝离开呢。第十位是谁呢？"

"格温来了！"达瑞尔说，女孩们听到了那熟悉的牢骚声。格温是一个被宠坏了的独生女，虽然马洛里塔学园已经给了她许多正面的东西，可是假期总是又把她打回原形。

她走了进来，跟她一起来的，是第十个女孩。格温介绍了她："你们好啊，各位，这位是新转来的达芙妮·米利森特·特纳。她跟我们同年级、同宿舍，也是跟我坐同一节车厢来的。我相信，不久，她就会成为我们当中最受欢迎的人！"

第三章

学 期 伊 始

　　用这种方式来介绍新人，真的是太傻了。特别是，大家都觉得凡是格温喜欢的人，肯定就不是她们喜欢的。她们冲着新来的女孩礼貌地笑笑，上上下下地打量着她。

　　她长得非常美丽。她的金色鬈发覆在前额，她的眼睛比格温那大而空洞的眼睛要蓝得多了，但眼距比格温的要近，这让她看起来有点儿顽皮。她有着一口漂亮的白牙，还有非常动人的笑容。

　　她现在正挂着这样动人的笑容，说道："我很高兴来到马洛里塔学园，我以前从来没有进过学校。"

　　"这点我们俩一样！"格温用快活的调子说道，"在来到这里以前我也没有进过学校。"

　　"要是你上过学，倒要好得多了。"艾莉西娅说，"你要花大力气才能合格，格温，我猜这次假期，你在家又是衣来伸手饭来张口了吧。还有，你的老好人家庭教师和你妈妈，一直在说你是这世界上最好的女孩吧！"

格温看起来恼羞成怒。"你犯不着一看见我就这么粗鲁，艾莉西娅。"她说，"来吧，达芙妮，我告诉你该做什么。你在我们宿舍，这太好了。我可以带你四处看看。我知道初来乍到谁也不认识是种什么滋味。"

达芙妮看起来十分感激，她的仪态很是端庄，别人指给她看什么，或是告诉她什么事，她都文雅地致谢。她的确十分美丽优雅。很显然，出于某种原因，格温下定了决心，要做她的朋友和帮手。

"我说过，每回她崇拜什么人的时候总是显得很傻。"莎莉一边对达瑞尔说，一边准备下楼去吃晚餐，"格温很欢迎达芙妮的到来，她对我总是那么装腔作势。"

"格温说，达芙妮的爸爸是个大富翁。"达瑞尔说，"她到这儿来之前，家里有保姆和家庭教师！"

"哦——所以，这就是为什么亲爱的格温这么巴结她！我猜一定有原因的。"莎莉说，"嗨，艾琳，你还戴着帽子哪！你是想吃晚饭也戴着它吗？"

"哦，老天爷！我忘记摘掉它了吗？"艾琳说着伸手摸摸脑袋，"贝琳达，你早该提醒我！"

贝琳达咧开嘴笑。"我根本没注意。"她说，"目前看来，这儿有好多事都古古怪怪的，戴着帽子吃晚饭也算不上特别怪了。"

"你们俩真是一对活宝！"莎莉说，"来吧，达瑞尔，来吧，玛丽露，再不快点儿什么也吃不上啦。"

那一晚，女孩们都累坏了，八年级生很高兴能钻进被窝。格温选择了达芙妮旁边的那张床，她对达芙妮说："要是你想家了，就跟我说。"达芙妮穿着蓝色的睡衣看起来真是很美丽，她的金发洒了一肩，金光闪闪，格温的头发也是金色的，不过是金色的直发，她很嫉妒达芙妮的鬈发。

"我想，我有一种奇怪的感觉。"达芙妮上了床，说道，"你瞧，我习惯了大家围着我转——妈妈来给我晚安吻，家庭教师过来看看我睡得是不是安稳，保姆把一切都准备得妥妥当当。我会……"

"别再说话了。"莎莉突然说道。

格温坐起来说道："莎莉，如果你不是级长也不是宿舍长，那就别下命令！"

"我没下命令。"莎莉说，"你知道规矩的，格温，我只是提醒你们，仅此而已。"

格温躺了下来。片刻，宿舍里又响起了窃窃私语声。

莎莉生气了。"闭嘴，格温。早就该闭嘴了。我们都要睡觉。"

"等你当上了级长，我再服从你的命令吧。可在那之前，你休想!"格温说,迫不及待地想在她的新朋友面前炫耀一下,"明天我们就知道谁当头儿了,明天见分晓!"

"哼,肯定不会是你。"从房间另一头传来艾莉西娅恶意满满的声音。

"嘘!"达瑞尔说,她听见了脚步声,是舍监老师。她悄无声息地走了进来,看见女孩们还醒着,便亲切地对她们说:"还没睡啊?快睡!可别再说话了,晚安。"

她走了出去。格温犹豫着要不要再跟达芙妮窃窃私语一番。可达芙妮发出了轻轻的鼾声,显然她睡着了。那么,向莎莉挑战也没什么意思了——达芙妮也不能跟她小声聊天了!

不一会儿,所有女孩都睡熟了,她们没有听见波茨小姐蹑手蹑脚地进了屋子又轻轻地将门关上,她们甚至没听见不久之后预科生成群结队地上楼。她们都累坏了。

晨起的铃声把所有人都惊醒了。莎莉一骨碌坐了起来,惊恐不已。"哦,是上学的铃声啊。"她说着,大笑起来,"有那么一会儿我都想不起来这是什么响动了。"

第一天总是很有趣的。并没有正式上课,全班人到齐了,新来的转学生接受了测试,看看水平如何。发了新书、新铅笔,各种各样的职责的清单也编好了,每个女孩都有一项任务,周复一周地执行。

所有新来的女孩都必须去面见那位气质沉静、声音低沉的校长格雷灵女士,她对这些女孩说的,跟一年前跟达瑞尔说的一模一样。"在马洛里塔学园的几年里，你们都将有极大的获益。希望你们有所回报！要公平而有责任感，善良且努力奋进。我要历数那些通过学习而拥有了善良的心灵，美好、明智、值得信任、优秀而健康的女性，那些值得这个世界依靠的女性。若有人经年在此学习，却不能拥有这些品质，则是我们的失败。"

那天早上，达芙妮、艾伦、贝琳达和所有不同年级的新来的转学生们，都聆听了这一番话，她们都认真地听着，深受感动。有些人记住了这些话，并终身不忘，她们将成为成功者。看起来，八年级的三个新来的女孩听得特别认真，特别是达芙妮。格雷灵女士瞥了她一眼，不动声色地观察着她，她对达芙妮·米利森特·特纳相当了解。

达芙妮回望着她，满眼都是发自灵魂的真诚。她特别想给格雷灵女士留下个好印象，她露出了她特有的迷人的微笑，但校长并没有回她一个笑容。她又说了一些严肃的话，然后便让女孩子们解散了，她们安静地走出屋子。

"她真棒，是不是？"达芙妮热烈地说，"格温说她会让我印象深刻的，的确如此。"没有人对达芙妮的情绪感兴趣，她们分头走开了。

这学期，达瑞尔和莎莉要去八年级教室。她们路过七年级教室那道门，她们在这间屋子度过了很多时光。门开着，一群小姑娘正在挑选课桌，争座位。

"小毛孩!"达瑞尔骄傲地说,"一群乳臭未干的小毛孩,十二乘法表还没背熟呢。"

走廊里,两个以前八年级现在九年级的女孩从她们身边走过。"你们好啊,小毛孩!"其中一个九年级生屈尊打了个招呼。"小心那个'大鼻子①'哦,她对那些拼写错误多的人可挑剔啦!"

"大鼻子"是帕克老师广为人知的外号,她是八年级的老师,正像女孩们说的那样,她有一个硕大的鼻子,总是爱管闲事。每当她怀疑有恶作剧发生时,就是她好奇心爆棚的时候,不问个究竟绝不罢休。她很严格,但有时候也会陷入梦幻之中。每到这时,她就好像忘记了课堂,凝视着远方。全班同学都为这些难得的时刻而欢欣鼓舞,并且充分利用了这样的时刻。达瑞尔很肯定,自己不会像喜欢"波斯猫"那样喜欢帕克老师,"波斯猫"是七年级时教她的波茨小姐。

贝琳达和艾伦看起来很热衷于了解所有老师的细节。达瑞尔和莎莉很高兴讲给她们俩听。当然了,达芙妮是向格温打听这些的。

"两位法语老师你都得当心,特别要当心那位瘦瘦高高的鲁吉耶老师。"达瑞尔说,"她们俩的脾气都不大好,杜邦老师的脾气来得快去得也快,可是鲁吉耶老师真的相当难搞定!"

---

① 大鼻子,这个英语俗语也有爱管闲事之意。

"也要多多当心教历史的卡顿老师，因为要是你不喜欢历史，她的嘴皮子可不饶人的！"艾莉西娅说，"我真心喜欢历史，所以我万事大吉；要是你不喜欢历史，就要多当心了！"

头一天过得愉快又有趣，大家带着新来的女孩们去这座宏伟的教学楼各处转了转，她们去了网球场、花园，冲着那个巨大的游泳池惊叹不已。这个泳池在岩石的凹陷处，每一次涨潮都会有新鲜海水不断注入池中。

"我猜，你一定游得很好吧。"达芙妮对格温说。格温犹豫了一下，四下看看。她对达芙妮吹了很多牛，还没让别人听了去。此刻，达瑞尔离得太近了，她没法吹关于游泳的牛。

"呃，没其他人那么好。"她说。

"我打赌你游得最好。"达芙妮热情地说，"你真是太谦虚了！"

达瑞尔咯咯笑，格温可跟谦虚八竿子打不着，她是全校最会吹牛的人，有时候她都分不清吹大牛和真说谎的区别。

艾伦说她不会游泳。"我从来都没有那么多时间玩。"她说，"我一直都在用功学习，可是我很想玩。"

"你一定超级聪明。"玛丽露说，"你赢得了马洛里塔唯一的一个奖学金名额，是不是？"

"是的，可是我想我并非真的聪明。"说话间，艾伦眉间的那一小条竖纹更深了，这让她看起来很焦虑，"我是说，我可以用功用功再用功，我的记忆力也不错，可我不像有些人那么聪明。有些人根本不需要用功学习就可以名列前茅，这真没办法。我事事都要很努力，可还是——我特别想来马洛里塔，现在终于来了，用功读书是值得的!"

"嗯，你试试，要运动与学习同样出色。"莎莉说，她就非常喜欢各种游戏和运动，"那句话不是说了嘛，只学习不玩耍……"

"聪明男孩也变傻——对了，是聪明女孩也变傻。"艾伦说着，小小地笑了一下，"我想我就是这样的人——傻。"

对马洛里塔的一切，贝琳达都很喜欢，艾琳呢，她到哪儿都带着贝琳达，就好像格温总跟达芙妮在一块儿一样，她很高兴看到贝琳达对一切都热情洋溢。

"哦，这风景!"贝琳达叫起来，"看这片海啊，看那游泳池的颜色! 我的颜料盒在哪儿呢? 快!"

就是在这一时刻，女孩们首次发现了贝琳达的天赋，她画得好极了。她们认为，最厉害的是贝琳达可以用粗铅笔或炭笔画任何人，画出一种夸张的喜剧效果，让人捧腹大笑。

"你会给我们带来快乐的，贝琳达!"艾琳说，"你可以画'大鼻子'帕克，还有两位法语老师，你也可以画舍监老师，画所有人。你来了我真高兴。你一定会给我们带来快乐的!"

第四章

安 顿 下 来

　　新学期的第一天，帕克老师宣布年级的级长人选。全班人都热切地听着她说话，安静如猫。她呢，一边把手中的纸弄得沙沙作响，一边找着她的铅笔。

　　"我可以肯定，你们都想知道，本学期谁会被选为级长。"她说道，"我不会让你们蒙在鼓里很久的，经过短时间的教师会议讨论，我们决定选——莎莉·霍普。"

　　女孩们鼓起掌来，莎莉的脸红了。事实上，她非常高兴。帕克老师盯着她的笔记，继续说道："你们也许想知道哪些姑娘获得了这个职位的竞争资格，她们分别是达瑞尔·里弗斯、吉恩·麦克唐纳，还有温妮·汤姆斯。"

　　大家都希望听到艾莉西娅或艾琳的名字，可帕克老师没报其他人的名字。艾琳毫不在乎，她知道自己是个粗心大意的人，她也不想当年级的头儿。只要有音乐，她就很幸福了。当了级长，可能会耽误她部分练琴的时间！

可艾莉西娅在乎。上学期，她的成绩是年级第一，脑子聪明，记忆力超群，她从来用不着刻苦努力；上学期她还是学得很棒，因为她有这样的天分。

但是，她竟然都没资格竞争这个位置！她咬住嘴唇，希望可以让自己的脸不发红。

"这也太偏心了。"她气愤地思忖着，"就因为我偶尔捣捣乱，惹老师们生气，她们甚至连考虑一下我都不肯！"

其实，艾莉西娅并不完全对，老师们取消她的竞争资格，并不是因为她爱捣乱，而是有别的原因。他们认为艾莉西娅对她不喜欢的事物的态度很冷酷，她还会嘲笑那些不如她聪明的人，那些孩子需要的是帮助而不是嘲笑。老师们常常会被艾莉西娅荒唐的把戏逗乐，其实他们还蛮喜欢这些把戏的——可是没人喜欢她的伶牙俐齿，还有她说的那些刻薄伤人的话。

"她会赢得很多欣赏与嫉妒，可她不会得到很多的爱，也不会赢得他人真正的友谊。"在教师会议上，格雷灵女士这样说，"至于她的朋友贝蒂，她也很聪明，可是有点儿没脑子；艾莉西娅呢，她有脑子，如果她尝试一下的话，她可以很好地使用她的脑子。错的不是艾莉西娅的头脑，而是她的心！"

于是，决定就这样出台了——莎莉·霍普，那个沉着、忠诚、善良、通情达理的莎莉，她也是达瑞尔最好的朋友。莎莉也许成绩不是名列前茅，可是她总能聆听任何一个陷入困境的人的心声，她的测验成绩不像艾莉西娅的那样出色，可是她总是能在运动和课业上帮助更弱小的同学。作为级长，她能保持绝对的公正，而且她忍受不了胡闹。

全年级的人都觉得这是个好决定，虽然有些人宁可要一个坏决定，因为她们不喜欢莎莉。格温要怒发冲冠了，贝蒂也是，她本来希望艾莉西娅能当选的，持这种观点的还有贝蒂的一两个朋友，她们跟莎莉不在一个宿舍。

达瑞尔捏着莎莉的胳膊："太棒了！我真高兴。你妈妈也要高兴坏了吧！你还是我们的宿舍长，莎莉，对格温严格点儿！"

对格温来说，最讨厌的是晚上就寝时间由莎莉负责。莎莉不想故意过分地、太快地行使她的新权力。可她知道，要是格温再犯傻，她就该立刻表态。格温并不理解什么是宽严相济，可是她很懂得怎么利用别人的宽容。

于是，熄灯以后，当她又开始窃窃私语时，莎莉发话了。

"闭嘴，格温。我昨晚告诉过你了。那时候我还不是级长，可现在我是了。所以，我让你闭嘴，你就应该执行。

"可怜的达芙妮想家了。"格温开口。

"你在她耳朵根子下胡言乱语也于事无补。"莎莉说。

短暂的沉默之后，贝琳达的声音从黑暗里传来。她问了一个问题："莎莉，要是级长说过不能讲话之后，我们不听劝告还继续讲话，会怎么样？"

"没人这样做过。"莎莉严肃地说，"可我相信，马洛里塔有条不成文的规定，如果有人在晚上找麻烦的话，我们就要给她点儿颜色瞧瞧。"

"哦。"贝琳达说着，在床上舒舒服服地躺下来，咧开嘴，笑着想格温此刻心里是什么感觉，她还会不会窃窃私语了？

格温本来已张开嘴，要继续与达芙妮的交谈，可当她听到贝琳达的问题及其答案时，就把嘴闭上了。她很吃惊，莎莉怎么敢对八年级的人提出这样的暗示！她内心挣扎，想着莎莉这样说是不是为了吓唬她，可一想到莎莉冷酷的声音，她决定还是不要冒险为好。要是莎莉真的执行了对她的惩罚，那该多丢人啊。达芙妮就永远也不会再看重她了！

因此，宿舍里一片寂静。

当舍监老师悄悄地来到宿舍门边时，只听见十个女孩均匀的呼吸声。八个已睡熟，两个还醒着。醒着的是格温和艾伦。格温一生气就睡不着。艾伦呢，是在想着她的功课。那天早上，她在测验中发挥得不错，可称不上很出色。她真的能跟得上这里八年级的功课吗？是的，她赢得了奖学金，可不是因为她聪明，而是因为她非常非常用功。为了赶上这里的人，她是不是必须得更拼命更用功？她的脑袋好像不像以前那么好使了。艾伦很焦急，一直到格温都睡着了之后很久，她才睡着。

新来的女孩们花了好几天时间才步入正轨。艾伦和达芙妮比贝琳达适应起来快得多了；贝琳达呢，经常跑错教室，不是跑进八年级教室，而是进了七年级教室，波茨小姐对她相当恼火。

"贝琳达，别跟我说你又错跑到这里来了！"她这样说，"你就这么想跟七年级一起上课吗？当然，如果你真的觉得八年级的功课对你来说是……"

说到这里，贝琳达就逃之夭夭了，嘴里还飞快地叽里咕噜地说着抱歉的话，她总是迟到一两分钟，咯咯笑着，跑进自己的教室。

"对不起啦，帕克老师，我迷路了。"她会这样说，再蹑手蹑脚地坐到座位上。

"我会看着她的，帕克老师。"艾琳说。

不过，帕克老师立刻否定了她的意见。"那就意味着，你们俩都要迷路了。"她说，"大家都到教室来准备上数学课的时候，你们俩有可能还在游泳池边等着上跳水课呢。是时候让贝琳达学着自己照顾自己了，毕竟，她已经来了三天了！"

"是，帕克老师。"贝琳达温顺地说，开始在她的吸墨纸上画起老师的画像来，她走到哪儿画到哪儿。她在口袋里装了一个速写本，上面画满了女孩们奇奇怪怪的画像，她还画窗台上的花儿，画从窗口望出去看到的风景，画她那双善于观察的眼睛看到的任何事物。

教法语的杜邦老师，身材丰满，矮矮的，目光锐利，将她的单柄眼镜紧紧地贴着小眼睛。对贝琳达来说，这样的杜邦老师就是她的欢乐源泉，因为太容易画了。全班几乎每一个女孩都有一张杜邦老师的绝妙速写，上面还有各人的法语语法成绩。全班人都有个念头，就是拥有所有教她们的老师的漫画，好当书签用——卡顿小姐的夹在历史书中，格雷灵女士的夹在经文练习本中，扬先生的夹在歌本里，诸如此类。

贝琳达许诺给每个女孩画一幅当作书签，作为交换，她们要为她整理抽屉，保持书桌的整洁。一旦看到她忘记了什么，在她陷入麻烦之前，她们就提醒她。

"我真的没法子不忘事，我比艾琳还健忘。"贝琳达解释道，"要是我杂事缠身，就没心情画画了。真讨厌。"

"别担心！我们会像众星拱月一样对你的！"艾莉西娅说，很开心地看着贝琳达画的音乐老师扬先生，画得活灵活现的。他滑稽的小胡子末尾卷曲着，三四根头发抹在他的秃顶中间，还有他过高的衣领，以及眼镜后面超大的眼睛。

"你真是个天才，贝琳达。"贝蒂说，在艾莉西娅背后伸头看画，"要是我替你值日，打扫教室，你会给我画个什么？"

就这样，贝琳达讨价还价，把所有她不想做的事都甩脱了。帕克老师很惊讶，女孩们竟然为贝琳达做了那么多事。贝琳达缺乏责任心，这让帕克老师恼火不已，她也想象不出，为什么女孩们都这么维护她。

"真怪，"她对杜邦老师说，"艾琳跟她一样糟糕，可她们从来没有这样对待艾琳。她们就这么喜欢贝琳达吗？这个傻里傻气的孩子，我搞不懂她们为什么对她如此前呼后拥的！天哪，今天早上，课间的时候，我甚至看见格温替她整理课桌，而不去休息！"

"啊，贝琳达很有些艺术家气质！"杜邦老师说，"像这种整理书桌、铺床叠被的事，她才没时间做呢。我自己也有些艺术家气质，可是，在这种典型的英式学校里，却得不到丝毫同情。你们英国人啊，不喜欢艺术家气质。"

"不，我们并非如此。"帕克老师说。之前，她就听说过许多有关杜邦老师艺术家气质的事了。说起来都是些抱怨的话，有关她不做像批试卷、列长名单之类的苦差事。杜邦老师的艺术家气质在此类任务中总会引发战争，她总是想把这些差事转嫁给波茨小姐和帕克老师这样的实干家。不过，一切总是徒劳。

"对贝琳达这样的人，我们要有些耐心。"杜邦老师接着说，"我遭受了多少人们……"

"呃，相信我，要是贝琳达不改改脾气的话，她也会遭受这些的。"帕克老师严肃地说，"我了解，去年波茨小姐可是受够了。谢天谢地，波茨小姐让她稍稍有了些理智，我能对付得了她了。贝琳达也上了规矩了，可惜，看来所有的女孩都心甘情愿地为她做这么多事。"

帕克老师费尽心思想弄个究竟，可最终一无所获，没人把真正的原因告诉她，也没人把那些画拿给她看。贝琳达的画笔有时候很刻薄，总是描绘被画对象的缺点。比如，帕克老师的画像上总是出现她的大鼻子，比她真正的鼻子还要大些！鲁吉耶老师呢，总是比真实的她更加骨瘦如柴，而杜邦老师则更矮、更胖。不，女孩们才不会把这些逗趣的画像给她们的老师看呢！

真正喜欢贝琳达的是美术老师林妮小姐，她年轻，性格诙谐，充满乐趣。她很快发现了贝琳达的艺术天赋，尽全力地鼓励她。

"我在这儿会过得很开心的！"贝琳达对艾琳说，"林妮小姐对我好，帮助我很多。我还摆脱了所有讨厌的活儿，艾米莉甚至打算替我补袜子！"

"你真幸运。"艾琳嫉妒地说，"要是有人愿意替我做事，我不介意拿我作的曲子跟她交换——可没人要我写的曲子，她们都想要你的画，贝琳达！"

第五章

人 以 类 聚

　　第一个星期总是最慢的，之后，一周接着一周就过得越来越快。所有的女孩都很好地安顿了下来，过得很开心。

　　天气一直很温暖，虽然大家正在玩冬天的运动——长曲棍球。可谁要是还想在海里游泳，也是可以的，网球场也还可以用。因此，闲余时间的活动还是很丰富的。

　　格温和达芙妮已经结成了形影不离的朋友。到马洛里塔四个学期以来，格温都没有固定的朋友，因此她非常高兴有达芙妮做朋友。她很喜欢达芙妮的美丽与优雅举止，爱听她讲她那个富有家庭的故事。

　　两个女孩有很多相同之处，她们都不爱水，也没有什么能吸引她们下水一游。

　　一个炎热的日子里，当她们年级的人试图让她一块儿去游泳的时候，格温表示反对："每年夏天我们都游够了。这学期我们不是非游不可的，能不游我可太高兴了。而且，你们又不是真心想要我一起去游泳。你们只是想偷藏在我身后，然后推我下水而已！"

"不，我们想让贝琳达看看你，看你穿着泳衣瑟瑟发抖、小心翼翼地把一只脚趾伸到水里的那副样子！"艾莉西娅说，"她可以画一幅超级棒的画贴在教室的黑板报上，格温！"

"讨厌！"格温痛恨被人取乐。她和达芙妮一块儿走了。

"就因为她们喜欢游泳、网球这种野蛮的游戏，就认为大家都应该玩。"她对达芙妮说，"毕竟，你我在来这儿之前都没进过学校，我们永远也不会习惯这些蠢事的。我真希望我生来就是法国人，那样的话，我不想游泳就可以不游，也用不着为了一个傻乎乎的过网球把自己累得气喘吁吁。"

"我们家有三个网球场，两个是硬地的，一个是软地的。"达芙妮说，"我妈妈是一个极好的女主人，她喜欢各种派对，也喜欢开网球派对。当然了，大家最喜欢的是在我爸爸的游艇上开的派对。"

格温以前没有听过游艇的事，她满怀嫉妒地盯着她的朋友。也许，达芙妮会邀请自己去她家过一个暑假，那样她就能去那个豪华的游艇了。她终于有了这么好的一个朋友，妈妈知道了该多高兴啊！

"你一定痛恨被送到学校来吧，达芙妮。"她说，"离开你所有的奢侈的东西，在这种拥挤的地方居住。我猜，在来到这里之前，你这辈子都没有整理过床铺。"

"我当然没有啦。"达芙妮说着将她漂亮的头发甩到身后，"我打赌你也没有。"

"是没有。"格温回答，"我的家庭教师温特小姐常常为我做这些事，放假的时候她也会为我做这些。不过，她教书教得不怎么样，我刚到这儿来的时候真是落后得厉害啊。"

格温现在成绩还是很落后。成绩垫底，她本该拼命努力，赶上群体，可她偏偏只做表面文章而不真正行动。因此，她的成绩单上总有这样的评语："尚可，本可更加努力。""较弱，不够用功。""较差，没有尽力。"她的爸爸妈妈几乎要听天由命了。

她爸爸在她的成绩单上做了很多重重的记号，可由于她妈妈总是很宠她，这些评论除了让格温生气之外毫无用处。格温很会利用自己的眼泪，她一生气便放声大哭，而温特小姐和妈妈能做的就只是安慰她。

而达芙妮呢，很会利用她的美妙的笑容！这笑容让她摆脱了许多麻烦，特别是在杜邦老师、美术老师林妮小姐和音乐老师扬先生面前。

杜邦老师无法抗拒那样的笑容。达芙妮可以让笑容传递甜美、哀婉、深情的情绪——一个笑容是多么不寻常啊！

当达芙妮将一篇糟糕的法语书面练习交给杜邦老师的时候，

她便会露出笑容，而杜邦老师会亲热地看着她。啊！多漂亮的孩子！

"我已经尽力了，杜邦老师。"达芙妮会这样说，还保持着微笑，"可是，恐怕还是不大好。我以前没进过学校，真是太难了。"

接着，那笑容就会变得颇为哀婉动人。杜邦老师呢，就会深受感动，拍着达芙妮的胳膊说："你已经尽力了，我的孩子！瞧，我会帮你的，要是你愿意晚间来找我，我会帮你补课！"

当杜邦老师满面笑容地提出这样慷慨的提议，达芙妮飞快地回绝了这个建议。她遗憾地摇了摇头，说她是多么抱歉，已经有别的老师要给她补课了。然后，她的脸上又会浮现那种不寻常的笑容。

她会用蓝眼睛殷切地看着杜邦老师。"请不要再让我把法语作业重写一遍了，求你了，杜邦老师。"她说，"头一个学期，为了赶上大家，我有太多要做的了。"

于是，不管有谁被罚重写法语作业，达芙妮绝不会被罚。只要她施展她的魅力，露出迷人的微笑就好了！

不幸的是，在帕克老师、波茨小姐和鲁吉耶老师面前，达芙妮这套就行不通了。特别是鲁吉耶老师，她有个规矩：凡是杜邦老师喜欢的女孩子，她就不喜欢；杜邦老师不喜欢的女孩子，她就喜欢。

她对达芙妮很严格。不久，这个女孩在她面前连笑都不敢笑了。她们都非常不喜欢对方。要不是班上有人出其不意地对她伸出援手，达芙妮的日子可就不好过了，她所有交给鲁吉耶老师的作业都要被退回来。

那个出其不意帮助她的人，竟是玛丽露，够让人惊讶的！玛丽露的法语已经极其出色了，因为她妈妈在过去的一年里，请了一位法国姑娘在假期里照顾她。现在，玛丽露能像用英语一样用法语交谈，让两位法语老师都非常高兴。

玛丽露觉得达芙妮很可爱，禁不住一直盯着她看。当然，她永远也不会像喜欢达瑞尔和莎莉那样喜欢达芙妮，可玛丽露禁不住喜欢她美丽的容貌和优雅的举止。

有一天，她看见达芙妮对着被鲁吉耶老师退回来的作业眼泪汪汪，鲁吉耶老师说了，这次达芙妮写得如果还不完美，就再退回去。

玛丽露向她走过去。"格温帮不了你吗?"她羞怯地问道，"她现在没什么事，我去喊她来帮你好吗?"

达芙妮轻轻擦了擦眼睛，冲着玛丽露露出一个哭叽叽但依然很美的笑容，说:"不，叫格温来没有用的。要是她能帮我早就帮了。法语这门课，她也不比我好多少。"

"我猜，你可能不愿意让我帮你吧?"玛丽露热切地问，"其实，我是很愿意的。"

"哦，太感谢了!"达芙妮颤抖着说，"我知道，你的法语学得好极了，简直是奇才，你瞧，我错在哪儿了?"

玛丽露愉快地在达芙妮身旁的一个座位上坐下来，为她做一些解释。在她自己还没意识到之前，她已经替达芙妮把作业全写完了。达芙妮暗自发笑，热情地谢了玛丽露。

"不用谢。"玛丽露羞涩地说。

她盯着达芙妮金色的鬈发，说："你的头发真漂亮。"

达芙妮和格温一样，喜欢别人欣赏她，赞美她。她看着小玛丽露，相当喜欢她。同时，她想，如果玛丽露一直在法语上对她有帮助，那倒是很有用处的。

"你愿不愿意偶尔帮帮我学法语？"她问，"我不想任何一位法语老师给我补课，可我很希望你来教我，你解释得好极了。"

以前，从来没有人像这样请玛丽露帮过忙。她突然红透了脸，连吞咽都艰难起来。

"我很愿意。"最后，她这样说，"我很高兴能帮你的忙。我也是常常找人帮忙呢。我愿意的，达芙妮。"

于是，让八年级的人惊讶不已的是，她们看到了奇怪的一幕：晚上，休息室的尽头，玛丽露坐在达芙妮身边，仔细地为达芙妮解释她前一天法语作业中的错误！

"还替她把第二天的作业也做好！"达瑞尔厌恶地说。她不想看到忠诚的玛丽露跟别人一起待那么长时间。天啊，一学期又一学期，玛丽露紧紧地跟随着达瑞尔和莎莉，她当然不能跟那个可怕的达芙妮成为朋友。

"随她去吧。"理智的莎莉说，"如果玛丽露想帮她，为什么不行呢？达芙妮的法语很糟糕。不过，她不接受法语老师的额外辅导，这倒不怪她。你知道的，到了晚上，鲁吉耶老师的脾气可大了。而且，要是补课的话，谁也不知道杜邦老师会拖多久时间。你本以为半小时就可以了，可她会留你补上两个小时！"

"我希望，达芙妮不要把她的那些傻点子灌输到玛丽露的脑子里。"达瑞尔说。

"也许，玛丽露能把一些明智的点子灌输到达芙妮的脑子里呢。"莎莉说，"达瑞尔，我知道你很想插手，别这样！"

不久，女孩们都人以类聚了。她们交上了自己的朋友，选定了邻桌和一块儿散步的人。

有一个特别的朋友真好，有一个值得信赖的人真好。莎莉有达瑞尔，达瑞尔有莎莉，艾琳有贝琳达，贝琳达有艾琳。不过，艾琳和贝琳达变得形影不离，对彼此都毫无补益，一个忘事儿了，另一个也记不得！看起来，她们俩使对方的忘性更大了。

艾莉西娅和贝蒂最要好。艾莉西娅的脾气也一如既往地不好，她依然为没有入选级长的事耿耿于怀，对莎莉也一点儿不和气，一点儿不像应该做的那样听从命令。对此，莎莉虽然不介意，可也不太开心。

格温和达芙妮要好。现在看起来，玛丽露也想和达芙妮做朋友！格温会怎么想呢？"你不必焦虑，"达芙妮对格温说道，

"我只是利用这个傻乎乎的小玛丽露！在你忙的时候，有时我会让她跟我一块儿出去，因为我不想让她觉得，我只想让她帮助我学法语。格温，你也可以利用她，我的作业写好后你可以抄啊！"

因此，格温也忍受了玛丽露偶尔的陪伴，甚至连玛丽露跟达芙妮单独出去的时候，她也一言不发。那有什么关系呢？达芙妮只不过是利用她！

尽管如此，达芙妮还是忍不住喜欢上了小玛丽露。一周有那么一两次，她的身边由傻乎乎的格温变成了好心肠的玛丽露，也算是换换口味嘛！

第六章

隐 形 粉 笔

　　过了几星期之后，艾莉西娅开始不安分了。"是时候来点儿乐子啦！"她对贝蒂说，"我知道我们已经是八年级了，可是，我们也没理由不乐一乐呀！莎莉这个人太无趣了，从来不开玩笑，也从来不要点儿把戏！"

　　"我们该怎么做呢？"贝蒂说，顽皮的黑眼睛闪闪发光，"我有一些隐形粉笔，你有什么？"

　　"隐形粉笔！你从来没跟我说过！"艾莉西娅说着脸孔都发光了，"是什么样的东西？给我看看！"

　　"我把它放在我柜子里的一个盒子里。"贝蒂说，"现在休息室是空着的，来吧，我拿给你看，真是不可思议的东西啊。"

　　两个女孩来到了休息室，贝蒂打开她的柜子，拿出一只锡盒，里面用纸仔仔细细地包着的是一支粗粗的、奇怪的粉红色粉笔。

"看起来也不隐形嘛！"艾莉西娅说，"这个怎么用？"

"要是你用它在椅子上擦一擦，一点儿看不出来痕迹。"贝蒂说，"谁要是坐在椅子上，把它焐暖了之后，它就会在她的连衣裙或是短裙上留下一道鲜明的粉红色。"

"明白啦。"艾莉西娅说，"老天，我们可以把它涂在教室里老师的座位上——要不，等鲁吉耶老师来上课前涂。"

"我知道啦！等扬先生来上音乐课的时候，我们把它涂在他的椅子上！"贝蒂激动说，"或者，涂在他的钢琴凳上！然后，他弹琴给我们伴奏时，就会重重地坐下去，等他站起身来，转过去写黑板的时候，老天啊！那可有好瞧的啦！"

艾莉西娅大笑起来："用它来捉弄扬先生可比捉弄'大鼻子'老师或是鲁吉耶老师好得多啦，他什么也不会怀疑的。七年级的人和我们一块儿上音乐课，她们也可以分享这个笑话！"

这之后，艾莉西娅变得相当兴致勃勃，她和贝蒂仔细地试用了隐形粉笔，效果非常好。

贝蒂拿了个木头椅子，用那支奇怪的粉红色粉笔在上面一口气涂了个遍。"瞧，一点儿也看不出来。"她说，"艾莉西娅，你看得出来吗？"

艾莉西娅细细地看了看椅子，翻过来覆过去。"完美，一点儿痕迹也看不出来！"她说，"你擦上去，然后，痕迹就好像消失了，这太有趣了，贝蒂。它真的是隐形的。现在，你坐上去，让我看看会有什么效果。"

贝蒂坐了下去，坐了一两分钟。如果不把椅子焐暖一点儿，粉笔是不会起作用的。贝蒂一本正经地坐在椅子上，艾莉西娅看着她。这个时候，格温探进头来，寻找达芙妮。她看见贝蒂那么庄重地坐着，艾莉西娅站在不远处，很是惊讶。"你们在干什么？"她好奇地问，"出什么事了？"

"没什么。"艾莉西娅说，"走开吧，达芙妮不在这儿。"

"你们到底在干什么？"格温心生怀疑，坚持问道，虽然她也不知道在怀疑什么，"贝蒂为什么会坐在当中那张不舒服的椅子上？"

"艾莉西娅，'大鼻子'老师找你。"突然，一个声音响起来，吉恩的脑袋从门边伸进来，"快点，她好像为什么事在焦虑呢，我想是你的数学卷吧。"

"老天！"艾莉西娅一下弹起来，"我一会儿回来，贝蒂。"她说完便跑进了走廊。吉恩饶有兴趣地看着独自一人坐在休息室中间的贝蒂。"你累了？"她问。

贝蒂皱起了眉头，她觉得自己傻乎乎的，她想拿一本书，冲着格温金发的脑袋用力砸过去。可她不敢站起身来，怕万一她的身后会出现一道粉笔印，那可够瞧的。眼下，她不想任何人知道她要玩的小把戏。

"你是瘫痪了或是得了别的什么病吧，可怜的家伙。"格温说，"站都站不起来了，是风湿病也说不定哦！"

格温开始对嘲笑贝蒂失去了兴趣，出去找达芙妮了，这让贝蒂松了口气。吉恩咧嘴一笑，也走了。贝蒂站起来，转身看自己后面，她发出了咯咯咯的笑声。果然，她的制服短裙上有一道鲜亮的粉红色。这种粉红色的粉笔受暖了以后，效果多惊人啊！

艾莉西娅飞跑着又回来了。"有用吗？"她叫道，当贝蒂转身给她看那道鲜艳的粉红色印迹时，她咯咯笑起来，"老天啊，真棒！明天，我们用它来捉弄一下扬先生吧！"

"我们要告诉别人吗？"贝蒂问。

"一个也别告诉。"艾莉西娅说，"要是我们告诉了别人，肯定有人会忍不住笑而露馅的。我才不要——我们就让亲爱的扬先生自己被这惊喜弄得跳起来，让观众大吃一惊吧！"

那天晚上，贝蒂和艾莉西娅都无心预习功课。"波斯猫"老师负责晚自习，她用怀疑的目光看着这两个秘密的策划者，很好奇出了什么事。很显然，她们想的东西是幽默的、滑稽的、离题万里的。

"波斯猫"老师很熟悉这个迹象，她提醒帕克老师："你们年级的那两个，贝蒂和艾莉西娅要耍花样了。帕克老师，明天小心点儿。你可能会闻到些古怪的气味，听到什么奇怪的响动，或是扔书的狂欢什么的。"

"谢谢。"帕克老师严肃地说，"我会注意的。"

不过，在她上的第一节课上，她没看出什么异常，第二节课也没有。女孩们跟平常一样用功学习。只有贝蒂和艾莉西娅看来有点儿蠢蠢欲动，不过，她们总是如此。特别是艾莉西娅，她思维敏捷，常常为他人较慢的思维而恼火。

课间休息前的一节课是音乐课。就在第二节课结束的时候，贝蒂举起了手："帕克老师，今天轮到我替扬先生去音乐教室准备上课的东西了，我可以走了吗？"

帕克老师瞟了时钟一眼："可以。你还有四分钟时间。"

贝蒂冲着艾莉西娅露出一个一闪而过的笑，然后，端庄地走到门口。一出了门，她便跑过走廊，冲进了音乐教室。教室里空无一人。扬先生总要迟来个一两分钟的，谢天谢地。

贝蒂飞奔到钢琴凳前，那儿有个圆形的、椅面镶皮式样的凳子，还可以旋转。贝蒂拿出那支粉红色的粉笔，大力地涂满了整个椅面。

她确认了，椅面上没有漏下一个小角。当然，她是看不到自己画出的那些痕迹的。毕竟，那是支隐形粉笔啊！

然后，她飞快地把凳子转啊转，一直转到扬先生坐起来会觉得太矮为止。扬先生有个习惯，无论凳子过矮或是过高，他都会坐下去转啊转，一直转到他喜欢的高度。只要他今天也是如此，就会有一个绝佳的机会让粉笔在他身上发挥出良好的效果！

贝蒂将乐谱叠放好，又将黑板擦干净。接着，教室外面响起了脚步声，七年级的人在"波斯猫"小姐的严密盯防之下走进了教室。

接着，八年级的人也进来了。艾莉西娅目光闪闪。贝蒂冲她咧开嘴笑，眨了眨眼睛，然后，她走到门边，扶着门，好让两位女老师出去，让扬先生进来。

一位短小精悍的男子，身穿整洁的黑色西服和过高的衣领，一路小跑进来了。他将平了尖尖的胡子，冲着女孩们礼貌地鞠躬。

"早上好，同学们。"

"早上好，扬先生。"她们齐声说，然后匆忙地拿出歌本来。开始上课了，扬先生在黑板上写了五分钟的板书，解释了各种符号与标记。接着，他走到钢琴边。

贝蒂冲艾莉西娅点了点头，屏住了呼吸。可最让人恼火的是扬先生并没有坐下来。他面朝着女孩们，弹手敲了几个音符，举起了指挥棒。

"练声吧。"他说，"我希望你们好好地张开嘴，让声音从咽喉后部发出来。"

扬先生对"咽喉后部"异常热爱，在所有事上，无论是练声、唱歌或视唱，他都会用到它。"咽喉后部"就是他经久不衰的口头禅。

此刻，他站着，而不是坐着，指挥着练声。艾莉西娅失望得心痛。要是他一直不坐下怎么办？有可能轮到下一个坐下来弹琴的那位教舞蹈的女老师，她总是穿着颜色鲜艳的连衣裙，那样，粉笔的痕迹就显现不出来了，多浪费啊！

最后，扬先生还是坐了下来，因为他要教女孩们一首新歌。在教歌之前，他一如既往地要将歌曲完整地弹上两三遍，好让女孩们了解它的旋律和节奏。

他坐了下来。啊！那个凳子又太矮了，扬先生坐在上面，用力转着，调整到适合的高度，女孩们咯咯笑。扬先生永远也意识不到，他坐在那样一张小小的凳子上，轻快地摇来摇去的样子是多么有趣。

"现在，我来把新歌弹一遍给你们听。"扬先生说，"你们可以坐着听，合唱部分，我会为你们唱出来的。"

他开始弹唱起来，滴哩哩——滴哩哩，他的一只手上下挥舞。然后，在合唱部分，他的声音低沉地响起。贝蒂和艾莉西娅冲彼此眨了眨眼睛，粉笔现在该起效了吧！

扬先生把曲子弹了三遍后，站起身来。"你们喜欢吗？"他问。女孩们齐声回答："喜欢的，扬先生。"

扬先生转身冲着黑板，拿起一支白色粉笔，立刻，女孩们都看见了他屁股上那道鲜艳得不可思议的粉红色！她们快活地盯着那颜色。

"瞧，扬先生，他蹭上什么了？快瞧啊！"

很快，教室里充满了咯咯的笑声，扬先生四下环顾。

"请安静！今天这是怎么了？"

教室里有短暂的沉默，可当这位不幸的音乐大师再次转身朝向黑板时，教室里又爆发出了更多的笑声。然后，艾琳发出可怕的大笑。

扬先生生气地将粉笔扔在地上，看起来他似乎要一脚把粉笔踩碎似的，要不是门突然打开，格雷灵女士现身，说不定他真的就这么做了。

格雷灵女士身边还有别人。"很抱歉打扰你上课了，扬先生。"她说，"你能给莱明先生简要地介绍一下这儿的钢琴有什么毛病吗？"

扬先生不得不忍气吞声，然后，解释钢琴出了什么问题。解释的当儿，他转身背对格雷灵女士。当格雷灵女士一眼看到他身后那道鲜艳欲滴的粉红色时，她惊讶万分。此刻，女孩们全都安静如猫，艾莉西娅和贝蒂则忧心忡忡。

格雷灵女士转身对八年级的级长莎莉说："你能去趟大厅，把衣刷拿来吗？可怜的扬先生要刷一刷衣服。"

莎莉飞快地跑去取来了衣刷。扬先生听到格雷灵女士的话后很惊讶，他从肩膀向后看了看自己的后背。

"是沾上漆了吗？"他警觉地问，"可千万别！哦，只是粉笔灰啊！到底是怎么沾到屁股上的啊？"

第七章

弄 巧 成 拙

　　很快，莱明先生就用力地帮扬先生把那道恼人的粉红色粉笔印刷掉了。然后，他走到琴凳前，自己坐了下去，试弹了那几个出了毛病的低音健。艾莉西娅和贝蒂屏住呼吸看着，大多数女孩猜到可能有人恶作剧，也兴致勃勃地看着。

　　当莱明先生站起身来时，他们都心满意足了。他身上穿了件长长的黑色外套，外套上出现了一道鲜艳的粉红色。

　　扬先生惊讶地望着那道粉红色。"啊，你身上也有了!"他叫起来，"瞧，格雷灵女士，莱明先生身上也蹭上了什么东西。我会很快替他弄干净的。"

　　就算在格雷灵女士的眼皮底下，女孩们也咯咯咯地笑起来。

　　格雷灵女士看起来十分困惑。"我们上这儿来的时候，你外套上什么也没有。"她对莱明先生说，"我可以肯定，要是你蹭上了这么鲜艳的粉红色，我早就发现了。无论如何，学校都没有一堵墙是这么鲜艳的粉红色！到底发生了什么事？"

她走到琴凳前，仔仔细细地看着它。艾莉西娅和贝蒂几乎不敢呼吸了。隐形粉笔真是名副其实，格雷灵女士一点儿痕迹也没看出来。她没打算坐下去，看看是不是会有同样的事发生在她身上。她依然困惑不已，领着莱明先生走出了屋子。课继续上下去。

直到课快结束了，可怜的扬先生才又坐到那个凳子上去。当他站起身来，瞧啊，他身上的那道印跟先前的那道同样鲜艳夺目，女孩子们用手绢掩住嘴，生怕笑出声。这一回，扬先生一无所知，他傲然地走到门口，冲着女孩子们轻鞠一躬，一如既往。

"早安了，姑娘们！"他走了出去，身上带着那道鲜艳欲滴的粉红色。他一走出去，课间休息的铃声便响了起来，女孩们冲进庭院，急不可待地释放出她们憋了好半天的笑声。

"艾莉西娅！肯定是你干的好事！是怎么回事？"

"哦，这可太棒了！他回身冲着黑板的时候，我还以为我要笑昏头了呢！"

"贝蒂，快说说吧！是你搞的鬼把戏吧？你是怎么做的？我看过那张凳子，什么也看不出来呀！"

"这倒提醒我了。"贝蒂冲着艾莉西娅咧嘴一笑，"我得拿块湿布，把那凳子好好擦干净。"她跑掉了，姑娘们纷纷围住了艾莉西娅，求她把秘密告诉她们。

与此同时，扬先生沿着一道长长的走廊走着，对他身上"美丽"的装饰一无所知，杜邦老师碰巧从某间教室走出来，走在他身后，不可置信地盯着那道不同凡响的痕迹，她跑着跟上他。

"扬先生，哈，扬先生！"

扬先生对两位法语老师都万分恐惧，他加快了步子。杜邦老师跑得更快了。

"先生，先生，拜托，等一等①！等等，等等，你不能这样走！太可怕了！"

扬先生恼火地转过身："什么事？什么东西太可怕？"

"这个！这个！"杜邦老师说着，利落地拍打着粉笔印，立刻腾起了一阵粉笔灰。杜邦老师这么亲密地替他拍灰，扬先生吓坏了，他惊讶地盯着从自个儿身上腾起的那阵粉笔灰。扭动着身体想要看清楚，他想起了莱明先生外套上的印子。

"我会帮你的。"杜邦老师发自肺腑地说道，抓紧了他的胳膊，她快速地把他拉扯到衣帽架处，从上面拿下一把刷子，大力地刷掉他衣服上的粉笔灰。

他气坏了。"今天早上发生两回了。"他怒气冲冲地冲着杜邦老师说，握起拳头在她鼻子下晃晃，好像她是那个肇事者。

① 这句杜邦老师说的是法语。

杜邦老师警觉地后退一步。扬先生抓起帽子，嘟嘟囔囔地走开了。

"那个人真是太无礼了。"杜邦老师自言自语，"我好心好意，可他冲着我的脸挥拳头。我永远也不会理他了。"

大厅里唯一一个目睹了这一幕的女孩是达瑞尔，她带着这个八卦快速地跑去找其他人。"我刚要跑过大厅那一头，就看见杜邦老师拿衣服刷子拼命地敲打扬先生。"她气喘吁吁地说，"他气坏了！哦，再来一次吧，艾莉西娅！这个恶作剧太牛了！"

一个把戏玩两遭，总会出毛病。艾莉西娅深知这个道理。可是，她无法抵抗在杜邦老师身上试一回这个把戏的诱惑。

"我们再来一次，好吗？"她问贝蒂。贝蒂快活地点了点头。女孩们围拢来看这支奇异的隐形粉笔，一想到音乐课的情景，她们就咯咯笑、哈哈乐，她们还跟七年级的人分享了这个秘密。

总的说来，这个把戏使每个人都兴高采烈，而让这个恶作剧重演一遍的念头，令她们期待不已。

"今天下午法语课之前，谁去把粉笔涂在杜邦老师的座位上？"贝蒂问道，"艾莉西娅和我不能再干了，因为我们没机会单独在教室里了。谁负责那间教室？"

"是我。"达瑞尔说，"我来干！把粉笔给我！该怎么做？就把它涂在椅子上吗？"

下午上课前十分钟，达瑞尔溜进了八年级教室。这一周轮到她整理书架，擦黑板，确保粉笔和粉笔擦放在老师顺手的地方。

这些事她一分钟就完成了。接着她走到放在讲台后的椅子旁，从口袋里把那支粉笔掏了出来，她刚准备用粉笔涂遍椅子，一个淘气的念头就涌上她的心头。

她能不能写一个词，然后，杜邦老师的裙子上就会印出来那个词，这样所有人都乐得前仰后合？必须得写一个短短的词。

"我就写'啊哟！'。"达瑞尔乐呵呵地自言自语，"我得倒着写字，这样杜邦老师身上印出来的字才会是正的。"

于是，她精心地用粉笔在椅子上写了两个字，想象一下这两个字写在你身上！女孩们会怎样大呼小叫啊！

上课铃响了。达瑞尔将粉笔藏进口袋，回到自己座位。班上其他人进来的时候，她咯咯笑着。"你做了吗？时间够吗？"女孩们低声问。达瑞尔点点头。接着，杜邦老师走了进来，看起来情绪不错。教室的门关上了。

杜邦老师立刻坐下来，她的脚很小，不喜欢站着。女孩们热切地看着，心想她什么时候会站起身来呢？达瑞尔简直等不及她站起来背对全班了。到时候，她们看见她写在椅子上的字，会说什么呢？

吉恩被叫到在黑板上做题。"你全部写错！"达瑞尔小声对她说，"这样，老师就会站起来纠正了！"

于是，让杜邦老师大为惊讶的事发生了，从来都很细心的吉恩在拼写法语词的时候错误百出，无论老师怎么怒气冲冲地指导，她怎么都拼不对。最终，杜邦老师恼火极了，让吉恩回到座位，自己站起身来去纠正错误。

全班人立刻看到了她背后的风景，倒抽了一口气，在她的紧身裙子上，写着两个明亮的粉红色字"啊哟!"。连达瑞尔自己都没想到这两个字那么清晰，突然之间她觉得非常不安。在某人的衣服上弄上一道粉红色痕迹是一回事，这很容易蒙混过去，可是"啊哟!"两个字该如何解释清楚呢？这真的没法解释得通了。

全班人都看到了杜邦老师身后的风景，她们大吃一惊，不知是咯咯笑好呢，还是表现得惊慌失措才好。

"达瑞尔，你这个傻瓜！想想吧，她裙子上带着那两个字，当着其他老师的面在走廊里走会怎么样!"艾莉西娅压低声音说，"你真的该长点儿脑子。"

一想到其他老师看到杜邦老师身上"啊哟!"两个字，全班人都惊慌起来。帕克老师肯定不赞同这种行为，她会觉得这是莫大的不敬。

可怎么把字弄掉呢？杜邦老师在黑板上写字，转身向全班人讲解，再回身书写，那可怕的粉红色的"啊哟!"两个字就在她的身上忽隐忽现。

"我会告诉杜邦老师她裙子上沾了些灰，再把它刷掉的。"达瑞尔低声保证道，"在课快结束的时候就说。"

可是，她没机会这么做了，因为杜邦老师匆匆走掉了。她记起了她有隔壁七年级的课，再不去就要迟到了。七年级的人看到杜邦老师身上的粉红色"啊哟!"两个字每隔一分钟就忽隐忽现的时候，也是惊掉了下巴!

她们无法控制自己咯咯的笑声，让杜邦老师的火越来越大。"今天下午，我身上有什么好笑的吗?"她问道，"是我的头发不整齐? 是我的脸上有泥巴? 还是我的鞋子不是一对?"

"不是的，老师。"七年级的人说，但她们实在没办法忍住大笑。

"我这个人没什么趣，也不觉得有什么事很有趣。"杜邦老师严厉地说，"可接下来我倒要做一些有趣的事。是的，我马上就要说:'你，你，还有你，请你们写一百行法语诗!'哈，我会变得很有趣的!"

说着，她转过身冲着黑板，"啊哟!"两个字就出现在大家眼前。七年级的人紧紧抓住对方，痛苦地压抑着笑声。

不过，在老师走出教室之前，她们跟达瑞尔有同样的想法。"在她走出去之前，我们得把那两个字刷掉。"希尔达说，"否则，八年级的人会惹上大麻烦的。我猜她们是想把它刷掉的，可没有机会。"

因此，当杜邦老师要离开七年级的教室时，希尔达礼貌地提议替她刷一刷裙子，因为上面全是粉笔灰。

"呀，"杜邦老师朝下看看说，"这些粉笔灰，对衣服可不好！谢谢了，希尔达，你真是好孩子①，真是好孩子。"

她乖乖地站着，希尔达殷勤地前前后后替她刷裙子，将粉红色的"啊哟！"刷掉。然后，杜邦老师走出了教室。八年级的人刚刚上完课，看着她，巴望着能在她走回跟波茨小姐共享的那间小屋前把她身上的字刷掉。

当她们看到杜邦老师的裙子上一尘不染时，都松了一口气。于是，她们回到自己的教室，在座位上坐下来。

"谢天谢地！"艾莉西娅说，"我们差一点儿就要倒大霉了！'波斯猫'和'大鼻子'要是看到了那个'啊哟！'肯定会公布于众的。你知道，达瑞尔，老师们要是认为我们确实有不敬的表现，她们会有多恼火。你可真是个傻瓜。我猜这是莎莉让你干的吧！多好的级长啊！"

"闭嘴！"达瑞尔说，对自己和所有人都感到恼火，"莎莉跟这件事一点儿关系也没有。我只是没过脑子，仅此而已！"

---

① 这里杜邦老师说的是法语。

第八章

学 期 继 续

之后的几天，大家一直在议论隐形粉笔事件，有些高年级生①也听说了，恨不得当时也能看见杜邦老师身上的"啊哟!"两个字！那些知情者，碰上达瑞尔时就会冲她咧嘴乐，在她耳边小声说："啊哟!"

看起来，好像每个人都以为整个点子是达瑞尔想出来的，这让艾莉西娅和贝蒂很恼火。达瑞尔做的不过是在杜邦老师的裙子上印上了那两个字，并且让整个年级的人陷入了极大的麻烦，为什么她还会独占风头？

这两个人开始冷落达瑞尔，而达瑞尔尽她所能地对她们视

---

① 英国的学制是中学五年，分别是七年级、八年级、九年级、十年级和十一年级。其中七、八、九年极相当于中国的初中，而十、十一年级相当于中国的高一、高二，之后学生会分流，继续选择上大学深造的，就进入预科，即十二、十三年级。此处的高年级生，指的是九年级以上的那些学生们。

而不见，以示回报。她明白，艾莉西娅还在为没当上级长的事耿耿于怀，对莎莉也没个好脸色。达瑞尔忠实于她们的友谊，只要有可能，她才不吃她们那套呢！

艾莉西娅又变得伶牙俐齿起来。达瑞尔知道艾莉西娅想惹她发坏脾气，制造怒发冲冠、面红耳赤的效果，可她呢，按兵不动。她不能发脾气，坚决不能！不然，她会大喊大叫，甚至用什么东西砸向艾莉西娅，那样一来，自己就会立刻处于被动。因此，达瑞尔看起来在脾气爆发的边缘，可是她没有。

这对她来说太难熬了。莎莉试着让她镇定下来，这让达瑞尔更加怒火万丈了。

"正因为你是我的朋友，我才会对艾莉西娅那么生气的，你难道看不出来吗？"达瑞尔说，"她想怎么说我都行，我无所谓——可是，要我听任她乱说你，这可太难了，莎莉。说到底她就是嫉妒。她那么说只是因为她知道我脾气大，会为你出头的。"

"嗯，我的老天，你可别落入她的圈套，"莎莉理智地说，"那样可太傻了，她和贝蒂会狠狠嘲笑你的。"

于是，可怜的达瑞尔只能继续咬着牙，忍气吞声，在艾莉西娅和贝蒂冷嘲热讽惹她发怒的时候依然一言不发。

"亲爱的莎莉，总是那么好人可又那么无趣。"艾莉西娅说，"多么完美的级长啊，你不觉得吗，贝蒂？"

"哦，你说的再对不过了。"贝蒂说，脸上浮起那种会激怒达瑞尔的微笑，"想想吧，她为我们所有人树立的好榜样——亲切的、正大光明的莎莉。说真的，每回我看到莎莉在课堂上一本正经地坐着，还表现得那么好，就会为自己的错误而羞愧万分啊。不开玩笑，一丝笑容也没有，对所有人来说，她是多好的榜样啊！"

"少了她我们该怎么办啊？"艾莉西娅接着说，再狡猾地瞥一眼达瑞尔，看看她是不是到达爆发的临界点了。要是达瑞尔站起身来走开了，这两人就视之为她们的胜利。可是可怜的达瑞尔心里明白，要是她再多待一会儿，她的嘴巴就会张开，说出事后自己会后悔说的话来。

因此，那些天，达瑞尔的脾气臭臭的。同时，艾伦的脾气也是臭臭的。

艾伦一直是一个性格平和的人，虽然在头几个星期里她相当焦虑。不过，后来她突然变得非常易怒，对女孩们恶声恶气。似乎是因为她总是皱着眉头，她额头上的那一道小皱纹更深了。

吉恩试图弄清发生了什么事，莎莉也试过。不过，艾伦似乎觉得，莎莉只不过是想做个好级长，试图纠正她，让她别那么怒气冲冲。所以，她冲这位级长恶言恶语，让级长又惊讶又受伤，再也不跟她多说什么了。

"怪人！"莎莉对达瑞尔说，"我搞不懂她。她是获得了奖学金来到马洛里塔的，这说明她相当聪明，她跟我们任何人一样用功或是说更用功些——就这样她也成不了尖子生，甚至连前三四名都达不到！我猜她就是为了这个而痛苦，也是为了这个而恼火。我不喜欢她。"

"我也不喜欢她。"达瑞尔说，"不值得为她操心，莎莉，随她去吧。"

"唉，我想，为她操心还是值得的，人人都值得关心。"莎莉说，"我会让吉恩跟她聊聊，吉恩在班上的位置就在她身边。"

吉恩是个直性子的女孩，一般来说，只要她想知道的事，总是百折不挠地要弄个水落石出。可出于某些原因，她并没有这样去对待艾伦。在班上，她坐在艾伦旁边，在宿舍里，她也睡在艾伦旁边。因此，她有大量机会能听到艾伦在学习上遇到困难时的唉声叹气和在想要入睡时无意识的小声嘀咕！

吉恩知道艾伦常常夜不能寐，她猜想，艾伦到底在担心什么，当然不可能担心功课——能获得奖学金的女孩是不用担心功课的！据她所知，获得奖学金的女孩视学习易如反掌。

吉恩也是个善良的女孩，虽然有时候说话和态度有点儿生硬。她试着思考如何去了解艾伦的心事。看起来，除了直截了当地问她之外别无他法。吉恩想问问她发生了什么事，是不是到了无可挽回的地步。

可这个法子一点儿也不管用。艾伦会立刻崩溃的，就像莎莉问她时那样。因此，吉恩头一回不像平常那样笨拙地处事，而是好好地动脑子思考了一下。

艾伦没有朋友，也不在意与人交往，甚至不愿与安静的艾米莉交朋友。吉恩开始以不经意的方式向她示好，她知道自己绝对没办法逼艾伦说出发生了什么事。不过，也许她可以让那个女孩相信，她是值得信任的，从而主动想把事情告诉她！对吉恩来说，这实在是一个值得称赞的点子，因为一个像她这样笨拙的苏格兰女孩，是很少会为了与人相处而煞费苦心的。

不过，莎莉由于自己束手无策，而请她尝试帮助艾伦，这让吉恩很骄傲。因此，吉恩开始从各种小事上对艾伦示好，尽管艾伦并没有立刻察觉。

吉恩花了好长时间帮艾伦找丢失的运动鞋；当艾伦装父母照片的相框碎了的时候，吉恩很同情她，并且主动提出下一次她去商店时帮艾伦配好；艾伦洗完头发后，吉恩帮她弄干……诸如此类的小事，起先没人注意，连艾伦自己也没注意。

可慢慢地，艾伦越来越信任这个看起来笨拙的苏格兰女孩了。她头痛得厉害的时候会告诉吉恩，虽然她拒绝跑去告诉舍监老师；虽然她对所有人依然恶声恶气，可她不会这样对吉恩，她也不会这样对玛丽露。只有心肠特别硬、脾气坏得要命的人才会对小玛丽露凶巴巴。

有些夜晚，艾伦让人十分难以忍受。"说真的，任何人都会认为她正在受折磨，折磨她的就是那种我妈妈说的'紧张'情绪。"有天晚上，艾莉西娅忍不住说，"她遇上一点儿鸡毛蒜皮的事就暴跳如雷，还老是误解别人，像发了疯的小狗一样。瞧她这会儿，盯着她的针线篮就好像它咬了她似的。"

要是有人路过，靠艾伦太近而碰了她的胳膊肘，她就会跳起来呵斥："小心点！你看不见路吗？"要是有人打扰她阅读，她会把书砰地扔在桌上，怒视着打扰者："我在读书，你看不见吗？在这个讨厌的地方都没有一块清静地！"

"你没在读书。"达瑞尔说，"你拿起书之后就没翻过一页！"

"哦，那么说你一直在监视我了，是不是？"艾伦说着眼睛里刹那间就噙满了泪水。然后，她就走出屋子，大力地关上了门。

"她真讨厌，是不是？像只猫似的乱挠！"

"我巴不得当年她赢的是别的学校的奖学金才好！"

"她总是装模作样地读书学习，可成绩每周还是下降！要我说，她真是个伪君子！"

"哦！她真是不快乐！也许她还没有完全适应这里！"说话的是吉恩，莎莉会赞许地瞥她一眼。吉恩要面对的是一项艰巨的任务，但是她不屈不挠地坚持着。

那些天天气很糟，女孩们没法打长曲棍球了，连散步也不行，因为四周的乡村道路泥泞不堪。她们被困在室内，变得焦躁不安。老师们决定，无论第二天天气如何，都最好来一次集体散步。

大雨倾盆，天空黑暗低沉，长曲棍球球场有一半淹在水中。大家都抱怨不已。乡间小路会是什么样子？大海变成了一种刺目的灰绿色，悬崖上狂风怒号，学校禁止任何人上去，以防被吹下来。

格温和达芙妮抱怨得最凶。格温在班上不停地吸鼻子，想让帕克老师认为她着凉了，免去她的散步之苦。不过，对于格温吸鼻子的事，"波斯猫"老师早已提醒过帕克老师，千万别心软同情。

"你要再吸鼻子，就请出去吸。"她说，"我唯一不能忍的就是有人吸鼻子。对你来说也没必要这么做，你会养成习惯的，格温。"

格温怒目相向。为什么学校的老师都不像她从前的家庭教师温特小姐呢？哪怕格温清清嗓子温特小姐都会立马拿起温度计，也绝对不会让她在这么糟糕的天气里外出散步的！

她不敢再吸鼻子了，达瑞尔的咧嘴笑也让她恼火。达芙妮同情地看着她。格温是不是着凉了她似乎并不在乎，可表面文章还是要做一做，格温很需要别人的同情。

达芙妮根本没有打算跋涉数英里的泥地，她试着用其他战术来逃避散步。那天晚上，她拿着自己的法语书去找杜邦老师。她挂上她最甜美的笑容，敲开了杜邦老师和波茨小姐共用的小屋的门。她热切地希望波茨小姐不在，因为每回达芙妮去，波茨小姐似乎看起来都不快。

幸好，这次波茨小姐不在。"啊，是你啊，我的小达芙妮！"杜邦老师一边说，一边用几乎和达芙妮一样甜美的笑容来欢迎她最喜欢的学生，"你有事对我说吗？有不懂的东西，是不是？"

"老师，这些时态真让我一头雾水啊。"达芙妮说，"要是你有可能抽空的话，我真觉得自己在这方面需要一点儿额外的辅导，我特别想法语进步一些。"

　　"可你最近已经进步很多了，亲爱的孩子！"杜邦老师喜气洋洋地说道，她并不知道小玛丽露包下了达芙妮大部分的作业，"我为你感到高兴。"

　　达芙妮又露出了微笑，杜邦老师的心更要融化了。啊，这个漂亮的达芙妮！她激动地搂住达芙妮。"是的，是的，我当然愿意给你一些额外的辅导，我们很快就会把这些时态弄懂的。"她说，"现在就可以开始，好吗，我的孩子？"

　　"不，现在不行呢，老师。"达芙妮说，"不过，我可以放弃明天愉快的散步时间，如果到时您能来接我的话。那是我唯一空闲的时间。"

　　"好孩子啊，你竟然愿意放弃你们英国小姑娘最喜欢的散步活动！"杜邦老师说道，她认为散步是极其愚蠢的发明，"可以啊，我到时会去接你的。我会告诉帕克老师，你是个好孩子，达芙妮，我对你很满意！"

　　"谢谢老师。"达芙妮快活地说，又送给了杜邦老师一个迷人的笑容，得意地走出了门。

第九章

恼 羞 成 怒

　　当帕克老师听说达芙妮不跟全班人一块儿远足，她又惊又恼。

　　她不高兴地看着杜邦老师。"这么突然地替达芙妮补习法语是为了什么？"她说，"她这种姑娘，正需要好好地迈开腿来一场远足。没错，就算是泥泞的路也得走，治治她那股架子和派头！另找时间给她补课吧，杜邦老师。"

　　但杜邦老师很固执，她不喜欢帕克老师，不喜欢她那个大鼻子。她噘起小嘴，摇了摇头说："我不能找别的时候给达芙妮补课。一个姑娘放弃了愉快的远足来提高法语水平，是很棒的。"

　　帕克老师发出一声不可置信的哼唧："她是想逃避散步，对此你心知肚明，杜邦老师。这么纵容她是愚蠢的！达芙妮是很容易被惯坏的，我也不喜欢她的某些做派，她过于滑头了！"这话立刻惹恼了杜邦老师。

杜邦老师开始维护她最喜欢的学生，夸大其词了起来："帕克老师！你知道那孩子有多渴望远足吗！踏在秋天的小路上多美啊！闷在屋里这么长时间之后闻一闻海边的味道多美啊！达芙妮牺牲了她的快乐，她理应为此得到嘉奖，而不是责怪。当你们在享受清新空气的时候，她会跟我一起努力用功的。"

"嗯，她要骗鲁吉耶老师可不像骗你这么容易，"帕克老师发起了脾气，"她把你看穿了！"

杜邦老师也发火了。"我会跟鲁吉耶老师交流一下，我还会交流两下三下四下。"她说，"达芙妮的法语进步了那么多，她是不会对这孩子有意见的！"

"我们不谈这个了吧。"帕克老师觉得自己听够了达芙妮这个话题，"要是你喜欢，尽管去跟鲁吉耶老师争个明白，我不在乎！只不过，我觉得达芙妮不来远足更好，她不来我挺高兴的，要不然总听她抱怨个不停，拖拖拉拉的！"

达芙妮忍不住把自己如何设法逃开远足的事说给大家听。格温恨不得自己也这么聪明，其他人则对这种虚伪的小把戏嗤之以鼻。

"只是为了逃避远足就干出这种事来！"达瑞尔说，"穿着雨靴踩在水洼里多有趣啊。要是你想用一整个下午学法语动词，那祝你好运！不过，这倒像是你能干出来的事，达芙妮。"

可是，远足最终也没有成行！风变得更大了，帕克老师决定将它延期。当她来到衣帽间通知女孩们的时候，她们正在穿雨衣和雨靴，而达芙妮已经拿着书到杜邦老师那儿了。

"姑娘们，很抱歉，不过风太大了。"帕克老师突然出现在衣帽间，说道，"远足取消了。作为补偿，我们去体育馆痛快地玩一个下午，怎么样？要是你们当中有谁愿意帮把手的话，我还会让舍监老师把茶点安排在那里吃，换换风格嘛。"

女孩们欢呼起来。开心地玩一个下午的游戏，相互追来跑去，笑着，叫着，然后坐在地板上来一场下午茶，这个风格也换得太好了！

舍监老师的到来让欢乐到达了顶点。她提供了四块顶级巧克力蛋糕款待大家，还有两罐金黄的蜂蜜，让女孩们无比兴奋。

"达芙妮怎么办，帕克老师？"玛丽露问，她记起达芙妮跟杜邦老师在一起，"我去把她叫来好吗？"

"傻瓜！"艾莉西娅咕哝着，"干吗提醒帕克老师想起达芙妮！她错过了这一切是她活该！我马上就会给玛丽露一点儿颜色瞧瞧！"

帕克老师望着玛丽露焦急的面孔，她万分不解，为什么玛丽露有了达瑞尔和莎莉做朋友还要惦记着达芙妮。

"哦，玛丽露，你不要去打扰达芙妮！"帕克老师清清楚楚地说，好让所有想听的女孩子都听个明白，"她非常渴望这场补习，杜邦老师告诉我，她宁可放弃这次散步，我可以肯定她也宁可放弃这次游戏和下午茶。我们不能去打扰她。要是一个姑娘勤奋好学的话，破坏这一切是很遗憾的事。"

玛丽露是唯一一个没有理解帕克老师话语中的狡猾和幽默的人，其他人立刻就理解了，并且爆发出一阵大笑。帕克老师也微笑起来。

"达芙妮倒霉蛋！"艾莉西娅说，"她真是活该！"

她们度过了一个快乐又疯狂的下午，每个人都精疲力尽，浑身脏兮兮。接着，她们坐下来，吃了顿丰盛的下午茶，眨眼的工夫就把面包、黄油、蜂蜜和四块巧克力蛋糕吃了个精光。

最后一块蛋糕吃完的时候，达芙妮出现了。她度过了一个超级无聊的下午，因为杜邦老师听从她的意见，帮她把法语动词翻来覆去地复习，让可怜的达芙妮把动词读了好长时间，而且她还认真尽职地纠正她的发音，甚至让达芙妮把发音都写出来。

达芙妮恨不得她从来没有提议过补习的事。她本来以为自己会跟杜邦老师度过一段轻松惬意的时光，聊聊她自己的事。杜邦老师虽然很喜欢达芙妮，也完全被她吸引，但她还是尽职尽责地为这个女孩辅导。所以，即便达芙妮发出微弱的抗议，说她觉得自己打扰了老师，而且，其他女孩远足也肯定回来了，杜邦老师对此也毫不理会，还是让她埋头苦学。

"姑娘们要是回来的话我们能听见的。"杜邦老师说，并不知道女孩们其实并没有外出，"一旦听到她们回来了，你就可以下楼加入她们，我亲爱的孩子，你可以享受下午茶，我保证。问心无愧使我们能更好地享受美食。"

杜邦老师没有听到女孩们远足归来的声音，心中十分迷惑，就让达芙妮下楼去看看情况。当达芙妮看到所有盘子空空如也，所有的蛋糕都被吃光，还有体育馆里八年级的人一张张快活的笑脸，她差一点儿就放声大哭了。

"你们这些讨厌的坏蛋！"她叫道，"你们根本没有出去！你们不等我就喝下午茶！"

"我们可不能打扰你补习法语，"艾莉西娅咧开嘴笑着说，"你这么迫切地想补习，亲爱的帕克老师也觉得打扰了你太可惜了呢。"

达芙妮盯着格温，气愤地说："你应该来找我的，你完全可以溜出来找我，这很容易的！"

"唯一想去找你的人是玛丽露，"莎莉说，"她真的去找帕克老师，向老师提议自己去找你。玛丽露可不觉得补习法语比远足和游戏更有意思。"

达芙妮看着玛丽露，心中有一种温暖的感觉。连她的朋友格温都没想把她从可怕的法语课中解救出来，让她参加到游戏中，可玛丽露想到了。玛丽露对她很忠诚。

"谢谢你，玛丽露。"达芙妮说着对她露出一个含泪的微笑，"我不会忘记这个的，你真是太好了。"

从此以后，这个自私自利、自吹自擂、靠不住的达芙妮开始善待玛丽露了。不仅因为这个小个子女孩在法语上帮了她很大的忙，而且因为达芙妮真的喜欢她、欣赏她。也许达芙妮以前从来没有真正喜欢过什么人。

玛丽露自然很高兴，她完全被达芙妮迷住了。不过，她太单纯，看不出这个女孩性格上的缺点。她很高兴和达芙妮在一起，任何时候，只要她能，她都很高兴帮助达芙妮。她甚至意识不到自己几乎帮助达芙妮作假了，多少个晚上，她几乎包揽了达芙妮的预习作业。

格温开始嫉妒玛丽露了，因为她察觉出达芙妮真的很喜欢玛丽露，可每次格温说到这个的时候，达芙妮总是哈哈大笑起来。"我只是利用她，你是知道的呀！"她说，"你别傻了，格温。你是我的朋友，我也不要别人做朋友。我跟玛丽露毫无共同点，她就是个小傻瓜，一只笨笨的小老鼠！"

玛丽露没听到这些话倒是件好事，要不然她会受惊并且伤心的。她感到达芙妮真的很喜欢她，为此也很开心。她常常躺在床上，想着那个女孩美丽的头发和可爱的笑容，她希望自己也像她那样美。可惜不可能，永远也不可能。

达芙妮没有原谅其他人，那么讨厌，明明知道远足取消了也不提醒她。为这件事，她甚至对格温都有些冷淡。格温很害怕失去这个光鲜亮丽的朋友的喜欢，忙不及地巴结她，对达芙妮言听计从。

有一个晚上，莎莉听到了达芙妮和格温两个人在休息室里

马洛里塔学园·八年级的日子

的对话，她们坐在靠窗帘那里，并没看见莎莉。

"我有没有跟你说过，有一次我妈妈在我们家的游艇甲板上举办了一次晚会，我坐在王子的身边吃晚饭的事?"达芙妮开口道。

"他们允许你熬夜参加晚会吗?"格温说，"你跟王子说了些什么?"

"嗯，他看起来很欣赏我的头发，跟我说话的时候可亲切啦。"达芙妮又开始像往常一样吹得天花乱坠了，"那天晚上我一直待到一点钟。游艇很可爱，到处挂着小彩灯，岸上的人都说看起来美极了，就像童话中的船只一样。

"那你当时穿的是什么衣服?"格温问。

"一件带花边的连衣裙，上面缀满了小珍珠。我还戴着我的珍珠项链，价值数百英镑。"达芙妮说。

格温倒吸一口气，问道:"项链现在在哪儿?"

"哦，爸爸妈妈不许我带这类东西到学校来。"达芙妮说，"妈妈对这些东西保管得很严，这你懂吧。我身边没有任何首饰，也没有华丽的裙子——你没有的那些东西，我都没带来。"

"是的，我注意到了。我觉得你妈妈很理智。"格温说。

莎莉听厌了这种吹大牛，她从窗台边溜出来，忍不住说:"遗憾的是，你妈妈没给你带曲棍球棒，也没多带一双鞋子和大量的信纸，要不然你就不必老是问别人借了。少买一艘游艇，少买几辆车，多买些信封和邮票，对你更有好处，达芙妮!"

达芙妮傲慢地看着莎莉，说道："少管点闲事吧！我在跟格温说话呢。"

"这就是我的职责啊！"莎莉坚持说，"你老是跟这个人那个人借东西，可从来不回报人家！既然你这么有钱，你缺什么，就应该用你那么多的零用钱买嘛！"莎莉闷闷不乐地走出了屋子。

"讨厌！"达芙妮说，"我猜她在嫉妒我，就因为她家没有我家有钱！"

第十章

老 师 之 争

期中假转瞬即逝。莎莉和达瑞尔跟达瑞尔的爸爸妈妈一块儿外出，度过了愉快的一天。达芙妮的爸爸妈妈没有来看她，因此格温也就没有机会被他们邀请一起外出野餐，或一起坐豪华车兜风，这让格温很失望。

"我想见见你妈妈，"格温说，"照片上她看起来美极了。"

达芙妮的梳妆台上立着一张照片，上面是一位美丽的女士，穿着一件飘逸的晚礼服，她秀气的脖子上戴着闪闪发光的宝石，人人都称赞她美。

"我还是要说，你不太像你妈妈。"达瑞尔挑剔地说，"她的眼睛分得比较开，而你的两只眼睛靠得比较近。你们的鼻子也不像。"

"没有人会完全像他们的妈妈的。"达芙妮说，"我认为我遗传了我爸爸家族的模样。我有一个姑姑，超级超级美。"

"我猜你比较像她吧，达芙妮？"吉恩用她低低的愉快的声音说道，"有又美又出色的亲戚多好啊！我的妈妈样貌平平，但她是世界上最善良的人。我还有一个其貌不扬的爸爸，我所有的姑姑都跟我一样长相平常，可我一点儿也不在乎。我的家人性格风趣，我爱他们。"

格温问达芙妮她是否愿意在期中假时跟她一块儿出去，达芙妮优雅地接受了邀请。格温的妈妈莱西夫人，被这个女孩美丽的容貌和可爱的笑容惊呆了。那位家庭教师温特小姐，每次期中假总是忠实地到来，看望她亲爱的格温。她简直无法把目光从达芙妮的脸上移开，这让格温很是恼火。

"你交了个多么好的朋友啊，亲爱的。"莱西夫人对格温说，"多美的仪态！她的家人拥有一艘游艇，那么多名车，这该是多么富有啊。要是你能跟他们待上一段时间该多好啊，是不是？"

"嘘，妈妈。"格温说，她害怕达芙妮会听到这话。不过，达芙妮正忙于对温特小姐释放自己的魅力，还在夸大其词地说格温，说她的这位朋友多么有才，在课堂上的发言多么睿智，她有多么讨老师的喜欢。

莱西夫人骄傲又高兴地听着。"格温，亲爱的，你在信中从来不告诉我这些事。"她欢喜地说，"你太谦虚了！"

格温觉得有点儿尴尬，开始盼着达芙妮别太夸张了。要是她太夸张，妈妈就会盼着自己能拿回一张出色的成绩单。这是毫无可能的，这点格温太清楚了。

贝琳达和艾琳一起出去了，她们俩同时忘记了戴帽子，回来的时候又都丢了手套。她们是和贝琳达的爸爸妈妈一块儿出去的，她的爸爸妈妈好像和贝琳达一样迷糊，他们带两个孩子回马洛里塔的时候还迷了路，晚了一个小时才出现，让帕克老师非常恼火，毕竟她最受不了不守时。因此，当贝琳达和艾琳叽叽喳喳向帕克老师汇报她们回来的时候，两个女孩都没有意识到她冷冰冰的态度。

艾莉西娅自然是和贝蒂一块儿出去，一路欢笑着回来的。显然，艾莉西娅的一个兄弟也参与了这次聚会，肯定说了许多有关他和他的同班同学在这学期要的恶作剧。

出乎所有人的意料，吉恩邀请了那个坏脾气还神经过敏的艾伦和她一块儿出去！起先，艾伦相当无礼地拒绝了，然后又出人意料地说她愿意。不过，这次外出不那么愉快，因为艾伦相当沉默，而且毫无取悦主人的意图。她似乎沉浸在自己的世界里，吉恩后悔邀请了她。

"你该高兴点儿，艾伦。"当她们回学校的时候，吉恩说，"你几乎不说话，一次也不笑，我爸爸讲了那么棒的笑话你也不笑！"

"那你以后不要再邀请我出去了。"艾伦没好气地说，说完就走开了。吉恩瞥见了她眼中的泪光。真是怪人一个！这么敏感，没人敢说她一个字，要不然真是头大！吉恩对善待艾伦的努力感到疲惫了。

"现在，我们该盼着圣诞节到来了！"达瑞尔心满意足地说，"期中假结束啦！"

"我们有许多可怕的法语剧，要用功啦。"艾莉西娅咕哝着，"两位法语老师到底是怎么想出这个可怕的点子来整八年级的人的啊？"

每学期结束的时候，每个年级都要编排一些娱乐项目。通常八年级的人要排两出法语剧，一出由杜邦老师选，另一出由鲁吉耶老师选。在这两出剧中，有关女孩们选择什么角色，两位老师几乎吵翻了天。

在一出剧中有一个公主的角色——真心公主，在另一出剧中有一个天使的角色——善心天使。杜邦老师希望她最心爱的学生达芙妮来扮演这两个角色，她想象了一下这个美丽的金发姑娘扮成公主的样子。啊，她看起来会多么美啊！而且，演天使！说真的，达芙妮天生就是演天使的料啊！

不幸的是，鲁吉耶老师有不同意见。"什么！你打算选那个傻瓜达芙妮来演这两个这么好的角色！"鲁吉耶老师嘲讽道，"她连一半的台词也学不会，而且她的发音糟糕透顶！你明知道的。我是不会让那个姑娘演什么好角色的。"

"啊，可她的扮相一定是最完美的！"杜邦老师叫道，大大地张开胳膊以强化她的言辞，"她看起来就是个真正的公主，特别是她笑起来的时候，那就真的是天使的微笑啊。"

"呸!"鲁吉耶老师粗鲁地说,"她是你最喜欢的学生之一,你的小宠物。要我说,随便哪个角色,莎莉肯定可以扮演得很好,而且她的发音很棒。或者,达瑞尔也行,甚至玛丽露都比达芙妮好,至少她的法语说得中规中矩。"

"你疯了!"杜邦老师叫起来,"说得好像谁演这两个角色都行似的。我坚持让达芙妮演这两个角色。"

"那这个剧我就不掺和了。"鲁吉耶老师生硬地说,"杜邦老师,你这样偏向自己喜欢的学生肯定是错误的,你要把这个强加于我,这个剧就完了!"

"我并没有偏向喜欢的学生!"杜邦老师说的并不实事求是,她一边跺着地板一边说,"我对所有的孩子都同样喜爱。"

鲁吉耶老师不可置信地哼了一声。"哼,只有你一个人这么认为。"她说,"再见吧,杜邦老师。我受不了为了达芙妮这样的姑娘在这儿多费口舌。"

她转过身,僵硬地走了,将她瘦巴巴的身子挺得像一根棍子。矮小的、胖胖的杜邦老师愤怒地盯着她的背影。最喜欢的!真是的!鲁吉耶老师怎么敢对她说这个!她永远也不会理鲁吉耶老师了。永不,永不,永不!她要离开马洛里塔!她要回到热爱的法国去。她要把这些写出来投稿给报纸。杜邦老师发出像小狗咆哮那样的声音,波茨小姐走了进来,吓了一跳。

"你不舒服吗,杜邦老师?"她说。杜邦老师涨红的脸和闪闪发光的眼睛让她警觉起来。

"我一点儿也不舒服，我感觉受到了冒犯。"杜邦老师说，"我自己负责的剧，却无权选择哪个孩子来演。鲁吉耶老师反对我选最美丽、最有魅力的达芙妮来演公主，她甚至不允许我，她不允许我选择这孩子来演善心天使的角色！"

"呃，我得说，我同意她的意见。"波茨小姐坐下来整理试卷，"在我看来，达芙妮是个两面派的小家伙。"

"你也在密谋反对我！"杜邦老师声泪俱下，"你也这样！啊，你们这些冷心冷肺的英国人！啊，你们这些……"

正在这时，敲门声响起。波茨小姐听了很高兴，她可不想惹正在气头上的杜邦老师。舍监老师微笑着进来了，她问道："能跟你说句话吗，杜邦老师？"。

"不，不行，"杜邦老师激动地说，"我很不开心。我的心跳得那么、那么、那么快。我可以肯定地说，我的剧，我想选谁演就选谁演。哈！哈！哈！"

然后，她又发出了像小狗咆哮的声音，气愤地离开了屋子，让舍监老师完全惊呆了。"她到底在说什么？"她问波茨小姐。

"哦，她跟另一位法语老师有点儿不愉快。"波茨小姐说着，开始给试卷核分，"她们俩时不时就要吵上一回，你是知道的。可这次看来比平时严重得多。唉，她们的事让她们自己解决吧！"

杜邦老师和鲁吉耶老师轮流训练女孩们排练两出戏。每次轮到杜邦老师排练时，她就让达芙妮演这两个主要角色，让这个女孩心满意足。第二天，鲁吉耶老师却让达芙妮演无足轻重的小角色，而让莎莉和达瑞尔演主角，这让达芙妮又失望之极。真是乱成一团。

两位法语老师谁也不肯让步。争吵变得越来越激烈，越来越严重。两人碰面的时候都把头转开，互不理睬。女孩们视之为天大的乐子，可总的来说，她们支持杜邦老师，因为相比之下，她们更喜欢她一些。虽然她们不赞同杜邦老师选达芙妮演主角，但也无能为力。

贝琳达对争吵很感兴趣，给鲁吉耶老师画了一个系列的漫画，把她画得比以往画作中的更高、更骨瘦如柴。她给鲁吉耶老师手里画了一把匕首，尾随着可怜的杜邦老师。她画鲁吉耶老师手执一把枪，躲在灌木丛后面。她画鲁吉耶老师将毒药倒进敌人的茶杯里。

女孩们看着漫画咯咯笑。艾莉西娅太喜欢这些画了，她的脑子里闪现出一个搞怪的念头。

"贝琳达！杜邦老师会欣赏这些画的！你知道，她是多么有幽默感。她实在该看看这些。明天下午，趁她上法语翻译课之前把画放在她桌上，看看她打开书时的脸色吧！"

"我打赌，她看了画以后我们就再也不用上明天下午的法语翻译课了！"贝蒂咯咯笑着说，其他人也纷纷附和。

贝琳达把漫画整整齐齐地夹在一本书里，没写画中人的名字。不过画得实在太巧妙了，谁都可以一眼就认出画的是两位法语老师。"明天下午上课前我会把它放在桌子上。"她说，"今天晚上你们都得帮我做预习作业，毕竟我让你们摆脱了明天的法语翻译课，你们得回报我！"

艾莉西娅和贝蒂耳语了几句。贝蒂吓了一跳，接着咧嘴大笑。艾莉西娅刚才告诉了她一些有趣的事。

"明天不是杜邦老师给我们上课，是鲁吉耶老师！等着瞧好戏吧！"

第十一章

闯 下 大 祸

    夹着漫画的那本书被提早放在了教室的讲台上。女孩们站在自己的座位上，兴奋无比地等着杜邦老师进来。当她看到漫画时，会发出怎样的叫声啊！开她的敌人鲁吉耶老师的玩笑，她会多么欢喜啊！

    艾莉西娅守着门。一个很偶然的机会，她听说今天的课由鲁吉耶老师代替杜邦老师上。一想到自己准备的"重磅炸弹"，她不由得暗自乐翻了天。鲁吉耶老师总是严辞批评艾莉西娅，现在她总算可以报"一箭之仇"了！

    走廊里响起了急促的脚步，女孩子们绷紧了身体。有人进门来了，走向讲台。可不是她们期待的杜邦老师，当然了，是另一位。鲁吉耶老师在她的座位上坐下，问候同学们。

    "请坐！"

那本漫画就放在鲁吉耶老师的鼻子底下！一想到这个，有几个女孩吓傻了，忘记了坐下。鲁吉耶老师厉声说："你们聋了吗？坐下！"

她们坐了下来。贝琳达求助地四下张望。她看到了艾莉西娅满意的笑容，怒火中烧。这么说，艾莉西娅早就知道鲁吉耶老师要代替杜邦老师来上课了！艾莉西娅利用她来玩一个危险的游戏。大家都了解鲁吉耶老师的脾气，她很可能会直接去找校长！

贝琳达不知所措。达瑞尔看出她有多么惊慌，于是她做了件勇敢的事。她站起身来，走到老师的讲台前，将手放在书上。

"对不起，这书是错放在这里的，老师。"她彬彬有礼地说。她差一点儿就可以把书拿走了。可是还没拿到，女孩们屏住呼吸盯着她。

"等一等，放在讲台上的书不经允许是不能拿走的。"鲁吉耶老师说，"这是本什么书？"

"哦，不过是本素描本。"达瑞尔绝望地说。鲁吉耶老师环视了一片肃静的学生们。她们为什么这么专注地看着、听着？其中有诈！

她拿起书，打开。目光落在了画上的自己，她手执匕首，正在跟踪杜邦老师。她难以置信地盯着画。画上的她，高、骨瘦如柴，完全是一张邪恶的嘴脸，而且还拿着匕首！

她翻过一页。什么！又是她！拿着一把枪。哦，不，这太过分了！她翻过一页又一页。总是看到画上的自己跟踪着可怜的杜邦老师，画笔是无情的讽刺风格，杜邦老师被画得特别和蔼可亲，显然是女主角，而鲁吉耶老师则是个大反派！

"真让人难以置信！"鲁吉耶老师屏声息气地说，几乎把站在一旁目瞪口呆的达瑞尔和其他等待结果的女孩们给忘了。贝琳达面色十分苍白。真倒霉啊！现在会怎么样呢？哦，她真是个大傻子啊，怎么能被艾莉西娅带进这个坑里去，就为了让艾莉西娅和贝蒂看她倒霉的样子乐不可支吗？

鲁吉耶老师重新把注意力放到女孩们身上。她冲着达瑞尔厉声说话，把她吓得跳起来："回你的座位去。"达瑞尔如蒙大赦，立马逃了。

鲁吉耶老师用冰冷的、怒气冲冲的眼睛环视着学生。

"这是谁干的？又是谁胆敢把它放在我的眼皮底下的？"

莎莉立刻回答："我们都参与这事儿了，老师，可我们不是故意让你看到这本书的。我们原本是想给杜邦老师看的，不知道你们今天换课了。"

很不幸，这可能是莎莉说的最糟糕的话了。鲁吉耶老师的怒火立刻冲她而去，目光冷酷。

"什么！你们原本想把这个给杜邦老师看？你们想让她跟你们一块儿来嘲笑我吗？这是她背着我干的勾当吗？啊，我可看清她的真面目了，这可太好了，这个可恶的法国女人！我得让她受点儿教训！我马上去找格雷灵女士，立刻，马上！"

全班人吓得呆坐着，一片安静。她们怎么也想不到，这本画给杜邦老师看的漫画会大大地得罪鲁吉耶老师。贝琳达感到一阵晕眩。

"老师！别去找格雷灵女士。我……"

可是，全班人都不想让贝琳达承担责备。连艾莉西娅此刻也面露惧色，许多女孩立刻开口，盖过了贝琳达可怜的声音。

"老师，对不起，别去汇报我们！"可是鲁吉耶老师周身卷起冰冷的怒气，她已经夺门而去。女孩们相互看看，真的害怕极了。

"艾莉西娅，你明知道鲁吉耶老师今天下午会来代替杜邦老师上课，我看见你冲贝蒂眨眼了。"贝琳达说，"你早知道的！你利用我搞这种讨厌的把戏！我从来没想过要把这种画给鲁吉耶老师看，你知道的！"

无论艾莉西娅犯了怎样的错，她都是诚实的。她不否认这点。

"我不知道她会发这么大的火。"她相当无力地说。

"艾莉西娅，你这个大坏蛋！"达瑞尔说，感到胸中怒火在熊熊燃烧，"你早该想到你会害贝琳达陷进多大的麻烦，你，你……"

"让我来处理这件事。"莎莉在她身后冷静地说，"别把所有人都扯进来，达瑞尔。我来跟艾莉西娅谈。"

"哦，是吗?"艾莉西娅愤懑地说，"哼，你办不到。你觉得你可以冲我发火，你办不到，级长小姐，模范生莎莉·霍普。"

"别傻了。"莎莉厌恶地说，"我想不出你最近怎么了，艾莉西娅，你总是找我的麻烦。我自己马上也要去校长那里，你也要一起去，贝琳达。我们要在事情发展得更糟糕之前予以纠正。"

"你肯定会把所有的责任都推在我身上，这是当然啦！"艾莉西娅嘲讽地说，"我了解你！你是想把贝琳达拉出坑而把我推进去！"

"我不会再跟你说话了。"莎莉说，"我不是打小报告的人。可是我认为，你跟我们一起去，解释一下你在这件事里扮演的角色，这要好得多！"

"我不在乎你怎么认为。"艾莉西娅生气地说，"我不会跟在你屁股后面，说什么'请饶恕我，是我干的'。我不想做的事你休想勉强我！"

"我不会勉强你。"莎莉说，"来吧，贝琳达，我们走吧，不然就太迟了。"

可怜的贝琳达，看起来吓得掉了半条命。她们穿过走廊，走下楼梯，来到大厅里，朝着校长女士的房间走去。

"哦，莎莉，太可怕了！"贝琳达说，她的精神气儿，她那无忧无虑的劲头全飞了，"鲁吉耶老师气坏了，那些漫画太糟糕了，其中的某些太糟糕了。"

两个女孩敲响了校长女士客厅的门，她们听到里面的声音。

格雷灵女士在里面，还有鲁吉耶老师，教美术的林妮小姐也在，她是被叫来辨认一下是谁画了那些聪明又出色的画的。

"当然是贝琳达·莫里斯画的！"她只看了一眼就说，"全校没有一个姑娘在绘画上有她的这份聪明。有朝一日她会成为一流的艺术家。我的天啊，这画太棒了！"

"太棒！"鲁吉耶老师哼哼着，"这些画太邪恶、太无礼、太坏了！我请求你惩罚这个姑娘，格雷灵女士，我请求整个班级都要受惩罚。"

正在此时，莎莉敲响了门。"进来！"格雷灵女士说。两个女孩推门而入。

"什么事？"格雷灵女士说。莎莉用力咽了口唾沫，这太难开口了，特别是在鲁吉耶老师的怒目之下。

"格雷灵女士，"她开始说，"我们太太太抱歉了。"

"这跟你有何关系？"格雷灵女士问道，"我想，是贝琳达画的吧？"

"是的，是我。"贝琳达低声说道。

"可是，是我们全班人决定把它放在讲台上的，好让杜邦老师看到。"莎莉说，"结果却换了鲁吉耶老师来上课，让她看见了，我真的特别抱歉。"

"可是，你们为什么要画鲁吉耶老师以这种凶残的方式跟踪她的朋友呢？"校长边问边翻阅着漫画，"我不明白，为什么这种方式会引发杜邦老师的兴趣，或者取悦她？"

一片沉默。接着，鲁吉耶老师生硬地说："我们可不是朋友，我是说，杜邦老师和我。"

还没等格雷灵女士阻止，鲁吉耶老师就开始将她对排戏中杜邦老师所作所为的抱怨一股脑儿地倒了出来。格雷灵女士严肃地听着，然后，她转向女孩们。

"我是不是可以这样理解，主角一天由达瑞尔和莎莉扮演，隔一天又由达芙妮扮演？"她问道。

莎莉说："是，就是这么回事。"鲁吉耶老师看起来很羞愧。她突然意识到，她和杜邦老师表现得太傻了，居然让这种私人恩怨弄砸了戏剧，让女孩们也很尴尬。

她真恨不得在把漫画拿给校长看之前就再三思考，也怪不得女孩们在这种傻兮兮的漫画里画她们俩吵嘴了。可是，她们为什么让她扮演反派，让杜邦老师扮演女主角？哈，这可没安好心！

"那么，你们不知道鲁吉耶老师要代替杜邦老师上课吗？"校长突然说。莎莉迟疑了片刻。艾莉西娅是知道的，还有贝蒂也知道。可是，她自己并不知道，班上其他人也不知道。

"我当然不知道，格雷灵女士。"莎莉说。

"有人知道吗？"校长追问道。莎莉不知如何回答，她不想撒谎，可她也不能一言不发。

贝琳达插话了："是的，有的人知道，有人拿我当枪使。我绝对绝对绝对不想把画拿给鲁吉耶老师看。我不会说那个人是谁，可是请相信我说的，我无论如何也不想伤害鲁吉耶老师的感情。这只是个玩笑。"

"是的，这我看出来了。"格雷灵女士说，"当然，这是个不幸的玩笑，可它始终还是个玩笑。这个玩笑开错了对象，引发了怒气和窘迫。在我看来，许多人都应该为此受责罚。"她瞥了鲁吉耶老师一眼，鲁吉耶老师的脸涨得相当红。她接着说："看起来，那场争吵是起因。如果没那场争吵，也许这一切都不会发生。你们两个姑娘可以走了，我会跟鲁吉耶老师讨论一下该给你们所有人什么样的惩罚。"

贝琳达和莎莉悄无声息地退了出来，林妮小姐也跟她们一块儿出来。格雷灵女士给了鲁吉耶老师一个留步的手势，让她留了下来。

"贝琳达，你这个小傻瓜。"林妮小姐说。

"我再也不画任何人了！"贝琳达闷声说。

"哦，你当然得画！"林妮小姐说，"可是，以后你得画内容好的画。别太抖机灵了，贝琳达，要不你迟早会惹上麻烦的！"

第十二章

握 手 言 和

楼上有事发生。杜邦老师路过八年级教室时，发现教室门开着。她探头看，惊讶地发现鲁吉耶老师离开了课堂，把女孩们留下了。更让人惊讶的是，她们还坐在那里，安静如猫，而且面色凝重！

"出什么事了，亲爱的孩子们？"杜邦老师问道，她明亮的小豆眼睛环视着沉默的学生们，"发生什么事了？"

事事担心的玛丽露毫不意外地抽泣起来。杜邦老师转向她，玛丽露是她的宝贝之一，因为玛丽露能用法语流利地交谈。

"什么事？告诉我！我不是你们的朋友吗？发生了什么事？"

"哦，杜邦老师，发生了可怕的事！"玛丽露大哭起来，"贝琳达画了些有关你和鲁吉耶老师的漫画。把你画成了正面人物，可把鲁吉耶老师画成了大反派。我们不知道鲁吉耶老师今天下午代替您来上课，原本我们把漫画放在讲台上是给您看的，然后，然后……"

"啊，鲁吉耶老师看了那些漫画，脸都绿了，她把贝琳达和可怜的莎莉带到格雷灵女士那里去了！"

杜邦老师大声说："啊，这个坏脾气的女人！连玩笑也看不懂。我，我本人会去见格雷灵女士，我得跟她说说鲁吉耶老师的二三事！哈！哈！"

杜邦老师拔腿而去，像一只怒气冲冲的兔子，高跟鞋似乎要把地戳出洞来！女孩们相互看看，真是个糟糕的下午啊！

杜邦老师没有碰上莎莉和贝琳达，因为她们走的不是同一条路。就在她敲响格雷灵女士的门之际，莎莉和贝琳达走进了教室，看起来愁容满面。她们诉说了所发生的事。

"所以说，你们把责任都推到我身上了？"艾莉西娅厌恶地说。

"我们连你的名字也没提。"贝琳达说，"所以，你用不着害怕，艾莉西娅。"

"我才没有害怕呢！"艾莉西娅说，可是她的确害怕了。她知道自己永远也成不了格雷灵女士心目中的好学生了。此刻，她不想为这件事生气，可她也不喜欢看到女孩们嘲讽的目光。

"杜邦老师已经加入混战了。"达瑞尔说，"真想知道会发生什么。"

杜邦老师昂然走进了校长的客厅，盯着格雷灵女士和鲁吉耶老师。格雷灵女士刚刚从满面惭愧的鲁吉耶老师那儿了解到两位法语老师之争的来龙去脉，另一位法语老师又来了。

杜邦老师一下子就看到了那本漫画，拿了起来。她细细看了一下说："啊，天啊，这个贝琳达真是个天才！瞧瞧这张漫画上的我，格雷灵女士，你看过吗？我看起来多像一只肥肥的兔子啊。而且，鲁吉耶老师，你拿着把匕首干吗呢？这真太棒了，太妙了！瞧这儿！我快要晕过去了！"

杜邦老师笑出了泪花，她擦了擦眼睛。"你们不觉得有趣吗？"她用惊讶的腔调对两位老师说，"瞧啊，瞧这儿，我快要被击倒了！好像我的好朋友鲁吉耶老师在追击我！啊，有时候我们俩吵吵嘴，可这根本无关紧要！毕竟我们都是法国人嘛，是不是？鲁吉耶老师，这些英国坏丫头可真够我们受的！"

鲁吉耶老师冰冷的脸色缓和了一些。格雷灵女士看看这一张画又看看那一张，不禁微笑起来。"这张真的很有趣，杜邦老师。"她说，"还有这张，也很有趣。当然，总的来说，这些画有点儿不敬。我希望你们俩说一说，我们该给这个班的学生怎样的惩罚，对贝琳达要来点儿特别的惩罚。"

一片沉默。"我觉得……"最终，鲁吉耶老师开口说，"我觉得，格雷灵女士，我跟杜邦老师也是有一些责任的。我们那些愚蠢的争吵，自然会引得姑娘们的兴趣，而且……"

"啊，对，你说得没错！"杜邦老师热情地说，"你说得太太太对了，我的朋友。该责怪的是我们才对，格雷灵女士。对这些坏坏的丫头，我们主张不惩罚！我们会原谅她们。"

鲁吉耶老师看起来有点儿吃惊，为什么轮到杜邦老师说原谅她们？她们又没把她画得那么恶劣！不过，杜邦老师抢在她前头说了。

"这些漫画，有趣多过恶意，只是逗乐的一个玩笑，不是吗？我们不在意！而且它们也是我们愚蠢的争吵引发的。可现在我们是朋友了，不是吗，鲁吉耶老师？"

鲁吉耶老师无法说不，她不由自主地点了点头。杜邦老师给了她两记突然的、热情洋溢的亲吻，一边脸颊一个，让格雷灵女士乐不可支。

"那个贝琳达！"杜邦老师又看了看漫画说，"多聪明的孩子啊，格雷灵女士，也许有一天，我们会为这些画骄傲的！等贝琳达出名以后，鲁吉耶老师和我，我们会满心自豪地看着这些画，我们会说：'啊，当年小贝琳达还在我们班里学习的时候为我们画了这些画！'"

对此，鲁吉耶老师无话可说。她有一种身不由己的感觉，但她现在肯定不能食言了。

"呃，也许你们现在可以回到班级去了。"格雷灵女士建议道，"而且，你们可以告诉姑娘们，平复一下她们的紧张情绪。当然，贝琳达必须要道歉。不过，我想你们会发现，她会毫不犹豫地道歉的。"

两位法语老师手挽手地走了。一路碰上的女孩们都惊讶地看着她们俩，因为大家都知道就在几个星期前，她们俩还是针尖对麦芒一般的仇敌呢。她们俩来到八年级教室，八年级的人还是一片沉默，她们看到杜邦老师看上去兴高采烈的别提有多高兴了，而另一位法语老师还和往常一样别扭。

杜邦老师让她们安下心来，开口说道："你们这些坏丫头，坏透了的坏丫头。贝琳达，你管不住自己的笔了，我可被你吓着了！"不过，她看上去一点儿也不像吓着的样子，黑黑的小眼睛眨啊眨的。

贝琳达站了起来。"我要道歉，"她的声音颤抖不已，"向你们两位老师道歉。"

鲁吉耶老师看不出贝琳达有向杜邦老师道歉的必要，可是她并没有把这话说出口。她尽可能优雅地接受了道歉。

"现在，来说说惩罚。"杜邦老师用严厉的声音说，可眼睛还是眨啊眨的，"作为惩罚，你们必须比以往任何时候都更专注地学习法语。你们必须取得好成绩，你们要把翻译做得非常好，你们要成为我最好的学生。是不是这样？"

"是的，杜邦老师。"女孩们坚决保证道。无论如何，连格温和达芙妮都暂时认真保证了！鲁吉耶老师走了，杜邦老师上完了剩下的五分钟课。

"杜邦老师，请告诉我们，我们排演的法语剧，谁来演主角？"达瑞尔最后说，"蒙在鼓里太难受了。也许你和鲁吉耶老师现在已经安排好了。"

"我们还没有安排好。"杜邦老师说，"可是，我今天会慷慨一点儿，选择遵从鲁吉耶老师的决定，以补偿你们今天早上让她受到的惊吓。我也不坚持再让达芙妮演主角。达瑞尔和莎莉，你们来演主角。这会让鲁吉耶老师心情大好，她会冲着你们所有人微笑的！"

达芙妮对此不太满意。她很受伤地看着杜邦老师。尽管如此，她想这也算好事一桩。因为，她怎么才能学会那些她根本就不明白的法语对白啊！也许她不演主角倒好了，她得表现出看起来受伤却很贴心、很慷慨的样子！

于是，达芙妮用一副深受打击的样子，对杜邦老师说："就这么办，杜邦老师。我一直期待着好好复习准备你安排给我的角色呢。不过，我也很乐意地把角色让给他人，毫不抱怨！"

"好姑娘！"杜邦老师高兴地说，"我会补偿你的，达芙妮。你可以来找我，我们一起读一本法语书，那是当我还是个小姑娘时很喜欢的书。啊，这对我们俩来说都是乐事一桩！"

看到达芙妮惊恐的面容，同学们都很想大笑起来。跟杜邦老师一起读法语书！多可怕啊。她无论如何得想法子逃过去。

漫画事件有三个后果，艾莉西娅生起了闷气，因为她觉得自己表现得很糟糕，她知道，莎莉、达瑞尔和其他女孩因此不待见她。两位法语老师现在是好朋友了，她们不再是敌人。现在，达芙妮不再扮演美人，而是获得了一个无足轻重的小角色，演一个戴兜帽的老头。她非常憎恶这个角色。

"我都写信告诉家里人我要演非常好的角色啦!"她抱怨道,"真是丢死人了。"

"可不是嘛。"格温说,"不要紧,达芙妮,至少现在你不用苦背那些词啦!"

正在这时,吉恩拿着个盒子走过来。她当着她们的面咯咯笑着说:"你们俩交过游戏俱乐部的会费了吗?今天要收钱了,一个人两英镑。"

"这是我的。"格温拿出钱包说。

"达芙妮,你的呢?请交吧。"吉恩说。

达芙妮随即拿出钱包。"哎呀!"她说,"我以为我有五英镑的,可只剩五十便士了。瞧,上周我不得不为我的家庭教师买生日礼物。格温,借我点儿钱,好吗?我会向家里要钱的。"

"上周她借过你两英镑了。"吉恩把盒子晃得叮当响,"我打赌你没还她呢!请允许我提醒你一下,你还问我借过五十便士付教堂的捐款。你为什么不拿个小本子记一下欠下的债?"

"这种小钱有什么要紧的。"达芙妮气呼呼地说,"我快过生日了,会有大笔大笔的进账。总之,我这周会还钱的。我叔叔要给我寄来十英镑。"

"那好,在那之前,我先借你两英镑。"格温说着将四英镑放入盒子里。吉恩转向达瑞尔,继续收钱。她走到艾伦面前,在她鼻子下面把盒子晃得叮当响。

"请交两英镑,艾伦。"

"别在我鼻子底下晃那玩意！"艾伦跳起来说，"你要什么？两英镑？此刻我身上没有，我晚一点交给你。"

"上次你也是这么说的。"吉恩说，一到收钱的时候，她就变得不屈不挠起来，"去拿吧，艾伦，这样我就把钱收齐了。"

"我正在学习呢。"艾伦恼火地说。

达芙妮低声对格温说："我打赌她拿不出两英镑来！她是拿奖学金来这儿的，可她家人能供得起她上这种学校吗？我才不信呢！"

艾伦没听清她的话，可她知道，达芙妮那种讥讽的口吻，说出来的肯定不是什么好话。

她扔下书。"这个地方没法让人好好读书了是不是？"她说，"别叽叽咕咕了，达芙妮，把那种笑从你那张脸上抹去吧！"

第十三章

艾 伦 之 病

艾伦走出房间，用力关上门。"真是的！"达芙妮说，"这丫头的脾气多坏啊。她怎么啦？"

谁也不知道，也没人猜得到。艾伦越来越担心学业了，她知道期末测验即将到来，她想考个好成绩，她必须！所以，她每分钟都在努力学习，她终于开始觉得自己能够面对考验，并且做得很好了。

可那天晚上，她却感觉身体不适。她的喉咙很痛，眼睛也痛，特别是转动眼珠的时候，她会觉得更痛。她咳嗽了。她绝对不可以生病！那样会严重耽误她的学业。这绝不可以。

于是，艾伦给自己喂了点儿咳嗽药，在浴室里偷偷地漱口，希望舍监老师不要发现她有任何不妥。

那天晚上，她的眼睛特别明亮，就连一向苍白的面孔也红红的。在预习课中，她咳嗽了。负责预习课的波茨小姐看着她。

"你还好吧，艾伦？"她问。

"哦，我好着呢，老师。"艾伦没说实话，她埋首于书本，又咳嗽起来。

"我觉得这咳嗽不妙。"波茨小姐说，"我想，也许你最好去……"

"哦，老师，我只是喉咙有点儿痒。"艾伦绝望地说，"也许我该喝点儿水。"

"那你去吧。"波茨小姐说，还是有点儿不满。

艾伦去喝水了，她将自己火热的脑袋抵在衣帽间冰冷的墙上。她多么希望有一个可以倾诉的人！可是，她的暴躁、她的易怒把所有人都拒之门外——连吉恩在内。吉恩曾经试图好好地待她，可艾伦甚至懒得去取游戏俱乐部的会费交给她。

艾伦心想：我不知道自己最近怎么了，我以前当然不像这样。在另一个学校里，我有许多朋友。真恨不得我没有离开那里，真恨不得我从来没有赢得马洛里塔的奖学金！

她必须回教室去。她的喉咙还在痛，她扔了一片含片放进嘴，回到教室里。尽管她的腿直打飘，她也努力地把步伐走得稳健。

她发着高烧，本应该卧床休息。可是她不想放弃，她得做作业，不能落后于人。无论如何，她都必须考出好成绩。

她试图学习一些法语诗，可是她的脑袋里嗡嗡作响，她又开始咳嗽了。

"闭嘴吧，艾伦。"艾莉西娅小声说，"你装成这样就是为了获得'波斯猫'的同情！"

这话真是艾莉西娅能说出来的！她不喜欢别人咳嗽、抽鼻子或是呻吟，她也没有多余的同情给予那些需要的人。她是一个健康、强壮、聪明的女孩，从来没有生过病。她会嘲笑笨笨的人，或是那些娇弱的、病恹恹的人，或是身陷麻烦的人。她的性子很硬，看起来很难变得温和一些。达瑞尔常常奇怪，自己在初到马洛里塔时，怎么会那么希望艾莉西娅能成为她的朋友！

艾伦不快地望着艾莉西娅，说："我忍不住，我也不是装的。"她打了个喷嚏，艾莉西娅厌恶地叫起来。

"别这样！要是你病得这么严重，就去床上躺着好啦！"

"安静！"波茨小姐恼火了。艾莉西娅没再说什么。艾伦叹了口气，试着再次专注于书本，可是她做不到。铃声响起，她很高兴可以站起来去外面呼吸点儿冷空气了。她发热又发着抖。老天爷，她一定是感冒了。也许明天会好一些吧。

晚餐时，她试着往喉咙里塞一些吃的，以防波茨小姐注意到她什么也没吃。可是，波茨小姐并不常常关注艾伦。通常来说，艾伦是个安静的女孩子，有坏脾气之名。帕克老师对她也不大有兴趣，尽管有时候她会惊讶为什么艾伦的学业没有进步。

那天晚上，莎莉注意到了艾伦好像是生病了。她听见艾伦的呼吸短促，声音相当嘶哑，莎莉关心地看着她。她记起艾伦在上预习课时咳得很厉害。可怜的艾伦，她感觉很不舒服，却不想大惊小怪吗？

莎莉感性又善良。她走到艾伦身边，握住她滚烫的手说："艾伦！你不舒服！让我陪你去找舍监老师吧，傻瓜！"

这小小的善意让艾伦的眼泪涌出眼眶，可她还是不耐烦地摇了摇头。

"我没事。别管我！只是有点儿头痛，没别的。"

"可怜的艾伦，你可不是头痛那么简单。"莎莉说，"去找舍监老师吧，你该卧床！"

可是艾伦不肯走。一直到吉恩来找她，对她表示同情，艾伦才崩溃了，承认了她真的感觉很糟。可是，考试前还有那么多功课要做，她不可能躺在床上！

"你们知道，我必须考好。"她一直这样说，"我必须。"她一边说，眼泪一边从脸颊上淌下来。突然，她颤抖起来。

"你这样硬撑着不会有什么好处的，你应该卧床休息。"吉恩说道，"来吧，我会告诉你我们在课堂上做了什么，我向你保证！我会帮你记笔记的，把所有的都记下来！"

"真的吗？"可怜的艾伦咳嗽着说，"那好吧。如果你能帮助我赶上学业，我现在就去见舍监老师。也许只要在床上躺上一天我就会好的。"

可是一天的时间自然没法让艾伦恢复！她病得很厉害，舍监老师立即将她带到医务室，让她在床上躺下。艾伦十分感激，忍不住哭了。她为自己感到羞愧，可是她止不住眼泪。

"现在，别担心了。"舍监老师温和地说，"依你的样子，你几天前就该卧床了，傻孩子！现在，好好躺着，享受卧床一周的待遇吧。"

一周！艾伦吓得坐了起来。她不能耽误一周的功课，她沮丧地盯着舍监老师。

舍监老师推着她让她躺下，说道："别这么害怕，你会享受这段时光的。等你的感冒不再传染了，只要你喜欢，你可以选择一位访客。"

"可怜的艾伦真的病倒了。"吉恩回来后说，"我不知道她烧到多少度，可是我看见舍监老师测温度时的脸色了，肯定很高。"

"今晚自修课时她咳得像什么似的。"莎莉说，"我真为她难过。"

"哼，艾莉西娅可不会为她难过。"格温语带恶意地说，"她叫艾伦闭嘴！亲爱的、友好的艾莉西娅哟！"

艾莉西娅怒目相向。她对格温总是很苛刻。可这一回，格温回击了她一次，艾莉西娅很不爽。

"我们都知道，艾莉西娅受不了说同情的话。"达瑞尔说，她也忍不住了。最近她烦透了艾莉西娅，因为她总对莎莉不友好。而且，她认为关于鲁吉耶老师代替杜邦老师来上课的那件事，本来就是艾莉西娅的责任。她明明可以防止这事发生的，可她却害得贝琳达受罚。

艾莉西娅也为那件事感到羞愧，可是要挽救也太晚了。现在，事已至此，也没有必要挽救了。不过，她也总是责怪自己当时没有阻止那件事发生。她太顽劣了。

那天晚上她对艾伦那么刻薄，她自己也很后悔，可她怎么会知道艾伦是真的病了？她可没时间管那个傻傻的艾伦，那个总是冲人大吼大叫的艾伦！让她病去吧！也许她能暂时离开班级也算件好事。她才不会想念艾伦呢！

四天里，艾伦病得很重，然后，她感觉好一点儿了，体温也下去了，她开始有了点儿精神。可当她的脑子一清楚，所有的旧烦恼又涌上了心头！

那些考试！她明白考试的成绩决定了她在年级的地位。她应该名列前茅或是差不多名列前茅。她赢得了奖学金来到一所这么好的学校，她的爸爸妈妈深以为傲。虽然他们的日子不富裕，不过他们说会尽全力支持她在马洛里塔的学习。现在，她通过自己的努力赢得了来这儿学习的权利。

校服这么昂贵，连火车票都很贵，幸好她能搭别人的顺风车。妈妈给她买了新的行李箱和手提箱，这就更贵了。天哪，要是你的日子过得紧巴巴，那么，赢得奖学金来马洛里塔这样的学校真的是一件好事吗？也许并不是吧。

接着，又一个念头侵入她的脑中。她不得不去看医生，让账单又将添上一项费用。她的学业一直在退步，看来她第一个学期的成绩不会太好，也会让爸爸妈妈深感失望。

因此，艾伦焦虑得不行。舍监老师和护士都很疑惑为什么她不能尽快恢复。每一天，她都请求能起床，可舍监老师摇了摇头说："不，亲爱的，你不能起床，你还没彻底好。你想要人探访吗？要是你喜欢的话，可以选一位。"

"是的，我想要吉恩来。"艾伦立刻说。吉恩保证过帮她记笔记，会把自己错过的课都讲给她听。吉恩是很可靠的。

于是，吉恩来看望她了，带来了一罐蜂蜜。不过，艾伦想要的并不是蜂蜜，她几乎看都没看蜂蜜一眼。

"你说过会帮我记笔记的，你带来了吗？"她急切地问，"吉恩，你没带来是不是？"

"我的天哪！你现在要笔记干什么？"吉恩惊讶地问，"你甚至还不能起床呢！"

"我能，我能！"艾伦说，"吉恩，你答应过我。那你下次带来吧。现在，你把所有你们上过的课都讲给我听。"

吉恩转转眼珠，试着回忆。艾伦想要讨论功课而不是玩个游戏娱乐一下，这让她觉得艾伦很怪。

她开始讲给艾伦听："数学课上我们又做了些新的计算题，我可以带点儿题过来讲给你听。法语课上我们学了第六十四页的那首长诗，要是你想听的话，我能背诵一部分。地理课呢，我们学了……"

舍监老师匆匆忙忙地赶来了："吉恩！艾伦现在还不能听课，一个字也不能听！她不能拿功课来费脑子，耽误功课也是没办法的事。等她回课堂的时候会有一点儿落后，这点帕克老师和杜邦老师都会体谅的。"

艾伦惊愕地盯着她："可是，舍监老师！我必须全学会！我必须！请让吉恩给我讲吧。她还要给我带帮我记的笔记来呢。"

"她当然不能这样做，我不允许。"舍监老师说。

事已至此。艾伦没兴趣跟吉恩再交谈了。她绝望地往后靠去，感觉自己差不多要垫底了。

她真是不走运啊！

第十四章

暗 自 打 算

　　没有人很惦念艾伦，她不像达瑞尔那样精力旺盛、好相处，也不像艾莉西娅那么淘气、有趣，她甚至不像玛丽露那样害羞、胆怯，这些个性都会让其他人在她不在的时候想念她。

　　"当玛丽露在你眼皮底下的时候，你不太会注意她，可是当她不在的时候，你就会想念她。"达瑞尔曾有一次这样说。这话说得没错。

　　这些天，达瑞尔很想念玛丽露，因为玛丽露紧紧地跟随着达芙妮。没人能理解这事儿，没人相信达芙妮需要玛丽露的友谊——她只是需要玛丽露帮她学法语，甚至当达瑞尔跟玛丽露指出，她替达芙妮做这么多功课其实是一种欺骗，她也听不进去。

　　"我帮不了别人什么忙。"玛丽露说，"只有法语是我真正擅长的，能帮助需要的人真是太好了。而且除此以外，达芙妮真的喜欢我，达瑞尔！"

"我也喜欢你，莎莉也喜欢你。"达瑞尔说，一想到玛丽露跟达芙妮这种两面派走得这么近，她就很恼火。

"是的，我知道，但你只是出于内心的善良才忍受我的！"玛丽露说，"你有莎莉了，你允许我像一只温顺的狗狗一样跟着你们。可你们并不是真正需要我，而且我也帮不了你们任何事。可我能帮助达芙妮，我知道你们认为她只是利用我帮她学法语，可不是这样的。"

达瑞尔可以肯定，达芙妮只是为了法语才忍受玛丽露的，可她认为的并不完全对。现在，达芙妮很喜欢玛丽露，她也不知道为什么，她天性并不是会喜欢什么人的人。可玛丽露实在太不惹眼了，她那么害羞，又那么愿意帮助他人。她就像只宠物小老鼠，让你想要保护它、照顾它！达芙妮心想：你没办法不喜欢这样一只小老鼠。

她把她那些炫富的故事滔滔不绝地讲给玛丽露听，玛丽露也以最令她满意的方式倾听着，像达芙妮这样富有的人能劳神注意到她，跟她交谈，还告诉她这些事，这让小玛丽露很骄傲。

艾伦有十一天没来上课，在最后的六七天里，她焦急万分，因为老师不允许吉恩带课堂笔记来给她讲课。现在，她回来了，脸色苍白，也瘦了一些，眼睛里有一种固执的神情。无论如何，她要赶上去！就算她不得不六点钟起床，打着手电筒在被单里学习，她也是愿意的！

她问帕克老师，自己的身体是不是恢复到可以补课了，她要补上那些耽误的课。帕克老师委婉拒绝："不，艾伦。眼下你连常规的功课都不适合做，更别说补课了。我对你并没有过高的期望，对别人也一样。所以，你别担心了。"

艾伦去找了杜邦老师甚至找了鲁吉耶老师。"我真想知道我耽误了哪些课，这样我好补起来。"她说，"老师能给我稍微补一点儿课吗？"

可两位法语老师都不答应。"你的身体还没好透，亲爱的孩子！"杜邦老师和气地说，"这学期没有人会要求你成绩出色，放轻松一些吧。"

所以，可怜的艾伦陷入了绝望。没人愿意帮助她！舍监老师、医生、帕克老师和两位法语老师，她们似乎联合起来一起对付她。

还有十天就要考试了！通常，艾伦是喜欢考试的，可现在她心生恐惧。她想不通那些女孩考试在即为什么还能这么没心没肺地玩笑逗乐。

然后，她有了个主意——一个坏主意，最初她立刻把这个念头从脑子里赶了出去。可是这个念头一次又一次地回到她的脑海里，在那里窃窃私语，她没法不听从它。

要是你能在考试前看到试卷就好了！要是你在考试前知道老师要问什么问题就好了！

艾伦从来没有作弊过，她从来也不需要作弊，因为她的脑子不错而且知道如何努力用功。要是能不作弊就考出好成绩，人们就不会作弊了！啊，可当你没法考好或是出了问题，你不懂功课，而作弊又是唯一能取得好的排名的方式，你会作弊吗？

如此考验，并不经常出现在一个头脑聪明的人身上。艾伦一向蔑视作弊，但现在，这种情况却出现在她的身上了。如果你不需要作弊，那么不去作弊是件容易的事；可如果你真的需要作弊，那么不去作弊还那么容易吗？当这样的考验来临，你就会知道你的品性是怎样的，是懦弱还是强大，是扭曲还是正直。

艾伦无法把这个念头赶出大脑，它一直盘踞在那里。然后，有一天，在帕克老师的屋子的书桌上，她看到了一张她认为是试卷的东西。帕克老师不在屋里，只需要一小会儿，溜过去，她就能看一看那张试卷。

艾伦飞快地读了一下试卷上的问题。多容易啊！然后，她惊讶地发现，那些题是给七年级的人准备的，不是八年级的。她的心又沉了下去。

在她在寻找八年级的试卷是不是在那儿的时候，她听到了帕克老师的脚步声，便溜到了书桌的另一边。她不能让任何人猜出她想做那样可怕的事。

艾伦常常在课后选择帕克老师或是波茨小姐不在的时间，偷偷溜进她们的屋里。她甚至在上完课的早上，把帕克老师在八年级教室的书桌搜了个遍，巴望着能在那里找到一些有可能是考试题的东西。

艾莉西娅发现她在那里，很惊讶。"你在干什么?"她说，"老师不许我们靠近那张书桌，你知道的，艾伦!"

"我把自来水笔弄丢了，"艾伦咕哝着，"我想说不定帕克老师……"

"嗯，就算她真捡到了，你也不能鬼鬼祟祟地偷看她的书桌。"艾莉西娅嘲讽地说。

之后，又有一次，达瑞尔发现她在波茨小姐的屋子里，站在杜邦老师空空如也的书桌边，翻看文件，她惊讶地盯着艾伦。

"呃，杜邦老师派我来帮她找一本书。"艾伦说着自己也吓了一跳。她常听说，罪恶都是环环相连的，她发现此话不假。她试图作弊，这让她变得不诚实，那接下来还会怎样?

一天晚上，艾伦在休息室又冲人乱吼一通，气呼呼地出去了。"唉，我得说，艾伦离开了两周并没有很大的长进。"贝蒂说道，"她的暴脾气还像以往，看上去一点儿也没有恢复。"

"她的坏脾气是她的麻烦，"艾莉西娅说，"我可受够她了，永远皱着眉头，唉声叹气，愁眉苦脸。"

格温进来了，看上去很烦恼。"谁看见我的钱包了?我肯定放进我的课桌里了，可现在不见了。因为要外出买东西，我今天早上刚在里面放了五英镑钞票，现在买不成了!"

"我会帮你找的。"达芙妮站起来，亲切地说，"我打赌，肯定还在你课桌里的某个地方！"

可钱包还是不在。这是最恼人的事。格温拧起眉头，努力回想她是不是把钱包放在别的地方了，却只是徒劳。

"我肯定我没放在别的地方。"她说，"真是太讨厌了，你能借我一点儿钱吗，达芙妮？"

"可以，钱包在我的口袋里。"达芙妮说，"反正我还欠你些钱，本来就要还你的。我叔叔昨天给我寄了些钱来。"

她掏了掏口袋，然后抬起头来，脸上露出沮丧的表情，说："钱包没了！我的口袋里有个洞！老天啊！我把钱包丢哪儿了？"

"哼，你们俩真是一对活宝！"艾莉西娅说，"两个人都丢了钱包，正好在它鼓鼓的、塞满钱的时候！你们俩跟艾琳和贝琳达差不离了。"

就在前一天，贝琳达刚丢了两英镑，她趴在教室的地板上找了个遍，这让杜邦老师惊讶不已。她没有找到钱，于是请求吉恩把游戏俱乐部的会费退给她。不过，她没有成功，因为吉恩坚持，钱一旦进了她的盒子就不再属于交钱的人——它属于游戏俱乐部的秘书，或是属于学校，或是属于什么基金会。

两个丢了的钱包没有出现，这让人相当恼火，这事儿也相当神秘。两个钱包，装满了钱的钱包。格温看了看达芙妮，压低了声音说："你不会以为有什么人把钱包拿走了吧？我们年级的人是不可能做出这种事来的！"

艾莉西娅对钱包的事相当好奇。她脑海中闪现出之前艾伦在八年级老师们的书桌里搜来搜去的情景。她为什么那么做？艾伦说她丢了自来水笔，可她没丢，因为艾莉西娅看见她在紧接着的那节课上用了那支笔。呃，那么……

艾莉西娅决定密切留意艾伦，要是她正在干某些不规矩、诡诈的事，那就必须报告给莎莉。想到莎莉居然有权听取这样的事并且决定是不是要报告给帕克老师，艾莉西娅就恼火。每次艾莉西娅想到莎莉才是级长时，她与往常一样深感嫉妒。

艾伦并不知道艾莉西娅在监视着她，可她确确实实知道，突然之间她很难再独自一人，也很难再进入帕克老师或是波茨小姐的屋子，甚至很难在教室空无一人的时候进去了。艾莉西娅总会突然出现，然后说："嗨，艾伦！在找人吗？我能帮忙吗？"

达芙妮像往常一样向人借了钱，格温却没有，格温所受的教育是不要向人借钱，她已经写信给家人要求再多寄些钱给她，好让她过日子。达芙妮向玛丽露借了些钱，然后主动提出转借一半给格温。

"哦，不。"格温小小地吃了一惊，"你不能把别人的钱借给我，达芙妮！我知道你是向玛丽露借的。你为什么不像我一样，等着家人给你寄钱来？像你们这样的有钱人，最糟糕的就是你们不知道钱的价值！"

达芙妮看来有点儿吃惊，因为这是她头一次听到来自她的忠实朋友格温的批评，虽然只是小小的批评。她挽住了朋友的胳膊。

"我想你是对的!"她说,"我一向是想要多少钱就能有多少钱,我并不真正了解钱的价值。我就是这样被养大的,别生气了,格温。"

"要是有一天你真的很需要钱的话,我不知道你会怎么样!"格温说,"没有了你的游艇、你的汽车、你的仆人、你的漂亮房子,你会很悲惨的!我真恨不得亲眼看看这一切好东西!"

可达芙妮没有像格温希望的那样说出"那假期到我们家来过吧"。看来,格温在圣诞节看不见她这位体面的朋友了,也不能和她一起参加晚会或是观看圣诞童话剧了。看起来,她多半不得不忍受她自个儿的家,还有她亲爱的妈妈和总是崇拜人的家庭教师了!

第十五章

可 怕 之 夜

考前的那一天到来了，有些女孩因为本该重视学业却并没有做到而心生愧疚，开始发奋苦读了。贝蒂·希尔正在钻研课本，格温也是一样。与往常一样，可怜的艾伦把脑袋埋在书页之中，试图将那些只能慢慢地安静地学会的知识一口气死记硬背下来。

帕克老师相当担心艾伦。这姑娘在课堂上思想高度集中，可是她的功课平平。帕克老师知道，这并非是艾伦努力得不够，她猜想这一定是因为大病过后艾伦状态不佳。

艾伦知道考试卷已出好了，她听帕克老师说起过。杜邦老师则沿用了她一贯的逗乐方式，当着全班人的面抖着试卷。她大声说："啊，你们想知道我给你们出了什么题吗？你们想知道那些难题是什么吗？第一题嘛，是……"

可她从来也没有把第一题说出来，全班人大笑起来。总之，杜邦老师从来不像鲁吉耶老师那样，那么严格地对待考试。鲁吉耶老师总是出最难的题目，期待她们能完美地回答出来。可是接下来，几乎所有的女孩都得不到高分，她因此又抱怨不休！

那一天是艾伦想法子偷看试卷的最后一个机会。只要那个讨人厌的艾莉西娅不要总在她身边转来转去就好。艾伦心里升起一个念头，艾莉西娅有可能在监视着她，可是瞬间她就否定了这个想法。她为什么要这么做呢？这世上除了她自己之外，谁也不知道她想偷看试卷。

那天晚上，她在帕克老师屋外的走廊里徘徊了很久。可完全没有躲过所有眼目进屋的机会，似乎总有人打这儿经过。有多少女孩要从这边或是那边过来，经过帕克老师的门口啊，真令人惊讶。

而且，最讨厌的是，当走廊里真正空无一人之际，帕克老师自己又在屋里了，她和波茨小姐在一起。艾伦可以很清楚地听到她俩的对话。她俯身在门口，好像在重新系鞋带。

"八年级的孩子这学期学得还不错，"她听到帕克老师对波茨小姐说道，"她们去年跟你学习的一年似乎获益良多！大多数人能运用她们的大脑，而且脑瓜还挺灵呢！"

"嗯，我希望她们能考出好成绩。"波茨小姐说，"我对她们升入八年级的头一次考试结果一直很有兴趣。教了这些孩子三四个学期，我一时半会儿没法不关注她们。我猜艾莉西娅或是艾琳或是达瑞尔会名列前茅。她们的脑瓜都很聪明。"

"看看这些问题。"帕克老师说。艾伦真切地听见了她把试卷递给波茨小姐时发出的窸窸窣窣的声音，她多想看到卷子啊！

波茨小姐在阅读题目的时候有片刻的安静。她接着说："是的，其中一两题有点儿难度，但要是姑娘们多多注意，她们会做得很好的。法语试卷如何？"

"杜邦老师收在她屋里呢。"帕克老师说，"我会把这些试卷带过去交给她。明早她负责八年级的第一场考试，她会把试卷带进教室。"

艾伦的心猛地一跳。她终于知道今晚试卷会在哪儿了！在杜邦老师的屋子里。那里离宿舍并不远。半夜起来去偷看一眼，她能吗？她敢吗？

一个女孩从拐角处走过来，差一点儿把艾伦撞倒了，是艾莉西娅。

"天哪，是你呀，艾伦！我刚过去的时候你就在这儿闲逛了，现在我又走回来了，你还在这儿，你到底在干吗？"

"不关你事！"艾伦说着走开了。她去了休息室，坐了下来。她要把事情想想清楚。半夜时分，偷偷爬起来，走出去，寻找试卷，她敢吗？这是件大大的错事。可是，如果她一学期身体都好好的，能够正常上课、用功，考到前几名或是差不多前几名也不难。现在她要垫底了，可这并不是她的错。

于是，她坐在那里，自己给自己找理由，试图劝说自己将要做的事并不像看起来的那么坏。她这样做是为了把爸爸妈妈从绝望中解救出来。她不能让他们失望。可怜的艾伦！她并没有停下来想一想，她的爸爸妈妈宁可看到她诚实地垫底，也不愿看到她通过作弊而名列前茅！

艾莉西娅越来越肯定艾伦偷了钱。如果不是她，那她到底为什么总是鬼鬼祟祟地在门外偷听，做这种奇怪的事呢？丢了的钱包一个也没有出现，贝琳达的钱也不见了踪影，另一个钱包也丢了，更多的钱丢了，也都没有找到。艾米莉还汇报说，她奶奶上学期送给她的金胸针也不翼而飞了。

艾米莉非常细心，从来不像贝琳达和艾琳那样会丢东西。当艾莉西娅听到她在休息室说起丢了胸针，她决心把自己的想法告诉大家。艾伦像通常一样不在休息室，估计她正在什么人的门外鬼鬼祟祟地溜达着呢，艾莉西娅想。

"啊呀，莎莉，关于所有这些神秘丢失的东西，我有话要说。"她把声音稍稍提高，说道，"我并不是真的要指控什么人，可我最近一直在监视着某些人，她们正做些相当奇怪的事。"

每个人都吃惊地抬起头来。莎莉环视休息室。"大家都在吗？"她说，"等等，艾伦不在。我们去找她来。"

"不，不用。"艾莉西娅说，"最好不要叫她来。"

"你是什么意思？"莎莉迷惑地说，突然，她瞪大了眼，"哦，你不是说，不，艾莉西娅，你不是说，你一直监视的是艾伦吧！她做什么奇怪的事了？"

艾莉西娅便告诉大家，她看见艾伦在走廊里鬼鬼祟祟地晃悠，显然是在等屋里没人。她还提及发现艾伦在翻帕克老师书桌的事。大家听后都惊奇万分。

"我怎么也想不到会是她！"达芙妮用厌恶的声音说，"竟然做这种事！我从来就不喜欢她。毫无疑问，是她偷了我和格温的钱包，还有艾米莉的胸针，天知道她还偷了多少东西。"

"在找到证明之前你不能这么说。"莎莉严厉地说，"我们还没有确凿的证据，只有艾莉西娅，似乎是看到艾伦在偷偷摸摸地溜达。"

"嗯，莎莉，我也有一次看到过。"达瑞尔勉强地说，"我发现艾伦在波茨小姐的屋里，翻她桌子上的东西呢。"

"多可怕呀！"达芙妮说，格温随声附和。吉恩一言不发。虽然她从来没法很喜欢艾伦，但她跟艾伦一直比任何人都要亲近得多。可在她看来，艾伦并不是那种会小偷小摸的女孩。小偷！这个词听起来多可怕啊！吉恩皱起了眉头。艾伦一定不是那样的人！

"这事儿我不大相信。"吉恩用清晰的苏格兰口音慢慢地说，"她是个古怪的女孩，可我认为她不至于怪到做这种事。"

"我打赌，她始终没有把游戏俱乐部的会费交给你！"艾莉西娅说，她记起了艾伦如何拒绝去拿钱的事。

"她交了！后来我又问她要的时候她交了。"吉恩说道。

"是吗？我打赌，那一定是在其中一个钱包被偷之后吧！"

贝蒂叫道。吉恩沉默了。是的，这是事实。艾伦直到钱包丢失事件发生之后才交会费。事情看起来对她很不利。

"我们该怎么做？"达瑞尔无助地说，"莎莉，你是级长，你会怎么做？"

"我得好好想想，"莎莉说，"一时半会儿没法做决定。"

"没什么好决定的！"艾莉西娅的声音里满是轻蔑，"她是个小偷。要么与她当面对质，让她招供！你要不做，我来！"

"不，你不能这么做。"莎莉立刻说，"我告诉你，我们谁都没有确凿的证据。如果没有切实的证据就指控他人是一件很坏、很缺德的事。艾莉西娅，你一个字也不要说，作为级长，我禁止你这么做。"

艾莉西娅的眼睛闪烁着狡黠的光，她说："我们走着瞧吧！"

正在这时，有人进屋来了，除了艾伦还能有谁！她一进门就感受到了敌意，她四下一看，陡生怕意。

女孩们无声地盯着她，她的突然出现也吓了她们一跳。接着，莎莉开始跟达瑞尔说话，吉恩转头去找艾米莉。可艾莉西娅却不想转移话题，也不想听从莎莉的命令！"艾伦，"她用响亮而清晰的声音说，"你鬼鬼祟祟地在没人的屋子里溜达，还翻书桌，找到什么了？"

艾伦脸色变得苍白。她直挺挺地站着，紧紧注视着艾莉西娅。

"什么？你什么意思？"最终，她结结巴巴地说。肯定没有人猜到她正在找考试卷!

"闭嘴,艾莉西娅!"莎莉不容分说地开口,"你明白我的意思。"

艾莉西娅不以为然。"我什么意思,你心里有数得很,不是吗?"她厉声对艾伦说,"你溜进没人的屋子,翻人家的书桌、柜子或是抽屉,你拿了什么你心里清楚,不是吗?"

"我什么也没拿!"艾伦叫起来,脸上是走投无路的神色,"我能拿什么呢?"

"也许,拿那些装着钱的钱包,或是一两个金胸针。"艾莉西娅慢吞吞地说,"得了吧,招了吧,艾伦,你看上去要多心虚就多心虚,那又何必否认呢?"

艾伦瞪大双目,好像不敢相信自己的眼睛。她环视沉默的女孩们,玛丽露正在哭泣,因为她讨厌这样的情景。莎莉看起来在生艾莉西娅的气而又拿她毫无办法。现在阻止已经没有用了,她们已经深信不疑了。艾莉西娅怎么敢这么不把她放在眼里!达瑞尔也很生气,可她的怒气一半是冲着艾伦去的,在她眼里,她也认为艾伦显得非常内疚。她还生艾莉西娅的气,公然藐视莎莉,不管怎么说她是级长啊!如果艾伦真的有罪,还是马上将一切弄个水落石出为好。

"你的意思是——你认为,我偷了你们的东西?"最后,艾伦使了很大的劲儿问,"你在开玩笑吗?"

"不开玩笑。"艾莉西娅严肃地说,"你为什么还要四处窥探呢？你为什么要翻帕克老师的书桌？你能给我们一个好的解释吗？"

不，艾伦无法解释。她怎么能说她是因为想作弊在寻找试卷呢？一旦你开始做一件坏事，那么坏事就会接踵而来！她用双手捂住了面孔。

"我不能解释。"说完泪水就打湿了她的手指，"可是我没有偷你们的东西，我没有……"

"你有。"艾莉西娅说，"你不仅是个小偷还是个懦夫。你甚至不敢承认，不肯归还东西！"

艾伦跌跌撞撞地走出了屋子。门在她的身后关上了。

玛丽露发出了悲伤的抽泣。"我真为她难过！"她说，"我忍不住，真的！"

第十六章

夜 半 时 分

一片沉默，只有玛丽露的抽泣声打破了安静。大多数女孩沮丧又害怕。艾莉西娅却对自己的行为相当满意。莎莉很生气，紧紧地抿着嘴唇。艾莉西娅看着她，露出冷冷的微笑。

"很抱歉让你心烦了，莎莉。"她说，"可是时候解决艾伦的事情了。作为级长，本来应该由你来做这件事。可是你瞧，你把它甩给我了！"

"我没有！"莎莉说，"我刚才阻止你说出来。我们不能指控艾伦，我知道得有证据，否则这么做是不对的。我想思考一下最好的处理办法，绝对不是当着大家的面！"

莎莉说的是对的，这让达瑞尔感到不舒服。本来最好的办法是稍等一会儿，把事情思考清楚，然后，也许让莎莉单独跟艾伦谈一谈。可现在，生米已成熟饭了！大家都知道了，艾伦该怎么办呢？

"我只能说，我很感谢艾莉西娅把这件事弄清楚了。"达芙妮一边说，一边摇着她前额闪亮的鬈发，"也许，我们的财产现在安全了。"

"你该效忠莎莉而不是艾莉西娅。"达瑞尔爆发了。

"我们不要再吵了。"莎莉说，"事已至此，多说无益。晚饭铃响了，谢天谢地，我们走吧。"

她们面色凝重地走下楼来到餐桌旁。艾伦不在，吉恩问起她："我去找艾伦好吗，帕克老师？"

"不。她有点儿头痛，已经提前上床了。"帕克老师说。女孩们交换了眼神。就是说，这个晚上，艾伦无颜再面对她们了。

"问心有愧。"艾莉西娅对贝蒂说，她的声音很低，但足以让达瑞尔和莎莉听到。

等到就寝时间，八年级的人上楼时，艾伦睡在床上。她侧身躺着，脸埋进枕头里，一动不动。"在装睡啊。"艾莉西娅说。

"闭嘴。"吉恩出人意料地低声说，"你已经有点儿过分了，艾莉西娅·约翰斯！今晚我们不想再听什么嘲笑的话了。请你住口吧。"

艾莉西娅吓了一跳，瞪着吉恩，吉恩也瞪回去。艾莉西娅便没再说什么了。不一会儿，女孩们都上了床，灯也关掉了。她们立刻停止了交谈。莎莉对规则抓得很严，女孩们都很尊重她，很守纪律。

她们一个接一个地入睡了。达芙妮是最后睡着的，可在她入睡之后许久，还有一个人睁着眼，醒着。当然，那是艾伦。

　　她早上床有三个原因：一个是她真的"发了头痛病"；另一个原因是，在女孩们指责她之后，她不想面对她们；第三个原因是她想好好思考。

　　当女孩们那么不公正地指控她的时候，她简直无法相信自己的耳朵。艾伦什么东西也没拿。无论她下了多大的决心在考试中作弊，但这个方面她是完完全全诚实的。一个小偷！艾莉西娅当着所有人的面把她叫作小偷。这不公平，这非常残忍而且不公平！

　　但是，这真的是那么不公平吗？毕竟，那些女孩们当中至少有两个人，看见她四处窥视，看见她在帕克老师的书桌上翻捡，还翻看波茨小姐的书桌。在她们看来，这种行为似乎就意味着不诚实，尽管不是她们指责她的那种不诚实。

　　艾伦的心中突然大声疾呼：我这是在干吗？我怎么能做这种欺骗人的事？我怎么能做这样一个鬼鬼祟祟的人，做这种可怕的事？妈妈会怎么看我！可是，妈妈，这一切都是为了你和爸爸，我才想考得好。这不是为了我自己。这种为了取悦爸爸妈妈而不是自己，为了这个目的的欺骗行为错得并不那么离谱是不是？

　　这确实是错的，她的良心这样说。你知道这是错的！看看吧，你的愚蠢把你引入了什么境地！你被指控做了可怕的事，都是因为你想做坏事！哪怕还没做成！

艾伦突然决定：我不应该欺骗，也不能再想这个了。我会在考试中取得糟糕的成绩，我会向妈妈解释原因，我会的，会的！

接着，她的脑海里出现了女孩们的样子，她听见艾莉西娅恶意的言辞"装睡吧"。一念之间，她又记起艾莉西娅无情的指责，讥讽的话语，她还记起所有女孩似乎都反对她，都相信她是邪恶的坏人。

气愤涌上她的心头。她们怎么毫无确切的证据就错误地指控她？她们都认为她是坏人，她断定，什么也说服不了她们相信她不是坏人。那么，她就干脆做一个坏人吧！她要作弊！她要在半夜时分爬起来去找试卷，她知道试卷在哪儿——在杜邦老师的屋子里。

艾伦躺在黑暗中，她把所有事翻来覆去地想了又想。此刻，她心中充满了挑衅和固执。她已经被女孩们贴上了"坏人"标签，那她必须要当个坏人。现在，她乐于做个坏人！她要看一看那些试卷，然后查一查所有的答案，最后，她要以一个近乎完美的分数名列前茅，震惊所有人！这会让她们都惊掉下巴！

她躺在床上保持着清醒，这对她毫不困难，直到她确信老师们已经上床睡觉了。她的眼睛直视着黑暗，脑袋滚烫。她想起艾莉西娅那张轻蔑的脸，握紧了拳头。

最后，情况安全了，可以起身了。她从床上坐起来，四下看看。月亮当空，一道光线穿透了房间的黑暗。四处悄然无动静，她能听到的只是其他女孩规律的呼吸声。她溜下床，将脚伸进拖鞋里，披上睡袍。此时，她的心跳得生痛。

她蹑手蹑脚地走出房间，半途中撞上了一张床，她屏住了呼吸，以防惊醒了床上睡着的人。可还是一片寂静。

她沿着月光下的通道走了过去，下楼，来到了杜邦老师的房间门前，这是杜邦老师和波茨小姐共用的房间。房间内一片漆黑，杜邦老师早已睡熟了。

艾伦走到窗口，确认窗帘是紧紧拉上的。在半夜时分她不想有任何人看见哪怕一线光亮。厚实的窗帘挡住了月亮。然后她关上了门，开了灯。

她走到桌边。桌面像往常一样杂乱，因为杜邦老师不像鲁吉耶老师，她从来也不把书本和试卷整理得齐齐整整。艾伦开始在桌面上的文件中翻找起来。她找了两次，可是，试卷不在那儿！她的心脏停止了跳动。它们应该在那儿的。也许放在抽屉里了。她巴望着抽屉没有锁上。杜邦老师有时候会锁，艾伦看见过的。

她试了试。是的，抽屉锁上了。太倒霉了！杜邦老师一定把试卷锁起来了！艾伦坐了下来，她的膝盖因紧张担心而颤抖着。接着，她一眼看到了，在笔盘里躺着一把钥匙。她把它拿了起来，插入抽屉的钥匙孔中——打开了！看起来像杜邦老师锁了抽屉又把钥匙丢在了笔盘里！

艾伦用颤抖的手翻遍了抽屉里大量的文件。在一个角落里，被帕克老师整齐地绑在一起的，正是八年级的试卷！

艾伦把它们拿了起来，发出一声感激的叹息。正当她要仔细地把试卷看一遍的时候，她听到一个声音。她的心脏几乎不跳了！刹那间，她溜到门边，关了灯，接着，她轻轻地关上了抽屉，回到门口听着。

那个声音又出现了。是什么声音？是什么人走过的声音吗？要真是这样，她必须万分小心。于是，她把文件塞进睡袍的大口袋，把它们放在那里。要是可能的话，她最好能离开杜邦老师的屋子，因为要是有人发现她在这里，自己会惹上巨大的麻烦。

在楼上的宿舍里，艾伦一溜出去，达瑞尔就醒了。艾伦撞上的就是她的床，她并没有立刻就醒来。可当艾伦走出屋子半分钟之后，她在床上坐了起来，想知道是什么把她吵醒了。

当她刚想躺下去再睡的时候，她注意到艾伦的床空了。一丝月光照在她的床上，被子没有鼓起以显示艾伦正躺着睡觉。被子是平平的，是空的！

达瑞尔盯着空空的床铺。艾伦在哪儿？她又病了吗？还是说，她又去偷窥，看看能找到什么值钱的东西？

达瑞尔看着对面的莎莉。她应该告诉莎莉，让她去处理这件事，艾莉西娅已经干涉得够多了，如果艾伦不能很快回来的话，她，应该让莎莉去决定该如何处理这件事。

艾伦没有回来。达瑞尔不耐烦地等了几分钟，然后决定去找她。达瑞尔没有叫醒莎莉，她实在太好奇了，想自己跟踪艾伦。半夜时分干这样的事，真是令人兴奋！

她穿上拖鞋，披上睡袍，走出屋子。达瑞尔穿着柔软的拖鞋静静地走着，听着，但什么也听不见。她沿着走廊慢慢地走，来到楼梯处。也许艾伦去翻八年级教室的桌子去了，说不定还去翻七年级教室的桌子去了！她又轻轻地下了楼，来到七年级的教室前，发现门是关着的。达瑞尔打开门，房间笼罩在黑暗中，她又把门关上，发出了轻轻的嗒的一声。

她走到八年级的教室前，打开门。她觉得自己听见了什么，飞快地开了灯，不过一个人也没看见，她又关了灯。正当她要关上门的时候，她似乎听到了一个声音，于是，她飞快地又把灯打开。这时，她看到柜子那边有人影在动！就像是什么人飞快地拉开了门。

达瑞尔的心猛跳起来。那是艾伦吗？或是别的什么人？如果那是个贼，可就不妙了。不过，那肯定是艾伦。达瑞尔从床上爬起来，这一路哪里也找不到她。她一定是在柜子那里躲着呢。

达瑞尔飞快地走到柜边，用力把柜门拉开。就在那里，蜷缩在柜子里，惊恐万状、浑身发抖的正是艾伦！当她听到达瑞尔过来的声音时，她从杜邦老师的屋里溜了出来，进了八年级的教室，她像一只小老鼠似的，藏进了柜子里。

达瑞尔惊讶地望着她。"出来!"她说,"你这个坏丫头,艾伦!你是不是又偷东西了?"

"没有。"艾伦说着从柜子中出来,将试卷装在口袋里,用手捂着。

达瑞尔注意到了这个动作。"你口袋里装的是什么?"她问道,"给我看看!快!你藏着东西!"

"我没有,我没有!"艾伦叫了起来,全然忘记了要小声。达瑞尔试图把她捂着口袋的手掰开。艾伦吓坏了,用另一只手猛击达瑞尔,正打在她的脸上。

这下子达瑞尔发火了!她冲向艾伦,大力地摇晃她,冲她大吼大叫。艾伦被桌腿绊倒了,把达瑞尔也拖倒了,她挣扎着。

达瑞尔大骂她:"你这个可恶的丫头,你跑出来偷东西!你把偷的东西给我!"

艾伦突然身子一软,再也无力挣扎了。达瑞尔顺势把她拖起来,掰开了她捂着口袋的手。一叠试卷被达瑞尔粗暴地扯了出来。绑带断了,试卷飞得地板上到处都是。艾伦捂住脸,开始大声呜咽起来。

达瑞尔盯着那些试卷,捡起一两张来。"这么说,你还作弊,是不是?"她用轻蔑的口吻说,"明天的考试卷!艾伦·威尔逊,你是个什么样的女孩啊?一个小偷!一个作弊者!你怎么胆敢到马洛里塔来!"

"把试卷放回去吧,别让任何人知道!"艾伦呜咽着,"别告诉任何人！”

“我当然会把试卷放回去的。”达瑞尔严肃地说，“可要我不告诉任何人，那就太荒谬了！”

她把艾伦拖到门边，说：“你在哪里找到试卷的？在杜邦老师的书桌里吗？我们去把它们放回去。”

达瑞尔把试卷放回去了。接着，艾伦用颤抖的手又把抽屉锁上了。

她们上楼回到宿舍，所有女孩还在睡。

“艾伦，明天我会告诉莎莉。”达瑞尔说，“她会决定该怎么处理你。我希望你被开除。现在，你上床去，试着睡觉吧！”

第十七章

谣 言 满 天

没人听到两个女孩回来的声音。谁也想不到，达瑞尔和艾伦从床上爬起来出去了一趟又回来了。达瑞尔非常愤怒，也非常激动，她醒了一段时间，内心激烈斗争着，要不要叫醒莎莉把发生的事告诉她。

"不，我不会说的。"她不情愿地决定了，"那样只会把所有人都吵醒，我得单独找莎莉，告诉她这件事。"

刹那间困意袭来，她因为激动而筋疲力尽，事实上她睡得很熟。可艾伦却完全睡不着，这对她而言也不算新鲜事。大多数晚上，她直到凌晨才睡去。此刻，她仰面躺在床上，被整个晚上发生的事震惊得无以复加。但渐渐地，她不再担心这些事了，因为她遇到了更大的麻烦。她头痛欲裂，觉得脑袋要爆炸了，脑袋里似乎有火红的锤子在击打着。最终，这个女孩彻底吓坏了。

她怎么了？她要发疯了吗？这就是发疯的感觉吗？她闭着眼睛，一动不动地躺着，希望疼痛会逐渐平息。可并没有，头痛得更厉害了。最后，头痛得实在太厉害了，她开始轻轻地呻吟起来。她想起了亲切的、会安慰人的舍监老师。

在医务室的时候，舍监老师对她很好，现在也会对她好的。艾伦觉得，只要她能得到来自他人的一点点的善意，感觉就会好很多。

她费力地坐起来，头晕目眩。月光洒满了宿舍。她能看见所有白色的床铺，有的被子滑落了，有的整整齐齐地盖着，女孩们睡态各异，沉沉地睡着。

艾伦慢慢地从床上起来，因为过快的动作会让她头痛得难以忍受，她忘了穿睡袍，忘了穿拖鞋。她慢慢地走到门边，就好像在梦游一样，像个穿着睡衣的鬼魂般走了出去。

她完全记不得自己是怎么找到去舍监老师房间的路的。轻轻的敲门声一遍一遍地响着，舍监老师突然被惊醒了。

"进来！"她叫道，"是谁？"她开了灯，可没人进来。轻轻的敲门声还在响啊响。舍监老师很迷惑，也警觉了起来。

"进来！"她又叫道，还是没人进来。舍监老师跳下床，走到门边。她穿着华丽的睡衣，身材健壮，猛然拉开门——门外站着可怜的艾伦，像一株萎靡的弱柳，她的手还举着，似乎还要敲门。

"艾伦，你怎么了？孩子，你病了吗？"舍监老师叫起来，温柔地将她拉进屋。

艾伦用疲惫的声音说："我的头，快要爆炸了，舍监老师。"

舍监老师片刻也没有耽搁。她看到这个女孩痛得很厉害，几乎连眼都睁不开了。她很快把艾伦放到自己屋里小套间的那张暖和舒适的床上，喂她吃了药，喝了热水，还在她身边放了一个装了热水的瓶子。舍监老师很和气、很温柔地用低低的声音说话，生怕让艾伦疼痛的脑袋再受刺激。

"现在，睡吧。"她说，"早上你会好些的。"

艾伦真的睡熟了。舍监老师站在床边，俯视着她。她很迷惑，这个女孩有些不对劲儿，她正在为什么秘密的事焦心，就像她当时在医务室一样。也许，让她回家待一段时间会好一些。

早上，早起的铃声响起，达瑞尔和其他人一起醒来。她坐起来，记起了昨晚发生的所有刺激的事，又瞟了一眼莎莉，她得单独找莎莉谈谈。

接着，莎莉叫了起来："艾伦在哪儿？她的床是空的！"

所有人都看着艾伦的空床。"也许她起得早。"艾米莉说，"早餐时我们会看见她的。"

达瑞尔有点儿着急，心想：艾伦起得早？那她在哪儿呢？

早餐时，艾伦自然不在。女孩们看着空出来的位置，达瑞尔也感到相当不自在。

艾伦没有在半夜逃跑未归，这是肯定的！杜邦老师那天早上负责早餐，达瑞尔问她："杜邦老师，艾伦在哪儿?"

"她不来吃早餐了。"杜邦老师说。除此之外，杜邦老师一无所知。帕克老师在走廊时急匆匆地告诉她："我不知道为什么，可能她病了。"

此刻，艾莉西娅也感到不自在了。她记起前一天自己是如何恶狠狠地指责艾伦的。艾伦在哪儿? 她也开始怀疑这个女孩是不是逃回家了。她相当安静地吃着粥。

另一条消息是从七年级的凯蒂嘴里传出来的。她从帕克老师和波茨小姐的谈话中听到了片言只语。

"啊呀! 艾伦·威尔逊怎么了?"她问道，"我听见'大鼻子'告诉'波斯猫'说要送她回家去呢! 她干了什么了?"

送回家! 八年级的人你看看我，我看看你。这是不是意味着老师们发现了艾伦做的事了? 也许发现她偷窃的事了? 她会被开除的! 老天啊!

"她要么就是被某个老师发现了，要么就是招供了。"最后，艾莉西娅说道，"对我们知道的事，我们最好不要太多嘴。这对学校的名誉也不好。我希望一切都快点过去。"

"你的意思是说，你真的认为艾伦被送走了，被学校开除了，因为她偷了那些东西?"达瑞尔说着突然白了脸，"肯定不是这样!"

"她可乐开花了。"贝蒂用满是轻蔑的语气说。

达芙妮看起来吓了一跳，她补充道："也是好事一桩! 没想到马洛里塔居然有这种女孩！"

达瑞尔对局面的转变不知所措。现在，她不知道要不要把晚上发生的事汇报一下，如果艾伦是因为偷窃的事被送回家的，那么，把她抓住艾伦作弊，在考前偷拿试卷这样的事告诉任何人也没什么意义。因为，艾伦现在肯定不需要参加考试了，既然她已被这样不光彩地送走了，那为什么还要抹黑她的名声呢？

达瑞尔是个厚道的孩子，即便对那些她视为敌人的人也是如此。她将昨晚的事思前想后。关于作弊，她已经给了艾伦足够的惩罚了！当她回想起自己是如何摇晃艾伦，冲着她大喊大叫的时候，自己是多么热血。当然，她的坏脾气又发作了。莎莉就不会做这样的事，莎莉会用更为庄严而冷静的方式处理这件事，会让艾伦交出试卷，不会用那么有损尊严的粗野方式，弄得两个女孩在地板上滚成一团！

达瑞尔边擦鼻子边想：我不管怎么样也处理不好事情。我总是莽撞行事！总是情绪失控，总是把一切弄砸！唉，我该怎么做呢？要不要告诉莎莉呢？

她决定不说了，抱怨艾伦看起来毫无意义，要是她真的被送回家了，这会让她的人品显得更坏。所以达瑞尔缄口不言。在这种情况下，大多数八年级生是不会这么做的，因为大多数人都非常喜欢八卦。

尽管这样，八年级关于艾伦的谣言还是满天飞。每个人都想当然地说因为这样或那样的原因，老师们发现艾伦偷了钱包、钱、胸针，可能还有别的东西，她被开除就是因为这个。

让人奇怪的是，其中一个女孩似乎对这件事感到十分痛苦，这个人就是达芙妮。

"她们不能没有证据就这样开除她，这是肯定的，不是吗？"她一直这样说，"莎莉，达瑞尔，你们昨天对艾莉西娅说过，没有确凿的证据证明是艾伦偷了东西。艾伦会怎么样呢？是不是没有别的学校肯要她了？"

"我不知道，我不应该这样想的。"艾莉西娅说，"可她完蛋了！她活该！"

"别这么刻薄。"吉恩对艾莉西娅说，"我不是为她说话，可你总是这么刻薄，毫无怜悯心。"

"哼，昨天我对艾伦的指控不对吗？"艾莉西娅说，"你们都心太软了，而且你们不想跟她摊牌！我可做了件好事。"

八年级的人决定不向老师说任何有关艾伦的事。就算格雷灵女士要开除这个女孩，她也会悄悄进行。所以，少说话为妙。

于是，根本无人问起艾伦，这大大出乎了帕克老师的意料。真怪，孩子们居然兴趣索然。她自己也缄口不语。女孩们对艾伦是否回家了，什么时候回去的一无所知。尽管有人传谣说那天早上车道上来了一辆车，也许是来接艾伦的！

其实不是，那是医生的车。他被请来给这个女孩做检查，他严肃地对舍监老师和格雷灵女士说："我有点儿事不明白，这个孩子是不是在担忧什么？她家里是不是出了什么事？学校里有什么事让她心烦意乱吗?"

　　舍监老师和格雷灵女士都无法给医生任何信息。她们只知道艾伦家平安无事,她所在的年级也没有什么事。后来,她们请来了帕克老师,她也说据她所知,艾伦在班上没有惹上任何麻烦,除了因为作业完成得不够标准受到过轻微责备之外。

　　医生走后,格雷灵女士温和地说:"艾伦,我们认为你应该回家去,直到你觉得身体好透了。目前来说,家是最适合你待的地方。"

　　艾伦对这个建议的反应让校长大吃一惊。她坐起来,绝望地抓着头发说:"哦,不,格雷灵女士! 不要开除我! 请不要这样做!"

　　"开除你?"校长惊讶地说,"你是什么意思?"

　　艾伦爆发出一阵呜咽,舍监老师立刻上前来,做了个手势让格雷灵女士走开一下。"她无论如何也不能激动。"她小声说,"所以,对不起了,格雷灵女士,我认为你最好还是走吧。现在由我来照顾她。"

　　格雷灵女士十分不解,安静地走出屋子。为什么艾伦会认为自己要开除她? 这其中有事需要调查清楚。

　　艾伦花了好长时间才平静下来。她真的认为,格雷灵女士让她回家的建议意味着她要从马洛里塔被送走了,被不光彩地开除了。也许,达瑞尔去找了校长,把作弊的事告诉了她;也许,艾莉西娅告诉校长说她们都相信她偷了东西,格雷灵女士因此要开除她。艾伦无从知晓。她又开始担忧不已了，她的体温迅速上升，这让舍监老师警觉起来。

八年级有些人认为艾伦可能已经被开除了，没有告别就被送回了家，这让她们很不安。玛丽露尤其沮丧，她虽然不太喜欢艾伦，可她很为艾伦难过。

课间休息的时候，她对达芙妮说起这事。"达芙妮，这事真糟糕，可怜的艾伦回家时该怎么跟爸爸妈妈说呀？她不得不亲口告诉他们，她是因为偷窃被送回去的吗？你觉得呢？"

"别！别说这个了，玛丽露。"达芙妮说，"瞧，我们还有十分钟的时间吧？今天早上我要寄一个特别重要的包裹，到处也找不到绳子。你好心帮帮忙，给我找点儿绳子来。我的包装纸是棕色的。"

玛丽露飞快地跑了，很好奇是什么重要的包裹。她怎么也找不到绳子，那天早上，一根绳子的影子也不见，真令人吃惊！当她终于回到达芙妮那里时，下节课的铃声也响了。

"你没找到绳子吗？"达芙妮失望地问，"天哪！好吧，等早上的课上完之后我再看看能不能找到吧。下午我再跑一趟邮局，两节课之间有半个小时，恰好我的音乐老师今天不在。"

"这么重要吗？"玛丽露问，"要是你愿意，我可以帮你跑一趟。"

"不。你肯定没法及时到达又及时回来的。"达芙妮说，"走陆路要很长时间，得沿着海岸走才能赶得上。可今天又刮大风了，你会被风吹下悬崖的！今天下午我在两节课之间去吧。"

不过，不管达芙妮那个"重要的包裹"是什么，她都没法寄了，因为音乐老师出现了。达芙妮被叫去上课，她将包裹丢在了课桌里。

下午茶的时候她对格温和玛丽露说："天哪！我太想把包裹寄走了，可我还要上音乐课。现在，喝完茶后我还要到帕克老师那里还课，之后还有那出傻兮兮的法语剧要彩排。"

"包裹里有什么这么急？"格温问道，"是为了某人的生日吗？"

达芙妮犹豫了一下，说："正是呢。要是今天不寄出去，就不能及时寄到了！"

"那你只能明天再寄了。"格温说。玛丽露看着达芙妮焦急的脸，多可惜啊。她，玛丽露不能帮达芙妮去寄，她总是乐意为达芙妮做事，得到那种美丽的微笑作为回报。

玛丽露开始思考怎么才能办得到。她想：自习课后七点我就没事了，晚饭前我还有半个小时的时间。要是走陆路，我绝不可能到达邮局再返回来，要是走海岸那条路就可以。天又黑又下着雨，我敢走那条路吗？

下午的课上她都在想这件事。她寻思：人们不介意为朋友做点儿事，他们什么都敢做。要是我去帮达芙妮寄走包裹，她会高兴坏的。她想把包裹及时寄回去，多善良啊，这正是她会做的事。要是不那么黑，不那么可怕，我今晚就能帮她跑一趟。

可我不会告诉任何人的，因为这不合规矩。如果莎莉知道了，
她会禁止我去的！

　　于是，胆小的小玛丽露计划着做一件事，一件高年级的人
都不敢在刮着风的晚上做的事——在四周的狂风呼啸之中，走
悬崖上的海岸路！

第十八章

善 良 天 使

那天晚上的预习课结束之后，玛丽露连忙跑回了八年级教室。此刻，教室里除了格温在那儿收拾整理之外没别人。

看到玛丽露走到达芙妮桌前，格温嫉妒地看着她说："你在达芙妮的桌子里找什么？她忘了什么我都可以带给她。我希望你不要黏她黏得那么紧，玛丽露。"

"我没有。"玛丽露说着打开桌盖寻找那个棕色的包裹，它现在已经齐齐整整地用绳子扎好了，"我要帮达芙妮寄这个，你可别去告发我，格温。我知道这是违规的。"

格温吃惊地盯着玛丽露。"你违规了！"她说，"我不相信你以前这样做过。你以为你能及时赶到邮局再赶回来，你真是疯了才会这么想。"

"我能的，我可以走海岸那条路。"玛丽露勇敢地说，她说这话时她的心却背叛了她，"走那条路的话，来回只要十几分钟。"

"玛丽露！你真是疯了！"格温说，"外面正在刮大风，天黑得像锅底。毫无疑问，你会被风刮下悬崖的。"

"我不会的。"玛丽露坚决地说，虽然她的心又沉到了底，"而且，这只是为朋友做的一件小事。我知道，达芙妮特别想今天把这个包裹寄走。"

"达芙妮不是你的朋友。"格温说，心中又升起一丝嫉妒。

"她是。"玛丽露说。她的态度那么肯定，让格温很不快。

"幼稚！"格温轻蔑地说，"你太愚蠢了，甚至都看不出来达芙妮只是在利用你，因为你能帮她做法语功课，她才忍受你在身边转来转去。这是唯一的理由，她这么告诉我的。"

玛丽露站在那里，手拿包裹，看着格温，突然间，她感到十分悲凉。"这不是真的。"她说，"是你编出来的。"

"这是真的！"格温忿忿地说，"我告诉你，达芙妮无数次亲口跟我这样说。像达芙妮那样的女孩干吗要你这样的一只小老鼠啊？你只是对她有用而已，要是你不那么自以为是，你自己就会明白这事，不用别人告诉你！"

玛丽露感觉到这一定是真的。如果没有此事，格温不会如此言之凿凿。

她拿起包裹，嘴唇颤抖着，转身走了。

"玛丽露，我都告诉你那件事了，你还要费事去寄那个包裹，你不是吧！"格温吃惊地说，"别做傻瓜。"

"我要帮达芙妮寄包裹是因为我是她的朋友！"玛丽露用颤抖的声音继续说道，"她也许不是我的朋友，可我是她的朋友。我还是愿意为她做事。"

"小蠢驴！"格温自言自语，把书扔回书架上，用黑板擦腾起一大阵灰尘。

格温没有告诉达芙妮玛丽露拿着她的包裹走到黑夜里去了。玛丽露的嘴那么快，她深以为耻。达芙妮也不会喜欢这样。可毕竟现在临近期末了，达芙妮也不需要她的帮助了，用不着玛丽露帮她做法语功课的时候，她说不定很高兴能摆脱玛丽露。

七点半，晚餐铃响了。女孩们从不同的教室里涌出来，叽叽喳喳地说笑着来到餐厅。

"哦！今晚的咖啡换口味了！还有果酱面包卷和肉罐头！"

她们都坐下来，动手吃了起来。帕克老师则倒出大杯咖啡，她环视餐桌："两张空座位！谁还没来？当然啦，艾伦没来，另一个是谁？"

"是玛丽露。"莎莉说，"预习课之后我看见过她。她估计一会儿就来的，帕克老师。"

可是，五分钟过去了，十分钟过去了，玛丽露连人影也不见。

帕克老师皱起了眉头，她说："她肯定听到铃声了。看看你能不能找到她，莎莉。"

莎莉飞快地跑出去又跑回来，报告哪里也找不到玛丽露。到了这个时候，格温进退两难了。她知道玛丽露在哪儿，也只有她知道，要是她说出来会给玛丽露惹麻烦的。

格温想：她当然会很快回来的吧？也许她不得不在邮局排队等候。

接着，她突然想起了什么。邮局是七点关门！她没可能在那里寄包裹的，因为已经关门了。她之前为什么没想到这点？那么，玛丽露出了什么事？

似乎有一只冰冷的手摸了摸格温的心，她差一点儿停止了呼吸。可能，大风把小玛丽露刮下了悬崖！可能，她此刻正躺在岩石上，或是身受重伤，危在旦夕！这个念头太可怕了，格温没法咽下小块面包，她差一点儿噎住。

达芙妮在她背上拍了一掌。格温用低低的焦急的口气跟她说："达芙妮！吃完晚饭我必须告诉你一件事。找一间练习室，我们得单独谈谈。"

达芙妮看来很警觉，她点了点头。晚餐过后，由她领路，她们走进一间无人的练习室，开了灯。"怎么啦?"她问格温，"你看起来跟遇上了鬼似的。"

"是玛丽露的事，我知道她去哪儿了！"格温说。

"那你为什么当时不告诉帕克老师呢?"达芙妮生气地问，"到底怎么啦，格温?"

"达芙妮，七点过后，她拿着你的宝贝包裹去邮寄了。"格温说，"她走了海岸的路。她是不是出事了？"

达芙妮好半天才听明白，疑惑地说："拿着我的包裹去寄？而且还在这么晚的时间，为什么呀？"

"她很深情地说哪怕在黑夜里冒着大风大雨，她也要这么做，因为你是她的朋友。"格温说道。

"你为什么不阻止她？你这个笨蛋。"达芙妮问道。

"我阻止了。"格温说，"我甚至跟她说你不是她的朋友——你只不过发现她有用，能帮你做法语功课，就像你再三告诉我的那样。达芙妮，这肯定会阻止一个人在大风之夜寄一个傻兮兮的包裹的，你也会这样想的吧？"

"可这样也没能阻止她？"达芙妮用一种奇怪的口吻说。

"是的。她只是说她会为你做这件事因为她是你的朋友。"格温相当轻蔑地说，"她说也许你不是她的朋友，可她是你的朋友，她还是愿意为你做事。"

格温吃惊地发现，达芙妮的眼中突然泪光闪闪，可达芙妮是从来不会哭的！

"怎么了？"格温惊讶地说。

"没事，你不会懂的。"达芙妮使劲眨了眨眼，想把眼泪赶走，"老天啊！想想吧，在这样的夜晚，走海岸的路，只是因为她想帮我寄包裹。而且，邮局关门了！可怜的小玛丽露！她会发生什么事啊？"

"她会不会已经跌下悬崖了？"格温问。

达芙妮脸色变得十分苍白。"不，不，别那么说。"她说，"你无法想象那会有多糟糕。我永远永远也不会原谅自己的!"

"要是她真的跌下去了也不是你的错。"格温说，她对达芙妮的爆发很惊讶。

"是我的错，是我的错! 你不明白!"达芙妮叫起来，"可怜的好心肠的小玛丽露! 你让她认为我不喜欢她，我只是利用她! 其实，我真的喜欢她。我喜欢她十倍于我喜欢你! 她又善良又慷慨又无私。我知道，起初我利用过她，只是因为她能帮我才接受她的。但是，我情不自禁地喜欢她了! 她给予一切又不求回报!"

"可你无数次地告诉我你只是因为她有用才忍受她的。"格温结结巴巴地说，被这一切吓呆了，看起来垂头丧气的。

"我知道，我曾经是这样的! 我太坏了。这是最容易的法子，好让你不缠着我，不在我身边唠唠叨叨说玛丽露。要是真的发生什么事，我永远永远也不能释怀的! 我要去找她! 我要去看看能不能找到她!"

"你不能去!"格温恐惧地叫出来，"你听听那风声! 从来没有刮过么大的风!"

"如果玛丽露能走到那样的风里为我寄愚蠢的包裹，我当然也能走到风里去找她!"达芙妮说，漂亮又苍白的脸上出现了一种表情，那是格温以前从来没有见过的坚定、毅然决然的表情，为她的脸增添了意想不到的特质。

"可是，达芙妮……"格温无力地反对，然后住了嘴。达芙妮已经像一阵风一般离开了小小的音乐练习室。她跑上楼，到宿舍拿了雨衣，又跑下楼，到衣帽间穿上她的防水长筒靴。没人看见她。然后，她跑进黑夜里，打开手电，照亮道路。

这是个大风的夜晚，狂风呼啸。当达芙妮走上悬崖上的海岸路的时候，狂风夺走了她的呼吸。悬崖那里会是什么样子？她几乎要被风吹跑了。

她用手电筒这里照那里照，什么也没看见，只见一些滴着雨水的弯曲的灌木。

她又往前走了走，开始绝望地大叫起来："玛丽露！玛丽露！你在哪儿？"

大风将她嘴边的话撕得粉碎后扔向悬崖。她双手拢在嘴边，又叫喊起来："玛丽露！玛丽露！"

然后，一个微弱的声音回应起来："我在这儿！在这儿！救命！"

第十九章

英 雄 人 物

达芙妮一动不动，静静地站着，她仔细地听。风中又传来了非常微弱的哭声："我在这儿，在这儿！"

这声音似乎来自前方的什么地方。达芙妮挣扎着在风中站稳，然后来到一个悬崖边缘向内倾斜的地方，她小心翼翼地沿着边缘走，因为风实在太猛烈了，她不敢走得太靠近边缘，但仍然有些过于冒险了。

突然，她可以听到玛丽露的声音了。那声音更近了："救命！救命！"

达芙妮害怕她若是太靠近边缘了，会被风吹落悬崖，可是那声音似乎是从边缘的什么地方传来的。她在潮湿的地上坐下来，感觉到风没那么猛了，她开始沿着边缘向前移动，能抓住一丛丛草的时候便紧紧抓住。

她来到悬崖的一个略微崩塌处，这处崩塌形成了一系列的台阶，往下陡降，直至海面。达芙妮爬到这里，平躺下来，打开手电筒，将光照在断崖上。

　　在断崖的几英尺之下，可怜的玛丽露为了活命紧紧地趴在悬崖壁上，她苍白的脸仰起，转向手电筒发射光亮的方向。

　　"救命！"看见手电筒的光后，她又无力地叫了起来，"救救我！我撑不了多久了！"

　　达芙妮吓坏了，她可以看见。玛丽露一旦松了手，就会摔到下面很远处的岩石上。一念至此，达芙妮的心都凉了。她该怎么办？

　　"我在这儿，玛丽露！"她叫道，"撑住，我去叫人帮忙。"

　　"达芙妮！是你吗？别走开，达芙妮，我就要掉下去了。你能做点儿什么吗？"

　　达芙妮朝下看着玛丽露。她觉得，把玛丽露丢下去找人来帮忙一点儿用也没有。很显然，玛丽露随时都可能摔下去。不，她必须想出别的办法，马上行动。

　　她想到她的雨衣腰带还有外衣腰带，要是她把这两根带子系在一起，放下去，玛丽露就可以抓紧带子，被拽上来了。

　　可带子够长吗？她用不争气的手指笨拙地解开雨衣腰带和外衣腰带。整个过程中她还一直在滔滔不绝地劝慰着玛丽露。

　　"我会救你的。别担心！我很快就会把你拉上来的。我正在用腰带编成一根绳子，然后我把绳子放下去。撑住，玛丽露，撑住！很快我就会救你上来的！"

玛丽露得到了安慰，坚持着。当大风把她吹倒让她滚到悬崖边时，她实在吓坏了。她也不知道是怎么抓住悬崖上的草的。似乎过去了一万年，她才听到达芙妮的声音。

此刻，达芙妮就在这里，还会救她。不论格温之前怎么说，达芙妮真的是她的朋友！

达芙妮又平躺了下来，她发现身后有一丛粗壮的金雀花，她把腿伸到那下面，直到她的脚找到坚实的长出地面的根茎，接着，她用两条腿紧紧地勾住根茎，也不在乎自己会被刮伤或扎伤。这样，她的腿紧紧地勾住了，就不会被玛丽露拉下悬崖了。

突然，一个疯狂的声音传到了她耳中："达芙妮！这丛草要松动了！我要掉下去了！快！快啊！"

达芙妮放下那根用她的腰带编成的粗糙的绳子，玛丽露抓住了，将一端紧紧地缠在手腕上。达芙妮立刻感觉到了拉力。"你还好吧？"她焦急地喊着，"你不会掉下去的，是不是？"

"是的，我觉得不会。我的脚已经站得很稳了。"玛丽露回应，手腕上的绳子让她放心多了，"我不会把你拉下来的，是不是，达芙妮？"

"不会的。可我觉得我不够强壮，没法把你拉上来！"达芙妮绝望地说，"绳子可能会断，还会让你掉下去。我们只能拉着彼此，直到有人来找我们，除此之外，别无他法。"

"哦，可怜的达芙妮！这可够你受的。"玛丽露的声音传来，

"我真希望没想寄那个包裹。"

"你对我真好。"达芙妮不知如何开口，"可你一直是这么好，玛丽露。还有，玛丽露，我是你的朋友。你知道的吧？格温把她说的那些残忍的话告诉我了，那不是真的。我非常爱你，是真的。我以前从来没有喜欢过任何人。"

"哦，我听到你的声音的时候就知道格温说的不是真的，我也知道你会来找我。"黑暗中，玛丽露激动地说道，"我觉得你是女英雄，达芙妮。"

"我不是。"达芙妮羞愧地说，"我是个很残忍的人，你根本不知道我有多残忍。"

"在暴雨之夜的悬崖边，这么聊天真的挺怪的，是不是？"玛丽露努力让自己的声音听起来愉快，"天哪，惹出这一堆麻烦我真是太抱歉了。达芙妮，大家什么时候才会来找我们？"

"只有格温知道我出来了。"达芙妮说，"要是我不能很快回去，她肯定会告诉'大鼻子'帕克老师的，到时候她们会来找我们。我真希望她把这事告诉别人。"

格温确实告诉别人了。先是玛丽露，接着又是达芙妮，这让她由衷地焦急起来。当达芙妮半小时还没回来时，格温去找了帕克老师。她告诉帕克老师玛丽露去了哪儿，还说了达芙妮去找她的事情。

"什么！晚上去走海岸路！在这种天气里！真疯了！"帕克老师大叫起来，她立刻冲出去找格雷灵女士了。

两三分钟之后，一支搜寻队就拿着提灯、绳子和几瓶热可可出发了。没过多久，两个女孩就被找到了。一看到她们，格雷灵女士便发出一声痛苦的呼喊："她们俩会有性命之危的！"

搜寻队到达的时候，达芙妮的胳膊因为拉得太紧几乎麻木了。大家看见她平躺在地上，腿紧紧地缠绕在多刺的灌木丛上，拉着两根腰带系成的绳子。绳子通向悬崖边，在那里，绳子的另一头系着玛丽露宝贵的生命。大海在下方，远远的地方，惊涛拍岸。

一根绳子朝玛丽露放了下去，正好滑过她的脑袋，紧紧地拴住了她的胳膊和肩膀，另一根紧紧地系在她的腰上。达芙妮如释重负地从地上起来，她的腿几乎没有了知觉。帕克老师抱住她说："站稳，抓住我！"

玛丽露被一个健壮的园丁拉了上来，她躺在地上，因为得救而哭了起来。园丁解开绳子，将她扶起来。"我抱着她。"他说，"给她杯喝的，她冻僵了！"

两个女孩有热可可喝都高兴极了。然后，帕克老师扶着达芙妮摇摇晃晃地回了学校，园丁抱着玛丽露跟在后面，之后是搜寻队的其他人。

"让两个姑娘都上床。"帕克老师对舍监老师说，"她们经历了可怕的事。我只希望她们别得肺炎。达芙妮，你救了小玛丽露的命，这毫无疑问。我真为你骄傲！"

达芙妮一言不发，可让格雷灵女士惊讶的是，她垂下了头，转过了身。格雷灵女士来不及疑惑，而是帮着舍监老师给玛丽露脱了衣服，把她放上床。不多会儿，两个女孩就躺进了暖和的被窝，肚子里也有了热食和热饮。她们俩都异常地困倦，刹那间就睡着了。

八年级的人原本睡在床上，由于焦急万分无法成眠。格温告诉她们，玛丽露出去了，达芙妮跟着她出去了，想看看能不能找到她。她们也知道搜寻队出发了，大家躺在床上，听着风声，眼前闪过无数可怕的画面。

熄灯以后，她们又谈了好长时间。莎莉并没有禁止。这是一个不平常的夜晚，一个焦心的夜晚，谈谈话会好一点儿。

过了很久，她们听见帕克老师急促的脚步声沿着走廊传来，大家立刻都从床上坐起来。

帕克老师打开灯，环视着七个等待着的女孩。然后，她将事情的经过讲给她们听，她们是如何找到玛丽露和达芙妮，达芙妮又是如何用绝妙的法子救了玛丽露。她还提到了达芙妮是如何平躺在湿漉漉的地上，用腿勾住金雀花的根茎，再把腰带放下去拉住玛丽露，直到救援人员到来。

"达芙妮是个英雄！"达瑞尔叫道，"虽然我从来都不喜欢她，不过，帕克老师，她太棒了，是不是？她是个真正的英雄！"

"我觉得她是。"帕克老师说，"我没有想到她内心有这样的英雄气概。她现在在医务室，不过我想她很快就会没事的。等她回班的时候，我们再给她三声欢呼和掌声吧。"

帕克老师把灯关了，道了晚安。女孩们又兴奋地聊了几分钟，庆幸她们知道了发生的事。幸好达芙妮出现了，救了玛丽露！不过，为什么呢？格温总是说达芙妮是因为玛丽露能帮她做法语功课才忍受她的呀。

　　"达芙妮肯定是喜欢玛丽露的。"达瑞尔说出了每个人的心里话，"我真开心，我一直以为她是利用玛丽露而不是真的喜欢她。"

　　"我很好奇那个包裹怎么样了。"贝琳达说，"因为邮局关门了，玛丽露没法寄出去。我打赌，没人想起那个宝贝包裹。"

　　"我们明天去找找。"莎莉说，"啊呀，今晚我们这儿成了间小宿舍了，只有七个人。艾伦走了，达芙妮和玛丽露在医务室。谢天谢地，她们是在医务室而不是在悬崖上。"

　　风又刮起来了，在马洛里塔四周呼啸着。女孩们舒服地蜷缩在床上。

　　"我认为达芙妮真的很勇敢。"达瑞尔说，"那么胆小的玛丽露居然有胆子在这样的大风天出去，真让我难以想象，我们的玛丽露！"

　　"人是很奇怪的。"艾琳说，"你真是无法预料人在不同的时候会做出什么事来。"

　　"你说的再对不过了！"达瑞尔轻声笑着说，"今天你把你的法语语法书放在游戏柜里，还想把长曲棍球棒放在课桌里，天知道你明天还会干出什么事来。"

第二十章

惊 人 之 事

极度兴奋之下还要考试可不是件容易的事。玛丽露和达芙妮的故事传遍了学校，大家都在谈论。那天，两个女孩没有在学校出现，因为舍监老师要她们静养。她们俩谁也没有因为这次冒险而变得更糟。

下午的课之前，达瑞尔、莎莉、艾琳和贝琳达出发去悬崖小路寻找包裹。风完全平息了，天气晴朗，是康沃尔郡最好的天气之一。天蓝得像矢车菊一样，大海映着天空的颜色，景色非常美丽，女孩们走上海岸小路。

"瞧，那边肯定是玛丽露被吹下去的地方。"达瑞尔指着悬崖倒塌的地方说，"瞧，肯定就是那丛金雀花灌木把达芙妮的腿弄得到处是伤。老天，她的腿一定擦伤了！"

女孩们站在那儿看着玛丽露和达芙妮的历险之地。莎莉颤抖着，想着在那样黑暗的夜晚，狂风呼啸、惊涛拍岸会是一幅什么景象。

"想想真可怕啊。"她说，"来吧，我们去找包裹。我估计，玛丽露可能把它丢在这附近的什么地方了。

她们开始找起来。达瑞尔找到了包裹，它躺在稍远处的草地上，又湿又破。

"我找到啦！"她叫起来，跑过去捡起包裹，"哦，全散了。纸也稀烂了，里面的东西都掉出来了！"

"最好把纸丢掉，把东西拿在手上带回去。"莎莉说。

于是达瑞尔扯掉又湿又烂的纸，将东西抖出来，它们全落在了草地上。

女孩们看着散在那里的东西，都是些相当古怪的东西。那是四个不同尺寸、不同形状的钱包，三个珠宝商出售的装胸针和挂坠的盒子——小皮盒子，上面有个抓钩，你必须按一下才能打开。

达瑞尔捡起了其中一个，按了一下抓钩。盒子打开了，里面是一枚小小的金色条形胸针。她困惑地看着它，然后把它递给莎莉。

"这是不是艾米莉的胸针？就是她丢的那个？"

"要是的话，背后应该有她的名字。"莎莉用冷静的声音说。她把胸针拿了出来，看了看那个小小的金色条形背后。"是的，是艾米莉的。"她说，"上面有她的名字。"

莎莉又打开了一个盒子，里面是一条小小的金项链，样式素净简单。

"是凯蒂的！"艾琳立刻说道，"我看见她戴过。好家伙，这些东西怎么跑到这个包裹里来了？这是我们想找的那个包裹吗？"

莎莉把草地上所有的东西都捡了起来，她的面色相当严峻。"是我们要找的没错。"她说，"看，这些钱包属于我们认识的人。那个是格温的，那个是玛丽露的，那个是贝蒂的。"

四个女孩困惑地面面相觑。"要是这个是玛丽露替达芙妮寄的包裹，达芙妮怎么会把这些东西放在里头？"莎莉说出了大家的心声。

"有没有可能，她是从艾伦那里拿的呢？"达瑞尔说，很是迷惑，"我们都知道，肯定是艾伦拿的。她是从哪里拿的呢？她这样做是为了掩护艾伦吗？还是为了别的什么？"

"我们得去搞清楚。"艾琳说，"莎莉，我们最好把包裹拿去给格雷灵女士。我们不能把这事瞒下来。"

"是的，不能。"莎莉说，"我们马上回去吧。"

她们往回走，一路上很少说话，表情困惑又严肃。这些是被窃的东西，是她们指责艾伦偷的东西。不知为何，达芙妮拿到了这些东西，而且出于某种非同一般的原因要把它们寄走。而为了把它们寄走，玛丽露几乎丢了性命，却又被达芙妮救了！这可太复杂了。

马洛里塔学园·八年级的日子

"我觉得这一切都神秘得不得了。"贝琳达说,"我简直摸不着头脑。很可惜,艾伦被开除了,我们本来可以找到她,给她看看我们找到了什么。"

女孩们并不知道艾伦还在马洛里塔,谣言层出不穷,她们都坚信她被送回家了!

她们回到学校时,下午的上课铃响了。她们碰上正往八年级走的帕克老师,请求她允许她们去找格雷灵女士。

"我们找到了玛丽露拿去寄的包裹,我们认为必须上交格雷灵女士。"莎莉解释道。

"很好。别耽误太久。"帕克老师说,继续走她的路。

四个女孩走到大楼里格雷灵女士的办公室,敲了敲门。"进来!"格雷灵女士低低的声音说道。她们打开门,走了进去。她一个人在屋里。当她看见四个女孩时,惊讶地抬起头来。然后,她微笑起来,因为她喜欢她们,连冒失鬼贝琳达都让她喜欢。

"格雷灵女士,我们找到了玛丽露替达芙妮寄的包裹。"莎莉上前一步说道,"这是包裹里面的东西。包装纸太湿了,没办法,我们就把纸撕了。"

她把钱包和盒子放在校长的书桌上。格雷灵女士吃惊地看着这些东西。"这些是包裹里的吗?"她问,"那么,这些都是达芙妮的吗?我知道包裹是达芙妮的。"

出现了一个令人尴尬的停顿。

"呃,格雷灵女士,这些东西是属于我们班女孩的。"最终,莎莉说道，"我们分别在不同的时间里丢失了这些东西。有的钱包丢失的时候里面有钱，现在都空了。"

突然之间，格雷灵女士看起来有点儿异样了。她的眼睛里出现了严肃的神情，她坐直了。

"你得再好好地解释一下，莎莉。"她说，"我可不可以这样理解——这些东西都是这学期时不时地从你们当中这个人或是那个人手里被偷走的？"

"是的，格雷灵女士。"莎莉说，其他人也点点头。

"你认为是达芙妮拿的？"格雷灵女士停了一会儿之后说道。女孩们面面相觑。

"嗯，我们以为是艾伦拿的，格雷灵女士。"最后，莎莉说，"我们知道她已经被开除了，我们认为……"

"等一下。"格雷灵女士相当尖锐的调子把四个女孩吓了一跳，"艾伦被开除了！你们在说什么？她在医务室，舍监老师照顾着她呢。两天前艾伦去找舍监老师，她头痛欲裂，我们在观察她，想弄清楚她怎么了。"

女孩们真的大吃一惊。莎莉的脸红透了。她真不该相信那些谣言！可她却选择了相信，因为她不喜欢艾伦。女孩们无言以对。

格雷灵女士严厉地注视着她们。"这太不同寻常了！"最后，她说道，"我不能理解，为什么你们会认为艾伦被开除了？而且，为什么你们还认为她拿了这些东西？她绝对不是这样的女孩，完全不是。你们知道她是拼命努力，赢得了奖学金到这儿来的，她的上一任校长对她的人品评价很高。"

"我们，我们以为她拿了这些。"莎莉开口道，"至少，我说过没有确凿的证明我们是不应该指责她的，可是，可是……"

"我明白了，我猜你们当着这个可怜的姑娘的面指控她了，是不是？什么时候的事？"

"前天晚上，格雷灵女士。"莎莉说，试图回避校长的眼睛。那双眼睛突然变得尖利，而且流露出对她的猜疑。

"前天晚上。"格雷灵女士说，"哦，那就清楚了，一定是因为这个，艾伦才会变得那么心烦意乱，被可怕的头痛袭倒，然后去找了舍监老师。出于某种原因，你们认为她被开除了——天知道是什么原因——我想，是些愚蠢的谣言吧，由你们炮制的谣言，因为你们愿意这样相信！你们有可能严重地伤害了一个无辜的女孩。"

达瑞尔吞咽了一两次口水。她想起那天晚上，在八年级教室里，她是如何攻击艾伦的。艾伦肯定在作弊。可是，达瑞尔曾把她叫作小偷，还对她说了些不可原谅的话。

她看着格雷灵女士，她知道该把自己与艾伦之间发生的事告诉她。她可以肯定，正是因为发生了那件事，艾伦那天晚上才生了病。

天哪，如果你自己傻乎乎，会把事情弄得多糟糕啊！

"我能和您单独谈谈吗，格雷灵女士，"达瑞尔绝望地说，

"一些别人不知道的事，可我觉得最好要让您知道。"

"在门外等一会儿，"格雷灵女士冲着莎莉、贝琳达和艾琳点点头，命令道，"我跟你们还没谈完呢。"

她们走了出去，关上门，深感惊讶。

达瑞尔要跟格雷灵女士说什么呢？她本来也该告诉她们的。

达瑞尔把那天晚上她如何跟踪艾伦，如何抓住了躲在八年级教室柜子里的艾伦，以及艾伦手里紧紧抓着试卷的事和盘托出。

"我把她叫作骗子，这个确实如此。"达瑞尔说，"我还叫她小偷，告诉她我早上会告诉莎莉，这事会上报，她会被开除。我猜她是太担心这件事了才会头痛得那么厉害，跑去找舍监老师。我从来不知道，我们都以为您一定是不知怎么地发现了她是个小偷，很快把她开除了，并没有大做文章。"

"哦，真的吗！"当这一番竹筒倒豆子般的讲述结束时，格雷灵女士说，"这个学校发生了一些无人知晓的事情！真不可思议。你是想认真告诉我说，大半夜你和艾伦在八年级教室的地板上打成一团？这种事可真的不怎么光彩啊。"

"我知道，我真的太抱歉了。"达瑞尔说，"可是，我太生气了，就大发雷霆了。我忍受不了欺骗行为。"

"真奇怪。"格雷灵女士一边沉思，一边说，"艾伦是得过奖学金的孩子，我从来不知道像这样的孩子有作弊的必要。我不敢相信艾伦作弊。如果她作弊，一定有什么原因，我一定要弄清楚。达瑞尔，你们都不喜欢艾伦吧？"

达瑞尔犹豫了一下，说："嗯，她太神经质了，甚至有些神经过敏，格雷灵女士。我们拉一下桌子她都会暴跳如雷。要是我们打扰了她阅读，她就会冲我们大喊大叫。她的脾气太可怕了。我觉得吉恩比我们任何人都更喜欢她，她对艾伦相当有耐心。"

"我要是早知道这些就好了。"格雷灵女士说，"现在我总算知道，当我提议把艾伦送回家时她为什么那么紧张了。我以为她在家可能会感觉好些，更快乐一些。她一定以为我真的打算开除她，因为有人来找过我，告诉我她偷东西或是作弊的事。可怜的艾伦。我想她是用脑过度，这就是结果。"

达瑞尔沉默地站着。她觉得格雷灵女士似乎对她有点儿不满。"我对我做过的事感到很抱歉。"她说，试着眨眼把泪水憋回去，"我知道，我一直说自己再也不会发脾气，再也不会无法自控了。现在，您再也不会相信我了。"

"我还会继续相信你、信任你，每一次！"格雷灵女士将她深蓝的眼睛转向达瑞尔，微笑起来，"有一天，你会足够强大，能够遵守诺言，可能得到你第六学期的时候！现在，让其他人进来吧。"

她们进来了。格雷灵女士庄重地招呼她们："达瑞尔跟我说的事，我认为现在最好不要重复给你们听，对此我自有道理。我也认为，她不该再说给你们听。我可以这样说，艾伦不是小偷，你们完全可以相信这点。"

"不是小偷！"莎莉说，"可是，我们都认为她是。艾莉西娅当着她的面指控她，而且……"

莎莉不假思索地说出艾莉西娅的名字。格雷灵女士用一支铅笔敲着桌面。"那么，是艾莉西娅指控她的，对吗？"她说，"那么，她应该为此感到内疚。我想，是公开的指控引发了艾伦的头痛。莎莉你是八年级的级长，我让你去负责这事，告诉艾莉西娅多一点点善意，少一点点严苛，我会更欣赏这种行为，你也会，每个人都会。"

"是，格雷灵女士。"莎莉说着，自己也深感内疚，"可是，格雷灵女士，谁是那个小偷呢？"

"也不可能是达芙妮。"艾琳说，"任何一个能做出达芙妮昨晚所做的事的人，绝不会是坏人。天哪，达芙妮是个英雄！大家都这样说！"

"那么你认为，一个人突然之间做了一件勇敢的事，他或是她就永远不会做坏事了吗？"格雷灵女士问道，"你错了，艾琳。我们身上都有好的一面和坏的一面。我们必须努力地保留好的，摒弃坏的。我们永远也不会完美。可是，我认为我们至少可以做一些有价值的事来弥补我们犯下的错误。我认为，达芙妮做的事足以弥补过错了。可做出英雄之举并不意味着她不可能做出一些小人之事。"

"那么，她是小偷吗？"莎莉不可置信地问。

"这件事正是我要查清楚的。"格雷灵女士说，"如果她是，她会自己告诉你们，由你们来裁判。现在，回你们的教室去吧。我要去医务室看看达芙妮。顺便说一下，艾伦今天可以接受探访。吉恩去一下，怎么样？你们说过，她比你们任何人都要喜欢艾伦。告诉她，下午茶过后去看望艾伦，对艾伦好一点儿。"

　　"她能不能转告艾伦，我们知道了她不是小偷？"达瑞尔迫不及待地问，"格雷灵女士，我能不能也去看望她几分钟？我单独去。"

　　"可以。"格雷灵女士说道，"可别再打架了，达瑞尔。不然的话，舍监老师会处罚你的！"

第二十一章

推 心 置 腹

———

　　格雷灵女士来到医务室，对舍监老师说了几句。舍监老师
点了点头，说："好的。达芙妮现在没事了，她正好起床。"

　　校长告诉舍监老师把达芙妮带到隔壁房间，让她们单独谈
谈。达芙妮在舍监老师的搀扶下走了进来，坐在一张扶手椅上，
她对这次会面的目的感到相当恐慌。

　　格雷灵女士看起来非常严肃。"达芙妮，"校长说道，"这些
东西是在玛丽露替你寄的包裹里发现的。包裹是你自己包好的。
东西是从哪儿来的？你为什么要把这些寄走？"

　　她突然将钱包和小盒子放到达芙妮的膝上。这个女孩盯着
这些东西，惊恐万状。她的脸色变得极度苍白，张张嘴想要说
话，可一个字也说不出来。

　　"我来告诉你这些东西从何而来好吗？"格雷灵女士说，"你

从课桌里、柜子里和抽屉里拿的。你把钱花了，达芙妮。事实上，你在其他两所学校里也这样做了，学校悄悄通知你父母，希望你转学，可他们没有告诉你父母为什么要你转学。"

"您是怎么知道的?"达芙妮小声说。她漂亮的脸变得苍白而憔悴。

"对每一个新转来的姑娘，我们都要从她的前任校长那里取得一份保密的报告，这是马洛里塔学园的传统。"格雷灵女士说，"一般来说，我们是不会接收品德差的姑娘的，达芙妮。"

"那您为什么接收了我?"达芙妮羞愧地问，不敢直视校长的眼睛。

"达芙妮，因为你的上一任校长说，你并非一无是处。"格雷灵女士娓娓道来，"她说，也许像我们这样的好学校，秉承服务他人、公平公正、善良诚实的传统，会让你在这里有一个崭新的开始，会帮你摒除坏习气，发展好品质。而且，我也喜欢给人一次机会。"

"我明白了。"达芙妮说，"可我比您想的更坏，格雷灵女士。我不仅偷窃，而且撒谎。我说我从来没有上过别的学校，因为我害怕同学们发现我曾经两次被开除回家。我还假装我家里非常有钱。我的梳妆台上有一张照片，那根本不是我妈妈，就是一个美丽女子的漂亮照片……"

"我知道。"格雷灵女士说，"有关你的情况，我提醒过老师们，可没告诉姑娘们。我听说了很多事，也是让我很难过的事，达芙妮，这让我觉得你不配获得一个机会。你最大的缺点就是你的美貌，你想让人们欣赏你，你想让他们认为你的父母美丽、英俊、受人尊敬，还出身高贵，你需要被嫉妒、被羡慕，是不是？而且，因为你的父母不像你这个女儿期望的那样有名望，给不起你跟别人一样的零花钱和漂亮东西，所以你看到自己想要的，就动手拿——你偷窃。"

"我一无是处。"达芙妮低头看着自己的手，惭愧地说，"我知道的，我就是一无是处。"

"但你还是做了一件非常勇敢的事。"格雷灵女士说，"请看着我，达芙妮。今天，姑娘们是欣赏你的，她们把你称作女英雄，想要为你欢呼鼓掌。你身上的优点是很多的!"

达芙妮抬起头来，看着格雷灵女士，她的脸红了。"玛丽露出的意外全怪我。"她说，"其实真正偷东西的人是我，当我听说艾伦因为偷东西而被开除了之后，我很害怕。我就是一个胆小鬼。可我想，要是空钱包和首饰盒子被发现了，上面还有我的指纹，我肯定会被发现的。所以我想，我得把它们寄走，寄到一个伪造的地址。玛丽露知道我很着急想把包裹寄走，所以她才会出意外的。"

"我明白了。"格雷灵女士说，"我很奇怪你为什么要把东西寄走，达芙妮。你找到了玛丽露，真是老天保佑。否则，你的愚蠢和错误就有可能造成一个很大的悲剧。"

"我想，您一定会把我送回家的，格雷灵女士。"达芙妮停了一会儿，说道，"我爸爸妈妈不得不知道其中的原因。他们会猜测一定有特别的理由。您知道，我的学费也不是他们付的，他们付不起，是我的教母给我付的学费。她如果知道了这一切，就会停掉我的教育费，我的一生就要被毁掉了。您要送我走吗，格雷灵女士？"

"我会让姑娘们来决定。"格雷灵女士严肃地说，"我的意思是，如果你足够勇敢，就让她们决定。达芙妮，我想要你走到八年级的教室，把一切都坦白，看看她们会怎么说。"

"哦，我做不到。"达芙妮痛苦地用双手捂住了脸，"毕竟我说过那些话，还吹过那些牛。我做不到！"

"你必须做出选择。"格雷灵女士站起身说，"要么我不假思索地立刻送你回家，要么你把自己的命运放在姑娘们的手中。这是个艰难的事，可如果你真的想弥补，你就会做的。你内心有好的一面，现在，是时候展现这一面了，就算这意味着你比昨晚更加勇敢！"

格雷灵女士丢下达芙妮，进屋看望艾伦。她坐在艾伦的床边。"艾伦，达芙妮有大麻烦了。"她说，"其他人很快就会知道的，我得亲自来告诉你。现在发现，那些失窃的钱和首饰是她偷的。"

艾伦用了一段时间才让这番话进入脑海中。然后，她坐起来说："达芙妮！可同学们以为是我偷的！她们指控了我！她们绝不会相信是达芙妮干的。"

"她们会相信的。"格雷灵女士说,"因为我想让达芙妮自己告诉她们!现在,请你告诉我——那天晚上,是什么驱使你偷看那些试卷的?你是个有头脑,获过奖学金的姑娘啊,你无需作弊的。"

艾伦突然又躺下了。她被羞愧击倒了。她想:格雷灵女士是怎么知道的?达瑞尔告诉了所有人吗?她当然会说的。

"除了我和达瑞尔,没别人知道。"格雷灵女士说,"达瑞尔告诉了我,可是她没告诉别人,所以你不用担心。不过,我想知道你为什么这么做,你到底在担心什么。艾伦,一直要到你和自己达成和解,把你的担忧都抛开,不管是什么担忧,你的头痛才会消失。"

"我需要作弊。"艾伦小声说,"我的头脑不再聪明,而且我会头痛,我知道我甚至会考不及格。并且,那天晚上,女孩们指控我是个贼,可我不是。我完全绝望了,我想如果她们都认为我是小偷,那我不如同时也做个骗子吧!"

"我明白了。"格雷灵女士说,"可为什么你说自己的脑子不再聪明了?"

"我不知道。"艾伦说,"恐怕是因为我申请奖学金的时候,学得太辛苦了。您瞧,格雷灵女士,我并不是真的很聪明的人。我步履艰难才有这样的成绩。我走啊走啊,努力啊努力啊,可一个真正能得奖学金的聪明人只要付出一半的努力就可以得到更好的成绩。整个假期我都在学习,返校的时候我已经累极了,可我很想在第一学期就取得好成绩。"

"这个真的这么重要吗?"格雷灵女士温和地说。

"是的,我不想让家人失望。"艾伦说,"他们为了给我买制服、买东西已经捉襟见肘了。他们那么以我为傲,我必须学好。可现在,我把一切都毁了。"

"并非如此!"格雷灵女士说,她发现艾伦的根本问题是过度操劳和担心家人的想法,这使她深感宽慰,"我会给你的父母写一封信,告诉他们你学习非常努力,学得很好,可是你的压力过大,需要一个真正的假期。下学期,你又会是一番新气象,你也会忘了现在的一切,而且准备好向年级的顶端冲刺了!"

艾伦冲着校长微笑起来,她额上的皱纹几乎奇迹般地消失了。"谢谢您。"她感激地说,"感激之情无以言表。"

格雷灵女士顺路又去跟玛丽露聊了几句,然后回到自己的住处。

这么多的姑娘,这么多的麻烦,这么多的责任,要把一切妥善解决,让每个姑娘发挥自己最好的一面。难怪格雷灵女士有了与年龄不相称的白发啊。

第二十二章

学 期 结 束

那天下午茶一结束，帕克老师就让八年级的人去休息室等着。

"为什么?"贝琳达奇怪地问。

"你们会知道的。"帕克老师说，"现在就去吧，那里有人等着你们。"

她们匆匆忙忙、慌里慌张地进了休息室，好奇那里有何神秘事物。玛丽露在那儿，看起来有点儿受到了惊吓，她裹着睡袍，是舍监老师带她下来的。

达芙妮也在那儿，衣着齐整! 女孩们冲向她:"达芙妮! 你是个英雄! 达芙妮! 干得漂亮! 你救了玛丽露的命啊!"

达芙妮没有回答。她坐在那儿，看着女孩们，脸色相当苍白，连一丝笑容也没有。

"出什么事了？"格温问。

"大家都坐下吧。"达芙妮说，"我有话说。说完了我会离开，你们再也不会看见我了。"

"老天啊！为什么要这么耸人听闻？"吉恩说。达芙妮凄切的声音让她很不安。

"听着，你们得好好听着。"达芙妮诚恳地说，"我就是那个小偷，那些东西是我偷的。因为同样的原因，我已经被两所学校劝退了。格雷灵女士知道一切，但她想再给我一次机会，所以我到这儿来了。我说谎了，特别是对格温说了谎。我们家没有游艇，也没有三四辆车。我告诉过你们我从来没有进过学校，是因为我不想任何人发现我曾被开除过。我也没有足够的钱，吉恩收的那些费用，有些我也给不起。你们都以为我爸爸是百万富翁，这种话我怎么说出口？所以我偷拿钱包和那些首饰，因为我喜欢漂亮的东西可是自己没有钱买。"

她停顿了片刻。周围的一张张面孔惊讶而恐惧。格温看起来都要昏过去了。她体面的朋友和她的百万富翁爸爸！难怪达芙妮从来没有邀请她去自己家过假期。原来一切都是谎言。

"看起来你们都很吃惊。我就知道你们会的。格雷灵女士说我得自己来向你们坦白，你们会审判我。现在，我看见你们已经开始审判我了。我不怪你们，我也审判了我自己，而且我讨厌我自己！我让你们错误地指控了艾伦，我让你们……"

"我也上了你的当去指责艾伦！"艾莉西娅用羞愧的声音说

道，"你这个坏蛋，达芙妮。你本该阻止我的，我对可怜的艾伦做出了那种事，我永远不会原谅自己。"

长长的停顿后，莎莉说："就这些吗，达芙妮？"

"这还不够吗？"达芙妮苦涩地说，"也许你们想知道，为什么我听到风声后要把东西寄走，就是可怜的玛丽露替我寄的那个包裹。当艾伦因为偷窃被开除的谣言传开，我很害怕那些东西被发现，上面有我的指纹。我知道，警察总是要找指纹的。所以我想，最好把这些东西包好，再写上个假地址，通过邮局寄走。然后就没有人会查到我身上来了，而且，就是因为这个愚蠢的念头，我差一点儿害了玛丽露。"

"是的。也是因为那个念头，你冒着生命危险出去找我！"玛丽露用软软的声音说道。

她站起身，走到达芙妮身边，接着说："别人说什么我不在乎。我会支持你的，达芙妮。我不想让你走。我相信，从今往后你再也不会偷窃了，你身上好的一面比坏的一面多。"

"嗯，我确定，我不想再和她有任何瓜葛了。"格温用厌恶的声音说，"要是让我妈妈知道了……"

"闭嘴，格温。"达瑞尔说，"我也支持达芙妮。这个星期，我自己也做了一些很可怕的事，虽然我不能告诉你们是什么。我是这样想的——无论达芙妮这学期有什么过错，都被她昨晚的勇敢行为弥补了！那个时候，我们认为她的行为英勇而高尚，刚才她告诉我们的一切一点儿也无损于这份英勇和高尚。"

"我同意。"莎莉说，"在我看来，达芙妮以正确的行为纠正了错误的行为。而且，更重要的是，像这样走到我们面前来面对大家是需要勇气的。达芙妮，你很有勇气。如果我们支持你、帮助你，会让你有所改变吗？我的意思是，你会停止一切歪门邪道和恶作剧吗？"

"你说的是真的吗？"达芙妮说，突如其来的希望让她的脸孔发光，"其他人怎么想呢？"

"我支持莎莉和达瑞尔。"吉恩说。

"我也支持。"贝琳达说，艾琳也点点头。艾米莉思索片刻，也加了一句："是的，我同意。我认为你曾经的表现非常恶劣，同时也非常好，达芙妮。无论如何，你应该得到一个改过的机会。"

"你呢，艾莉西娅？"莎莉说。

在最后的几分钟里，艾莉西娅非常沉默，她为自己对艾伦的所作所为感到非常懊悔。她抬起眼睛。"看起来，我跟达芙妮一样也需要一个改过的机会。"她满面羞愧地说，"我曾经比你们任何人都更恶劣。"

"你曾经的确非常刻薄、非常无情，艾莉西娅。"莎莉说，"我想在指控他人之前找到证据，以公平和善良待人，你却无情地嘲弄我。好在，结局是好的。"

"我知道，我真的知道。"艾莉西娅说，"对不起，我曾经不喜欢你，因为这学期你当上了级长而我没当上，莎莉，我真是一个超级大傻瓜。我没有资格审判达芙妮。我会听从你的领导，你一定要相信我。"

"呃，看起来，只有格温一个人反对了。"莎莉转向那个怒气冲冲的女孩，"可怜的格温！她失去了体面的朋友一时还缓不过来呢。我们去告诉格雷灵女士除了格温之外我们都同意，我们想再给达芙妮一次机会，我们不想让她走。"

"不，别这样。"格温警觉起来，这是让她在格雷灵女士面前做小心眼的人啊。她赶忙说："我也同意。"

"你也同意吗，达芙妮？"莎莉看着安静坐在椅子上的女孩说道。

"谢谢你，莎莉，真心真意地谢谢你。"达芙妮说着将头转开了。这是她生命中最重要的时刻——人生的岔路口。她知道，如果她足够强大的话，她该选择哪条正确的道路。

一只手怯生生地碰了碰她的胳膊，是玛丽露。"达芙妮，回舍监老师那里去吧。"玛丽露说，"她跟我们说过，会议一结束要立刻回去的。我扶你上楼梯。"

达芙妮头一次微笑起来，这是个真正的微笑，一个纯粹的微笑，不是为了显示魅力的微笑。"你才是那个需要扶着上楼的呢。"她说道，"来吧，要不然舍监老师要追捕我们了。"

吉恩去看望艾伦——完全不一样了的艾伦。一切似乎奇迹般地云开雾散了。

"我现在感觉好多了。"艾伦说，"吉恩，这学期我不会再正经上什么课了，假期也不再学习了，我也不会再冲人乱发脾气了。让我变得神经兮兮的头痛也烟消云散了，跟格雷灵女士谈过话后就突然好了，太不寻常了。"

"现在你还在卧床倒是很幸运。"吉恩说，"考试讨厌透了，你真该看看数学试卷，艾伦。说真的，加法我只能做出一半来，还有杜邦老师出的法语试卷，简直可怕。"

一门接着一门，考试周过得很快，然后就到了最后一周。老师们开始忙忙碌碌地算分数、批试卷、写成绩单，一件接一件。杜邦老师丢了她的漂亮的分数累计表，陷入了疯狂之中，央求帕克老师帮她重做一遍。

帕克老师不答应。"我自己要操心的事就够多了。"她说，"你跟贝琳达一样迷糊，杜邦老师。全班人都在答地理试卷，她却在答历史试卷。别问我怎么会这样，这丫头是我这辈子见过的最迷糊的人。我明明发的是地理试卷，她是怎么拿到历史试卷的……"

"可她为什么不把这个错误告诉你？"杜邦老师惊讶地问。

"她说她根本就没有注意到那些是历史题。"帕克老师抱怨，"这些姑娘们啊，真是让我操碎了心。好在到期末只剩两天了，谢天谢地！"

只有两天时间了。可这是多么忙乱的两天啊！捆东捆西，找东找西，丢东丢西，交换地址，整理橱柜，把书堆好，清洗颜料罐，所有令人激动的小事情都赶在期末蜂拥而至，这又增添了女孩们回家的兴奋。

"这学期有点儿怪怪的。"达瑞尔对莎莉说，"莎莉，你不觉得吗？我做过的一些事不尽如人意。可你一直表现那么好，永远那么好。"

"胡说！"莎莉说道，"你不知道，有多少次我都因为艾莉西娅无视我而讨厌她呢。我还有好多事你不知道呢！"

"可这学期我还是挺享受的，真的好有意思。"达瑞尔说着回忆起了一切，"艾伦和她的坏脾气——我们大家都误会她的事。现在，一切都好了，她也完全变样了，而且她跟吉恩好得像一个人似的！"

"还有达芙妮。"说到好得像一个人，莎莉免不了想起达芙妮，"这事真的不寻常，是不是？我们给了她一次机会，我很开心。她把那个傻兮兮的格温丢在脑后，接受玛丽露做她的朋友，这有趣极了，是不是？"

"再好不过了。"达瑞尔说，"玛丽露可能是个胆怯的小东西，可她心地美好。让她有一个属于她自己的朋友，比让她成天跟在我们身后要强。我可是一直都很喜欢小玛丽露啊。"

"格温这些天看起来酸溜溜的。"恰好格温独自一人从旁路过，莎莉用胳膊肘戳戳她的朋友说道，"现在她是孤家寡人啰！"

"这对她挺好。"达瑞尔硬起心肠说，"很快，她又是妈妈和温特小姐的心肝宝贝儿了，她们为她铺床叠被，让她饭来张口、衣来伸手！亲爱的格温德琳·玛丽呀，达芙妮这事，她处理得不好，是不是？"

"可不是。也许下学期她会好些。"莎莉怀疑地说，"我的天哪，贝琳达在干什么？"

贝琳达的胳膊上挎着一个工作篮，里面拖着几码长的羊毛织物和棉线。那些东西缠上了她的腿和脚，最终让她不得不停下脚步。

"把棉线给我弄掉！"她愤怒地叫道，"它把我缠上啦！"

"贝琳达啊，你永远都是个小傻瓜！"达瑞尔一边叫，一边解开她右脚踝上缠着的红棉线，"走吧，我浑身上下都是棉线。贝琳达，假期结束，记得要带一大堆好玩的速写回来啊！"

"我会的。"贝琳达咧开嘴笑着说，"关于下学期的恶作剧，艾莉西娅有好点子了吗？嗨，艾莉西娅，我们给你准备了暑期'作业'！为下学期设计些新的恶作剧吧，好吗？"

"没问题！"艾莉西娅叫道，"我会的。达瑞尔，你就等着瞧吧！比在杜邦老师背后写'啊哟！'还要妙的点子！"

"'啊哟！'？什么'啊哟！'？"杜邦老师匆匆忙忙地走过来问，"在我背后有'啊哟！'？这会儿你们又拿我寻什么开心？"

她浑身上下摸索着，想看看什么是"啊哟！"，女孩们纵声大笑起来。

"没什么，杜邦老师。现在背后没有啦。"

"可什么是'啊哟！'呢？"杜邦老师问，"我要去问问帕克老师。"

可帕克老师对杜邦老师的什么"啊哟！"才没兴趣呢。她只对把女孩们安全送回去度假有兴趣。之后她就可以坐下来歇口气了。

最后，她们真的都走了。汽车驶入车道，坐火车的女孩们也唱着歌走了。贝琳达疯狂地赶回去拿总是被她丢在脑后的手提箱。

"再见了，马洛里塔学园！"女孩们热烈地叫着，"再见啦，'波斯猫'，再见了'大鼻子'，再见啦，'啊哟！'老师！"

"她们走啦。"杜邦老师说，"天哪，亲爱的姑娘们，我多爱看到她们来学校啊，我又是多爱看到她们离开啊！帕克老师，请你一定告诉我，'啊哟！'是什么？我可从来没听过这话。"

"查查字典吧。"帕克老师像对她的学生那样说道，"四个星期的安生日子，宝贵的安生日子，我简直不敢相信！"

"她们很快就会回来的，这些坏丫头。"杜邦老师说。

她说得没错。她们很快就会回来的！

马洛里塔学园

〔英〕伊妮德·布莱顿（Enid Blyton） 著

杨筱艳 译

上海译文出版社

Enid Blyton
MALORY TOWERS

图书在版编目（CIP）数据

九年级的日子／（英）伊妮德·布莱顿
（Enid Blyton）著；杨筱艳译. —上海：上海译文出
版社，2024.6
　（马洛里塔学园）
　ISBN 978 - 7 - 5327 - 9514 - 7

　Ⅰ.①九…　Ⅱ.①伊…②杨…　Ⅲ.①儿童小说－长
篇小说－英国－现代　Ⅳ.①I561.84

　　中国国家版本馆 CIP 数据核字（2024）第 100758 号

九年级的日子

CONTENTS

目 录

第一章

美 国 新 生

达瑞尔的妈妈正在替她收拾回寄宿学校的行李，达瑞尔正忙着帮忙呢。她的小妹妹费莉西蒂在一旁看着，心里巴望着自己也能跟达瑞尔一起去。

"打起精神来，费莉西蒂！"达瑞尔说道，"九月的时候你可以和我一起去了，是不是，妈妈？"

"希望如此。"妈妈说，"格雷灵女士说，她觉得到那个时候就有空位接收她了。哦，达瑞尔，你肯定不需要这么多书吧？弄得你箱子好重。"

"妈妈，我真的需要！"达瑞尔说，"而且，一定要让我把旱冰鞋带上。现在允许我们在庭院里溜冰了，可好玩啦！"

"好吧，"里弗斯夫人说，"可这意味着要翻开半个箱子的行李，因为得把它放在最下面。哦，亲爱的，你的新拖鞋我们做了记号了吗?"

"没有!"达瑞尔哼哼,"费莉西蒂,乖,帮我做个记号。舍监老师要是发现有什么东西没做记号一定会发脾气的。"

费莉西蒂飞跑着去拿笔。她十一岁了,达瑞尔十四岁。现在,她也巴望着去马洛里塔学园!按达瑞尔的话说,那可是世界上最好的学校!

"要是我们不用去接那个新生就好了。"达瑞尔俯身在她的箱子上,"她叫什么来着,妈妈?我总是记不住。"

"泽尔达。"她妈妈说,"泽尔达·布拉斯。"

"天啊!"达瑞尔说,"泽尔达,她会是什么样子的人啊!"

"这个嘛,据我所知,她是美国人,可是她的祖母是英国人,祖母要她过来住上一年,那她就得上马洛里塔学园。他们能在这么短的时间内接收她入学也真是个奇迹。"里弗斯夫人说。

"她什么样儿?"达瑞尔问,"你见过她吗?"

"没有,只看过相片。"里弗斯夫人说,"她看起来有二十岁的样子!可我想,她只有十五岁。"

"十五岁,那她就不跟我一个年级。"达瑞尔说,"她应该比我高一个年级。妈妈,莎莉得了腮腺炎被隔离了,真可惜,是不是?她要晚些才能返校了。"

莎莉·霍普是达瑞尔在学校最好的朋友。通常她们俩都是一起返校的,因为,要么是达瑞尔的爸爸、要么是莎莉的爸爸会开车送她们。可这一次，莎莉因为腮腺炎要被隔离，只能推迟返校了。

"你可以给她写信，把一切情况告诉她。"里弗斯夫人说，"谢谢你，费莉西蒂，你在拖鞋上做的记号很漂亮。你的睡袍带上了吗，达瑞尔？哦，带上了，在这儿。那我们真的要上车了。单子在哪儿呢？我刚刚写的，怕我们会落下什么东西。"

"要是莎莉不被隔离，我们就用不着去接泽尔达了。"达瑞尔说，"因为那样车上就没位子了。妈妈，我有个感觉，她可能是个可怕的人。去康沃尔郡的一路上我们跟她有什么可说的呢？"

"天啊，你们要不要谈谈马洛里塔学园的事？"她妈妈说道，"在家的时候，你谈起它来可是滔滔不绝呢。"

最后，行李都弄妥当了。接着又是例行的一通找箱子的钥匙，假期里这钥匙总是容易不翼而飞。

"我的健康证明你签字了吗，妈妈？"达瑞尔问，"在哪儿呢？在我的过夜箱子里吗？好吧。我在想，艾琳这学期能不能妥当地把证明带到。"

费莉西蒂咯咯笑起来。她喜欢听马大哈艾琳的事，她总是在出发前妥当地带着健康证明，到达时就找不到了。

第二天，达瑞尔的爸爸会驾车送达瑞尔和她妈妈去马洛里塔。他们得早早地出发，所以行李得在头一天都准备好。达瑞尔第二天要做的，就是跟费莉西蒂一起在家里和花园里到处逛逛，跟一切道个别，连母鸡也不例外。

"九月的时候，我就不用跟你道别了，费莉西蒂。"达瑞尔说，"呃，那现在要说，再见了，这学期希望你的体育能取得好成绩，这样，等你到马洛里塔的时候，我会为你骄傲的!"

他们终于出发了，向着英格兰西部郡驶去。这是一月一个可爱的日子，寒冷、晴朗。达瑞尔扯了毯子把自己裹住。她一个人坐在汽车的后座上，她妈妈坐在前面。不久之后，他们就会到达泽尔达的家，然后呢，达瑞尔就要和她分享后座了。

泽尔达住在沿途的一所大房子里，大约有五十英里的路程。她的祖母曾经是达瑞尔外婆的一位挚友，也正是外婆问里弗斯夫人能否带上泽尔达和达瑞尔一起去学校的。

"要是她和达瑞尔能够在去学校的路上畅谈一番那可就太好了。"达瑞尔的外婆说，"去上一个异国的学校，泽尔达一定会有点儿陌生感。"

可达瑞尔对此并不觉得高兴。他们没法接上她的朋友莎莉，她觉得很遗憾。而且，她也不喜欢"泽尔达"这个名字。这是一个不常见的名字，不是吗? 或者，是不是因为她觉得，她妈妈也不大喜欢这个名字? 不管怎样，他们很快就会见着她了!

"到诺丁了。"里弗斯先生看到一个路标，"这儿就是我们接那个美国孩子的地方吧?"

"是的。"里弗斯夫人说，看着她手里的小卡片，"到教堂处往右转，开上坡，开到坡顶再右转，就能看到一座大大的白色房子。泽尔达就住那儿。"

不一会儿，他们便开到了一座大大的白房子跟前，房子大得几乎可称作一座宅第了。一个管家过来开了门，然后，一位模样聪明的矮小老太太跑了出来，她就是达瑞尔外婆的朋友。

"你们真是太好了。"她说，"泽尔达！你准备好了吗？他们到了。"

泽尔达没有出现。里弗斯夫人说他们就不进去喝咖啡了，因为他们想在天黑前到达学校。

"要是泽尔达准备好了，我们就直接出发。"里弗斯先生说。他有点儿恼火，泽尔达在哪儿呢？她应该早早准备好等着的！他走到汽车后面，准备好捆行李的绳子。

"泽尔达，马上出来！"她的奶奶叫道，又转向管家，"你知道泽尔达去哪儿了吗？天哪，她能去哪儿呢？"

过了几分钟，泽尔达出现了。当她真的出现时，达瑞尔简直不敢相信她就是泽尔达！忽然之间，她看到一个高个子、身材苗条的人走下楼梯，头发被染成了金色，闪闪发光，梳着一个花哨的鬈发发型，披散在肩上。

达瑞尔瞪着她。这是谁呀？她看起来像个电影明星。好家伙，她肯定是涂了口红了吧？

这不可能是泽尔达！这个女孩看起来有二十岁了。她挂着懒洋洋的笑容，走上前来。

"哦，泽尔达！你去哪儿了？"她的奶奶说，"我们都在等你。”

　　“抱歉。”泽尔达慢吞吞地说。她的奶奶把她介绍给里弗斯一家。里弗斯先生看起来有点儿不耐烦。他不喜欢等人，而且他也不是很喜欢这副样子的泽尔达！

　　达瑞尔也不喜欢。事实上，她感到非常惊慌。泽尔达肯定至少是十七岁或是十八岁！在车里她们该怎么聊天呢？

　　“你最好把学校的帽子戴上。”她奶奶将帽子递给她，说道。

　　“什么，要我戴那个可怕的东西！”泽尔达说，“咿，奶奶，我绝不会戴的！”

　　她必须戴啊，可达瑞尔不敢把这话说出口。她张口结舌。在她的眼里，泽尔达完全是个大人了。不仅因为她的样貌和发型，还有她那种自负的派头和那副大人的腔调。

　　她优雅地钻进车子，在达瑞尔身边落座。“喏，泽尔达，你得记得，你是要去一所英国学校，得学一些英国的规矩。”她的奶奶扒在车窗口说道，“哦老天，把嘴唇上的口红擦掉。我屡次告诉你在这儿这样不行。你总以为自己十八了，可你还是个学生。要注意你的……”

　　里弗斯先生估摸着泽尔达和她奶奶之间的对话有可能持续一会儿，便踩下油门，重新启动了车子。“再见了。”里弗斯夫人说，心想要是不干脆利落地道别，他们怕是要在这里待上一辈子了。

　　车子出发了。泽尔达的奶奶被留在了车道上，兀自喋喋不休。里弗斯先生松了口气，用眼角的余光看向他的妻子，她回了他一个眼神。达瑞尔捕捉到了那个眼神，心里稍感安慰。爸爸妈妈对于泽尔达持有与她相同的想法！

"毯子够吗?"达瑞尔友好地问。

"够了，谢谢。"泽尔达回答，然后就是一片沉默。达瑞尔绞尽脑汁想着话题。

"你想让我稍稍给你介绍一下马洛里塔学园吗?"最后，她这样问泽尔达。

"尽管说，亲爱的。"泽尔达说，看起来昏昏欲睡，"透露一下，老师们都什么样?"

"呃，你跟我不在一个班，因为你十五岁了，是吧?"达瑞尔说。

"快十六了。"泽尔达说着摸了摸头发，"是啊，我猜咱们也不在一个班。你个头不大，是吧?"

"我跟我同年级的人一般高。"达瑞尔说，心想，要是她也梳一个泽尔达这种可笑的发型，个头也会看起来高一些的。

她开始介绍起马洛里塔来。这是她最爱的话题，所以说起来滔滔不绝。说到这所了不起的学校有四座高大的塔楼，一角一个，中间是庭院，还有岩石中巨大的泳池，每次涨潮都被海水填满，夏天时女孩们都在里面游泳。

"每一座塔都是我们睡觉的宿舍，还有我们的公共休息室。我们不上课的时候，可以在里面玩。"达瑞尔说，"我们的宿舍主管老师是波茨小姐。顺便问一下，你在哪一个塔？"

无人应答。达瑞尔气呼呼地看向泽尔达。

她已经睡熟了！

达瑞尔说的话她一个字也没听进去。好吧！

第 二 章

重 返 校 园

在达瑞尔描述她最爱的马洛里塔学园时，泽尔达竟然睡着了，这让达瑞尔十分恼火。她决定，在泽尔达大驾醒来之后，再也不跟她说一个字。

她看了这个美国女孩一眼。虽然她头发的那种金色不是很好看，可她依然很有吸引力。达瑞尔想，布拉斯，对于泽尔达来说，这确实是个好姓氏①。她的头发就是黄铜色的！达瑞尔疑心这颜色是不是染的。可不是的，肯定没有人允许她这样做。也许在美国，女孩们成熟得比较快？

达瑞尔仔细地看着泽尔达美丽的、扑了粉的脸庞，卷卷的眼睫毛，玫瑰色的脸颊。她想，泽尔达来马洛里塔真是可惜。她根本不合适！我希望，格温德琳·玛丽会爱她。可是，格温德琳·玛丽总是对泽尔达这类人倾注一片蠢蠢的爱心！

里弗斯先生从后视镜里看着熟睡的泽尔达，给了达瑞尔一个安慰的笑容。她回了一个微笑。她很想知道泽尔达的父母是什么样的，能有泽尔达这样一个女儿，他们一定挺奇怪的。

然后她轻轻地摇了摇头。她可能真的是个不错的人，可能只是因为她来自的那个国家允许女孩们比我们更早成熟，达瑞尔想。她是一个非常公平公正的女孩，她决定给泽尔达一个机会。

幸好，谢天谢地，她会在高一级的班上，因为她快十六岁了。达瑞尔想，我不会经常见到她，希望她别住在北塔。要是她在北塔，波茨小姐会怎么看她啊！她想到了直率的波茨小姐；又想到了身材丰满、非常理智的舍监老师，从不容忍任何人冲自己胡言乱语；她还想起了教九年级的老师们，她已经在九年级上了一个学期了。

彼德斯小姐！天哪！如果泽尔达在她班上，她会发疯的。达瑞尔想着，脑海中出现了那位男子气十足，声音洪亮的彼德斯小姐。她不跟我同年级也真的是太遗憾了，我好想看到彼德斯小姐对付泽尔达！

当他们终于到达马洛里塔时，达瑞尔很是疲惫。一路上他们停下两次吃东西，泽尔达睡醒了，以一种成年人的、优雅的方式与里弗斯夫妇聊着天。显然，她认为英格兰"实在棒透

① 泽尔达的姓氏原文是 Brass，意为黄铜，达瑞尔的意思是泽尔达的头发近似于黄铜色。

了!"她也认为,她,泽尔达,可以指教英格兰一番。

里弗斯夫人很和气、很友好,一如她对所有人。里弗斯先生呢,对泽尔达这样的人是没什么耐心的,他与达瑞尔聊着天,没把这个美国女孩放在眼里。

他们重新上路之后,泽尔达对达瑞尔说:"我说,你爸爸是不是'棒透'了?他的眼睛真好看,还有漆黑的眉毛,棒透了!"

达瑞尔想咯咯发笑,她迫不及待地想把这句有关他"漆黑的眉毛"的说法告诉爸爸,可没有机会。

"跟我说说你的学校吧。"泽尔达甜蜜地说,她觉得达瑞尔太过沉默了。

"我已经告诉过你了呀。"达瑞尔回答得相当生硬,"不过,你可能听烦了,因为你睡过去了。"

"哎哟,这可有点儿糟糕呀。"泽尔达带着歉意说道。

"而且,也没时间再跟你说什么了。"达瑞尔说,"因为我们已经到了!"她的眼睛一如既往地闪闪发亮,就像她第一次返校时看到马洛里塔那样。

汽车飞快地驶到前门。对达瑞尔来说,这门看起来总像是一个城堡的入口。宽敞的车道上此时挤满了车辆,不同年级的女孩子拿着包和长曲棍球棒四处乱跑着。

"来吧。"达瑞尔对泽尔达说,"我们下车吧。天哪,回学校太好了!你好啊,贝琳达!我说,艾琳,你的健康证带了吗?你好啊,吉恩。你听说莎莉的事了吗?她被隔离了,真讨厌,是吧?"

吉恩一眼瞧见了走出汽车的泽尔达,盯着她,就像是不敢相信自己的眼睛似的。泽尔达依然没有把帽子戴上,她的头发从肩膀上倾泻下来,在一缕晚霞中闪闪发光。

"天哪,那是谁呀?你家的亲戚?"吉恩问。

达瑞尔咯咯笑起来:"不是,谢天谢地。她是新生!"

"不!我的天哪,她以为她到马洛里塔干吗来了?演电影?"

达瑞尔在她的朋友们当中四处乱窜,又开心又兴奋。她爸爸卸下了行李箱,学校的搬运工把箱子搬了进去。达瑞尔瞥见了泽尔达箱子上的标签——北塔!好嘛!她终究还是在我们塔,她想。

"你好,艾莉西娅!假期过得好吧?"

艾莉西娅走上前来,明亮的眼睛闪闪发光。"好极了!"她说,"我的天,那是谁?"

"新生。"达瑞尔说,"我知道你心里怎么想的,我第一次见到她的时候,也是没法把眼睛移开。不可思议,是吧?"

"瞧啊,我们亲爱的格温又趴在妈妈肩上抹眼泪了,一如既往。"艾莉西娅说道,她的视线被格温的妈妈吸引住了,她正拭去眼泪,向格温告别。

"温特小姐也来了,她是格温以前的家庭教师。"达瑞尔说,"难怪可怜的格温一直没法进步——永远是妈妈的小心肝。上学的时候我们给她灌输了点儿理智,可一放假,她的理智又没了。"

格温看到了泽尔达，吃了一惊，脸上露出十分钦佩的神色。艾莉西娅捅了捅达瑞尔。

"格温要崇拜泽尔达了。瞧啊！她脸上这副神情你明白吧？泽尔达至少会有一个心甘情愿的小跟班了！"

格温跟她妈妈和家庭教师说了点儿什么，她们一同看向泽尔达。但很显然，她们俩都不像格温那样欣赏泽尔达的那副模样。

"再见了，宝贝儿。"她妈妈说，依然在抹着眼泪，"多多给我写信啊。"

可格温没有太在意。她想知道有没有人在关照泽尔达。她能不能走上前去，主动带她四处逛逛？然后，她看见达瑞尔过去找她了。她知道如果自己凑了上去，达瑞尔会马上把她推开的。

泽尔达站在那里，环视着周围的喧嚣和兴奋。她和别人一样，穿着棕色的外套、棕色的长袜和鞋子，但她还是设法让自己看起来与众不同。她似乎对投向她的那些好奇的目光毫不在意。达瑞尔看她的爸妈要走了，便冲过去告别。

"看到你一返校就能快乐地融入一切真的是太好了。"她妈妈说道，看到人人都开心地与达瑞尔打招呼，十分高兴，"你不再是低年级的学生了，达瑞尔。跟七年级的人比起来你要大得多了，比八年级的人也大！"

"我也是这么想呢！那些宝宝们！"达瑞尔笑着说，"再见了，亲爱的爸爸妈妈。我会像以前一样每周六给你们写信的，代我向费莉西蒂问好，告诉她马洛里塔一如既往地那么好。"

车子驶离车道。达瑞尔一直挥着手，直到车子走远。然后，她觉得有人在她的背上打了一拳，她回头，看见了艾琳。"达瑞尔，跟我去找舍监老师去！我找不到我的健康证明了。"

"艾琳，我真的不敢相信！"达瑞尔说，"好吧，我去。我的夜用小箱子呢？哦，在这儿呢。嗨，格温，小心你那根长曲棍球棒，都绊我两回了。"

达瑞尔突然想起了泽尔达。"哦，天哪！我把泽尔达给忘了，她要去北塔的。我最好找到她，否则她肯定要迷路的。我还记得我头回来这儿时的感觉，大家都在说说笑笑，可我一个人也不认识！"

她朝泽尔达走过去。可泽尔达看起来一点儿也不茫茫然，也毫无困惑之意。她如鱼得水，红润的嘴角挂着一抹浅笑，好像她真的对周围发生的一切饶有兴趣似的。

达瑞尔还没走到她那儿，就有人跟她搭话了。

"你是新生吗？我打赌你住在北塔。如果你愿意，我可以带你稍稍逛一逛。"

"咿，你真好。"泽尔达慢条斯理地说道。

"瞧啊。"达瑞尔厌恶地说，"格温德琳·玛丽已经凑上去了！一点儿没错！她就喜欢泽尔达这种人。泽尔达，跟我们来，我们带你去见舍监。"

"我会照顾她的，达瑞尔。"格温说着将她淡蓝色的大眼睛转向达瑞尔，"你去找莎莉吧。"

"莎莉还没返校呢。"达瑞尔说，"她被隔离了。我来照顾泽尔达，她是和我一起来的。"

"你们俩可以一起带我逛逛。"泽尔达说，神情迷人，对格温展开了一个懒洋洋的笑。格温挎着泽尔达的胳膊，领着她走上台阶，进入大厅。

艾莉西娅咯咯笑起来。"希望亲爱的格温能够永远地把她接手过去。"她说道，"不过我猜，她可能是高年级的，她看起来有十八岁了。"

艾琳的呻吟引起了她们的注意。"哦，艾琳啊，我真不敢相信你又把健康证明给丢了。"达瑞尔说，"没人能像你，年复一年地丢这个东西。"

"呃，我就是丢了嘛。你们一定要跟我一起去见舍监老师，给我壮胆。"艾琳说。

于是，她们一同去找舍监老师。达瑞尔和艾莉西娅交上了她们的健康证明。

舍监老师看向艾琳。"我的弄丢了，舍监老师。"艾琳说，"最糟的是，我甚至想不起来今天有没有带来！我是说，通常我会记得妈妈交给了我，总之——可我这次真的连这个都想不起来。我的记性越来越坏了。"

"你妈妈不到十分钟前还来见了我。"舍监老师说,"她亲自把你的健康证明交给了我。去吧,艾琳,要不你要弄得我也把证明丢了!"

格温带泽尔达去见了舍监。舍监老师双目圆睁,好像不敢相信自己的眼睛,说:"这是谁?哦,泽尔达·布拉斯。是啊,你住在北塔。这是你的健康证明吗?她跟你同寝室,格温。把她带过去吧,然后,帮她做好准备下来吃饭。"

达瑞尔冲着艾莉西娅咧嘴笑,艾莉西娅也冲她咧开嘴。明天,舍监老师就不会对泽尔达这么客气了。

"来吧。"艾莉西娅说,"我们去把夜用小箱子打开吧。我有一车话要对你说呢,达瑞尔!"

第三章

头 个 晚 上

"还有别的新生吗，你听说了没？"达瑞尔问艾莉西娅。

"听说了，有一个叫威廉敏娜的人。"艾莉西娅说，"她明天到。我的一个兄弟认识她的一个兄弟，他听说她要过来的时候，长长地吹了声口哨，然后说：'比尔可够你受的。'"

"比尔是谁？"达瑞尔问。

"当然就是威廉敏娜啊！"艾莉西娅说着将物品从夜用小箱子里取出来，"她有七个兄弟！想想看！七个！她是家里唯一的女孩。"

"我的天！"达瑞尔说，试着想象有七个兄弟的滋味。她一个兄弟都没有，艾莉西娅有三个，可——七个！

"我敢说她自己就是个假小子。"达瑞尔说。

"有可能。"艾莉西娅说，"天啊，我的牙刷呢？我记得我带了啊。"

"瞧，梅维斯来了！"达瑞尔说。艾莉西娅抬起头来。梅维斯是上学期来的新生，她表现不怎么样，因为她人挺懒的，又自私。她有一副动听的嗓子，又纯又甜，可是又有一种说不出的低沉——是受过良好训练的难得的好嗓子。

梅维斯以她的嗓子为傲，也以她即将要从事的事业为傲。"等我成了歌剧演员，我要在米兰演唱，要在纽约演唱。"她总是这样说，"等我成了歌剧演员，我要……"

其他人都听够了梅维斯有关未来事业的事。可是，她们都被她有力的、深沉的声音所打动，那把声音能够轻易地充满学校的大厅。梅维斯的声音是那么丰厚而甜美，哪怕是低年级的人也能兴高采烈地听着。

"可最糟糕的是，就因为有这副优美的嗓音，梅维斯就认为她自己完美无缺了。"上学期，吉恩报怨过好多次了。吉恩是九年级的级长，脾气硬性子直。她说道："梅维斯也不想想，她不过是个学生罢了，也要履行职责的，也需要锻炼。她老是想着她那副嗓子——那嗓子是很美妙，尽人皆知了！这么个不讨喜的人有这样的一副嗓子，真是太可惜了！"

达瑞尔不喜欢梅维斯。她看向梅维斯，看到一张不忿而自负的小脸，一双黑色的小眼睛和一张大嘴巴，棕褐色的头发编成了两条粗粗的辫子。

"梅维斯除了嗓子和虚荣心之外什么也没有。"她对艾莉西娅说，"我知道这话听起来刻薄，可是这是事实啊。"

"没错。"艾莉西娅说，也停下手来瞥了梅维斯一眼，"可是，达瑞尔，你知道，那姑娘因为这副嗓子，一定会有份很好的独一无二的事业的，以后，整个世界都会拜在她的脚下。麻烦的是，她现在就知道这点了。"

"我疑心格温是否还会巴结她，但现在，她的目光已经放在泽尔达身上啦。"达瑞尔说。凡是有天赋的、有钱的或漂亮的人，格温总是时刻准备着去巴结，她以前就以一种可笑的方式缠着梅维斯。可格温德琳·玛丽却从来不知道，一个人应该以完全不同的标准去选择朋友。她完全无法明白达瑞尔为什么喜欢莎莉，也不明白达芙妮为什么喜欢小玛丽露，更不明白为什么人人都喜欢诚实可靠的吉恩。

"贝蒂在哪儿?"达瑞尔问，"我还没看到她呢。"

贝蒂是艾莉西娅最好的朋友，和艾莉西娅一样又聪明又有趣，也跟她一样嘴皮子厉害。她不住在北塔，这让艾莉西娅十分伤心，可校长格雷灵女士不打算把这两个女孩放在一起。她俩是朋友，让她深感遗憾，因为她俩太像了，那随心所欲不管不顾的性子，她们俩总是一起闯祸。

"贝蒂要到学期过半才能来。"艾莉西娅沮丧地说，"她得了百日咳。想想看，离她返校还有六个星期呢。我昨天听说，她的病刚发作。"

"哦，我懂，你会想她的，是不是?"达瑞尔说，"我也想念莎莉。"

"嗯,你跟我,咱们在贝蒂和莎莉回来之前得相互包容一下了。"艾莉西娅说,达瑞尔点点头。艾莉西娅能逗乐她。跟她相处总是挺愉快的,就算是她最毒舌的时候,也是充满智慧的。

艾莉西娅是个幸运的家伙,她脑子很灵,可以随心所欲地扮傻逗乐,并且在班上的排名又不会下降。

可要是我也来这一套,我就会滑落到全班垫底,达瑞尔想。我脑子也挺灵,可我得时时刻刻用脑子才行。不管用不用,艾莉西娅的大脑似乎都在运转个不停!

玛丽露走了过来。她稍稍长高了一点儿,可还是那个看上去怯生生的女孩子。

"你好!"她说,"你是在哪儿接到泽尔达的,达瑞尔?我听说她是跟你一路来的。她多大了?十八岁吗?"

"不是,她快十六岁了。"达瑞尔说,"我猜,格温已经开始巴结她了。她是不是挺奇葩的?天哪,你们猜,波茨小姐看到泽尔达时会怎么说?"

波茨小姐是北塔的宿舍主管,而且,她跟舍监老师一样,对任何奇葩的性格都没什么耐心。大多数女生都曾在她的班上待过,因为她教低年级。她们喜欢她又尊敬她。个别女孩,像格温和梅维斯就挺怕她的,因为她很会挖苦那些忸怩作态、装腔作势的人。

没有莎莉与她说说笑笑,达瑞尔觉得很失落。她很高兴与艾莉西娅一起下楼。

贝琳达蹦蹦跳跳地来了，说："莎莉在哪儿，达瑞尔？假期里我画了点儿很不错的速写。我还去看马戏了，画了整整一本的马戏团速写。你们真该看看那些小丑！"

"今晚把速写本给我们看看吧。"达瑞尔急切地说。贝琳达那精巧的速写无人不爱。她在绘画上真的很有天赋，可是，与梅维斯不同的是，她不会时不时地把她的天赋或是未来的事业放在心上、挂在嘴上。她首先是个快乐的女学生，其次才是个艺术家。

"看见艾琳了吗？"艾莉西娅问。贝琳达点点头。艾琳是她的朋友，两个人很是合拍。艾琳在音乐和数学方面很有天赋，在别的方面却是马大哈。贝琳达在绘画方面有天赋，其他学科相当一般，几乎和艾琳一样马大哈。班上有了她们俩可添了不少笑料。

"看见泽尔达了？"达瑞尔咧着嘴笑着问。这一个晚上，人人都问起这个问题。"看见泽尔达了？"以前谁都不曾见过泽尔达这样的女孩。

那天晚餐时一片喧哗，人人都无比兴奋。杜邦老师冲北塔九年级生的餐桌微笑着。

"你们假期过得愉快吧？"她问遍了每一个人，"你去了戏院，看了哑剧和马戏？啊，你们现在都做好了发愤努力的准备了吧，把翻译练习做得很好很好，是不是[1]？

① 最后一句"是不是"杜邦老师说的是法语。

桌边的女孩们发出咕咕哝哝的声音："不是，杜邦老师！这学期别让我们做法语翻译了！我们已经把法语忘光了！"

杜邦老师环视餐桌，想发现几张新面孔。她对新来的女孩总是特别好。突然，她的目光落在了泽尔达身上，她惊讶地盯着泽尔达。泽尔达又重新弄了发型，嘴唇红得异样，脸颊也太红了。

"这个姑娘，打扮得跟电影明星似的！"杜邦老师自言自语，"哦，天哪①！她为什么到这儿来？她不是个小姑娘，她看起来很成熟——有二十岁了！为什么格雷灵女士要接收她入学？她不适合马洛里塔学园。"

泽尔达看起来相当自在，从从容容地吃着晚餐。她挨着格温坐着，格温一直在逗她说话。可泽尔达不像梅维斯那样愿意滔滔不绝地聊自己。她对格温算是够客气的了。

"你一直住在美国吗？你觉得你喜欢英格兰吗？"格温问个不停。

"我觉得，英格兰真的是棒透了。"这是泽尔达第六次回答她，"我觉得你们的那些小田野棒透了，还有你们小小的老房子，棒透了。我觉得英国人也棒透了！"

"她棒透了，是不是？"艾莉西娅小声地对达瑞尔说，"真是棒透了！"

头一天晚上，大家都得早早上床就寝，因为大多数女孩经过了长途跋涉才到康沃尔郡。事实上，晚餐还没结束，有人就呵欠连天了。

格温告诉泽尔达，这天晚上她们八点左右就要睡觉，让她十分惊讶。

"只是今天晚上。"格温说，"明天，九年级生九点睡觉。"

"九点！"泽尔达吃惊地说，"可在我们国家，我们想什么时候睡就什么时候睡。我从来没有这么早睡过。"

"嗯，你在车里睡过了嘛。"达瑞尔忍不住说道，"你一定很累了。"

晚餐后，她们一起去了公共休息室，选柜子，争吵，打开收音机，又关掉收音机，打呵欠，拨火，又笑话玛丽露，因为火花飞溅，把她吓得跳了起来，然后她们又唱了几首歌。

梅维斯的声音引领着其他人，这真是非凡的声音啊，沉稳又有力。这声音出自梅维斯真是不可思议，因为就年纪而言，她有些发育不良。女孩们一个接一个地收了声，静静地听着。梅椎斯接着唱，她喜欢听自己一个人的声音。

"棒透了！"一曲唱罢，泽尔达用力地鼓起掌来，"美妙——无比！"

梅维斯看起来很开心："等我当了歌剧演员……"她又来了。

泽尔达打断她："哦，你将来要从事这个职业，是吧？咿，那真不错。我将来要拍电影！"

"电影！你什么意思？是要当电影演员吗？"格温德琳·玛丽瞪大了眼睛问。

"是啊，我现在就演得不错了。"泽尔达说得一点儿也不谦虚，"在老家我总是演戏。当然啦，我参加了戏剧社，去年在学校，我演了莎士比亚的麦克白夫人。咿，那可真……"

"棒透了！"艾莉西娅、艾琳和贝琳达齐声说道。泽尔达大笑起来。

"我想，我的表达方式跟你们不一样。"泽尔达好脾气地说。

"这个学期，你有机会展示一下你的演技有多好。"格温记起来了，"我们年级要排一出戏——罗密欧与朱丽叶，你可以演朱丽叶。"

"那得是希伯特小姐说了算。"达芙妮的声音立刻响起。达芙妮已经想象着自己扮演朱丽叶的情景了。"希伯特小姐是我们的英语老师，泽尔达，她……"

"上床了，姑娘们。"波茨小姐的声音在门边响起，"八点了！快睡吧，要不然你们早上就起不来了！"

第四章

发 型 风 波

第二天，趣事横生。女孩们冲进了九年级的教室。这教室可以俯视庭院，远眺大海。

"泽尔达要去十年级教室，"吉恩边说边四下环视寻找那个美国女孩，"她到底跟我们不是一起的。"

"我也没想到会跟你们一起，我比你们大多了。"泽尔达说道。

吉恩看着她。"泽尔达，"吉恩说，"我想我得给你一句忠告。十年级的威廉姆斯小姐不会喜欢你的发型，也不会喜欢你的口红。在去十年级教室之前，你最好重梳一下头发，再把你嘴唇上那可怕的玩意擦了。总之，你要是不这么做，他们会把你说得一无是处的。"

"我为什么要按你说的做？"泽尔达立刻端起架子说。她对自己的外表自视甚高，不能容忍这些一本正经的英国小姑娘妄加评论。

"嗯，我是级长，所以我才不厌其烦地告诉你，以免让你惹上麻烦。"吉恩说。

"可是，泽尔达的发型很可爱啊。"格温说。她总是很讨厌把头发这样整整齐齐地扎起来，很想把头发像金色的瀑布一样披在肩头。

对于格温的嗲声嗲气，无人有一丝一毫的在意。

"呃，多谢了吉恩，可我才不会把自己打扮成梳着麻花辫的英国小姑娘。"泽尔达用她懒洋洋的、相当傲慢的声调说道，"我猜，我无论如何也没办法弄得跟你们一样。看看你们吧，平淡无味！你们应该让我来给你们打扮打扮——很快会让你们改头换面的！"

自认为美丽非凡的达芙妮轻蔑地笑着说："没人愿意打扮得像你那样奇形怪状的，说真的，你该好好照照镜子！"

"我照过了！"泽尔达说，"今天早上照的。"

"入乡随俗。"吉恩严肃地说。

"我可不是你们'乡'的人。"泽尔达说。

"对，你不是，这可太遗憾了。"艾莉西娅说，"再过三分钟威廉姆斯小姐看见你，你就该后悔了。天哪，快点儿去隔壁的教室吧。老师马上就要到了，彼德斯小姐也快来了，她要看见你，一定会大发脾气的。"

泽尔达颇带讽刺意味地咧嘴笑笑，走出去找她的教室去了。她走出去的当儿，威廉姆斯小姐匆匆朝十年级教室跑去，她与泽尔达在门边打了个照面。

威廉姆斯小姐并不知道泽尔达是她的学生之一。这女孩看起来太成熟了。威廉姆斯小姐眨了眨眼睛，试图记起泽尔达是谁。她会不会是新来的助教之一呢？

"呃，让我想想——你是，是……呃，是哪位小姐？"威廉姆斯小姐说。

"泽尔达。"泽尔达殷勤地说。她心想，要是所有的老师都称女孩们为"小姐"的话，那可是怪事一件。

"泽尔达小姐。"威廉姆斯小姐竟然没有意识到，"你找我有什么事吗，泽尔达小姐？"

泽尔达吃惊不已。"嗯……呃……也没什么。"她说，"她们叫我到你的班级来。我在十年级。"

"老天啊！"威廉姆斯小姐惊讶地说，"你不会，不会是……我们班的一员吧？"

"是的呢，威廉姆斯小姐。"她觉得这位老师很古怪，"那我找对班了吗？是这间教室吧？"

"是的。"威廉姆斯小姐立刻恢复常态，"这是十年级教室。可你这副模样不能进来，你的脑袋上戴的是什么？"

泽尔达看起来更吃惊了。难不成她无意间戴了帽子？她很想看看。不对啊，她根本没戴帽子。

"我脑袋上什么也没有啊。"她说。

"不，有的。那飘动的鬃毛是什么？"威廉姆斯小姐拍拍泽尔达精心设计的发型。

"那个？哦，是我的头发啊。"泽尔达怀疑威廉姆斯小姐是不是有点儿不对劲，"我就喜欢这个发型，威廉姆斯小姐。"

威廉姆斯小姐默默地看着泽尔达黄铜色的头发和垂在脖子上的瀑布般的鬃发，又端详着泽尔达红得过分的嘴唇，她甚至盯着泽尔达卷卷的睫毛，以确定它是真的而不是粘上去的。

"泽尔达，你这副模样，我是不能接受你进我的班级的。"她说道，看起来一本正经，非常古板，"把头发梳好，扎起来，嘴唇擦干净，五分钟内回教室。"

说完，她就消失在教室里，关上了门。泽尔达盯着她，拍了拍自己的头发。这发型怎么啦？是不是让她看起来和洛西·莱克斯顿，就是那位她最欣赏的电影明星一模一样呢？

泽尔达皱起眉头。这是什么破学校！这里那么多女孩，都处于生长旺盛期，却无一人会打理头发，无一人样貌漂亮。"我敢肯定，她们都蠢钝如牛。"泽尔达大声说了出来。

她决定去弄弄头发。那个一本正经的威廉姆斯小姐也许会对校长说些什么。泽尔达对格雷灵女士以及她们之间随意的谈话印象深刻。格雷灵女士说什么来着？她说要学习做一个宽厚善良的人，理智且可靠，正直而健康，一个值得世界依赖的女性。她还说过，在英格兰生活的这段时间里，泽尔达一定会有所得。这份所得，也会有益于她以后的生活——而她，泽尔达，如果她明智、富有同理心，也会让英国的姑娘们有所得。

嗯，我可不想从一开始就跟格雷灵女士作对。泽尔达一边想，一边回去找她的宿舍。

寝室在哪儿来着？我一辈子也认不清这儿的路。

最终，她找到了寝室，走进去梳头。她望着镜中的自己，把这么美的发型破坏掉，真是太伤心了。每天早上，她都得花好长时间才弄出来这种发型。可她还是把头发重新梳了，一分为二，向后梳，用一条缎带把长长的头发系起来，这样头发就不会随意地披散在肩上了。

刹那间，她便显得年纪小了。她又把嘴唇上的口红擦掉，然后看向镜中的自己。"泽尔达，你现在看起来也是平平无奇了。"她自言自语，"爸爸会怎么说呢？他都要认不得我了吧！"

可是，泽尔达看起来并不平平无奇。她依旧是一个年轻的姑娘，有着一张自然的、愉快的、青春的脸庞。她慢慢地走出去找自己的教室，不确定要不要敲门。英国学校似乎样样都不一样——比起美国学校来，更客气，也更有规矩。她决定还是敲门。

"进来！"威廉姆斯小姐不耐烦地说。她把泽尔达忘了个精光。

泽尔达走了进来。这会儿的她，看起来完全不一样了，威廉姆斯小姐都没有把她认出来！

"你有什么事？"她问泽尔达，"是要送什么口信吗？"

"不是。"泽尔达很困惑，"我是在十年级的吧？"

"你叫什么？"威廉姆斯小姐一边问，一边低头看名册。

此刻，泽尔达可以肯定，威廉姆斯小姐有些不太正常。"我告诉过你了。"她说，"我叫泽尔达。"

"我的天，是你啊。"威廉姆斯小姐热切地盯着她，"谁能想得到呢？你换了发型就像换了个人！过来，坐下吧，你的座位在那边。"

十年级的人又困惑又开心。她们都是认真、勤奋的十五岁孩子，这一年里，她们得为自己的学业证书而努力。

"让我看看，你多大了，泽尔达？"威廉姆斯小姐说着在名册上找泽尔达的名字。

"快十六了。"泽尔达说。

"啊，那么，你很有可能觉得这个年级的功课相当简单。"威廉姆斯小姐说，"不过，这是你在英式学校的第一学期，这个程度也可以。有许多不同的东西你得学习。"

泽尔达环顾四周，看了看那些十年级的同学。她觉得她们看起来都聪明得无法言表。她们看起来是多么严肃啊！她巴不得回到九年级，跟艾莉西娅、达瑞尔、贝琳达还有其他人在一起，她们看上去都那么快活，那么无忧无虑。

九年级的人正忙着排时间表和值日表呢。书本已发下去了，由那位高个子，头发极短，嗓音深沉的彼德斯小姐负责。女孩子们都喜欢她，可有的时候，她们也希望她不要拿她们当男孩子对待。她笑得很开心，态度也很诚恳。在假期里，她几乎总是骑在马背上，她也负责马洛里塔学园每周六上午的马术社团。

"她没穿着马裤来上课还真让我奇怪。"艾莉西娅总是这样对九年级的人说，惹得她们咯咯发笑，"我猜，她讨厌穿裙子！"

"我是不是要给新来的那位叫威廉敏娜·罗宾逊的姑娘收一套书？"吉恩问道，她负责发书，"她什么时候到呢，彼德斯小姐？"

"我想，是今天早上到吧。"彼德斯小姐说，"她和她的兄弟们因为什么事被隔离了。我记得格雷灵女士说过，她今天早上到。我猜是坐车来。"

课间休息过后，九年级的人去缝纫室，要待上半小时。就是在那儿，她们目睹了威廉敏娜·罗宾逊那相当惊人的出场。

她们突然听到外面传来很响亮的马蹄声。艾莉西娅立刻跑到窗边，猜想是不是什么人在上马术课。

她惊叫了起来："我的天哪，来看啊！这是谁啊？"

全班人都聚拢到窗边。那位温和的、好脾气的、教缝纫的唐纳利小姐轻微抗议："姑娘们，姑娘们！你们在干吗？"

"唐纳利小姐，过来看啊。"艾莉西娅说。于是，老师也走到窗边。她看见一个女孩骑在一匹黑马上，还有七个八岁到十八岁的男孩随行！每个人都骑着一匹马！

姑娘们发出朗朗的笑声，踩脚、蹦跳，叫喊着："哇哦！"

"天哪！这肯定是威廉敏娜！"达瑞尔说，"还有她的七个兄弟！你可别说她的七个兄弟也要跟她一起来马洛里塔上学啊！"

　　"哦，真是惊人的出场！"格温德琳·玛丽说道，"骑马飞驰！威廉敏娜一定来自一个不同寻常的家庭！"

第 五 章

比 尔 驾 到

很遗憾，正在这个时候，下一节课的上课铃打响了，九年级的人看不到接下来会如何了。格雷灵女士会出来迎接这些骑手吗？威廉敏娜会怎么进入马洛里塔呢？达瑞尔想象着她骑马上台阶进入大厅的情景！

"天哪！像那样骑马上学真带劲。"艾莉西娅说，"我猜，她会把马也留在这儿。有两三个女孩不是那样做了吗？她还把七个兄弟全带来了！真是好样的！"

没人看清楚威廉敏娜到底长什么样。事实上，也看不出来她跟那些兄弟有什么区别，因为他们都穿着马裤。九年级的人进了教室，兴奋地谈论着这个新生。威廉敏娜肯定是个人物！

"我可能会怕她的。"玛丽露说。

"别傻了。"梅维斯说，她总是非常瞧不上玛丽露，"你干吗要怕她呀？我就讨厌假小子，我敢肯定她就是个假小子！她肯定除了马啦狗啦别的什么都不想，浑身也散发着马味儿和狗味儿。疯狂爱动物的人都那样。"

"彼德斯小姐就不那样。"达瑞尔说。

"哦，彼德斯小姐啊，每次从她课堂出来我都好开心啊。"梅维尔说，"她这个人的精力真是太旺盛了。"

达瑞尔大笑起来。彼德斯小姐的确精力充沛，嗓门洪亮。可是她是个好人，尽管她从不会对梅维斯这样的人抱以同情。在艾莉西娅或贝蒂搞那些傻傻的恶作剧时，彼德斯小姐对她们也没什么耐心。事实上，她对在课堂上搞恶作剧深恶痛绝，可怜的艾莉西娅和贝蒂几乎放弃再耍什么花招了。

那天早上，威廉敏娜没有出现在教室。九年级的人准备吃晚饭的时候，吉恩发现舍监老师站在走廊里等着她。跟舍监老师站在一起的人，要不是穿着校服，那活脱脱就是一个男生！

"吉恩，"舍监老师说，"你是九年级的级长是不是？替我照顾威廉敏娜，好吗？带她下去吃晚饭。她昨天还没有解除隔离，所以没能到校。来吧，威廉敏娜，这是吉恩，是你们九年级的级长。

"你好。"威廉敏娜咧开嘴笑，露出一口雪白整齐的牙。吉恩看着她，一下子就喜欢上了。威廉敏娜的头发剪得跟男孩的一样短，有一点点卷，她自己很讨厌这个。她的脸庞方方的，有着尖尖的鼻子，大大的嘴巴，还有大大的、眼距宽宽的淡褐色眼睛，满脸的雀斑，从额头一直到线条坚毅的小巧下巴。

"你好。我看到你到校了，是骑马来的吧?"吉恩说。

"是。"威廉敏娜说，"我的七个兄弟跟我一起来的。因为这个，我妈妈气极了。她希望我和她还有我爸爸一起坐车来。可没等他们把车发动，我们就跳上马背，箭一样地飞驰而去了!"

"我的天哪!"吉恩说，"真的啊? 你们每人都有一匹马吗?"

"是啊，我们家有很大的马厩。"威廉敏娜说，"我爸爸也养赛马。我以前从来没有上过寄宿学校。可怕不? 要是可怕，我可就给'雷鸣'装上鞍子逃跑了。"

吉恩盯着威廉敏娜，想知道她说这话当不当真。吉恩觉得她不是当真的。她大笑起来，拉着威廉敏娜一路走到衣帽间，因为在晚餐前她得把手上的墨水洗掉。要不然，波茨小姐肯定会一眼发现的。

"马洛里塔是一所特别好的学校。"吉恩说，"你会喜欢它的。"

"我每天都能骑雷鸣吗?"威廉敏娜问，环视四周，大大的衣帽间里，女孩们一边洗漱，一边说说笑笑。

她接着说："我跟你说吧，要不是他们允许我带雷鸣过来，我才不会来这儿呢。我还得把它照顾好，哪怕缺点儿课也无所谓。它讨厌别人去照顾它。"

"你以前曾上过学吗?"贝琳达一直在津津有味地听着她说话。

"没有。我跟我的三个兄弟共用一个家庭教师。"威廉敏娜说，"我家附近根本没有学校，我们住在偏僻的乡下。我敢肯定，我会在年级垫底的。"

贝琳达喜欢这个口无遮拦的女孩。"我敢打赌你不会的。"她环顾四周，看看格温是否在附近，没错，她在，"只要有格温德琳·玛丽在，你就不可能垫底！"

"别这么恶毒。"格温说，当着新生的面被取笑让她大为光火。

"一开始你可能会觉得有一点点生疏。"吉恩说道，"要是你以前上过日校会有点儿帮助——可完全没上过学的话，你肯定会有点儿生疏的。"

"我说——我想请求你一件事，你不会介意吧？"威廉敏娜盯着吉恩问道。

"什么？"吉恩很想知道她会说什么，其他人也围拢来听着。威廉敏娜环视着大家。

"嗯，"她说，"我这辈子从没被人叫过威廉敏娜，从来没有。这是一个可怕的名字。人人都叫我比尔。毕竟，威廉的小名就是叫比尔，是不是？所以呢，我的兄弟们说他们不叫我威廉敏娜而叫我比尔！要是你们叫我威廉敏娜的话，我会很痛苦，我觉得那完全不是我自己。"

一般情况下，要是一个新生自己要求起外号，大家一定会嘲笑她，或是劝她三思。只有跟你很熟并且喜欢你的人才会给你起外号。格温德琳·玛丽张嘴想说这话，可贝琳达抢先了。

"好的，我们叫你比尔好了。这名字适合你。威廉敏娜对某些人来说是个好名字，可不适合你，你太适合叫比尔了。你们觉得呢，达瑞尔、吉恩？"

"没错。"她们立刻同意，忍不住喜欢上了这个健壮、满脸雀斑、笑容坦率的短发女孩。她适合叫比尔。她们简直没法用别的名字称呼她。

"太谢谢了。"比尔说，"万分感谢，我可以把威廉敏娜这个名字给忘了。"

梅维斯和格温德琳·玛丽看起来完全不赞成。为什么一个新生立刻就能得到一个外号呢？就因为她自己想要外号？达芙妮看起来也不赞成。哪有女孩子想要一个男孩名的？而且，人怎么可能把头发剪得像威廉敏娜那么短，还长那么多雀斑？天哪，哪怕长出一粒雀斑，达芙妮也受不了。

泽尔达走进了衣帽间，她的头发依然梳得整整齐齐。吉恩看着她。

"天哪，泽尔达，你看起来不一样了——大概小了有十岁！我打赌威廉姆斯小姐当时很生你的气吧？"

"她都气疯了。"泽尔达说，"真的好奇怪，我是说！我很怕她，我宁可你们的彼德斯小姐是我的老师。我说，这位到底是谁啊？"她站在那里，惊奇地盯着比尔，比尔也毫不掩饰地看回去。二人都从头到脚地打量着对方。

"你是男孩还是女孩？"泽尔达追问，"算了，我不想知道。"

"我叫比尔。"比尔咧嘴笑，"是威廉敏娜的昵称。你有昵称吗？"

"我叫泽尔达，没什么昵称。"泽尔达说，"你怎么把头发弄成那样？"

"因为我受不了把头发弄成你那样。"比尔反驳道。

泽尔达又盯了比尔一眼，好像她真的无法相信自己的眼睛。

"我以前从来没有见过你这样的女孩。"她说，"咿，你棒透了！咿，我觉得所有的英国人都棒透了！"

"没人会信你妈妈是英国人呢。"达瑞尔说道，"你不是一直跟她在一起生活吗？可你总是一副好像从来没有见过英国人的样子呢。"

"我妈妈和其他人一样是美国人。"泽尔达说，"我也不知道她是怎么想的，要把我送到英格兰来。她已经忘了她曾经是英国人。我很想带你去美国，比尔。天哪，就算在那儿，也没人会相信有你这样的人，咿，你真的是……"

"棒透了！"大家齐声说道，泽尔达大笑起来。

铃声响起。"吃晚饭了！"贝琳达叫道，"我饿坏了。我们这儿的晚饭糟糕透了。"

"糟糕透了！"大家都同意。她们都喝了牛奶，吃了大盘的粥、炒鸡蛋，还有吐司和橘子酱。可大家一致认为食物"糟糕"，当然，如果有个外来者敢批评这儿的食物，那些食物就会突然变得"好得无法形容了"。

她们飞奔到餐厅，泽尔达因为早上在十年级表现得很糟糕，所以跑来与九年级的人坐在一起，感觉轻松了一些。可威廉姆斯小姐却把她叫了过去。

"泽尔达，你的位子在这儿。让我看看你的头发。"

泽尔达乖乖地让威廉姆斯小姐仔仔细细地检查，庆幸自己没有在唇上涂红色唇膏。威廉姆斯小姐竟敢拿她当六岁娃娃？她又气又恼，不过，当她看见一盘盘炖肉，旁边堆着各色蔬菜，立刻又兴高采烈起来。咿，她可真喜欢这些英国菜，它们真的是——不，不能说棒透了，其他人用的是哪个词来着？哦——好得无法形容！

那天晚上，达瑞尔给莎莉写信，告诉她有关比尔和泽尔达的事。

> 你会喜欢比尔的（比尔是威廉敏娜的昵称），她的笑容，她的雀斑，还有超短的头发，她狂热地爱着马，她还有七个兄弟，我们一点也不介意她的直肠子。

她咬咬笔，接着写下去。

> 可是，天哪，泽尔达！她认为自己将成为一名电影明星，而且说自己在表演上"棒透了"，你真该看看

她的发型——还有她脸上的妆容！我们想要耍她，灭灭她的威风，可她毕竟跟我们不在一个年级。她快十六岁了，所以她上了十年级。我敢说，今天早上她走进教室的时候，威廉姆斯小姐肯定大吃一惊。莎莉，快点回来吧。贝蒂也没有回来，所以我和艾莉西娅相互做伴，可我太想要你的陪伴了，你能让我安宁下来，艾莉西娅可做不到。她让我觉得，我也会做些傻事。我希望我能坚持到你回来！

有人从门口探进头来。

"嘿！威廉敏娜在吗？舍监老师叫她！威廉敏娜！"

没人动弹。"威廉敏娜！"那个声音又叫道，"嘿，你，新来的，你是威廉敏娜吗？"

比尔快速丢下书本。"天哪，我是。"她说，"我都忘光了。我应该告诉舍监老师叫我比尔的。"

她走了出去，大家都大笑起来。"比尔这家伙。她让舍监老师叫她比尔，我真想看看舍监老师的脸色！"贝琳达说道。

第六章

骏 马 雷 鸣

几天之后，在达瑞尔看来就好像她已经回学校几个星期了。家的那片世界似乎已经很遥远了。她满怀遗憾地想起了在日制学校上学的妹妹费莉西蒂。天哪，费莉西蒂对什么是正规的寄宿学校一无所知，在这样的学校里，大家一起起床，一起吃饭，一起谋划每天晚上的乐子，再一起手忙脚乱地上床睡觉。

威廉敏娜，或者说，比尔，在头两三天里显得相当沉默寡言。达瑞尔疑心她是不是想家了。一般来说，快乐、正常的女孩不会闷闷不乐，在马洛里塔的生活那么充实、快乐，哪有时间沉默和闷闷不乐啊。而且，她还觉得比尔看起来有点儿严肃。

有一天早上，当她与比尔一起走在某道走廊里时，她问道："你不是想家了吧？"

"哦，不，我是想马了！"比尔惊讶地说，"我可太想我们家所有的马了，我太爱它们了——美人儿、星星、丝绒，还有午夜，还有玛菲特小姐和瓢虫，还有……"

"我的天哪！你是怎么记住所有名字的？"达瑞尔吃惊地问。

"我没办法忘记它们。"比尔郑重地说道，"我会喜欢马洛里塔的，我知道我会，可我还是忍不住想念我们家的那些马，马蹄的嘚嘚声，它们的嘶鸣，还有，它们会用鼻子蹭你。哦，你不会明白的，达瑞尔。你可能会觉得我很蠢，你瞧，我和我的三个兄弟以前每天早上都骑着马去家庭老师那儿上课——有四英里远——我们过去常常出去给我们的马装马鞍、套缰绳，然后我们就跨上马，在山间驰骋。"

"可你也不能一辈子这样。"达瑞尔很理智地说，"而且，假期一到，你就又可以骑马了。现在能把雷鸣带过来，你已经很幸运了。"

"这就是我说过的肯来马洛里塔的原因，因为我可以带雷鸣来。"比尔说，"天哪，达瑞尔，现在是周末，不用上课。我真的不敢想，当我不得不去上课，可能一整天都见不到雷鸣的时候会怎样。彼德斯小姐不许它站在教室后面，真遗憾。它很乖的！"

达瑞尔尖声笑起来："哦，比尔啊，你疯了吗！天哪，我也喜欢让雷鸣站在教室里。我敢打赌它会冲着杜邦老师嘶叫，然后呢，杜邦老师会教它用法语来叫。"

"她不会的。她不喜欢马，她跟我说过。"比尔说，"她害怕马。达瑞尔！我简直没法想象，这个世界上会有人蠢到被马吓到。"

　　大多数九年级的人都跑到马厩看比尔的那匹好马。事实上，在达瑞尔眼里，它没那么好，因为达瑞尔对马也知之甚少。可是她的确认为，那匹马迎接比尔、高兴地冲着她嘶叫还把它的大鼻子塞进她臂弯里的样子很可爱。这一切很明显地让达瑞尔明白，它实实在在地喜欢它的那个"小雀斑"主人。

　　梅维斯、格温、达芙妮和玛丽露却不靠近马。它是匹大块头的黑马，她们都觉得它可能踢人或咬人，其他人都很喜欢它。

　　泽尔达不怕马，她非常喜欢。"咿，它可棒透了！"她说，"真可惜，威廉敏娜，你得穿着那条难看的马裤去骑它。"

　　比尔怒气冲冲。她不喜欢人家叫她的全名。"我猜你会穿着飘逸的裙子去骑马吧，长发及腰，手上戴着戒指，脚上挂着铃铛！"她反驳道，"一直骑到班伯里十字路口①。"

　　泽尔达没明白。她没听过这首英国童谣。她冲着比尔露出那种懒洋洋的笑。

　　"你生气的样子也棒透了！"她说。

　　"闭嘴！"比尔转身而去。她被泽尔达和她那副大人的派头弄糊涂了——泽尔达的幽默让她更糊涂。不管人家怎么笑她，甚至像梅维斯那样常常讥讽她，泽尔达似乎都不会生气。

　　她让别人觉得自己年幼无知，相当愚蠢。她们跟她相处得

---

① 这是《鹅妈妈童话》中著名的一首英国童谣：骑着一匹小木马去班伯里十字路口。但泽尔达是美国姑娘，她并没有听过这首英国童谣。

不舒服，她的确显得成熟好几岁，而且她总是故意用一副大人的态度，小小地嘲笑她们的衣着，她们的"发式"（这是她的说法），她们因为运动弄得又热又脏的样子，还有她们对电影明星的生活、事业毫无兴趣的态度。

可她又很慷慨，人也不错，从来不发脾气。所以呢，真正讨厌她也是挺难的。格温对她很崇拜，为了泽尔达，她完全忽视了梅维斯。这让那个自负的年轻歌剧演员非常恼火。

正式的上课周开始于第二天——星期一。老师们不再宽容，女孩们不再懈怠，也不再嘻嘻哈哈。"学习！人人都要学习！"彼德斯小姐说，"这学期不太长，大概要比以往少一两周，即便这样，你们也必须努力学习，取得好成绩。"

九年级的学生不仅包括北塔的九年级生，还有其他几个塔的。因此，这是个很庞大的年级，彼德斯小姐也很严格。

上个学期，梅维斯因为成绩太差上了彼德斯小姐的"黑名单"。不过，上学期是她在马洛里塔的头一个学期，彼德斯小姐对她还不至于太过严厉。可现在，她跟其他人一样，对梅维斯"等我成了歌剧演员"的老生常谈实在厌倦了，不管梅维斯是不是歌剧演员，她都下定决心要把她培养成一个优秀的九年级学生。

那天早上，彼德斯小姐打量梅维斯时，格温注意到她眼睛里的某种神情。"你要多多小心，梅维斯，我可太了解那种眼神了！"格温对梅维斯说，"你这学期可得努力了，稍微忘掉你的歌喉吧。"

"如果我需要你的建议，我会问你的。"梅维斯说，"你怕我们这位精力旺盛的彼德斯小姐，我可不怕！我可不会为了这位女士或是其他任何人把自己在马洛里塔的日子弄得惨兮兮，像个可怜虫！要是你愿意，就尽管虚度光阴吧。你们永远不可能有什么事业的，也不可能成名成家！"

格温大大地受伤了，就如许多傻傻的、软弱的人一样，她自视甚高，在家被宠坏了，所以真的认为自己无比出色。

"你要是还说这种话，我就不跟你做朋友了。"她小声说道。

"那你就去绕着泽尔达打转转吧。"梅维斯抬高了声音说，完全忘了要小声说话。

"梅维斯！你和格温别再说小话了！"彼德斯小姐高声说，"如果再说，课间你就留堂吧。"

这个周一的早上，比尔像是完全没有安稳下来。她总是朝窗外看，像神游天外。彼德斯小姐的话，她一句也没听进去。

"威廉敏娜！"彼德斯小姐终于说，"我刚才说的话你听到一点半点吗？"

大家都转过头去看比尔，她还在朝窗外望着，小小的脸上满是梦幻的表情。

"威廉敏娜！"彼德斯小姐严厉地说，"我在跟你说话！"

比尔依然毫无察觉。让女孩们又好笑又惊奇的是，她突然发出一声低沉的叫声，好像教室里除了她没别人似的！

彼德斯小姐吃惊不已。女孩们咯咯笑起来。达瑞尔知道比尔在干吗，她听过这种好笑的、低沉的叫声，是雷鸣蹭她肩膀时她会发出的动静。

她肯定在想象着跟雷鸣在一起呢！达瑞尔想着，比尔的心思正在马厩里跟马在一起呢，完全不在课堂。

彼德斯小姐怀疑威廉敏娜是不是不舒服，再次冲她说道："威廉敏娜，你听不见吗？出什么事了？"

格温在比尔的后背戳了一下，让她一下子跳了起来。她生气地回头看着格温，对如此粗暴地被人从白日美梦中惊醒大为恼火。格温冲彼德斯小姐使劲地点头。

"行了，格温。"彼德斯小姐说，"威廉敏娜，可否请你听我说几句话？我都跟你说半天了。"

"哦，抱歉，你说了吗？"比尔歉疚地说，"大概是你一直叫我威廉敏娜吧，要是叫我比尔，我会回答的，瞧……"

彼德斯小姐看起来相当不以为然。这个女孩太让人惊讶了。

"威廉敏娜，今后请多多注意我的话，我不会用任何别的名字称呼你的！"她说道，"至于叫你比尔，请不要提如此无礼的要求。"

比尔看来吃了一惊。"哦，彼德斯小姐！我没有无礼。没有听你说话我很抱歉。我正在想雷鸣呢。"

"雷鸣！"彼德斯小姐并不知道比尔有一匹叫雷鸣的马，"如此晴空万里的天气，你为何会想到打雷？我觉得你病得不轻。"

"可就是这种天气我才会想到雷鸣啊，想到雷鸣，想到在山上飞驰，还有……"

每个人都试图忍住笑，她们都清楚地知道威廉敏娜说的是她的马。不过，可怜的彼德斯小姐看起来更加不耐烦了。

"够了，威廉敏娜！"她说，"我们别再谈论什么雷鸣闪电之类的了……"

"哦，你是怎么知道我兄弟乔治的马叫'闪电'的?"比尔开心地说，真心以为彼德斯小姐说的是马的事。

此时此刻，彼德斯小姐肯定认为威廉敏娜是真的病了并且相当无礼。她冷冷地盯着威廉敏娜。

"你把书翻到第三十三页了吗?"她问，"我觉得你没有！如果你连书都没翻到正确的页码，你觉得你怎么可能跟得上课程?"

比尔飞快地翻到第三十三页，努力地想把雷鸣赶出脑海。她发出轻微的卡嗒卡嗒像马在行走的声音，艾莉西娅和艾琳相视一眼，咯咯地笑。

"马疯子。"艾莉西娅在彼德斯小姐转过身去的当口小声道，她前后摇摆着，像骑在马上似的，惹得课堂一片骚动。

达瑞尔开心地抱紧双臂，心想：回到学校可真好啊，坐在教室里真好啊，学习真好啊，能听到彼德斯小姐点这个那个的名真好啊。

她很想念莎莉，可是艾莉西娅太有趣了。我恨不得她能耍一下那些把戏，达瑞尔想，我们有好久好久没有真正的乐子啦！

第七章

休 息 室 里

　　学期的头一两周，天气晴朗却寒冷。在休息室里，女孩们为了抢休息室里暖气片旁边的座位而吵吵闹闹。抱怨、喊冷最多的就是格温、梅维斯和达芙妮。可她们也是在运动时尽可能偷懒的人，无怪乎她们总是生冻疮、感冒了。

　　比尔好像一点儿也不觉得冷。尽管是一年之初，她的皮肤依然是褐色。达瑞尔和艾莉西娅喜欢寒冷的天气，也喜欢在下午的时候冲出去玩曲棍球。

　　她们俩比其他人早十分钟出去练习接球。格温不能理解，她和梅维斯在寒冷的天气里互相同情，又重归于好，嘲笑艾莉西娅和达瑞尔如此扛冻。

　　因为泽尔达是十年级生，没法跟九年级生有太多的交集，所以格温不得不放弃了与她成为好朋友的打算。达瑞尔觉得，泽尔达在十年级似乎不大开心，晚间，她常常溜到九年级的休息室来，说要借本书或一份报告，然后留下来跟达瑞尔还有其他人聊天。

"交上什么特别的朋友了吗?"有一天晚上，达瑞尔这样问她。

泽尔达把一根头发小心地缠绕在手指上，然后又抖散复原。

"没有。"她说，"十年级的人都趾高气扬的! 她们似乎认为我没有尽职尽责! 她们觉得我不想试试加入十年级曲棍球赛的分队就是世界末日了!"

"嗯，你个头这么高，在队里可以打得很好的。"达瑞尔站在她的角度思考，"你完全可以接几个漂亮球。你能跑吗?"

"跑?! 我可不想跑!"泽尔达吃惊地说，"那个球队的队长，叫什么来着? 莫莉·罗纳尔逊。我问你，你见过这种女孩吗? 人高马大，笨头笨脑! 大喊大叫，还满场子横冲直撞!"

达瑞尔大笑起来："莫莉·罗纳尔逊是我们见过的最好的运动队长之一。有她领头我们赢得比以前任何时候都多。她在挑队员上很有一套的，我的天哪，要是我被选中参加任何一个比赛队伍，我都要激动得睡不着了。"

"真的?"泽尔达看起来相当吃惊，拖腔拖调地说，"如果我脸上长格温喜欢的那种斑点，或者我弄断了一根指甲，那我晚上可能就睡不着了。我绝对不会为了世界上的任何一种运动放弃我的美容觉的!"

"你真是个怪人，泽尔达。"达瑞尔说着，认真地看着她，"你正在错过生命中所有的美妙时光。我是说，大多数跟你同龄的英国女孩喜欢的东西你都不喜欢，你在头发、脸蛋、指甲上花了好多时间，你原本可以把这些时间用在曲棍球上，或者去散步，哪怕在体育馆里闹腾一下也好啊。"

"在体育馆里闹腾?! 这又是一件你们喜欢而我不理解的事!"泽尔达说。

格温走过来，加入了谈话，连连点头表示同意。"我也不能理解。"她一本正经地说，"体操是必修课，球类运动也是，这真可惜。要不是的话，我就不会太在意它们了。"

"亲爱的格温，那只是因为你的运动太不行了，每次你在体育馆或是球场上都让自己出丑。"艾莉西娅调侃道，"泽尔达就不一样了。我打赌她肯定擅长。不过，她认为做这些事有失她的身份。"

换了任何人都会生气，可泽尔达只是咧嘴笑笑。格温呢，这番针对她的球类运动和体操动作不友好的讥笑让她万分恼火，她冲着艾莉西娅愤怒地皱起了眉头。

"小眉头皱得好可爱，格温。"贝琳达拿着她的速写本突然出现了，"我把你这副模样画下来你不介意吧？多可爱的小皱眉。"

格温把眉头皱得更深，快步走开了。

她知道贝琳达画功绝妙，所以有点儿发怵！她可不想自己皱眉的样子被画下来，伴随着一阵阵开心的咯咯笑，传遍休息室。贝琳达合上本子，夸张地做出失望的神情来。

"哦，她走啦！真是好可爱的小皱眉呀！算了，我好好留心，等下次再画吧。"

"讨厌！"格温低声说道，走过去挨着梅维斯坐下。她知道，从此她得留心贝琳达和她的画笔了！一旦贝琳达打定主意要画什么，她是不达目的绝不罢休的！

"你该回十年级的休息室去了。"吉恩对泽尔达说，"你跟我们待在一起，十年级的人要不高兴的。泽尔达，她们根本不把我们放在眼里；再说，你毕竟是十年级的人。"

"我知道，我巴不得我不是呢。"泽尔达起身说道。

"十年级的姑娘们是不是'棒透了'？"艾莉西娅咧嘴笑着说。

泽尔达耸耸肩，优雅地走了出去。

"要是她能想点儿别的，别总想着她的外表、举止，别装大人，能痛痛快快地运动，把心思多多放在学习上，那十年级的人也就不会让她觉得格格不入了。"吉恩说，一如既往地理智，"可是，告诉泽尔达这些有什么用？她根本就不适合我们学校。"

艾琳溜了进来，寻找着什么东西。她哼着一支活泼的小调："嘿啦啦，嘿，嘿哟哟，嘿啦啦。"她刚为一段可爱的舞蹈配了乐，而且很满意。女孩们看着她，相视而笑。

"大晚上的你要去哪儿啊，艾琳？"艾莉西娅问道。

艾琳看来吃了一惊。"哪儿也不去。"她说，"我只是在找我的乐谱。我想把新的旋律记下来，嘿啦啦，嘿，嘿哟哟，嘿啦啦。"

"哟，是很好听！"艾莉西娅赞许地说，"可你要是哪儿也不去的话，为什么穿外套、戴帽子？"

"天哪，我穿了吗？"艾琳沮丧地说。她低头看看自己的外套，摸了摸脑袋上的帽子，说："哎呀！我什么时候穿戴上的？我明明脱下来了啊！今天下午我们散步回来的时候就脱下了。"

"嗯，喝茶的时候你没有这样穿戴，不然的话，波茨小姐一定会说你的。"艾莉西娅说，"你可真是个傻瓜，艾琳。"

"哦，是了，我现在知道是怎么回事了。"艾琳在椅子上坐下来，还穿着大衣，戴着帽子，"我上楼去拿一双干净的袜子——一边想着我的新曲子——我大概是拿了帽子没拿袜子，还把帽子戴上了，又把大衣穿上了！天哪！我得回去脱掉，然后找我的袜子，我真想把这曲子写下来啊。"

"我给你把大衣和帽子带上楼，再帮你找袜子。"贝琳达说，她知道艾琳不把那首曲子写下来是不能正常行事的。

"真的？你真是天使！"艾琳拉下帽子，脱下大衣。达瑞尔笑起来。贝琳达跟艾琳一样马大哈，如果她能走到橱柜那儿把艾琳的东西收起来，那可真是个奇迹！而且十有八九她会把袜子的事忘个精光！

贝琳达拿着大衣和帽子走了，艾琳又开始哼起小调来。梅维斯用她丰厚、美妙的声音唱了起来。

"好呀!"艾琳开心起来,"你一唱这曲子更好听了,梅维斯。总有一天我要为你的嗓音写一首歌。"

"我会在纽约唱它!"梅维斯优雅地说道,"要是我唱了你作的一首歌,你会一举成名的。艾琳,等我成了歌剧演员,我……"

"梅维斯,等你成了歌剧演员,你会比现在更自负的。"艾莉西娅尖厉的声音响起,"我知道,你不可能成为歌剧演员,可也不一定。"

"吉恩!你能不能让艾莉西娅不要再说这种讨人厌又不公平的话了?"梅维斯抗议道,气得脸通红,"我才不是自负,有这样的嗓音我有办法吗?这是天赋,长大以后,我要把它奉献给全世界!"

"艾莉西娅的确有点儿伶牙俐齿。"吉恩说,"不过,你也不能怪别人说你啊,梅维斯。"

梅维斯沉默了,气得不行。格温开始同情她了,因为她也讨厌艾莉西娅的直言不讳。玛丽露正在角落里补袜子,希望自己别惹上艾莉西娅的伶牙俐齿。

"贝琳达呢?"达瑞尔问,"她去帮你拿袜子走得可够久了,艾琳。"

"可不是。"艾琳说,她已经把袜子的事忘了个精光,"天哪!要是她再不拿来,我就自己去取了。吃晚饭的时候我得穿双干净的长袜啊。"

杜邦老师匆匆地走了进来，小脚套在高跟鞋里，咯嗒咯嗒的，手中拿着帽子和大衣。

"艾琳！"她责备道，"这些是你的吧！我到处替你收拾你的东西，已经三次了！这回我因为你的大衣和帽子差点儿滚下楼梯了！"

艾琳目瞪口呆。"可——这些东西放哪儿了？"她问。

"放在楼梯上，等着要害我摔一个跟头呢。"杜邦老师说，"我下楼的时候在楼梯上看见的。我对自己说：'这是什么？是不是有人晕倒在楼梯上了？'可不是，是艾琳的大衣和帽子。我对你太失望了，艾琳，你记过一次！"

"哦，不，老师！"艾琳痛苦地说，记过要算在整个年级的头上，"杜邦老师，我真的真的很抱歉。"

"记过一次。"杜邦老师说着踩着高跟鞋走了。

"天哪，这个贝琳达！"艾琳说，"她为什么要把这些放楼梯上啊？"

这时，贝琳达走了进来。大家开始对她连珠炮似的责备起来："因为你，我们被记过一次！瞧你把艾琳的衣服和帽子放的地方！杜邦老师在楼梯上找到的！"

"老天！"贝琳达沮丧地说，"是啊，我记起来了。我拿着它们上楼，我的铅笔掉了，我就把东西随手丢下来去找笔。我大概把这些东西忘了个干净！对不起，艾琳。"

"没事。"艾琳说着，郑重地把衣服和帽子穿戴好，"现在，我自己把它们送上楼。我把它们整整齐齐地穿戴上，就不会乱丢了!"

她消失了好一会儿。晚餐的铃声响了。女孩们把东西收拾好，准备去餐厅。

"这会儿艾琳又去哪儿了?"吉恩很恼火，"说真的，真该把她装进笼子里，这样我们就会一直知道她在哪儿了。"

"她在那儿。"达瑞尔笑着叫道，"艾琳!你还穿着你的大衣，戴着你的帽子啊!哦，你快让我们笑坏了。艾莉西娅，快替她脱下来，冲到楼上收好。否则，一不小心她又要给我们来个记过了。"

第八章

降 级 厄 运

在这学期的头两三周里，可怜的泽尔达日子很不好过。尽管她的岁数比十年级的人都大些，理应对功课驾轻就熟，可令她沮丧的是，她发现自己的学业水平远远落后她们！

这对泽尔达来说是个打击。尽管她架式十足，又是一副成熟的派头，还会摆出瞧不起别人幼稚的态度。可是，就拿数学来说，她发现自己远远达不到十年级的水平，真够丢人的！

"你以前是不是从来没有做过这些算术题？"威廉姆斯小姐相当吃惊地问，"代数和几何呢？你似乎一窍不通啊，泽尔达。"

"我们——在美国，我们学习的方式跟你们这儿不同。"泽尔达说，"我们真的没有这么麻烦。我一点儿也不喜欢代数和几何，所以我也不在乎。"

威廉姆斯小姐看起来更不以为然了。难道美国如此疏于对孩子的教育，还是说只不过是泽尔达太迟钝了？

"不仅仅是你的数学，几乎所有的课程。"最后，她说道，"泽尔达，你在学校是不是没有学过语法？"

泽尔达仔细地想了想，最后说："也许我们学过，可我想，我们没有仔细听语法老师讲课，我记得我们在她的课上玩来着。"

"那你学过历史吗？"威廉姆斯小姐说，"虽然我知道，你们学的历史与我们的不大一样。可是历史老师卡顿小姐告诉我说，你甚至对自己国家的历史也一无所知。美国是个伟大的国家，对它辉煌的历史毫无认识是一种遗憾。"

泽尔达愁眉紧锁。她试着回想原来的学校真正教授过的东西。她对什么真正有兴趣呢？啊——戏剧课！

"我们学了不少莎士比亚呢，威廉姆斯小姐。"她说，"咿，我可喜欢你们的莎士比亚啦。他棒透啦！我演过麦克白夫人，'我想洗去手上的罪恶'，你真该看看我的那段表演。"

"是的，我可以想象。"威廉姆斯小姐干巴巴地说，"可是，除了会演麦克白夫人，你总该接受点儿别的教育。泽尔达，你必须加倍努力赶上你们年级的功课。如果你愿意的话，我会给你点儿额外辅导。杜邦老师对你的成绩也不满意，她说可以花一些业余时间在你身上。"

泽尔达真的慌了。咿，难道上了这么多课，做了这么多运动，每节课都不缺席、认真努力还不够吗？能不能不要有额外的学习了？她看起来真的惊慌失措，把威廉姆斯小姐都逗笑了。

"好吧，泽尔达，如果你能真正用功，试着把注意力集中到学业上来，而不是……比如说，过于注重你的脸蛋、指甲、头发，那么，我可以暂时不给你增加额外的负担。"

泽尔达恼怒起来，她打算努力成为一个著名的电影明星，那学代数、历史这些玩意有什么用？对她这样的一个女孩来说，就是浪费时间！她的脑子很灵，她很清楚这一点——只不过是因为美国和英国的学校不一样罢了。在美国，一切要容易得多了。

她低头看向自己长长的、漂亮的、上了光的指甲，还有保养得很好的手。她觉得威廉姆斯小姐羞辱了她，让她觉得自卑，泽尔达受不了这个！不管怎么样，她都比任何一个古板的英国小姑娘要强得多！她们才真的是一无所知！

于是，她摆出倔强的样子，一言不发。威廉姆斯小姐收拾好她的作业，觉得泽尔达果然是一个非常难缠的姑娘。

"嗯，就这样吧。"她飞快地说，"我希望从现在起你能有更好的表现，泽尔达——也请你务必为十年级的其他人想想。你知道，作业重写是要记过的，是记在整个年级的头上。你实在记得太多了。"

泽尔达觉得记过什么的太傻了，哪怕一周记二三十个她也无所谓！可其他十年级的人很在乎。

级长露西对泽尔达说过这事："听着，泽尔达，你能不能别再记过了？这学期有两个'半天假期'呢，可是哪个年级被记过四十次，假期就要泡汤了。我实话告诉你吧，你要是害得她们休不了假，她们可要发疯的!"

因为威廉姆斯小姐一本正经的一番谈话，露西呢又嘀嘀咕咕了几句，还有那个艾伦也会冲她嘀咕，她是一个严肃的书呆子，已经从九年级跳级到了十年级，而且对此沾沾自喜。于是可怜的泽尔达日子相当不好过。

好像没闲工夫了，那天晚上，当她给指甲上光的时候，心里想，我得好好保养我的头发，造型可费时间啦，我也不能让我的肤色变差，不能让我的指甲有损。我一点儿自己的时间都没了，可我还是得关注一下学业。首先，我觉得我让美国丢脸了。这些英国小姑娘事事比我强得多，这我可受不了!

于是泽尔达真的开始用功起来。可她的骄傲并没有让她放弃摆架子。她不再看不起英国小姑娘了，可她还是要让她们看看，她，泽尔达，在所有重要的事情上都远远超过她们!

泽尔达巴望着在十年级将要进行的戏剧表演中大出风头。不过，可惜的是，这是出法语剧，而泽尔达的法语完全无法取悦法语老师。

"真是太可怕了①。"杜邦老师叫道。而另一位法语老师立刻附和。这两位都被泽尔达和她的所作所为震惊，而且她们俩花

_____

① 此处杜邦老师说的是法语。

了数个愉快的半个小时来讨论泽尔达，一致认为"这个孩子太可怕了[①]"。

泽尔达被"赏"了十五个不同的记过，六份作业中有三份被退回。有一天她完全不做任何预习，因为她说自己什么都不会做。

威廉姆斯小姐去找了格雷灵女士。"泽尔达·布拉斯不适合上十年级。"她告诉格雷灵女士，"她害得十年级被记过，孩子们很恼火。麻烦的是，她们都知道她在外表上浪费了多少时间，她们觉得但凡她多花点儿时间在学业上，情况就会好很多。当然，我也告诫过她了，我觉得她完全不是个坏孩子，格雷灵女士，她只不过有点儿傻，而且她的教育出了大问题。我们怎么办好呢？"

"你觉得，给她补补课会有帮助吗？"格雷灵女士问，"你知道，她快十六了，她应该能达到获得毕业证书的标准。她在美国的时候成绩相当不错。"

"不，我觉得额外的补课毫无作用。"威廉姆斯小姐说，"她会为此忧心忡忡。她只是达不到十年级的水平，我实在是怀疑她连九年级的水平也够不上！问题是她自视甚高，还表现出对他人的不屑一顾。她们对此十分讨厌。"

"当然了。"格雷灵女士说道，"讨厌也是情有可原的。"她

---

① 此处两位法语老师说的是法语。

沉默了一会儿。她觉得有点儿失望。她原本指望这个美国女孩能对英国女孩们有益，而她们能够帮助这个美国女孩，可很显然，事实并非如此。

"她必须降级到九年级。"最后，格雷灵女士说道，"我明白这是一种耻辱，泽尔达可能会觉得羞耻。不过，我觉得这样对她没什么伤害。叫她来见我吧。"

"谢谢，格雷灵女士。"威廉姆斯小姐说着，走了出去。从此泽尔达不再是她的责任了，这使她真的松了口气。现在要把泽尔达不幸在她的年级留下的所有记过记录都消除掉，孩子们会开心的。她们这个年级非常努力，威廉姆斯小姐以她们为荣，她很高兴能够摆脱这么个除了丢脸什么也没带给她们的人。

可她真的不是一个坏孩子，威廉姆斯小姐想。人很正直，她只是各方面都达不到标准。到了九年级，她的表现会好的。

她让泽尔达去见格雷灵女士。刚到马洛里塔学园时，泽尔达一定会对"自己会害怕老师"这个念头哑然失笑的，可当她走到格雷灵女士舒适的起居室里去见她时，却发现自己的心怦怦直跳。

她走进去，站在校长的桌前。格雷灵女士放下笔，看着泽尔达，看到她黄铜色的金发，现在已梳得整齐多了，可还是精心打理过，还有她上过光的闪闪发亮的指甲，她仔细粉妆的脸。

"泽尔达，我叫你来是因为我觉得你无法达到十年级功课的要求。"格雷灵女士一如既往，开门见山。泽尔达的脸一下子涨得通红。

"我很遗憾，因为你超过了十年级的平均年龄。"格雷灵女士说，"我认为你很难应付额外的辅导，而且我也担心，十年级即将面临毕业，她们会因你而获得太多的记过记录。"

泽尔达的脸更红了，而且因脸红而恼火万分。她为什么要在乎愚蠢的十年级的人？

"因此，我认为如果你换至九年级，会有所进步的。"格雷灵女士说，"她们的生活和学业都不像十年级的那么紧张，所以，你在九年级可能会快乐些，也能用功些。"

泽尔达大吃一惊。降级！这太丢脸了！没错，她是喜欢九年级的人，与十年级的人处得不好——可她并不想直降一个年级啊！她的家人会怎么说啊，她的英国奶奶会大为震惊的。

"格雷灵女士——咿，我不想这样。"泽尔达伤心地说。她解开一颗扣子，又重新扣上，再解开，自己却对这个小动作一无所知。

"别解开扣子，泽尔达。"格雷灵女士说，"我想，你很快会适应九年级的。你明天就可以过去了。我会通知彼德斯小姐，今晚把你的东西都转过去。"

"可是，格雷灵女士——别让我降级！"泽尔达央求道，感到异常渺小和羞耻，说起话来完全不像自己了，"这一切对我来说都是全新的，这所英国学校，还有学业。您瞧……"

"是的，这些我都明白。"格雷灵女士说，"部分原因正是如此，所以我才认为，对你而言，低一个年级的生活和学业都要容易一些。在高年级，我相信你很难进步。泽尔达，别再退步了，好吗？你来自一个伟大的国家，在此地，你是它唯一的代表。努力做个优秀的美国人吧。我想，你可以的。"

这是唯一能打动泽尔达的事。她代表着美国呢，是吧！虽然她现在住在英国，可她是美国的一分子。好吧，就降到九年级吧，她不会大惊小怪的。而且，若是那些女孩嘲笑她，她会让她们看到自己根本不在乎！可她会试着赶上功课的，她不能再退步了！

"你可以走了，泽尔达！"格雷灵女士说完，泽尔达走了。

格雷灵女士看着她优雅地走出门去，心想：要是她能把自己看成一个普通的女学生，而不是一个前途无量的电影明星泽尔达，那该多好啊！

第九章

运 动 场 上

格雷灵女士派人通知彼德斯小姐，告诉她泽尔达就要转到她的年级去了。

"这对她来说很难了。"彼德斯小姐说，"不是指泽尔达甚至会觉得九年级的功课也很难，我是说她会觉得很丢面子。"

"有时候，艰难的事对我们有好处。"格雷灵女士说，彼德斯小姐点点头。毕竟，女孩们到马洛里塔学园来不仅是在课堂上学习知识的，也是来学习其他事的——学习如何公正、公平、慷慨、勇敢、善良。也许，这些事比知识更为重要！

"在泽尔达转到九年级之前，要不要跟九年级的孩子先说点儿什么？我不知道这样做好不好。"格雷灵女士说，"你的年级里有一两个人不大友好，比如，格温德琳，最好提前打个招呼。"

"确实。"彼德斯小姐说,"好吧,格雷灵女士,我不指望能和泽尔达相处得愉快,她的古怪想法挺多的——把所有的时间都花在外表上,你知道,我对那种姑娘没什么帮助。"

"不会。"格雷灵女士说,她认为也许把泽尔达放在这位热心肠的彼德斯小姐身边一段时间会有好处,"嗯,这姑娘也有不少优点——她看来十分幽默,我喜欢她的笑容。跟你们年级的孩子说两句吧,也别小题大做。"

那天下午,彼德斯小姐在课堂上跟九年级生"小小地说了几句"。于是,九年级生被大大地震惊了。

"哦,顺便说一下,我们年级要来个新生。"她说,"泽尔达·布拉斯要转过来。"

格温德琳深吸一口气,带着得意的表情环顾四周。可她并非为泽尔达的难堪而欢喜,她觉得,这下子可以亲近这个美国女孩了——实实在在地就在她的年级,在休息室里就可以与她亲近了,为此格温德琳很开心!她可以随心所欲地侍候在泽尔达左右了,她会与泽尔达成为朋友。

对于格温德琳的表情,彼德斯小姐会错了意,她说:"格温德琳,我希望你不要因他人无法跟上高年级的学业而欢欣鼓舞,我认为……"

"哦,彼德斯小姐,"格温德琳的脸上露出了很受伤的表情,"我怎么会做这种事呢!我喜欢泽尔达,她到我们年级来我很开心。我会欢迎她的到来的。"

彼德斯小姐不知是信好还是不信好。她很难信任格温德琳，就暂且假定她是无辜的吧。

"如果泽尔达宁愿什么也不说的话，你们最好也不要讨论此事。"彼德斯小姐补充说。

她给了艾莉西娅一个严厉的眼神，她了解艾莉西娅的伶牙俐齿。艾莉西娅回视她一眼。她并非有意嘲笑泽尔达，但是她聪明的头脑让她知道，如果泽尔达太过趾高气扬、目中无人的话，那她的难堪事迹必会成为大家嘲弄她的小小武器。

下午的课结束之后，有半小时的曲棍球练习。九年级生鱼贯而出，格温德琳照例走在最后，梅维斯与她走得很近，她们二人都是令女体育老师头疼的人物。

女孩们都开始议论起泽尔达来。"天哪！就这么被十年级赶出来了，真没想到！"艾琳说，"可怜的泽尔达。我敢打赌她肯定感觉很难堪。"

"我想她会觉得羞愧难当。"玛丽露说道，"要是我知道我会这样，我再也没脸见任何人了！"

"我敢打赌十年级的人一定很高兴。"吉恩说，"艾伦告诉我因为泽尔达，她们已经被记了好多次过了，比她们以前的过要多得多！但愿她不要给我们奉献这么多次记过吧。至今为止，我们的表现都不算差，除了艾琳和贝琳达有时候不带脑子！"

"我觉得我们都该对泽尔达好一点儿。"格温德琳宣布，"我们应该让她感到我们很欢迎她转到我们年级来。"

梅维斯酸溜溜地看着格温德琳。她很清楚，一旦泽尔达到来，她——梅维斯，就会失去格温德琳那本来就易变的友谊。其他人可没空理会梅维斯。格温德琳也算不上什么朋友，可至少她可以有人交谈，说点儿悄悄话。

达瑞尔说："泽尔达固然有缺点，可她脾气很好，为人也很慷慨。我也提议，我们应该欢迎她，让她觉得她到我们年级来，我们很开心。"

于是，九年级的人决定善待泽尔达，尽可能地消除她的羞耻感，自觉十分善良和宽容。她们想象着第二天泽尔达偷偷溜进她们的教室，满面羞红，低垂着头，几乎要流泪的样子。

可怜的泽尔达！她们的欢迎会让她开心的。

"达瑞尔，达瑞尔·里弗斯！过来，接我几个球！"体育老师叫道。达瑞尔跑上前去。她跑得很快，也很喜欢曲棍球。她多想加入一支赛队啊，可是，九年级生加入赛队太难了，除非她高大威猛。

"接得好！达瑞尔！"体育老师叫道，"总有一天你会进赛队的。我们可以在九年级分队选一个善跑的优秀接球手。"

达瑞尔的眼中闪着骄傲。哦！要是她能加入赛队该多好啊！爸爸妈妈该多高兴啊！她可以好好地向费莉西蒂炫耀："我参加了赛队，去和巴彻斯特比赛，我打边路，因为我跑得很快。我进了一球！"

她边跑着去接下一个球，边想象着所有的画面。假设她分分钟都刻苦训练，她能去请求莫莉·罗纳尔逊给她点儿额外的训练吗？莫莉常常说，如果低年级的人有足够的热情要求额外训练的话，她会给她们一点儿提点的。

可莫莉十七岁，达瑞尔才十四。对达瑞尔来说，莫莉相当高不可攀，完全是个大人了，可她一点儿也不自高自大。

她看到莫莉离开了球场，又热又兴奋，于是，鼓足勇气，害羞地走向那个高大健壮的女孩。

"拜托，莫莉，我能问你点儿事吗？我真心希望有一天能加入其中一支赛队，如果我在接球方面多做些练习的话，可能有机会吗？而且，你可否提点提点我？"

达瑞尔的脸红得像个红苹果，她盯着莫莉，这位有名的运动队长。莫莉笑起来，拍了拍达瑞尔的背。

"好孩子！"她说，"我昨天才跟琼问起你最近进展如何，再来点儿额外的指导对你有好处。我会把我给有可能加入赛队的队员提供额外训练的时间发给你，你有空的话都可以来。"

"哦，谢谢莫莉。"达瑞尔呼吸急促，高兴得说不出话来，"我只要一有时间就过去。"她跑开了，脸上闪闪发光。莫莉真的跟琼说起过她！莫莉注意到她了，还看出她进展不错。达瑞尔觉得非常开心，像鹿一样跳来跳去，在拐角处撞上了杜邦老师，差点儿就把她撞倒了。

"喂，这是什么行为？"杜邦老师说，踩着高跟鞋蹒跚而行，死死地抓着墙壁，"达瑞尔，你怎么想的，像野兽一样从拐角处冲过来？"

"哦，杜邦老师，对不起。"达瑞尔快活地叫道，"说真的，我不是故意的。杜邦老师，莫莉·罗纳尔逊会给我额外的曲棍球训练啦！想想看！有一天我会加入九年级分队啦！"

杜邦老师正要说那个高大的莫莉教她打那种非凡的长曲棍球，她是决计不会为此而高兴的，可她又看到了达瑞尔闪闪发光的眼睛。杜邦老师一直喜爱达瑞尔，于是冲她微笑起来。

"我真为你高兴，我的孩子①。"她说道，"这的确是一个很高的荣誉。可是，别在拐角处奔跑了，也别再像这样撞到你可怜的法语老师了，你把我吓得心咔咔乱跳！"

"你是说怦怦乱跳吧，杜邦老师。"达瑞尔大笑着跑了。

她把莫莉的话告诉给别人，让她们都很激动，除了那些不喜欢这项运动的人。虽然有一两个执着的人，比如吉恩，还有莎莉，一直都非常努力，可还从来没有一个九年级的人加入过赛队呢。

"比尔每分钟都想跑到她的马身边去；艾琳每时每刻都想冲到钢琴边，弹奏新曲子；梅维斯呢，每时每刻都在用颤音说话；现在，轮到你了，达瑞尔，从早到晚赶着去练习接球，九年级的休息室很快要空空如也了。"艾莉西娅酸溜溜地说。莫莉注意

---

① "我的孩子"一句杜邦老师说的是法语。

到了达瑞尔，让她有些嫉妒。

"泽尔达会待在休息室里化妆的。"达瑞尔说，"我想她不会介意我们在场的，她总是溜进我们的公共休息室，直到你和吉恩阻止她了以后她才没来。"

泽尔达拿着铅笔盒和颜料盒，来到了九年级教室，昨晚她忘记带到年级教室了。她走进来，看起来相当漫不经心。

九年级的人立刻表现得非常友善。"来了？泽尔达，莎莉没返校之前你愿意坐这个位子吗？"达瑞尔说，"这个位子很好。"

"不用了，泽尔达，你过来跟我坐吧。"格温德琳说，"我很乐意。"

艾莉西娅目光敏锐地望着泽尔达。泽尔达看起来一如既往！她并没有垂着脑袋，看起来也不难过，甚至连脸都不红一下。

她一点儿也不在乎！艾莉西娅想。可泽尔达在乎的，她非常在乎。走进低年级的教室，而且知道九年级的人都知道她降级了，这真是件难堪的事。

她恨不得她们不要如此努力地对她示好。她们很好，可她痛恨她们对她好是因为同情她。

"把头抬起来，泽尔达！"她对自己说，"你是美国人，星条旗永不落！你要表现得你毫不在乎！"

所以，她表现出一副不在意的样子，走到前晚放下东西的那张课桌前，把铅笔盒和颜料盒放了进去，然后开始找第一节课要用的书。

九年级的人感到小小的愤慨。她们是那么善良而慷慨地决定欢迎泽尔达，帮助她克服她们认为的这个莫大的耻辱——可她看起来却毫不在意，依然一如既往，用那种低沉的、懒洋洋的调子说话，头发蓬松的样子让人看起来比以前更加自以为是。

达瑞尔感到相当恼火。她认为泽尔达应该多流露一点儿感情。她禁不住想，泽尔达可能是装出副勇敢的模样，仅此而已。在这一切的表象之下，这个女孩很痛苦，很羞愧，觉得自己很渺小。

彼德斯小姐像往常一样轻快地走进来。玛丽露关上了门。彼德斯小姐用锐利的目光扫视全班。"坐下！"她说道。她们坐下来。她锐利的目光又落到了泽尔达身上，彼德斯小姐看到了九年级孩子没有看到的东西——在泽尔达的勇敢表演下，那一颗惊慌失措的心。她拿书的一只手在微微地颤抖，她的声音不似以往稳定。

的确如此，可她并没有表现出来。彼德斯小姐想：嗯，她勇气十足。但愿她明白她并非是一个如自己所想的那样重要的人物。如果我们能让那个真正的泽尔达现身，那么我们会发现一个更值得去认识的人！也许吧，我现在还不知道。

课开始了。泽尔达努力地集中思想。她忘掉了她的头发、她的指甲。她感觉自己这辈子头一次这么努力用功！

第十章

师 生 与 马

现在，大多数九年级生已经安下心来学习了。可是，艾莉西娅却坐立难安，想念着贝蒂，她发现达瑞尔并不能代替她的老朋友。达瑞尔沉稳、忠诚，可她不如贝蒂言辞诙谐，也不如她勇于冒险。可是，她还是比其他人好得多了。艾莉西娅巴望着莎莉可别赶在贝蒂之前回来！

比尔也坐立不安，她认为雷鸣很想念家中其他的马儿，所以她总是消失无影，跑去陪它。

"你怎么能这么娇惯那匹马？"艾莉西娅嫌弃地说，"我怀疑它能不能受得了。"

彼德斯小姐常常因为比尔在课堂上魂游天外而批评她。比尔的成绩参差不齐。她的拉丁文相当出色，她和她的兄弟们一直在一起学。她只会一点儿法语，令杜邦老师非常失望。她的数学也不怎么样，因为她的家庭教师把所有的时间都花在教男孩们这门功课上，对她却不怎么上心。

"他觉得女子学校数学要求不高，"比尔解释道，"不过，乘法表我很熟的，彼德斯小姐。"

"我希望如此！"彼德斯小姐抱怨道，"你只需要在数学方面接受一些额外的指导，威廉敏娜。"

"哦，我不行。"比尔说，"业余时间的每一分钟我都要跟雷鸣在一起。"

彼德斯小姐早已知道雷鸣是比尔的马了，她见过那匹马，也很喜欢它，这让比尔很高兴。彼德斯小姐也惊叹于比尔高超的骑术。这个女孩骑起马来如同人马合一，和其他人一起骑着马驰骋在马洛里塔后方美丽的乡间时，她比任何时候都快乐。

但是，比尔只能在有人陪伴之下才被允许骑马，这让她很恼火。她们不许她单独带雷鸣出去。

"可是，在家的时候我总是单独带它出去啊！"她大声抗议，"我每天都独自带它出去，都好多好多年了。不让我出去真的好傻。我会受什么伤害啊？我和雷鸣一直是形影不离的。"

"是的，这些我都知道。"彼德斯小姐耐心地解释第二十遍，"可你现在不是在家里。你人在学校，你得与其他人保持一致，与她们守同样的规则。我们不能为她们立一个规矩，再为你立另一个规矩。"

"为什么不能呢？我不懂。"比尔说固执地说。她说话常常听起来挺粗鲁，因为她太较真了，彼德斯小姐有时会对她失去耐心。

"你不是这所学校的运营者，真是万幸。"彼德斯小姐说，"你必须照吩咐的去做。而且，威廉敏娜，如果你坚持在这件事情上犯傻，我会禁止你在两三天之内探望雷鸣。"

比尔目瞪口呆。她盯着彼德斯小姐，好像不敢相信自己的耳朵。她的脸一直红到发根里。"可我不能不见雷鸣。"比尔试着耐心地说话，"你不明白，彼德斯小姐，虽然你应该明白，因为你也那么喜欢马。"

彼德斯小姐以同等的耐心说道："是这样，可我对马的喜爱并不像你一样本末倒置——我并不像你，行走坐卧，吃饭睡觉，时时刻刻都想着骑马。理智点儿，威廉敏娜，我对你已经很宽容了。你也是时候振作起来了，少想点儿雷鸣，多想想别的事。"

可九年级的其他人发现，这恰恰是比尔做不到的事。她无心参加额外的长曲棍球训练，也无心去野外散步，甚至无心承担起公共休息室的任何职责，每个人都要轮流值日的。她却要玛丽露帮她做。玛丽露太温柔、太善良了，所以对任何人都有求必应。

吉恩发现玛丽露在代替比尔给休息室的花浇水后十分生气。"你为什么要做这个？"她问道，"表格上能看到，这周轮到比尔做。"

"我知道，吉恩。"玛丽露被吉恩严厉的口吻吓坏了，"可是今天比尔太想出去给雷鸣来次额外的梳洗了。昨天它弄得太脏了。"

"比尔老是跑到马厩那儿去，九年级的所有活动她都不参加，她自己的值日也让别人做，我真受够了!"吉恩说，"我得跟她谈谈。"

可她的话并不比彼德斯小姐的更管用。比尔长这么大一直都与马在一起。正如彼德斯小姐所说，她行走坐卧，吃饭睡觉，时时刻刻都想着骑马，别的什么事都不想干。

如果勤于训练的话，她的曲棍球可以打得很好。她的体操非常棒，大胆、身手灵活，平衡感极佳。体育老师也很喜欢她，向所有人夸奖过她。比尔翻起风车跟斗来跟任何马戏团的小丑一样驾轻就熟，手脚交替，翻啊翻啊，让看的人都晕头转向。她可以弹到半空，来个空翻。体育老师禁止任何人尝试这个动作。

"你们这么做只会伤着自己。"她说。可是也没人真的想弹到半空来个空翻呀!

比尔还会倒立走路。每到她不能去马厩的晚上，其他人就会让她表演这个。比尔善良大方，在体育馆或公共休息室的表演引得大家纷纷赞扬和喝彩，这丝毫也没让她趾高气扬。

泽尔达在一旁旁观并啧啧称奇。她无法想象一个女孩怎么会想做这么不可思议之事。她认为比尔肯定是疯了，可她又忍不住对比尔产生喜爱之心。事实上，大多数女孩都非常喜欢比尔，虽然她们也会气她什么活动也不参加。

贝琳达为雷鸣画了几幅漂亮的速写，她很擅长画动物。

比尔看到这些速写时，高兴地叫了出来："贝琳达！这真是太妙了！求你，求你，送给我吧！"

"不行！"贝琳达说着把画藏进她的作品集里，"我要把它们收集到我的动物画集里。"

"贝琳达，为我画几幅吧。"比尔央求道，"可以吗？我要把它们都镶上框，放在我的梳妆台上。"

"天哪，比尔，你的梳妆台上已经有六张不同的马的照片了。"贝琳达说，"再也放不下雷鸣的画了。"

"放得下！我要把它的画放在最前面。"比尔说，"贝琳达，你会为我画几张雷鸣的速写吧？只要你愿意，我什么事都肯为你做。"

"撒谎。"贝琳达说，"你只有为了雷鸣才什么事都肯做。为了彼德斯小姐或是九年级的任何人，你连小指头都不肯动一动，你明知道的！"

比尔似乎吃了一惊。"我真的有那么坏吗？"她急切地问，"你们大家都是这么看我的？"

"当然啦。"贝琳达说，"天哪，你连自己的值日都不肯做。因为这个，我听见吉恩责备你了，可玛丽露还是会替你做的。所以，我不会替你画雷鸣，亲爱的比尔，要是你得到了雷鸣的画，那凡是不能去马厩的晚上，你都会整晚专心地盯着画。这会让大家比以前更生气。"

贝琳达停下来喘了口气。比尔看上去好像气得不轻。这时，她的公正之心开始起作用了。

"是的，你说得对，贝琳达。我不想承认你说得对，可你的确说得对。"比尔老实地说，"如果我真的拥有一张雷鸣的佳作，我会飞上楼去看。吉恩说过我以后，我还让玛丽露帮我值日，我很抱歉。我会跟她说下周由我来做所有的值日，以此来弥补。"

"那好。"贝琳达说，"要是你喜欢的话，我会给你画一张雷鸣的漂亮画。如果你说到做到的话，我可以画你骑在马背上。可是，要是你再犯傻，我就把画拿走，在我确认你是否遵守诺言之前，我只打算把它借给你。"

比尔笑起来，她喜欢贝琳达，也喜欢艾琳。她们都做过最糟糕、最傻的事，可是她们为人有趣，而且，她们行为公正，值得信任。她太渴望拥有一张雷鸣的画了，她现在只有一张雷鸣的照片，照得还很糟糕。现在，她将拥有一张可爱的画了！

吉恩相当肯定，这是她发脾气之后迟来的结果，才使得比尔主动提出下星期替玛丽露做值日，她很高兴。

贝琳达很守信用，给了比尔一张漂亮的画，是用黑色炭笔画的雷鸣，她穿着马裤和黄色运动衫骑在马背上。比尔非常激动，她拉着玛丽露跑到村里，想马上给画装上相框。她在这里没法买到相框，于是她把梳妆台上那些马的照片从相框里拿出来一张，把雷鸣的画剪得整整齐齐，装了进去。

大家都喜欢这张画。"你要记得，比尔，这画现在还不是你的。"贝琳达警告她，"只是借给你的。下次你逃避值日，或是不参加九年级的活动，你会发现它不见了！"

从那天起，比尔有了进步，她开始尝试做九年级的人认为她应该做的一些事，尽管如此，她仍然和彼德斯小姐相处得不太好。她会坐着，凝视着窗外，她会忘记自己的名字是威廉敏娜，她会做白日梦，对杜邦老师和彼德斯小姐的话充耳不闻。

杜邦老师愤懑地抱怨："这个姑娘甚至毫无礼貌，我对她说'威廉敏娜，别做梦'，她甚至理都不理我，也不回答。我叫她，回答我呀。她永远永远也学不会法语，除了那个词——马①。彼德斯小姐，只有当我突然说出她的马的名字时，她才会转过身来面对我。我一说'雷鸣'，她立刻就转过身来。这个姑娘疯了，所有的英国姑娘都疯疯颠颠的，可她是最疯的。"

彼德斯小姐就用比尔最抗拒、最讨厌的方法来惩罚她。她说："威廉敏娜，这是退回来的地理作业，请做完。在你重新交给我之前，你不能去见雷鸣。"她还会说："今天早上，你上课思想不集中，今天你绝对不能去马厩。"

比尔又气又怨，还有一万个不服！她不会因为世上的任何

---

① 此处杜邦老师说的是法语。

人而不去看雷鸣，尤其不会因为彼德斯小姐！她不理睬彼德斯小姐的惩罚，随心所欲地溜出去看雷鸣，这让吉恩很厌烦。

彼德斯小姐做梦也没想到比尔会不听话。

"总有一天她会发现的，比尔。"艾莉西娅说，"那时候你会完蛋的！你真是个傻瓜。"

比尔和她的马，泽尔达和她的派头，艾琳和贝琳达的健忘症，梅维斯和她的歌剧……彼德斯小姐觉得她带的是全校最难缠的年级，而且这些九年级生怎么都来自北塔！彼德斯小姐心想：我真的很同情她们的宿舍主管波茨小姐，她们肯定把她弄疯了！我现在想知道威廉敏娜到底什么时候能交上重写的地理作业，她不写完就不能去见那匹马！

可彼德斯小姐错了。

此时此刻，比尔正在马厩里，雷鸣正用鼻子蹭着她的手要糖吃呢！

第十一章

神 秘 包 裹

日子过得很快。天气还是很冷，格温德琳和梅维斯挤在公共休息室的炉火边，或是几乎坐在散热器上时，就会痛苦地抱怨不休。

"你们俩应该多在体育馆里或是曲棍球场上运动一下。"达瑞尔说，她的脸颊因健康和快乐而红扑扑的。只要她一有空就到操场上去接受莫莉的指导。她的进步非常大！她知道她真的进步了。莫莉赞扬过她的接球，说是极其出色。

格温德琳看着达瑞尔，神色一如既往的怒气冲冲。寒冷的天气实在让她痛苦万分。因为她家里的暖气总是烧得很足，她无法习惯学校的新鲜空气。看到达瑞尔一个冻疮都没长，还开开心心地跑进冰冷的空气中去训练曲棍球，她很是恼火。

格温德琳完全没有意识到自己在愁眉苦脸，贝琳达溜到她的身后，画笔快速地飞舞着。梅维斯用胳膊肘碰碰格温德琳，说："小心，贝琳达又开始了！"

格温德琳飞快地转身，试着把愁容从脸上抹去。可是，内心愤怒却又不能愁眉苦脸，这可真难！

"走开，贝琳达！我不想你画我！"她愤怒地说，"我希望你别来烦我。我讨厌你鬼鬼祟祟的样子，我称之为狡猾。"

"哦，不！"贝琳达说，"我只是对你感兴趣，仅此而已。你愁眉苦脸的样子好可爱，我姑且称之为——全校最丑的。来吧来吧，再皱个眉头，格温，让我画下来。"

格温强忍着没有皱起眉头，但这可太费神了。

贝琳达咧嘴笑着说："可怜的格温德琳·玛丽，她气得不行，恨不能比以往更猛烈地皱眉，可她不会这样做的！好吧，别介意，我会等待下一次的。"

她走开了，大家都笑了起来。格温的眼中充满了说来就来的眼泪。她随时会哭出来。贝琳达多讨厌啊。格温想，她真该去对镜皱眉，看看到底有什么特别之处，可能并不比梅维斯或比尔的皱眉更糟糕。可那讨厌的贝琳达，觉得这是戏弄她的好法子。

达瑞尔结束了曲棍球训练，容光焕发地走了进来，说："我说，姑娘们，你们猜怎么着？我可能成为九年级分队的替补队员啦！虽然只是第三替补，可也是大事一桩啊！"

"什么叫替补？"泽尔达问，根据达瑞尔闪闪发光的眼睛，她猜想这不简单。

"嗯，如果下一次赛队里有三个女孩缺席，那我就可以取代那个第三个缺席的。"达瑞尔解释道。

"第三替补是永远不会上场的。"艾莉西娅奚落道，"这是尽人皆知的。所以，别抱太大希望了，达瑞尔。"

"我没有。"达瑞尔说，"艾莉西娅，我希望你也稍稍训练一下。莫莉人很好，不厌其烦。"

"那个又胖又笨的莫莉！"泽尔达用懒洋洋的拖腔嘟囔着，"咿——我看她一眼都受不了。"

泽尔达说这种话是很傻的，这使达瑞尔、吉恩还有其他曲棍球的热烈爱好者非常恼火。莫莉长什么样子有什么关系？她是个出色的运动队长，而且赢得的比赛比马洛里塔多年来赢得的多得多！

"她可能胖，可她不笨，她跑得很快，充满力量。"达瑞尔坚决地说。

"我就说她笨重！"泽尔达说，"那天，我碰到她从梯楼上飞跑下来，我还以为发生了地震呢。只不过是她的大脚丫踩在楼梯上而已。你们只管守着你们的莫莉好了！我可不想那样——肌肉发达，头脑简单，毫无魅力！"

"而你呢，我猜是魅力十足，毫无头脑吧！"艾莉西娅不饶人的话音响起，"真好啊！好吧，美国人尽管守着他们的泽尔达好了。她对此地毫无益处！"

泽尔达满脸通红，咬着嘴唇，其他人屏住了呼吸，期待着一场暴风骤雨。可是，什么也没有发生。

"我想，这是我自讨没趣。"泽尔达生硬地说。她站起身来，再没说一个字，像往常一样姿态优雅地走了出去。

大家一言不发，她们觉得心里不舒服。一开始她们决定要善待这个女孩，现在反而嘲弄她，这不对。可是，从另一方面来说，泽尔达也真的非常讨厌。

"比尔在哪儿?"达瑞尔想换个话题。

"你想她还能去哪儿啊?"贝琳达说，"在马厩里喂她的宝贝呢。"

"嗯，我想不会吧。"吉恩说道，"这是彻彻底底的违规行为，要是被发现，她会惹上大麻烦的。我跟她争吵过，告诉她要服从彼德斯小姐，否则还会发生更糟糕的事呢。可她就是不听，我简直是对牛弹琴。"

"她说雷鸣不大舒服。"玛丽露说道。

"真有想象力!"艾莉西娅讽刺道，"她这么说只是为了去看它而不用太内疚。"

"不是，我肯定，她真的觉得雷鸣不舒服了。"玛丽露用温柔的声音说，"她可担心它了。"

"那她为什么不请彼德斯小姐把兽医叫来呢?"艾琳说。

"因为那样的话，彼德斯小姐一定要问，她是怎么知道雷鸣不舒服的。"玛丽露解释，"那事情可就糟了!"

"那就不得安宁了，彼德斯小姐就要气得冒烟了！"贝琳达说着，掏出铅笔，开始画彼德斯小姐"气得化为一股烟"的模样。

有人在休息室门口探进头来："嘿，各位，包裹到了——你有个包裹，艾莉西娅。"

"谢谢。"艾莉西娅站起身去拿包裹，"希望是我奶奶寄给我的巧克力。她每学期都会给我寄一盒。"说完，她便消失在门口。

贝琳达画好了，四下传阅，大家大笑不已。彼德斯小姐被烟雾笼罩着，向上飘着，灯光在烟雾中闪烁着。

"好棒！"达瑞尔说，"真希望我能像你一样擅长绘画，我怎么也画不出这样的！你真幸运啊，贝琳达。"

"是的。"贝琳达说着收回了她的画，又多添了几笔，"如果不能画画，我不知道该怎么办。我肯定会很难过的！要是艾琳不能搞音乐了，那她也会很难过的！"

"要是我没了这副歌喉，我也会非常非常难过的。"梅维斯立刻说道。

"是的，你会比艾琳和贝琳达难过十倍。"吉恩说道，"我告诉你为什么。因为没有了歌喉，你什么也不是，梅维斯！毕竟，艾琳数学好，曲棍球打得也好，她随时可以找别的乐趣，像贝琳达，除了有绘画的天赋，别的事也都做得好。可你除了歌喉之外，一无所有！如果不是因为歌喉，我相信这儿没人知道你！”

“我的歌喉比谁的都好，这我也没办法啊。”梅维斯洋洋得意地说，“要是你们觉得我就是有一副好歌喉，可这也不是我的错啊。等我成了歌剧演员，我就……”

这是一个信号，大家开始扯着嗓子说话。说什么不重要，只要能盖住梅维斯的老生常谈。她们一边说话，一边看她那张生气的脸。黑色的小眼睛闪着怒意，让她们大笑起来。

嘿，她不在乎！等她再长大点儿，她就会让她们知道，拥有她这样的天赋意味着什么。她独特的嗓音会让全世界为之倾倒。她的家人和音乐老师都对她的嗓音大为赞叹，乐此不疲地预测她美好的职业生涯。即使这意味着要忍受九年级这伙普通人，她也会等着那天到来！

艾莉西娅拿着包裹进来了。“不是我奶奶寄来的。”她说，“所以，也别眼馋地围着我啦。是萨姆寄来的。”

萨姆是她的一个兄弟，真要说起来的话，也是捣蛋鬼一个。他的那些恶作剧，九年级的人可是百听不厌。

“是什么好玩的东西吗？”达瑞尔热切地问，“艾莉西娅，你有好久没玩恶作剧了。我巴不得这是个好东西。”

艾莉西娅打开包裹，一个小盒子掉了出来。贝琳达捡起来看。盖子上写着字：“打喷嚏，伙计们，打喷嚏！”

“不管这是什么意思，我们把盒子打开吧。”达瑞尔异常兴奋。

"嗯，留神啦！"艾莉西娅说着，抖出她兄弟的一封信，"别把东西掉出来，可能挺值钱。"

达瑞尔打开盒子，里面全是白色的圆形小球，厚度较小，直径大约一英寸。

"到底是什么东西呢？"达瑞尔说，"还有，盒子上那个好玩的标签'打喷嚏，伙计们，打喷嚏！'是什么意思？"

艾莉西娅读着萨姆的信，咯咯发笑。"听这个，"她说道，"萨姆真的是个捣蛋鬼，这些小球是他们年级的一个男生做的。他在某种程度上像个发明家，你要做的就是把一个小球放在架子上，用盐水湿润它，然后放在一边。半小时后，它发出的一种蒸汽被人吸进鼻子里，会让他们猛打喷嚏的！"

大家都笑了起来。"萨姆说他用这个捉弄了美术老师。"艾莉西娅说着，又咯咯笑起来，"男生们数过他打了四十三个喷嚏。真是太好笑了！"

"我们拿来捉弄彼德斯小姐吧！"达瑞尔兴奋极了，"哦，来吧！来吧！"

让精神奕奕的彼德斯小姐连打四十三个喷嚏，一想到这个念头就挺带劲的。艾莉西娅接着读完了萨姆的信："他说了，无论如何每次都不能用一个以上的球，因为药力很厉害，蒸汽会伤害大家的鼻子。他还说，蒸汽只能飘大概四英尺范围，所以呢，如果我们真的拿它来捉弄彼德斯小姐，她会喷嚏连连，而我们呢，安然无恙！"

"听起来这绝对是一个高级把戏！"达瑞尔激动地说，"绝对高级！艾莉西娅，我们非试不可。看到彼德斯小姐这么打喷嚏，我一定会笑晕过去的。她打喷嚏的声音特别大，可能比学校任何人打出来的声音都大。"

"我们不能过早地开始咯咯地笑，也不能笑得太厉害，以防彼德斯小姐觉得其中有猫腻。"艾莉西娅说道，"虽然我不认为她会知道。不管怎么样，她将会是唯一一个打喷嚏的人。"

大家都兴奋无比。捉弄彼德斯小姐！因为她为人严厉，惩罚人又迅速，没人敢真惹她生气，也很少有九年级生敢捉弄她，可这个把戏肯定万无一失！

"我们什么时候开始行动？明天？"达瑞尔问。

"不行。等我们要数学测验或是什么测验的时候。"艾莉西娅说，"然后，如果彼德斯小姐喷嚏打得太厉害，我们就不用考试啦！"

第十二章

学 校 日 常

接下来令人兴奋的事就是莎莉回来了！

达瑞尔欣喜若狂，她拥抱了莎莉，两人立刻聊了起来。

"回来太好了！我真讨厌开学初不能回来！"

"哦，莎莉，我好想你！我有好多话想跟你说。"

"你的信写得好极了！我盼着见到比尔和泽尔达。错过了那么多事真的好遗憾啊！"

看见莎莉回来，大家都很高兴，每个人，除了艾莉西娅之外。艾莉西娅已经习惯了达瑞尔的陪伴，习惯了和达瑞尔的友情。可现在，她要跟莎莉分享达瑞尔了。而且，她甚至无法与莎莉分享！莎莉回来了，达瑞尔可能都不想再打扰艾莉西娅了。

所以，艾莉西娅相当冷淡地与莎莉打了个招呼，表现出与达瑞尔非常亲近的样子，希望达瑞尔依然愿意跟她做朋友。可接下来的几天里，达瑞尔却把艾莉西娅抛诸脑后，莎莉回来让她太高兴了。

两人有无数的消息要交流，无数的事情要讨论。莎莉对泽尔达和她的生活方式惊奇不已，关于她从十年级降到九年级的事，她听了不止一次了。莎莉对比尔以及她在体操和马背上的实力也很惊讶。她觉得梅维斯和她的美妙歌喉比以前更让人难以忍受了。而格温德琳围着泽尔达转，泽尔达却完全没把她放在眼里，这件事也让莎莉乐不可支。

"哦，达瑞尔，你不知道，回来有多好！"莎莉快乐地说道，"我老是想着你们，一起上课，跟杜邦老师开玩笑，被鲁吉耶老师责骂，打曲棍球，在体育馆玩，在休息室的火炉边烤栗子。我像得了思乡病一样想学校！"

"嗯，莎莉，现在你终于回来了。"达瑞尔说，"你不在的时候我和艾莉西娅在一起，贝蒂因为百日咳被隔离了，还没回来，艾莉西娅和我都落单了。"

莎莉不太喜欢达瑞尔和艾莉西娅做朋友。她的嫉妒之情爬上心头。嫉妒是莎莉的缺点之一，她克服这个缺点已经有段时间了，可眼下，看到艾莉西娅和达瑞尔那么亲热，嫉妒又悄悄抬了头。她一点儿也不喜欢这样。

所以，就像艾莉西娅对莎莉冷冰冰一样，莎莉对艾莉西娅也冷冰冰的。对此，达瑞尔觉得既惊讶又伤心。她原本盼着莎莉安顿下来以后，她们还有艾莉西娅能相互陪伴一直到贝蒂回来。可莎莉一回来，就把艾莉西娅抛在一边，这让达瑞尔觉得不太好。

达瑞尔把艾莉西娅计划的恶作剧讲给莎莉听。莎莉压根儿不觉得这是个好主意！

"这么捉弄彼德斯小姐好蠢。"莎莉说，"首先，她一定会猜出这是个恶作剧，会做出很可怕的惩罚；其次，我不太喜欢那些让人打喷嚏的把戏，我觉得有点儿危险。"

"哦，莎莉！"达瑞尔失望了，"我还以为你会很兴奋呢。别那么一本正经！我猜，只不过因为这个把戏是艾莉西娅的点子，所以你才不喜欢！"

莎莉受伤了。"好吧，你要这么想我，就这么想吧。"她说，"我猜你是认为我嫉妒艾莉西娅，可我没有。我很明白你为什么那么喜欢她，她诙谐、有趣，这都是我不具备的品质！"

这一回达瑞尔看起来像受了伤。"你真傻，莎莉。"她说，"没错！你知道你才是我的朋友，我跟艾莉西娅一起，艾莉西娅跟我一起，是因为你和贝蒂都不在。别把事情搞砸，莎莉。"

"好吧，我试试。"莎莉费力地说。但嫉妒是一种很难对抗的东西，想战胜它就更难了。无论莎莉如何努力，她都无法阻止自己心里对艾莉西娅的恶意，而且她对艾莉西娅太冷淡了，这让艾莉西娅看出她是在嫉妒。艾莉西娅倒是很开心，反而开始更加讨好达瑞尔。

一天下午，达瑞尔去训练曲棍球时，自叹一句："天哪！为什么艾莉西娅总当着莎莉的面对我特别好呢？为什么莎莉变了这么多？我知道她嫉妒了，可嫉妒真能让人大变样吗?"

达瑞尔本人从不嫉妒。她天生就不爱嫉妒，所以她并不能真正理解莎莉的感觉。她把她们俩都看得很清楚，莎莉不喜欢艾莉西娅，她想要达瑞尔全部的友谊。艾莉西娅不明白为什么就因为莎莉回来了，自己就要彻底放弃达瑞尔的陪伴。为什么她们不能在贝蒂回来之前来个三人行？

当达瑞尔非常灵巧地接住球，一个转身，干净利落地把球传给了另一个队员时，她这样说："唉，我不能再想着她俩了!"所以，除了把全副精力集中在奔跑、接球和传球的乐趣上，她什么也不想了。

莫莉·罗纳尔逊真的很喜欢达瑞尔，她喜欢的不仅是达瑞尔的敏捷和灵巧，还有这个女孩的热情。无论天寒地冻还是刮风下雨，她从来没错过一次训练，真是精神可嘉。莫莉·罗纳尔逊对任何人都没有这么高度赞扬。

"达瑞尔·里弗斯，你可以把自己算作九年级分队的第三位替补队员了。"她与达瑞尔一起走向操场时说道，"今晚我会在公告牌上公布，你有很大的机会参赛，所以，坚持训练吧。这学期有不少人生病，经常缺席比赛。"

"哦，莫莉，太谢谢了!"达瑞尔兴奋得说不出话来了，"我不会让你失望的，一场训练我也不会落下，哪怕下雪也不会!天哪，你真是太好了!"

"不，不是这样的。"莫莉说，"我是为全队考虑。你的水平足够了，所以能入队，先作为替补队员，在之后的比赛中你或许有机会出场。"

达瑞尔飘飘然冲进室内。这次走运，她没有在拐角处撞上杜邦老师，只是撞上了一群十年级生，弄得她们惊慌失措地四散奔逃。

"达瑞尔·里弗斯，你疯了吗？"露西说。

"没有。嗯，也许我有点儿疯！"达瑞尔说，"我是九年级分队的第三替补队员了！莫莉刚才告诉我的。"

"那真是太棒了。"艾伦说，"恭喜你！真幸运！我都十年级了，可从来没有进过任何一队呢。"

大家似乎都挺高兴，拍着达瑞尔的背。她冲进九年级的休息室去宣布这个消息，大多数九年级的人都在，她们四下里坐着，阅读、做游戏或是缝纫。当达瑞尔冲进来时，大家抬头看向她。

"飓风来了！"艾莉西娅咧着嘴说，"天哪，把门关上，达瑞尔。我已经是寒风裹腿了。"

达瑞尔砰地关上门。"姑娘们，我是第三替补了！"她激动地宣布，"今天晚上莫莉要在公告牌上公布。"

艾莉西娅对达瑞尔这学期在曲棍球上的成功有点儿恼火，可这回，她决定要为达瑞尔高兴。如果她为这事酸溜溜，莎莉为这事高兴，那可不行！所以她跳起来，重重地拍了拍达瑞尔的背，大声叫着说着恭喜，就好像以前从来没有人当上替补似的。她几乎不会让莎莉接近达瑞尔。

吉恩也很高兴，艾伦和贝琳达都过来祝贺，就连玛丽露也加入了。泽尔达笑了笑，看上去很高兴，不过她心里纳闷，怎么会有人为这种奇怪的事情如此激动？不管怎样，对达瑞尔来说，这简直是一场胜利。她陶醉在这种赞美之中。

莎莉看到艾莉西娅显然很高兴，而达瑞尔呢，对于她的高兴也乐于接受，莎莉很生气。她想：哦，天哪！我变得多可怕啊！就因为艾莉西娅先我一步为达瑞尔高兴，我甚至无法让自己对达瑞尔说些恭喜的话，这些话我非常乐意说的啊！

达瑞尔很惊讶莎莉没有表现得像她希望的那样高兴。"你不开心吗，莎莉？"她急切地问道，"你知道，这可是九年级的荣耀。可别说你不开心啊！"

"我当然开心啦！"莎莉说，"真的，挺好的。你做得很好，达瑞尔。"

但听起来她有点儿言不由衷，达瑞尔感到失望。算了！艾莉西娅很兴奋，其他人也是如此。也许这么晚才返校，让莎莉还是觉得有点儿不自在。

接下来令人兴奋的是，布告栏上贴了一张告示，就在关于达瑞尔的那张旁边，说是英语老师希伯特小姐要开始排演《罗密欧与朱丽叶》了，九年级生要去艺术教室试演片段。

"哎呀！"格温德琳叫道。她并不喜欢希伯特小姐，因为这位老师总是批评她的表演做作、愚蠢，"我还以为她把这出戏忘了呢，真是浪费时间。"

"哦，不，才不是呢。"泽尔达说，她因这个告示而欢欣鼓舞，"演戏太妙了！这才是我擅长的事情。我以前演过麦克白夫人……"

"是的，我们都知道了。"达芙妮打断她，"无论如何，我们也该知道了，你都说过那么多次了。"

"我猜，你一定以为自己是主角之一吧，达芙妮？"艾莉西娅说，"你会大失所望的！既然泽尔达如此优秀，她一定会演朱丽叶的，只要她能改掉那种拖拖拉拉的美国腔！"

泽尔达警觉起来，她问道："你觉得，我的口音会让我得不到一个好角色吗？"

"嗯，我不能想象莎翁笔下的朱丽叶操着一口美国腔。"艾莉西娅说，"不过呢，要是你的演技够好，我也不懂为什么你不能拿下这个角色。"

泽尔达最近一直很克制，现在她又恢复了十足的活力，一心想着主演《罗密欧与朱丽叶》。她非常注意自己的外表，花了尽可能多的时间揽镜自照。而且，她开始纠正自己拖拖拉拉的美国腔了！这逗乐了全班人。泽尔达以前从来没有试过用英国人的方式说话，她嘲笑英国人的口音，说这种口音很傻。现在，她缠着每个人告诉她这些单词用他们的方式如何发音。

"嗯，首先，试着说'棒极了'，不要说'棒透了'。"达瑞尔说，"说二十四，不要说成'耳十四'，说'停下'，不要说

'打住'。你听不出其中的区别吗?"

泽尔达开始试着学习英式表达,这让彼德斯小姐万分惊讶。她对泽尔达努力跟上课堂的进度感到很满意,但她仍然对这姑娘过分关注自己的头发和外貌感到厌烦。她也不太喜欢泽尔达那种成熟的风格和瞧不上别人的习惯,因为其他人都比较"学生气"。

泽尔达认真地学习着朱丽叶的部分,心想:现在,我要让她们都看看!我之所以说我将来会是最伟大的电影明星之一究竟是什么意思!

第十三章

彩 排 受 挫

　　为了排演学校的戏剧，希伯特小姐真是费了好大的劲。她把时间轮流花在各个年级里，果然也取得了一些很棒的效果。

　　这学期轮到九年级排演戏剧，她们打算在学期快结束时上演这出戏。没要她们排演法语剧她们就谢天谢地了。两位法语老师都参与了排演，但由于她们俩对表演有截然不同的想法，所以对演员来说，这就有点儿困难了。

　　"希伯特小姐是不是要先挑演员？"泽尔达问。

　　"哦，不是，她要我们全体都试演，几乎把一场戏都试好几遍。"达瑞尔说，"她这样做有两个理由。她说用这个方法才能找到真正适合每个角色的演员。还有，这样我们就都能记住戏文的各个部分，团队合作的效果才会更好。"

　　"咿，棒透了——我是说，棒极了。"泽尔达说，"我一直在学习朱丽叶的部分，非常可爱。你愿意听我念念台词吗?"

"我马上要出去练曲棍球了。"达瑞尔说，"抱歉! 去问问艾莉西娅吧，这会儿她没事。"

可艾莉西娅并无意欣赏泽尔达的朱丽叶，她快速起身说："抱歉! 泽尔达，我要去开个会，不过我知道你一定棒透了!"

"我听你念，泽尔达。"格温德琳说，很高兴能有机会取悦这个美国女孩，"我们去一间空的音乐教室吧，那儿没人打扰你。看你表演一定很可爱，我知道你非常出色，就像你非常喜欢的那个明星——对了，像洛西·莱克斯顿。"

"呃，也许我还没到她那个水平。"泽尔达说，像洛西在电影里那样将头发抖得蓬松，"好吧，格温，我们去练习室吧。"

可所有的练习室都满员，每间屋里都传出了音乐声，只有最后一间例外。艾琳在那儿，仔细研读着乐谱。

"嘿，艾琳，"格温走进去说道，"你能不能……"

"走开。"艾琳凶巴巴地说，"我忙着呢，你没看见吗?"

"嗯，你不需要钢琴吧?"泽尔达说，"不管你做的是什么，难道你不能找别的地方吗?"

"不，不能。过一会儿我就需要在钢琴上试弹。"艾琳说，"走开吧，别这样打扰我!"

泽尔达相当惊讶，她以前没见过艾琳这么气呼呼的。格温德琳可见过，她知道，当艾琳沉浸于她的音乐，不管在作曲或在弹奏，她是受不了打扰的。

"算了。"她对泽尔达说,"我们走吧。"

"没错,走吧!"艾琳说着,脸上带着绝望的神情,"曲子刚变得优美起来你们就打断我。你们俩真讨厌!"

"嗯,说真的,艾琳,如果你只是用铅笔和纸张'弹'曲子的话,你就应该把这间屋子让给我们。"泽尔达说道,"我要背诵朱丽叶的台词,还要……"

艾琳一下子激动了,她把乐谱、铅笔和乐谱盒扔向惊慌失措的泽尔达。"你这个傻瓜!"她大叫,"凭什么要把我的音乐时间让给你那愚蠢的表演!我知道你将来要做一个了不得的电影明星,穿着华丽的衣服招摇过市,脑子里想着三流的东西,如果你真有脑子的话。这一切又怎么能跟音乐相提并论?我告诉你,我……"

泽尔达和格温德琳没有再听下去。她们看到艾琳还在四下张望,甚至想找点儿别的东西扔过来,而小壁炉台上正放着一瓶花,格温想她们还是越快走出房间越好。

"哎呀!"泽尔达说,"简直叫人无法想象!艾琳疯了!"

"还没真疯。"格温说,"只有当她感到某种灵感来袭,音乐涌进她的脑海,她必须把它写下来的时候,她才真疯。我觉得,她有真正的艺术家脾气。"

"那我也有啊。"泽尔达立刻说,"可我就不会像那样发疯,我简直不敢相信她会这么做。"

"她无法自控。"格温说,"她被打扰的时候才这样。你瞧,露西从练习室里出来了，要是我们快点儿，就能占到那间屋！"

她们俩溜进露西刚刚走出的那间屋子。格温坐了下来，如果能取悦泽尔达，让她感受到真正的友情的话，她打算听上好几个小时。泽尔达做出一副害了相思病的表情，开始了表演：

> 你要离去了吗？天还未明。
>
> 那是夜莺，而非云雀，
>
> 叫穿你战战兢兢的耳穴。
>
> 夜晚她在远处的石榴树上歌唱。
>
> 相信我，亲爱的，那是夜莺。

格温带着全神贯注和赞赏的神情听着，她并不明白泽尔达演得好还是不好，可这并不妨碍她的赞美。

"太不可思议了！"当泽尔达终于停下来喘口气的时候，格温说，"你已经学了这么多了？我的天哪，你演得真好啊。而且，泽尔达，你的发型，你的所有，都好适合这个角色啊！"

"真的吗？"泽尔达高兴起来，她在演戏时总是自得其乐，"我知道该怎么做。我会把头发弄得蓬松，然后披上桌布，不，桌布不够大，用窗帘好了！"

泽尔达拿下蓝色的窗帘，把它裹在自己那身棕色的校服上，格温觉得很有趣。

泽尔达解开那头靓丽的头发，把它抖散，让它铺满肩膀。

她决定把桌布也披上。现在她看来更像朱丽叶了。她可怜巴巴地伸出双手，又开始念起台词来。听起来真的有点儿怪怪的，因为泽尔达使劲地憋着英国腔，可还是拐到她懒洋洋的美国腔上，所以，她所有的努力显得很滑稽。

格温很想笑，可她知道泽尔达会有多生气。这个美国姑娘走来走去，夸张地念着台词，蓝色的窗帘像一节火车，拖在她身后，头发几乎遮住了她的一只眼睛。

有人探头进来，是贝茜，一个八年级生。她是来练习的，看到屋里有两个九年级生，就溜了。然后，一个十年级生来了，她可不怕九年级生。可是，她看到泽尔达的奇怪装束，依然是吃了一惊。"我需要练习。"她走进来说，"请你们出去。"

泽尔达愤怒地停了下来。"你出去!"她说，"咿，真是没眼力! 你没看见我在排练吗?"

"不，没看见。"十年级生说道，"等哪位老师看到你这么披着窗帘，就有你好看的，泽尔达·布拉斯。现在，你们俩都出去，你们已经耽误我了。"

泽尔达打定主意像艾琳一样大发脾气，她拿起莎士比亚剧本，冲着十年级生扔了过去。非常遗憾的是此时舍监老师正好路过，一如既往地往练习教室看了看，确认每个人是不是都在练习。当看到有人披着窗帘、桌布，头发覆面，拿着书本冲着一个坐在钢琴边的人扔过去，她大吃一惊。

舍监老师大力地推开门，吓得几人都跳了起来。她说："这是在干什么？你们在干什么？哦，是你，泽尔达，你把窗帘裹在身上是想干什么？你是不是疯了？你的头发怎么了？看起来比以前的糟糕一百倍。珍妮特，你继续练习。格温，有十年级的人在练习的时候你不该在这儿。至于你，泽尔达，我要再看到你乱发脾气，我就报告给格雷灵女士！如此相互扔书！而且你已经是九年级的人了！再如此表现，我看你要降级到七年级了！"

女孩们一句话也插不上。舍监老师的语速飞快，她把珍妮特牢牢地按在琴凳上，把格温像赶小鸡一样赶了出去，她紧紧地抓住了泽尔达的肩膀。

"你得跟我走，让我检查一下你有没有把桌布和窗帘弄破。"她说，"要是弄破了，你就得到我的屋里去，在我的眼皮底下把它补好。我还想着，如果你不把袜子补得比以前好，我就不得不请你到我这儿来上缝纫课了。"

可怜的泽尔达，又生气又尴尬，不得不跟在舍监老师身后穿过走廊，试图把窗帘和桌布从肩膀和手腕上拿开，巴望着能把头发扎好。

可舍监老师没给她时间整理一番。这个自命不凡、矫揉造作的美国姑娘经常惹恼舍监老师，现在她可是自作自受了！让所有人都看看泽尔达这个皱巴巴、可笑的样子吧！

对于泽尔达来说，最最不幸的是碰上了一群咯咯笑的八年级生，饶有兴趣地盯着泽尔达看。

"她干什么了？舍监老师要把她带哪儿去？她看起来多可怕！"可怜的泽尔达听到这些十三岁的小孩说的话之后脸红得不行，转头去寻找格温。

可格温已经走了。她了解眼下这种心情的舍监老师，如果可以，她是不会靠近这样的舍监老师的！

她们在楼梯转弯处碰到了杜邦老师，她惊讶地叫了起来："天哪①！这是怎么啦？泽尔达，你的头发！"

"是的，我正在处理她的问题，杜邦老师。"舍监老师坚定地说。她和杜邦老师总是势同水火，所以她没有停下来跟杜邦老师交谈，而是飞快地将泽尔达拉进自己的办公室，徒留杜邦老师在原地目瞪口呆，惊奇不已。

幸运的是，舍监老师没有发现窗帘和桌布有什么损伤。她亲自替泽尔达梳好了头发，泽尔达被舍监老师敏捷和滔滔不绝的口才征服了，一句话也没说就屈服了。

舍监把泽尔达的头发编成两条粗辫子！泽尔达从小到大也没编过这样的辫子，坐在那儿，惊恐万状！这个可怕的学校！下一次还会有什么事发生在她身上？

"好了。"最后，舍监老师满意了，试着用蓝发绳绑住辫子梢。她后退两步，"现在，泽尔达，你看起来像一个正常的学生了，非常朴素美好。我不明白为什么你总要装成二十岁的样子。"

①　此处杜邦老师说的是法语。

泽尔达虚弱无力地站了起来，她瞟了一眼镜中的自己。多可怕啊！这真是她吗？天哪，她看起来平平无奇——就像其他的英国女孩。

她蹑手蹑脚地走出房间，逃到楼上的宿舍，想把头发重新弄一弄。她碰上了彼德斯小姐，她盯着泽尔达，像是不认识她似的。泽尔达露出一个微弱的笑，试着一言不发地走过去。

"呃，泽尔达！"她听见彼德斯小姐不可置信地说。泽尔达箭一样地跑上楼梯，祈祷着再也不要碰上任何人。

格温在宿舍里，像看到鬼一样盯着泽尔达。"是舍监老师把你的头发梳成这样的吗？"她问，"哦，泽尔达，你现在看起来像一个真正的学生了——一点儿也不像你自己了。我得告诉别人，舍监老师替你梳头啦。"

"如果你胆敢把这个事传出去，我就永远不跟你说话了。"泽尔达严厉地说，把格温吓了一跳。

泽尔达又把辫子解散了，她生气地说："这个可怕的学校！我永远也不会原谅舍监老师，永远！"

第十四章

比 尔 被 抓

    大家不允许艾莉西娅忘记打喷嚏的把戏,全年级的人求她付诸行动。只有莎莉除外,她依然坚持认为这是一个危险的把戏。

    艾莉西娅笑话她。"你之所以这样说,仅仅因为这是我的主意!"她说,她知道莎莉嫉妒她和达瑞尔的友情,"如果这是艾琳或是吉恩的主意,你就会兴奋了。"

    吉恩左右为难,一方面她想看她们玩这种把戏,另一方面又觉得自己作为级长不应该鼓励这种行为。同时,级长也不应该太过严肃和一本正经,而且她实在想看看会发生些什么!

    "下周有数学考试。"艾莉西娅说,"正是耍这个小把戏的好时候!我敢打赌我们会逃过这次考试的。阿嚏!"

    大家都笑了起来。达瑞尔抱着双臂。哦,学校太有意思了!

每一分钟都让她享受无比。她喜欢功课，喜欢运动，喜欢这些叽叽喳喳的女孩的陪伴，喜欢成为第三替补。

哦，事事如意！这是她经历过的最好的一学期。

这时，她看到比尔一点儿也不高兴。可怜的比尔！她很担忧，因为雷鸣还是不太自在。没别人注意到这个——可比尔就是知道，雷鸣并不像她最初想的那样，只是想家。它不舒服，她非常担心它。她越是担心，在功课上的注意力就越少，就越容易惹恼彼德斯小姐。

"威廉敏娜！请你集中思想好吗？威廉敏娜！你能重复一下我刚才说的吗？威廉敏娜，如果你坚持往窗外看，坚持发白日梦，就离开我的课堂！""威廉敏娜！威廉敏娜！威廉敏娜！"这样的声音不绝于耳。

真是太可怕了。比尔现在真的好惨，但除非别人问起雷鸣，她很少主动说点儿什么。她知道，她一直不守纪律，这让吉恩非常不赞同。可她就是无法控制！她每天必须看到雷鸣，特别是此刻。

彼德斯小姐开始对比尔心生疑惑。如果这个女孩那么喜欢她的马，那她又为什么总要弄到自己被罚，以至于不能见它呢？彼德斯小姐想起了几天前。天哪，比尔已经整整一周没有看见她心爱的马了。而她，却没有任何抱怨！

彼德斯小姐不禁心生疑窦。比尔不听话吗？当然不是！不听话并不是彼德斯小姐经常在意的事情。她一向以纪律严明著称，女孩们很少敢违抗她的命令，哪怕是最微小的命令。

她跟北塔的负责人波茨小姐谈了此事："波茨小姐，我对威廉敏娜感到迷惑不解。我看不懂她。她是一个如此可怕的梦想家，却又看起来如此理智、冷静！而且，她似乎非常钟爱她的那匹马——她明知道我会罚她不准见那匹马，可她还是持续地招我罚她！现在，她要有足足一个星期不能见那匹马了！"

波茨小姐看来吓了一跳，她皱起眉头，回忆起来："呃，真怪——我可以发誓，昨天我路过马厩的时候，看见威廉敏娜在那儿。我那时候透过窗子看了看，我可以肯定那是威廉敏娜——站在一匹黑色大马跟前。"

"是，那肯定就是雷鸣。"彼德斯小姐接着说，"这个不可信、不听话的小猴子！要是被我抓到她不守纪，我一定把那匹马送回她的老家去！她可以骑学校的马。我可不想让她整个上午都对着那匹马发呆，还那样不听话，尽管那匹马很好。"

彼德斯小姐真的非常生气。她绝不能容忍别人不服从她。她回到屋子，又震惊又失望。她没想到威廉敏娜会如此虚伪，如此不可信赖。原来自己对她了解得这么少！

随着时间的推移，彼德斯小姐对整件事感到越来越气愤。碰巧那天她在九年级的课很少，历史老师卡顿小姐，杜邦老师，美术老师林妮小姐，还有音乐老师扬先生都有九年级的课。她没有机会严厉地看向比尔，以便看她是否有内疚之感。

那天早上，午饭过后，离下午的课还有半小时。正是这个时间段，比尔常常溜去马厩。通常，她从后楼梯下去，从一个小侧门出去，穿过树下的一条小道到达马厩。如此一来，没人会看到她，除非她霉运当头。

她像往常一样溜出去看雷鸣。听到她的脚步声时，它轻声嘶鸣。她打开那扇大大的门，走了进去。这里完全没有别人，只有马在跺着蹄子，喷着响鼻，高兴地彼此陪伴着。

她走到雷鸣所在的小隔间。它把黑黑的大脑袋放在她的臂弯里，高兴地抽鼻。比尔抚摸着它柔软的鼻子说："雷鸣，你觉得好点儿了吗？让我看看你的眼睛。哦，雷鸣，你的眼睛不如从前明亮了，我也不喜欢你皮毛的触感，都粗糙了，本应该更丝滑的。雷鸣，你怎么了？可别生病啊，宝贝儿雷鸣，我可受不了。"

雷鸣轻轻喷了喷气息，快乐地抽鼻。它是觉得不舒服。可是，比尔跟它在一起时就没什么了。只要她跟它在一起，即使生病也快乐。

北塔的楼上，彼德斯小姐沿着走廊走着。她打定主意要找到比尔，直截了当地和她谈谈。她走到九年级的休息室门前，探头进去，果然，威廉敏娜不在那儿！

"我要找威廉敏娜。"彼德斯小姐说，"她在哪儿？"

当然，大家都知道，可没人会说出去。达瑞尔想着，她能不能溜出去警告比尔一下，让她赶快回来。

"我能去帮你找她吗？"她说。

"不用，我去找她。"彼德斯小姐说，"有人知道她在哪儿吗？"

没人回答。她们一脸茫然的样子让彼德斯小姐怒火中烧。她相当清楚她们都知道比尔在哪儿。呃，如果她们认定了威廉敏娜在她不该去的地方——马厩，那她就不会指望她们会打小报告。

"我猜，她在马厩里吧。"彼德斯小姐严厉地说。

她看着吉恩说："你，吉恩，身为级长，理应告诉她不要如此愚蠢，行如此不光彩之事。我曾让每个人以名誉担保服从我的任何惩罚。"

吉恩脸红了，感到十分不自在。彼德斯小姐说得倒是轻巧！谁也说服不了比尔，让她忽视雷鸣！

"你们全体都待在这儿！"彼德斯小姐命令道。她确信，一旦有机会，总有一个人会跑去马厩警告比尔。彼德斯小姐决定亲自去抓她，好一劳永逸地阻止这类事的发生。

"哦，可怜的比尔。"彼德斯小姐走了以后，达瑞尔咕哝道，"这下子她会惹下大麻烦的。我的天，我敢说彼德斯小姐一定会走前楼梯下去。要是我从后楼梯跑下去，我可能会先赶到马厩警告比尔。我要试一试！"

别人要说什么她不想听。她像箭一样地冲出房间，在外面差点儿撞倒舍监老师。她冲过走廊，冲到后楼梯，三步并作两步下了楼，从侧门溜了出去，跑到树下。她飞快地跑到马厩门口挤了进去。

"比尔，小心！彼德斯小姐到这儿来了！"她发出嘘声。她看到雷鸣黑色的脑袋旁比尔那张惊恐的脸。

接着，她又听到了脚步声和发牢骚的声音："太晚了，你会被抓住的。你不能藏起来吗?"

她飞快地跑到一堆稻草前，钻了进去。她的心狂乱地跳着。比尔石化了，站在那儿，布满雀斑的脸吓得惨白。

门大大地打开了，彼德斯小姐走了进来。"哦，你真在这儿，威廉敏娜！"她生气地说道，"我猜你整个星期都在有计划地违抗我。我真为你感到羞耻。只要雷鸣在，你就永远不能安下心来学习，这点我看得相当清楚。我得把它装上运马车，送回家去！"

"不，不，彼德斯小姐，别这样，别这么做！"比尔哀求道，连脸上的雀斑都因焦急而变得苍白，"只是因为雷鸣不舒服，是真的。要是它身体没事我会服从你的，可它不舒服的时候需要我。"

"我不想再讨论这件事了。"彼德斯小姐冷冷地说，"你听见我说的了。如此不守纪的情况之下，我不太可能改变主意了。请回你们年级的休息室去吧，威廉敏娜。我会告诉你我何时会安排送雷鸣回家，在假期之前你就跟它道别吧，有可能后天吧。"

比尔一动不动地站着，几乎吓呆了。她的两腿动弹不得。达瑞尔看不见她，可她能想象比尔是什么样。可怜的、可怜的比尔。

"去吧，威廉敏娜。"彼德斯小姐道，"立刻，马上！"

比尔走了，她的脚拖沓着。达瑞尔听到压抑的抽泣声。天哪，可惜她只能藏身草堆，无法去安慰比尔。不要紧，彼德斯小姐很快就走了，那时候，达瑞尔就可以飞到休息室，给予比尔温暖而由衷的同情。

可彼德斯小姐并没有走。她等到比尔走得没影儿了，然后走向雷鸣，用一种达瑞尔从没听过的温柔的声音说话。

"嗯，好小伙。"彼德斯小姐说，然后，达瑞尔听到她用手抚摸皮毛的声音，"你是怎么啦？不舒服吗？需要我们替你找兽医来吗？你怎么了，雷鸣？你真漂亮啊，是不是？是马厩里最棒的，怎么了，好小伙？"

达瑞尔简直不相信自己的耳朵。她在稻草里扭动了一下，想钻出一个洞来窥视。没错，那是彼德斯小姐，紧挨着雷鸣站着，它用鼻子蹭着她，高兴得发出嘶鸣声。天哪，彼德斯小姐一定很爱它！当然，达瑞尔知道她很喜欢马。可眼下，这还是有些不同寻常。看起来她真的很爱雷鸣，就好像它是她的马一样。

彼德斯小姐给了雷鸣几块糖，它嘎吱嘎吱地嚼着。然后，她走出马厩，关上了门。达瑞尔从草堆里爬出来，抖了抖身上的草屑。她走到门边听了听。彼德斯小姐走了，好极了！

她打开门走了出去。然后，她石化了，如遭雷击。彼德斯小姐没有走！她就在门边，正在系鞋带。她一抬头，正看见达瑞尔走出马厩。

她站直身体，气得脸发红。"你在这儿干什么？"她问道，"我跟威廉敏娜说话时你一直都在吗？我离开休息室的时候你不是在那儿吗？你真的敢跑下后楼梯去警告威廉敏娜吗？"

达瑞尔说不出话来了，她点点头。

"我回头再处理你的事。"彼德斯小姐几乎不能置信地说，"我真不知道九年级会成个什么样子！"

第十五章

小 小 计 划

达瑞尔也好，任何人也好，都安慰不了比尔。她没有按彼德斯小姐的要求回到休息室。她跑到宿舍里自己哭了一场。比尔曾夸口说她从来不哭，但这次她哭了。她的七个兄弟教导她要坚强，要有男儿气，像男孩那样行事，她从来都不屑于流一滴眼泪。

可她现在忍不住了。下午上课时间，当她出现时，九年级的人看到她红红的双眼，都围过来安慰她，可她把她们推开了。虽然比尔感激地与达瑞尔说了两句话，可也把她推开了。

"谢谢你跑过去警告我。你真是太好了，达瑞尔。"

"比尔，真是太可惜了。"达瑞尔开口道，可比尔转过头去。

"我没法谈这个。"她说，"请别说了。"

所以，九年级的人放弃了，无助地相互对视。如果比尔不愿意，你就拿她没办法。那天下午，达瑞尔忐忑不安地坐在教室里。她心中有数，迟早她会被叫到彼德斯小姐的屋里，她很想知道会有怎样的情况发生在她身上。老天，在那之前，一切都是那么美好。现在，她给自己惹上麻烦了，而她只不过是想帮助可怜的比尔。

那天下午，彼德斯小姐心情阴郁。她在寻找能出气的人或事。可是没人做任何事刺激她，甚至连梅维斯、格温德琳或是泽尔达都没有。这种情形之下的彼德斯小姐很吓人。她那张粗眉大眼的脸涨得通红，扫视全班同学时，她的眼睛闪闪发光，她的短发似乎比平时更紧地贴在头皮上。

所有的九年级生那天晚上都感觉很痛苦，比尔依然像一尊石像一样待在角落里。

倒是梅维斯，突然活跃了气氛。"喂，"她像觉得隔墙有耳似的小声地说，"看这个！"

她举起一张纸，上面印着这几行字：

人才甄选

你有天赋吗？你的钢琴弹得好吗？

你会画画吗？你会唱歌吗？

那就在周六晚，带着你的天赋到比林顿大会堂来吧，让我们发现你的才能。

奖金丰厚——还有扬名立万之机会！

甄选人才！

女孩们读着这些文字。"嗯，这是干什么的？"艾莉西娅说，"梅维斯，你不是想参加这个人才甄选吧？"

"是的，不过，听着，"梅维斯依然急切地低语，"艾琳带着她的音乐去如何？贝琳达带着她的绘画去如何？泽尔达去表演如何？我呢，就带着我的歌喉去。想想我们可能会赢得的奖金吧！"

大家轻蔑地盯着梅维斯。"梅维斯！说得好像学校会允许我们去似的！"贝琳达说，"而且，谁愿意去参加这样低档次的活动？什么人才甄选！只是场愚蠢的表演，用来取悦比林顿人的。奖品很可能只是几枚硬币！别这么傻了！"

"可是，贝琳达，泽尔达，这真的是个好机会啊！"梅维斯说。她想象着自己站在舞台上，优美的嗓音在大厅里绕梁三日，掌声响起，人们呼唤她再来一曲，报纸上还可能登着她的名字。可怜的、傻傻的梅维斯。她的自负蒙蔽了她，让她看不清这个表演的真实面目——只不过是一场为了好玩而举办的乡村聚会。

"梅维斯，你真是蠢不可言。"艾莉西娅不耐烦地说道，"你真的觉得格雷灵女士会让马洛里塔学园的女孩们参加这种活动，弄得自己又廉价又可笑吗？有点儿常识吧。"

"她不行，她根本就没一点儿常识。"达芙妮说。

达瑞尔正咧着嘴笑着读那些字，梅维斯从她手中抢过那张纸。"好吧，"她说，"要是你们不想找点儿乐子，就没必要拿着它。我就自己去好了。"

"别傻了。"吉恩说，"想想吧，你要站在一个大大的舞台上，你只是一个女学生，为整个大厅的观众唱歌。这太荒唐了！"

但对梅维斯来说，这个画面并不荒唐。这一切在她眼中清晰可见。她甚至能听到如雷的掌声，看见自己一次又一次地鞠躬。这将是她成为歌剧演员前的生活体验！

她把告示塞进口袋里，恨不得刚才自己什么也没说。但是一个小小的念头不断地溜进她的脑海，使她兴奋，使她不安。

"假设我去了呢？要是我说我去上一节额外的声乐课，没人会在意我的。老师们只会认为扬先生在补上周落下的课。"

这是一个令人兴奋的念头。今天是星期四。梅维斯决定用整个星期五来思考这件事，星期六再做出决定。没错，这才是她应该做的——如果她决定去，她可以及时制订计划！

整个星期五她都在想这件事。而比尔呢，则在想着雷鸣。她们俩在课堂上都不敢太痴心妄想，但幸运的是，彼德斯小姐那天并没有过多地关照九年级生，因为她不得不替另一位生病的老师代课。杜邦老师来替她，这位老师的心情倒很好，很健谈，而且嗅觉也不灵敏，因此比尔和梅维斯也可以安静地稍稍做一点儿白日梦。

比尔不敢再去马厩了。她抱着一线希望，希望彼德斯小姐会改变主意，软化态度。也许，她最终会让雷鸣留下来。所以，她没有走近马厩，巴望着彼德斯小姐告诉她，说她终究还是不打算这么严厉了。

彼德斯小姐还是没有跟达瑞尔说什么。这个女孩希望老师赶快把这事处理了，责骂她、惩罚她也好，但不要让这件事一直这样困扰着她。可是，也许这正是彼德斯小姐计划的一部分，让达瑞尔几天里都坐立不安！

星期六到来了。梅维斯打定了主意，她要去！她告诉波茨小姐说她有一节声乐课，她常在业余时间额外练习唱歌，所以波茨小姐完全不觉有异。她对女孩们也可以这么说。她没法在早于九点钟的就寝时间回来，但她相信女孩们不会出卖她，她可以从后楼梯溜上来。

所以，梅维斯订下了计划。她查好了公车，打算赶六点钟的那一班，这车会在七点钟时把她带到比林顿。表演在七点半开始，她可以轻易地走进大厅，看看她该做些什么。

她也查了回来的公车。表演要持续多久呢？可能要两个小时左右吧。九点半有一趟回来的公车，是末班车。天哪，太晚了！梅维斯开始对她的冒险感到不安。这个时间她独自一人在黑暗中从公共汽车站沿着学校的车道往回走实在是太晚了。哦，天哪，会有月光吗？她真希望有！

星期六的早上，比尔来找达瑞尔，她说："达瑞尔，你能帮我个忙吗？除非得到允许，否则我不能再到马厩去了，这也是为了防止彼德斯小姐改变主意把雷鸣送走。所以，达瑞尔，你能不能溜过去，到雷鸣那儿，看看它好没好？"

"好，当然可以了。"达瑞尔说，"今天早上，它没有和其他的马一起出来。我看见马群都出来了，可雷鸣没出来。"

"是的，它不会出来的。"比尔说，"除了我谁也没法骑它。你一定要去啊，达瑞尔。"

达瑞尔去了，她去一点儿问题也没有。她怪自己怎么以前没有想到这一点。昨天她也可以替比尔去的呀。

她走进马厩。所有的马都在那儿。马夫也在那儿，一边给马擦洗，一边吹着口哨。

"早上好。"他说。

"早上好。"达瑞尔说，"雷鸣在哪儿？它还好吧？"

"它在那边，它的隔间里。"马夫站起身来说道，"它看起来不太好，依我看，它可能得了疝气或是什么的。"

疝气？是肚子痛吧？达瑞尔想。好吧，不是什么大事。她走到雷鸣身边，它正低垂着脑袋，看起来很痛苦。

"它真的看起来不太好，是不是？"达瑞尔焦急地说，"你觉得它这是想念它的主人了吗？她们不允许她来看它。"

"嗯，也许吧。"马夫说道，"可我猜是它身子里的毛病让它痛苦的。要是没人来接它，就该给它请个兽医来瞧瞧。可我的确听说要把它送回家去。"

达瑞尔没再说什么了。她跑回北塔去找比尔，比尔正焦急地等着她呢。

"雷鸣看起来不太好。"她说，"可你不用担心。马夫说它可能得了疝气，这没什么吧？"

比尔惊恐地盯着她。"疝气！天哪，这是一匹马能碰上的最糟糕的事情之一！达瑞尔，想想吧，一匹马有一个大大的胃，想想，它的整个胃都在痛，这是很痛苦的！"

"哦，我不知道这个。"达瑞尔说，"可——肯定没有那么严重，是不是？"

"很严重，很严重。"比尔说着，眼泪涌上眼眶，"哦，我该怎么办啊？我不敢去马厩了，万一我被抓住，也许会完全毁了不送雷鸣回家的可能。彼德斯小姐没再跟我说送它回家的事。哦，我该怎么办啊？"

"你什么也做不了。"达瑞尔说，"真的，你做不了。它明天就会好的，别担心啦，比尔。老天，开始下大雨了，又是我正好要去练习接球的时候。"

比尔转身离开。下雨！下雨有什么了不起！她坐在角落里，更加担心起来。疝气！她有一个兄弟的马就是得了疝气死的。假如雷鸣半夜病情加重，无人知道可怎么办呢？马夫睡觉的地方离马厩可不近。没人会知道，到了早上，雷鸣可能会死的！

在比尔用这些可怕的想法折磨自己的时候，梅维斯正为一些愉快的想法而欢欣鼓舞。她把一切都计划好了。她一点儿也不在乎事情结束后她是否会被发现。到那时，她可能已收获了惊讶与掌声，马洛里塔学园也会赞美她、欣赏她。

"她做那样的事有多大胆啊！"她们会这样说，"正是一个歌剧演员会做的事！那些激情、禀性还有勇气！太棒了，梅维斯！"

那天晚上，没有人对梅维斯的疯狂计划起疑，当她对波茨小姐说她要上一节额外的声乐课，所以要提前吃晚饭以便赶上时间时，老师什么也没说。女孩们也没有在意。她们对梅维斯和她古怪的课程都已习以为常了。

这一切都太容易了！梅维斯欣喜若狂地想，我可以早一点儿去赶公车，谁也猜不到的！今晚我回来时，她们会说什么呢？嗯，她们会知道，我除了有一副美妙的歌喉之外也能干成大事！

她轻易地就赶上了公车。天下着瓢泼大雨，她穿上了雨衣，却没有戴帽子，以防有人注意到帽子上的校徽，所以她头上空空。可因为公车正好停在比林顿大会堂的门前，所以她的头发应该不至于湿得太厉害。

公共汽车开动时颠簸了一下。

梅维斯心想：去走向成名吧，去走向掌声吧！去迈向美好职业生涯的起点吧！

第十六章

不 见 踪 影

波茨小姐发现梅维斯不在晚餐桌旁。她正要说说这事,忽地想起梅维斯跟她提过什么额外的声乐课的事。那么,她肯定提前吃过晚饭了,她以前偶尔也这样;扬先生呢,则会迟来吃晚饭。所以,波茨小姐就没说什么。

女孩们也没在意这事。她们已经习惯了梅维斯和她不断的、额外的嗓音训练。她们才不会惦记她呢。正如她们常说的,梅维斯真的就只有一副嗓子还有无限的自负。

比尔十分沉默,十分焦虑,几乎什么也没吃。热心肠的达瑞尔为她难过,她知道比尔在担心雷鸣,可又不能去看它。她对比尔悄悄地说:"要不要我晚饭后帮你去看看它?"

比尔摇摇头说:"不用了。我不想让你惹上麻烦。天黑以后谁也不允许去马厩。"

晚饭后，梅维斯没去休息室，谁也没有说什么。艾莉西娅打开了收音机。贝琳达开始跳一种滑稽的舞步，泽尔达站起身加入了她。大家都乐不可支，泽尔达要是不再装腔作势的话，她这人真的可以非常有趣。

女孩们的掌声让她很高兴。"我能为你们表演《罗密欧与朱丽叶》的片段吗?"她热切地问道，"我等希伯特小姐的彩排都等得不耐烦了!"

"好啊，来吧，泽尔达!"格温立刻说道。其他人就没这么热心了，可她们也坐正了，准备再忍耐一小会儿。

泽尔达开始了。她摆了个姿势，提高了声音，开始扮演起朱丽叶来，试着使用英国腔。

结果非常滑稽，女孩们哄堂大笑。她们打心里觉得泽尔达是故意表现得这样滑稽。泽尔达停下来，盯着她们，觉得自己被冒犯了。

"你们笑什么? 这个片段很悲惨、很伤感的。"泽尔达很纳闷。

女孩们还是觉得泽尔达在逗乐，她们又大笑起来。"接着来，泽尔达，太好笑啦!"达瑞尔说，"我从来不知道你能这么搞笑。"

"我没在搞笑。"泽尔达说。

"请继续!"艾琳央求道，"来嘛，我来演罗密欧。我们来把整个剧搞砸。"

"我没有搞砸!"泽尔达说,"我是正常表演,按我认为的方式来表演。"

女孩们吃惊地望着她。她是说真的?她真的认为这样的表演很好?可明明很滑稽啊,这真糟糕。她们不知道说什么好。虽然她们能想象出希伯特小姐会说些什么。对付那些自以为会演戏的人,她可是自有一套。泽尔达惊骇不已。她挥舞着双手,做着可怕的鬼脸,她把这当成悲剧性的表情,其实她的表情实在太戏剧化了,无法用语言形容。

"她根本不会演戏!"艾莉西娅小声地对达瑞尔说,"我们该怎么说呀?"

幸好,正在这时,一个十年级生推门进来借一张唱片。泽尔达觉得自己被所有人冒犯了,她在一张椅子上坐下来,拿起一本书。她讨厌这个学校的每个人!她为什么要到这儿来啊?她们谁也不喜欢她,而她明明是如此的难能可贵。

九点的铃响起来,梅维斯还没有回来。吉恩立刻发现了:"梅维斯在哪儿?我整个晚上都没有看到她。"

"她说她有一节声乐课。"达瑞尔说,"可这节课也太长了吧!我猜,扬先生结束课之后她就会回来的。"

"他从来没有上课上到这么晚。"吉恩疑惑地说,"我不知道要不要告诉波茨小姐。"

"不,别说。她可能在什么地方闲逛呢,你只会让她惹上麻烦。"贝琳达说,"她可能在楼上宿舍。"

马洛里塔学园·九年级的日子

可她不在。女孩们脱了衣服上了床。熄灯以后吉恩不允许大家说话，因此没人出声，直到吉恩自己开口。

"哎呀！你们觉不觉得，那个傻乎乎的梅维斯去了人才甄选会了吧？你们知道的，就在比林顿大会堂举办的那个。"

一片沉默后，艾莉西娅说："她要去了我可一点儿也不奇怪！她对自己的嗓音相当痴狂。她肯定认为这是个当众展示的大好机会。她一直想这样做。"

"好吧！"吉恩生气地说，"真该去汇报一下。说真的，她真是没边儿了。"

"我们现在也做不了什么。"达瑞尔说，"她随时都可能回来。我忘记了那个音乐会几点开始。我希望她能赶上八点半的公车回来，回来时正好九点半。现在时间差不多了。吉恩，你明天早上再汇报吧，她要真去了真是傻到家了！"

吉恩说："我担心的是他们真的会让她上台演唱。她的嗓子真是太好了，一定会博得满堂喝彩，要真的这样，她会比以往更自负。梅维斯就喜欢这样，喝彩和掌声，她才不在乎有人告发她，她也不在乎受罚。"

"明早再说吧。"达瑞尔带着困意说，"她很快就会回来了。别管她了，吉恩，明早再汇报吧。"

波茨小姐听到宿舍里的动静，很惊讶。她走到门边，听到吉恩朗声说道："别说话了。"她就没打开门去责怪她们。因此，她立刻走开了。如果她推开门，打开灯，就会发现梅维斯的床是空的。

女孩们都累了。吉恩想要保持清醒，好责备梅维斯一顿，可不行。她的眼睛合上了，很快进入了梦乡。大家都是如此，除了比尔。关于梅维斯的话，比尔一个字也没听到。她沉浸在自己的思绪中，所思所想都无比悲惨。

雷鸣！你怎么样了？你想我吗？比尔在脑海里与雷鸣说着话，其他的什么也听不见。

达瑞尔也睡熟了。比尔就睡在她身边，她本来想跟比尔说几句安慰的话，可还没来得及说，她就睡着了。只有比尔还醒着。

梅维斯没回来，十点钟敲响了，然后是十一点。梅维斯还没回来。所有女孩都睡着了，除了比尔，她也没想着梅维斯。十二点的钟敲响了，比尔数着钟声。

我睡不着！我就是睡不着！我会睁着眼直到早上的。除非我知道雷鸣现在怎么样了！要是我知道它没事了，我也就没事了。可要是它真的得了疝气呢？

比尔躺着思索了几分钟。她记起来，有一扇窗可以俯视马厩。要是她走到那扇窗边，开窗，伸出头也许能听到雷鸣是否安好。得了疝气的马是会发出声响的，她能听出来。

比尔从床上起来，摸索着她的晨衣和拖鞋，她穿上衣服和鞋子，摸索着走到门口，一路上撞到了达瑞尔的床。

达瑞尔立刻就醒了，她以为是梅维斯回来了。她坐起来大声道:"梅维斯!"

没人回答。门轻轻地打开又关上了。是有人出去了,不是走进来,是谁呢?

达瑞尔拿起她的手电筒,打开。她首先看到的就是比尔空了的床。比尔病了吗?还是说她去了马厩?可别是啊,这样湿漉漉的夜晚。

她走到门边,打开门。她看到了走廊尽头很远的地方有什么东西。她向那东西跑过去。

比尔走到了那扇俯视马厩的窗户边,打开窗。达瑞尔听到了她的声音,朝着声音走过去,比尔探身到窗外,听着。

她的心凉了!马厩里传来一阵呻吟和跺蹄子的声音。那里,肯定有一匹马处于危难之中。比尔知道那是雷鸣,她可以肯定是它。它得了疝气!它痛苦不堪,要是无人帮它,它会死的!

她从窗边转过身来,当达瑞尔把手放在她肩上时,她猛地跳了起来。

"比尔!你在干什么?"达瑞尔低语。

"哦,达瑞尔,我在听马厩那边有没有声音。有匹马很痛苦,我肯定是雷鸣。我要去看它!达瑞尔,求你跟我一起去吧,我也许需要帮助!求你,求你帮帮我。"

"好吧,我陪你去。"达瑞尔说,听到比尔带着哭腔的声音很难过,"回去拿件暖和的衣服,外头在下大雨,我们不能穿着晨衣出去。"

比尔不想停下来去穿衣服，可达瑞尔强迫她去。两个女孩穿上了羊毛衫、束腰外衣和雨衣，然后她们从后楼梯溜下去，穿过小侧门，在倾盆大雨中冲向马厩。

达瑞尔听到有马在呻吟、踩着蹄子。天哪！这声音听起来好可怕。比尔用颤抖的手指打开马厩的门，走了进去。角落里有盏灯，灯旁有一盒火柴。她的手指抖得太厉害了，没法划着火柴，达瑞尔不得不代为点亮灯。

当灯光照进黑暗的马厩时，两个女孩感觉好多了，马厩里散发着马和干草的味道。比尔迅速向雷鸣的隔间走去。达瑞尔提着灯跟着她。

雷鸣的眼睛睁得大大的，很恐惧，它痛苦地低着头。从它的身体里发出奇怪的隆隆声，像是遥远的雷声。

"没错，它得了疝气，情况很糟。达瑞尔，我们不能让它躺倒，那会要了它的命的。我们必须牵着它不停地走。

"牵着走？在哪儿？"达瑞尔吃惊地问，"在马厩里？"

"不，在外面。只能这样，让它一直走，这样它就不会躺倒。瞧，它马上就要躺倒了。帮我把它扶住!"

可是，如果一匹马自己想要躺倒，你却想扶住它真是一件难事！如果雷鸣打定主意要躺倒，两个女孩谁也没办法阻止它。可幸好它决定再多站一会儿，用鼻子蹭蹭比尔。看到她，它太高兴了！

比尔伤心地哭着："哦，雷鸣！我能为你做点儿什么？别躺下啊，雷鸣，可别躺下啊！"

"你应该去找兽医来，比尔。是不是?"达瑞尔急切地说，"我们怎么能找到他?"

"你能不能骑马去找他?"比尔用手背擦掉眼泪，"你知道他住哪儿，离这儿真的不远。"

"不行，我不行。"达瑞尔说，"我的骑术没那么高明，没办法在漆黑的夜晚骑上一匹马飞奔。你去，比尔，我守着雷鸣。"

"我一分钟也不能离开它!"比尔说。她看起来毫无主意了。

达瑞尔仔细地思考着，脑中闪现了一个主意。她搭着比尔的肩说："比尔! 待在这儿，我去找人帮忙。别担心。我会尽快回来!"

第十七章

夜 骑 飞 奔

　　达瑞尔冲进大雨之中。她想到了一件事，可她不想告诉比尔是什么事。比尔不会乐意的。

　　可这是达瑞尔能想到的唯一明智的办法。她要去叫醒彼德斯小姐，把雷鸣的事告诉她！她记得彼德斯小姐是如何跟这匹马说话的，她同情它，她也记得雷鸣是如何愉快地偎依着彼德斯小姐的。彼德斯小姐是会理解也会来帮助她们的吧？

　　她走进室内，走向彼德斯小姐的屋子，跌跌撞撞地穿过黑暗的走廊。她也不知道自己是不是找对了屋，是的，肯定是这一间。她敲响了门。

　　无人应门，她又敲了敲，依然无人应答。彼德斯小姐一定睡得很沉！绝望之下，达瑞尔开门朝屋里看。屋里一片黑暗，她摸到灯的开关，开了灯。

彼德斯小姐蜷着身子躺在床上，睡得很熟。她的确睡得很香，甚至打雷都吵不醒她。达瑞尔走到床边，将手搭在彼德斯小姐的肩上。

彼德斯小姐立刻就醒了过来，她坐了起来，吃惊地盯着达瑞尔。"怎么啦？"她说，"你来找我有什么事吗？"

通常，达瑞尔会去找波茨小姐或是舍监老师，可是这件事太不寻常了，她觉得只有彼德斯小姐才能妥善处理，于是她把这件麻烦事一股脑地说给彼德斯小姐听。

"是雷鸣。它得了疝气，比尔担心要是它躺倒就会死去，彼德斯小姐，你能叫兽医来吗？"

"天哪！这么晚，你和比尔是不是去了马厩？"彼德斯小姐边说边看闹钟——十二点半。她从床上跳了起来，穿上马裤、运动衫和马甲。那天她骑了学校的马，所以这些都放在手边。

"是的。"达瑞尔说，"可请你别生气，彼德斯小姐，我们听到雷鸣很痛苦地在呻吟，所以没办法不去。"

"我没生气。"彼德斯小姐说，"我自己今天也很为雷鸣担心。我给兽医打了电话，他说他明天会来。我跟你下去，亲自看看那匹马。"

几分钟之后，她就与达瑞尔一起到了马厩。比尔见到她，十分惊讶，但当她看到彼德斯小姐手法专业地对待那匹病重痛苦的马时，心中非常宽慰。

雷鸣冲她呜呜叫着，用鼻子蹭着彼德斯小姐的肩膀。她温柔地与它说着话，比尔心中对她的好感顿起。

"哦，彼德斯小姐，我们能不能现在就请兽医来？我担心雷鸣会躺倒，我们就再也没法让它站起来了。"

就在这时，雷鸣的五脏六腑发出了非常可怕的隆隆声，它在痛苦和恐惧中呻吟着。它似乎想要躺倒，可彼德斯小姐立刻将它牵出了隔间，开始拉着它在马厩里走来走去。其他的马环顾四周，对这一切不同寻常的事感到惊讶无比。其中一两匹冲着彼德斯小姐轻声嘶鸣。它们非常喜欢她。

"达瑞尔，把马牵到场院上，拉着它一圈一圈地走。我去给兽医打电话，马上回来。我现在就去打电话。"彼德斯小姐急忙说，"把它牵出去走，比尔。"

她走了，去给兽医诊所打电话。兽医的管家用睡意十足的声音应答了她的电话："对不起，兽医去了拉格利特农场给一头奶牛看病去了。他说他会在那里过夜。不，我怕他们没法接电话。今晚你联系不上兽医了，抱歉。"

彼德斯小姐放下话筒。联系不上兽医！那该怎么办呢？这匹马需要药物，只有兽医才能把药带来，给它灌下去。彼德斯小姐看得出来雷鸣的情况很糟糕，得想想办法！

她又跑到了马厩。在场院中，两个女孩牵着马走啊走啊，倾盆大雨泼在她们身上。她告诉她们，兽医来不了。比尔咕哝着，陷入绝望。

"他在拉格利特农场。"彼德斯小姐说，"离这儿大约五英里远，在比林顿路。我知道该怎么做了，我给另一匹装上马鞍，亲自骑马去农场找兽医来。这是最好的法子了。"

"什么？这么黑的天，这么大的雨？"达瑞尔几乎不敢相信自己的耳朵。

"这没什么。"彼德斯小姐说，"雷鸣是匹可爱的马，为它做什么我都不介意。"

比尔的手抓住了彼德斯小姐的胳膊，她抽泣着。"你真好！"她说，"谢谢，彼德斯小姐。你是我认识的最善良的人。哦，要是你能把兽医找来就好了！"

彼德斯小姐拍拍比尔的肩，安慰她说："我会尽力的，别担心，比尔！"

达瑞尔惊呆了。彼德斯小姐管比尔叫比尔了！天哪！而且她要在黑暗里骑上数英里去找人来帮助雷鸣。她真是一个好得不得了的人！我以前从来没想到！达瑞尔惊叹不已，勇敢地牵着雷鸣在院子里转圈。人的内心其实是非常宽厚的。

彼德斯小姐很快就消失在夜色中。两个女孩轮流牵着雷鸣在场院中走着，它在行走的时候似乎好一点儿。

"达瑞尔，我现在一想起我对彼德斯小姐的那些可怕的想法，心里就难受。"比尔说道，"她是我遇到的最宽厚的人。真没想到她这样骑马去找兽医，达瑞尔。我永远也报答不了她了，是不是？"

"不，我觉得你不需要报答。"达瑞尔说，"我觉得她很好，天哪，明天她们听到这事会不会兴奋极了？"

彼德斯小姐在黑暗里骑马奔驰着。大雨抽打在她身上，可她毫不在意。她浑身湿透了，也毫不去想风啊雨啊或是雪啊，哪怕下刀子她都一往无前！她策马飞奔向拉格利特农场，最后到达了通向农场的大门。

其中一个棚子里亮着一盏灯。彼德斯小姐猜想兽医就在那里，和农场主还有他去照看的那头牛在一起。她骑马向门口走去，马蹄在夜里发出很大的声响。

农场主来到门口，非常惊讶。彼德斯小姐用她响亮而深沉的声音冲他叫着："兽医在吗？我能跟他说两句吗？"

"他在那边。"农场主说。彼德斯小姐下了马，走进小屋。兽医在那儿，跪在一头奶牛身边。在那头奶牛身边有两头漂亮的小牛犊。

"特恩布尔先生，"彼德斯小姐说，"要是你这儿的事完了，你有没有可能跟我去一趟马洛里塔？那匹马，雷鸣，我今天早晨在电话里跟你说过的，它情况很糟糕，得了疝气。它需要帮助。"

"好吧。"兽医说着，站起身来，"正巧，这边的事结束了，比我想的要早得多。我马上就去，我去牵我的马。嗯，拉格利特，那头牛现在没事了，它生了两头小牛，是我见过的最漂亮的小牛犊！"

不久，兽医和彼德斯小姐骑着马前往马洛里塔了。他们骑到半道上，彼德斯小姐的马突然受惊，畏缩不前。

"嘿嘿，吁！怎么啦？"彼德斯小姐叫道。与此同时，她看到路边躺着个什么东西，轮廓隐隐约约的，在黑夜里很难看清。

"特恩布尔先生，到这儿来！"彼德斯小姐叫道，"我想这是个人，希望不是被车撞到后丢下的人！"

兽医有一个功率很大的手电筒，他打开手电筒。光束照射着一个捆成一团的包袱——一个裹着雨衣的包袱！

"我的天哪，是个小姑娘！"兽医说，"她受伤了吗？"

他把女孩抱起来。彼德斯小姐发出一声惊恐的大喊："这是梅维斯！我的天哪！梅维斯！这么晚、这么黑，她躺在这里干什么？太可怕了！"

"我看，她是精疲力尽，晕过去了。"兽医说，"看起来不像是伤了骨头。瞧，她睁眼了。"

梅维斯抬起眼，看到了彼德斯小姐，开始虚弱地哭起来："他们不让我唱歌，我又错过了末班车，我只能整晚都在雨里走。"

"她在说什么？"兽医说，"瞧，她浑身湿透了。我们要不抓紧时间，她会得肺炎的。我带她上我的马，帮我把她举起来。"

彼德斯小姐又惊又怕又痛苦，她帮着兽医把梅维斯举起来，把她抱上了马。他将女孩稳稳地放在自己身前。他们又出发了，这次，骑得慢多了。

他们到了马洛里塔。"要是梅维斯能走的话，我直接带她去找舍监老师。"彼德小姐说，"天哪，多么可怕的晚上！特恩布尔先生，你去马厩吧。达瑞尔和比尔正带着雷鸣在场院里转圈呢。"兽医消失在马厩的方向。

彼德斯小姐带着疲惫不堪的梅维斯走进北塔，她差点儿走不了路，彼德斯小姐半拖着把她拉上楼梯，进了舍监老师的屋子。

舍监老师醒来，惊讶地打开门。看到了梅维斯，她惊恐地叫起来："这一切是怎么回事？她去哪儿了？她浑身湿透，瑟瑟发抖。彼德斯小姐，柜子里有一床电热毯，把它放在那张小床上，好吗？把床弄热，把我的电水壶也烧上，我的天哪！发生了什么事啊？"

"天知道。"彼德斯小姐一边说着，一边按嘱咐做事。同时，舍监老师飞快地脱下梅维斯的衣服，把湿透的衣服扔在地上，快手快脚地将她塞进温暖的被窝。没过多久，被窝中就被塞进了两个灌了热水的瓶子，舍监老师还准备了一些热可可。

梅维斯试图告诉她发生了什么事。她用沙哑的声音说起来："我只是去了比林顿，去参加那个人才甄选音乐会，可他们说不允许学生参加。我试了又试，想说服他们让我去唱，可他们不许。然后我就错过了最后一班车，我开始一路走回来。可是又是风又是雨，我太累了就跌倒了，再也站不起来了，所以……"

"好了，不要再说了。"舍监老师温柔地说，"快把这杯热可可喝了睡吧。我就睡在这儿的另一张床上，你会没事的。"

彼德斯小姐溜出了房间，低声说着要照看一匹马的事，这让舍监老师很吃惊。她完全弄不明白为什么彼德斯小姐会跟骑马的事有关联，也弄不明白她为什么能在路上发现梅维斯。好吧，现在主要的事是要照顾好梅维斯，之后她会把一切谜题解开的。

彼德斯小姐去看了其他几个人。比尔和达瑞尔开心地欢迎了兽医，松了一口气。雷鸣认出了兽医，发出了轻轻的嘶鸣。没过多久，兽医就给它灌了一大杯药。

"你们让它不停地走，做得很好。"他告诉两个女孩，"也许就是这样救了它一命。现在，你们去睡吧。我会陪它到早上，彼德斯小姐会帮助我，你们回去吧！"

第十八章

隔 天 早 上

比尔本不想离开雷鸣，这是当然的。可彼德斯小姐温柔而坚决地对她说："现在，比尔，你必须把一切交给我们。你知道的，我们会尽我们所能帮助这匹马，现在它已经服了药了，它会没事的。如果有需要，我们会牵着它一直走的。你们牵着它走的时间足够长了。你和达瑞尔已经完成了你们那部分工作了，你们也累坏了。比尔，理智一点儿，按照我说的做吧。"

"好的，我会的。"比尔的回答很意外。她抓住了彼德斯小姐的手，握得紧紧的，激动地说："彼德斯小姐，我永远也报答不了你，永远。我永远不会忘记今晚以及你所做的一切。"

彼德斯小姐拍了拍比尔的背："没事的。我不需要任何回报！我也喜欢雷鸣，我了解你的感受，我不会送它回家的，比尔。你可以把它留下来，我再也不用不让你见它的法子来惩罚你了。”

"你不会了？"比尔说着，她雪白的面孔在灯光下闪闪发光，"从现在开始，我会做你最好的学生，彼德斯小姐！"

"嗯，这个回报很不错。"彼德斯小姐微笑起来，"现在，快回去吧，你们俩都回去。你们看起来又苍白又疲倦。你们俩都得在床上吃早餐！"

"哦，不！"两个女孩抗议道，"我们可受不了这个。"

"好吧，我也受不了。"彼德斯小姐说，"你们赶紧上床睡！现在，晚安吧——或者说，早安！快三点了！"

两个女孩跌跌撞撞，打着呵欠走进了北塔。她们太累了，一句话也不想聊。可她们很开心，感觉好像是多年的老友。比尔钻进被窝，她小声地对达瑞尔说："达瑞尔，我知道你是莎莉的朋友，所以你没法做我的朋友了。但是，我会是你永远的朋友，永远，永远。你只要记得，将来我一定会报答你今天所做的一切。"

"没事的。"达瑞尔睡眼惺忪地说，几乎立刻就进入了梦乡。

到了早上，这可怎么好！达瑞尔和比尔睡得沉沉的，连铃声也吵不醒她们。吉恩推了推她们，可她们耸了耸肩，又躺了下来，简直醒不过来。

"达瑞尔！比尔！天哪，她们俩怎么啦？你们俩，快醒醒，铃打过好久了。快醒醒吧，我们有事要告诉你们。梅维斯没回来！她的床是空的！"

其他的女孩都在激动地谈论着梅维斯的缺席，吉恩非常焦急。她觉得她本应该昨晚就汇报梅维斯没跟其他人一起回来睡觉。

她感觉非常自责。"我得马上去找波茨小姐。"她说着冲了出去。可波茨小姐已经知道了有关梅维斯所有的事，因为舍监老师已经告诉她了。格雷灵女士也知道了，她们都深感不安。梅维斯现在在医务室，生病的女孩都要待在那儿，护士长照管医务室，负责照料她。医生已经来看过她了。

吉恩吃惊地听着这一切。"梅维斯，她，她去了比林顿吗？"她问。

"哦！所以说，你是知道那件事的。"波茨小姐严肃地说，"吉恩，你这个级长有点儿奇怪，你昨晚没有汇报梅维斯不在宿舍的情况，这是非常失职的。有些时候你必须分得清编故事和汇报事实。如果我们早从你那里得知梅维斯没去睡觉，我们可能避免让她得这场大病。"

吉恩的脸白了。"我困了。"她自责地说，"我原打算等到末班车开来，要是梅维斯还没有回来我就会去汇报，可我睡着了。"

"这个借口站不住脚。"波茨小姐说。她也生自己的气，昨天晚上，她听到有说话的动静却没有探头进九年级的宿舍再看一看。要是她当时看一看就好了！

"我们能去看看梅维斯吗？"吉恩问。

"当然不行！"波茨小姐说，"她病得很重，淋得浑身湿透了，又在路边躺了一段时间。现在，她得了支气管炎，希望病情不要恶化，她的嗓子也很糟——连小声说话都不能了。"

吉恩回到九年级的宿舍，又自责又惊慌。她发现九年级的人围着达瑞尔，兴奋地听她说前一晚的故事。比尔不在。当然，她又跑到马厩去了。

"听着……"吉恩说。可是没人听她的，她们都被达瑞尔的精彩故事惊呆了。吉恩发现，她自己也开始听起来。

"可你们相信彼德斯小姐会这么温柔吗？"贝琳达惊讶地说，"她太棒了！你多幸运啊！跑去找了她，达瑞尔！"

"那是夜里！"达瑞尔说，"我和比尔牵着雷鸣绕着场院走了很久很久。我好想知道它早上怎么样了。"

通往宿舍的走廊里响起了脚步声。比尔冲了进来，她的脸庞闪闪发光："达瑞尔，达瑞尔！它好啦！完全好啦！吃起燕麦来没个够。兽医陪着它一直到七点半，彼德斯小姐一直陪到现在，她整夜都没再去睡觉。"

"天哪，她真好啊。"艾莉西娅说，开始以全新的眼光看待彼德斯小姐，"比尔，你跟达瑞尔为什么不把我们也叫醒呢？"

"我们可没想过要这样。"比尔说，"我们只想着雷鸣。达瑞尔也很棒。哦，我太高兴了。雷鸣没事了，也不会被送回家去了。一切如意。我永远永远也忘不了彼德斯小姐昨晚做的一切。"

"你会忘记的。"艾莉西娅说，"你会坐在那儿往窗户外看，发着梦，就跟你平时一样！"

"我不会的。"比尔真诚地说，"艾莉西娅，不要取笑我了，我觉得有点儿怪，虽然我很高兴。现在我知道了彼德斯小姐这么喜欢雷鸣——它也喜欢她，真想不到啊！我对一切的感觉都将大不相同。我甚至会让她骑雷鸣。"

吉恩终于插进话来了。"现在，该听我说了。"她说道，她把梅维斯的事告诉了九年级的人。她们惊恐而沉默地听着。

达瑞尔立刻叫起来："老天啊，那么说，昨晚彼德斯小姐不仅救了雷鸣，还救了梅维斯。真想不到梅维斯会在黑夜里独自一个人走回来，她很怕黑的。"

女孩们为比尔和雷鸣高兴，可是又很担心梅维斯。她们在宿舍里四下站着，说着，把早餐忘了个干净。有人跑到了走廊上，是十年级的露西。

"天哪！你们在想什么呀！不来吃早饭了吗？铃打过好一会儿了。老师都气坏了！"

"天哪！来吧，大伙儿。"吉恩说，"我头都昏了。"

雷鸣和梅维斯的消息传遍了全校，每间教室里大家都在谈论着，达瑞尔和比尔不得不一遍遍地讲述这个故事。

今天是星期天，所以没有课。学校礼拜堂里举行了仪式，大家为梅维斯祈祷。所有女孩都参加了，尽管没多少人喜欢梅维斯，可她们还是为她难过。有消息传开，说她的病情恶化了，已经派人请她的父母了！

吉恩想：哦，天哪，这全是她的错！

可到了第二天早上，梅维斯的病情有了好转。雷鸣也完全好了。比尔激动无比。像雷鸣这样病得这么重的马，似乎不可能在第二天就完全康复。

那些做医生和兽医的人多棒啊！

星期一，女孩们安顿下来上课，都为梅维斯的好转而高兴。吉恩尤其感激不尽。也许她很快就会回学校了，整个事情就会被淡忘。格雷灵女士会找梅维斯谈话，可是不会对她做出惩罚，因为她已经自我惩罚得够了。一切都会顺利的。

星期天，彼德斯小姐好好地休息了一下，星期一照常给九年级生上课。

当她走进教室时，收获了一个惊喜。"彼德斯小姐万岁！"达瑞尔的声音叫着，让九年级教室两旁的人惊讶不已的是，她们为彼德斯小姐发出了三声由衷的欢呼。

彼德斯小姐忍不住地高兴，她满面笑容。"谢谢。"她说，"你们真是太好了。现在，打开书，翻到第四十一页，艾莉西娅，请到黑板前来。"

那天早上，达瑞尔好奇地看了比尔好几次。比尔一次也没朝窗户外看，她仔细地听着彼德斯小姐的每一句话。她回答得很出色，轮到她走到黑板前时，她表现得非常好。

"很好，比尔。"彼德斯小姐说，全班都倒吸了一口气。彼德斯小姐没有像以往一样叫她威廉敏娜，她叫她比尔！比尔回座位时咧着嘴笑，她看起来完全不一样了。

达瑞尔一节课接着一节课地观察她，也越来越欣赏她。她想：比尔下定决心要做一件事，就一定会做到，而且也做得到。一旦比尔下定决心要成为班里的尖子生，她就很有可能做到。

达瑞尔认为这大概就是爸爸说的"性格的力量"吧。他总是说，性格的力量是一个人能拥有的最伟大的事物之一，因为一旦拥有了，无论面对何种困难，他们也会有勇气、意志和决心。比尔就拥有这样的力量。她不会再做白日梦，不会再往窗外看，也不会再忽视她的课业。她会为了星期六之夜而回报彼德斯小姐的！

彼德斯小姐也知道比尔会因此报答她。现在，她很信任比尔，她们相互理解，其实这真的不算奇怪，因为她们俩非常相像，都喜欢户外运动，都热爱马。过去她们确实非常不喜欢对方——可现在，她们会成为挚友的。那对比尔很有好处。

"达瑞尔！你在做白日梦吗？"彼德斯小姐的声音响起，"你似乎什么笔记也没有记！"

达瑞尔跳起来，红了脸。天哪！她赞赏着比尔不再在课堂上做白日梦，可是，她自己却又犯了同样的错误！她开始集中思想，准备记录。

那天下午，希伯特小姐准备在艺术教室进行首次排练。这间教室有一个小舞台，常被用来进行戏剧相关的活动。泽尔达非常期盼这个下午，她坐在座位上，低声地喃喃地念着《罗密欧与朱丽叶》里的台词。彼德斯小姐看到她的嘴唇翕动，以为她在跟格温说小话。

"泽尔达。"她严厉地说，"你在跟格温说什么？"

"没说什么呀，彼德斯小姐。"泽尔达吃惊地说。

"那么，你在自言自语什么？"彼德斯小姐问，"你回答我的问题时要站起来，泽尔达。"

泽尔达站了起来。她看着彼德斯小姐，戏剧性地背诵起她一直喃喃念着的词来：

> "你要离去了吗？天还未明。
>
> 那是夜莺，而非……"

全班同学一阵哄堂大笑，淹没了她的声音。彼德斯小姐用力地拍打着桌子："泽尔达！我希望你不是故意表现得如此粗鲁，真是够了！我们在学地理，不是莎士比亚！坐下，我们继续。"

第十九章

排 练 之 中

那天晚饭之后，九年级生又开始提起了艾莉西娅的小把戏。

比尔说："艾莉西娅——现在我有种感觉，我不想拿这个把戏去戏弄彼德斯小姐。"

"我也这么认为。"达瑞尔说。

"我根本就不想干这个。"莎莉坚决地说。

"嗯，你是唯一一个不想干的。"艾莉西娅说，"所以，你就保持沉默吧。其他人呢，怎么说？

"现在，我也不太喜欢用这个来戏弄彼德斯小姐。"贝琳达说，"我跟比尔和达瑞尔的感觉一样，为一个人欢呼三声之后隔天又戏弄人家，这好怪啊。"

"我不在乎。"泽尔达说，她不喜欢那天早上在课堂上被彼德斯小姐责骂的感觉，"小把戏怎么了？只不过逗个小乐子。我想，这一点儿也不要紧。"

"我同意泽尔达。"格温的声音响起，"为什么不呢？你不同意吗，达芙妮？"

"我不知道。"达芙妮说，彼德斯小姐充满戏剧色彩的夜间骑行给她留下了深刻的印象，"不，总的来说，我宁愿用来戏弄一下杜邦老师，或者卡顿老师。"

"嗯，我不在乎拿这把戏去戏弄谁。"艾莉西娅说，"达瑞尔和我会同意大多数人的意见。"

"达瑞尔和你！"莎莉叫道，"关达瑞尔什么事？是你的小把戏，不是她的！"

"哦，是我们一起商量出来的，就是这么回事。"艾莉西娅冷冷地说，她乐于看到莎莉当众爆发出妒意来。

达瑞尔的脸红了。她真的喜欢和艾莉西娅一起聊小把戏，可她相当清楚，艾莉西娅说这个话只是为了惹恼莎莉。她们俩都让她烦恼。为什么她们不能成为朋友呢？没关系，贝蒂就要回来了，也许那时候艾莉西娅就不会再戏弄莎莉了，莎莉也不会再嫉妒艾莉西娅了。

"嗯，那我们拿这个把戏去戏弄杜邦老师吧。"艾琳说，"杜邦老师被捉弄的时候挺可爱的，我们好久没有戏弄过她了。"

"没错，那就杜邦老师好了。"艾莉西娅说，"你同意吗，达瑞尔？等我们有了自由活动的时间就一起讨论一下最佳时间什么的吧。现在，我们该去艺术教室了。"

她们都去了艺术教室，莎莉看起来很郁闷。艾莉西娅挽住达瑞尔的胳膊，就好像她真的是她最好的朋友那样。达瑞尔回头看了莎莉一眼，试着要把胳膊从艾莉西娅的手里抽出来。但莎莉狠狠地瞪了她一眼，达瑞尔很生气，根本就没回去找她。

达瑞尔私底下觉得"莎士比亚时间"是无谓的浪费，因为这个晴朗的下午是可以安排一场长曲棍球比赛的。不过，能看到泽尔达试图感动希伯特小姐，也挺有趣的。

泽尔达很兴奋。这是她的大好机会，要是她能成功就好了——让希伯特小姐说她多么有表演天赋。"泽尔达，你真是个天生的演员！"她会这样说，"你很有表演天赋，你必须全力来实现它。你的外表也很适合，引人注目，优雅而成熟。今年能教你我深感骄傲！"

泽尔达又稍稍地做了一下发型，当然，没有以前那么漂亮，但仍然足以使她显得成熟一些。她把头发往后扎得很紧，也稍稍化了点儿妆——添了口红，脸颊打了粉红的腮红，还涂了粉。嫩白的手，指甲很长，打磨得很光洁。她希望自己看起来是一个演技精湛的女演员！

希伯特小姐看上去一点儿也不像戏剧制作人，她很整洁，穿着合身的外套和裙子，头发微卷，向后梳得很整齐。她戴着一副镜框很厚的眼镜，说话的声音很可爱，听起来很悦耳。她非常有效率，也非常清楚如何为角色挑选合适的演员。

女孩们进来时她看着她们。她已经认识泽尔达了，因为她给她上过几节十年级的课。看到泽尔达的妆扮，她有点儿吃惊。天哪，这个女孩以为她在做什么！

希伯特小姐对于泽尔达自认是女演员或是电影明星这个事一无所知，也没人告诉过她。也许，如果她早知道，可能会更有耐心一些，甚至会更友好一些。可她并不知道。

需要练习的很多。由于这样那样的原因，两场排练被推迟了，希伯特小姐觉得时间有点儿紧。她发了剧本的拷贝，然后看着九年级的学生们。

"说说吧，有没有人以前曾演过这出戏？"

没有人。泽尔达出列，试着用英国腔说了几句："拜托，希伯特小姐，我曾演过莎士比亚剧中的麦克白夫人。"

"哦。泽尔达，我不喜欢你的发型。"希伯特小姐盯着泽尔达的头发，说道，"下次别梳这种傻傻的发型来上我的课了。"

泽尔达的脸红了，她退了回去。

"有没有人已经读过这出戏了？"

达瑞尔和玛丽露举起了手，泽尔达也举起了手。

"有人知道其中的某个片段吗？有人有足够的兴趣已经学习了这些台词了吗？"希伯特小姐接着说。

泽尔达又出列。她说："拜托，希伯特小姐，我了解朱丽叶所有的台词，每一句。我猜我可以念出来，现在就念。这是一个棒透了的片段，我一直在拼命排练朱丽叶的台词。"

"是的，她的朱丽叶演得好极了。"格温插嘴道，收获了泽尔达感激的微笑。

"非常好。既然你已经不辞辛苦地学习了这个角色，你今天下午就可以演了。"希伯特小姐说。她环视着全班学生，想找一个有男孩气的九年级生来演罗密欧这个角色。

她的目光落在了比尔身上。"你，"她说，"你叫什么？威廉敏娜，你今天可以扮演罗密欧这个角色。达瑞尔，你可以演奶娘，你呢……"

她飞快地分配了角色。女孩们看着剧本的拷贝，准备着朗读和表演。

"不是太理想。"读了前几页之后，希伯特小姐说道，"翻到朱丽叶上场的那一页。泽尔达，你准备好了吗？"

她准备好了吗？天哪，她如坐针毡地等着开始！她全身心地准备好了！她就是朱丽叶重生，可怜的、悲剧的朱丽叶。

泽尔达进入了角色。她以极具戏剧性的姿态朗诵她的台词，跳来跳去，走来走去，她仰着头，想象自己是最美丽、最可爱的女主角。

"停下，泽尔达。"希伯特小姐吃惊地说。可泽尔达并没有停下来。她不顾全班的咯咯笑声，继续激情澎湃地表演着。艾琳重重地哼了一声。

希伯特小姐瞪了她一眼，大声地冲泽尔达又说了一遍："停下，泽尔达！"

泽尔达停了下来，茫然地盯着希伯特小姐。看到希伯特小

马洛里塔学园·九年级的日子

姐如此愤怒，她很惊讶。

"你怎么敢这样演？"希伯特小姐气呼呼地说，"弄得全班人都有些不太正常！你认为这是在莎士比亚的戏剧课上应有的表现吗？她们可能觉得有喜剧效果，可我不这么想。你念的都是很好的台词，可你把它完全毁了。而且，你真的认为像这样跳来跳去还摇头晃脑的表演很聪明吗？你知不知道朱丽叶是年轻的、温柔的、甜美的？你却把她塑造成一个面目可憎的电影明星！"

泽尔达听懂了生气的老师的话。她简直无法相信，脸颊也由粉红透出惨白来。

"而且，你为什么要把自己打扮成那样？"希伯特小姐问，班上其他人的咯咯笑声更惹恼了她，"我无法告诉你，你脸上涂了那玩意看起来有多奇怪。你应该不敢这样打扮去上彼德斯小姐的课。这个我无法容忍。泽尔达，你也要做出决定，就是永远不要当演员，你几乎没有这样的天分，你这样下去只会让自己变得粗俗。现在，去把脸洗干净，把头发梳好。"

泽尔达就像一个被扎破的气球，所有的自信与骄傲都像漏气一样漏掉了。她蹑手蹑脚地走到门口，走了出去。有几个女孩挺为她难过的。

这不寻常的爆发让大家哑了，其余人继续读书。希伯特小姐为自己对泽尔达如此严厉而稍感抱歉，她又送了几句表扬："艾莉西娅，你不错。玛丽露，你的嗓音很甜美，只要你记得念台词时把头抬起来。达瑞尔，我看得出你努力了。下一次，我们会排练不同的片段。"

"希伯特小姐，我是不是最好去看看泽尔达怎么样了？"格温胆怯地问道，"希伯特小姐，她真的认为自己有表演天赋。你完全不打算让她参演这出剧了吗？"

"也许我会给她一个小角色——一个她没法跳来跳去的角色。"希伯特说，"当然，不会是一个很好的角色。就算是你也可以看出来，泽尔达没有什么演戏的天分。去找她，告诉她过来找我。我想要跟她单独聊聊。现在，下课吧。"

九年级生安静地走了出去。可怜的泽尔达，现在她怎么办呢？

"我想，硬着头皮面对吧。"艾莉西娅说，"就像面对她降级到九年级一样。她不会在乎的，她还会一如既往沉浸在自己的世界里，很少顾及其他人！"

格温在衣帽间找到了泽尔达。她已把脸洗得很干净，头发也扎好了。可她太害怕了，无法回到艺术教室去。

"泽尔达，希伯特小姐找你。"格温说，"我很遗憾。刚才真难为情。"

"我不会表演吗，格温？"泽尔达说着，她的嘴唇突然颤抖起来。

格温犹豫了。"你演得不是很好。"她说，"你……看来只是特别的……滑稽。你可能会成为一名相当出色的喜剧演员，泽尔达。"

泽尔达什么也没说便去了艺术教室。连格温都认为她不会表演！事实上，她演得太糟了，她的表演成了一场荒唐事。泽尔达震惊而失望，她害怕听到希伯特小姐要说的话。

可出人意料的是，希伯特小姐很和善。"泽尔达，我听说成为一名伟大的女演员是你的理想。"她说，"亲爱的，我们中很少有人能做到。你没有什么表演的天赋，而且那些真正伟大的女演员所必备的另一样东西，你也没有。"

"什么?"泽尔达小声说。

"泽尔达，为了能够恰当地把自己融入一个角色中，你必须完全忘记自己，忘记你的外表、你的野心、你表演上的骄傲，忘掉一切！这需要一个坚强而善解人意的性格，一个没有自负或任何弱点的人。一个演员的性格越好，他的戏路就越宽，他才能演得越好。你想自己想得太多了。这个下午，你不是泽尔达演出来的朱丽叶，你一直是泽尔达，还是一个不太好的泽尔达！"

"难道我永远都不会演戏吗?"泽尔达悲伤地问。

"我不这样想。"希伯特小姐温和地说，"我一眼就能看出谁有这方面的天赋。你对电影明星愚蠢的崇拜蒙蔽了你的双眼，泽尔达。为什么不试着暂时做回你自己呢?别再故作姿态和假模假式了。像其他人一样，做一个被送到这儿来上课、运动的学生！"

"我也只能这样做了。"泽尔达说完，一滴眼泪从她的脸颊流下来。

"这是一件非常好的事情。"希伯特小姐说，"试试看吧！如果我早知道你一心想当演员我就不会对你这么苛刻了。我原以为你只是想搞怪。"

泽尔达离开了艺术教室，脑子空空，不知想什么好。她把自己弄得很滑稽。她永远也不想再表演了！她只想把自己隐入人堆做一个小人物，希望其他人不要注意她，不要因为那个下午而取笑她。

她和其他人一起吃茶点，溜到自己的座位上，没有被女孩们注意到。

波茨小姐看着她，发现她哭过了。波茨小姐心想：真怪！这是我头回发现。不过，泽尔达开始向其他人看齐了——一个普通的学生。也许马洛里塔学园终于开始起作用了！

第二十章

惊 人 把 戏

又过了一两天，梅维斯依然病得很重，不允许探望。可现在有消息传来说她在恢复中，大家都松了一口气。女孩们送过去花和书，泽尔达给她送了一幅非常复杂的美国拼图。

比尔已经彻底从她的午夜冒险中恢复过来了，达瑞尔也一样。彼德斯小姐对于比尔功课上的改变非常开心。虽然还是不稳定，但她知道比尔很用心，也很努力。泽尔达也是，她甚至做得更好，而且她还向杜邦老师提出了加课的要求！

泽尔达已经把事情想清楚了，她已明确地放弃了要做一个电影明星的想法。她甚至不想看起来像一个电影明星！她想尽可能地与其他人看起来一样，而且想让大家忘记她曾经有多么滑稽可笑。她现在在各方面都尽可能地去做一个普通的学生。

"泽尔达是不是有点儿奇怪？"贝琳达对艾琳说，"她刚到这儿来的时候，特别装腔作势，看不起我们所有人。可现在，她事事学我们——我们说话的方式，我们做这个做那个的方式，而且她好像觉得我们都'棒透了'。"

"她现在人好相处多了。"艾琳说，在面前的桌子上试着唱一首曲子的节奏，"嗒——嗒的——嗒。是的，就这样。现在我喜欢泽尔达了，我真的喜欢她。"

"瞧，格温又皱眉头了！"贝琳达小声说，"这次我能把这副样子画下来。挺漂亮是不是？"

格温突然开始对贝琳达的匆匆一瞥警觉起来，她立刻板起脸，说："要是你画了我，我会撕碎你的画！"

"哦，格温，再多皱半分钟眉头嘛，我就能画下来了！"贝琳达央求道，可是格温走出了屋子。一到门外她就又皱起了眉头，因为她对贝琳达和她淘气的铅笔恼火极了。

"说到那个把戏，"艾莉西娅突然对达瑞尔说，"我们星期五就做起来如何？今天早上杜邦老师自言自语地说起了测验什么的。"

"哦，好，我们做！"达瑞尔兴奋地说。她看到莎莉在附近，一副闷闷不乐的脸色，她接着说："莎莉，你就同意了吧，真的会很好玩的，而且完全无害。"

"我已经说过了，我决不会参与这场把戏。"莎莉说，"我觉得这个把戏非常愚蠢，而且有可能很危险。我不明白一个人怎么可能不停地打喷嚏而不精疲力尽。如果你们喜欢，就做吧。

可是你们得记住，我不同意！"

"扫兴。"艾莉西娅低声对达瑞尔说。达瑞尔叹了口气。现在，她不能仅仅为了讨好莎莉而放弃这个把戏了。可不能和莎莉做朋友真让她不痛快。不要紧，贝蒂这周就会回来了。也许就在星期五！那时，艾莉西娅就不会再打扰她了。到现在为止，贝蒂已经离开六个星期了，学期也已经过半。可百日咳好了以后，贝蒂就被送到海滨去了，因为她病得实在太重了。

老天啊，离期末只有三四个星期了！时间过得真快啊！现在已经是三月了，庭院里早发的水仙花正在怒放。

艾莉西娅和达瑞尔制订了计划。"我们把小药丸浸在盐水里，放在杜邦老师身后的窗台上。"艾莉西娅说，"等着瞧吧，星期五是谁值日？哦，我敢肯定是你吧，达瑞尔？那事情就好办了。你可以亲自把小球放好。"

"好的，我会的。"达瑞尔答应了，一想到杜邦老师一个劲地打喷嚏的样子，她就开始咯咯笑起来。

所有九年级的人都知道这个把戏。只有莎莉反对。吉恩觉得这毫无害处，所以，她也没有拖后腿。想到星期五，大家都很兴奋。

星期五终于到来了。达瑞尔拿着小球和一块在盐水里泡过的海绵溜进了班级教室，她把小球放在窗台上，把海绵里的水挤了几滴在上面。一切就大功告成了。

其他人走进教室准备上课了。她们都抬眼看着达瑞尔，而她则冲她们点头以示回复，微笑起来。她们各自坐到自己的座位上，等着杜邦老师。

杜邦老师走了进来，像往常一样喜气洋洋地说："请坐，孩子们①，今天我们会有一顿'大餐'，是一个测验！"

全班发出深深的叹气声。

"安静！"杜邦老师嘘道，"你们是不是想把波茨小姐招来，查看这么可怕的吵闹声是怎么回事呢？现在，我要在黑板上写几个问题，你们在自己的本子上写下答案。"

她转身在黑板上写字，闻到了第一缕"清新"的雾气，无形无踪，那是从那奇怪的小球上散发出来的。

杜邦老师感到鼻子发痒，她摸索着自己的身躯，想找她的手绢："啊，在哪儿呢？我鼻子有点儿痒痒。"

"你的手绢在你的腰带上，老师。"艾莉西娅叫道，希望艾琳不会过早地爆笑出声。她看起来已经在濒临爆发的边缘了。

杜邦老师看来似乎也要爆发了。她一把抓起手帕，压在鼻子上。但没有手帕能堵住那巨大的喷嚏。她以前也随时都会大声地打喷嚏，可这一回的喷嚏听起来像一颗炸响的炮弹！

"啊——啾——！我的天！"杜邦老师说，用手绢压压她的鼻子，"抱歉，姑娘们，我忍不住。"

艾琳已经弯腰藏到课桌下，去掩饰她咯咯的笑声了。艾莉

---

① 杜邦老师这句话说的是法语。

西娅又好气又好笑地瞥了她一眼。第二个喷嚏来临时，杜邦老师会如何呢？啊——可不就来了嘛。杜邦老师疯狂地抓住她的手帕。

"啊呀！又要打喷嚏了，我希望自己没感冒。啊——啾——！"

艾琳爆笑出声，贝琳达也一样。杜邦老师被自己巨大的喷嚏声震惊了，瞪了她们俩一眼。

"艾琳，贝琳达！别人不舒服你们发笑是不礼——啊——啾——！"

可现在，就算是艾莉西娅也无法掩饰大笑了。达瑞尔虚弱地靠在椅背上，试图停止大笑，因为她腰疼得厉害。连莎莉也微笑起来，尽管她竭力地忍着。

"啊——啾——！"杜邦老师又打了个喷嚏。她摇摇晃晃地回到椅子上，擦了擦额头。"我以前从来没有这么打过喷嚏。"她说，"我打喷嚏这么厉害真是闻所未闻。啊——啾——！啊——啾——！"

最后一个喷嚏实在是巨大，震得可怜的杜邦老师从椅子上摔了下来。此时，全班人都笑得抽搐起来。格温从座位上跌了下来。再过一会儿，艾琳就会在地板上打滚了。一半的人脸上都挂着笑出来的泪水。

杜邦老师坐在那里盯着黑板，搞不清喷嚏是不是就要结束了，也许这波打击已经过去了。她小心翼翼地站起来，走到黑板前。可顷刻之间，她的鼻子又痒起来，她拿起手绢："啊——啾——！啾啾！"杜邦老师又陷入到座位中。

正在这时，波茨小姐伸头进来，手上拿着一沓纸，她说道："打扰了，杜邦老师，可你把这个丢在……"可是，她看到整个班级在无法自控的笑声中打滚，惊讶地停了下来。心想：发生什么事了？

她看着杜邦老师，杜邦老师也回看她，想试着告诉她发生了什么事，可下一个惊天动地的大喷嚏差一点儿把波茨小姐喷出门外。

"啊——啾——！啾啾！"

看到波茨小姐，全班同学都冷静下来了。她们巴望着她赶快离开，可她没有。她被杜邦老师痛苦的表情吓了一跳，便向她走过去。

"是这些个喷嚏……"杜邦老师开口解释，接着又被一个喷嚏打断了话头。

雾气循路飘进了波茨小姐的鼻子里。她刚要张嘴说话，也觉得自己想要打喷嚏了。她的鼻子开始发痒，她忙着找手绢。

"啊——啾——！"她打了个喷嚏，艾琳立刻又爆发出大笑。波茨小姐瞪了她一眼。

"艾琳，你是不是觉得——啊——啾——！"

"啊——啾——！"杜邦老师打了个喷嚏，"波茨小姐，这喷嚏是怎么回事？我停不下来——啊——啾——！"

波茨小姐打了三个喷嚏，间隙里一个词也说不出来。接着，她突然产生了怀疑。看向咯咯笑着的女孩们。

"吉恩，"她说，"你是这个年级的级长，这是不是个恶作剧？啊——啾——？"

吉恩犹豫了一下，她怎么能把全班人都出卖了呢？

杜邦老师把她从进一步的询问中解救了出来。她打了那么巨大的一个喷嚏，从座位上跌了下来。她呻吟着："我病了！我从来没有这样打过喷嚏。我病得很重，啊——啾——！"

突然，波茨小姐自己也打了两三个喷嚏，她把杜邦老师拉了起来。

"把窗子打开。"她命令达瑞尔，"去把舍监老师请来，杜邦老师肯定是病了。"

达瑞尔惊慌失措地打开了窗户，玛丽露跑去找舍监老师。舍监老师来了，玛丽露气喘吁吁讲述的有关杜邦老师打喷嚏的故事让她很困惑。她看着杜邦老师苍白的面孔，搀着她的胳膊领着她走。蒸汽小球的威力也降临到了舍监老师身上，突然之间，她实实在在地打了一个喷嚏。波茨小姐也连打了两个喷嚏，杜邦老师的一个喷嚏也即将打出来。接着，舍监老师带着杜邦老师出了门，波茨小姐跟着出去了，以确认可怜的杜邦老师身体没事。

女孩们虽然又惊又怕，但看到三个大人齐声打喷嚏，还是忍不住笑了起来。"你差点儿被波茨小姐的问题弄得露馅了，吉恩。"艾莉西娅说，"好险啊！希望她别再问起来了。"

"我希望杜邦老师可别真的昏过去了。"达瑞尔焦急地说，

"她看起来的确很糟糕。我想，在波茨小姐回来看到之前，我得赶快把那个小球扔到窗外去！"

所以，她把球扔了，扔之前她自己也打了个喷嚏。接着，全班人都安静下来，等着某个人回到教室来。

回来的是波茨小姐。"杜邦老师不大好，"她严肃地开口，手上拿着手绢，又开始打起了喷嚏，"她只得躺床上休息，她累坏了。奇怪，太奇怪了，我们一离开教室，就都不再打喷嚏了。吉恩，你能向我解释一下吗？或者，艾莉西娅，你愿意解释一下吗？我感觉也许你会比任何人都知道得更多。"

艾莉西娅不知说什么好。吉恩用胳膊肘戳戳她："说啊，你只能说出来了。"

于是，艾莉西娅便说了。她结结巴巴地把这个点子讲给皱着眉头的波茨小姐听，此时，它似乎一点儿也不有趣了。

"我明白了。又是你那愚蠢的把戏之一。我还以为九年级的学生可以摆脱那些孩子气的事情了。你们每个人都参与了吗？"

"莎莉没有。"达瑞尔说，"她拒绝同意这个点子。她是唯一一个没有参与进来的。"

"全年级唯一一个理智的人！"波茨小姐说，"很好，除了莎莉之外，你们每个人将失去下一个半天假，我相信，这个假期在星期四。你们还要向杜邦老师道歉，剩下的学期里，你们必须加倍用功地学习法语！"

第二十一章

成 为 朋 友

大家曾一致认为这是一个很不错的小把戏，结果却令人遗憾。"我猜那个小球的功效比以往要强。"艾莉西娅忧郁地说。

莎莉没有说"我早告诉你了"这样的话算是很厚道了。"我会跟你们所有人一样放弃那半天假。"她告诉达瑞尔，"我反对玩这个把戏，但我要分担惩罚，这是自然的。"

"你真好，莎莉。"达瑞尔说，挽住她的胳膊，"我们去楼下，看看公告板上有什么有趣的东西吧。我想今晚有一场辩论会，我们可以参加，预科生对十一年级，她们会吵得不可开交的。"

她们去看了公告板。一个十年级的学生也在那儿看着公告板，是艾伦。"你好啊，达瑞尔。"她说，"恭喜了。"

"恭喜什么?"达瑞尔很惊讶。

"瞧，下周四你要参加九年级分队的比赛了！"艾伦说，"三个人因为生病缺席了，所以三个替补都要上场。你是三个替补之一吧？"

"哦，太完美了！"达瑞尔叫起来，在大厅里跳来跳去，然后她的脸色突然严肃起来。"哎呀，波茨小姐下周四会不会让我去打比赛？周四就是半天假啊，是不是？球员不放假。莎莉，你觉得，我是不是不能打比赛了？因为我们都要放弃半天假去学习。"

"你们在说什么呀？"艾伦迷惑地说。达瑞尔把事情告诉了她。

"老天！"艾伦说，"那你就不能参赛了啊。你不能指望'波斯猫'免除你的惩罚好让你获得参加球队比赛的乐趣。"

达瑞尔痛苦地呻吟着："哦，多倒霉啊！我的第一次机会！我却把它弄砸了。莎莉，我为什么没有早支持你，和你站在一边，却和艾莉西娅站一边了呢？"

这对可怜的达瑞尔来说真是一个可怕的打击。她走来走去，一副愁眉苦脸的样子。莎莉简直无法忍受。她跑到波茨小姐屋子外，敲响了门。

"求你，波茨小姐，达瑞尔准备下星期四参加九年级分队的比赛。可因为今天的那个把戏，那天她恐怕要学习了。她非常失望。你说过我不用放弃半天假，因为我没有参与那个把戏。我能不能放弃那个假，让达瑞尔代替我享受那半天假呢？那样，她就可以参加比赛了。"

"很好心的想法，莎莉，可是这不可能。"波茨小姐说，"达瑞尔必须接受惩罚，像九年级其他人一样。如果她错过了比赛，这是她自己犯下的错。"

莎莉伤心地走了。她碰上了达瑞尔，告诉她自己是如何为她争取半天假，好让她去参加比赛。达瑞尔很感动地说："莎莉！你真是个堂堂正正的好人！一个真朋友。谢谢你。"

莎莉冲她微笑。她的嫉妒突然之间就烟消云散了，她知道自己以前有点儿傻，可她不会再傻了。她挽着达瑞尔的胳膊，说："贝蒂要回来了，艾莉西娅有伴儿了，我会很开心的。"

"我也是。"达瑞尔由衷地说，"她老想让我们来个三人行，更烦人。我们别这样，莎莉。"

莎莉满意了。可她多想让达瑞尔享受那半天假啊！可怜的达瑞尔，那是多好的一个机会啊。这样的机会或许好长时间都不会再来。

她们遇上了舍监老师，向她问起了梅维斯的消息。"好多了。"舍监老师说，"不过，她失声了，只能哑着嗓子说话，可怜的梅维斯，她看起来很伤心。明天你们可以探望她了，她请求让泽尔达去看她。麻烦你告诉她喝完茶可以去看梅维斯。"

达瑞尔和莎莉吃惊地对视一眼。泽尔达！梅维斯为什么要让泽尔达去看她？

梅维斯很不开心。她失声了之后大惊失色。"舍监老师，我是不是再也不能唱歌了？"她焦急地问。

"有一段时间不能唱了。"舍监老师说，"我希望你的嗓子能尽快恢复，梅维斯。可你的嗓子和胸部病得很重，所以你可能一两年内不要试图唱歌了。专家说，如果你非要试，你的嗓子可能会永久地毁了，再也当不了歌唱家了。"

梅维斯任由眼泪顺着脸颊淌下来，没有擦拭。没有了歌喉！一两年内不能唱歌，有可能永远唱不了了。天哪，她可能最终也当不成歌剧演员了。嗓子的病，胸部的病，这两种病都是一个歌唱家必须时刻提防的啊。

是我自己的错！那天晚上我为什么冒雨溜出去？可怜的梅维斯抽泣着，我以为自己干了件了不起的事呢。其他人并不这样想。也许泽尔达能理解，她将要成为一名了不起的电影明星，她能理解一个女演员或一个歌唱家是多么盼望得到认可，多么渴望听到掌声。

所以，当舍监老师告诉她，可以让人来探望她，让她自己选人时，她选了泽尔达！她要把一切都告诉泽尔达，泽尔达会理解她、同情她的。

泽尔达也很惊讶自己被选中。她并不很喜欢梅维斯，可她还是去探望了。她带了些水果、糖果还有一本刚刚从美国寄来的书。泽尔达总是很慷慨。

看到梅维斯那么瘦，她大大地吃了一惊。

"请坐。"梅维斯说，声音哑得可怕。

"你的嗓子怎么啦?"泽尔达惊恐地问。

"我失声了,也许是永远。"梅维斯用可怜兮兮的哑嗓子说道,"泽尔达,我一直都是个傻瓜。我肯定除了你之外没有人能理解。"

她用喘息又喑哑的声音把那个星期六晚上发生的一切都告诉了泽尔达:"因此,这一切都白费了。泽尔达,如果没有了嗓子,我该怎么办呢?我会痛不欲生的!其他人总是告诉我说如果我没有嗓子就什么也不是,完完全全什么也不是!"

"不要再说话了,梅维斯。"舍监老师说,在门口探头,"泽尔达,你说吧。"

于是,泽尔达说起来。她该说些什么呢?这时,泽尔达突然显现出她的性格与无限智慧来。她在马洛里塔的这一学期已经学到了不少东西——从她自己失败的表演中学到的尤其多。所以,她把她学到的都告诉了梅维斯。

把在莎士比亚戏剧课上发生的一切告诉别人并不是一件容易的事,可当泽尔达看到梅维斯多么沉醉地听着,多么密切地关注着她的话时,她便全无保留了。

"所以,你瞧,梅维斯,我比你糟糕很多很多。"她最后这样结尾,"你真的有天赋,我从来没有!你在为一件真实的事而骄傲,我却曾经为一些不存在的、虚假的东西而自得。但现在我快乐多了,毕竟,做真实的自己更明智。女学生,而不是未来的电影明星或歌剧演员。如果你仔细思考后,你也会有同感的，你可以做你自己，现在，你只是失声一段时间。"

"泽尔达，你不知道你对我的帮助有多大。"梅维斯哑着嗓子，将手塞进这个美国女孩的手中说，"我刚才难过极了，我不认为这种事会发生在任何人身上。可这种事却同样发生在你的身上，就像发生在我的身上一样。"

泽尔达什么也没说。她花了好大的代价才在所有人中选了梅维斯，坦白了这一切。可是，虽然有那么多缺点，泽尔达却是相当善良的。她很快就意识到，她一个人对梅维斯的帮助有多么大。

舍监老师再次探头进来，看到梅维斯快乐多了，她很开心地走了进来。"好吧，你对她很有好处，泽尔达！"她说，"她看起来完全不一样了。我猜，你们是朋友吧？"

梅维斯热切地看向泽尔达。"是的。"泽尔达坚定地说，"我们是朋友。"

"好吧，再待两分钟，你就该走了。"舍监老师说着，走了出去。

"我会让其他人看看，我并不只有一副嗓子。"梅维斯哑着嗓子说，"泽尔达，你会继续帮助我吗？你愿意跟我做朋友吗？我知道自己不怎么样——可你还没有朋友呢，是吧？"

"是的。"泽尔达羞于承认，"好吧，我想我这个人也不怎么样，梅维斯。我只是一个无足轻重的人——我们俩都是！我们可以相互帮助。现在，我得走了。再见！我明天再来！"

第二十二章

走 出 困 境

    杜邦老师很快就从她一连串的"喷的①"中恢复过来，隔天就回来上课了。当波茨小姐跟她解释这一切都是因为女孩们的小把戏时，她感到非常生气，但渐渐地，她的幽默感又回来了，一想到波茨小姐和舍监老师也中了圈套，还剧烈地打喷嚏，她就咯咯地笑了起来。

    "可是，我打的'喷的'是最响的'喷的'。"杜邦老师自言自语，"啊！这不是鲁吉耶老师嘛！我要把这个把戏告诉她。"

    她把事告诉给一本正经、阴沉着脸的鲁吉耶老师，这位不赞成任何形式的把戏的老师着实吓了一跳。

    "这些英国姑娘！你向格雷灵女士汇报了吗？她们都该受到惩罚，每一个人！"

    "不，我没有向校长汇报。"杜邦老师说，"只有在事情严重的情形之下我才会汇报。"

"这事情还不严重吗！"鲁吉耶老师叫道，"你对此视而不见，不给女孩们任何惩罚吗？那个艾莉西娅，疯疯颠颠的艾琳还有那个调皮的贝琳达，给她们点儿严厉的惩罚，这对她们有好处。"

"哦，她们正在受罚呢。"杜邦老师急忙说，"她们不能享受半天假，而要去学习。"

"这可不是真正的惩罚！"鲁吉耶老师说，"你缺乏纪律性，杜邦老师，我一直这么说。"

"事实上，我并非如此！"杜邦老师恼火地叫道，"你没有幽默感吗？你看不到这事有趣的一面吗？"

"是，我没有，我看不到！"鲁吉耶老师固执地说，"这个英国人老挂在嘴边的'有趣的一面'是什么？这并不有趣。你也知道这不好玩。"

鲁吉耶老师越是这样说，杜邦老师就越是肯定这个玩笑很有趣。到最后，她完全把自己说服，认为自己真的沉浸其中，与女孩们同欢笑。

她几乎想取消波茨小姐施加的惩罚了。可波茨小姐不会听从这样的意见。"当然不行！别太心软了，杜邦老师。我们不可能让这件事就这么过去了。"

---

① 杜邦老师的英语发音不是很准确，把喷嚏说成"喷的"。

"也许是不能让它过去。"杜邦老师的脑中突然跳出了一个主意，"坏丫头们，她们应该整个周四下午到我这儿来，波茨小姐，我会让她们好好学习一番的。"

"这很好。"波茨小姐赞同，她发现杜邦老师有时还是很难缠的，"让她们学一整个下午！"

我得带她们去散个步，杜邦老师想。她自己很讨厌散步，可她知道女孩们有多么喜欢。可周四下午到来了，天气相当潮湿，不仅不能打曲棍球，也没法散步。

达瑞尔看到公告板上的告示，正贴在参赛名单旁边："比赛延期。日期之后另行决定。"

"看那个！"她对莎莉说，"没有比赛了。如果我能参赛，结果比赛被取消了，我该有多失望啊。不知道等下一次日期定下以后我还有没有希望参赛。可到那时候，那些生病的女孩应该也好了吧。"

那天下午，女孩们去了她们的教室学习。同时，其他年级的人都下去到大厅里玩去了，她们还看了一场电影，银幕就挂在大厅的尽头。

杜邦老师在等着她们，笑容满面地说："可怜的孩子们！就因为我打了'喷的'，今天下午你们不得不学习呢。你们得学一些法式舞蹈。我带来了唱机还有一些唱片，我会教你们跳一种很好看的乡村舞蹈，所有的法国孩子都会的。"

九年级的学生既惊讶又高兴，把所有的桌椅靠边放。她们巴望着波茨小姐或是彼德斯小姐能路过看一看，在她们在被剥夺的半天假期里学什么好东西！如果往教室里看，她们的脸色又多有趣啊！

不过，杜邦老师可以肯定，这两位老师都不会路过的。彼德斯小姐下午出去了，波茨小姐会在大厅里，跟她带的七年级生在一起，杜邦老师很安全！

"和平无事！"杜邦老师高兴地说。女孩们咯咯笑起来。"你是说，'平安无事'吧。"吉恩说道。

"一回事。"杜邦老师说，"现在——开始！请组成一个圈圈，我会告诉你们听着音乐转圈的时候要唱什么。"

这是一个欢乐的下午，九年级生玩得很开心。"你真是个君子，杜邦老师。"最后，达瑞尔热情地说，"一个真正的君子。"

杜邦小姐眉开眼笑。她一直没有真正弄懂什么叫君子，她只知道这是一个极高的评价，她很开心。

"你们让我打'喷的'，我让你们喘吁吁！"她对喘个不停的女孩们说，"我们拉平了，是不是？"

"是扯平了。"吉恩说。可杜邦老师充耳不闻。

"我要告诉波茨小姐今天下午你们努力学习，精疲力尽。"杜邦老师说，"可怜的孩子们，你们饿得不行，想吃茶点了吧！"

泽尔达和其他人一样玩得很开心。事实上，她很惊讶，自己居然如此享受这个下午。天哪，一周前她肯定会对这种粗野的东西嗤之以鼻的，她只会没精打采地加入进来，假装这一切都不值得她做。

可是，我却热爱每一分钟！泽尔达想。跳舞的时候头发松了，她把头发往后紧紧扎好。我以前一定是个可怕的大白痴，难怪她们都嘲笑我。

突然之间，她看到了旧日的自己——装腔作势，试图表现得像个成年人，梳着洛西·莱克斯顿那种可怕的发型，看不上所有这些快乐的女学生。她简直想都不能想。

做一个普通的学生很有趣，能做我自己，而不是装成是洛西，真好。我以前多傻啊，比梅维斯糟糕多了，梅维斯至少真的有天赋！

梅维斯恢复得很好。她热切地盼望着泽尔达的探视。现在，好多九年级生都去看望过她了，不过她对泽尔达的来访比任何人的来访都期盼。她觉得泽尔达很棒，她棒就棒在接受了一个教训，这教训，她自己也应该接受。就算泽尔达现在知道了，她自己并不出色，可有人真心认为她很棒，这对泽尔达而言还是一个小小的安慰。现在，梅维斯已不再谈论她的嗓音和她光辉的前程了，她看起来是一个完全不同的人——更简单，更自然，对他人更关注。

"我再也不会提我的嗓音了。"梅维斯告诉泽尔达，"我也永远不会再说'当我成了一个歌剧演员'这样的话了。也许我理智一点儿、不自夸，不去想我的歌喉，歌喉就会回来了。"

"哦，我希望它回来。"泽尔达安慰地说，"可你还是尽力摆脱它了！梅维斯，你跟我太像了——简简单单地去做一个女学生，别无他想。咿，融入他人有多好，与她们保持一致有多好，不要试图夸夸其谈你是'棒透了'有多好，好得你简直不敢相信！"

"再跟我说说杜邦老师还有打喷嚏的事。"梅维斯央求道，"你说得让我笑晕过去了。你这么讲述的时候，实在太有趣了，泽尔达。"

的确是这样。她演不了任何角色，可是她会用一种非常幽默的方式来讲故事，让人人都开怀大笑。私底下，艾莉西娅认为这才是泽尔达真正的天赋，真正幽默的能力——可她不会这样说的！她不会再给泽尔达一次认为她自己"棒透了"的机会！

泽尔达如此慷慨地把时间花在梅维斯身上，这让女孩们很赞赏。她们对她的评价很高，因为她对希伯特小姐相当严厉的责备能接受得那么好，而且相信老师说的一切。

"我以前觉得泽尔达什么也不是，我真的这样想过。"达瑞尔对莎莉说，"我以为她只是一个充气的气球——希伯特小姐扎她的时候，我以为她会漏气，然后就什么都没有了。可是她毕竟还是有内涵的。我现在喜欢她了，你呢？"

"嗯，我一直认为她为人非常慷慨，我喜欢她的好脾气。"莎莉说，"但我不像你那样受过她那种愚蠢的影响，毕竟我返校太晚了。"

"贝蒂回来了，我真高兴，你呢？"达瑞尔说，"谢天谢地！

现在，艾莉西娅有人陪了，她不再总想让你和我三人行了。我希望比尔也能有个朋友，她一个人太孤单了。"

"有时候我并不介意跟比尔组成三人组合。"莎莉说，"虽然，你知道，达瑞尔，比尔并不需要一个朋友，说真的，我觉得雷鸣代替了朋友这个位置。"

"是的，没错。"达瑞尔说着回忆起了那个雨夜，她和比尔牵着雷鸣在场院里一圈一圈地走，"可是，偶尔让比尔眼我们一起也挺好的，她是个君子。"

于是，比尔很高兴常常与达瑞尔和莎莉结伴而行，她非常喜欢达瑞尔。比尔每周都会这样想上一百次：总有一天我要为了那个晚上回报她，我永远不会忘记的。

现在，她非常快活，雷鸣非常健康，达瑞尔和莎莉很欢迎她。她在班上的表现也很好。彼德斯小姐太好了！

比尔是一个简单的人，直来直去，自然大方，并且非常忠诚。这些品质对彼德斯小姐很有吸引力，因为她自己也一样。因此，在这位老师和比尔之间产生了一种真正的理解，这让她们俩都很高兴。

"我真高兴到这儿来。"比尔对达瑞尔说，"我以前不想来的，可是，我真高兴我来了！"

第二十三章

完 美 学 期

学期即将结束。一如既往地，达瑞尔对此感觉五味杂陈。"我真的想回家，可我又爱待在马洛里塔！"她对莎莉说道。

"嗯，你能拥有这两个世界真够幸运的。"莎莉说，"我也喜欢待在家里，可我也爱学校。这个学期不错吧，达瑞尔？"

"是的。"达瑞尔说，"我只有一点儿失望，我训练了那么多次，还得到了那么多额外的指导和莫莉的帮助。经历了这一切之后，我竟然没能参加九年级分队的比赛。"

"那场取消的比赛，她们后来又比了吗？"莎莉问。

"没有。另外一所学校没有空闲时间。"达瑞尔说，"下周我们就放假了，所以没机会了。对我来说，这是唯一一件小小地破坏了这学期的事。当然，还有你那么晚才返校也是遗憾。"

"这个下午真美好啊！"当她们漫步走进庭院，观赏着到处开放的水仙花，沐浴在三月的微风中的时候，莎莉说道，"晚饭前还有半个小时，我们干点儿什么好呢？"

"我们去曲棍球场吧。"达瑞尔说，"那儿肯定有意思。静坐了这么久，我有点儿不舒服。跑跑步，接接球，对我们有好处。"

莎莉并不是真的想去。这学期，她因为返校晚了，不像往常一样擅长运动。可她看到达瑞尔脸上渴望的神情，便把自己的意愿放在了一边。她说："好吧。我去拿棍子，你去要一个球。"她们在操场上碰头，不一会儿便开始跑步，接球传球。

操场上就她们俩。莫莉·罗纳尔逊路过，看到达瑞尔又在操场那儿，她微笑起来。她是个多好的球员啊！她下决心要做某事就一定会坚持到底。莫莉喜欢这点。

她冲着达瑞尔叫："我的天哪，你打得好真不奇怪，达瑞尔！我们要和巴彻斯特比赛了，就下周，你听说了吗？你知道那场取消的比赛吧？就是放半天假的周四？我们原以为没法再安排了，可巴彻斯特刚刚告诉我们，下周四她们可以跟我们打比赛，就是我们放假的前一天。"

"哦，真的吗？"达瑞尔说，"莫莉，我有没有机会再成为三个替补之一呢？求你说有！"

"嗯，显然，上一次你本来其实已经参赛了，因为那次所有的替补都要参赛。"莫莉说，"可是我听说你和九年级的人干了件蠢事，半天假被取消了，所以你那次还是不能参赛。"

"是，没错。"达瑞尔说，"可从那以后我就没做过傻事了。

下周四把我安排在预备队吧，莫莉，求你了。并不是说我有多大希望参加这次比赛，因为所有生病的人都康复了！"

"没错！"莫莉说，"好吧。我会再列一个新的参赛队员名单，你有可能在预备队里也有可能不在。我可没承诺什么！周一下午我会去看九年级和十年级的曲棍球赛，我会从她们当中选几个队员参加跟巴彻斯特的比赛，所以，要不要尽全力，就看你自己了！"

"莫莉太棒了吧！"达瑞尔对莎莉说。莫莉走后，她的脸上闪着光彩。

"嗯，我觉得她是一个非常好的运动队队长。"莎莉说，她不像达瑞尔那样狂热，"总之，达瑞尔，周一莫莉来看的时候你好好打，看看你能不能被选进预备队。"

达瑞尔真的好好打了。她动作敏捷，接球出色，传球时毫不自私，射门时坚决果断，毫不手软。莫莉在操场上，观看在那里进行的几场比赛。她一场一场地看过去，坚定而从容，锐利的眼睛注意着每一个漂亮的传球和快速的冲刺。

那天晚上，九年级分队成员的名单即将出炉。预备队女孩的名字会贴在参赛队员名单下方。达瑞尔几乎不敢走到公告板前，去看她的名字有没有出现在预备队里。

当然应该在啦！毫无疑问，她比大多数十年级的学生都要好，当然也比其他九年级的学生要好得多！她满怀希望但又害怕地看了一眼三个替补队员的名字。

她的名字不在其中！达瑞尔非常沮丧，又把三个替补队员的名字念了一遍。没有！没有她的名字！她甚至连第三替补都不是，以前她是的！莫莉认为她这次表现不够好，所以没把她的名字放在替补中。多么可怕的失望。

莎莉跟上前来说："达瑞尔！那个名单下来了吗？你进了替补名单吗？"

达瑞尔摇了摇头，说："没有，这次我没有。哦，莎莉，我太失望了。"

莎莉也同样失望。她挽住达瑞尔的胳膊说："运气不好，老朋友，我很遗憾。"

"唉，我就跟泽尔达当初一样糟糕，妄想自己曲棍球打得很好，能成为替补中的一员参加跟巴彻斯特的比赛。"达瑞尔说，她的声音微微地颤抖，"我真是活该！"

"不是这样的，不是。"莎莉说，"你至少应该成为首席替补。应该如此，达瑞尔！你的曲棍球打得好极了，超级好，而且你训练得那么刻苦。"

"别戳我的痛处了。"达瑞尔说，莎莉热烈的赞美让她的感觉更糟了。她们一起去了休息室。梅维斯第一次和泽尔达同时在那儿。

"你好，梅维斯！"莎莉惊讶地喊着，"我以为你要到明天才回来呢。你回来了我真高兴。"

"欢迎回家！"达瑞尔说，试着忘掉她的失望，"你没事了我真高兴，梅维斯。你感觉怎么样?"

"很好。"梅维斯用变了声的嗓音说道。她再也没有了以往那种深沉而怡人的声音。她的声音哑了，失去了它可爱的音调。女孩们现在已经习惯这音调了，但是可怜的梅维斯并没有习惯。她无法忍受这种可怕的粗哑的声音!可她打定主意不发牢骚、不抱怨。

她说:"我也很高兴回来。舍监老师对我好极了，而且医务室也很舒服，可是我真的想念学校的这些乐子和吵吵嚷嚷。"她咳嗽起来。

"一下子别说这么多话。"泽尔达说，"你知道舍监老师让我负责照顾你，而且我今晚要把你毫发无损地送回到她那儿，一直到她允许你再回到我们宿舍!"

"我没事的。"梅维斯说，"达瑞尔，你入选替补队了吗?泽尔达说你肯定能入选。我盼着能再看一场比赛。"

"不，我没入选。"达瑞尔失望地说，转身走了。

泽尔达抬起头看着，又惊讶又遗憾地说:"咿，真糟糕。"莎莉朝她皱起了眉头，不让她说太多，她便停住了。

达瑞尔对此非常介意。她不明白为什么莫莉这次把她排除在替补队员名单之外。这似乎不公平，毕竟她之前说了那些话!

达瑞尔走出了屋子，莎莉没有跟着她，因为她知道达瑞尔需要独处，在面对年级其他人之前克服她的失望。

走廊上传来一阵脚步声。门砰的一声被打开了，九年级其他人蜂拥而入。

"喂，达瑞尔在哪儿？我的天哪，她看没看公告板？"

"看了，她失望极了。"莎莉说。满面笑容的九年级的人显得非常惊讶。

"失望！"艾莉西娅重复道，"为什么呀？她应该非常兴奋，在房间里大跳战舞！"

现在，轮到莎莉惊讶了："为什么，你们傻了吗？这次她甚至都没有入选替补名单！"

"是啊，她是没有，那是因为她入选正式赛队了呀！"艾莉西娅叫道。

"真的，真的入选正式赛队了！"比尔高兴地说，"难道这不光荣吗？"

莎莉喘不上气来："我的天哪！达瑞尔一定是只看了替补队员的名单，压根儿没有看正式队员的名单！这就是她的风格！"

"她在哪儿？"艾莉西娅不耐烦地问。

"她就在这儿！"贝琳达在门那儿叫道，"达瑞尔，过来！"

达瑞尔走进来，看起来闷闷不乐的。她惊讶地四顾，看着兴奋的九年级的人。

"出什么事了？"她说。

"你呀！"艾琳在她背上拍了一巴掌，"你在公告板上，傻瓜！而且在正式赛队的名单里！"

达瑞尔没听明白。其他人不耐烦地把她围起来，用她们最响的声音说着。

"你入选校队了。你难道不明白吗?"

"不在替补队,周四你会上场跟巴彻斯特比赛。"

"瞧她,简直傻了。达瑞尔!你的意思是你只看了替补队名单没看校队名单?好吧,你真是傻透了!"

达瑞尔恍然大悟,她兴奋地抓住艾莉西娅的手腕说:"艾莉西娅,你说真的吗?我入选校队了?天哪!我从来没有想到看看那个名单。"

接着是一片欢呼、祝贺声。舍监老师走了进来,想看看吵闹声是怎么回事,也想看看梅维斯怎么样了。

梅维斯非常好。她正拍着达瑞尔的背,用沙哑但坚定的声音叫道:"太棒啦!太棒啦!"她的脸因为高兴而闪着光彩,与其他人一样。

舍监老师悄无声息地又走了出去。她对自己微笑着。这一切都是因为有人入选了校队!好吧,做一个女学生是一件多好的事啊!

对达瑞尔而言这真是一个美好的时刻。她想,她长这么大从来没有这么开心过,而且正当她那么失望和悲伤的时候,当她看到其他人的快乐和骄傲时,她几乎要哭了。天哪,她们一定非常喜欢我!我真希望我周四能好好打。要是我们能打败巴彻斯特就好了!一整年了我们都没打败过她们。她已经等不及周四的到来了。

这一天终于还是到来了，天气晴朗明净，打比赛再理想不过了。这是一场主场赛，还是放假的前一天，所有想看比赛的女孩都可以看。巴彻斯特校队的女孩们坐着马车到达时，大多数人都跑去为她们欢呼，然后她们涌向球场，在木凳上找座位。

达瑞尔很紧张，为此她生自己的气，可她也没办法。

莫莉路过，冲她咧开嘴笑："怯场了吧？等你一上场，你很快就会忘记紧张了！"

莫莉说得没错。一上了场，把曲棍握在手中，快乐地蹦跳着，达瑞尔的紧张就跑了，她盼望比赛赶快开始。她像插上了翅膀，瞥了对手一眼，那是个高大结实的女孩。天哪，她有可能跑得比达瑞尔更快！

确实，她跑得很快，也很有力量，几乎每次都能又快又有力地把球从达瑞尔手里抢过去。

"加油啊，达瑞尔，加油！"每次达瑞尔抢到球又带球跑的时候，观看比赛的九年级的人都会大叫起来。

"哦，传得好！哦，接得好！加油，马洛里塔队！"

巴彻斯特队进球！马洛里塔队进球！中场休息时间到了，比分显示一比一。酸柠檬片盛在盘子里被端了上来。这时莫莉就站在达瑞尔身边，正认真地跟她说话："达瑞尔，你把那个女孩拖住了，很好。她很棒，可她比你消耗得快。记得抓住机会，下次她上来的时候拦截她，再抢球，传给凯瑟琳，然后跑动，让她回传给你，最后射门！听见了吗？"

"好的，好的，莫莉。"达瑞尔说着，吞下了柠檬片，由于太急，几乎把整片都吞了下去，"没错，我觉得对手疲劳了，我能跑得过她。只要我能，我一定按你说的做。告诉凯瑟琳吧。"

"我已经告诉她了。"莫莉说，"听——哨子响了。你一直表现不错，但我想这下半场得由你来射门了，达瑞尔。其他人太容易被盯上了。祝你好运。"

莫莉离开了球场。观众们齐声合唱起来："加——油——马洛里塔！加——油——马洛里塔！"

马洛里塔队果然精神抖擞，达瑞尔和凯瑟琳漂亮地传球，凯瑟琳射门。马洛里塔队进了两球！然后巴彻斯特队也进了一球，又进了第二个。比分显示二比二平。比赛还有十五分钟。

"加——油——马洛里塔！"

达瑞尔觉得时间飞快地流逝。现在是二比二平——在比赛结束之前，马洛里塔队需要再进一球。她接了个漂亮的球，用曲棍带球跑。她的对手拦截她，达瑞尔很利落地躲开了她，快步跑过场地。

"成了！达瑞尔！射门！射门！"大家叫喊着。可是达瑞尔离球门太远，她转而把球传给了凯瑟琳，哎呀，凯瑟琳没有接住球，她摔倒了，让对手顺着球滚过来的方向截了过去。接着，巴彻斯特队的边锋冲过球场，朝马洛里塔队的球门冲去。

但是守门员英勇地挡住了射门。万岁！又救了一回险球！球又传了过来，达瑞尔跳得很高，漂亮地接住了球。

"接住了，达瑞尔！"观众们叫喊道。达瑞尔冲着巴彻斯特队的球门跑过去。凯瑟琳和她齐头并进，紧盯着机会地等待着传球。达瑞尔被拦截了，她来了一记漂亮的抛球，灵巧地把球传给凯瑟琳。凯瑟琳接住了球，可马上被拦截了。她用眼角的余光看到达瑞尔正在注视着她。

她把球抛出去。这个球抛得有点儿笨拙，可达瑞尔跑过去接住了。球一到了她的棍下就被控制住了，当被拦截时，她巧妙地闪避。

观众中发出了一声惊叫："射门！射门！射门！"

达瑞尔射门了，她使出了全身的力气将球往球门打去。巴彻斯特队的守门员冲出来拦球。球击中了她的肩垫，然后击中了门柱，滚到了球网后面。

"进了！"一阵欢呼响起，"太棒啦！达瑞尔！干得漂亮！三比二！"

结束的哨音几乎立刻就吹响了。两队队员站成排，相互致意。达瑞尔因为高兴和快乐而颤抖着。她参加了比赛，她射进了制胜的一球！

"打得好，小达瑞尔！"莫莉的声音响起，"打得好！这球射得漂亮。"

达瑞尔去参加为两支球队准备的盛大茶会，她的心在歌唱。这对她是一个伟大的时刻。九年级的人全都围绕着她，拍着她的肩膀，赞扬她，她们年级中的一员射中了制胜的一球让她们快乐无比。

那天晚上，达瑞尔非常疲惫又非常快乐。她要把这一切告诉爸爸妈妈还有她的妹妹费莉西蒂，他们会说什么？谢天谢地，明天她就要见到他们了，他们很快就会知道了。她等不及要说给他们听了！

所有九年级的人都分享了达瑞尔的快乐。当她走进休息室时，她们为她欢呼起来，达瑞尔站在那儿，满脸通红，又羞又窘。

"天哪，亲爱的达瑞尔，她也太谦虚了，甚至都没想到要去队员名单里找一找自己的名字——她射中了制胜的一球，多棒啊！"艾琳叫着，重重地拍了拍达瑞尔的背，拍得她都咳嗽起来。

最后一天到来了。所有的行李都打好了包，只剩下几样东西，那是坐车回去的女孩们最后要塞进车里的。大家说着再会，交换着地址，可立刻又丢失了。

舍监老师想要找到贝琳达，可她完全消失了。波茨小姐想要找到艾琳，艾琳好像也消失不见了。

一阵巨大的喧闹声和混乱后，七个男孩骑着七匹马出现在了汽车中间的车道上！

"比尔！我的天哪，你的兄弟们又来了！"达瑞尔叫道。可比尔不在，她还在马厩里牵着雷鸣呢。过了一会儿，她骑着马出现了，看到车道上她的兄弟们和他们的马时，她高兴地叫起来。

"你们来接我啦！看雷鸣！它是不是状态极佳？打起精神，雷鸣！哦，它看见你们可高兴啦。"

坐火车的女孩们走了，又恢复了片刻的宁静。艾琳四处逛着，抱怨有人拿走了她的行李箱。格温愁眉苦脸地走来走去，因为还没有人来接她，而她不想成为最后一个走的人。贝琳达拿着她的笔和速写本跟着她。

"格温！这是我最后的机会啦！让我画你皱眉头的样子吧！"

达瑞尔大笑起来。贝琳达的父母在外面的车里耐心地等着她，她却还这样，这多像她的作风啊！

泽尔达突然出现，来跟达瑞尔道别。她跟初来时多不一样啊。她把那顶校服帽子戴上了——她曾说过永远不会戴的。"再见。"她对达瑞尔说，"下学期再见。这里棒透啦！我很高兴我来这儿了。咿，我真高兴我还会回来的！"

"再见！"梅维斯哑着嗓子说，一边钻进车里，一边冲所有人挥手，"下学期见。"

比尔疯狂地喊了声再见，带着她的兄弟们飞驰而去。

杜邦老师赞叹地望着她离去。"在法国，这种事真是见所未见！"她叫道，"那个比尔！我猜，她在家肯定让她的马睡在她卧室的角落里！"

达瑞尔咯咯笑。贝琳达拿着一盒浴盐走了过来，她突然想起自己把浴盐忘在浴室里了。她和老师撞在了一起，盒子掉到了地上。

一种绿色的粉末扑洒在大厅里，一朵绿色的云升到空中，散发着非常强烈的气味。

"啊呀，贝琳达，我……"杜邦老师开口，然后她的嘴巴就大大地张开了。她疯狂地在胖乎乎的身上摸索手帕。正当此时，波茨小姐与彼德斯小姐一起走过来，杜邦老师止不住地打喷嚏。这是她打得最漂亮的一个喷嚏。

"啊——啾啾啾啾！"

"我的天哪！"波茨小姐吃了一惊，"我从来不知道一个人会……"

"啊——啾啾啾啾！"杜邦老师又打了一个喷嚏，波茨小姐急忙跑开，寻找避难所。

达瑞尔和莎莉无法抑制地咯咯笑起来。她们回忆起了那个耍小把戏的下午，达瑞尔突然捡起不知道谁的雨伞，撑开。

"现在，你打喷嚏吧，杜邦老师。"她叫道，将雨伞遮在波茨小姐和彼德斯小姐的头上，"我来保护大家！"

达瑞尔的妈妈从台阶上走来，寻找着她，见到此情此景，惊讶不已。

达瑞尔高兴地扔掉伞，向妈妈跑去："哦，你来了。我还以为你不会来了呢！莎莉，你准备好了吗？再见，杜邦老师，再见，'波斯猫'，再见，彼德斯小姐，再见，舍监老师。下学期再见！这个学期超级棒！"

"再见。"舍监老师说,"乖一点。"

"再见。"波茨小姐和彼德斯小姐一起说道,"记住假期阅读!"

"啊,啊——啾啾啾啾!"杜邦老师打喷嚏,然后跑过去挥手。格温恰巧扶住了她,免得她摔倒在撑开的伞上。

汽车启动了。达瑞尔快活地挥着手,一直到他们驶出前大门。然后她心满意足地靠在椅背上,开始说话。

"妈妈,爸爸!你们猜怎么着?昨天我们参加校队比赛,跟巴彻斯特校队打,我射出了制胜的一球。妈妈,我——"

莎莉听得心满意足。老伙计达瑞尔啊!她度过了美好的一学期,并且相当享受这时光。她很遗憾这学期结束了,可还会有夏季学期,还有秋季学期、冬季学期。哦,一学期,又一学期!

"最后再看一眼马洛里塔,达瑞尔。"莎莉突然说道。

达瑞尔打开车窗,探出头去。"我很快就会回来的,马洛里塔!"她叫道,"只告别一小段时间,我很快就会回来啦!"

马洛里塔学园

〔英〕伊妮德·布莱顿（Enid Blyton） 著

杨筱艳 译

上海译文出版社

Enid Blyton

MALORY TOWERS

Simplified Chinese edition copyright © 2024 Shanghai Translation Publishing House.
All rights reserved.

图书在版编目（CIP）数据

　　十年级的日子／（英）伊妮德·布莱顿
（Enid Blyton）著；杨筱艳译. —上海：上海译文出
版社，2024. 6
　　（马洛里塔学园）
　　ISBN 978 - 7 - 5327 - 9514 - 7

　　Ⅰ. ①十⋯　Ⅱ. ①伊⋯ ②杨⋯　Ⅲ. ①儿童小说－长
篇小说－英国－现代　Ⅳ. ①I561. 84

　　中国国家版本馆 CIP 数据核字（2024）第 100729 号

十年级的日子

CONTENTS

目录

第 一 章

新 生 妹 妹

　　达瑞尔·里弗斯非常兴奋。这一天是回她的寄宿学校——马洛里塔学园的日子，而且，这一次她要带上妹妹费莉西蒂一起去。

　　费莉西蒂站在前门的台阶上，与十五岁的姐姐肩并肩，二人穿着同样的棕色加橙色的校服，她也非常兴奋。她快十三岁了，早在两个学期前就该去马洛里塔学园了，可她当时生了病，只能待在家里。

　　现在是夏季学期，她终于和达瑞尔一起上学去了。她已经听了有关姐姐学校太多的事了——她们在那儿享受到的快乐，可以俯瞰大海的教室，四座塔——两百五十个女孩睡觉的地方，在岸边的岩石上挖出的一个巨大的游泳池……达瑞尔说给她听的事多得没完。

"这次不坐汽车，我们坐火车去，这倒不错。"达瑞尔说，"那你就能和女孩们一起去，还能顺路认识一些人。莎莉也坐火车。"

莎莉是达瑞尔最好的朋友，从她上学的第一个学期，差不多四年前就是。

"我希望也能有一个像莎莉那样的朋友。"费莉西蒂紧张地说，"我比你内向，达瑞尔。我觉得我永远也不会鼓起足够的勇气和任何人说话！要是波茨小姐生我的气，我就会钻地缝儿了！"

波茨小姐是七年级的老师，也是北塔的宿舍主管，达瑞尔就住在北塔，她的妹妹也住在那儿。

"哦，你不用怕波茨小姐，"达瑞尔大笑着说，忘记她自己七年级时有多怕波茨小姐了，"亲爱的'波斯猫'，她人很好的。"

爸爸把汽车开到了前门，两个女孩跑下台阶。里弗斯先生看着她们，微笑着。

"这一回，两个都走了！"他说，"达瑞尔第一次独自一人离家的情景，我还记得很清楚呢，差不多四年了。那个时候，她十二岁——现在你十五了吧，达瑞尔？"

"是。"达瑞尔说着和费莉西蒂一起坐进车里，"我还记得你对我说：'在马洛里塔学园你会学到很多东西，你得保证好好地回报学校！'"

"这话爸爸也对我说了。"费莉西蒂说,"我有个姐姐可以带我到处看看,真幸运。虽然说实在的,我觉得我好像已经对马洛里塔的每个角落都了如指掌了。"

"呐,你妈妈在哪儿?"爸爸说着按了按喇叭,"唉,把一家人集齐可真是件不容易的事。如果你妈妈及时出现,就说明你们中有一个人不见了;如果你们到了,你妈妈又不在!要是我们不小心点儿,准会误了火车!"

通常他们都是开车一路从康沃尔郡到马洛里塔学园去的,可这次不这样了。里弗斯先生会开车送她们到伦敦,在通往学校的火车上与她们告别。费莉西蒂好几次在火车站送别她的姐姐,那些在站台上说说笑笑的女孩让她害怕,而这次她真的要成为她们中的一员!她把网球拍抱在怀里,满心欢喜地想着即将到来的学期。

里弗斯夫人从台阶上跑下来,穿着款式简单的灰色套装,里面衬一件蓝色的衬衫,看上去非常漂亮。达瑞尔和费莉西蒂骄傲地看着她。你要是上寄宿学校,父母对你而言可太重要了!人人都想为自己父母的模样、谈吐和举止而骄傲。要是一位妈妈头戴一顶愚蠢的帽子,或是一位爸爸邋里邋遢,那就太可怕了。

"亲爱的,我们差点儿就不等你直接出发了。"里弗斯先生说道,"那么——一切真的妥当了?上一次,我们都开出五英里了,然后你说你把达瑞尔的夜用小箱子给忘了。"

"是的，一切都妥当了，爸爸。"达瑞尔说，"每一件东西我都检查了，夜用小箱子，里面有刷子和梳子、牙刷、牙膏、过夜的东西、健康证明，所有的一切！网球拍随身带着，还有我们的骑马帽！这个我们没法打包，太不方便了。"

费莉西蒂环顾四周，检查着她的新骑马帽，她深以为傲。

他们开车出发前往伦敦。当家消失在视线里时，费莉西蒂的心一沉。要过整整三个月才能再见到它！然后，达瑞尔开始谈论那些女孩们，她便又打起了精神。

"我希望比尔和她的七个兄弟都能骑着马来。"她说，"看到他们在学校的车道上疾驰，真是太壮观了。比尔来的第一学期，本来可以坐她爸爸妈妈的车过来，可是她溜了，骑上她的马——雷鸣，跟她的兄弟们一起，全骑着马来了！"

"比尔的真名叫威廉敏娜吧？"费莉西蒂记起来了，"是不是连老师们都叫她比尔？"

"有一些老师这样叫。"达瑞尔说，"当然，校长女士不这样叫，还有我们十年级的老师威廉姆斯小姐也不这样叫。她有点儿刻板，相当一本正经，还有些循规蹈矩，我一开始不喜欢她，可现在喜欢了。"

好像没过多久，她们就都来到了火车站台，在一群兴奋的女孩当中挤来挤去，找到了北塔的车厢。费莉西蒂很害羞、很紧张。天哪，这么多女孩，她们彼此都认识，而她谁也不认识。对了，她认识莎莉——达瑞尔的朋友，她微笑着朝她们走过来了。

"你好，达瑞尔，你好，费莉西蒂——这么说，你终于要到马洛里塔来了。太好了！真希望我也是第一次去啊，这样，我的未来就还有一年又一年，像你一样。你不知道你有多幸运！"

"我记得我第一次来的时候，也有人这样对我说。"达瑞尔说，"那时我十二岁，现在，我就快十六岁了，天哪，多老啊！"

"是啊，别忘了，在这学期结束之前，我们就会成'快乐的老太太'了！"达瑞尔的身后传来一个熟悉的声音，"我们都得为学校会考而努力！到期末，估计我的头发都要灰白了！"

"你好，艾莉西娅。"达瑞尔热情地说，"假期过得好吗？瞧，这是我的妹妹，费莉西蒂。她是这学期的新生。"

"真的吗？"艾莉西娅说，"那我也要去找我的表妹了，她也是这学期的新生。她去哪儿了？我已经把她弄丢两次了！"

她消失了，莎莉和达瑞尔大笑起来。她们肯定艾莉西娅不会为新来的表妹操太多心的！可没过一会儿，她就又出现了，身边跟着个十二岁的女孩，长得非常像她。

"这是琼恩。"她说，"琼恩，你该跟费莉西蒂交个朋友，因为这学期你会跟她日日照面，还有未来的好些年也是这样！不过费莉西蒂在了解你之后还会不会想看到你，这可很难说！"

达瑞尔看着艾莉西娅，想弄明白她这话说的是不是当真。你真的搞不懂伶牙俐齿的艾莉西娅！琼恩看上去挺好，她有坚毅的下巴和嘴，有点刚愎自用的感觉，达瑞尔想。可身为学校的最低年级，是没什么机会展示这种特质的。如果你不守规矩，那些大姑娘们就会对你严加管教。

"瞧！"艾莉西娅用胳膊肘碰了碰达瑞尔和莎莉，"格温德琳·玛丽来了，坐火车，不坐汽车——老戏码还在上演！"

费莉西蒂和琼恩转过头去，她们看见一个金发，长着一双淡蓝色大眼睛的女孩正在向她的妈妈和家庭教师告别。这是一次非常伤感的告别，三人抽泣不止。

"格温总是这样，都这个年纪了！"艾莉西娅嫌弃地说，"要是七年级生头一次离家还可以谅解，可是她都十五岁的人了，真是够了！"

"呃，不会持续太久了。"莎莉说，"我敢肯定，一旦格温进了车厢，她甚至都懒得记得朝妈妈挥手。"

莎莉的妈妈正在跟达瑞尔的爸爸妈妈说话。既无泪汪汪也无豪言壮语！达瑞尔很庆幸她的爸爸妈妈很理智。她看看费莉西蒂，看到妹妹兴致盎然又很开心，她也很高兴。

更多的女孩走过来围住达瑞尔和其他几人："你好！假期过得好吗？我说，这是你的妹妹吗？她跟你的脾气像吗，达瑞尔？"

这话是艾琳问的，一如既往的鲁莽，她的过夜箱子快散了，外套也缺了颗扣子。

"呃，费莉西蒂有脾气，"达瑞尔大笑着说，"我们全家都这样。可我猜费莉西蒂不会太疯狂的，第一学期她会非常害羞。"

"这我可说不准！"莎莉俏皮地说，"我好像记得你在第一学期的时候就挺疯狂的，达瑞尔！第一学期期中的时候，是谁把我摔在地上的？是谁在游泳池里狠狠嘲弄了格温一顿的？"

"哦，天哪，我那时是挺讨厌的。"达瑞尔说着就脸红了，"真的挺可恨的。我肯定，费莉西蒂绝不会做这种事的。"

"我表妹的脾气也不大好。"艾莉西娅咧嘴笑着说，"她只有兄弟，你们真该听听他们闹意见的时候是怎么冲对方又叫又吼的。"

"波茨小姐来了。"莎莉说，"你好，波茨小姐，人都齐了吗？"

"我想是的，除了艾琳。"波茨小姐手上拿了一张名单走了过来，"哦，你在这儿啊，艾琳！你没到我这儿来报到吧？谢天谢地，贝琳达坐车回校，那就少了个马大哈要照顾了。现在，你们最好都去你们的车厢。还有四分钟就发车了。"

大家争先恐后地挤进车厢。莎莉和达瑞尔把费莉西蒂推上了她们的车厢。

"新生应该和'波斯猫'一起待在她的那节车厢。"达瑞尔说，"可我们会让你待在我们的车厢。再见，妈妈，再见，爸爸！星期天我们会给你们写信，把所有的新闻都告诉你们。"

"再见！"费莉西蒂的声音相当小，"谢谢你们让我们的假期过得很好。"

"格温跟我们不在同一节车厢，谢天谢地。"艾莉西娅说，"我们至少不用听她说无趣的家史，以及上个假期她们家发生了什么事，连她的狗都无聊极了。"

大家都大笑起来。

列车员吹响了哨子。车门砰地关上了，火车缓缓起动。父母们和女孩们都疯狂地挥手。

达瑞尔坐回到她的座位上。"又去马洛里塔学园啦!"她开心地说，"我亲爱的马洛里塔!"

第二章

全 体 回 归

路程遥遥，终于火车还是抵达了马洛里塔学园。女孩们带着夜用箱子和球拍，从车厢里涌了出来，冲向学校派来的马车，寻找座位，马车将带她们走完旅途的最后一程。

费莉西蒂又累又兴奋。达瑞尔也很兴奋，但看起来毫无倦色。"现在，我们能看到学校和其他的女孩了。"她对费莉西蒂快活地说道，"你就等着与它的初次相会吧，我会提醒你的。"

于是，费莉西蒂看到了学校的第一眼，一如四年前达瑞尔看到的那样。她看见一座巨大的灰色石块砌成的建筑高高地耸立在山上，像一座城堡。远处是深蓝色的康沃尔海，但它现在被悬崖遮住了，马洛里塔矗立在这个悬崖之上。大厦的四角立着四座塔楼，费莉西蒂想到自己可以睡在其中一座塔楼里，眼睛就亮了起来。她会和达瑞尔一起住北塔，从那里可以看到最美的海景！她真幸运！

"真可爱！"费莉西蒂对达瑞尔说。达瑞尔很开心。妹妹和她同一所学校，真好啊。她肯定，费莉西蒂一定会非常成功。

已经坐车来的女孩们站在车道上，准备欢迎坐火车来的女孩们。当马车驶进富丽堂皇的前门时，人群里发出了欢乐的尖叫声，成群的女孩跑过去帮她们的朋友下马车。

"你好，贝琳达。"艾琳叫道，从马车上爬下来，她把夜用小箱子丢在了车上，"画了什么好的速写吗？"

"达瑞尔！"一个看来挺害羞的十五岁姑娘叫道，"莎莉！艾莉西娅！"

"你好，玛丽露！这个假期有人在你脖子上放蜘蛛吗？"艾莉西娅叫道，"看见贝蒂了吗？"

贝蒂是艾莉西娅的朋友，跟她一样俏皮，也跟她一样淘气。她走上前来，在艾莉西娅的背上拍了一巴掌。

"我在这儿哪！你来得太晚了，火车一定比平时还要晚得多。"

"梅维斯来了。"莎莉叫道，"还有达芙妮，哎呀我说，你好呀，吉恩，看到比尔在哪儿吗？"

"看到了。她像以往一样骑着雷鸣过来的，现在和马一起待在马厩里呢。"吉恩说。她是个安静而精明的苏格兰女孩，现在，她升了一级，不和达瑞尔在一个年级了。

她接着说："比尔和马夫一起来的，因为她所有的兄弟这学期都比我们开学早。她悄没声儿地来的。"

费莉西蒂站在一片忙碌和兴奋中，没有人注意到她。她巴望着达瑞尔没有把她彻底忘到脑后。艾莉西娅已经把她的表妹琼恩忘了个干净。那个小妹妹此刻咧着嘴，笑着走到费莉西蒂身边。"我们的姐姐可真吵啊，是不是？"她说，"对她们来说，我们都是小人物。我们自己溜出去，好吗？等她们屈尊想起来我们在这儿的时候，让她们来找我们吧。"

"哦，不。"费莉西蒂说，可架不住琼恩拽着她的胳膊把她拖走了。

"来吧，我知道我们应该去找舍监老师，上交健康证明和这学期的零花钱。我们自己去找她。"

"可是达瑞尔她想要……"费莉西蒂刚开口，却被琼恩坚决地领走了。

因此，当达瑞尔环顾四周去找她的小妹妹时，她已经不见了踪影！

"费莉西蒂去哪儿了？"她说，"天哪，她怎么了？我知道当一个新生感觉有多糟糕，我还想把她放在我的保护伞下一段时间呢。她到底去哪儿了？"

"别着急。"艾莉西娅漠不关心地说，"我可不会为小琼恩操心，据我对这位小姑娘的了解，她会照顾好自己的。她是世界上脸皮最厚的人。"

"呃，可费莉西蒂不是这样的人。"达瑞尔说，"糟糕，她去哪儿了？刚才她还在这儿呢。"

"有人看见我的夜用小箱子吗？"艾琳悲伤的哀嚎传来。

没人看见。"你肯定是把它落在马车座位上了。"达瑞尔提醒道。她很了解艾琳的马大哈性子。

艾琳听完，飞快地追着马车跑去。看见马车沿着车道慢慢地向下驶去，她叫道："嗨，嗨！等一下！"

"艾琳在干什么？"波茨小姐生气地说，"艾琳，快回来，别叫喊了。"

可艾琳已经叫停了马车，她爬上了她坐着来学校的那辆。波茨小姐目瞪口呆，难不成艾琳想重新回家去？由于她以前做过那么疯疯癫癫的事，现在做什么都不奇怪。

好在艾琳找到了她的夜用小箱子，用力地在空中挥舞着，向其他人展示自己找到它了，然后她又爬下马车，站到车道上。她咧着嘴，笑着跑了回来。

"找到了！"她说，把它重重地墩在地上，由于力气太猛，突然之间它就迸开了，所有的东西都掉了出来。

"哦，艾琳，为什么你所有的箱子都是这样？"达瑞尔说，帮着她把东西都捡起来。

"我也无法想象。"艾琳说着，把东西乱七八糟地塞进箱子里去，"我猜，箱子跟我有仇。来吧，我们去找舍监老师。"

"我还没找到费莉西蒂。"达瑞尔说，开始着急起来，"她不可能跟什么人走了，因为她谁都不认识。"

"呃，不管怎么样，我们去找舍监老师，先去交健康证明和零用钱，再去问问她有没有见过费莉西蒂。"莎莉说，"车道现在都空出来了——显然她不在那儿。"

于是，她们没精打采地去找舍监老师了，她正在高效地应对着十来个女孩，忙着处理健康证明和零用钱的事情足足一个多小时了。达瑞尔看到她很高兴，她是亲切、忙碌、干练而称职的人。

"你好，达瑞尔！艾莉西娅，让人又爱又恨。好吧！"

"我妈妈说，以前她每个学期返校的时候你也老这么说她。"艾莉西娅咧嘴笑着说。

"是的，她是个小坏蛋。"舍监老师微笑着说，"不过还没你坏，艾莉西娅。别忘了，这学期我们不得不就'如何织补'这个主题探讨一下。哈，艾琳，你终于来了。你带健康证明了吗？"

这是一个笑柄，艾琳总是把她要交给舍监老师的健康证明弄丢。不过，上几个学期，艾琳的妈妈会把健康证明邮寄过来，所以在开学的那天早上，它总能安全抵达。

艾琳看起来很惊讶。然后，她微笑起来。"你在跟我开玩笑吧，舍监老师。"她说，"它像以往一样被寄过来了。"

"可它还没寄到呢。这才是重点。"舍监老师说，"今天早上我收到了好多邮件，可没有你的健康证明。可能它还在你的夜用小箱子里，艾琳，去打开箱子看看。"

达瑞尔在到处找费莉西蒂，可还是没看到她。达瑞尔真的很着急，而且很生气。为什么费莉西蒂不照着嘱咐做，为什么不紧紧跟着她呢？那样她就不会在人群中把费莉西蒂弄丢了。

"舍监老师，"达瑞尔说，"你有没有碰巧看到我的妹妹？"

"看到了。"舍监老师说，"几分钟前她在这儿的，把她的健康证明交来了。她说她的零用钱在你这儿。她能来这儿真太好了，达瑞尔。"

达瑞尔吃了一惊。费莉西蒂已经找过舍监老师了，还没等她领着，就把自己的健康证明交了！这可完全不像费莉西蒂的性子——她那么害羞。

"她现在去哪儿了？"她大声地问道。

"她去看她的宿舍了。"舍监老师说着转头去处理贝琳达的事了。

贝琳达看起来丢掉了所有的钱，正在绝望地翻着她的口袋。舍监老师说："贝琳达，我宣布，下学期我会请求格雷灵女士把你和艾琳安排到另一座塔去。要是再应付你们俩，我肯定会受不了的。莎莉，你去看看艾琳有没有找到她的健康证明。"

莎莉到宿舍找艾琳去了，达瑞尔去找费莉西蒂。莎莉发现艾琳凄惨地坐在床上，她的夜用小箱子里的东西散落在羽绒被上，却没有健康证明的影子。

"哦，艾琳，你真的是小笨蛋。"莎莉说着动手翻来翻去，把艾琳的睡衣裤腿抖出来，以防她把那张珍贵的纸放在那里，"我想，你妈妈总会把健康证明寄过来的。"

"是的，她从来不会忘。"艾琳咕哝着，"她真的好了不起。"

"嗯，我估计这次她肯定把它交给你去寄了！"莎莉说，"而你肯定忘了。"

艾琳滑稽的脸上突然露出一丝笑容，她一巴掌拍在莎莉的背上。"莎莉，你说对了！"她记起来，"就是这么回事！妈妈真的把它交给我去寄了，而我给忘了。"

"那你把它放哪儿了？我猜，是不是落在你家里卧室的桌上了？"莎莉半是不耐烦地说。

"不，我没有。"艾琳得意扬扬地说，"我把它放在帽子的衬里里面，这样我就不会在去邮局的路上把它弄丢了。可我到了邮局，我只买些邮票然后就又回家了。所以呢，证明应该还在我帽子的衬里里面。事实上，我可以肯定，因为一路上我都觉得帽子戴得非常不舒服。"

找出艾琳的帽子也花了点儿时间，它滚到了旁边的那张床底下。但让艾琳高兴的是，装证明的信封确实还在衬里里面。她拿着证明高高兴兴地跑去找舍监老师了。

"我当时把它放在帽子里，好记得去寄。"她解释道，"可我忘了，所以，它还在我的帽子里，今天跟我一起来了。"

舍监老师一个字也没明白，但她认为，这是艾琳一贯的不负责任所致。谢天谢地，在艾琳可能再把它弄丢之前，她拿到了证明。

"达瑞尔找到她妹妹了吗？"她问艾琳。

艾琳不知道。"我去看看。"她说，然后又溜走了。

达瑞尔在七年级生的宿舍里找到了费莉西蒂，她正和琼恩还有其他人在一起呢。琼恩滔滔不绝地跟大家说个不停，好像她是个九年级生似的，费莉西蒂羞怯地站在旁边听着。

"费莉西蒂!"达瑞尔向她走过去，"为什么你不等我? 谁让你自己去找舍监老师的? 你知道我会带你去的!"

"哦，我带她去的。"琼恩说，"我想她可以跟我一起去，我们都是新生。我知道艾莉西娅不会为我费心，于是我觉得你也不想为费莉西蒂操心。我们已经把健康证明交了，可你得把费莉西蒂的零用钱交上去。"

"这我知道。"达瑞尔努力维持自己的风度。这个新来的七年级生竟然这样跟她说话，真是厚脸皮!

她转向费莉西蒂。"我觉得你应该等我的。"她说，"我想带你看看宿舍还有别的一切。"

第三章

头 个 晚 上

达瑞尔回到自己的宿舍，去拿夜晚要用的东西，心中觉得又疑惑又生气。她是那么盼望着带费莉西蒂参观她的宿舍、她的床铺和每一样事物。她的小妹妹怎么可以跟琼恩走了，等都不等她呢？

"你找到费莉西蒂了吗？"艾莉西娅问。

"找到了。"达瑞尔简短地说，"她跟你那个表妹走了——她叫什么来着——琼恩。这让我觉得很不寻常，我还以为这些小家伙会等着我们带她们转转呢。我知道，在我第一个学期刚来的时候，如果能有个姐姐在这儿，我会很高兴的。"

"哦，琼恩是很自立的。"艾莉西娅说，"她是一只强硬的、有主意的小猴子，总是自己想法子解决问题。至于说要把她放在我的羽翼下，我做梦也不会把一个脾气这么暴躁又别扭的人置于这个位置的！你等着听她的争辩吧！她能把死人说活呢！"

"我不太喜欢她的嗓门。"达瑞尔说，巴望着琼恩可别把费莉西蒂放在她的羽翼之下，她肯定不会喜欢琼恩这样的人！

"是，她有点儿厚脸皮。"艾莉西娅说，"我们都是这样！家族的错，你懂的。"

达瑞尔看着艾莉西娅。她听起来似乎并不认为这是一种错误。事实上，从她的话音听来她似乎深以为傲。当然，艾莉西娅是有点儿伶牙俐齿，还有点儿难缠，尽管她在马洛里塔学园的岁月使她变得温柔了许多。问题是，艾莉西娅的脑袋瓜子灵，身体壮实！只要她愿意，她可以毫不费力地打败任何人。达瑞尔觉得她长到这么大，连冻疮和重感冒都没得过。因此，她常常嘲笑那些体弱多病的人，同时她对脑子不好的人也有些轻视。

达瑞尔决定尽可能地多关注费莉西蒂。她不会让艾莉西娅的什么厚脸皮的表妹把她拖着走的。费莉西蒂年纪小，个性又害羞，比达瑞尔更容易被人牵着鼻子走。达瑞尔一想到那个厚脸皮又有主意的小家伙琼恩，就对费莉西蒂产生了非常强烈的保护欲。

她们都打开了夜用小箱子，放置好过夜要用的东西。女孩们的行李箱大多是预先送来的，要到第二天才能打开。达瑞尔环视宿舍，很高兴她又回来了。

这是一间很好的宿舍，可以看到很美的海景。那天晚上，海面呈现出一种翠雀花一般的深蓝色，女孩们可以听到远处海浪拍打岩石的微弱的哗哗声。达瑞尔怀着喜悦的心情想起那个可爱的游泳池来，一想到即将到来的夏季学期，她便心头雀跃——真是一年中最好的学期！

床铺沿着宿舍排成一排，每张床上都有女孩们自己的彩色被子。屋子的尽头是冷热水龙头和脸盆。

艾琳在一个盆里撩水，清除旅途的风尘。她到达时总是比别人弄得更脏。可谁也想不到，这个马大哈在音乐和数学方面是一个完美的天才，在其他功课上也很出色！大家都喜欢艾琳，大家也都笑话她。

她边洗边哼着小曲："嘿啦啦，嘿，嘿哟哟，嘿啦啦。"

"哦，艾琳，可别跟我们说我们要把这个曲子听上好几个星期啊。"格温抱怨道。她总是抱怨，说艾琳的哼哼唱唱使她心烦意乱。

艾琳完全不拿她当回事儿，让格温气得不行，她是一个喜欢成为焦点的人。

"艾琳。"她开口。可正在此时，门开了，舍监老师带着两个新生进来了。

"姑娘们，这是巴腾家的双胞胎，康妮和露丝。"她用亲切的声音说道，"她们是十年级新生，住这间宿舍。莎莉，达瑞尔，照顾好她们，好吗？"

女孩们站起来，看着双胞胎。她们的第一印象是作为双胞胎，她们俩可太不像了！

康妮块头更大，更胖一点儿，也壮一点儿，看起来比露丝大胆；露丝则小巧得多，看起来相当害羞。康妮露出大大的笑容，冲每个人点头。露丝几乎没有抬头看四周，而且只要有可能，她便站在姐姐后面一点的地方。

"你们好，双胞胎！"艾莉西娅说，"欢迎来到全校最好的宿舍！那边肯定就是你们的床铺了——两张并排的空床。"

"你们的夜用小箱子带了吗？"达瑞尔说，"那么，要是你们愿意现在打开，就打开吧。晚餐很快就好了。铃声随时会响。"

"希望饭菜好吃。"康妮带着友好的笑容说道，"我可饿坏了，下午茶都喝过好久了。"

"是的，头一个晚上我们有一顿奇妙的晚餐。"莎莉说，"我现在都能闻着味儿了！"

康妮和露丝吸吸鼻子，贪婪地闻着那味儿。

"怪人一双！"艾莉西娅说，像往常一样一针见血。大家都笑了起来。

"来吧。"康妮和露丝说，"快点儿，我们有钥匙。箱子在这儿。"

康妮打开两个包，迅速地把所有东西都拖了出来。露丝拿起几样东西，无助地环顾四周。

"嘿，这肯定是我们的抽屉吧，在我们的床边上。"康妮说，开始利索地把所有东西都收起来。

她将洗漱用品拿到脸盆那儿，叫着露丝："来吧，露丝。我们最好洗漱一下。我脏透了。"露丝过去与她一起洗漱。她们刚把手和脸擦干，晚餐铃就响了起来。屋内立刻响起了欢声笑语。

"万岁！我希望晚餐很丰盛。我想吃烤鸭、青豌豆、新鲜土豆、糖浆布丁和很多奶酪。"贝琳达说得大家都流起口水来。

"想得真美！"达瑞尔说。

不过，第一天晚上的晚餐还是很美味的——冷火腿和西红柿，大碗沙拉，裹着皮烤的土豆，冷苹果派和奶油，还有饼干和黄油，想吃的人都可以吃。桌子上放着一大壶冰凉的柠檬汁。

"啊呀！"康妮对露丝说，"要是我们在这儿吃的都是这种食物，那就太幸运了！比我们上过的别的学校好得多了！"

"我不想欺骗你。"艾莉西娅说，"可我觉得我应该警告你，头一个晚上和最后一个晚上的伙食是你们在任何一学期里能吃到的唯二的好饭食。在康沃尔郡的长途旅行之后，我们想必非常饥饿，所以才会有这种犒劳。双胞胎，明天晚上，你们吃到的将是面包、果汁和可可。"

艾莉西娅像往常一样夸大其词，双胞胎显得相当惊慌。达瑞尔四处寻找费莉西蒂。她在哪儿呢？自然，她不能跟她一起在十年级的餐桌上吃饭，可她巴望着费莉西蒂能坐得离她近点儿，好说上两句话。

她坐得太远了，没法说话——她就坐在那个小坏蛋琼恩的旁边！琼恩正与她谈笑风生，费莉西娅着迷地倾听着。

艾莉西娅看到达瑞尔正遥遥地望着费莉西蒂和琼恩。"她们已经处得不错了！"她对达瑞尔说，"瞧小费莉西蒂听琼恩讲话的样子。你应该听听琼恩讲她家的故事！他们都疯疯癫癫的，跟我家人一样。"

达瑞尔记得，当艾莉西娅说起她无忧无虑、调皮捣蛋的家人时，她是多么有趣，多么滑稽。她猜，琼恩也是一样。但她仍然感到很伤心，因为费莉西蒂显然不需要她。

好吧，如果她觉得自己能行，那就这样吧！达瑞尔想。我想这对她是最好的，虽然我会不由自主地觉得有一点点失望。我想那个小坏蛋琼恩会知道她的一切所需，然后带费莉西蒂去看游泳池、花园、马厩以及所有我原本打算带她去看的东西。

费莉西蒂晚饭后很想去找达瑞尔，问她一些事，可是她刚说要去找达瑞尔，琼恩就把她拉住了。

"你不可以去！"琼恩说，"你难道不知道，大孩子有多讨厌妹妹黏在她们后面吗？要是我们跟在艾莉西娅和达瑞尔身后的话，她们都会烦我们的。艾莉西娅跟我说过了，叫我最好还是自己照顾自己，因为七年级的人都是小人物，在学校里根本不值得注意！"

"她真可怕啊。"费莉西蒂说，"达瑞尔可不像这样。"

"大孩子都一样的。"琼恩用一种大人的腔调说，"她们又何必为我们操心呢？我们得学会独立自主，是吧？别过去，你等着你姐姐过来。要是她不过来，你就会知道她不想被人烦；如果她过来了，那可别让她觉得你在依赖她，希望被她保护在羽翼之下。你要是独立自主的话，她会更尊重你。她自己看起来就很独立！"

"是的，也许你是对的，琼恩。"费莉西蒂说，"我经常听达瑞尔讽刺那些不能独立，或是不能自己拿主意的人。毕竟，很多人没有姐姐能照看她们。我想我也不能指望我的姐姐仅仅因为我是初来乍到就照顾我。"

琼恩以赞许的眼光看着她，使费莉西蒂忍不住觉得高兴。"我很高兴你不那么柔弱。"琼恩说道，"我还生怕你是这样的呢。瞧啊，达瑞尔果然过来了，可别趴在她的肩头哭啊。"

"我怎么会呢！"费莉西蒂愤怒地说。达瑞尔走过来了，费莉西蒂冲着她微笑。

"你好，费莉西蒂。一切都还好吗？"达瑞尔和气地说，"有什么需要吗？要不要点儿什么建议？"

"太谢谢你了，达瑞尔。我一切都好。"费莉西蒂说。尽管如此，她还是希望能问达瑞尔一些问题。

"想去看看游泳池吗？"达瑞尔说，"我们正好还有时间。"

达瑞尔忘记了，七年级生在头一个晚上的晚餐后几乎就要立刻上床就寝。可琼恩知道，她替费莉西蒂回答。"我们得就寝了，所以，费莉西蒂今晚不能去看游泳池了。"她冷静地说，"我们计划明天早饭前去看。我打听过，那个时候就涨潮了。"

"我在跟费莉西蒂说话，不是跟你。"达瑞尔用十年级生的傲慢口吻说，"琼恩，别太自以为是了，否则你会被攻击的。"

她转向费莉西蒂，话语极其冷淡。

"那好，你安顿下来了，我很高兴。很遗憾你不在我们宿舍，我们宿舍只住十年级的人。"

铃声响起。"是提醒我们就寝的铃声。"琼恩似乎无所不知，"我们得走了。我会替你照顾费莉西蒂的，达瑞尔。"

说着，精力旺盛的琼恩挽着费莉西蒂的胳膊，拖着她走了。达瑞尔愤怒地盯着那两个女孩，直到费莉西蒂转过身来，给了她一个甜蜜而略带歉意的微笑，她才稍稍平静下来。

瞧琼恩那个小讨厌鬼那张得意的脸！达瑞尔想，我从来没有这么想骂人。

第四章

老 友 重 聚

头一个晚上上床睡觉总是非常有趣的，特别是夏季学期，因为这个时候，窗户大开，天光依然明亮，窗外的风景绚烂。

和这么多女孩重会也是愉快的，大家谈论着假期，想知道这个学期有些什么。

"本学期有学校会考呢。"达芙妮咕哝着，"多可怕啊。我整个假期都在补习，可到现在我也不觉得我学得有多明白。"

"威廉姆斯小姐这学期会督促我们埋头苦学的。"艾莉西娅哀愁地说道。

"嗯，你是不用操心的。"比尔说。到目前为止她的话很少，其他人也不大理会她。

在返校的头一两天晚上，她们知道她得了什么毛病，不是思乡病，是"思马病"，就像她说的那样。她对她的爸爸妈妈和她的七个兄弟拥有的马有着极大的热情，最初的日子她总是疯狂地想念着马。

艾莉西娅纳闷地看看她。"我为什么不用操心呢？"她说，"我跟你们一样操心。"

"嗯，我是说，你不需要真的努力学习，艾莉西娅。"比尔说，"你看起来学东西毫不费力。假期里我也要补习，正好是我想和我的兄弟们一起骑马的时候，这种遭遇真可怕，不过我必须拼命努力。我打赌，你假期里用不着补习。"

"梅维斯，你打算参加学校会考吗？"达瑞尔问道。梅维斯去年病得很厉害，还失声了。那原本是一副美妙的嗓音，但一场大病毁了它。她以前常说她要成为一名歌剧演员，可现在无人再听她提起这话了。事实上，大多数女孩甚至都忘记了梅维斯曾有过一副美妙的歌喉。

"我肯定是要参加的。"梅维斯说道，"可我通过不了，一想到这事我就觉得心慌意乱。顺便说一句，你们知道我的嗓音又恢复了吗？"

片刻的沉默降临了，女孩们想起了梅维斯失去的嗓音。"天哪，真的吗？"莎莉说，"真是太好了，梅维斯！能重新唱歌多好啊。"

"也许我不能唱太多。"梅维斯说，"但我想，我的声音是否值得再接受训练，这学期我就会知道了。"

"祝你好运，梅维斯。"达瑞尔说。她记得，当这个女孩还拥有一副美妙歌喉的时候，她们都曾认为她除了嗓音之外一无是处——一个毫无个性的无名之辈。可现在，梅维斯变得个性十足，让人很难再想起她的嗓子了。

达瑞尔想：她是否又会变回那个除了嗓子什么也没有的人？不，我想她不会的。她理应重拾歌喉，她从来没有抱怨过，也没有顾影自怜。

"哎，这张床是给谁的，在房间我这边的那头？"玛丽露问，"床上没任何人的东西呀。"

女孩们数了数人数，又数了数床铺。"是啊，那床没人。"达瑞尔说，"咦，如果床不打算用的话，也不会摆出来啊。肯定会来一个新生的。"

"我们明天去问问。"艾莉西娅打了个呵欠，"双胞胎，你们适应得如何？还行吧？"

两个新来的女孩礼貌地回答道："很好，谢谢。"她们洗脸、刷牙、梳头，已经上床了。达瑞尔饶有兴趣地看到康妮照顾露丝就好像她是一个年幼的妹妹，还为她掀开被褥，甚至替她梳头！

她们躺下来，她看着她们，她们睡眼惺忪地把脸庞转向她。康妮的脸丰腴圆润，一头丰厚的直发。她看上去很大胆，有点儿咄咄逼人。双胞胎中的另一个，露丝，有一张小小的心形脸庞，她与康妮同样玉米黄色的头发却是波浪卷的。

"晚安。"达瑞尔说，咧开嘴笑。她们也咧嘴笑笑。达瑞尔想自己会喜欢她们的。她希望她们俩完全相像就好了，那该多有趣啊！可她们俩却一点儿也不像。

女孩们一个接一个地打着呵欠上了床，舒服地躺下来。因为五月的晚上十分温暖，大多数人踢掉了被子。不过，格温还盖着，她总是喜欢盖着厚厚的被子，谁也说服不了她夏天不盖被子就睡。

波茨小姐探进头来。有的女孩已睡着了。"别再说话了。"波茨小姐轻柔地说。女孩们模模糊糊地咕哝了几声作为回答。现在，没人想说话。

达瑞尔突然想知道，费莉西蒂是否安好。达瑞尔希望她不要想家。如果琼恩睡在她的邻床喋喋不休的话，她就不会有时间想了！多不讨喜的孩子啊！达瑞尔想，她的脸皮可真厚！简直令人难以置信。

第二天早上，起床铃响了，伴随着一片呻吟和哼哼声。没有人愿意钻出被窝。

"嘿，我们得起来了！"最终，达瑞尔说，"来吧，大伙儿！看格温，她还睡得很熟呢！"

达瑞尔冲莎莉眨了眨眼。格温睡得不是很熟，但她还想再眯上几分钟。

"她会迟到的。"莎莉说，"头一天早上，可不能让她惹上麻烦。可以用海绵挤点儿冷水在她脸上，达瑞尔！"

这句话每学期总要说上二十次左右，也总能达到预期的效果。格温生气地睁开了眼，坐了起来。"你们敢用海绵在我脸上挤水！"她气呼呼地开口，"你们这些家伙起得真早！天哪，在家的时候……"

"天哪，在家的时候，我不到八点是不会起床的。"女孩们齐声说，然后大笑起来。她们已把格温的抱怨牢记于心了。

"你的老好人家庭教师会不会替她的宝贝铺床叠被啊？"艾莉西娅问，"她早上给你系上围兜了吗？她是不是用银勺子给她那可爱的格温喂饭呀？"

无数个学期，格温忍受着艾莉西娅的取笑，可她怎么也习惯不了。她的眼睛里涌上了说来就来的泪水，她将头转过去。

"别说了，艾莉西娅！"达瑞尔说，"别太早针对她！"

艾莉西娅用手肘戳戳莎莉，又冲着双胞胎那边点点头，康妮正在给露丝收拾床铺呢！

"我自己会做。"露丝申明。可康妮把她推到一边，说："露丝，我有时间，你做这种事手脚太慢了，我们上别的学校时我也总是替你做呀，在这儿我也可以接着替你做。"她朝四周看看，发现其他人正在看着她。

"有谁反对吗？"她问道，口气相当好斗。

"天哪，没有。"艾莉西娅用温顺的声音说道，"如果你喜欢，你也可以帮我铺床叠被，我做这种事的手脚也很慢呢！"

康妮觉得这种话不值得回答。她接着整理露丝的床铺。露丝站在一边，看起来很无助。

"你们是从哪所学校过来的?"达瑞尔冲着露丝问。可那女孩还没来得及回答,康妮便帮她回答了。

"我们以前上的是约克郡的修道院学校,学校很好,但肯定没有这所学校好!"

这话取悦了这些十年级的人。"你在别的学校打不打曲棍球,或是长曲棍球?"莎莉问,这话是冲着露丝问的。

"曲棍球,我喜欢曲棍球。"又是康妮出声回答,"可我也想试试打长曲棍球。"

"你呢?你喜欢长曲棍球吗?"莎莉再一次冲着露丝发问,有些怀疑她是个哑巴。

又是康妮回答:"哦,我喜欢什么露丝就喜欢什么,总是这样。她会喜欢上长曲棍球的!"

莎莉刚想要问,难道露丝从来不能自己说一句话吗?此时,早餐铃响了起来。女孩们匆匆环视宿舍一眼,看看是否有些衣物没收拾好,艾莉西娅急急忙忙地将被子整平。

格温一如既往地落在最后,抱怨着丢了一柄梳子。可她总是抱怨不休!没人真在意的!

女孩们蜂拥进了大大的餐厅,所有住北塔的学生都聚集在一起,住南塔的聚集在南塔餐厅,住东塔的聚集在东塔餐厅,以此类推。每一座塔就像是一座独立的寄宿学校,有着各自的公共休息室、餐厅和宿舍。教室则是在一座长长的大楼里,这座大楼将塔与塔连接起来,还有一些诸如实验室、艺术教室和缝纫教室的特殊教室。宏伟的体育馆也在这座大楼里。

达瑞尔急切地寻找着费莉西蒂的踪影。费莉西蒂走了进来，看起来整洁又漂亮。波茨小姐看见她走进来，想着她多像四年前的达瑞尔啊，那时，达瑞尔也是这样衣着整洁地走进餐厅，吃她的第一顿早餐。

琼恩走在费莉西蒂的前面，看起来至少像个九年级生，而不是一个第一天到来的新生。她兴高采烈地环顾四周，冲着艾莉西娅点点头，后者努力地装作没看见她。琼恩又冲着达瑞尔咧嘴笑，达瑞尔冷冷地瞪着她，亲热地跟杜邦老师说着话，杜邦老师坐在七年级餐桌的上座。八年级生也在那儿，琼恩想要在上座附近坐下来，两个八年级生粗鲁地将她推到一边，见此情景，达瑞尔和艾莉西娅满意极了。

可琼恩毫不气馁，又随便找了个地方坐下来，跟费莉西蒂说了点儿什么，费莉西蒂不安地咧嘴一笑。达瑞尔心想：真是厚脸皮啊，她们年级的人很快会叫她安分的，她还会跟八年级的人狭路相逢。八年级可有一些刺儿头，她们忍不了像琼恩这样的人胡说八道！

费莉西蒂冲着达瑞尔微笑，达瑞尔回了她一个温暖的笑。眼下，她已经忘却费莉西蒂之前丢下了自己，在早饭前看了游泳池的事。她希望她的小妹妹在那天的测验中取得好成绩，以证明她是合格的学生。

莎莉突然记起来她们宿舍里的那张空床，她对波茨小姐说：

"波茨小姐！我们宿舍有一张多余的床，你知道是谁的吗？我们都回来了呀！"

"哦，是的。"波茨小姐说，"让我想想——还有一个新生今天要过来——她叫什么来着？好像是克拉丽莎什么的。是的，克拉丽莎·卡特。这倒提醒我了，这儿已经有一封寄给她的信——就是这封，莎莉，帮她放在梳妆台上好吗？"

格温接过信，越过桌子传过来。她瞥了一眼信封，信是写给尊贵的克拉丽莎·卡特的。

尊贵的克拉丽莎·卡特！格温愉快地想。她要是我的朋友就好了！她来了我会照顾她的。我会尽我所能！格温是个小势利眼，总是喜欢围着有钱、漂亮或有天赋的人打转。

艾莉西娅看到了她脸上的表情，咧嘴笑起来。看来，格温将要拼命追随这位克拉丽莎·卡特阁下了。

我们可有乐子瞧啦！

第 五 章

趣 事 连 连

　　十年级由威廉姆斯小姐执教，她是一个有点儿学究气、很古板的女士，虽然看起来文雅，但并不代表她没有纪律性。一般而言，大多数上了十年级的人都有责任心，且十分刻苦用功。可这学期，威廉姆斯小姐有时却会遇上麻烦，因为这个年级有不少思想涣散的孩子！

　　威廉姆斯小姐想：可我依然认为她们都能通过学校会考，她们并不是真的脑子不灵，除了格温之外。达芙妮自从假期接受了定期的补习之后也进步良多，梅维斯也进步了不少，比尔也一样。至于小玛丽露，尽管她认为自己会失败，可我觉得她铁定能过！

　　威廉姆斯小姐的年级并不仅仅由北塔的女孩们组成，还有其他几个塔的十年级生。艾莉西娅的朋友贝蒂·希尔就是其中之一。她来自西塔，与艾莉西娅一样是个快嘴，可她的脑子不如艾莉西娅的快。艾莉西亚和她经常抱怨，因为校方太铁石心肠了，不让贝蒂和艾莉西娅一起住北塔！

曾有一次，校长格雷灵女士问北塔的宿舍主管波茨小姐，她是否应该将贝蒂·希尔调换至北塔，因为贝蒂的父母写信询问了此事。

"我只能对付艾莉西娅一个，或是贝蒂一个。"波茨小姐说，"要是把这两个孩子放在同一屋中这绝对不可能。那我就永无宁日了，舍监老师也一样。"

"我同意你的意见。"格雷灵女士说。所以，她写了回信给希尔先生和夫人，对无法安排贝蒂住在北塔而表示歉意。虽然贝蒂和艾莉西娅分属不同的塔，可她们依然是挚友，每天可以在课堂上相见，两人一同散步，一同远足，一同商量一些有趣的笑话或把戏。

祷告过后，北塔的十年级生急切地跑进她们的教室。她们想选课桌，整理她们的物品，朝窗外看，擦黑板，做她们以前经常一起做的事。

双胞胎站在那儿，等着其他女孩选定课桌。她们太清楚了，在这之前不要选。不过，到那个时候，座位也所剩无几了——只有两个给还没有回来的东塔的女孩的位子、给克拉丽莎·卡特和她们俩的位子。

"我们当然是要坐在一起的。"康妮说，将她和露丝的书放在两张并列的桌子上。哎哟，她们可讨厌坐前排啦，可想而知所有的座位都被占了。后排是最抢手的座位，那是耳语、传一两张小纸条最为安全的两排。

达瑞尔朝窗外看去，很想知道费莉西蒂有没有去见过格雷灵女士。课间休息的时候她一定要问问她。格雷灵女士接见了所有的新生，她对她们说的话一如既往地让人感动，使她们下定决心要竭尽全力。达瑞尔清楚地记得当初自己如何深受感动，如何下决心做这世上有价值的一员的。

"我好想知道这学期谁做级长。"艾莉西娅的话打断了达瑞尔的思路，"吉恩升级了，所以她不会当了。嗯，我打赌我是当不了的！我从来没当过，也不指望能当上。格雷灵女士不太信任我！"

"我希望莎莉能当。"达瑞尔说，"我们八年级的时候她就是级长，她是个不错的领导者，尽管在我的印象中你不赞同这一点，艾莉西娅！"

"是，我是不赞同。"艾莉西娅坦率地说，"我当时想着应该由我来当。可我现在没有这种傻念头了。我明白了，我不适合当领导，因为我不够在乎。"

某种程度下，这只是她的一种虚张声势，但也有相当一部分是事实。艾莉西娅不够在乎！对她来说，一切都易如反掌，她从来不必为任何事情而努力，所以她就不在乎。如果她像我一样不得不拼全力学习，她就会在乎了！达瑞尔想。艾莉西娅做事太不费吹灰之力了。

格温选了一个前排的座位！大家都大吃一惊。艾莉西娅惊奇地盯着她。她会不会是在巴结威廉姆斯小姐呢？这世上没有人能做到这一点。威廉姆斯小姐根本不会注意到有人要巴结她！那格温这种令人惊讶的选择，理由是什么呢？

"呃，那是当然啦！"艾莉西娅突然说，大家都惊讶地盯着她。

"什么当然？"贝蒂说。

"我刚刚想到，亲爱的格温为什么要选择前排座位了。"艾莉西娅机灵地说，"起先我以为她已经失去理智了，可现在我知道了！"

格温冲她怒目而视。她真的害怕艾莉西娅的尖嘴薄舌，而且她认为艾莉西娅很可能说到点子上。

但此时艾莉西娅并没有向全班人点明。她冲着格温讽刺地笑了笑，说道："亲爱的格温，我不会泄露你的秘密的，你做出如此选择一定有其'尊贵'的原因，是不是？"

没人想象得到她的意思，连贝蒂都猜不到，可格温知道！她之所以选择前排位子是因为她知道那位尊贵的克拉丽莎·卡特也将会在前排占有一席之地，能坐在她的邻座并且帮助她真是好事一桩！

她脸红了，一言不发，做出埋首书本苦学的模样。正在此时，威廉姆斯小姐走了进来，格温冲过去扶住门。

开学的第一天总是如贝琳达所说"又美好又乱七八糟的",大家不会正式上课,但会做测验,主要是检测新生的水平。老师要制定出课程表,又引发一堆抱怨。艾琳总是绝望地投降。虽然她的数学和音乐都学得很出色,可是在一些简单的事情上,比如依据班级课程表来制定自己的时间表,她都无能为力。这导致的结果是一如既往地由贝琳达来代劳,可贝琳达比她也好不了多少。艾琳总是对她的课程表感到困惑,在错误的时间出现在错误的教室里,有时她以为在缝纫室上数学课,有时她以为在实验室上缝纫课!因此,所有的老师都不再指望艾琳或贝琳达能在日常事务上表现得与学业上同样聪明。

艾琳极有音乐天赋,贝琳达有着同样出色的绘画天分,可当她们不得不处理日常琐事时,她们似乎变成了四岁的孩子。对艾琳来说,在吃早饭的时候不穿袜子出现算不了什么;对贝琳达来说,莫名其妙地把所有课本都弄丢了也算不了什么。女孩们因她们的有趣而爱她们,也因她们的天赋而欣赏她们。

头一个早上,大家都忙忙碌碌地做这做那。达瑞尔制订出了班级值日表——灌墨水瓶,给教室的花儿浇水,保持黑板的洁净,发放必要的文具等。在一学期中,班上每一个人都要和另一个人一起承担一周的任务。

课间休息刚过,威廉姆斯小姐告诉女孩们要整理好课桌。"我有事跟你们说,只要两分钟时间。"她说道,"可我肯定,这是你们都想知道的事!"

"她要宣布这学期由谁担任级长！"莎莉对达瑞尔耳语，"看格温！瞧她脸上的那副神气，她真的以为她有可能担任呢！"

格温总是巴望着自己能当上级长，而且她还相当自负，认为自己会成为一个很好的领导者。不过，她每次都会失望。娇生惯养、自私自利的女孩头脑都不会好，任何有理智的老师估计都不会选择格温德琳·玛丽！

"我想，你们大多数人都知道，吉恩去年通过了学校会考，升级了。"威廉姆斯小姐说，"从这个学期起，她无需再为会考忙碌了。她曾担任过十年级的级长，现在她升级了，我们得另选一个。"

她停顿下来，环视聆听的学生们。"我和格雷灵女士、波茨小姐、杜邦老师、鲁吉耶老师商讨了这件事。"威廉姆斯小姐说，"我们一致同意让达瑞尔·里弗斯做级长。"

此刻，达瑞尔的脸涨得通红，心跳加速。

大家都鼓掌欢呼起来，连格温也不例外，她总是害怕有一天艾莉西娅被选中！

"达瑞尔，我们的选择是正确的，对此我坚信不疑。"威廉姆斯小姐说着冲脸红的达瑞尔露出温柔的笑容，"我无法想象，你会做出任何让我们后悔做出这个选择的事情来。"

"是的，威廉姆斯小姐，我不会的。"达瑞尔热烈地说。她巴望着能立刻告知她的爸爸妈妈。十年级的级长！她总期望着要领导某事，这是第一次，她的愿望成真了。她会成为有史以来最好的级长的！

费莉西蒂会怎么说呢？能让费莉西蒂说"我姐姐理应成为十年级的级长！"对她可是一件大事情！费莉西蒂知道了一定会又骄傲又高兴的。

课间，达瑞尔飞跑着去找费莉西蒂，准备告诉她这一消息。可她再一次地失望了。真令人抓狂啊！达瑞尔只有几分钟的时间，她到处跑，最终在庭院里找到了费莉西蒂，她和琼恩在一起呢。

庭院是位于马洛里塔的长方形建筑内部的一块空间。这里很隐蔽，而且一切事物都能早享春光。现在它被郁金香、杜鹃花和羽扇豆花装饰得十分明媚，看起来非常可爱。

可那天早上，达瑞尔并没有去赏花。她冲着费莉西蒂跑过去。

"费莉西蒂，我有好消息告诉你——我被选为十年级级长啦！"

"哦，达瑞尔，真棒啊！"费莉西蒂激动地说，"我太高兴了！达瑞尔，我得告诉你，今天早上我见了格雷灵女士，她对我和其他女孩讲了话，和你第一年来的时候跟你说的一模一样，她真了不起！"

达瑞尔回忆起自己来到马洛里塔学园的第一个早上，在格雷灵女士那间令人愉悦的客厅里，自己站在她的对面，听她严肃地对女孩们讲话。她脑海中回响起了校长女士的声音："有一天，你们会成长为年轻的女士，带着你们的求知欲，带着一颗善良的心和助人的愿望，走入这个世界。你们也要带着对无数事物的充分理解，勇于承担责任的意愿，向世界展示你们是值得被爱与被信任的。我不想历数那些通过考试取得学历的成功者，虽然这是极荣耀的事。我反而要历数那些通过学习而拥有了善良的心灵，美好、明智、值得信任、优秀而健康的女性，那些值得这个世界依靠的女性。"

是的，达瑞尔记得这一长段讲话，而且，她非常高兴自己开始走向了成功之旅。因为正是在这一天，她被选为级长，成为十年级——要参加学校会考的年级的领头人！

"是的，格雷灵女士很了不起。"她对费莉西蒂说。

"你也很了不起！"费莉西蒂骄傲地对达瑞尔说，"能有一个做级长的姐姐真好啊！"

第六章

新 人 到 来

　　格温一直在密切注视着十年级最后一个新生——克拉丽莎的到来。她大概是整个年级唯一一个没有至交好友的女孩，而且她能看出来，试图跟新来的双胞胎交朋友没多大好处，因为她们只需要彼此。

　　格温心想：反正我也不大喜欢她们俩的样子，她们说不定会全力以赴地玩球、做体操，或是散步。为什么这里没有一些可爱、温柔的女孩啊？那种喜欢聊天、安静阅读的女孩去哪里了？我一点儿也不喜欢成天在球场上横冲直撞或是在可怕的游泳池里乱扑腾的那种女孩。

　　可怜的、懒惰的格温！那些给其他人带去那么多乐趣的东西她都不喜欢，她讨厌一切让她跑来跑去的事，而且她讨厌游泳池里冰冷的水。

达芙妮和玛丽露也不喜欢游泳池，可她们喜欢网球和散步。因为害怕马，她们俩都不骑马。现在，比尔每天早饭前都要骑她的雷鸣，她嘲笑达芙妮、玛丽露和格温，因为她们甚至不敢给雷鸣喂一块方糖。如果它一跺蹄子，她们就吓得尖叫。她和达瑞尔还有新来的双胞胎约定好了，每周有两个晚上一起骑马。九年级的老师彼德斯小姐，也是比尔最好的朋友，也跟她们一起骑。她们都非常喜欢在悬崖边骑马。

学校不允许费莉西蒂跟她们一起骑，因为她只是七年级生。令达瑞尔恼火的是，她得知七年级另一个也是唯一一个优秀骑手是琼恩。所以，费莉西蒂和琼恩看起来又要在某件事物上有共同语言了。

这样的结果就是，费莉西蒂不得不和琼恩成为朋友。达瑞尔想：老天，真的太可惜了，我不喜欢琼恩。费莉西蒂那么喜欢莎莉，我们应该喜欢彼此的朋友啊。一想到琼恩在任何假期都有可能和我们待在一起，我就觉得不舒服！

除了格温，北塔十年级的女孩都各自搭配得好好的。莎莉自然总是与达瑞尔一起；艾琳和贝琳达，两个聪明的小疯子在一起，她们形影不离，对彼此都无益处；艾莉西娅的朋友来自别的塔，这在全年级是独一份，她和贝蒂是死党。

达芙妮和玛丽露是朋友，梅维斯只要有机会就会紧紧跟着她们。她们喜欢她，有时也不介意来个三人行。比尔没有特别的朋友，她也并不需要，因为雷鸣就是她的挚友。比尔与男孩相处得比与女孩相处得好，因为她有七个兄弟，所以，比起女孩，她更容易理解男孩。她的表现也十足男孩子气。她是十年级当中唯一选择跟萨顿先生学木工的女孩，她也毫不在意跟七年级和八年级一起上这位先生的课，还对他的授课无比享受。她已经给她爸爸做了一个烟斗，为她最小的弟弟做了一只船，为她妈妈做了一个碗架。她深为这些东西感到骄傲，就像任何一个优秀的刺绣匠为他们的坐垫或围巾感到骄傲一样。

因此，真的只有格温一人形单影只，散步时没人邀请她挽手同行，没人跟她一起在角落里咯咯发笑。她假装不在意，可她的确是在意的，非常在意。也许现在，等"尊贵"的克拉丽莎到来，她就有机会了。要是她有了一个真正可爱的朋友，她妈妈该有多高兴啊！

格温回想起她曾经试图结交的那些朋友。她们是玛丽露，蠢蠢的小玛丽露！还有达芙妮，曾有一个学期她显得多么友好啊，然后，突然之间，她就跟玛丽露成了朋友！还有梅维斯，曾经有那么美妙的歌喉，将来会成为一名歌剧演员。在格温往后的生活中，她乐意有这样的一个大人物当自己的朋友。

可梅维斯病倒了，失去了她的嗓音，格温就不想要她了。然后，还有泽尔达，那个美国女孩，不过她已经离开了，即便她在的时候，也没时间陪格温！

格温悲哀地想着这些失败的交友经历。她从来也没想过缺朋少友是自己之过。全是因为其他女孩太可怕了！但愿，但愿她能找到和她一模一样的人，就是那种在来马洛里塔学园之前从未上过学的人，那种只有家庭教师的人，那种不打球的人，那种出身富有的家庭，在假期会邀请她留宿的人！

因此，格温满怀期待地等着克拉丽莎的到来。她想象着一个穿着漂亮衣服的美丽女孩，坐着豪华的汽车到来——尊贵的克拉丽莎！我的朋友。她想象着期中假期的时候，自己能对妈妈和老好人家教温特小姐说："妈妈，我想给你介绍尊贵的克拉丽莎·卡特，我最好的朋友！"

她没有把这些想法告诉任何人。她知道要是她们猜出她的计划会说什么——势利啦，伪君子啦，骗子啦，讨好人啦！就是亲爱的格温德琳的做派！

克拉丽莎直到下午茶的时间才来。格温正和其他人一起坐在桌边，所以没有看见她，直到校长女士突然带着一个奇怪的女孩出现。

格温兴致不高地抬头看。那个女孩个子矮小，身材也纤细，也许是八年级生吧。她戴着镜片厚厚的眼镜，还镶着牙箍，唯一美丽的似乎是她的头发，浓密的波浪卷，是一头可爱的红褐色。格温又拿了块黄油面包，找起了果酱。

新来的女孩太紧张了，事实上，她在颤抖着！达瑞尔注意到了，很同情她。她刚来的时候，面对那么多完全不认识的女孩，也觉得自己在发抖。现在，这个可怜的人正在颤抖着！

今达瑞尔惊讶的是，格雷灵女士带着这个女孩朝十年级的桌子走来。杜邦老师正坐在上座，喝着茶。

"哦，杜邦老师，这是克拉丽莎·卡特，是十年级最后一位新生。"格雷灵女士道，"你能为她找个座位，给她倒点儿茶吗？喝完茶以后，也许你的级长能够照顾一下她。"

格温惊得差点儿丢掉了手中的黄油面包。天哪！她差点儿错失了机会！这个又矮又小又难看的女孩真的是克拉丽莎吗？是的，所以，她得快点儿将她的计划付诸行动。

格温的身边恰好有空位，于是她急急忙忙站起身来，由于太急了还差点儿带翻了达芙妮的茶杯。"克拉丽莎可以坐我身边。"她说，"这里有空位。"

克拉丽莎很高兴能坐下把自己藏起来，她开开心心地坐在了格温的身边。艾莉西娅用胳膊肘戳了戳达瑞尔。"行动很迅速啊，是不是？"她低语，达瑞尔轻声发笑。

格温拿出了最甜美的行动。"令人恶心的甜美"——艾莉西娅给格温表现出的这种特殊的友好方式命名。她凑近克拉丽莎，非常友好地笑了笑。

"欢迎来到马洛里塔学园！我想你一定又累又饿，吃点儿黄油面包吧。"

"我不吃了，谢谢。"克拉丽莎几乎是病态地紧张，"还是谢谢你。"

"哦，你一定得吃点儿什么！"格温说着拿了块黄油面包，"我给你抹上些果酱，这是杏子酱，非常好吃。"

克拉丽莎不敢反对。她缩成一团坐着，使自己尽量显得矮小，不引人注意。她啃着黄油面包，但似乎只吃了一点儿。

格温叽叽喳喳地说着，心想自己在别人眼里一定是那么好，那么可爱，能以如此友好的方式让这个紧张的新生放松下来。

但只有杜邦老师一个人上当受骗。她想：真是可爱善良的格温德琳啊，她的脑子学法语不灵，可看看她对这个可怜的新生的态度有多迷人，这女孩紧张得都发抖了。

"快喝点儿、吃点儿吧。"桌边的人纷纷说道。她们没有对克拉丽莎说什么，觉得新来的女孩只要和格温相处就足够了，也不用再和其他人打交道了。

虽然克拉丽莎戴着眼镜，上排门牙还套着牙箍，可玛丽露喜欢她的模样，玛丽露总是对像她这样胆小的人很友好！这是唯一一种她不会害怕的人。

下午茶之后，杜邦老师对达瑞尔说："达瑞尔，你会照顾克拉丽莎的，是不是①？刚来她是会觉得有点儿陌生，可怜的小人儿②。"

"杜邦老师，太抱歉了，可我得去参加各年级的级长会议。"达瑞尔说，"还有五分钟就开会了。也许，莎莉或是贝琳达或是……"

"我会照顾她。"格温毫不迟疑地说，达瑞尔要开会让她惊

---

① 这句杜邦老师说的是法语。
② 最后这一句杜邦老师说的是法语。

喜不已，"我会带她到处转转，我很乐意这么做。"

她给了克拉丽莎一个灿烂的微笑，让这个新来的女孩吃了一惊，其他人都觉得有点儿恶心。格温挽住了克拉丽莎的胳膊。"来吧。"她用哄小孩的口气说，"你的夜用小箱子在哪儿？我带你去宿舍，在那儿你有个好位子呢。"

她和克拉丽莎一起走了，大家都做起鬼脸咧嘴发笑。"相信我们的格温会在这种事情上坚持不懈。"艾莉西娅说，"真是个讨厌的势利小人。说真的，我不认为格温自从来到马洛里塔学园之后有一丁点儿的改变！"

"我觉得你说得对。"达瑞尔说着歪头考虑着这件事，"真的有点儿奇怪，我本以为在这里哪怕只有几学期也会在某种程度上让每个人都变得更好。格温都来了好几年了，可她还是那个狡猾、懒惰的小笨蛋！"

"学校是如何让你变得更好的，达瑞尔？"艾莉西娅开玩笑地说，"我没注意到你有什么不同！"

"她一开始就很优秀。"莎莉忠心地说道。

"总的说来，我战胜了自己的暴脾气。"达瑞尔说，"你知道的，我有好多学期没有暴跳如雷了。这是马洛里塔学园于我的有益之处。"

"可别吹嘘得太早了。"艾莉西娅咧嘴笑，"达瑞尔，我最近看到了你眼中的'凌厉之光'，啊哈，我就是看见了！小心点儿哦。"

达瑞尔正要坚决否认这一点，可她又停住了，感觉到自己脸红了。是的，她的确已经察觉自己眼中的"凌厉之光"，正如艾莉西娅过去常说的，尤其当她对琼恩说话的时候。她的眼神真是"凌厉"，是不是？这没什么错，只要她没发脾气就行，而且她肯定不会发脾气的！

　　"我的眼神马上就要冲着你'凌厉'起来了。"她笑着说道，"一位级长的眼睛也要冲着你'凌厉'起来了，所以，小心你的言辞！"

第七章

发 作 边 缘

　　十年级生开始沉下心来学习了。威廉姆斯小姐是一个很好的老师，而且她下定决心要让女孩们在学校会考中取得优异的成绩。杜邦老师和鲁吉耶老师也都教十年级，事实上鲁吉耶老师的水平更高。尽管如此，小个子、身材丰满的杜邦老师教出来的成绩却更出色，因为她为人友善且富有幽默感。比起另一位法语老师，女孩们更愿意为她而努力。

　　这学期，这两位法语教师达成了停战协议。一学期又一学期，其他英国老师以极大的乐趣从旁观察，这两位法国女士到底会成为知心朋友、死敌还是高贵的对手？他们永远也搞不明白。

　　教历史的卡顿老师知道这个年级要参加会考的都能达标，除了像格温这样的可怜虫，她甚至不认识英国历史上的那些国王，也看不出他们有多重要。这些天来，她经常用严厉的口吻责备格温，想促使她行动起来，这反而让格温很讨厌历史老师。

在这样一个愉快的夏季学期，女孩们却不得不苦学，她们为此抱怨不休。"正当我们要去游泳或打网球，在花团锦簇的庭院里悠闲地逛逛之际，却只能埋头于书本。"艾莉西娅沮丧地说，"今晚我要带着课外作业到户外去。我打赌威廉姆斯小姐会允许的。"

令人惊讶的是，威廉小姐真的答应了。她知道她可以相信大部分的十年级生，她们在理应学习的时候是不会贪玩的，而且她认为达瑞尔是一个足够强大的级长，必要时她能督促每个人都达到要求。所以，下午茶过后女孩们就出去了，她们拿着垫子坐在傍晚的阳光里。

格温不想去，当然，她也是唯一一个不想出去的。"你好像真的很讨厌户外。"达瑞尔惊讶地说，"一起出去吧，多一点儿新鲜空气和运动能够让你减掉些脂肪，去掉鼻子上的那些雀斑。"

"不要人身攻击。"格温高傲地说，"你跟艾莉西娅一样讨厌，大家都知道她是被放养大的，不是被教养大的！"

克拉丽莎和她在一起，她惊讶地看着格温。格温对她那么亲切，说出这样的话真是令人震惊。格温很快看明白了克拉丽莎的神情，挽住了她的胳膊。

"要是你拿着课外作业出去，我当然也会一起去的。"她说，

"我们坐在阴凉处吧。我讨厌长雀斑。"

贝蒂看见艾莉西娅正坐在庭院里，便过去与她坐在一起。达瑞尔皱起了眉头。现在她们就只会说些废话，一起傻笑，完全不学习了。贝琳达和艾琳开始听贝蒂给艾莉西娅讲笑话，一讲完，艾琳便突然发出一声叫唤，大家都抬起头，吓了一跳。

"哦，天哪，太妙了!"艾琳大叫，"来吧，贝蒂，告诉大家。"

达瑞尔抬头看去。她是级长，她知道自己得制止这一切，她立刻发声。

"贝蒂，别闲聊了。艾莉西娅，你很清楚，我们得写作业。"

"别冲我用这副口气，好像我是七年级生似的。"艾莉西娅说。达瑞尔尖锐的语气把她惹恼了。

"嗯，如果你这样表现，我必须要管。"达瑞尔说。

"她的目光又'凌厉'起来了，艾莉西娅，小心啦，她要'凌厉'起来了!"艾琳咯咯笑着说。大家都看着达瑞尔发笑。当然，达瑞尔的眼神的确"凌厉"。

"我没有。"她说，"别犯蠢了。"

"我'凌厉'，你'凌厉'，他'凌厉'，她'凌厉'。"贝蒂唱了起来，"我们'凌厉'，你们'凌厉'，他们'凌厉'!"

"闭嘴，贝蒂，走开吧。"达瑞尔生气了，"你跟我们不是一个组的，去你自己的组。"

"我的作业已经写完了，'凌厉'小姐。"贝蒂说，"我能帮你写作业吗?"

让达瑞尔感到恐慌的是，她察觉出往日那种熟悉的愤怒感爬上心头。她握紧了拳头，再次对着贝蒂严厉地发话："你听见我说的了，走开，不然我会把所有人都带回室内。"

贝蒂看起来十分生气，可艾莉西娅用胳膊肘戳了戳她："你赶紧走吧。她已经气得冒烟了。我们写完作业会去找你的。"

贝蒂吹着口哨走了。达瑞尔将涨红的脸低向书本。她心想：自己是不是太专断了？可你拿贝蒂这样的人有什么办法呢？

再没人多说什么了，大家接着安静地写作业，伴随着艾琳的一两声呻吟和格温的深深叹息。克拉丽莎坐在格温身边，慢慢地写着。格温竭尽所能抄袭着，看来她这个毛病无人能治好！

一个小时以后，威廉姆斯小姐走到庭院来，看到北塔的十年级生如此平静，如此努力地学习，她感到十分高兴。

"时间到了！"她说，"你们的体育老师让我传个口信，此刻的游泳池正宜游泳，因为你们昨天错过了游泳，所以你们可以到游泳池游半小时。"

"万岁！"艾琳说着，将书扔到了半空。它落入了一旁的池塘中，非得马上抢救一下不可。贝琳达试着把书捞出来的时候，差点儿摔倒。"傻瓜！"她说，"我猜你以为你扔的是自己的历史书！哼，那是我的书啊！"

"我们大家都得去吗？"格温可怜巴巴地问威廉姆斯小姐，"我一直在努力学习呢，我不想游泳。"

"天哪，格温德琳，你学会游泳了吗？"威廉姆斯小姐带着惊讶的口吻说道。大家都知道，格温仍然只会在水面上狗刨两下，然后就尖叫着沉下水去。

"不是所有人都必须去吧？"玛丽露说。她会游泳，可是并不太喜欢下水。达芙妮也不太喜欢，她也加入了请求。

"你们都去。"威廉姆斯小姐说，"你们学习都很努力，小小的放松对你们有好处。马上去换衣服吧。"

一想到泳池夜游，达瑞尔、莎莉和艾莉西娅就兴奋不已，她们冲进了更衣室。达瑞尔已经把跟艾莉西娅置气的事忘记了，可艾莉西娅没忘。很遗憾，艾莉西娅是怀恨在心的，所以她对达瑞尔相当冷淡。不过，对艾莉西娅而言最不幸的是，达瑞尔根本没有注意到她的冷淡。其他人也跟上来，一路叽叽喳喳，欢声笑语，还有一条由格温、达芙妮和玛丽露组成的哀伤的尾巴跟随。克拉丽莎过来观看，她的心脏比较脆弱，所以老师们不允许她游泳或打网球。

"幸运儿！"格温穿上了游泳衣，说道，"你不用游泳，不用打网球，我巴不得我也有一颗脆弱的心脏。"

"这话说得多难听啊。"达瑞尔说，真的震惊了，"居然有这种期望！一直要小心照顾自己，想着'我不能做这个，我不能做那个'，这一定很可怕。"

"是很可怕。"克拉丽莎用她羞涩的声音说道，"要不是因为我的心脏，我也不会一直在家接受教育，我早就能跟其他女孩一样到学校上学了。不过我最近好多了，所以他们总算允许我到学校来了。"

这是克拉丽莎说的很长的一段话了，通常她相当沉默寡言。事实上，她说话时脸涨得通红，说完后她低下了头，试图躲到格温身后。

"可怜的克拉丽莎，你不能运动过度。"格温同情地说，"如果过度了，你会察觉吗？"

"是的。我的心就会开始怦怦直跳，就像胸口有一只小鸟或是别的什么。"克拉丽莎说，"这很难受的，让我想躺下来，大喘气。"

"真的吗？"格温扯过毛巾把自己裹起来，说道，"你知道，克拉丽莎，要不是我也有一颗无人知晓的脆弱心脏，我就完全不会以此为然。如果我游泳的时间过长，我绝对会心慌不已。一场激烈的网球运动过后，我的心脏跳得就像活塞一样。真的很痛苦。"

"你居然有心脏，我欣然闻之。"艾莉西娅用她最温和的声音嘲讽地说，"你把心脏藏在哪儿呢？"

格温把头一甩，和克拉丽莎一起走了。"她真粗鲁，是不是？"她的声音飘到其他人耳朵里，"我真受不了她，没人真的喜欢她。"

艾莉西娅咯咯发笑。"我倒想知道格温德琳·玛丽往可怜的克拉丽莎耳朵里灌了些什么废话。"她说，"我觉得我们不应该让格温这样全权掌控她，这不公平。达瑞尔，你得有所行动，你为什么不行动呢？"

达瑞尔不喜欢这种直截了当的攻击。她突然意识到，艾莉西娅是对的，她应该明确一点，不能让格温这样彻底掌控孱弱的小克拉丽莎。克拉丽莎会在她的第一个学期里获取许多错误的概念——早初的想法是会根深蒂固的！

"好吧，"她用一种相当活泼的语气说道，"我再找机会吧！克拉丽莎这不才来几天嘛。"

"亲爱的达瑞尔，你又'凌厉'了哦。"艾莉西娅说道，她的笑声激怒了达瑞尔。

她急忙控制住自己的情绪。真的，她变得越来越暴躁了。

在游泳池里是快乐的。当然，游泳高手来了几场比赛。玛丽露在浅水的一端上下浮动，偶尔游几下。虽然她讨厌水，可她总是飞快地下水。达芙妮也下了水，一如既往，颤抖不已，可她在玛丽露身边浮着水，巴望着达瑞尔不要叫她参加比赛。梅维斯慢慢地游着。她已经克服了不喜欢水的毛病，因为去年生的那场病，她得注意别游得太累，也不能打太长时间网球。

只有格温仍然站在悬崖边瑟瑟发抖。艾莉西娅、莎莉和达瑞尔很想把她推下水，可是，她们太舍不得从游泳池里上岸了。

"要是格温不快点儿下水，她就根本不会下水了。"艾莉西娅说道，"命令她下水啊，达瑞尔！来嘛！让你的眼神再'凌厉'一下，下一道命令吧！"

可格温只是让脚指头湿湿水，即便是达瑞尔的叫声也没法说服可怜的她有进一步的动作。刚才她在庭院坐着，热坏了，游泳池真是凉快啊。

让她下水的人是克拉丽莎。她跑过来站在格温身边，在一块黏糊糊的岩石上滑了一下，重重地撞在了格温身上，直接把她撞到水里去了！

哗啦！伴随着一声恐惧的尖叫，格温掉入了水中，女孩们七倒八歪，笑得眼泪都出来了。

"看看可怜的克拉丽莎的脸，"达瑞尔抹了把眼泪说，"她真吓坏了！"

"谁干的？"气得要命的格温跳了起来，吐出一口水，愤怒地说，"你们所有人都是野蛮人！"

第八章

千 头 万 绪

当格温得知是克拉丽莎把她推下去的时候，她不敢置信。她走到满脸歉意的克拉丽莎站着的地方。"谁把我推下去的，克拉丽莎?"她问道，"她们都说是你，这些人说得好像你会做出这种事似的!"

"格温，我真的太抱歉了，的确是我。"克拉丽莎难过地说，"我滑倒了，撞到了你身上，就把你推下去了。当然，我不是故意的! 对此我真的太抱歉了!"

"哦，那不要紧。"格温说，很高兴看到歉意满满的克拉丽莎，"当然，我真的吓了一跳——我还在池底碰伤了脚，可这只是意外。"

克拉丽莎依然道歉不迭，很好地安抚了格温受伤的感情。她喜欢"尊贵"的克拉丽莎如此谦恭地道歉。她打定主意要表现得非常温柔和宽容，那样克拉丽莎就会更加坚信自己对任何一个人而言都是一个多么好的朋友。

可其他人把这一切都毁了。她们不断地走过来，冲着克拉丽莎叫道："干得漂亮！"有人说："干得好啊，克拉丽莎，你让她漂亮地下水啦！"还有人说："天哪，克拉丽莎，推得真漂亮！再来一次！"

"可我没推她。"克拉丽莎一遍又一遍地申辩，"我没推，你们知道的！"

"我长这么大没看见过这么漂亮的一记推！"艾莉西娅说。这下，格温真的开始怀疑克拉丽莎是不是有意要把她推进池子里了！不幸的是，克拉丽莎突然意识到所有大声嚷嚷的评论中有趣的一面，开始无可奈何地大笑起来。这下真的把格温惹恼了，她对克拉丽莎很生气，克拉丽莎惊慌失措了起来，又开始再三地道歉。

"看双胞胎。"艾莉西娅对莎莉说。莎莉看过去，笑了起来。康妮正小心地替露丝擦干身体，露丝耐心地站着，等着姐姐完工。

"为什么康妮不离她远点儿呢？"莎莉说道，"露丝什么事都可以自己做的，可康妮总是弄得好像她做不来似的。她霸道得无法形容！"

"而且，她的功课也不如露丝的好。"艾莉西娅说，"露丝每晚都辅导她，要不她就完全做不了功课，她比露丝差多了。"

"可她却一直对露丝颐指气使的。"达瑞尔加入进来，说道，"我讨厌看到这种情况，我也讨厌看到露丝容忍这种情况。"

"跟她谈谈吧。"艾莉西娅立刻说道，"你是级长嘛，对不对?"

达瑞尔咬了咬嘴唇。艾莉西娅为什么一个劲儿地挖苦她? 她想也许部分是出于嫉妒——艾莉西娅明白自己当不了一个好的级长，就嫉妒那些当上级长的人，而且还要让她们不痛快。她，达瑞尔，本该全不在意这些，可她忍不住为此感到恼火。

"你手头的事太多了，是不是?"艾莉西娅一边说，一边擦干身体，"要照顾小费莉西蒂，要监督着克拉丽莎，不让她受格温太多的荼毒，要让露丝振作起来，独立自主，还要在贝蒂破坏我们写作业的时候把她踢走……"

达瑞尔觉得自己又开始满腔怒火了。然后，一只冰凉的手放在了她的肩膀上，她听到了莎莉冷静的声音："万事自有时机! 操之过急，把事情搞糟是很可惜的，是不是，达瑞尔? 你不可能让所有的事一蹴而就。"

达瑞尔松了一口气。这才是她应该说的话——用一种温和而平静的声音说出来! 谢天谢地，莎莉替她说出来了!

她对莎莉感激地笑了笑。她决定多去看看费莉西蒂，设法让她离那个讨厌的琼恩远点儿。她会安排其他人陪着克拉丽莎，以抵消格温对她的影响。当然，她还要与露丝冷静地聊聊，告诉她不要让康妮把她当成个小娃娃。

达瑞尔想：天啊，真荒谬啊。无论我们谁跟露丝说话，康妮总是替她回答。我真奇怪她在课堂上怎么不替她回答问题！

的确，露丝几乎没有自己回答过问题。艾莉西娅会这样对她说："露丝，把你的那本法语词典借我用一会儿行吗？"可是康妮却站出来回答："好吧，给你词典——接着！"莎莉也会说："露丝，你想要一把新尺子吗？你的那把坏了。"康妮又出来回答："不用了，谢谢莎莉，她可以用我的。"

看到康妮总是走在露丝前面，总是在她的双胞胎妹妹还没开口说话之前就替她解释清楚，若有需要，也总是由她来发问，这真让人恼火。难道露丝没有自己的灵魂吗？或者说，她只是她那位强壮的双胞胎姐姐的影子或回声吗？

真令人迷惑不解。达瑞尔决定第二天跟露丝聊聊，她发现了一个好机会，当时她们俩都在衣帽间里洗颜料罐。

"露丝，你喜欢马洛里塔吗？"她问道。她好奇如果康妮不在那儿，露丝能不能回答！

"我喜欢！"露丝说。

"希望你在这儿能快活。"达瑞尔说，不知如何引出她的真心话。

片刻的停顿后，露丝礼貌地回答："我很快乐，谢谢。"

达瑞尔想：听起来她毫不快乐，到底为什么呢？她的学业完全符合标准，她擅长所有的运动，她没有什么不讨人喜欢的地方。夏季学期如此有趣！她应该非常快乐才对！

"呃——露丝，"达瑞尔绝望地想，莎莉比她更擅长这种事，

"呃——我们觉得，你，你让——呃，嗯——让康妮把你照顾得过分了一点儿。难道你——呃——嗯，不能更独立一点儿吗？我是说……"

"我完全明白你的意思。"露丝用一种滑稽而又凶巴巴的声音说道，"如果有什么人能明白你的意思，那个人就是我！"

达瑞尔觉得露丝受伤了，生气了。她又试了一下："当然，我知道你们是双胞胎，双胞胎之间总是非常亲近，而且互相依赖，康妮这么喜欢你，我很明白，而且……"

"你根本什么也不明白。"露丝说，"你要愿意，去跟康妮谈吧，但你什么也改变不了！"

说完，露丝提着那堆干净的颜料罐，僵硬地走了出去。达瑞尔独自留在衣帽间，迷惑又生气。她心想：我敢肯定，跟康妮谈没有任何益处，达瑞尔边想边把最后一只罐子洗干净。她会跟露丝一样凶巴巴的，她会毁了露丝的！可如果露丝情愿被毁，情愿只做康妮的温顺的影子……好吧，随她去吧！

达瑞尔提着一堆罐子走了，她拿定主意，这等难题无法解决。她很清楚，如果双胞胎一直亲如一人，那么你是无法把她们拆散的。天哪，有些双胞胎甚至在远远分开的时候都能感知对方的病痛。她们俩爱怎么样就怎么样吧！

接下来要做的事就是找到费莉西蒂，看看她过得怎么样。她现在差不多安定下来了，也许她又多交了几个朋友。要是她像跟琼恩一样再交些其他朋友，那就不要紧了。但达瑞尔觉得，如果费莉西蒂完全没有其他朋友的话，性子强硬的琼恩会一直缠着费莉西蒂不放手。

于是，达瑞尔在课间休息时找到费莉西蒂，准备这天晚上跟她一起散个步。费莉西蒂看起来很开心，跟十年级的级长散步是一个很大的荣耀。

"哦，好的，我很愿意。"她说，"琼恩今晚好像没安排什么。"

"就算她有安排又怎么样？"达瑞尔不耐烦地说，"你当然可以把她打发走吧？我最近都没见你了。"

"我喜欢波茨小姐。"费莉西蒂转了个话题。每次达瑞尔不耐烦的时候，她总是这样做。她接着说："我还是有点儿怕她，可我的功课与年级要求的比起来，有点儿超前，真的，达瑞尔，这样第一学期我就可以放松放松了！真好啊！"

"是的，挺不错。"达瑞尔同意，"这就是上好的预科学校的成果。当你上公立学校的时候，你就会发现你在低年级时段总会超前一点儿，可你要是去一个不怎么样的预科学校，你得费好大的劲才能赶得上功课！呃，琼恩的功课怎么样？"

"超级好！只要她想好的话就会超级好！"费莉西蒂咧开嘴笑着说，"她太有趣了，简直有趣极了！我可以说，她跟艾莉西娅很像。"这让达瑞尔回忆起自己在马洛里塔的第一学期，她对艾莉西娅的评价有多好。

"你没有别的喜欢的同学吗，费莉西蒂？"她问妹妹。

"哦，有的，我们年级的大多数人我都喜欢。"费莉西蒂说，

"不过，她们似乎不太喜欢琼恩，对她横眉竖眼的。可她这个人百折不挠。有一个叫苏珊的女孩我特别喜欢，她来这儿两学期了。"

"苏珊！是的，她人很好。"达瑞尔说，"对一个小孩子而言，她的长曲棍球打得好极了，她也很擅长体操。我记得上学期在体育表演中看过她。"

"是的，她对运动很在行。"费莉西蒂同意，"可琼恩说苏珊太一板一眼了，从不做不该做的事，而且，她觉得苏珊很无趣。"

"她不是！"达瑞尔说，"好吧，你喜欢苏珊我很高兴。为什么你们不来个三人行呢？你，琼恩和苏珊，我觉得琼恩作为你唯一的好友，不太合适。"

"为什么这么说！你甚至都不了解她！"费莉西蒂惊讶地说，"总之，她不想跟苏珊三人行！"

远远地传来了铃声。"那晚上见了。"达瑞尔说，"我们去悬崖上，可你别把琼恩带来，记得哦！我只想跟你一起！"

"好吧！"费莉西蒂说，看起来很开心。

可是那天晚上，参加学校会考的女孩们要开会，达瑞尔不能不去。她不知道能不能挤出时间，哪怕跟费莉西蒂来一场短短的散步也好啊。不行，她挤不出时间来，她还有一篇论文要写。

她请一个八年级生给妹妹带去了口信："嘿，费莉西蒂，我带来了来自级长达瑞尔·里弗斯的致意，她说她今晚不能带小妹妹蹒跚学步了！"

费莉西蒂气呼呼地盯着她。"你明知道，她不是这么说的！"她说，"她说什么了？"

"就这个。"那个厚脸皮的八年级生说完就走了。

费莉西蒂理解了这个口信，她很失望。"达瑞尔今晚不能来散步了。"她告诉琼恩，"我猜她要开会什么的。"

"我打赌不是的。"琼恩轻蔑地说，"我跟你说吧，那些十年级生啊，像达瑞尔和艾莉西娅，她们不想我们去打扰她们，我们也绝对不会去打扰她们！来吧！咱俩一起去散步！"

第九章

奇 怪 组 合

有那么一两天的时间，达瑞尔把克拉丽莎忘在了脑后，因为不知什么原因，日程突然变得很满。达瑞尔没想过级长有那么多的职责，而且，这学期还有好多课外作业要做。

现在，克拉丽莎紧密地与格温黏在了一起。课堂上，她们坐在一起，并且一方随时愿意给另一方提供帮助，但这通常不会以格温帮助克拉丽莎而告终，而是恰恰相反！

晚间，她们俩的床紧挨着，因为格温说服了心肠软的玛丽露和她换了床铺，这样她就能和克拉丽莎相邻了。

"你瞧，玛丽露，她以前从没上过学。"她说，"而我在来这儿之前也没有，我真的太明白她的感受了。我想跟她多聊聊，直到她彻底安顿下来。"

玛丽露觉得格温突然生出这么善良的心肠，真是不可思议，她觉得无论如何这种事都应该予以鼓励。于是她和格温换了床铺。

让达瑞尔烦恼的是，一天晚上，格温在克拉丽莎旁边很小声很小声地说话。

"谁告诉你说你可以换床的?"她问道。

"玛丽露答应的。"格温用温柔的声音说道。

"可为什么你要问玛丽露啊?"达瑞尔说，"你应该问我才对啊。"

"不是啊，因为我要换的是玛丽露的那张床铺啊。"格温依然用温柔的声音解释道。她看得出达瑞尔生气了，于是她决定主动提出把床再换回去。那样达瑞尔就会说，别换了，就在克拉丽莎旁边吧!

"我只是想帮助克拉丽莎，当然啦，如果你不希望我睡在克拉丽莎旁边的话……"格温的语气活像要做出牺牲了似的。

"哦，就保持原样吧。"达瑞尔说，她一向都无法忍受格温摆出牺牲者的姿态。

于是，格温高兴起来，果然不换床了，并且能够在晚上小声地对克拉丽莎说那些她自认为是安慰的话。她的床离达瑞尔很远，所以达瑞尔听不见她说话。再者，通常因为学习和运动，达瑞尔总是累坏了，上床后很快就进入了梦乡，什么也听不到。

克拉丽莎认为格温真是她认识的最善良的女孩，虽然她认识的女孩也不多!

因为她觉得孤单、陌生，所以，她迫切地迎接了格温的友谊。她听了无数关于格温家的故事，在格温看来，家人们个个"妙不可言"，可在克拉丽莎听来，他们都很无趣！

虽然格温大胆地问了克拉丽莎很多问题，她渴望听到劳斯莱斯、游艇和豪宅的故事，可对于自己的家庭，克拉丽莎说得很少。格温失望地想：克拉丽莎只谈到了她们的乡村小房子和汽车——甚至只有一辆车。

因为克拉丽莎的心脏脆弱，不参加打球或是体操，她就没有太多的机会与其他女孩相处。这种时候她要么休息，要么只能旁观，她觉得相当无聊。所以她盼望能与格温在一起的时机，实际上，格温也是她唯一的同伴。

这种情况一直持续到达瑞尔真正插手这件事！一个晴朗的夜晚，她看到格温漂亮的小脑袋和克拉丽莎长有赤褐色头发的小脑袋凑在一起玩拼图游戏，而这个时候，该是大家在户外活动之时。达瑞尔下定决心，一定要采取行动！

她走向梅维斯。毕竟，梅维斯还没有真正的朋友，她只能和达芙妮、玛丽露三人行。她完全可以抽出一点儿时间给克拉丽莎。达瑞尔说："梅维斯，我们认为克拉丽莎和亲爱的格温德琳·玛丽相处的时间太多了。你能把克拉丽莎稍稍引到你身边，和她聊聊吗？"

梅维斯又惊讶又开心。"好的，当然可以，达瑞尔。"她说，"我很乐意。"她暗地里认为，戴眼镜、娇小的克拉丽莎和格温很适合做朋友，如果达瑞尔不这么认为，那她们估计不适合做朋友！于是她乖乖地试着把克拉丽莎从紧紧缠住她的格温的手里抢过来。

"跟我去游泳池吧，克拉丽莎。"梅维斯说，愉快地微笑着，"今天我不游泳，我们可以去看别人游。她们需要人手往水里扔硬币，好让她们潜下去捡。"

克拉丽莎立刻站了起来。格温皱起了眉头，说："哦，克拉丽莎，你现在还不能走啊。"

"为什么？我们没什么事要做啊。"克拉丽莎惊讶地说，"你也一起来吧。"

"不，我觉得挺累的。"格温假心假意地说道，巴望着克拉丽莎能留下来陪她。可克拉丽莎没有，她和梅维斯走了。受此邀请，她感到受宠若惊。克拉丽莎对自己的评价不太高，她认为自己沉闷、平淡、无趣，在大多数女孩看来，她的确是这样！

达瑞尔微笑地看着梅维斯！老好人梅维斯！她尽力了，达瑞尔高兴地想。但可怜的克拉丽莎后来就没多少时间跟梅维斯在一起了。

当克拉丽莎从游泳池回来时，格温相当冷淡。克拉丽莎问她话，她的回答也非常简短、冷漠。

克拉丽莎相当困惑。"我说，你并不介意我跟梅维斯一起走了，是吧？"最终，她说道。

格温严肃地说："克拉丽莎，你不像我这么了解梅维斯。你的家庭不会喜欢你跟她那样的女孩交朋友的。你知道去年她干了什么事吗？她听说了邻近镇上的一个人才甄选比赛——就是那种很一般的表演，参加的都是一些很可怕的人，而她就真的自己跑去表演唱歌！"

克拉丽莎真的被吓坏了，部分原因是她知道自己永远没有这种勇气，想都不敢想。

"后来呢？"她说，"讲给我听听吧。"

"嗯，梅维斯错过了最后一班回来的公车。"格温依然非常严肃，"后来，大约在凌晨三点钟，彼德斯小姐发现她躺在路边，回来后她就病倒了，病得很重，都失声了。你知道，在此之前，她认定自己有一副美妙的歌喉，恕我直言，我从来不这样认为——失声对她来说也许是一种很好的惩罚。"

"可怜的梅维斯。"克拉丽莎说。

"我个人认为她应该被开除。"格温说，"克拉丽莎，这话我只跟你说，因为我想让你看清楚，梅维斯并不适合做你的朋友——前提是你有跟她做朋友的想法。"

"哦，不，我没有。"克拉丽莎急切地说，"我只是跟她一起去了泳池，格温。要是你不愿意，那我以后不会如此了。"

可怜的克拉丽莎说出了格温心中向往的话。等到下一次，梅维斯再来邀请克拉丽莎短短地散个步时，她拒绝了。

"不要打扰克拉丽莎。"格温说，"她实在不想你总缠着她。"

梅维斯愤愤不平地走开了，并向达瑞尔报告说她再也不会为那个愚蠢的小克拉丽莎操心了！达瑞尔最好再找别人去做这事吧。达芙妮如何？

正在这个时候，达芙妮走过来，听到了自己的名字，达瑞尔一气之下告诉她，梅维斯被克拉丽莎拒绝了，而梅维斯建议由她——达芙妮去试一试。怎么样？

"我不介意试一下，只是为了破坏亲爱的格温德琳·玛丽的乐趣。"达芙妮咧着嘴。所以她试着向克拉丽莎伸出了友谊之手，可她也碰了壁。格温也跟克拉丽莎说了不少达芙妮的八卦！

"克拉丽莎，你知道吗？"格温悄悄地说，"达芙妮真的不适合马洛里塔学园这样的学校！这话你可别告诉别人，大约一两年前，达芙妮做小偷被抓了现行呢！"

克拉丽莎惊惧地瞪着格温，说："我不相信。"

"信不信随便你吧。"格温一脸认真地说，"不过，她真的曾经是小偷。她偷了钱夹、钱还有胸针，而且她不仅在我们这一所学校里偷过东西。事情败露以后，格雷灵女士逼着她到公共休息室对我们招认了一切，我们不得不做出决定要不要开除她。这件事千真万确！"

克拉丽莎的脸色变得非常苍白。她朝着庭院方向望去，达芙妮和玛丽露正在那里开怀欢笑。她真不敢相信，但格温绝对不敢撒这样的谎。

"那——你们不想让她被开除吧，你们是不是都这样说的？"最后她这样说。

"嗯，我是头一个说应该给她一次机会的，我会支持她的。"格温假里假气地说道，其实这样说的是小玛丽露而不是格温，"所以，她就被留下来了。克拉丽莎，正如你所看到的，达芙妮不是一个好朋友的人选，是不是？你永远不会觉得自己可以信任她。"

"是的，我想是这样。"克拉丽莎说，"天哪，我不喜欢这样说梅维斯和达芙妮的坏话。我希望不会再有别的坏话了。"

"你听说过达瑞尔在游泳池里无缘无故狠狠骂我的事吗？"格温说道，她从未忘记或原谅这段插曲，"从那以后，我一直很受伤。你认识那个叫艾伦的十一年级的女生吗？她想作弊，在考试前一天晚上拿到试卷，偷看题目！她真的干了这事！"

"别说了。"克拉丽莎说，开始觉得马洛里塔学园满是骗子、小偷和傻瓜。

"还有比尔，她去年也闹出了一件可怕、丢脸的事，大家都这么认为，"格温可怕的声音又在克拉丽莎的耳畔响起，"因为她不断欺骗，不服从校规，彼德斯小姐不得不威胁说要把比尔那匹叫雷鸣的马送回家去，因为她太不听话了。"

"我不想再听下去了。"克拉丽莎不高兴地说，"我真的不想听了。"

"嗯，这些都是事实。"格温说道，把她自己的欺骗和不够善良的过往抛之脑后，甚至没有意识到她是如何歪曲事实的。因此，尽管大多数事实都有情可原，她却把它们描绘成真实的恶行。

达瑞尔走了过来，打算把克拉丽莎拉开，远离格温无休无止的小话。"嘿，克拉丽莎，"她用快活的声音叫道，"我正找你呢！来帮我摘一些花布置教室，行吗？"

克拉丽莎坐着不动，像原地生了根似的。"来吧！"达瑞尔在一旁不耐烦地叫道，"我又不会咬你！"

哦，天哪，克拉丽莎想着，慢慢地站了起来。她想起了格温被达瑞尔骂的故事，颤颤巍巍地说："我巴不得她不喜欢我！"

"亲爱的格温德琳·玛丽跟你讲了我们黑暗可怕的事迹吗？"达瑞尔说，然后，她看到克拉丽莎脸红了，她知道自己一针见血说到点子上了。

真是有劳格温啦！达瑞尔想，她真是个可怕的家伙！

第 十 章

放 假 一 天

　　三四个星期就这样过去了。要参加学校会考的女孩们真的非常用功，她们当中有些人看起来脸色十分苍白。威廉姆斯小姐决定，是时候让大家放松一下了。

　　"来一次全天野餐吧。"她建议道，"去兰利山好好玩一玩。"

　　兰利山是一个受欢迎的野餐胜地。沿着悬崖散步是很愉快的，从悬崖顶上可以同时看到乡村和大海的壮丽景色。

　　"谢谢啦，威廉姆斯小姐！那可太棒了！"达瑞尔说。

　　"愉快！"艾莉西娅说。这是七年级眼下最流行的形容词，经常被高年级的女孩们嘲笑。

　　"兰利山！"克拉丽莎说，"天哪，我以前的老保姆就住那儿！"

　　"给她写信吧，问问我们可不可以跟她一起喝茶。"格温说，她根本不喜欢这样的野餐，她称之为"与黄蜂共餐"，"她要是能见到你就好了。"

"你总能想到这么美好的事，格温。"克拉丽莎说，"我当然会写信的。她会为我们做一顿精美的茶点，她是个了不起的厨师。"

于是，克拉丽莎给老保姆写了信，她就住在兰利山脚下。格温心想：天哪，这样我们就用不着跟其他人一起一路走上山了！谢天谢地，我真是越来越聪明了！

老保姆露西老太太很快就回信了。"我们去跟她一起喝茶。"克拉丽莎说，"她说她会安排一场真正的盛宴。真开心啊！"

"我们最好征求同意。"格温突然想到如果野餐当天突然提出这个主意，达瑞尔可能会固执地拒绝，"你去征求威廉姆斯小姐的同意吧，克拉丽莎。"

"哦，不，你去吧。"克拉丽莎说，她总是害怕向老师提任何请求。可格温知道，最好不要找威廉姆斯小姐求情。她看穿了格温，如果格温找她帮忙，她可能会公事公办地说"不"。就她对格温的了解，威廉姆斯小姐很难信任格温。

所以，只能是克拉丽莎去了。她结结巴巴地说了半天，终于说出了她想请求之事——交上了她的老保姆发来的邀请。

"好，只要你带上另一个女孩，你可以去喝茶。"威廉姆斯小姐说。她想克拉丽莎是个多么不起眼的孩子啊，戴着厚厚镜片的眼镜，牙齿上还缠着金属丝。再加上她总是带着那种自怨自艾的表情，让她看来更糟了！

野餐的那天破晓，天气晴朗，天气很好，也很热。

"休假整整一天！"达瑞尔欢欣鼓舞地说，"而且，天气多好啊！我建议我们带着泳装和游泳用具去兰利山脚下游泳，那里有一个海湾。"

"你们得带上午餐，还可以在山上那个小茶室里喝茶。"威廉姆斯小姐说，"我已经让厨房的工作人员允许你们过去，请他们切好三明治和蛋糕，给你们带走。现在，你们可以走了，回来以后准备双倍地努力学习吧！"

她们满心欢喜地走了。半个小时后，她们沿着悬崖小径向兰利山走去，每个女孩都拿着自己的一份午餐。

"我觉得我们拿得太多了。"梅维斯说。

"你还会这样想？我觉得我们拿得不够多呢！"达瑞尔吃惊地说，"我心目中的好午餐可能是你的两倍之多！梅维斯，你吃得真的太少了。"

格温和克拉丽莎气喘吁吁地走在其他人后面，落下好远。达瑞尔招呼她们俩走快点儿。在她费了好大劲想把她们俩分开之后，却又看到她们在一起了，她的心里很不痛快。

"克拉丽莎一走快心脏就不舒服。"格温埋怨地说，"你明知道的，达瑞尔。"

"格温，这学期我几乎感觉不到心脏的问题了。"克拉丽莎说，"我相信我已经痊愈了！我能走快一些。"

"嗯，我只是有些担心我自己的心脏，克拉丽莎。"格温严肃地说，"最近它有点儿古怪。像小鸟一样乱扑腾，你懂的。"

克拉丽莎警觉起来："哦，格温，我的心脏以前就是这样，你得多加小心了。你要不要看医生？"

"不，我想不要。"格温故作勇敢地说，"我什么事都不想麻烦舍监老师。她总是小题大做，而且，她可能不会相信我说的话。你知道，她这个人很固执的。"

克拉丽莎去见过舍监老师一两次，她认为舍监老师为人很好，而且善解人意。她不知道的是，每学期当格温想摆脱任何艰难的事情，她便用各种各样的故事来忽悠舍监老师。现在，舍监老师不相信格温说的任何一句话。无论格温抱怨什么病痛，她都只会让格温服下苦不堪言的药。事实上，据艾莉西娅所说，她有一个特别的大瓶子，贴着"格温专用药"的标签，就放在她柜子的最顶层。这个药是一种特别恶心的混合物，专为装病者调制的！

"瞧瞧康妮。"当她们逐渐靠近其他人的时候，格温说道，"拿着自己的包还替露丝拿着包！露丝怎么忍受得了的？"

"她们是双胞胎啊。"克拉丽莎说，"我想她们喜欢为彼此做事。我们上去跟她们聊聊吧。"

可她们的对话通常还是由康妮来发声，而非露丝！

"今天的天气太适合野餐了！"克拉丽莎看着露丝说。

"很美。"康妮说着然后开始聊起她篮子里带来的食物。

格温继续对露丝说："你找到你丢的那支铅笔了吗？就是银色的那支。"

康妮一如既往地替她回答："哦，找到了，竟然在她的桌子后面。"

"露丝，看那只蝴蝶！"克拉丽莎说，决心要让露丝开口，"这是什么蝴蝶？"

"是豹纹蛱蝶，珍珠边豹纹蝶。"在露丝尚不及看一眼那漂亮的生物之前，康妮便回答了。然后，格温和克拉丽莎放弃了。在康妮插嘴之前，你根本无法让露丝开口。

因为太饿了，她们等不及爬到山顶，就在能望见兰利山的地方野餐。格温非常感激，她已经气喘吁吁了。

"你太胖了，这就是你的问题，格温。"艾莉西娅毫不同情地说，"天哪，你现在的脸色多难看啊，这恐怕是你最难看的脸色了，一副傲慢的怒容！"

贝琳达无意中听到了，凑了过来，离她们更近一些。她盯着格温，开始浑身上下摸寻她的小速写本，她总是随身带着它。

"没错，的确是一副怒目而视的样子。"她说，"漂亮极了，记得保持，格温！我一定要画下来为我的作品集增光添彩！"

克拉丽莎、露丝和康妮面露惊讶。"'怒目而视作品集'？"康妮好奇地说，"我从来没听过这种东西！"

"没错，我有一个不错的小本子，画满了格温不同的怒容。"贝琳达说道，"像这样——她露出一副可怕的表情，还有这样、那样的，你们已经看过无数次了！"

她做出各种各样的表情，引得大家放声大笑。

只要贝琳达愿意，她可以非常滑稽。

"哦，快看，格温又皱眉头了！"贝琳达说着翻开她的小本子，"有一个学期，我一直在跟踪格温，等着看她生气的样子。但下一个学期她就变聪明了，我几乎连一个这样的表情都没抓到。克拉丽莎，要是你喜欢的话，回去以后我可以给你看我的作品集。"

"呃，我不知道格温愿不愿意。"她勉强开口说道。

"她当然不会愿意啦。"贝琳达说。那支铅笔在画纸上飞快地移动着。她撕下那一页，递给克拉丽莎。

"给你，这就是你亲爱的格温德琳·玛丽。"贝琳达说。

克拉丽莎倒抽了一口气。是的，这正是活灵活现的格温。而且，看起来极其不开心！调皮捣蛋的贝琳达啊，她搞怪的铅笔可以捕捉任何人的表情，并立即把它展现在纸上。

克拉丽莎不知道到底该拿这张画怎么办，撕了吧，会得罪贝琳达，留着吧，也会得罪格温。幸运的是，风替她解决了这个问题。突然间，风把画从她的指缝间吹走了，吹过了树篱，让她大大松了口气。

这是次愉快的野餐，有各种各样的三明治、小圆面包、饼干和水果蛋糕。女孩们把所有的东西都吃光了，然后她们懒懒地晒着太阳。达瑞尔不情愿地决定，如果她们要在兰利山顶喝茶再游泳的话，她们最好现在就出发。

"哦，达瑞尔，克拉丽莎和我得到了威廉姆斯小姐的允许，去跟克拉丽莎的老保姆露西老太太一起喝茶，她就住在山脚下。"格温用客客气气的语气说道。每当她知道自己说的话会被其他人反对的时候，她就会用这样的口气。

"嗯，这事我还是头回听到！"达瑞尔说，"你为什么不早点儿说？这事是不是真的？你说这些不会是为了不去爬兰利山和游泳吧？"

"当然不是啦。"格温装腔作势地说，"不信，你去问克拉丽莎！"

克拉丽莎在达瑞尔面前十分紧张，她拿出了露西老太太的邀请信。"好吧，这真是你的风格，格温。"达瑞尔说着把信还了回去，"成功逃避了爬山和游泳！你真够聪明的！"

格温没有屈尊回答，可她盯着克拉丽莎，就像在说：这是个什么级长！如此不信任我们！

女孩们丢下格温和克拉丽莎去爬山了。留下的两个人心满意足地躺在草地上。"不管怎么样，能不去爬山我就很开心。"格温说，"这么热的下午！我希望她们玩得开心！"

她们躺得时间长了一点儿，然后格温说她被什么东西咬了。每次她想转到室内时总是这样肯定！于是她们出发去找露西老太太的房子，大约四点一刻的时候，她们到达了。

老保姆正在等着她们。她跑着过来迎接克拉丽莎，像拍一个小宝宝那样拍着她。然后，她看到了格温，当她发现旁边没有其他女孩时，有些吃惊。

"可我准备了够二十个人吃的茶点呢！"她遗憾地说，"我还以为全班人都会来呢，亲爱的克拉丽莎！哦，我的天，该怎么办呢？你能追上其他人，把她们叫来吗？"

第十一章

万 事 俱 备

"你去追她们吧，格温。"克拉丽莎急切地说，"那座山太陡峭了，我不敢爬。她们现在已经爬到一半了。"

"不，事实上，克拉丽莎，我做梦也想不到你会跑到那座山上去，你的心脏刚刚好起来。"露西老太太立刻打断说，"我是说，这位姑娘可以去。"

格温当然不会在炎炎烈日之下爬兰利山，把她不喜欢的人迎回来喝上一杯好茶，让她们喝不着才好呢！

她把脸拉得长长的。"当然，我会去的。"她勉强说道，"可是我觉得，我的心脏也有点儿不对劲，在我做一些吃力的事的时候，它就怦怦跳个不停，让我觉得我非得躺下来不可。"

"哦，天哪！我以前就是这种感觉！"克拉丽莎同情地叫起来，"我忘了今天你说起过你的心脏。好吧，格温，这也是没办法的事，我们没法把她们叫过来一起喝茶了。"

"真可惜。"露西老太太喃喃地说，把她们带进了她可爱的小村舍里，屋里放着一桌极美味的自制茶点：夹了牛舌头和生菜的三明治、配黄油面包吃的水煮鸡蛋、新做的大块奶油乳酪、罐装肉、露西老太太哥哥家的温室里种的熟透了的西红柿、刚出炉的姜饼蛋糕、酥饼、上面堆着杏仁的大水果蛋糕、各种饼干和六个果酱三明治！

"天哪！"格温和克拉丽莎惊叹，"这太丰盛了！"

"这太不可思议了！"克拉丽莎说，"天哪，这也太浪费了！太破费了！"

"哦，你不用在意这些。"露西老太太立刻说，"你姐姐昨天来看我了，就是已经结婚的那个，她给了我一些钱来为你们所有人准备这一餐。所以，我就准备了。可惜只有你们两个人吃。克拉丽莎，之前你的信确实让我以为全班人都要来呢。"

"不是的，我说的是我们年级中全体住北塔的同学都要去野餐，我们，指的是我和格温，能不能过来和你一起喝茶。"克拉丽莎解释道，"我猜，你可能认为'我们'指的是全体人。我真的太抱歉了。"

"坐下吃东西吧。"露西老太太说。可是即使茶点如此美味，两个女孩在一顿午饭之后，也吃不下多少。格温绝望地看着这一大堆食物。

然后，露西老太太灵机一动。"你们学校有没有午夜会餐之类的活动?”她对克拉丽莎说，“我记得你已经结婚的姐姐以前说过，她在上寄宿学校的时候就有。”

“午夜会餐!”格温记起了在马洛里塔享受过的一两次，“我的天哪，这个主意太好了! 我们真的可以把食物拿去搞午夜会餐吗?”

“当然可以啦。小馋猫们就能吃到这些好吃的了，这本来就是给她们做的。”老保姆说道，她的眼睛亮闪闪地看着两个女孩，“可你们怎么带回去呢?”

克拉丽莎和格温想了一会儿。东西太多了，她们自己拿不动，肯定需要帮助。克拉丽莎非常兴奋。一场午夜盛宴! 她在书中读到过这种事，而现在她能够身在其中了，而且好吃的还是她带来的!

“我知道了。”格温突然说，“五点半我们要跟达瑞尔和其他的女孩会合，就在那条从海湾上来的小路的尽头，我们带几个女孩过来拿这些东西!”

“好主意。”克拉丽莎同意，她的眼睛在厚厚的镜片后闪烁着光。于是，当露西老太太的钟显示五点半差一点儿的时候，格温和克拉丽莎便溜到小路的尽头和其他人会合。

可那儿只有两个人——两个气呼呼的人，她们是艾莉西娅和贝琳达。

“哼，你们知不知道现在是五点四十五了! 我们已经在这里等了你们俩二十分钟了!”艾莉西娅气愤地说，“其他人都走了，我们只能留下来等。你们俩都没有手表吗？"

"没有。"格温说，"对不起，恐怕露西老太太的钟慢了。"

"唉，老天，那就抬起尊脚，抓紧时间走吧。"艾莉西娅发着牢骚。

突然，格温挎住了她的胳膊，说："等一会儿，艾莉西娅。我们想要你和贝琳达跟我们一起回露西老太太的家，离这儿不远的。"

艾莉西娅和贝琳达吃惊地看向格温。她飞快地把午夜会餐的事告诉了她们，剩下来好多吃的呢，还有露西老太太要把吃的送给她们用于会餐的事。

艾莉西娅脸上立刻绽开了笑容，而贝琳达脸上则露出了搞怪的表情。一场午夜会餐！这可真是美妙一天的最好结局。还有那么多吃的！不能浪费了呀。

"让这么多美味的食物变质肯定是一种罪过。"艾莉西娅高兴地说，"我知道你不会允许这种事发生的。我相信，在我们散步、爬山和洗澡之后，我们今晚完全可以大吃一顿。我们帮你们去拿那些东西吧。"

她们再也不抱怨迟到的事了。四个人快步回到露西老太太的村舍。她已经尽可能用袋子和篮子把食物全都打包好了。女孩们快活地叫起来，由衷地感谢她。

"我们会尽快把这些篮子和袋子还回来的。"克拉丽莎保证，"天哪，这些东西好重啊！"

的确很重。她们四个只能把它们拖回马洛里塔。当她们走下悬崖小径时，莎莉正在等她们，她不耐烦地说："你们到底干什么去了？达瑞尔都气坏了，还以为你们迷路了。她刚要去汇报，说你们可能都掉下悬崖了！"

艾莉西娅大笑起来。"看看这篮子，还有这个袋子！"她说，"克拉丽莎的老保姆给了我们好多好吃的来一场午夜会餐！"

"天哪！真是太棒了！"莎莉激动起来，"你们得把东西藏在什么地方。我们可不想让'波斯猫'或杜邦老师发现。"

"藏哪儿好呢？"艾莉西娅问道，"而且，我们该在哪儿会餐呢？天这么热，要是今晚能在户外吃那再好不过了。我知道啦！我们在游泳池边吃吧，还可以来场夜泳！"

毫无疑问，这个提议真是棒极了。"你去告诉达瑞尔我们没事。"艾莉西娅说，"我们四个溜到游泳池那边，把这些东西藏在我们放救生圈和其他杂物的储物柜里。

莎莉飞快地走了，格温、克拉丽莎、艾莉西娅和贝琳达迅速地走到泳池边。潮水现在退了，但到了午夜，潮水又会回来，她们到时候可以在泳池里扑腾，一边让海浪淹没她们的脚趾，一边享受她们的午夜盛宴。而且，今夜是满月。一切都很完美！

艾莉西娅把食物装进一个小格子里，关上了门。然后她和其他人走上了悬崖小径，但走到半路，艾莉西娅突然记起她没有锁上用过的那个小柜子的门。

"哎呀！我想我最好还是回去看看，以防有人四处窥探。"

她说，"你们先走吧，你们三个都走，我锁上柜门马上就来。"

艾莉西娅走下去锁柜子，将钥匙放进口袋里。她听到近处传来脚步声，急忙转过身来。

谢天谢地，来的是贝蒂，她在西塔的朋友！"喂！你在这儿干什么？"贝蒂问。

艾莉西娅咧嘴一笑，告诉她午夜会餐的事。"你怎么不邀请我也参加呢？"贝蒂兴奋地说，"你有何异议？"

"我没意见。可达瑞尔可能会不乐意。"艾莉西娅犹豫了一下，"你知道的，学校不允许我们晚上从塔里出来聚集在一起。这条纪律一向非常严格。"

"呃，从我宿舍的窗户往外看，听到泳池那边有动静，然后我走过去看看是什么事，这有何不可？"贝蒂说着露出了搞怪的笑容，"那大家说一句'来吧，加入我们'，又有何不可？"

"是啊，这真是个绝妙的主意。"艾莉西娅说，"你来吧。别告诉任何人是我告诉你的！到时我会大声说'一起来吧'，这样其他人也会随声附和，达瑞尔就无法拒绝了！"

"好吧，我需要一场这样的狂欢。"贝蒂说着咯咯笑起来，"你们今天去哪儿了？兰利山？我们去了朗博顿，玩得很开心。我能不能再带一两个西塔的同学过来？毕竟，如果我们只是突然出现，查看是什么声音这么吵闹，不像是被邀请过来的，没有人会这样想的。"

"好吧，把艾莉和温妮带过来吧。"艾莉西娅说，"她们会开心的。可千万别说是我跟你说的呀，要不然，达瑞尔会骂我的！到时候，她会很严格地执行级长的职责！"

"没错！"贝蒂说着大笑起来，"好吧，晚上见。我们出现的时候，你注意要表现得非常吃惊啊！"

她飞快地离开了，艾莉西娅去找其他人。"你怎么耽搁了这么长时间？"贝琳达问，"我们以为你一定是一肚子气，掉到泳池里去了。要是不快点儿，你就要错过晚餐了。"

"你们把吃的和午夜会餐的事告诉达瑞尔了吗？"艾莉西娅问。

"说了。"贝琳达说，"一开始她还不相信，然后，我们提醒她上学期了不起的十年级生弄了一次会餐，她大笑起来，表示我们也该来一次。"

"干得好啊，达瑞尔！"艾莉西娅高兴地说，"泳池边是个好地方，这建议你们说了吗？"

"说了，我们都准备好了，她也同意就这么办！"贝琳达说，"所以说，万事俱备！"

晚餐时，十年级生一个劲地冲彼此眨眼。这个动作太频繁了，让负责晚餐的杜邦老师好几次低头看自己的衣着有何不妥之处，衣服上的扣子掉了吗？她的腰带歪了吗？她的头发松了吗？要不然，这些坏丫头为什么一直互相眨眼？

其实，杜邦老师的衣服或头发没有一点儿不妥。只是，女孩们非常激动，非常兴奋，她们一直傻笑，相互用手肘戳戳碰碰，不停地眨眼，这些举动足以让任何老师心烦意乱。

杜邦老师心地宽厚，没跟女孩们计较。她想：她们只是在野餐之后有点儿兴奋罢了。啊！今晚她们该睡得多香啊！

不过，杜邦老师错了。

那天晚上，她们根本就没打算睡觉！

第十二章

惊 心 一 夜

　　"老天爷，可别让'波斯猫'或是杜邦老师看出来咱们晚上有计划呀。"晚餐后，达瑞尔对其他人说道，"我看到杜邦老师已经满脸怀疑了。到休息室来，我们再把细节安排一下。给我们带了这么多好吃的真是太棒了。太谢谢你了，克拉丽莎！"

　　克拉丽莎脸红了，可她紧张得说不出话来。一想到能够为大家提供一场欢宴，她就很开心。

　　她们都去了休息室，围坐在一起讨论计划。"今晚真是太热了，能待在游泳池边真是太棒了。"莎莉说，"不过，我们可不能像平时那样尖叫或者大喊——到了晚上，声音听来会很响亮。虽然游泳池在岩石上，但如果风向对的话，那边的声音很容易就会传过来的。"

　　听到莎莉这样说，艾莉西娅很高兴。这样一来，贝蒂、艾莉和温妮过来，说她们听到泳池边有声音，就是顺理成章的事啦。

"我和莎莉今晚会保持清醒。"达瑞尔谋划道，"然后，我们听到钟敲十二点的时候，就会把你们都叫醒，你们就可以穿上睡袍，带上游泳用品出发。我们现在最好把那些东西从更衣室里拿出来，否则，如果我们深夜再翻箱倒柜的话，可能会吵醒某位员工。"

"是不是所有的食物都妥当地拿到游泳池边了？"比尔问道，她非常期待这一场冒险。这可是她头一次参加午夜会餐啊！

"是，都安全地锁在左边的柜子里。"艾莉西娅说，"钥匙在我这儿。"

"我们先游泳，然后大吃一顿。"达瑞尔说，"真遗憾，我们没有准备喝的东西。"

"我敢说，如果我去问厨师要些柠檬水，她会给我们留的。"艾琳提议。她可是厨房员工的宠儿。

"好，你去要。"达瑞尔说，"让她做两大壶，放冰箱里。我们准备好了就过去取。"

艾琳飞快地离开了，然后大家派了艾莉西娅和梅维斯去更衣室拿游泳的东西。大家都变得无比兴奋。克拉丽莎几乎坐不住了。

"我真恨不得晚饭没吃那么多。"格温说，"我怕我到半夜也不会觉得饿。"

"谁让你那么能吃!"贝琳达说,"晚饭你吃了五个西红柿,我数了!"

"你真是闲极无聊了。"格温努力地用语言回击。

"哦,看你们小吵小闹真是太精彩了。"贝琳达懒洋洋地说,"看你吃饭时狼吞虎咽的样子,难怪你长胖了。天哪,我可以把你画成一只漂亮的、尾巴上系着丝带的、胖胖的蓝眼睛小猪仔,那该多妙啊。"

大家都大笑起来。"画吧,画吧!"莎莉央求道。格温皱起了眉头,看见贝琳达盯着她,立刻又收起了表情。她真希望自己刚才没有出言讽刺贝琳达。如果讽刺了她,贝琳达总是要使坏的!

艾莉西娅和梅维斯带着游泳的东西,笑着回来了。"有人看见你们了吗?"达瑞尔急切地问。

"我觉得没有。我那个讨人嫌的小表妹琼恩在附近,但我想她不会发现什么。"艾莉西娅说道,"我们在更衣室的时候,我听到她跟什么人在说悄悄话。"

艾琳从厨房回来,满脸通红。"我找到了厨师,她一个人在。"她说,"她会为我们准备两大罐柠檬水,放在冰箱里,今晚十一点以后的任何时间都可以去拿。那时候职工都睡觉去了,所以她说到时我们去拿是安全的。万岁!"

"这可太棒了。"艾莉西娅说,"克拉丽莎,你说都有些什么吃的?"

克拉丽莎解释一番，格温在一旁自豪地提示她。格温觉得她也对这场盛宴有一半的贡献，她沐浴在克拉丽莎反射出的荣耀中。

"你在上一所学校有过午夜会餐吗，露丝?"达瑞尔问，她看出露丝和其他人一样兴奋。

康妮一如既往地替她回答："没有，有一次我们试过，可我们被抓包了。天哪，我们被校长狠狠骂了一顿。"

"我问的是露丝，不是你。"达瑞尔被康妮弄得有点儿恼火了，"你别老是插嘴，让露丝自己回答。"

她又转向露丝，问："你们以前的校长很严格吗?"康妮又张开了嘴，准备替露丝回答，她看到了达瑞尔眼中一闪而过的凌厉，便闭上了嘴。

露丝等了康妮一会儿，真的回答了。"嗯，我觉得，你可以说她很严格。"她说，"你知道……"

"她不是很严格，露丝。"康妮打断她，"你忘了她在那件事上有多好……"

"我在问露丝。"达瑞尔恼怒地说道。

大家非常想知道接下来会发生什么，可有人插了进来，转移了话题。舍监老师探进头来说要找格温。

"什么事，舍监老师?"格温哀叫出声，"我有什么该做的事没做吗? 为什么要找我?"

"只是缝纫上的一点儿小问题。"舍监老师说。

"但我已经按照你说的做了。"格温愤愤不平地说。

"嗯，那我们来谈谈拆掉然后重织的小事吧。"舍监老师加重了语调。女孩们咧嘴笑起来。她们看到格温上一次勉强用灰色羊毛线补海军蓝运动短裤，不知道老师会不会注意到。

格温只得起身走出去，低声嘟囔着。"我可以帮她做缝纫活。"克拉丽莎向达瑞尔提议道，"我不打球也不做体操，我的时间很多。"

"你敢！"达瑞尔立刻说道，"你帮她太多了，她总是抄你的作业。"

克拉丽莎看起来吃了一惊。"哦，她没有抄。"她老实地说，她竟然敢与达瑞尔争辩，这一念头让她脸红了。

"别这么笨头笨脑！"艾莉西娅直言不讳，"格温是个笨蛋，她总是窃取别人的智慧，以后她也会这么对你。摘下你'玫瑰色的眼镜①'吧，用正常的眼光看待格温，我亲爱的克拉丽莎！"

克拉丽莎以为艾莉西娅出于某种原因真的要她摘下眼镜，所以她非常顺从地摘下了。女孩们正要放声大笑之时，达瑞尔惊讶地弯下了腰。

"克拉丽莎！你有一双真正的绿色眼睛！我从没见过真正的绿色眼睛！你肯定和精灵有血缘关系——有绿色眼睛的人就是跟他们有血缘关系！"

---

① 英语原文"玫瑰色的眼镜"指的是过于乐观，把人往好处想的观点。所以，下文老实可爱的克拉丽莎才会误会，以为艾莉西娅是真的要她摘下眼镜。

大家大笑起来，细看了克拉丽莎的眼睛，她们发现，克拉丽莎的眼睛的确是一种可爱清澈的绿色，不知怎的，这和她的红褐色波浪发非常相配。

"我的天哪，我巴不得我也有这种令人震惊的眼睛。"艾莉西娅满怀嫉妒地说，"真是太美了。你不得不戴眼镜，多讨厌！"

"哦，只是暂时的。"克拉丽莎说着又把眼镜戴上了，艾莉西娅的赞美让她相当害羞，又很开心，"你们喜欢我的绿色眼睛我很开心。格温觉得有猫一样的绿色眼睛很难看。"

"要是别人有双绿色眼睛，那我们亲爱的格温德琳怎么能没有呢？"贝琳达立刻说道。

克拉丽莎看起来很苦恼，她开口道："格温对我很好的。"然后大家都开始嘘她。这时，格温正皱着眉头，从门口进来，手里还拿着一条运动短裤和一双运动袜。

"我真觉得舍监老师实在太无情了。"她开口道，"上周我花了好几个小时织这些，现在我得把所有的都拆了重新织。"

"不要用灰色羊毛线来补海军蓝短裤，也不要用海军蓝的羊毛线来补红色长袜。"艾莉西娅说，"大家都会以为你是个色盲。"

克拉丽莎很想帮格温，可在达瑞尔的一番评论之后，她有些不愿意提供帮助。格温当然也不敢再找她帮忙了。女孩们都袖手旁观，打着呵欠，有的去阅读，有的准备上床去睡，因为她们真的累了，但还不至于累到十二点钟没法起床去游泳和吃大餐。

那天晚上,她们很快地上了床。连一向动作慢吞吞的格温都行动迅速。艾琳是最快上床的,这让达瑞尔很意外。但是大家发现她有些心不在焉,衣服只脱了一半,所以她只好又下床脱衣。

游泳用品堆在某个人的柜子里待命,睡袍和拖鞋都妥妥地摆放在每一张床头。

"抱歉,达瑞尔,还有你,莎莉,你们得醒到十二点!"艾琳打着呵欠说,"晚安,大家,过一会儿见!"

莎莉说她会在头一个小时保持清醒,然后把达瑞尔叫醒,让她守到十二点。这样她们俩都能休息一会儿。

莎莉勇敢地保持着清醒,然后,她把达瑞尔摇醒了,达瑞尔就睡在她的隔壁床铺。达瑞尔睡得太熟了,几乎睁不开眼睛。可最终她还是醒了,她决定最好还是下床,稍微来回走动走动,要不然她会再次睡着的。那样的话,午夜会餐就泡汤了,因为她知道没人能在十二点钟醒来!

终于,她听到塔顶的钟敲响了十二下。好!午夜终于到来了!她把莎莉叫醒,然后她们俩把其他人都叫醒了。最难叫醒的是格温,她总是如此。达瑞尔想过要不要把她丢下,因为她好像决心不醒了,可达瑞尔觉得克拉丽莎可能会难过。毕竟,这是克拉丽莎办的会餐!

她们都穿上了睡袍和拖鞋,将游泳用具从柜子里拿出来,然后派艾琳和贝琳达去拿柠檬水。宿舍里充满了低语和咯咯笑声，还有"嘘嘘"阻止别人出声的声音。大家都完全清醒了，而且非常兴奋。

"来吧，我们从边门下去，走到花园，然后穿过那道通往悬崖小径的门，下到泳池。"达瑞尔小声说，"行行好，可别掉下楼梯或是做什么傻事。"

不一会儿，她们就下到了游泳池边，池水在月光下闪闪发光，看起来太诱人了，无法形容。艾琳和贝琳达也拿来了柠檬水。

"我们把吃的拿出来看看吧。"莎莉激动地说，"我太想看看了！"

"艾莉西娅，柜子的钥匙呢?"达瑞尔问。

"天哪！我把它落在外套口袋里了。"艾莉西娅说，"我马上回去拿。半分钟就行了！"

第十三章

午 夜 盛 宴

艾莉西娅跑上悬崖小径，为自己忘记带钥匙而懊恼不已。她从塔楼的侧门溜进去，上了楼，沿着七年级宿舍所在的楼梯口走着，她看见过道里有一个白色的小人，正从楼梯口的窗户往外看。

"肯定是一个七年级生!"艾莉西娅想，"她这么晚了出来干什么？这小猴子!"

她轻手轻脚地走向那个朝窗外看的小家伙，一把抓住她的肩膀，引来了一记高声的惊喘。

"嘘!"艾莉西娅说，"我的老天，是你，琼恩! 半夜三更的你出来干吗？"

"那你在干吗呢？"琼恩厚脸皮地说。

艾莉西娅摇晃她。"别这么厚脸皮。"她说，"去年暑假你来我家住，对我跟贝蒂无礼被我骂了一顿的事，你忘了？"

"不，我没忘，而且我永远也不会忘的。"琼恩气愤地说，"你是个大坏蛋。要不是我当时害怕，早就跟你翻脸了。你骂我像骂一个六岁的小娃娃！"

"那是你活该。"艾莉西娅说，"而且你知道跟我翻脸的下场，萨姆和我另几个兄弟也会责怪你的！"

"我知道！"琼恩生气地说，她很害怕艾莉西娅的兄弟们。"可你等着，总有一天我会报复你的！"

艾莉西娅轻蔑地哼了一声。"我看你还得再挨一顿骂。"她说，"现在，快去睡觉。你知道你不应该半夜跑出宿舍。"

"我看到你们今天晚上带着游泳用品全部跑出去了。"琼恩狡猾地说，"你们这些十年级的人，我猜你们在搞什么鬼，我发现你和几个人今晚在更衣室里拿游泳用具。你别以为我没看见，我全看见了。"

艾莉西娅多想骂琼恩一顿，可她不敢拔高声音！"快去睡觉。"她命令道，气得声音都在发抖。

"你们是不是也在搞午夜会餐？"琼恩一动不动，坚持说，"我看见艾琳和贝琳达拿着几罐柠檬水。"

"讨厌的小间谍。"艾莉西娅说着狠狠地推了一把琼恩，"我们十年级的人干什么你管不着。赶快去睡觉！"

琼恩与艾莉西娅的脾气抵抗着，她的声音变得危险起来。"'波斯猫'知道你们会餐吗？"她问道，"杜邦老师呢？我说艾莉西娅，如果有人告发你，你就倒霉了吧？"

艾莉西娅倒吸了一口气。琼恩是真的在威胁她要去叫醒一位员工，从而破坏她们所有的计划吗？她不敢相信有人会这么扫兴。

"艾莉西娅，让我也去参加会餐吧。"琼恩央求道，"求你啦。"

"不行。"艾莉西娅干脆地说，然后，她不敢再说什么了。她把琼恩晾在窗边，自己去找小柜子的钥匙。她太生气了，没法顺利地把钥匙从外套口袋里拿出来。一个七年级的小毛孩脸皮厚成这样，还是她的表妹！自己被这样一个小屁孩威胁！这一刻，艾莉西娅真的讨厌透了琼恩。

她找到钥匙，拿上，冲回了游泳池旁。关于遇到琼恩的事她一字未提。其他人已经下水了，玩得很快活。

"好可惜，月亮躲进云层里了。"达瑞尔对莎莉说，"天哪，云真厚啊，是不是？那是艾莉西娅回来了吗？嘿，艾莉西娅，你怎么去了那么久，拿到钥匙了吗？"

"拿到了，我把柜子打开了。"艾莉西娅叫道，"克拉丽莎在这儿，她帮我把东西拿出来了。可惜现在好黑啊，月亮躲起来了。"

突然，西边的天空传来一声不祥的咆哮，是雷声！轰隆隆，轰隆隆！

"像是要下暴雨了。"达瑞尔说，"我想可能就要下了，今天热得要命。哎呀，艾莉西娅，为了防止暴风雨来袭，你觉得我们现在就开始会餐可以吧？"

"没错。"艾莉西娅说，"啊，月亮又出来啦，谢天谢地！"

女孩们从水里爬出来，把身体擦干。她们站在那儿，说说笑笑。正当此时，达瑞尔突然看到有三个人影沿着学校的悬崖小路过来了。她的心都停止跳动了。那是老师吗？听见她们的动静了？

那是贝蒂，当然，还有艾莉和温妮。这三人在游泳池边停了片刻，看到这么一大群十年级的人聚集在一起，显得非常惊讶。

"我的天哪，你们在干吗？"贝蒂说道，"我们听到游泳池边有声音！我们想这么热的晚上，游个泳倒是不错的。"

"我们要会餐！"艾莉西娅的声音传过来，"你们可以加入啊。"

"是的，来吧，我们有好多吃的呢。"艾琳说着，其他人也同样叫道。连达瑞尔也欢迎了她们，她从来没有想到贝蒂已经听说了会餐的事，其实她是有备而来的。

贝蒂没去想那条严格的规定：一个塔的女孩晚上永远不能离开自己的塔去见另一个塔的人。她就是完全没去想。

她们坐下来享受夜宴。雷声又隆隆地响起来，这一次听起来更近了。一道闪电照亮了天空。月亮消失在一片巨大的云朵之后，那天晚上再也没出现过。

更糟糕的是，大滴大滴的雨点开始落下来，叭啦叭啦打在岩石上，引起了巨大的恐慌。

"哦，天哪，我们得进去了。"达瑞尔说，"我们会浑身湿透的，坐在雨里吃东西一点儿意思也没有。来吧，把吃的收拾起来，我们回去吧。"

贝蒂用胳膊肘戳了戳艾莉西娅，她低声道："我们要去吗？"

"去。来嘛。"艾莉西娅也小声道，"达瑞尔又没说你们不要去。"

于是，所有人，包括西塔的贝蒂、艾莉和温妮快速地把食物收拾好，在黑暗中跌跌撞撞地走上了悬崖小径。

"我们要把吃的拿到哪儿？"达瑞尔气喘吁吁地对莎莉说，"不能在休息室吃，因为那儿没窗帘，开了灯会被看到的。"

"那七年级的休息室怎么样？"莎莉问，"那儿离教员室远，而且任何角度也看不见那儿的窗户。"

"好，好主意。"达瑞尔说。消息传开了，说午夜会餐将在七年级的公共休息室举行。

不一会儿，她们都到那儿了。达瑞尔仔细地把门关好，在底部塞上一块垫子，这样就看不到一丝光线了。

女孩们在地板上四散坐下，突如其来的暴风雨打乱了她们的计划，让她们有点儿沮丧。雷声隆隆，电光闪闪，玛丽露惊讶地看着，格温的脸变得苍白，她俩都不喜欢雷电。

"希望雷鸣没事。"比尔一边说，一边吃着牛舌三明治。她首先考虑的总是她的马。

"我觉得……"艾莉西娅刚准备开口，就突然停住了。所有人都僵住了。达瑞尔竖起一只手指，示意大家安静。

门上传来了轻轻的敲门声——嗒嗒嗒！嗒嗒嗒！

达瑞尔吓了一跳。到底是谁呢？为什么要敲门？她又做了个手势，示意大家绝对不要动。

敲门声还在继续。嗒嗒嗒！这一次，声音稍微高了一点儿。

女孩们依然一言不发，保持着安静。敲门声又响了起来，在夜里听起来格外响亮。

达瑞尔心想：哦，老天，这声音要是再响一点儿，就会有人听见，那一切就要露馅儿了！

格温和玛丽露被这阵奇怪的敲门声吓坏了。她们紧紧地搂在一起，面白如纸。

"进来。"当敲门声暂停之后，达瑞尔终于低声说道。

门慢慢地被推开了，女孩们都盯着它，好奇谁会走进来。走进来的是琼恩，在她身后是吓得不行的费莉西蒂！

"琼恩！"艾莉西娅凶巴巴地说。

"费莉西蒂！"达瑞尔倒吸了一口凉气，简直不敢相信她的眼睛。

琼恩故作惊讶地环顾一周。

"哦，是你们啊。我跟费莉西娅只是睡不着，因为打雷了，我们走到过道的窗子那儿看了看，在地上发现了这些。"

她亮出了三只煮熟的鸡蛋！

"我们太惊讶了。然后我们就听到这里有好多动静，想知道谁在休息室里。我们想，不管是谁，肯定是在搞一场特别棒的会餐，所以我们就来了，把你们落下的煮鸡蛋送过来。"

这番话过后，大家都沉默了。艾莉西娅气炸了！她知道，琼恩看到她们因为雷雨而返回，看到她们进了七年级的休息室，捡到了掉在地上的鸡蛋，就喜滋滋地以此为借口要加入会餐！

"哦，谢谢了。"达瑞尔几乎不知道说什么好，"是，我们是在会餐，呃……"

"你们为什么要用我们的休息室？"琼恩天真地问，磕开了一只鸡蛋，"当然，你们十年级的人用我们七年级的休息室会餐，我们真是不胜荣幸。天哪，这鸡蛋也太好吃了！但我不是故意要咬一口的，太抱歉了。"

"哦，要是喜欢吃你就吃完吧。"达瑞尔也找不到别的可说。

"谢谢。"琼恩说着给了费莉西蒂一只鸡蛋，费莉西蒂也开始吃了起来。

当然，事情只能这样了。这两位也加入了会餐，虽然达瑞尔觉得不太舒服。而且，她也是头一次意识到，那三个西塔的女孩也还待在北塔，本来她们不该在这儿的！可现在她怎么能把她们赶走呢？她总不能说："听着，你们得赶快走！我知道我们在游泳池边的时候说过请你们加入会餐，可我们现在不能留你们了。"这听起来太傻了。

达瑞尔在这场夜宴中完全没有享受到。她原本想把琼恩和费莉西蒂送走，可既然会餐使用的是她们的休息室，这么做好像挺不厚道的，况且琼恩还把鸡蛋送来了。而且她觉得，把琼恩送走，艾莉西娅可能会不高兴。不过，达瑞尔浑然不知的是艾莉西娅正在无法控制地想着将各种可怕的惩罚加在琼恩的头上。

　　天哪，她们计划好的美好时光似乎不知怎么被搞砸了。

　　而且，变得更糟糕了！头顶上传来了脚步声。

第十四章

始 料 未 及

"你们听见了吗?"莎莉小声说道,"有人来了!快,把东西都收起来,我们走!"

女孩们抓起了手边所有的东西,达瑞尔拿起壁炉边的刷子,把面包屑扫到一张沙发下面。她关了灯,打开门。外面的走廊一片漆黑,看起来似乎没有人。谁会在上面走来走去?那上面是七年级的宿舍。

此刻,琼恩和费莉西蒂吓坏了,她们俩立刻逃走了。贝蒂、艾莉和温妮消失在楼梯上,她们跑下去,往侧门而去,然后她们就可以溜回自己的塔里。其他人在达瑞尔的带领下,小心翼翼地上楼去找自己的宿舍。

附近传来一阵轻微的咳嗽声,一种熟悉的、绝不可能搞错的咳嗽声,让她们停了下脚步。她们在楼梯上站定了,大气不敢出。那是"波斯猫"的咳嗽声。达瑞尔想：哦，天哪，她听到我们的吵闹声了吗？可是我们真的相当安静了。

她千求万求，巴望着贝蒂和另外两个西塔的女孩已经安全回到了自己的宿舍，没有被抓住。一个塔的女孩晚上和另一个塔的女孩见面，算是一种严重的错误。正常情况下，不可能通过室内从一个塔到另一个塔，女孩们必须走出去才能到达另一个塔。

"波斯猫"可能在干什么呢？她刚才在哪儿？女孩们僵立当地，等待继续前进的指示。

"她在九年级的宿舍。"达瑞尔终于小声说道，"也许那儿有人生病了。我想我们最好还是冲回去，我们不能一直站在这儿。"

"说得对！下一声雷声一响，我们就跑回去。"莎莉用低低的声音说。这话被盖了过去，女孩们焦急地等待着打雷。先是一道闪电，清晰地照出一排蹲着的女孩，然后雷声又响起了。

那是一声轰隆隆的巨响，女孩们跑回宿舍时发出的声音完全被掩盖了。她们无比庆幸地倒在床上，每个人都把随身携带的东西，包括湿漉漉的泳装，塞进了柜子底下。

波茨小姐并没有出现，女孩们开始顺过一口气来。九年级的宿舍里肯定有人生病了，看起来"波斯猫"还在那儿。终于，十年级的人听到九年级宿舍的门轻柔地关上了，波茨小姐的脚步声轻轻地冲她自己的屋子而去了。

"我们现在是不是最好把柠檬水罐子拿到厨房去?"艾琳耳语道。

"不。今晚我们不能再冒险鬼鬼祟祟了。"达瑞尔说,"你必须在早餐前,等厨房员工一进餐厅,你就要把它们拿过去,就算这会让你早餐迟到也要这么做。在我们下去之前,得把剩下的食物都清理干净,再藏起来,直到我们能处理掉为止。真可惜,外面有暴风雨了。"

那天晚上女孩们睡得很香,早上几乎起不来床。格温和贝琳达是被人生生从床上拽起来的!艾琳拿着空罐子冲到了厨房。剩下的食物都被匆匆装进了袋子,扔在楼梯平台处的一个怪模怪样的柜子里。然后,十年级的学生下楼去吃早餐,她们看上去端庄而无辜。

费莉西蒂冲着达瑞尔咧嘴笑,她昨晚玩得很开心。可琼恩没有冲着艾莉西娅咧嘴笑。艾莉西娅的脸色阴冷,让琼恩感到不舒服。

课间休息的时候,艾莉西娅跑去找希尔达,她是七年级的级长,这让希尔达受宠若惊。

"希尔达,我对琼恩的表现极为不满。"艾莉西娅说,"她越来越让人受不了了,我们十年级的人决定不再容忍了。要么你让她改邪归正,要么我们来。我看还是你来比较好。"

"哦,艾莉西娅,真是太抱歉了。"希尔达说,"我们曾试图让她改邪归正的,可她总是说如果我们不给她机会,你就会不停地折磨我们，不过，我们已经给了她好多机会了。"

"我相信你们努力了。"艾莉西娅冷酷地说，"希尔达，我不知道你是怎么对待犯错的成员的，在我七年级的时候，我们可是有无数好法子呢。请采取行动吧，告诉她是我让你这么做的！"

"好吧。我们会的。"希尔达说。谢天谢地，她有权对付那个傲慢、自高自大的新生，琼恩！让全体同学一个星期不搭理她，应该能让她屈服。琼恩很喜欢讲话，也很喜欢八卦，对她而言这可是个严厉的惩罚。希尔达召开了一次年级会议，郑重其事地讨论了此事。

琼恩听到年级对她的判决，既生气又震惊。一个星期无人搭理她，也让她觉得十分丢脸。对艾莉西娅给予希尔达的这份权力，她是多么生气啊！艾莉西娅完全有权这么做。当一个低年级的人引发了高年级的人的愤怒或蔑视时，冒犯者所在年级的级长就被告知要处理此事。因此，希尔达忠实而迅速地处理了这件事，即便她故意为之，那也是琼恩的错，而不是希尔达的错。琼恩现在是所有七年级学生的眼中钉，任何一个初来乍到的女孩表现得如此大胆，都是让人看不惯的。

费莉西蒂发现她也不得不答应再也不搭理琼恩。天哪，那可真是太尴尬了，但她对自己的年级比对琼恩更忠诚。因此，她不敢再看满脸通红的琼恩，小声地给出了保证。

那天晚上，费莉西蒂来找达瑞尔，看起来很着急。她说：

"达瑞尔，我能跟你说两句话吗？发生了一些很可怕的事情。昨晚我们留在公共休息室沙发下面的面包屑，今天早上被发现了，还有两块三明治。'波斯猫'抓住了希尔达，问她昨晚是不是在那里会餐了。'波斯猫'说九年级有人生了病，当她从九年级宿舍出来的时候，她听到了动静，然后她去公共休息室看了看，那里是空的。"

"天哪，那又有什么关系呢？"达瑞尔说，然后她的脸色变得明朗起来，"希尔达昨天晚上一定是睡着了，她什么也不知道。"

"她是睡着了，她告诉'波斯猫'，关于午夜会餐的事她什么也不知道，七年级的人昨晚肯定没出宿舍。"费莉西蒂说，"有人被暴风雨惊醒了，可显然没有人注意到我或是琼恩。"

"那为什么你要着急呢？"达瑞尔说，"昨晚你真不该跟琼恩一起过来，你知道的，费莉西蒂，见到你我非常惊讶，一点儿也不高兴。头一个学期你真的应该谨慎一些。"

"我知道，我有点儿被琼恩牵着鼻子走了。"费莉西蒂说，"说真的，达瑞尔，我也没办法，她总是能逗笑我，而且她很大胆、很勇敢。现在大家都不搭理她了，她肯定气极了。她知道都是因为艾莉西娅，艾莉西娅之前发誓会报复她的，她也一定会报复回去的。"

"费莉西蒂，别理琼恩了，"达瑞尔央求道，"她不适合当你的朋友。她是个小坏蛋，艾莉西娅把她做的事都告诉我了。"

但是费莉西蒂很固执，她摇了摇头说："不，我喜欢琼恩，我想支持她。她不是个小坏蛋，她很有趣。"

达瑞尔让费莉西蒂走了，对她这个小妹妹感到不耐烦。总之，谢天谢地，"波斯猫"什么也没发现。她一定对面包屑和三明治感到无比困惑！

一切看起来似乎大事化了了，接着，一颗炸弹落了下来！

第二天，费莉西蒂又跑来找达瑞尔，她看起来确实很烦恼。

"达瑞尔，我要跟你私下谈谈。"

"我的天哪！这次又是什么事？"达瑞尔说，将费莉西蒂带到庭院的一个角落里。

"是琼恩。我搞不懂她。她说她要去找'波斯猫'老实交代她参加了午夜会餐。"费莉西蒂说，"而且她说我也应该去交代。"

达瑞尔恼怒地盯着费莉西蒂，这些七年级生！"可如果她跑去做了这件事，就跟那晚偷偷摸摸来找我们一样。"达瑞尔气势汹汹地说，"这个小坏蛋现在在哪儿？"

"在其中一间音乐室里练习呢。"费莉西蒂说，她被达瑞尔的怒气吓坏了，"你知道的，我们年级的级长禁止大家搭理她，所以我不能跟她说话。她递了个纸条给我，我该怎么办啊，达瑞尔？要是她去招认了，我也不得不去，要不然，'波斯猫'和其他人都会认为我是一个讨厌的胆小鬼。"

"我去找琼恩谈谈。"达瑞尔说，直接冲着音乐室去了。那里是女孩们日常练习的地方。她找到了琼恩，冲进屋去。达瑞尔看起来那么气愤，把七年级的人都吓得跳了起来。

"听着，琼恩，你突然这么虔诚是怎么回事？去'招认'——其实你根本不需要这么做。"达瑞尔生气地叫道，"你知道的，要是你去告发然后开脱了，就会让十年级的人陷入麻烦。"

"我不会开脱的。"琼恩镇定地说，在钢琴上弹了一串音阶，"我会直接承认我参加了会餐，可我不会说是谁办的这场会餐——我想让我的良心解脱。"

"你真是个伪君子！"达瑞尔气愤地说，"别弹了，听我说。"

琼恩又弹了另一串音阶，她脸上挂着嘲弄的微笑。达瑞尔几乎要气炸了，她将琼恩的手从琴键上推开，粗暴地把她转过身来面对自己。

"住手！"琼恩激动地说，"我已经受够了我亲爱的表姐艾莉西娅的这一套做派了！"

她提到了艾莉西娅的名字，让达瑞尔的脑子突然灵光一现，她立刻明白了琼恩"虔诚交代"想法背后的含义——她想报复艾莉西娅，她想让艾莉西娅、达瑞尔，还有十年级的所有人身陷麻烦——报复艾莉西娅下命令让希尔达对付她。

"你真是个两面派的小坏蛋。"达瑞尔嘲讽道，"你明明知道，一旦你'虔诚交代'了，那么'波斯猫'就会盘问我们，我就得承认在游泳池里狂欢，以及后来搞午夜会餐的事。"

"哦，比那更糟糕呢！"琼恩用无礼的声音说，"还有别的塔里的女孩也在那儿，我没弄错吧?"

"你的意思是说，你也会出卖贝蒂和其他人。"达瑞尔深吸了一口气说道，"你做这些就是为了报复艾莉西娅?"

"哦，不是出卖，也不是打小报告。"琼恩说着又开始演奏令人抓狂的音阶了，"我当然能招认，至于贝蒂的名字——我可以顺嘴说出去，就这么办了。"

一想到琼恩以乖乖女和"虔诚交代"为幌子贼头贼脑地对待大家，达瑞尔真的火冒三丈。她的脾气完全失控了，她发现自己把可怜的琼恩从钢琴凳上拉下来，摇晃着她。

突然之间，一个声音阻止了她的行为。

"达瑞尔！你究竟在干什么?"

第十五章

突 生 剧 变

达瑞尔狂乱地环顾四周。波茨小姐站在门边的样子绝对是一幅惊人的画面。达瑞尔一时无法成言。琼恩竟然大胆地重新坐在钢琴凳上，弹奏了一段轻柔的和弦。

"琼恩！"波茨小姐说。她的声调将这个七年级生吓得几乎魂飞魄散。

"跟我来，达瑞尔。"波茨小姐说，"还有你，琼恩！"

她们俩跟着她到了房间，杜邦老师正在那儿改试卷。她惊讶地盯着波茨小姐神色严峻的脸，又看了看两个女孩的脸。

"哦①，我走了。"杜邦老师说着，快速地将卷子收拾好，开始往屋外走，"不打扰了，波茨小姐。"

---

① 此处杜邦老师说的是法语。

波茨小姐似乎完全没注意到杜邦老师。她在椅子上坐下来，严厉地注视着达瑞尔和琼恩。

"你们俩刚才在干什么？"

达瑞尔艰难地吞咽着，她已经为自己感到羞愧了。老天，一个级长，像刚刚那样暴跳如雷！"波茨小姐，琼恩有事儿跟你说。"最后，她艰难地开口说道。

"你要说什么？"波茨小姐将冷冷的目光转向琼恩，问道。

"呃，波茨小姐，我只是想坦白交代我参加了一场午夜会餐。"琼恩说。

"希尔达跟我说没有什么午夜会餐。"波茨小姐说，开始用她的铅笔敲击着桌面，一直以来，这是她释放出的一个危险信号。

"我知道。这跟七年级的人无关。"琼恩接着说道。

"从达瑞尔的脸色我能看得出来这跟十年级的人有关。"波茨小姐说。达瑞尔痛苦地点了点头。

"我猜，只有十年级的人和你吧，琼恩？"波茨小姐问。

"呃，还有别人。"琼恩装作犹豫的样子，"还有一个我们年级的人，我不会提她的名字的。"

"费莉西蒂也参加了，可一切都该由我负责。"达瑞尔说，"波茨小姐，她不是有意要来的。贝蒂·希尔和艾莉，还有温妮也一起参加了。"

一片沉默。波茨小姐的脸色看来非常严峻。

"她们是别的塔的女孩?"她说,"我想你知道相关规则的,是不是,达瑞尔?你怎么会想到还要邀请两个七年级的女孩呢?当然,费莉西蒂是你妹妹,可……"

"我没有邀请她。"达瑞尔利索地说,"而且,准确地说,我也没有邀请西塔的女孩们。"

"不要再狡辩和找借口了。"波茨小姐不耐烦地说,"这不像你,达瑞尔。我猜你和琼恩吵架是因为她想坦白?"

达瑞尔不敢相信自己竟然还能说话。她点了点头。"我很抱歉有如此表现。"她谦卑地说,"我以为我已经能控制脾气了,可我没有。我很抱歉摇晃你,琼恩。"

琼恩听到这个道歉有点儿生气又有些不安,可她非常得意。因为"虔诚交代",她上了"波斯猫"的"好孩子名单",她让达瑞尔麻烦缠身,也让艾莉西娅和其他人陷入了麻烦。而她,琼恩,将会全身而退!

"你可以走了,琼恩。"波茨小姐突然说道,"我不确定我是否弄清了事实和真相。达瑞尔无权如此粗鲁地对待你,但是,她现在已经能控制自己的脾气,除非有一些非常严重的事惹怒了她,因此,我倾向于对你的坦白持保留态度。你可以放心,我会弄清楚是该表扬还是该责备你的!"

琼恩冲出了房间,她吓坏了。

波茨小姐转头严肃地看着达瑞尔。"达瑞尔,你得为让其他塔的女孩在晚间进入你们塔而承担责任,你知道的,是不是?"

她说，"你在音乐室里对琼恩的行为，我不能置之不理。无论你受到什么挑衅，都不能为你的所作所为开脱。"

"我知道，我不是一个好级长，波茨小姐。"达瑞尔悲伤地说，"我最好辞职。"

"嗯，你要么辞职，要么被降职。"波茨小姐难过地说，"莎莉得临时代理一下级长，直到我们认为你能再次胜任为止。达瑞尔，如果你不能控制你自己，你也无法管理他人。"

这一消息很快传遍了全校。"你们知道吗？达瑞尔·里弗斯的级长被撤销了！发生了一场非常可怕的争吵，有关什么午夜会餐的事。事实上，她邀请了别的塔的女孩参加，还请了七年级的人呢。天哪！想想达瑞尔·里弗斯丢人的样子！"

费莉西蒂听说了这个事，心里充满了极度的恐惧。她直接去找了琼恩，完全忘了大家现在还不搭理她。

"你是不是告密了？"她尖锐地问琼恩，"发生了什么事？"

琼恩对发生的一切满心欢喜，把整件事从头到尾都告诉了费莉西蒂。"这些十年级的人打击我，让大家都不搭理我。"她得意地说，"我已经很好地回报了艾莉西娅。说真的，你真该看看达瑞尔摇晃我时的表情，波茨小姐进来时看到了的。她现在不再是她们年级的级长了，我可高兴了。她活该！"

费莉西蒂简直不敢相信自己的耳朵，她打起了颤，浑身发抖。

琼恩看见了，非常惊讶。"你怎么啦？"她说，"你是我的朋友，不是吗？"

"曾经是。可你是不是忘了，达瑞尔是我的姐姐?"费莉西蒂的声音哽咽了。琼恩茫然地盯着她。她高兴得忘乎所以了，完全忘记了达瑞尔是费莉西蒂的姐姐这回事。

"我很明白达瑞尔的心情，要是我，我也会摇晃你的。你现在知道害怕了，你这个两面派的坏蛋!"费莉西蒂叫道，"现在，我要去找希尔达，把你告诉我的每一件事都告诉她。这不是搞鬼，而是把一些糟糕得令人难以置信的事报告出来! 你才应该被开除。我当初怎么会想要你做我的朋友呢!"

于是，费莉西蒂和琼恩之间的友谊就这样戛然而止了，而且再也没有恢复。费莉西蒂转而寻求苏珊的友谊，苏珊给了她需要的安慰。琼恩怪自己忘了达瑞尔是费莉西蒂的姐姐，可是一切既成事实。费莉西蒂终于看清了琼恩的真面目，而且她完全不喜欢那样的琼恩!

十年级生因为发生的一切惊恐不安，她们全都支持可怜的达瑞尔，甚至连格温都来说了几句同情的话。

不过，格温的同情一如既往地流于表面。她告诉达瑞尔自己多么为她难过，之后，她立即向克拉丽莎吐露，她对达瑞尔的耻辱并不感到惊讶。

"我告诉过你她是怎么摇晃我的是不是?"格温说，"而且她有一次还推了莎莉。这样丢脸对她有好处。我从来都不喜欢达瑞尔。"

克拉丽莎看着格温，突然有一种不悦的感觉。"你刚跟她说过你为她难过，愿意竭尽所能来弥补这一切，可你现在为什么又这样说？"她说，"我觉得你很残忍，格温。"

温顺、软弱的克拉丽莎转身离开了她！这让格温有一种难以言喻的惊讶。对格温说出了这番话让克拉丽莎心力交瘁，就连离开的时候，她都是边走边哭的。

她撞上了刚刚骑了雷鸣回来的比尔。"嘿，看你往哪儿走？克拉丽莎，天哪，你在哭啊。出什么事了？"比尔惊讶地问。

"没事。"克拉丽莎说。她不想说格温的任何坏话。

比尔只知道一种治疗不快乐的良方——骑马！现在她就为克拉丽莎提供了这一良方。

"来骑会儿马吧。外面美极了。你说过，你想骑的话，学校是允许的。我知道，正好有一匹空出来的马，而且，彼德斯小姐也会来骑的，她人很好。"

克拉丽莎再一次地想说不，因为她拿不定主意要不要开始接触一些新事物，而且，虽然学校允许她骑马，可她还没在马洛里塔骑过马呢。但现在，她被比尔直率的友善感动，也觉得自己想马上远离格温，便点了点头。

"好吧，我马上去换马裤。等我。"

十五分钟后，让格温大为吃惊的是，彼德斯小姐、比尔和克拉丽莎骑着马从她身边飞驰而过。她们骑得很快，边驰骋，边冲对方大声呼喊。

好一个克拉丽莎！她竟然不知道克拉丽莎还是带着骑马用

具来的。而眼下，她跟那个可怕的比尔和那个更可怕的彼德斯小姐一起去骑马！这让格温真的完全不能理解。

莎莉被任命为临时级长。"我真的应该与你共同分担这个职务。"她对受了打击的达瑞尔说，"事事我都会过来跟你商量，接受你的建议，而且我打赌要不了多久，你就可以恢复级长的职务了。格雷灵女士跟我说了两次我只是临时代理。"

达瑞尔已写信把这一坏消息告诉了她的爸爸妈妈，虽然他们一定会难过不安，可应该让他们知道。"我想，在你们在期中假来看我和费莉西蒂之前我应该告诉你们。"达瑞尔在信中写道，"请求你们，在见到我时不要说任何关于这件事的话，好吗？因为我会号叫出来的！总之，亲爱的爸爸妈妈，这一切带来了一件好事——费莉西蒂再也不跟她们年级那个可怕的女孩交朋友了，而是与一个最好的女孩——苏珊交上了朋友，就是你们上学期在健身房看到的那个人。"

同学们的同情让达瑞尔很感动。双胞胎真好，她想，尽管露丝一如既往地只字未说，所有的话都由康妮说了。还有克拉丽莎，她来找达瑞尔的时候几乎热泪盈眶。

"我相信克拉丽莎为人非常好，你可以从她的温顺和害羞中体会到。"达瑞尔对莎莉说，"真可惜她要戴着眼镜！那天她拿掉眼镜的时候，你不觉得她很美吗？那双深绿色的眼睛，像一池春水。"

莎莉笑了起来。"你可真诗意。"她说，"是的，我现在也喜欢上克拉丽莎了。她和比尔一起骑马，格温不知道该怎么想呢！我从来不知道克拉丽莎这么喜欢马，她和比尔滔滔不绝地谈论她们认识的所有马。格温在旁边看起来蔫头蔫脑的，似乎很想插话。"

"下周就是期中假了。"达瑞尔说，"莎莉，我为自己被选为级长而自豪的时候，做梦也没有想到，在期中假之前我就失去了这一职位。我真是个可怕的失败者！"

"嗯，你不知道有多少人想要成为你这样的失败者呢！"莎莉诚实地说，"你也许是一个暂时的失败者，可你是个值得尊敬的失败者，达瑞尔！你比那些自以为成功的人强多了。"

第十六章

制 订 计 划

期中假很快就来了，学校正在举办各种各样的表演：由四名顶尖的校级选手参加的网球表演赛，一场在巨大的庭院中间的游泳和潜水表演，还有一场舞蹈表演。

"表演之后就是学校会考了！"达芙妮忧郁地说，"我一想到这件事就觉得非常沮丧。"

"想想考完以后你会多么轻松愉快吧！"贝琳达说。

"是啊，就像你看完牙医后的感觉。"克拉丽莎说，"在这之前你会很沮丧，但在这之后你会感到非常高兴。"

大家都大笑起来。她们知道克拉丽莎在牙医那里吃了不少苦，她们也知道她讨厌门牙上的牙箍，那是用来把门牙往后拉的。她希望不久之后能把这玩意拿掉。

"一旦我把牙箍和眼镜拿掉，你们就认不出我了！"克拉丽莎说着把她浓密的赤褐色头发往后一甩。

最近她和比尔一起骑马玩了好多回，让格温觉得很不自在。克拉丽莎骑得好极了，而且显然，她能驾驭学校马厩里的任何一匹马，而且还被允许驾驭雷鸣！

格温觉得她们俩关于马没完没了的谈话实在让人受不了。

"我曾经骑过一匹马，它和我一起跑了很远，还跳过了篱笆，那时候我甚至还没学会跳篱笆呢！"克拉丽莎这样开头。

然后比尔把话头继续下去："真的吗？我打赌你一定骑得很稳！我有没有跟你说过马维尔的事，就是我兄弟汤姆的那匹马？"

然后她们会说有关马维尔的一个长长的故事。到最后，格温想插一句嘴。

"我说，克拉丽莎，你知不知道今天下午我们散步要去哪儿？"

"还不知道呢。"克拉丽莎说，"比尔，我一定得跟你说说我爸爸的那匹老马，已经活了超过三十岁了，它……"

于是，这样关于"马"的对话会一直持续，直到格温觉得要尖叫起来。马——可怕的、巨大的、会喷鼻、会跺脚的生物！她多么希望克拉丽莎从来没有和比尔去骑那一场马！

格温开始非常惧怕即将到来的考试。她的功课很落后，又因为她喜欢捡别人的成果，照搬别人的作业，所以当她必须自己思考问题的时候，她的脑子就很不灵光了。她得自己去完成考试卷，那时她就没法照搬任何人的答案了。而且，格温知道得很清楚，威廉姆斯小姐会"关照"她，格温会被安排坐得离别人远远的，远得无法抄答案！

她很为考试担忧。她觉得很不舒服，因为她可能是唯一一个失败者——那将是何等的耻辱啊！她的爸爸会说很多伤人的话，她的妈妈会哭泣，而她的老好人家庭教师会悲伤地说这都是她的错，她应该在格温小的时候更好地教她。天哪，为什么这些糟糕的考试这么重要呢？

格温认真考虑了事先偷看试卷的可能性，可她知道，这想法是很愚蠢的。这些试卷总是被锁起来的。她心里并没有想"我有这种想法是不对的"，她只是想"我真傻，竟然以为有机会能看到试卷"。

她可以生病吗？她能不能抱怨说喉咙疼或是头痛？不行，舍监老师绝对不会相信她。她会替格温量体温，然后说"亲爱的格温，你和往常一样，想象力'发炎'了"。然后舍监老师会给她吃非常难吃的药。

她满腔妒意地想起克拉丽莎脆弱的心脏。要是得那种病可以让你避免从事很可怕的运动，避免游泳和爬山，这才是真正值得一得的病——明智的病。可不幸的是，这种病不会让你免于上课。

格温思考了一阵子脆弱的心脏，渐渐地，一个计划开始在她的脑海中展开。为什么不说她的心脏有问题呢？她把手放在她自以为心脏的所在之处，装出一副痛苦的表情。她该说些什么呢？"哦，我的心脏啊，它又乱跳了！真希望它没事。这感觉好奇怪啊。哦，我为什么要跑那么快上楼梯呢？"

她越是想这个点子，就越觉得它妙极了。下周就是期中假了，如果她能把有关"这颗脆弱的心脏"的消息散布出去，也许有人会告诉她的爸爸妈妈，他们就会警觉起来，把她带回家去。学校会考就在不久之后，这么一来，她就能躲过这场考试了！

一想到这个小计划，格温的心就开始怦怦直跳。事实上，她感到有点儿惊慌，因为她的心跳得太快了，说不定她真的有心脏病？不，她只是为自己这个聪明而奇妙的主意感到兴奋。

于是，渐渐地，格温开始说她感觉不太好。"哦，没什么要紧。"她告诉克拉丽莎和比尔，"克拉丽莎，你知道我的感受，我的心在怦怦跳。为什么我要跑那么快上楼？"

克拉丽莎深表同情，她知道一颗虚弱的心脏是多么令人讨厌。"你觉不觉得应该告诉威廉姆斯小姐或是波茨小姐？"她颇为焦急地说，"或者，告诉舍监老师？"

"不，我不想小题大做。"格温装出一副可怜的勇敢样子说，"而且，你们知道，就快要会考了，我不想错过。"

如果艾莉西娅、莎莉或达瑞尔在附近，听闻此言，她们肯定会仰面大笑，但比尔和克拉丽莎没有。

"嗯，我想你得说出来。"克拉丽莎说，"如果你不得不经历我所经历的那些，像是一连几个星期躺在床上，什么也不做，放弃我喜欢的骑马和游泳，那你就不会冒带着一颗病恹恹的心忙碌的风险了。"

格温一看到楼上有十年级的同学，就跑上楼梯。然后，当到达楼梯平台时，她就把手放在左胸，趴在栏杆上呻吟。

"岔气儿了吗？"艾莉西娅毫无同情心地说，"弯下腰，摸一下你的脚趾，格温。哦，我忘记了，你太胖了做不了这个动作。"

另一边，玛丽露说："格温，你怎么啦？又是你的心脏吗？你真的得采取措施啊。"

格温没有在威廉姆斯小姐和波茨小姐面前表演过这一套。她有种感觉，自己的表演不会很受欢迎。可是，她试着在杜邦老师面前表演过，这位老师总是会被骗。

有一天早上，杜邦老师很警觉地发现格温坐在她房间旁的楼梯的最顶上一级，她的手按住心脏，正在呻吟。

"亲爱的，你怎么啦[①]？你怎么啦？"她叫道，"你伤着自己了吗？伤哪儿了？"

"没，没事儿，杜邦老师。"格温喘着气说，"没，没事，就是我这可怕的心脏。一旦我跑步或是做一些费力气的事，它就变得很古怪！"

"你有心悸，那你是贫血了！"杜邦老师叫道，"我十五岁的

---

① 杜邦老师在此处说的是法语。

时候，有一次也深受其害！你该跟我一起去找舍监老师，她会给你一些很好的药，提高你的血色素。"

格温可不想自己的血色素被舍监老师"提高"，这是她最不想要的！她迅速站起身，冲着杜邦老师虚弱地笑了笑。

"那一阵子过去了！我现在没事了。我不是贫血，杜邦老师，我从来没有贫血过。就是我那颗笨蛋心脏，它，呃——恐怕，我的心脏是我们全家最弱的。"

这完全不是真的，但格温加上了这句话，因为她认为这样可以说服杜邦老师，有问题的是她的心脏而不是她的血液！杜邦老师同情满满，她告诉格温，当天下午她最好不要打网球。

格温很高兴，可思索再三之下，她遗憾地决定还是去打球算了，因为她不可能再次让莎莉相信她的心脏又给她添麻烦了。莎莉根本不相信格温那颗虚弱的心脏。于是格温去打网球了，杜邦老师看见了她，十分惊讶。

勇敢的格温！她想，就算她知道这会让她心悸再次发作，她也要去打球！啊，这些英国姑娘真是精神十足，勇气满满！

格温又制订了一些计划。她会在期中假期把杜邦老师带到爸爸妈妈面前，让她跟他们去谈谈。她可以肯定杜邦老师迟早会提到她的心脏的，然后，她的妈妈就会急切地冲她询问起来。要是她的计划得以顺利进行，那么，她焦虑的、吓坏了的妈妈就会立刻把她带回家去！

格温没能停下来想一想，她愚蠢的伪装会给爸爸妈妈带来痛苦和焦虑。她想逃避考试，为此不择手段。她一意孤行的时候，是十分聪明的，而且肆无忌惮。

我可以肯定，我妈妈一定会带我回家。她想：我真的认为没必要为考试而苦读，要是我不参加考试，这纯属浪费时间。看看其他人吧，每晚哼哼唧唧地学拉丁语、法语、数学、历史还有其他科目！哼，我可用不着！

出乎所有人意料的是，格温突然停止了用功，变得轻松起来！

"你不怕考得很糟吗？"梅维斯问道。她自己怕得要命，所以异常用功。

"我应该全力以赴的。"格温说，"可我无能为力，都是我的破心脏，你知道如果我学得太努力，它就会让我吃苦头。"

梅维斯不相信格温关于心脏的那一套说法，可她真的很困惑，为什么这个女孩这么傻，在她应该努力学习准备考试的时候浪费时间。

可令人惊讶的是，康妮切中了要害！她非常鄙视软弱无能的格温。她本身就是一个意志坚强甚至有些刚愎自用的女孩，她无法忍受格温的呻吟和抱怨。不知什么原因，康妮最近一两个星期脾气暴躁，一天晚上，她的坏脾气突然冲格温爆发了。

格温走进公共休息室，一屁股坐在椅子上。每个人都像往常一样埋头苦读，为考试做准备。

"我真的不应该再拎重东西了。"格温用她怒气冲冲的声音开口说道。不过无人在意，大家只是皱了皱眉头。

"我不得不在图书馆里帮'波斯猫'搬书。"格温接着说，"好大好重的一堆书！这让我的心脏怦怦直跳！"

"闭嘴！"康妮说，"我们在学习呢！"

"呃，用不着这么粗鲁吧。"格温端着架子说，"要是你有我这样的一颗心脏……"

然后，康妮就爆发了。她站了起来，走过去面对着惊讶的格温。

"你有一颗心脏，很虚弱什么的！你真会装腔作势！这都是你为了逃避考试而瞎编的。我看透了你！所以你才不再用功了，是不是？因为你指望按自己计划好的方法，用心脏当借口好逃避考试！哼，我告诉你吧，你考不考，用不用功，我一点儿也不在乎，可我很在乎我自己的功课！其他人也一样。所以，请你闭嘴，别再说你愚蠢的心脏了，带着你的无病呻吟，在考试结束之前，离我们远点儿！"

说完这番话，康妮满脸怒气回到了她的座位。

大家都惊呆了，无法成言。她们都觉得康妮的话说得对。

"你真可恶，真残忍！"格温用颤抖的声音说道，"我巴不得你考试失败！你肯定会失败的，不信就等着瞧吧！你之所以能得不错的分数，是因为你总是抄袭露丝。我们都知道！她会通过考试而你不会！我觉得你是个坏蛋！"

格温突然哭了起来，起身走出教室，砰的一声关上门。声音太大了，导致正在不远处房间里工作的杜邦老师和波茨小姐都很疑惑，到底发生了什么事。

女孩们面面相觑。艾莉西娅做了个鬼脸说："呃，我希望康妮是对的，虽然你粗鲁了一点儿，是不是，康妮？"

"不会比你有时候表现得更粗鲁。"康妮闷闷不乐地说，"总之，我们重新开始学习吧，我们有些人不像你，艾莉西娅，你能轻松地通过每一门课，样样事都做得好，你没有烦恼。我们有些人觉得功课多难啊，这是你不能理解的。我们继续学习吧。"

教室里一片寂静，女孩们埋头读书，做笔记，背诵着。只有克拉丽莎和玛丽露真心为格温担忧。克拉丽莎依然相信格温有颗虚弱的心脏，玛丽露总是同情哭泣的人。

至于格温，她流的泪不是悲伤的泪，而是愤怒的泪。

那个可怕的康妮说了那些不友善的话，她要能报复康妮就好了。格温多么希望康妮没有破坏她的美好计划啊！

第十七章

期　中　假　期

　　期中假终于到来了。天气实在是好，阳光明媚，微风舒适。厨房里的工作人员都精神十足，为盛大的学校茶会准备了很多好吃的东西。因为要看到自己的家人，女孩们都十分兴奋。

　　格温认为克拉丽莎的家人要来了，打算把他们介绍给自己的爸爸妈妈。然后，她突然听说比尔和克拉丽莎计划在星期六也就是期中假这一天，一起去野餐！

　　"我两个兄弟的期中假期在同一天，所以他们要和我爸爸妈妈一道过来。"比尔说，"我们把午餐带到兰利山顶，好吗？然后在海湾游泳，接着再回来看网球赛。"

　　格温吃惊地听着。"可克拉丽莎的爸爸妈妈怎么说？"她说，"难道他们不想和克拉丽莎单独待在一起吗？"

　　"糟糕的是，他们星期六来不了。"克拉丽莎说，"可他们大概周日能来，就算我爸爸来不了，至少我妈妈能来。你知道，他们都是大忙人。"

"所以，我们邀请克拉丽莎和我们一起。"比尔说，"我们家会带好多吃的来，足够两倍于我们家的人吃的。所以，我们一定会过得很开心的。"

格温很嫉妒。天哪，要是她早知道的话，她本可以让克拉丽莎陪她一整天的。

"嗯，你们的家人星期六来不了，你应该告诉我的。"格温说，"你知道，我多么希望你能和我的家人在一起。"

克拉丽莎看来有点儿尴尬，她是有意没有告诉格温的，因为她太想跟比尔和她的兄弟们在一起了，他们都是些很好的爱马之人！可她没法跟格温解释这个。所以，为了弥补自己的疏忽，她对格温特别好，并答应在格温的家人到达后，她就去和他们聊天。

"你可以跟他们说说我的心脏问题。"格温说，"我自己不太喜欢小题大做，不过，你可以说上几句，克拉丽莎。"

"当然，我会的。"克拉丽莎说，她依然相信格温有颗脆弱的心脏，"我觉得该采取措施。"

于是，在期中假这一天，克拉丽莎被带到了格温的妈妈莱西夫人和她温文尔雅、神色惊恐的老好人家庭教师温特小姐面前。她的爸爸不在。

莱西夫人正在和另一位妈妈谈话。克拉丽莎和格温在草地上坐下来，一直等到她谈完话。达瑞尔的妈妈在附近，达瑞尔把她介绍给克拉丽莎。

不一会儿，克拉丽莎听见格温和她妈妈还有温特小姐说话。"嗯，亲爱的，"她妈妈慈爱地说道，"这个学期，我的宝贝格温怎么样啊？你会参加网球赛吗？"

"嗯，不参加，妈妈。"格温说，"我差一点儿就被选上了，可他们决定只选十一年级和预科的女孩。"

"真愚蠢。"温特小姐说。她认为格温肯定比任何一位十一年级或预科的女孩要好得多。

"你游泳如何，格温？"她妈妈问道，"你在一封家书中写过你赢得了仰泳比赛，我认为这真的很厉害。仰泳很难的，我记得，我在学校的时候就学不会，因为水老是淹过我的脸。"

虽然克拉丽莎跟达瑞尔的妈妈里弗斯夫人在说话，可她还是听到了这段对话。她吓了一跳。格温这么说到底是什么意思？

"不，我今天也不会游泳。"格温说，"你知道的，妈妈，有很多人会嫉妒——优秀的人往往得不到应有的机会。可是我完全不介意。现在，我跳水几乎比任何人都好。"

每次老师要求格温跳水时，她一下子平平地拍在水面上，伴随着可怕的啪叽声，显然，这很滑稽，或者说对达瑞尔、莎莉或艾莉西娅来说，这很滑稽。可对于克拉丽莎来说，并不。

真是令人震惊。这是多可怕的谎言，简直是弥天大谎！

格温怎么能这么说？克拉丽莎非常庆幸自己能和直率的比

尔一起出去，而不是和格温以及她愚蠢而轻信的妈妈在一起。克拉丽莎看得很清楚，格温为什么会成为这样的人，正是她妈妈把她宠坏了，也许还有那位小个子家庭教师，她崇拜格温，对格温说的每一个字都深信不疑，是她们让格温变成了这样一个愚蠢、自负、不值得信任的女孩！

克拉丽莎觉得，在听了格温那些不实之言之后，她真的没办法去跟格温的妈妈谈话了，她做不到！虽然克拉丽莎很温顺，在很多方面甚至软弱，但她正直、诚实。她现在真的被震惊了。

她站起身来，趁格温还没看到她有走的意思前，悄悄溜走了。不过，格温的确看到她了，又把她拽得坐了下去，于是克拉丽莎只得微笑着对格温的妈妈和家庭教师说："你们好。"

"我恐怕不能多做停留。"克拉丽莎急急忙忙地说，"比尔的一家人已经到了，我不能让他们久等。"

格温意味深长地看着她。克拉丽莎明白这个表情是什么意思：提两句的我心脏呀。天哪，她发现，她不再相信格温有关心脏的那些话了。现在，她可以肯定这个女孩在心脏的事情上也撒谎了，就像几分钟前她在别的事情上撒谎一样。

"你参加了网球或是游泳表演吗？"莱西夫人问。她大大的淡蓝色眼睛与格温的十分相似，直望向克拉丽莎小巧的脸。

"不，恐怕我不能参加。"克拉丽莎说。

"你瞧，可怜的克拉丽莎有一颗脆弱的心脏。"格温匆忙说道。她看出这恰好是一个非常好的开场白，可以让克拉丽莎提起自己的心脏。可克拉丽莎一字未说。

"可怜的孩子。"莱西夫人说，"对一个年轻女孩来说，这是一种多么可怕的痛苦啊。我很高兴格温一直有一颗强健的心脏。她现在看起来很好吧，那么丰满，那么漂亮。"

格温绝望地看着克拉丽莎。一切都错了！她狠狠地推了克拉丽莎一下。可克拉丽莎还是没有提及格温脆弱的心脏！格温愤怒地瞪着她。

克拉丽莎现在张口结舌。她坐在那儿，满面通红，她的眼睛在厚厚的镜片后眨巴着，想着究竟怎么才能摆脱格温和她的妈妈。

比尔的一声大叫把她给救了："克拉丽莎！喂，你能过来吗？我们准备好了！"

"我得走了。"克拉丽莎紧张地说，高兴地站起身来，"再见，莱西夫人。"

"可是，克拉丽莎！"格温在她身后叫着，克拉丽莎没有做到她说过要做的事，这让格温感到沮丧和愤怒。

"你说这个女孩叫什么来着？"莱西夫人说，"我没记住她的名字。"

"她是克拉丽莎·卡特，"格温闷闷不乐地说，"她为什么那么快就跑掉啊？要我说，她真是粗鲁！"

"一个毫无魅力的孩子。"莱西夫人说，"真的是非常普通，也没有礼貌。格温，我希望她不是你的朋友。"

"哦，她不是，妈妈！"格温下定决心，因为克拉丽莎那天早上没助她一臂之力，她就再也不会对克拉丽莎友好以待了！

她接着说："我根本不喜欢她。正如你所说，她非常普通，几乎可以说是其貌不扬，还发育不良，一点儿也不聪明，而且相当不受欢迎。"

"我也认为如此！"温特小姐说，"她的教养一定很差，跟我们家的格温没法比！"

格温沉浸在她们的赞许中。她密切注视着杜邦老师。此刻，杜邦老师是她唯一的希望了！

时间过得飞快。网球表演赢得了热烈的掌声，游泳和跳水比赛引起了人们的惊叹，每个人都在赞叹那些飞快的游泳者干脆利落的划水动作和优美的跳水姿态。

之后，舞蹈表演在庭院中心的草地圆形剧场举行。家长们坐在圆形剧场四周的石壁上，寻找着自己的女儿，她们穿着不同颜色的仙袂飘飘的薄纱裙，脚步轻盈地走进场。当然，每个家长都确信自己的孩子是其中最漂亮的！

克拉丽莎和比尔一家人共进午餐之后回来了。她没有挨近格温，甚至连望都没朝她这边望一眼，防止万一格温招呼她过去。不过，格温没做任何表示，她和克拉丽莎的友情已经完了，这个可怕的两副面孔的小东西。

对格温来说，最不幸的是杜邦老师一整天都没出现在她的附近。她忙着给舞蹈老师当帮手，给女孩们穿裙子，安置那些薄纱短裙和翅膀，她非常乐在其中。格温只能自我安慰，想着第二天再找杜邦老师会容易些。她会让杜邦老师把她正在做的漂亮床罩展示给妈妈和温特小姐——杜邦老师一定乐成其事，她深以格温的床罩为傲。

"我巴不得这一天不要过完。"那天晚上，达瑞尔感叹道，"太美好了，茶点真是太棒了！"

对她不再担任级长一事，她的爸爸妈妈一字未提。相反，他们两人都设法向她传达这一切他们都很理解，并且，爸爸给了她一个额外的、紧紧的拥抱，一起绕着塔散步的时候，妈妈把她的手臂挽得紧紧的，他们以这样的行动给予她勇敢的支持。为此，达瑞尔非常高兴。

当然，费莉西蒂再度看到爸爸妈妈高兴得快疯了。

"我爱马洛里塔学园！"她一直这样说，"谢谢你们把我送到这儿来，爸爸妈妈！我真是好喜欢这里啊！"

第十八章

考 试 之 前

　　第二天，女孩们又盼来了大部分家长的到来，她们可以和爸爸妈妈出去玩一整天。克拉丽莎站在窗边，焦急地朝外看着。

　　格温看见了她，心想：我猜，她正在找她妈妈呢，这个可怕的家伙，我再也不会理她了！

　　她看见克拉丽莎忽然开心地挥起手来。然后，她跑出房间，消失在楼梯下面。格温朝外看去，好奇克拉丽莎的妈妈长什么样，还要看看她家的汽车是不是豪车。

　　出乎她意料的是，出现在车道上的是一辆旧车，从车中下来的是一位样貌极其普通的女士。她穿着一套整洁的蓝色西装和一件白色衬衫，灰色的头发上拢着一条丝巾。她戴着眼镜，脚相当大，穿着非常得体的鞋子。

　　格温暗想着：哼！我觉得克拉丽莎的妈妈也不怎么样，她家的车更不怎么样！天哪，那辆车甚至都没有洗干净！想想看，她头上还包着一条丝巾！我妈妈做梦也不可能这么做的！

她想起了自己的妈妈，她戴着大大的装饰着鲜花的帽子，穿着花裙子，打着花纹图案的遮阳伞，戴着仙气飘飘的围巾和珍珠项链。她会为克拉丽莎妈妈这样的人感到羞耻的。格温转过身去，脸上挂着冷笑，庆幸自己不再把克拉丽莎当作朋友了。

"多可爱的一抹冷笑！"一个令人恼怒的声音响起，格温看到贝琳达突然掏出了铅笔，"保持，格温，保持住！"

格温愤怒地哼了一声，走出了屋子。现在，她必须找到杜邦老师，告诉她，她妈妈想要看看那床漂亮的床罩。这件事进行得很顺利，杜邦老师急忙去拿了，要给那位"可爱善良"的莱西夫人看一看！

每个女孩都在户外待了一整天，要么和自己的爸爸妈妈在一起，要么和别人的爸爸妈妈在一起。期中假期正巧在学校会考之前到来，格雷灵女士为此很高兴，这样一来，勤奋学习的女孩们会有一点儿休息时间，享受一下。威廉姆斯小姐汇报说，她们一直很努力地学习。当然，格温除外。她真是个让人不满意的女孩啊！

到了七点，人人都回来了，格温除外！

"亲爱的格温在哪儿呢？"艾莉西娅环视餐桌，问道。无人知晓。

杜邦老师神情严肃地告知她们。"可怜的格温，因为她可怜的心脏，被带回家了。"杜邦老师说，"她的心悸严重，可怜的孩子啊。你们相信吗？当我把格温的痛苦告诉她的妈妈莱西夫人时，她说这个可爱勇敢的孩子从没向她抱怨过，对自己的病情只字未提。真的①，这个可怜的孩子值得钦佩啊！"

女孩们惊讶地接受了这个惊人的消息，她们面面相觑。"所以说，格温还是成功了。"莎莉说，"她躲过了考试！"

杜邦老师无意之间听到了。她接着说："是的，她赶不上考试了，她得有多不安啊！'不，妈妈，我不能跟你回家。'她那样勇敢地说，'我必须参加考试，我没有告诉你我身体上的麻烦因为我受不了错过考试！'她就是这样说的，我亲耳听到的。"

十年级的人感到恶心。真可耻啊！格温让她妈妈这么不安，真是太可恶了！她终于如愿以偿，躲过了考试。聪明的、善骗的、狡猾的格温！

"你是对的，康妮。千真万确！"艾莉西娅说，"杜邦老师，我们亲爱的格温德琳·玛丽会怎么样呢？这学期她不回来了吗？简直好到不可思议呢！"

"我不知道，我怎么也不知道②。"杜邦老师说，"能把情况告诉莱西夫人，我很高兴。想想看，如果我没有拿床罩给她看，她永远也不会知道。"

"我猜，是格温让你拿床罩给她妈妈看的吧？"康妮说，"我

---

① 此处杜邦老师说的是法语。
② 杜邦老师是法国人，口音不准，她想说的是"我什么也不知道"。

再猜一猜，杜邦老师，她心悸的毛病有一次是当着你的面发作的吧？"

"我不明白你为什么要用这种嘲讽的语气说话，康妮。"杜邦老师惊讶地说，"你不应该这么心硬，你应该有同情心。"

女孩们发出各种粗鲁的声音，这让杜邦老师非常震惊。为什么要这样嘟嘟囔囔？为什么要拉长着脸？不不不，这不善良！杜邦老师噘起嘴唇，不再说话。

"嗯，格温终于逃脱了。"那天晚上，在宿舍里，达瑞尔说，"可想想杜邦老师竟然相信了这一切，鲁吉耶老师就不会信，她能看穿格温，威廉姆斯小姐也一样！"

"无所谓了，她真走运，躲开了考试。"贝琳达咕哝着，"要是我也能这样就好了！在这么愉快的期中假期之后，整个星期都要埋头苦读真是太糟糕了。接着下周一就要考试了！我真是太惊讶了，我的心扑通一声掉进拖鞋里去了①，你们居然都听不到吗！"

在这样的美好天气里苦读真的是太难了。艾莉西娅渴望着打网球；达瑞尔无比向往游泳池；克拉丽莎渴望去花团锦簇的庭院里懒洋洋地躺着，看金鱼跃出水面；贝琳达渴望着出去画速写；艾琳被一首迷人的曲调困扰，她渴望着把它写在纸上，但可怜的艾琳不得不对这段轻快的旋律充耳不闻，转头去做一

---

① 这里贝琳达的话里充满讽刺：我的心脏也有毛病，都跳得掉进拖鞋里了。

页又一页的法语翻译。

那一周，敏感和易怒之事层出不穷。这对双胞胎都万分紧张，尤其是露丝，虽然对于考试，她完全没有必要像康妮那么担心，毕竟康妮离达标尚远。艾琳很爱动气，因为她想去创作心爱的音乐而不能。达瑞尔脾气暴躁，因为她热坏了。梅维斯又热又烦，因为她觉得自己的喉咙会痛——就在她的声音似乎快要好起来的时候！

只有艾莉西娅看起来兴高采烈，毫不在意，这种态度有时会激怒其他人。艾莉西娅永远是第一个完成功课跑去游泳的人。她可以一边学习，一边吹口哨，还可以一直哼着烦人的小调，这简直把其他人逼疯了。她嘲笑着她们一脸严肃的模样和她们发自内心的呻吟。

"这么痛苦，不值得呀！"艾莉西娅这样说，"只不过是会考罢了。打起精神来，康妮，面对法语的时候别一副垂死挣扎的样子。"

康妮勃然大怒，就像她对格温那样。她砰地把书摔在桌子上，大声喊叫道："安静吧！就因为你自己学习起来得心应手，你就嘲笑那些不那么幸运的人！等你学法语诗学得头晕脑涨的时候吧；等到你累了，头脑变得模糊，想睡却不能睡的时候吧；等到你夜不能寐想着作文里要写什么的时候吧。那个时候你就不会这么铁石心肠，不会这么毫不在意，不能嘲笑别人了；你就会闭上嘴，也不会吹那可怕的口哨了！"

艾莉西娅吃惊不小，她张开嘴，准备回击。

可莎莉先开了口。"康妮并不是那个意思。"她用轻柔、平静的声音说道，"我们都劳累过度，很敏感易怒。等考试结束我们都会好的。毕竟，这对我们来说是一场重要的考试，我们都在尽我们最大的努力，认真对待，眼下正是为下周养精蓄锐的时候，千万不要吵个不休。"

达瑞尔欣赏地看着莎莉。为什么她永远知道该说什么得体的话呢？她成功地息事宁人。只听康妮立刻说："我很抱歉说了那些话，艾莉西娅。我劳累过度，而且过于敏感了。"

"没事。"艾莉西娅说，这么迅速的道歉让她很吃惊，"我也很抱歉吹口哨，如果有人需要帮助，都可以来问我。我愿意和任何人分享我令人羡慕的头脑！"

这番话之后是一片平静，艾莉西娅合上书溜了出去。其他人安安静静地学习。她们能否记住所有的考点？为什么她们在这一年里没有多多用功呢？为什么她们没有做到尽善尽美呢？事实上，她们的想法和在其他考试前一周的想法几乎一模一样！

一个星期过去了，女孩们学得越来越起劲了。威廉姆斯小姐禁止学生在考试前的那个星期天做任何功课，大家都发出了深深的呻吟声。

然后，一个惊雷出现了——格温重返马洛里塔了！

她是星期六回来的，就在晚饭前，她看上去情绪压抑，眼泪汪汪。她和格雷灵女士简短地谈了一会儿，然后就被打发去和其他人一起吃晚饭了。

"天哪，格温!"梅维斯头一个看见她，吃惊地说，"我们以为你不会回来呢。"

"啊，格温回来了。"杜邦老师说，"你可怜的心脏怎么样了?"

"还行，谢谢你。"格温含糊地说，溜回了她的座位，努力地消除存在感。

女孩们看出她哭过了，便尽量不去看她。她们都知道，让大家看出红红的眼睛有多丢人。

"下周你会很幸运的。"莎莉试着开启轻松的谈话，"当我们都在答卷的时候，你可以在庭院里消磨时间，做你喜欢做的事!"

片刻的停顿之后，格温哽咽着说道："我必须得参加会考，所以他们才把我送回来了。真是太糟糕了。"

让女孩们惊愕不已的是，格温的眼泪开始扑簌簌地落在沙拉盘子里。她们不安地对视，好奇到底发生什么事了。

"最好什么也不说。"达瑞尔小声说道，"不要再注意她了。可怜的格温!"

第十九章

考 试 之 际

没人知道格温身上究竟发生了什么事。

她伤心过度，羞于把这件事告诉任何人。所以，她缄口不言，但整个周末都闷闷不乐，眼睛红红的。

起先一切都很顺利！在杜邦老师提到格温奇怪的心悸之后，被吓坏了的妈妈直接把她带回了家，让她躺下休息。她妈妈和温特小姐就像母鸡照顾小鸡一样照顾她。格温每一分钟都享受其中，而且立刻就表演了病人懒洋洋的样子和虚弱的声音。

她很高兴地得知爸爸外出了，而且那一周都不可能回来。到那时为止，格温希望自己被认定为一个半残废，以便躲过所有的考试。一旦考试的危险过去，她便有可能逐渐好起来。

医生走过来，严肃地听着格温妈妈惊恐的解释。"我很担心她的心脏有问题，医生。"她说，"你知道，学校的运动量太大了。"

医生仔仔细细地替格温做了检查。"嗯，我没发现什么问题。"他说，"休息一周，什么毛病都能恢复。她有些肥胖，是不是？我觉得，她可以稍稍节食。"

"哦，医生，这孩子的心脏一定有问题。"莱西夫人坚持道，"温特小姐和我看到她上气不接下气，回卧室时几乎上不了最上面的楼梯，这让人很苦恼。"

"嗯，为什么不听听别的意见呢？"医生说，"我希望你能跟格温确认一下。"

"我会带她去看专家。"莱西夫人立刻说道，"医生，你能推荐一位吗？"

医生能推荐而且也推荐了。周三，这个无精打采的病人被小心翼翼地送到伦敦去看推荐的专家。专家飞快地瞥了格温一眼，便开始对她进行评估。

他非常仔细地为她做了检查，说了无数个"嗯""哈"，让格温开始害怕起来。她不是真的有什么病吧？要是得了病她会死的！

专家与莱西夫人单独谈了一会儿，他说："我要考虑一下，我会写信给你的医生详细说明，把我的评估结果告诉他。同时呢，请不要着急。"星期五，医生接到了专家的一封信，医生读了之后微笑起来。格温的心脏自然没有任何问题，事实上，除了过胖，需要多多运动之外，她完全没有任何问题。

"多运动，做体操，散步，不要吃得太油腻，不要吃糖，多多用功，完全不要太重视自己了！"专家这样写道，"她只是个小骗子！游泳对她尤其好，能让她减掉肚子上的一些脂肪！"

当然，当医生打电话告诉莱西夫人格温没有任何问题时，他不得不把这一切都解释得很清楚。"你得立刻把她送回学校去。"他说，"像这样撒谎对这孩子没好处。"

格温听到这一切又愤怒又伤心。她以手抚心，像是它让她很痛苦。"哦，妈妈！"她说，"你要是让我回去我会回去的，再给我一个星期的时间吧，那样我就会感觉好得多了。"

莱西夫人答应格温，她在接下来的一个星期或更长时间内都不用再回去了。格温满意了。只要能躲过考试，她就不在乎！

然后，她爸爸回家来了，因为妻子有关格温的信和电话非常着急。格温躺在沙发上，给了他一个可怜巴巴的微笑。他亲吻了她，焦急地询问专家说了些什么。

"什么！没有问题？"他吃惊地说，"我去见见医生。我要亲眼看看专家的信。那样我就会更放心些。"

就这样，格温的爸爸读了那封信，他看到格温被称作"小骗子"，心里立刻很清楚他的女儿耍了个小诡计——一次欺骗，弄得家人非常焦虑。这一切只是因为她不想为会考而努力。

他对格温说的话让她永生难忘。他愤怒、痛苦，最后，他感到很悲哀。"你是我的独生女儿，"他说，"我想像所有的父母一样爱你，以你为荣。但是，格温，为什么你让我很难为你感到骄傲，很难爱你？你让你妈妈操心受累，你让我生气和厌恶，我们非常伤心。"

"我再也不会这样做了。"格温抽泣道，她又害怕又羞愧。

"你明天必须回学校去。"她爸爸说道。

"哦，不，爸爸！我不能回去！有考试啊！"格温哀求道，"我一点儿也没准备啊。"

"我不在乎，你还是得回去。"她爸爸说，"失败、丢脸，这一切都是你自找的。我给格雷灵女士打电话，为把你带回家道歉，把医生的建议告诉她——多运动，做体操，散步，最最重要的是游泳！"

游泳！这是格温最讨厌的。她又哭了起来，整晚都哭泣不止。

第二天她又一路直哭到康沃尔郡。她对自己做了什么呀？她其实一点儿也不聪明。这一切都以她不得不毫无准备地参加考试而告终，她不得不比以往任何时候做更多运动——也许每天都要在那个冰冷的游泳池里游泳！可怜的格温。人们经常会因为愚蠢而自食其果，但后果不会像格温的那样严重。

会考开始了，大家都很紧张。稀奇的是，就连艾莉西娅也不例外。考试一天天地进行下去，七月明亮的阳光透过开着的窗户照进来，蜜蜂在外面嗡嗡叫着，很是诱人。每天茶点时间过后，女孩们都快活地冲向游泳池，然后，她们又回去为第二天的考试苦读起来。

艾莉西娅身上发生了一些稀奇事，让她摸不着头脑。考试的第一天，她坐下来看着题目，觉得对她来说一定很容易，以前一向如此，但是她却发现自己无法集中思想。她手抚脑袋，显然，她的头并不痛。

她与考题搏斗着。是的，搏斗，这是机敏、从不糊涂的艾莉西娅几乎从未经历过的！她看了看四周的其他人，很困惑。老天，她们怎么能写得这么快？她这是怎么啦？

艾莉西娅几乎从不生病。她身强力壮，健康聪明。她真的无法想象这考试为什么这么难。晚间，她也不能入睡，辗转反侧。她是不是劳累过度？不，当然不是，其他人远比她更用功，而且，还羡慕她不用那么用功读书。

嗯，那是为什么呢？

艾莉西娅试着在枕头上找一块凉快的地方。她想：天哪，像达芙妮一样大脑迟钝，或者像格温一样记性差，我现在可算知道这是种什么滋味了。我什么也记不住，我努力去记，可我的大脑还是不工作，就好像它需要上油似的。

其他人发现，这一周艾莉西娅相当沉默而内敛，但由于她们自己都是如此感觉，所以她们什么也没说。她们中有不少人看起来忧心忡忡。露丝苍白又憔悴，康妮很焦虑，格温惨兮兮，达芙妮考法语时几乎眼泪汪汪——真是百人百样啊，威廉姆斯小姐想。这与她了解的每一届的会考生在考试时的表现一模一样。

不要紧，下周她们便会把这一切抛诸脑后，又会兴高采烈起来！

　　试卷收上来之后，威廉姆斯小姐快速浏览了一两张。达瑞尔做得很好！格温要是能得四分之一的分数就算走运了！玛丽露做得出人意料地好。康妮不行，露丝也不太好。多奇怪啊！露丝通常是完全合格的！如果她其余的试卷都考得不好，她能否通过就很难说了。还有艾莉西娅！她究竟是怎么啦？书写潦草，犯了愚蠢的错误。天哪，艾莉西娅是不是在恶作剧？

　　可艾莉西娅并没有，她也无能为力。那一个星期，她出了问题，而现在，她很害怕。她沮丧地想：这一定是对我的惩罚，因为我总是嘲笑那些不如我敏捷和聪明的人。她的脑子变得糊涂、迟钝、愚蠢，就像格温和达芙妮的那样。我什么也记不住。多可怕啊！我也那么努力地学习。我的头好像要炸开了。有的时候，当我嘲笑其他人把功课看得太郑重其事的时候，她们的感觉就是如此吧？真是可怕呀！要是我的大脑能恢复过来该有多好啊！我太害怕了！

　　"出了什么事了吗，艾莉西娅？"在考试的最后一天，达瑞尔说，"你看起来完全不对劲。"

　　艾莉西娅从不抱怨，无论有什么事也不会。"没事。"她说，"我挺好的。只是因为考试的缘故。"

　　考试时，她坐在达瑞尔的旁边。最后一张试卷做完时，达瑞尔听到一声轻微的噪音，她抬头看去，叫了起来，发现艾莉西娅趴在她的试卷上！

"威廉姆斯小姐，艾莉西娅昏倒了!"她叫道。舍监老师被请了来，当艾莉西娅一苏醒过来，一副困惑而奇怪的样子，她就被带到医务室去了。舍监老师为她脱下衣服，惊讶地叫了出来。

"你得了麻疹，艾莉西娅! 看看这疹子，我这辈子从来没见过这样的! 你以前注意到吗?"

"嗯，注意到了，但我以为只是热疹。"艾莉西娅说，努力地微笑着，"哦，舍监老师，幸好只是疹子。我真的以为这个星期我的脑子坏掉了。我觉得我好像要发疯了，我吓坏了。"

当艾莉西娅躺在床上，把疼痛的头放在凉爽的枕头上时，她感到非常庆幸。虽然她觉得不舒服，可是很快乐。这可怕的一周她只是得了麻疹! 不是她的脑子变糊涂、变笨了。这不是对她嘲笑比她反应慢的人的一种惩罚——只不过是麻疹。

艾莉西娅觉得很困，她的热度开始退下去了。醒来时她觉得好多了，脑子也好多了!

"艾莉西娅，这个星期恐怕还不能让人来探望或陪伴你。"舍监老师说，"只有你自己独处了。"

没错，她得独处了。谢天谢地，她总算不会变迟钝、变笨。羞愧的是，她对那些不如她聪明的人总是冷嘲热讽;悲伤的是，她知道自己一定考得很糟糕，肯定会不及格。她不得不重新接受会考! 天哪!

她的头脑又开始运转了，正如她强壮健康的身体开始摆脱病魔了。艾莉西娅想：好吧，我最好吸取教训，我不会再像以前一样混账。不过，说实在的，我以前不知道有一副笨脑袋瓜子是什么感觉。现在我知道了，太可怕了。想象一下，一辈子脑子糊涂，并且知道无法改变这一切。我再也不会嘲笑他人了，再也不会了。至少，只要我能记得这件事，我就不会了。现在这对我来说是个可怕的习惯！

的确如此。艾莉西娅会发现，提醒自己是件非常艰难的事。毕竟，她已经迈出了重要的一步——她认识到需要提醒自己某件事了！她再也不会如此刻薄了。

会考终于过去了！女孩们实在玩得不亦乐乎，老师们也放任她们！游泳池满满当当，热热闹闹。网球场也被十年级的人承包了——一天当中，几乎每时每刻，她们都会问厨房的工作人员要冰激凌或是冰柠檬水！她们到处唱歌，就连一贯冷脸的鲁吉耶老师看到她们如此高兴也微笑起来。

格温当然不是很高兴。格雷灵女士严格地接受了她爸爸的建议，让格温多运动，多散步，多游泳——比她以前任何时候都多。不过，就算她抱怨、发牢骚也无济于事。一切都是她自找的，不是任何人的错，是她自己的错！

第二十章

康 妮 事 件

"现在，学期剩下的时间我们可以快活一场了。"达瑞尔高兴地说，"不用再用功，甚至不要再长时间写课外作业了，因为威廉姆斯小姐说我们已经做得够多了。我们得乐一下了!"

"这个学期会平平安安地结束，不会再有可怕的事发生了。"莎莉说，"等艾莉西娅回来的时候，一切就会更好啦。"

莎莉认为这个学期会平平安安地结束，再没有可怕的事会发生了，可她错了。因为恰恰在第二天，"康妮事件"就开始了。

这事起于几件鸡毛蒜皮的小事——一块丢失的橡皮，一篇文章因为少了一页被毁了，显然是被撕掉了，康妮鞋子上的鞋带不翼而飞了。

起先，没人在意，东西总会无缘无故不见了，而且总是在最荒唐的地方再次出现，书页总会被撕掉，而鞋带总会奇怪地消失。

可"康妮事件"并未就此止步。康妮总是为某件事而烦恼！"我那本法语诗不见了！"她抱怨，"我手工篮里的棉线也不见了。"一会儿这个，一会儿那个！

"可是，康妮，最近你身上怎么发生那么多事？"达瑞尔迷惑不解地说，"我不明白，就好像有人在折磨你。但会是谁呢？我们当中谁也不会做这种愚蠢的事，是七年级的人搞的鬼吧！"

康妮摇了摇头。"我想不出来是谁干的。"她说，"我猜一定有某个人。这一系列的事不可能是一连串的意外——这意外也太多了。"

"这事你是怎么想的，露丝？"达瑞尔问道。

可康妮抢先回答了："哦，露丝也想不出来谁干的。这让她很难过，因为双胞胎总是那么喜欢对方。她也好体贴，我丢东西的时候她总把她的给我。"

"嗯，自然，现在这些是最不寻常的事。"达瑞尔说，"我很遗憾，十年级发生这种事太可怕了！"

女孩们把这事称为"康妮事件"，她们讨论不休，深感迷惑。一两个人看向格温，猜想她是否与此事有关。

"你还记不记得，格温为了编造她心脏的问题而胡说八道，康妮是怎样对格温大发雷霆、切中她的要害的？"达芙妮说，"而且，你们知道，格温以前也干过这种不入流的勾当。你们还记得吗？我们在八年级的时候，她对玛丽露就使过这种招数。"

"欲加之罪，何患无辞？"达瑞尔引用一句俗语说道，"格温以前曾做过这种事，得了个坏名声，并不意味我们现在也该以同样的罪名指控她。天哪，三思而后行吧。"

"级长发言了。"艾琳说道。

达瑞尔脸红了。"我不是级长，"她说，"我希望我是，可说真的，这一切真的很奇怪。这些事也很蠢。今天早上，康妮的墨水瓶里被塞满了吸墨纸，你们知道吗？"

"哎呀！"贝琳达说，"真是无聊的小事！"

"是的，大多都是些鸡毛蒜皮的事，有恶意又毫无意义。"达瑞尔说，"你们觉得，事情不会更糟吧？我的意思是，这些鸡毛蒜皮的小事不会变成有伤害性的大事吧？"

"希望不会如此。"梅维斯说，"双胞胎来了。你们好，康妮，还有别的事要告诉我们吗？"

"有，有人把我的球拍柄弄断了。"她说着把拍子给大家看，"就在我手握的地方断了。太缺德了，是吧？"

"你可以用我的，康妮。"露丝说道，她看起来苦恼万分，"我跟你说，我的任何东西你都可以用。"

"我知道，露丝。可想想看，要是你的东西也被弄得乱七八糟呢？"康妮说，"我讨厌这样！"

"真的太奇怪了。"艾琳一边说，一边哼着她刚创作的新旋律，"嗒——嗒——嘀！"

梅维斯和着曲子也唱起来："真是——好——奇怪！真是——好——奇怪！"

"天哪！"达瑞尔说，"你的嗓音恢复啦！跟你以前唱得一模一样，梅维斯！是真的！"

"是，我知道。"梅维斯说，她的脸都高兴红了，"我一个人的时候试过，尽管我很少尝试。我觉得嗓子恢复了，让我为大家唱支歌吧。然后，你们再告诉我嗓子是不是真的恢复了！"

她唱了一首在七八年级时学的歌。女孩们着迷地听着。毫无疑问，梅维斯优美的、低沉的、充满力量的嗓音恢复了，听起来比以前更美妙。这一次，它的主人是一个"大人物"，而不是像以前那样的"无名小卒"！

达瑞尔说："我们该听到你再次说起'等我当了一个歌剧演员，在罗马唱，在纽约唱，还在……'"不过，梅维斯摇了摇头。

"不，你们不想听的。你们知道你们不想听这种话。我再也不是那样的人了，还是说你们依然认为我是那样的人？求你们说我不是！"

"你不是，你不是了！"大家都说，急于安抚一个她们都喜欢的女孩。

达瑞尔拍了拍她的背，激动地说："我太高兴了，梅维斯。这几乎让可怕的'康妮事件'得到了弥补。下学期你能再上声乐课了。"

有那么一两天，"康妮事件"看起来已经结束了。康妮再没有提起有任何奇怪的事，然后，她几乎眼泪汪汪地来到了休息室。

"瞧！"她说着举起她的马鞭。这是她在跳远比赛中赢来的，她深以为傲。

女孩们发现，有人把马鞭从头到尾划开了一道口子，有些地方几乎被割断了。

"今天下午我准备把它拿出来出去骑马的。"康妮用颤抖的声音说，"我回来，然后就把马牵回了马厩……"

"你牵了两匹马，"比尔说，"你的和露丝的，我看见你了。"

"我把两匹马牵进了马厩，就把马鞭丢那儿了。"康妮说，"等我回去找的时候，就发现它成这样了！"

"马厩里有人吗？"达瑞尔说。

"没，完全没人。比尔曾在那儿，还有琼恩和费莉西蒂，还有我和露丝。没别人了。"康妮说。

"那肯定是这些人当中的一个做的。"达瑞尔说，"可说真的，我不相信这些人会做这样的事。露丝和比尔肯定不会做。这种事我妹妹费莉西蒂想都不会想。不管我有多不喜欢琼恩这个厚脸皮的小坏蛋，我也能肯定她不会做。"

"总之，我把马关进马厩的时候，这两个七年级生都已经走了。"康妮说，"露丝，我走的时候你没看见她们吧？"

"没看见。"露丝说。

"露丝，你给马梳理毛发的时候有没有注意到有其他人？"达瑞尔迷惑地问。

"她都没给她的马梳毛，总是我给梳的。"康妮替她回答，"她站在那儿，看着其他马，有可能看到有人偷偷摸摸的。"

大家都很迷惑。露丝走出屋子，拿着她的马鞭回来了。这是一根非常好的鞭子。"你用这根吧，康妮。"她说，"这些事太让我烦恼了。你先用我的吧，我坚持这样！"

"不，不。"康妮说，"我不介意拿你的橡皮、鞋带这种东西。可你的马鞭这么漂亮，我不能拿。"

那天晚上，达瑞尔跟比尔单独在一起。她又着急又迷惑。"比尔，"她说道，"你能肯定今天下午就你和双胞胎在马厩，没别人吗？我猜，呃——格温不在那儿吧？"

"她不在。"比尔说。

达瑞尔说："我讨厌这样问，可这种事是格温会做的吧？"

"如果我们会那样想她，也是她自己的错。"比尔说。

"为什么康妮要替露丝给马梳毛？"达瑞尔问，"露丝这么懒吗？她总是让康妮做事！"

"不，她不懒。"比尔说，"我觉得，她只是有点儿怪——像康妮的一个影子！哎呀，我得去给雷鸣喂点儿糖了。达瑞尔，回见。"

她走了，留下达瑞尔苦思冥想。一个奇怪的念头涌上她的脑海。她把事情一件件拼凑起来，就像拼图游戏一样——她记起了康妮遭受的一切坏事，也记起了露丝为弥补这些坏事而做的所有好事。她还记起了那天晚上，当康妮拒绝了露丝的马鞭之后，露丝脸上出现的一抹奇怪的表情。

一种半是惊讶、半是愤怒的表情，达瑞尔想。就好像，露丝向康妮道歉，而这道歉被拒绝了那样。然后她脑中灵光一现，她突然明白了谁才是对康妮耍了这些小把戏的人！

达瑞尔惊愕不已，心想：我该怎么办呢？我没法告诉任何人，万一我弄错了呢？我得阻止这种事。我有点儿害怕去寻求别人的帮助来阻止这一切。可是我必须阻止！否则情况会很严重。

她起身去找露丝。是的，她要找的就是露丝，她必须阻止的就是露丝！

第二十一章

亡 羊 补 牢

露丝在哪儿？她不在休息室，不在宿舍，也不在教室。她会在哪儿呢？

"有人看见露丝了吗？"在寻找过程中遇到任何人达瑞尔都要问一问，没人看见。最后，一个八年级的人说，她觉得她看到露丝进了马厩旁边园丁的棚子。

达瑞尔飞快地跑过去看。那个棚子是园丁用来存放工具的。她跑了过去，在门口停下脚步，试着想一想她该说些什么。

她站在那儿的当口，听见了一个奇怪的声音。棚子里肯定有人，那声音就像一声叹息。达瑞尔悄悄地推开半开着的门，朝里面望去。

露丝在那儿，就在里面，坐在麻袋上。她的手中拿着那根被割断的马鞭，显然她正在试着修好那根鞭子。

起先她没看见达瑞尔，用手捂住了脸，又发出了一声像叹息又像呜咽的声音，达瑞尔弄不清是哪种。

"露丝。"达瑞尔走进去说，"露丝！出什么事了？"

露丝吓得跳了起来。当她看到那是达瑞尔时，便又在麻袋上坐了下来，将脸转过去，依然拿着那根断掉的马鞭。

"露丝，"达瑞尔说着，径直走到她的面前，"你为什么要弄坏康妮那么好的马鞭呢？"

露丝飞快地抬起眼，脸上露出惊愕和沮丧的神情。"你什么意思？"她说，"我没弄坏它！谁说是我弄的？这话谁说的？是康妮吗？"

"不是，没人说。可我知道是你做的。"达瑞尔说，"而且，其他可怕的事也是你做的。拿走这个，拿走那个，把东西藏起来，把东西弄坏，就是那些你触手可及的属于康妮的所有东西。"

"别告诉别人。"露丝央求道，紧紧握着达瑞尔的手，"求你别说，我再也不会这么做了，再也不会了。"

"可是露丝，你为什么要这么做？"达瑞尔非常困惑地问，"别人都会以为你讨厌自己的双胞胎姐妹！"

露丝用断了的鞭子抽打着麻袋，看起来很生气。"我的确讨厌她！"她说，"我一直讨厌她，可达瑞尔，我也很爱她啊！"

达瑞尔惊讶地听着这番话。"可你不能在爱一个人的同时又讨厌她。"最后，她说道。

"能的，达瑞尔。"露丝激动地说，"我爱康妮，因为她是我的双胞胎姐妹；我讨厌她，因为——哦，我不能告诉你。"

露丝低着头，达瑞尔看了她很长时间，看到眼泪从她脸颊上滚落下来。"我想，我知道你为什么讨厌康妮了。"最后她说道，"是不是因为她太霸道了——总是替你回答问题，替你做事，那些事你宁愿自己去做，可她还是事事抢在你前面，好像她至少比你大了两岁似的？"

"是的。"露丝说着擦了擦湿漉漉的脸颊，"我从来没有机会说出心里话。康妮总是抢在前面。当然，我知道她的脑子一定比我灵，可……"

"不是这样。"达瑞尔立刻说道，"事实上，她本该在低我们的一个年级，我听威廉姆斯小姐这样说的。她把康妮放在我们这个年级是因为你们俩是双胞胎，而你们的妈妈说你们不愿意分开。事实上，康妮只能勉强跟得上我们年级的功课，因为你帮了她很多！"

片刻的安静后，达瑞尔把一切又思考了一下。这真是太奇怪了！然后，一个问题涌进她的脑海，她立刻问露丝："露丝，你为什么突然对康妮那么恶劣呢？就我的观察而言，你以前从没有过这样，这一切看来太突然了。"

"我不能告诉你。"露丝说，"哦，可我太痛苦了。"

"嗯，要是你不想告诉我，我就去问康妮。"达瑞尔站起身来说，"露丝，这事错得很离谱，而且我不知道我能不能把它纠正过来，可我一定会尽我所能试一试。"

"别去找康妮。"露丝央求道，"我不想你告诉她一直以来都是我做出这些恶劣之事。而且，达瑞尔，我看到康妮丢了东西那么难过，我也觉得很对不起她。讨厌一个人，叫她不快乐，可你心里又明知道自己有多么爱她，还想安慰她，这真是痛苦!"

"我猜，这就是为什么你总把你自己的东西给康妮。"达瑞尔在一个桶上坐下来，"这真奇怪啊! 先是，你讨厌你的双胞胎姐妹，做出一些让她难过的事，就像把她喜欢的马鞭弄坏。然后呢，你又是爱她的，心存愧疚，你把你自己的马鞭给她! 她没接受，你又很难过，我看得出来。"

"达瑞尔，我来告诉你为什么我最近那么讨厌康妮。"露丝突然说，用手揉着眼睛，"我觉得，我得跟人说一说。嗯，这是件很可怕的事。"

"是什么事?"达瑞尔好奇地问。

"你知道，康妮很喜欢我，喜欢保护我，什么事都愿意为我做。"露丝开始叙述，"到目前为止，我们一直在同一个班。但是康妮担心自己会考不及格，她确信我能通过。"

"你会通过的。"达瑞尔说，"而康妮呢，她肯定通不过的。"

"嗯，康妮觉得如果她没通过，而我通过了，下学期我会升一级，而她会留在十年级再考一次。"露丝接着说道，"那就意味着她不能再跟我在一起了，所以她要求我考差点儿，这样我也会通不过。这样的话，我们还能在一起！"

这非比寻常之言让达瑞尔感到万分惊讶，一句话也说不出来。

最后，她终于开口了："露丝！这可太糟糕了！你原本可以轻易通过考试的，可康妮让你失败，让你感到羞耻。她这么做并不是爱你！"

"哦，可她真的爱我，太爱了！"露丝说，"总之，我答应了，我会考差点儿。康妮要我做的事，我没法不去做，即使是那种可怕的事情。所以我确实往差里考，之后我就非常讨厌康妮强迫我这么做，所以我才对她做了所有那些可怕的事情！"

可怜的露丝双手掩面，开始呜咽起来。达瑞尔走过去，坐在她身边的麻袋上，她饱含安抚之情，用胳膊搂住了露丝的肩膀。

"我明白。"她说，"这一切都非常奇特，让人意想不到，但不知为什么还是可以理解。我想，因为你们是双胞胎吧。康妮应该是你的姐姐，那就没有关系了！你们本可以像普通姐妹一样彼此相爱，要是当初你们被分到不同的年级，一切就都会正常了。打起精神来，露丝。这一切对你来说都很可怕，但说实话，我很清楚这一切发生的缘由。"

露丝抬起头来，达瑞尔质朴的解释安慰了她，她把头发绕到背后，抽了抽鼻子。

"达瑞尔，求你不要告诉康妮一切都是我做的。"她说，"现在，我为我做过的事感到非常抱歉。康妮不会理解的，她会非常难过、非常不开心。我受不了那样。"

"好的，可你也不能再像这样了——被康妮指挥，成为她的应声虫。"达瑞尔理智地说，"除了告诉她，我不知道还有什么办法能阻止这一切。要是你愿意，我可以跟你一起去。"

当达瑞尔提出这个建议的时候，露丝呜咽得那么厉害，达瑞尔只好放弃了这个主意。远处的铃声响起，她站了起来。"你最好去洗一下眼睛。"达瑞尔好心地说道，"我得试试，想想别的法子，在不告诉康妮的前提下亡羊补牢，可这也太难了。"

露丝抽着鼻子走了，可是她的内心感到了安慰。达瑞尔用力擦了擦鼻子，每当她感到困惑的时候总是这样。"只有一件事可以做！就是告诉威廉姆斯小姐。"她说，"我们得采取些措施！"

于是，那天晚上的晚饭过后，威廉姆斯小姐吃惊地发现达瑞尔站在她的门前，请求会面。她猜想：达瑞尔是不是来央求恢复她级长的身份的呢？可事情不是那样。

达瑞尔将双胞胎的故事和盘托出。威廉姆斯小姐听着，吃惊万分。在学校会发生一些无人知晓之事，即使那些相关的女孩们整天都在她的眼皮底下！

"你瞧，威廉姆斯小姐，如果露丝不忍心告诉康妮，那一切还会跟以前一样糟糕！"达瑞尔结束了故事，"她们俩都会考试不及格，都会留在十年级，而不是在下学期升级，可怜的露丝将继续受人支配。她对康妮是又爱又恨。这肯定很痛苦。"

威廉姆斯小姐惊恐地想：这非常可怕，而且很危险。像这样的事之后往往发展得很严重。她没有把这话说给达瑞尔听，达瑞尔坐在那儿，热切地看向她，等待着一些建议。

"达瑞尔，你能发现这事真是非常聪明。"威廉姆斯小姐最后说道，"你从头到尾表现得非常理智，我真的对你感到非常满意。"

达瑞尔脸红了，看起来非常高兴。"威廉姆斯小姐，你能想想办法亡羊补牢吗？"她问道，"让露丝非要往差里考多可惜啊！如果她没有这么做，双胞胎就会在不同的年级了。事情本该能自行好转的。"

威廉姆斯小姐停顿了一会儿，说道："达瑞尔，接下来我要说的话，只限于你我之间，请你不要外传。在试卷送上去之前，我快速浏览了一下，露丝做的并不像她想的那样差！事实上，我很肯定她会通过考试的。"

"哦，太好了！"达瑞尔快活地说，"这我可从没想到。那么，下学期她们俩终于可以在不同的年级啦！"

"我想是这样。"威廉姆斯小姐说，"这也给了露丝一个独立自主的机会，发展她自己的个性，而不是成为康妮的影子；而康妮则不得不停止她对露丝的掌控。这一切都会自然地、逐渐地消失，在这种奇怪的情况下，这可能是对她们最好的事情了。"

"那康妮对此会一无所知吧？"达瑞尔问，"不需要告诉她吧？"

　　"那就是露丝的事了，和其他任何人都无关。"威廉姆斯小姐说，"总有一天，时机成熟之际，她也许会选择向康妮坦白，那时候也许她们会一笑而过。达瑞尔，在这学期剩下的时间里，帮我关注一下露丝，好吗？她现在很信任你，我相信你会保证这对双胞胎不会再出什么岔子。"

　　"哦，我会的。"达瑞尔很高兴接受这个任务，"我愿意做，我喜欢露丝。"

　　"达瑞尔，两天之后我将恢复你的级长一职。"威廉姆斯小姐郑重地说，"而且，这一次我会非常以你为荣！"

第二十二章

小 小 把 戏

两天之后，达瑞尔恢复了级长的职务。当威廉姆斯小姐用平静的声音宣布这一消息时，大家都兴奋起来。"谢谢你暂代职务。"威廉姆斯小姐对莎莉说道，"但我现在确信达瑞尔值得再次得到提拔。"

"为什么？达瑞尔，为什么威廉姆斯小姐这星期又让你做回级长了？"课后，贝琳达和其他人这样问道。可是，达瑞尔没有告诉她们。实际上，威廉姆斯小姐并没有说明这是因为她为纠正双胞胎之间的关系而付出的努力，但达瑞尔知道这正是其中原因。她的表现正如一个负责的级长那样。

再也没有人对康妮做过恶意的事。渐渐地，大家把所谓的"康妮事件"忘掉了。露丝似乎忘记了她的厌恶和埋怨，对康妮很亲切。达瑞尔想：下个学期，一切就会正常起来——她们俩会在不同的年级，露丝能凭借聪明的头脑继续前行，康妮也可以按她自己的节奏来，不再干涉露丝。

这学期飞速地过去。艾莉西娅的身体好转，幸运的是，她的麻疹没有传染给任何人。大多数十年级的人已经得过了，这是件幸事。艾莉西娅不停地抱怨，因为她确信自己会考失败，只得重新来过，她还得在假期结束前一周回到学校。女孩们非常快活，她们十分想念艾莉西娅的敏捷和幽默感。格温也许是唯一一个不希望她回来的人。可怜的格温，打了那么多次羽毛球，散了那么多次步，加上游泳，或者说试着游泳，每天如此已经让她掉了些体重！现在，她看起来健康多了，脸上的粉刺很快也消失了。

一天，克拉丽莎看完牙医和配镜师回来，她看起来完全不一样了，让全班都惊讶不已！"我再也不用戴眼镜了！"她宣布，"而且，那个讨厌的牙箍也拿掉了。你们认出我来了吗？"

"差一点儿没认出来！"达瑞尔说。贝琳达火速掏出铅笔，为这个完全不一样又非常引人注目的克拉丽莎画一幅速写！

她站在她们面前，笑容满面，那双深绿色的眼睛闪烁着看向四周，雪白的牙齿不再被丑陋的铁丝遮挡，一头丰厚的红褐色鬈发与她的眼睛很相配，让她看上去与众不同，显得非常耀眼。

"有一天你会成为一个大美人的，克拉丽莎。"贝琳达激动地说，她的艺术家眼光已经看到了二十一岁的克拉丽莎——可爱、绰约多姿，"嗯，正如丑小鸭变天鹅！"

克拉丽莎现在和比尔成了好朋友，这让女孩们兴趣盎然。谁也没想到，男孩子气的比尔，满心只在乎她的马和彼德斯小姐（但也远远比不上雷鸣），居然会在她自己的年级里交上朋友。但比尔确实有朋友了，两个人经常在一起聊天，话题总离不开马，并且她们一有机会就骑马飞奔。

格温毫不在乎。自从她看到克拉丽莎在期中假期和那个衣衫朴素的老妇人坐着一辆旧汽车离开，她就对克拉丽莎不再感兴趣了。格温想要的是一个身份显赫的朋友，而不是一个普通人——家人在期中假期过来探望的时候甚至连旧车都不清洗干净！于是，格温又成了孤家寡人，没有人与她同欢笑，也没有人认她为友。

"我们得做点儿什么庆祝艾莉西娅的回归。"贝琳达兴奋地说，"她明天就回来了。"

"对！我们做点儿什么吧。"达瑞尔立刻说道。

"来点儿疯狂的事。"贝蒂说。她正与其他人在庭院里。

"来耍个把戏！"艾琳说，"我们有整整两个学期没搞小把戏了。好好想想吧！我们干点儿什么？我们一定是老了、古板了。"

"没错，我们搞个把戏吧。"莎莉说，"毕竟考试结束了，我们也一直很努力，也该好好乐一乐了！"

"我们搞个什么把戏呢？"梅维斯问，"贝蒂，这学期你带什么来了吗？上学期你带来了那只可怕的蜘蛛，它可以像真蜘蛛一样从天花板上吊下来，但我们一直还没机会用它呢。天哪，要是我们设法让它爬到杜邦老师的桌上，我真想看到她那时候的脸色啊！"

大家都咯咯笑起来。"这学期我没把它带来。"贝蒂后悔万状，"这个假期我跟艾莉西娅在一起，她的一个兄弟把那玩意拿走了。可我告诉你们，我这次带好东西来了！"

"什么？"大家激动地问。

"我还没试过呢。"贝蒂说，"怪极了的东西。它们是灰色的小颗粒，扁扁的。一面是黏的，你可以把它粘在天花板上。"

"会怎么样？"艾琳问。

"你得用一种液体轻轻地拍每个小球，"贝蒂试着回忆，"至少，我觉得是这样。然后呢，根据说明，会有一个奇怪的气泡慢慢地从小球上脱离，向下飘浮，突然爆开——砰地一声响。"

大家都高兴地听着。"贝蒂！这简直妙不可言！"艾琳兴奋地说，"我们明天就搞这个小把戏吧，庆祝艾莉西娅回归。我们得拿梯子把那些小球粘在天花板上。等杜邦老师给我们上课的时候弄。在她身上耍小把戏最好玩了。"

于是，她们秘密地把梯子藏在十年级教室外面的橱柜里。就在晨课开始前，三个扁平的灰色小球被迅速地固定在天花板上。在女孩们看来，它们粘得非常牢，几乎看不见，真是奇迹。

贝蒂蘸着一个小瓶子里的液体迅速地把每个小球都刷了一遍。接着，梯子又被藏进了橱柜里。就在这时，杜邦老师高跟鞋的声音从走廊传来。

达芙妮飞快地跑过去扶着门，其他人站在各自的位置上。

"谢谢①，达芙妮。"杜邦老师轻快地说，"啊，艾莉西娅，看到你又回来了真是太好了。麻疹让你吃了不少苦头吧？"

"事实上，一天后我就很少在乎我的麻疹了。"艾莉西娅咧着嘴说道。她现在看来已经全好了。

"幸好，没人被你传染上麻疹。"杜邦老师在椅子上坐下，说道。

"我去年得过麻疹了。"艾琳说，这也是一个信号，大家都说起她们得麻疹的事来了。杜邦老师不得不终止了这个话题，因为它显示出一场非凡喧闹的来临。

"我们别再说麻疹了。"她打断了大家，搞不懂这个话题为什么让女孩们笑成那样。

她们不时地偷偷瞥一眼天花板，渴望看到新把戏在起效。当然，艾莉西娅已经听说了一切，她们用新奇的方式庆祝她的归来，这让她很兴奋。她还提议，大家都应该装成没看到那个泡泡的样子，到时候也装作听不见那"砰"的一声。

"杜邦老师肯定会认为自己疯了。"艾莉西娅说，"我明白，要是我看到泡泡在我的四周砰地炸开，别人却都说看不到的时候，我会疯的。"

① 此处杜邦老师说的是法语。

"今天，我要回顾一下你们试卷上的答案。"杜邦老师微笑着环顾四周，说道，"你们把自己的答案说一说，然后我会点评一下。"

"哦，不要了吧，杜邦老师，我们是被迫考试的。"艾莉西娅抗议，"现在，让我们把它抛诸脑后吧。总之，我的试卷做得差得可怕。我知道我已经失败了，我现在都受不了想起试卷上的那些答案。"

艾琳戳了戳贝琳达。一个灰色的小球已开始了它的"表演"——一个小小的灰色泡泡开始在天花板上成形了。它渐渐地大了一点儿，分量足够重了，可以自行脱离，轻轻地飘向空中。三个小球都被粘在正对着大桌子上方的天花板上，那是属于威廉姆斯小姐的桌子，杜邦老师此刻正坐在桌边。

女孩们屏住呼吸，看着泡泡慢慢下沉。它看起来就要落在杜邦老师的头上了，可又没落下，然后围着她的头发飘动，靠近她的左耳。

这时，它突然爆炸了，一声奇怪的、尖锐的、金属般的"砰"声响起。

杜邦老师吓得几乎魂飞魄散。"天哪①！"她恐慌地说，"这是什么②？是什么呀？"

"什么是什么，杜邦老师？"莎莉无辜地问道。

---

① 此处老师说的是法语。
② 此处老师说的是法语。

"砰的一声，像这样①。"杜邦老师又学了一声，"砰！你没听到这声响吗，莎莉？"

　　"砰的一声？杜邦老师，你究竟是什么意思？"莎莉问，脸上现出一副迷惑不解的表情，让一旁的达瑞尔想纵声大笑，"你指的不是'冰'吧？"

　　"可能她说的是乒乓。"艾琳提示道，开始咯咯笑起来。梅维斯也笑起来。达瑞尔冲她们皱了皱眉。

　　"我在这儿坐着，突然我听到'砰'的一声！"杜邦老师说，"我的耳朵抓到了②。"

　　"哦，我想，你的意思是你的耳朵听到了。"莎莉说道。

---

① 此处老师说的是法语。
② 杜邦老师因为是法国人，所以她说的英语有时不那么标准。她想说的是，我的耳朵听到了。

第二十三章

最 后 一 周

到了此刻，女孩们几乎无法抑制地大笑起来。眼泪顺着达瑞尔的脸颊流下来，莎莉则捧腹大笑，笑得浑身酸痛。艾琳似乎被噎住了，艾莉西娅和贝蒂无助地紧紧攀住对方。

杜邦老师冲出去找威廉姆斯小姐。她正在给八年级上课，此刻，杜邦老师的突然出现让她吃了一惊。

"威廉姆斯小姐！我请求你随我一同去你们班教室。"杜邦老师恳求还在吃惊的威廉姆斯小姐，"砰的一声又是叭的一声，正打在我的耳朵里，没错，然后，又砸在我的脚下。"

威廉姆斯小姐看起来震惊不已。她心想：杜邦老师疯了吗？这些砰啊叭的是怎么回事？八年级的人开始咯咯笑起来。

"杜邦老师，你究竟是什么意思？"威廉姆斯小姐毫不客气地问，"请你说得明确点儿。"

"你的教室里有砰、叭的声音，"杜邦老师又说，"女孩们听不到，可我能听到。而且，我不喜欢这样。威廉姆斯小姐，来吧，我求你啦^①！"

看起来杜邦老师差不多要跪下了，威廉姆斯小姐快速起立，和她一起去了十年级的教室。女孩们已经稍稍恢复了些，正等着看谁会进来呢。这时，又有一两个泡泡飘浮下来，爆发出尖锐的"砰"的一声，而另一个正要降落。

"嘘，是威廉姆斯小姐。"梅维斯在门边突然说，"把脸板起来。"

女孩们费了很大的劲才把脸板起来，看到威廉姆斯小姐和杜邦老师一起进来，她们都站了起来。

"怎么回事？"威廉姆斯小姐不耐烦地问，"杜邦老师抱怨的是什么事？我完全摸不着头脑。"

"是砰的一声。"杜邦老师高声抱怨，没法让威廉姆斯小姐理解让她绝望不已。

"我想，是杜邦老师的耳朵里有噪音。"艾莉西娅礼貌地说道，"她说她听到乒乒乓乓的声音。"

一个泡泡落到了杜邦老师的身边，炸开了。砰！杜邦老师猛地跳了起来，意外地用手指戳中了威廉姆斯小姐的肋骨。她激动地说："又来了，砰——这么一声！"

---

① 杜邦老师这句说的是法语。

"别那么戳我，杜邦老师。"威廉姆斯小姐冷冷地说。另一个泡泡也随之炸开了，然后，又是一个，两声"砰"几乎连在了一起。威廉姆斯小姐开始迷惑起来。

"我走了。"杜邦老师说着朝门口迈了一步，"我要走了。这个房间里有讨厌的东西！"

威廉姆斯小姐利索地将杜邦老师拽了回来。"杜邦老师，理智点儿。我也听到那个声音了，我想不出为什么女孩们听不见。"

突然之间，女孩们决定，下一声"砰"她们还是听到为好。于是，当下一声"砰"响起，她们一起叫了出来。

"砰！我听见了！我听见了！"

"安静！"威廉姆斯小姐说，女孩们立刻收了声。正好一个泡泡"降落"在杜邦老师的鼻子上，随即炸开，发出了一声巨响。

杜邦老师尖叫一声："是一个'波波①'！我看见了一个'波波'，然后它就炸响了。"

威廉姆斯小姐想：杜邦老师今天早上是真的不正常了。现在出来的这个"波波"又是什么？

然后，威廉姆斯小姐自己也看到了杜邦老师口中的那个"波波"。那个泡泡正从她的鼻尖飘过，她倒抽了一口气，看见它优美地在课桌上炸开，然后消失了。

威廉姆斯小姐静静地抬头望向天花板。她锐利的眼睛看见

---

① 杜邦老师的英语不那么标准，把"泡泡"说成了"波波"。

那里有三个扁平的颗粒，其中一个上面正慢慢地形成一个泡泡。她又看向女孩们，她们正在忍笑却不是很成功，满脸无辜地回望着她。

威廉姆斯小姐的嘴唇抽动了一下，她不知道女孩们做了什么，也不清楚这是个什么样的把戏。可她不禁想到，这把戏倒是挺天才的，而且还很有趣。特别是这把戏还使在了可怜的杜邦老师身上，她是那种总为不寻常之事大惊小怪的人。

"杜邦老师，把班上的同学带到庭院去上完这节课吧。"她说，"那里没有乒乓乓乓的响动。如果我是你，我会指示清洁工，下次在这个房间上课之前拿扫帚扫一下天花板。"

最后一个建议让杜邦老师大为惊讶，她只能站在那里盯着威廉姆斯小姐离去的背影。

扫一扫天花板！威廉姆斯小姐的脑子没问题吧？

看着杜邦老师那张惊讶的脸，大家又开始咯咯笑起来。然后，随着另一声"砰"响起，杜邦老师朝着门口冲去。"来吧[①]，我们去庭院吧。"她无奈地说，"我们太心烦意乱了。让我们把这些讨厌的'砰'啊'叭'啊都甩在一边，一起做点儿功课吧。"

这个有关小球还有它们发出的砰砰声的故事传遍了全校，让每个女孩都笑得喘不过气来。来十年级教室参观的人络绎不

---

① 杜邦老师此处说的是法语。

绝，让威廉姆斯小姐很生气。

她手持一把扫帚，站在门边，"进来的人都得扫天花板，扫六次。"她说，"让我告诉你们，这可不像看起来那么容易！"

"哦，这对我有好处。"那天晚上，艾莉西娅说道，"我这辈子从来没有笑成那样。第一个泡泡炸响的时候，瞧杜邦老师的那张脸啊！我都快笑晕过去了！"

"威廉姆斯小姐处理得真有风度，是吧？"达瑞尔说，"她一眼就识破了把戏，也想笑来着。我看见她的嘴唇都在颤抖。我舍不得离开她升到十一年级去。"

"是啊，下学期我们大多数人都要升到十一年级了。"莎莉遗憾地说，"天哪，身为学校的最高年级，这感觉好奇怪啊。"

"我喜欢这个学期。"达瑞尔说，"尽管也有些不愉快，比如我失去了级长一职。"

"你又拿回了这个职务，我很高兴。"露丝突然出声说。最近她已经数次这样做了。她亲切地看着达瑞尔。达瑞尔把事情解决了，还瞒住了康妮，这之后，她就对达瑞尔非常钦佩。

威廉姆斯小姐漫不经心地对露丝说，虽然她对露丝的试卷成绩很失望，但她认为露丝大概还是可以及格的。如果康妮不及格，她的双胞胎姐妹会被留在十年级，而她自己却要升至十一年级。威廉姆斯小姐希望露丝不要太在意。

因此，下学期看起来事情会好转的。康妮很快会克服分离之苦，毕竟她们在宿舍和所有的吃饭时间里都能见到彼此。

这学期的最后几天飞逝而过，假期似乎转瞬即至。像往常一样，学校里一片混乱。

女孩们从老师们身边呼啸而过，叫着、嚷着。每当此时，老师们便逐渐觉得自己好像要控制不住场面了。她们的箱子被扔得到处都是，一个人的夜用小箱子被弄丢了，另一个人的球拍散落在地，每座塔上不停地传来喧闹声。

乘火车回家的女孩们是最早出发的，当马车驶离车道时，她们发出一片高声欢呼："给我们写信！下学期见！尽量乖一点儿哦！万岁！"

达瑞尔去找费莉西蒂，她好像一直不见人影。达瑞尔发现，她正在跟苏珊交换地址。

琼恩已经跟坐火车回家的女孩们走了。达瑞尔观察到，费莉西蒂甚至懒得跟琼恩挥手告别。这么说，她们的友谊已经画上了句号。达瑞尔虽然依旧不喜欢琼恩，但现在她的小妹妹不再被琼恩拖着到处走，而是自立起来，她也不想再严厉责备琼恩了！

"费莉西蒂，我刚找到你，让你站在前门口，你就又不见人影了。"达瑞尔说，"爸爸一会儿就开车过来了，快跟我来吧，别再跑开了。你的骑马帽呢？你得带回家，万一你假期要骑马呢。"

"刚才还在这儿呢。"费莉西蒂四下看着，说道，"瞧——被那个讨厌的凯蒂拿着呢。她看起来多滑稽，她的脑袋比帽子大多了。凯蒂！凯蒂！把骑马帽还给我！"

"费莉西蒂！有必要那么大喊大叫吗？"波茨小姐说，她匆匆走过来，耳朵几乎要被吵聋了。

"哦，'波斯猫'，我还没跟你说再见呢，'波斯猫'！"费莉西蒂叫道。

听到费莉西蒂叫她以前的年级主管老师"波斯猫"，达瑞尔大吃一惊。"费莉西蒂！"她说，"别那么叫她。"

"嘿，你跟我说过，学期最后一天大家都可以这样叫她。"费莉西蒂继续说，"波斯猫！"

贝琳达提着艾琳的乐器盒过来了，她说："有人看见艾琳吗？她在找她的乐器盒，我刚刚找到。"

她走后艾琳来了，一路抱怨着："我那倒霉的乐器盒呢？我刚刚放下一会儿，就有人把它拿走了。"

"贝琳达拿走了。嘿，贝琳达！贝——琳——达！"

杜邦老师捂着耳朵，满脸痛苦的表情，走了过来。"这些丫头都不正常了！我是在医院吗？我为什么要教她们？哦，这吵的！吵到我脑仁儿了。"

"杜邦老师，杜——邦——老——师！再见啦！我家的车来了。"

"再见，杜邦老师[1]。天哪，她聋了吗？"

---

[1] 这里学生说的是法语。

"万岁！我们家的车来了。来吧，艾琳。"

克拉丽莎走了过来，她的绿眼睛因为兴奋而闪闪发光，看起来非常漂亮。"我妈妈来了，"她对比尔叫道，"来见见她吧。她想知道你假期能不能来跟我住。比尔，来见见我妈妈！"

比尔和克拉丽莎一起走出去，与此同时，格温也走了出去。巨大的台阶上停着一辆豪华轿车，闪闪发光。探出头来的是一位迷人的红褐色头发的女士，衣着漂亮。在她旁边坐着一名相貌极为出色的男士。

"妈妈！你终于来了。"克拉丽莎叫道，"这位是比尔。你说过，要请她过来度假。"

格温看到这辆闪闪发光的汽车，这样一对令人骄傲的父母，她惊讶得目瞪口呆。可他们怎么可能是克拉丽莎的爸爸妈妈呢？在期中假期的那个星期天，格温不是看到克拉丽莎那位头发花白、邋里邋遢的妈妈开着一辆旧车来接她吗？

"再见，格温，"克拉丽莎看见她站在一旁，礼貌地说道，但是她并没有向这个女孩介绍自己的妈妈。

"我以为期中假期的时候来接你的是你妈妈。"格温说，无法抑制自己的惊讶。

"哦，不，那是我亲爱的家庭教师。"克拉丽莎说着，坐进了车里，"妈妈来不了，所以切瑞小姐开着她的旧车来接我出去。想不到你误以为她是我妈妈！"

格温家的车正好在后面，莱西夫人朝外看，挥了挥手。

"格温，你好吗？你看起来真的很棒！刚才那个坐着豪华轿车走的姑娘是谁？那个俊俏、动人的姑娘，她跟你在同一个年级吗？"

"是的。"格温亲了亲她的妈妈。

"哦，真希望她是你的朋友。"莱西夫人说道，"她就是我喜欢的那种姑娘。"

"你期中假期的时候见过她，而你那时并不喜欢她。"格温不快地说，"那是克拉丽莎·卡特。"

见了此情此景，达瑞尔和费莉西蒂相视而笑。没能得到克拉丽莎的友谊，格温该多么遗憾啊！事实上，大部分假期都要和克拉丽莎一起度过的是比尔，而不是格温。可怜的格温，没人邀请她去任何地方。

突然，费莉西蒂叫了起来。"我们家的车到了！"她抓住杜邦老师的手腕说，"再见啦，亲爱的杜邦老师，下学期见！"

"啊，亲爱的孩子！"杜邦老师被费莉西蒂突如其来的拥抱感动了，她在费莉西蒂的两颊上落下响亮的亲吻。看到费莉西蒂吃惊的表情，大家都笑了起来。

"再见！"达瑞尔叫道，朝其他的女孩挥了挥手，"九月再见。小心，贝琳达，你踩到别人的帽子了！"

"是我的，是我的。"费莉西蒂痛苦地叫道，"把尊脚抬一抬，贝琳达。"

"你得教教你的妹妹对学姐礼貌点儿！"贝琳达叫道。

这会儿，达瑞尔和费莉西蒂正一头扎下台阶，差点儿撞倒可怜的舍监老师。

"再见，舍监老师，再见威廉姆斯小姐！再见'波斯猫'！你好，妈妈，爸爸！你们看起来真棒！万岁，放假啦！"

两个女孩挤进了车里，她们探出窗外。

"再见啦！快乐假期来啦！很快再见吧！亲爱的马洛里塔，九月我们会回来的！"

马洛里塔学园

［英］伊妮德·布莱顿（Enid Blyton） 著

杨筱艳 译

上海译文出版社

Enid Blyton

MALORY TOWERS

Simplified Chinese edition copyright © 2024 Shanghai Translation Publishing House.
All rights reserved.

图书在版编目（CIP）数据

十一年级的日子／（英）伊妮德·布莱顿
（Enid Blyton）著；杨筱艳译. 一上海 ：上海译文出
版社，2024.6
　（马洛里塔学园）
　ISBN 978 - 7 - 5327 - 9514 - 7

　Ⅰ. ①十… 　Ⅱ. ①伊… ②杨… 　Ⅲ. ①儿童小说－长
篇小说－英国－现代 　Ⅳ. ①I561. 84

中国国家版本馆 CIP 数据核字（2024）第 100703 号

十一年级的日子

CONTENTS

目录

第 一 章

重 回 校 园

"费莉西蒂，瞧，终于到马洛里塔了！"达瑞尔叫起来，"我总是在这个拐弯处看见它！我们第一眼能瞧见它就是在这儿！"

费莉西蒂凝视着高高地矗立在海边悬崖上的一座巨大的方形灰色石头建筑。每一角都有一座塔。

"北塔、东塔、南塔、西塔，很高兴我们在北塔，可以俯瞰大海。"费莉西蒂说，"返校你开心吗，达瑞尔？"

"开心，开心极了。你呢？"达瑞尔问，她的眼睛仍然盯着远处那幢优雅的建筑。

"开心，真的开心。可我也是真不愿意跟爸爸妈妈告别，也不愿离开猫猫狗狗，还有……"

"还有花园里的知更鸟，六只母鸡，几只鸭子，几条金鱼，还有走廊上的剪刀虫！"达瑞尔大笑着数完，"别犯傻了，费莉西蒂，你心里很清楚，一旦踏上马洛里塔的土地，你就会爱上在那儿的时光。"

"哦，是的，我知道我会的。"费莉西蒂说，"那是个跟家完全不一样的世界。突然之间从家到学园，还是有点儿难的。"

"嗯，我只能说，我们很幸运，能生活在家和马洛里塔学园两个如此奇妙的世界里！"达瑞尔说，"瞧，车里的是谁？"

费莉西蒂探出头去看。"是琼恩，"她说，"琼恩和她的表姐艾莉西娅。"

达瑞尔哼了一声。她不喜欢七年级的琼恩。"你可别再去和那个小坏蛋琼恩亲近了。"她警告费莉西蒂，"上学期发生了什么你是知道的，你就认定苏珊做朋友吧。"

"我会的。"费莉西蒂说，"你不用告诫我这些事。现在，我可不是新生啦。这是我在马洛里塔的第二个学期了。"

"我也巴不得刚第二个学期呢。"达瑞尔说，"每过一个学期，离我要离开的日子都越来越近，我讨厌想到这个。"

"嗯，我也是。"费莉西蒂说，"只不过我现在还不需要为此烦恼，因为往后还有好多好多个学期呢。天哪，想想看，你已经是十一年级了！马洛里塔的十一年级学生。天哪，这太棒了。而我，只是个七年级学生。"

"是啊，你们七年级在我看来就是小宝宝。"达瑞尔说，"地地道道的毛孩子！回想我在七年级的时候，是以何种眼光来仰望着十一年级的学姐的，真有意思，那时我根本不敢跟她们当中的任何一个人说话。要是有十一年级的人跟我说话，我差不多要摔到地上去了。我可从没在你身上看到过这种表现，小费莉西蒂！"

"呃——我想是因为你是我的姐姐。"费莉西蒂说，"我才不会因为你跟我说上几句话就摔到地上去。不，哪怕你被任命为十一年级的级长我也不会！"

"哦，我不会当的。"达瑞尔说，"上个学期，我担任十年级的级长，责任重大。这学期我想休息一下，从责任中解脱出来。上学期真是忙坏了，要当级长，还要应对学校会考！"

"谢天谢地，你考试通过了！"费莉西蒂骄傲地说，"而且你得了那么高的学分！十年级是不是人人都通过了？你了解吗？"

"格温没有通过，艾莉西娅也没有。"达瑞尔说，"她在考试期间得了麻疹，你记得吧？还有康妮，露丝的双胞胎姐姐，她也没过，会留在十年级。谢天谢地，现在露丝能发表自己的意见了！"

上学期康妮和露丝同在十年级，康妮从不给露丝任何机会表达自己的思想，总是代她回答，这让女孩们很恼火。她像保姆一样照顾露丝，不拿她当作同龄人，快十六岁的人！现在，康妮在低一个年级，露丝便会有机会做她自己而非康妮的影子。这肯定很有意思。

"我们到了，滑进车道了！"费莉西蒂说，"妈妈，快看马洛里塔，是不是很棒！"

里弗斯夫人从车前座上转过头来，冲着身后这两张热情洋溢的脸庞微笑着。

"正如你们所说，相当棒。"她说。

"事实上，是超级棒！"正开着车的里弗斯先生说，"这个词也没错吧，费莉西蒂？假期里我听你提到这个词比任何词都多。"

两个女孩笑了起来。"低年级生什么东西都说超级棒或是棒透了。"达瑞尔用相当得意的调子说道。

"你们高年级生说起话来真是太装腔作势了。"费莉西蒂忙不迭地回击。可没人听见她的话，因为里弗斯先生在巨大的台阶附近停了车，立刻，他们便被一群人淹没。她们刚从汽车和马车上下来，跑来跑去，兴奋无比。坐火车来的女孩们恰好坐着马车到达，马车是去车站接她们的。尖叫声、喊叫声和汽车喇叭声震耳欲聋，根本听不清什么人在说什么。

"达瑞尔！"有人尖叫道，车窗边露出一张兴奋的脸，"好极了！我刚才还在巴望着你可别迟到了。莎莉已经到了，一定在某处。"

那张面孔消失了，又一张面孔出现了。

"费莉西蒂！我就猜到是你。下车吧！"

"苏珊！我来了。"费莉西蒂叫道，她突然跳了出来，摔倒在一堆曲棍球棒上，差点儿撞倒一个站在旁边和家人道别的高个子女孩。

"费莉西蒂·里弗斯！瞧你往哪儿走啊。"一个愤怒的声音说道，费莉西蒂脸红了，差一点儿跌到地上去。说话的是现在升到十一年级的艾琳。达瑞尔冲她咧嘴笑笑。

哈！费莉西蒂可能在一个十一年级的学姐——她的亲姐姐面前莽撞，不过，她对高年级的女孩还是心怀敬畏的！

"对不起，艾琳。"费莉西蒂用温顺的声音说，"非常抱歉。"

达瑞尔也跳出了车子，立刻就被她的朋友们包围了。

"达瑞尔，我帮你拿东西！"

"你好，达瑞尔，假期过得好吗？天哪，你通过了学校会考，太好了。祝贺你！"

"达瑞尔·里弗斯，假期你一封回信也没写给我，我可给你写了长信呢！"

达瑞尔转着身，冲着一张张的笑脸咧嘴而笑："你好，艾莉西娅！你好，莎莉！艾琳，你刚才在车窗边尖叫，吓得我家人差点儿从车里跌下来。你好，贝琳达！假期又画了什么好速写吗？"

里弗斯夫人在车里叫道："达瑞尔，亲爱的，我们一会儿就走了。告诉莎莉来跟我说句话。"

莎莉是达瑞尔最好的朋友，她的妈妈是里弗斯夫人的挚友。莎莉走到车边，里弗斯夫人赞许地看着她。莎莉曾经是一个一本正经、相貌平平的小女孩，现在却出落得漂亮活泼、身体健康，她为人可靠，举止得体。

里弗斯夫人跟她说了几句话，然后就去寻找达瑞尔。

达瑞尔还在跟一群朋友侃侃而谈呢，费莉西蒂不知去哪儿了。

"我们得走了。"里弗斯夫人对莎莉说,"告诉达瑞尔和费莉西蒂一声,好吗?"

"达瑞尔,你来!"莎莉叫道。达瑞尔转身朝着车子跑来,她已经沉浸在马洛里塔的世界里了。

"哦,妈妈,你要走了吗?谢谢你让我过了一个最可爱的假期。费莉西蒂在哪儿?"

费莉西蒂踪影皆无。她返校了,听到朋友们激动的说话声,兴奋得忘记了一切,她们一起走了!达瑞尔便去寻找她。

"有人看见费莉西蒂吗?"

好多人看见过她,可没人知道她在哪儿。达瑞尔想:天哪!我猜,她已经到宿舍去了,去看这学期她睡哪张床。于是,达瑞尔跑去找她,发现她也不在那儿。达瑞尔又下了楼,走向汽车。

"哪儿也找不到她,妈妈。"她说,"你可以稍等一会儿吗?"

"不,我们不能等了。"里弗斯先生不耐烦地说,"我得回去了,告诉费莉西蒂我们说了再会了。我们得走了。"

他给了达瑞尔一个拥抱,达瑞尔也拥抱了妈妈。里弗斯先生踩下油门,汽车慢慢开走了。

突然,他身后传来一声尖叫。"爸爸!别不说再会就走啊!"费莉西蒂不知打哪儿冒了出来,"你还没说再见呢就要走了,还没说再见呢!"

"我说过了。"里弗斯先生说着，露出一个与达瑞尔一模一样的笑容，"我们等不及到校不到一刻钟就把爸爸妈妈抛到脑后的姑娘了。"

"我当然没有把你们抛之脑后啦，我只是想去看我们年级的教室。"费莉西蒂抗议道，"假期里都布置好了，看起来可漂亮啦。再见，爸爸。"

她给了他一个熊抱，差点儿把他的帽子弄掉了。

她又跑到另一边，也给了妈妈一个拥抱，说："我星期天会给你们写信，给园丁带个好，还有狗狗们，还有……"

汽车开动了！缓缓地开下拥挤的车道，费莉西蒂和达瑞尔站着挥手。然后，车子开出了大门，消失了。

费莉西蒂转向达瑞尔，目光闪闪地说："返校真有意思啊！你是不是感觉像第二学期，达瑞尔？我再也不像上学期那样紧张和害羞了。我有了归属感，每个人我都认识，真是超级棒呀！"

她以最快的速度冲上台阶，正撞上了杜邦老师。

"哎呀①，又是一个疯丫头！费莉西蒂，我可不希望你……"话没说完，费莉西蒂已经走了。

杜邦老师盯着她的背影，脸上绽开了笑容："这些姑娘们啊！谁都能看得出来她们返校有多开心。"

---

① 此处杜邦老师说的是法语。

第 二 章

陆 续 到 达

    每学期的第一天和最后一天总是最让人兴奋的。无人在意规则或条例，大家说话大声大气。至于走着去走廊或上楼梯，除了稳重的预科生和老师们，无人做到。

    去宿舍看看哪张床是你的，你的邻床是谁，这有趣极了；伸头偷看你的教室，看看它是否有什么不同，这有趣极了；向所有的老师问好，特别是戏弄一下杜邦老师，这有趣极了。对另一位教法语的鲁吉耶老师她们可不能造次。杜邦老师为人简单而她精明，杜邦老师性格温和而她是个暴脾气。没人敢戏弄鲁吉耶老师。

    达瑞尔去找她十一年级的其他朋友。十一年级！听起来多了不起！现在，她实实在在地升到十一年级了，再升也只能升一个年级了。天哪，她真的长大了好多。

艾莉西娅和莎莉、艾琳、贝琳达一起走过来。"去看看我们的新教室吧。"达瑞尔说，"十一年级！我的天哪！"

她们一起去了。新教室特别好，高高在上，俯瞰悬崖，下方是蓝色的康沃尔海，它今天就如同矢车菊一样蓝，卷起雪白的浪花。

"我的天，这间教室棒极了，是不是？"艾莉西娅环顾四周说道，"可爱的窗子，可爱的风景，漂亮的图画，整间都是奶油色与绿色。"

"有新生吗，有没有人知道？"达瑞尔问，探出窗外，嗅着咸咸的海风。

"有个叫莫琳的要来。"艾琳说，"我听说过她。她所在的学校在校长去世的时候突然关闭了，她就到这儿来了。可其他的事，我就不知道了。"

"我猜，艾莉西娅你也升到十一年级了吧？"莎莉说，"我知道康妮留在十年级了，因为她没能通过学校会考，因为得了麻疹，你也没通过。可你当然不会留级的吧？"

"是的，不会。我照常升级了！"艾莉西娅说，"天哪，要是我不能跟你们一起升级，我是不会返校的。格雷灵女士写信给我妈妈，说我想什么时候考都可以，我能通过学校会考的，我可以跟你们一起升上十一年级，也就是说，我同时也要为学校会考而努力。"

"上一个十一年级有留级到我们当中的吗？"达瑞尔问。

"有，凯瑟琳·格雷和莫伊拉·林顿。"艾琳立刻说道，其他人发出咕哝声。

　　"哦，天哪，两个最糟糕的学生。"莎莉说，"我一直就不喜欢莫伊拉——为人强硬又霸道！她为什么留级了？"

　　"呃，事实上，她年纪不够上预科，还差一岁。"艾琳说，"所以，学校说她最好留在低一个年级。可我个人认为，她这个人太不讨喜了，所以她们欢天喜地地把她丢下了，这样就可以摆脱她上预科了！"

　　"凯瑟琳是怎么回事呢？"莎莉问。

　　"她身体不太好，用功过度还是什么的，她太假正经了是吧？"艾琳说，"我其实并不太了解她，她是那种远观之下无法让人印象深刻的女孩子。"

　　"嗯，这么说来，咱们有三个新生了——凯瑟琳，莫伊拉和莫琳。"达瑞尔说，"谁会是级长呢？"

　　"你或是莎莉。"艾琳立刻说道。

　　"不，我觉得不是。"达瑞尔说，"我猜，要么是凯瑟琳要么是莫伊拉。毕竟，她们俩在十一年级待了很长时间。让一个刚从十年级升上来的马上就盖过她们，这不公平。"

　　"是，你说得对。"艾莉西娅说，"天哪，希望不是莫伊拉。她可喜欢一意孤行了！你们听说了吗，上学期她给所有八年级的人布置了一首长诗，在监督员会议上说的，就因为八年级有人写了一首关于她的诗，又没人愿意承认。大家都不得不去学

《忽必烈汗》那首诗①，她们都怨声载道的！"

"是，我想起来了。"达瑞尔说，"好吧，我敢说，我们能对付这位莫伊拉。"

"只要你不常因为她大发脾气就行。"艾琳露出了调皮的笑容，说道。达瑞尔的火暴脾气人尽皆知。一个学期又一个学期，她努力地控制它，正当她为自己终于战胜了它而自豪之时，这坏脾气又冒出来了。

达瑞尔沮丧地看着其他人，说："没错。我得多加小心。上学期我的脾气严重失控，艾莉西娅，我对你那个厚脸皮的表妹琼恩发火。我希望这学期她表现好点儿。"

"假期她跑来跟我们住。"艾莉西娅说，"你们知道，我有三个兄弟，琼恩真的敢违抗萨姆的时候，他就让她选，是包下他所有的家务，还是每天绕着我们的围场跑二十圈！"

"她选了哪个？"大家问道。

"她当然选绕着围场跑了。"艾莉西娅说，"我妈妈看到她每天那样一圈一圈地跑惊掉了下巴。她以为琼恩在受训要当运动员或是什么的！萨姆站在那儿看着她，咧着嘴笑得跟什么似的。所以呢，她这学期也许会表现好点儿的！"

"她还有待改进！"达瑞尔说，"天哪，那究竟是什么动静？"

车道上某处传来了雷鸣般的马蹄声，声音震耳欲聋，甚至

---

① 《忽必烈汗》是英国诗人柯勒律治的一首长诗。

传到了马洛里塔学园后面的这间教室里，五个女孩正站在那儿听着。

"我知道！是亲爱的比尔回来啦。她的兄弟们按惯常那样送她来的——都骑着马来！"贝琳达叫道，冲出了屋子，"来吧，我们去艺术教室，到窗边去看，从那儿能看到车道。"

不一会儿，她们便都从高大的窗子探出头去，看到了一幅以前看过两三次却怎么也看不腻的场景！

威廉敏娜，昵称比尔，已骑着她的坐骑"雷鸣"驾到，她七个兄弟当中的六个，都骑在马背上伴其左右，好一幅壮观之景。六个身强力壮的男孩，从十岁到十七岁不等，把他们的姐妹比尔围在当中。

"吁！好了，安静，安静！"

"雷鸣！我们到了！"

"比尔，这是你的箱子。"

呱嗒呱嗒，七匹大马的马蹄声响起，它们在宽阔的车道上绕圈。

"咴咴咴！"其中一匹马叫起来，于是七马齐鸣。

"比尔，我们在哪儿可以饮马?"那个十七岁的大哥深沉的声音响起。

"跟我来。"比尔说道，六个兄弟骑马小跑着上了车道，拐了个弯，跟在那个身姿笔直，骑在骏马雷鸣背上的女孩后面。

"天哪！"艾莉西娅说，"兄弟众多啊，第七个呢?"

"他参军了。"莎莉说，"我的天哪，我巴不得我也有七个兄弟。"

"嗯，我有三个兄弟就已经够够的了。"艾莉西娅说，"难怪比尔更像个男孩子。"

"他们又过来了。"艾琳说，"贝琳达，你的速写本呢？把他们都画下来啊！"

贝琳达已经掏出了她的速写本，她总是随着带着。她敏捷的笔画了一匹又一匹马，其他人都羡慕地看着。哦，我要是有贝琳达的天赋就好了！她什么人、什么东西都会画。

那七匹马似乎知道比尔和雷鸣即将留下。它们抬起头，轻轻地嘶鸣。比尔俯下身，抚摸着离她最近的那匹马的鼻子。

"再见，月光。再见，星光。再见，强风，再见，苏丹……"

"她关心马远远超过关心她的兄弟们！"艾莉西娅咧着嘴笑着说，"当然，比尔就是这样——爱马成疯！"

"嗯，她的兄弟们也一样疯。"莎莉说，"瞧，冲着雷鸣叫着再见，而不对比尔说！"

"他们走了。"达瑞尔说，很嫉妒比尔有兄弟，"看，雷鸣跟在他们身后呢，它不想被丢下！"

比尔孤零零地留在车道上，身边是不耐烦的雷鸣，这马儿认为它应该跟着伙伴们一起走。它恼怒地扬蹄、摆腰，因为它不得不往车道上走，而不是往下走。

马蹄声声，尘土飞扬，六匹马还有六个兄弟消失了踪影。比尔的脸色相当严肃，牵着马走上了通往马厩的小路。她讨厌和家中的那一大群马分开。可现在，她已经很好地适应了马洛里塔学园，而且学校允许她带着马来，她是无论如何也不会放弃寄宿学校的。

又一阵马蹄声，这次是从车道上传来的。比尔勒紧了马的缰绳，四下张望。向上看去，有五个人在艺术教室，冲着她喊："比尔！比尔！克拉丽莎到了，她也是骑着马来的！"

果然，车道上来了一匹四蹄雪白的漂亮小马，它摇摇它那漂亮的脑袋，神气十足。骑在马上的是克拉丽莎·卡特。她是上学期来的新生，一个普通的、戴着眼镜的小家伙，当时门牙上缠着难看的牙箍。可现在，她不再戴眼镜，牙箍也拿掉了。她飞奔而来，赤褐色的头发在风中飞舞，绿色的眼睛闪闪发光。

"比尔，比尔！我把'乐腿儿'带来了，它可爱吗？一定要让它见见雷鸣。它们一定会彼此喜欢的。"

"两个爱马成痴的家伙。"艾莉西娅大笑着说，"克拉丽莎来之前，比尔从来没有朋友，所以，这学期她们俩能开开心心地在一起，说马、谈马、骑马、喂马，给马梳洗……"

"替它们擦蹄子，梳尾巴！"艾琳补充，"天哪，那些奔腾的马蹄声给了我一个创作新曲子的灵感——一首'奔腾之歌'——就像这样！"

她说完便哼着一首轻快的小曲："嗒嗒，嘀嘀，嘀嘀，哒……"

"亲爱的艾琳宝贝，她不是马疯子，她是音乐疯子。"贝琳达将速写本放在一旁，说道，"现在好了，接下来的几个星期我们都不用干别的了，就听这首奔腾之歌吧！来吧，嘀嘀，哒!"

她以最快的速度把她的朋友拽出了房间。

"嗒嗒，嘀嘀，嘀嘀，哒。哦，真抱歉，波茨小姐，我们没看见你来了!"

第 三 章

晚 餐 时 间

到了晚上，除了新来的女孩，其他人都安顿好了。舍监老师已经收齐了低年级学生的健康证明和零用钱，还有高年级学生的健康证明，但没收她们的零用，学校允许她们自行保存，无需向舍监老师要。

"艾琳的健康证明正常到达了吗？"达瑞尔问道。她想起几乎每个学期，艾琳的健康证明都会被放错地方。

莎莉大笑起来，说："哦，有人在艾琳的箱子里放了个信封，标明了'健康证明'，她觉得是她妈妈放进去的，而没有把证明寄过来，所以她想当然地把证明拿去交给舍监老师，说：'给你，舍监老师，我终于真正记得这事儿了！'"

"里面是什么呢？"达瑞尔问。

"是'治疗坏记性秘方'。"莎莉咯咯笑，"我忘记具体是怎么说的了。来一杯'提醒剂',加一汤勺'斥责',诸如此类的。你真该看看舍监老师看到那东西时的脸色。艾琳自然是目瞪口呆。可是,没关系啦,因为舍监老师已经收到寄过来的健康证明了。"

"艾琳虽然聪明,可真是个马大哈。"艾莉西娅说,"贝琳达也一样。一定有什么关于艺术和音乐的东西,让那些天赋异禀的人在普通事物上显得十分愚蠢。艾琳是能掉什么就掉什么;贝琳达是能忘什么就忘什么。你们还记不记得,有一回她下来吃早饭的时候忘记穿衬衫了?"

"晚饭的铃声响了。"达瑞尔庆幸地说,"我饿坏了。希望这顿晚饭一如既往地好吃——第一天的晚餐,我们总能吃到好的。很高兴这学期我不用为费莉西蒂瞎操心了,她再也不是新生了,她能独立了。"

她们下楼,来到巨大的餐厅吃晚饭。莎莉心不在焉地走向十年级的桌子,达瑞尔把她拉了回来。

"傻瓜!你想跟那些毛孩子坐一起吗?"她嘘了一声,"这边才是十一年级的桌子!"

她们在自己的位子上坐下,看见已经有三个女孩在那儿了,两个是老十一年级生,还有一个新生。凯瑟琳和莫伊拉冲她们点了点头,凯瑟琳给了她们一个灿烂的微笑,莫伊拉却没有。她双唇紧闭,仿佛全校的重任担在她的双肩上似的!

那个叫莫琳的新生冲她们灿烂一笑。她是一个毛茸茸、邋里邂逅的女孩，长着一张大嘴，一个大鼻子，牙齿参差不齐，有些突出，使她看起来活像兔子。

"我是莫琳·利特，"她用轻快友好的声音说道，"我希望你们不介意我到马洛里塔来！"她发出轻轻的咯咯笑声。

"我们怎么会介意呢？"达瑞尔惊讶地说，"我们听说你原来的学校关闭了，真不走运。"

"是的。"莫琳面带忧伤地说，"那也是一所特别好的学校，你们真该看看那操场！而且，我们有两个游泳池，学校还允许我们带上宠物。"

"嗯，我希望你会发现，马洛里塔学园也不差。"艾莉西娅加入了谈话。

"哦，是的。"那个女孩说着又微笑起来，露出了她的兔牙，"我可以肯定它很出色，所以我妈妈才选择了它。她说除了马泽利学园，就是我的旧学校，马洛里塔学园是最好的。"

"天哪，她为人真好。"艾莉西娅用温柔的调子说道，"我没听过马泽利学园。是那所女孩们总会考不及格的学校吗？"

莫琳脸红了。"哦，不是的，怎么可能呢。"她说，"天哪，我们当中一半人都通过了。我自己就通过了会考。"

"你真聪明。"艾莉西娅说，达瑞尔用胳膊肘戳戳她。真可惜，莫琳这么快就把艾莉西娅惹恼了。她就是那种会惹恼艾莉西娅的人。艾莉西娅冲达瑞尔眨了眨眼，达瑞尔皱了皱眉头。这么快就嘲弄一个女孩，这不公平，给她个机会嘛！

可莫琳并没有给她自己机会！"我得友好些。"她暗想，"我必须坚持自己的立场，必须给这些女孩留下好印象！"

所以，她用轻快的声音喋喋不休地说着，似乎没有意识到新来的女孩应该任人围观而不是滔滔不绝！直到其他人刻意地开始转过身去，互相交谈，她才发现根本没有人在听她说话，她住口不言了。

在七年级，如果有哪个新生如此表现，别的七年级生会立刻指出来，告诉她在惹人责备之前就应该把嘴闭上。可十一年级生不会如此粗鲁，她们只是忽视她，希望她能自知她的表现，自己弄明白这个头开得不好。

"大家都返校了吗？"达瑞尔环视餐桌，说，"哦，梅维斯来了，你的嗓子如何了？我希望它现在已经完全恢复了！"

梅维斯点了点头。她有一副优美的嗓音，有几个学期，她失声了，可现在她重新拥有了动听之声，看起来很快乐。

"玛丽露也来了，还有达芙妮、露丝。你好，露丝！你的双胞胎姐姐还好吗？"

"还好。你们都知道她被留在了十年级吧？"露丝说，"没有她在，有点儿怪怪的。不管我在哪所学校，哪个年级，她总是在我身边的，希望她不要太惦记我。"

"哦，她很快会找到某个人来照顾的，她也会替那个人代言，就像她以前对待你一样！"艾莉西娅说，"你曾经是她的小影子，露丝。而现在，我们要看到你自己真实的模样了。我们以前对此一无所知！"

"哦，露丝是双胞胎啊？"莫琳插嘴，"我原来的学校也有双胞胎，她们非常……"

呃，一个新来的女孩说话这么唐突，简直不合常理。因此，让莫琳感到惊讶的是，桌子上的每个人都立刻开始说话，这样就没有人能听到她说的话了。杜邦老师坐在桌首，深为她难过。她喜欢这个毛茸茸的女孩，她出言安慰莫琳。

"你知道，返校的时候她们都挺兴奋的，你很快会跟她们交上朋友的，不是吗①？明天，她们都会——你们怎么说来着——她们都会对你敞开胸怀，你会成为她们一员的。格温还没有返校，真可惜。嗯，你会喜欢上她的，莫琳。她有一头金发，跟你一样，而且……"

艾莉西娅听了一耳朵去，冲着莎莉眨眨眼。"我打赌格温对莫琳正适合。"她说。

她又拔高声音，对杜邦老师说起来："亲爱的格温德琳·玛丽怎么啦，杜邦老师？她是唯一一个还没返校的人。"

"她今天刚刚从法国回来，明天会回校。"杜邦老师说，"亲爱的孩子，她可以与我谈一谈我热爱的祖国了。我们可以一起'捣乱'一下。"

"你是说是'讨论②'吧，杜邦老师。"莎莉咯咯笑着说。

①　此处杜邦老师说的是法语。
②　杜邦老师是法国人，英语发音不准，把"讨论"说成了"捣乱"。

"哦，我也去过法国。"莫琳高兴地说。

"那你和格温还有杜邦老师就可以一起'捣乱'了。"艾琳说，"你们会组成一个很棒的三人组，一起给美丽的法国'添点儿乱①'！

"别那么调皮，艾琳。"莫伊拉的声音响起，"记住你已经是十一年级了，不是十年级。"

"哦，这么提醒我真是感激不尽，莫伊拉。"艾莉西娅用她最柔和的声音说道，"天哪，和我们在一起一定很煎熬——和十年级升上来的人在一起而不是和预科生在一起，你真是纡尊降贵了。"

"莫伊拉和我毫不介意。"凯瑟琳摆出一副火上浇油的架势。十一年级的人不禁用胳膊肘相互戳戳。

凯瑟琳接着说："毕竟，总有人会被落下，而这总是有益的，一个年级的老生能帮助新生继承传统，你不觉得这是好事一桩吗？"

"啊，这是我的错②！你说得很好，凯瑟琳。"

不过，没人有此同感。"伪君子！"艾莉西娅对艾琳窃窃私语，"谁需要凯瑟琳帮我们啊？她连教猫喝奶都做不到！天哪，她要有那个能耐，我就能跃过十一年级直接跳到预科去了。"

艾琳发出了一道巨响的哼哼声，让凯瑟琳很吃惊。"给我们

---

① 后面这一句说的是法语。
② 此处杜邦老师说的是法语。

讲个笑话吧。"她带着灿烂的微笑说道。

"玩笑到此为止了。"艾莉西娅也回了个灿烂的微笑。达瑞尔冲莎莉眨眨眼。看来，这个学期可有乐子了。达瑞尔瞥了莫伊拉一眼，她正闷闷不乐地皱着眉头。

"你想要为你的速写本再添一些皱眉的画作吗，贝琳达？"达瑞尔轻柔地说。贝琳达也瞟了一眼莫伊拉，点点头。曾经整整一个学期，她都在追踪着格温，收集她的愁容，一张张地画下来，女孩们称之为"格温画集"。现在，对贝琳达来说，又有了一个收集"愁眉苦脸"的对象了！

比尔和克拉丽莎正快活地谈论着马，对餐桌上的其他人漠不关心。"真奇怪她们俩怎么不冲对方嘶鸣！"艾莉西娅恼火地说，"比尔！克拉丽莎！你们还当你们在马厩吗？"

"哦，抱歉。"克拉丽莎四下环顾，绿色的眸子闪闪发亮，说，"有片刻的时间我忘记身在何处了。不过能返校和比尔在一起讨谈马真是太好了。"

"这些马经，我可不懂。"杜邦老师插嘴道，"我才不会靠近那种大块头、会跺蹄的生物。"

"总有一天，你一定要来马厩，让雷鸣从你的手心里舔一块糖！"比尔顽皮地咧嘴一笑，说道，"好吗，杜邦老师？"

杜邦老师发出一声小小的尖叫："你总是对我这样说，比尔！这可不好。我不会让你的马用爪子踩我的脚的。"

"是蹄子，杜邦老师，蹄子。"比尔说。杜邦老师管马蹄叫爪子，让她颇为吃惊。

"把它的毛抖得我浑身都是。"杜邦老师接着说，脑海中浮现出一幅可怕的画面：一只跺着脚、摇着头、高高在上的动物！

"抖着它的鬃毛！"比尔纠正道，"杜邦老师，你真是很讨厌马啊。我得把你拽到雷鸣面前，把它独特之处好好跟你说一说！"

"这个可怕的比尔！"杜邦老师抬眼看向天花板说，"她想学的只有马的知识，那我为什么要教她法语呢？你们为什么笑，姑娘们？这么严肃的事我可不会开玩笑！"

"哦，返校真好啊，是不是？"达瑞尔对莎莉说，"我从来没有像在学校笑得这么开怀，从来没有！"

第四章

头 天 晚 上

　　达瑞尔在第一天晚上挤出了点儿时间，确保她的妹妹费莉西蒂不会被艾莉西娅那个读七年级的表妹琼恩带走。她看到费莉西蒂与她上一学期交到的朋友苏珊胳膊挽着胳膊，感到很欣慰。

　　琼恩独自站在七年级的人群边上，脸上一副坚定的表情。达瑞尔搞不清她在想什么，显然她正在计划着什么事，达瑞尔想：嗯，只要她不把费莉西蒂列入她的计划之内，那她喜欢干吗就干吗吧！我多么不喜欢那个孩子啊！

　　在十年级的学生上床睡觉一刻钟之后，十一年级的学生也就寝了。能有多出来的十五分钟时间真是太好了。脱衣的时候她们闲聊，对未来一学期的各种事情进行了推测。

　　"我还是想让威廉姆斯小姐教我们。"莎莉说，她非常喜欢十年级的这位老师，"我想知道，要是……"

宿舍的门打开了，一张脸探了进来，是露丝的双胞胎姐姐——康妮。

"露丝，你还好吧？"她说，"没跟你在一起有点儿怪怪的。你一切都安顿好了吗？你找到你的……"

"康妮！"艾莉西娅愤怒地大叫，"你本来该去睡了，可就这么闯进十一年级的宿舍，你什么意思？出去！"

康妮高傲地站在门口，她可是吵架的一把好手。"我只是来看看露丝好不好。"她说，"我们以前从来没有分开过，而且……"

"出去！"大家都叫起来，艾琳猛烈地挥舞着她的梳子，差点儿把贝琳达的眼珠打出来。

可康妮还是坚持不走，她打量着露丝的面孔，露丝的脸上也是一副固执的表情。

"露丝，你说话呀，别那么呆站着。"康妮急切地开口，"我只是来……"

"出去！"露丝说。大家都吃惊地沉默地站着，没人想到会这样。即使在上个学期，露丝开始有点儿自己的主张的时候，也一直像道影子，谁也没有想到她能这样冲康妮发号施令。

"我知道，你是我的双胞胎姐妹，我们一直在一起。"露丝拔高了声音说道，"可现在我已经在十一年级了，而你在十年级。你不能总黏着一个十一年级生，别烦我了，出去吧！"

只有露丝才能打击康妮，让她离开。康妮目瞪口呆，一言不发，转身而去。露丝猛地坐在她的床上。

"你做得对！"达瑞尔热切地说道，"你应该独立起来，露丝，要不然康妮会一次又一次地纠缠你。"

"我知道，可我——我真的很爱她。"露丝低声说道，"你们知道的，我不想说这些话。但她从来不会在意其他人。而且，毕竟，我已经十一年级了，不能让她还紧抓着我不放，是吧？可怜的康妮。"

"她一点儿也不'可怜'。"达瑞尔说，"你不要信这个。她脸皮可厚啦！她也不会轻易就放弃，她会持续地纠缠你和我们的。"

"一点儿不错！"艾莉西娅用一种不足以让露丝听到的声音说道，"康妮的脸皮太厚了，我们必须冲她大吼一顿，好让她感觉到或理解我们的意思！"

"我也有一个这样的妹妹，在十年级。"莫伊拉意外地插进话来，"她是有史以来最难缠的刺儿头，就像一个橡皮球，要是你坐在她身上，把她压得扁扁的，她立刻就会弹回来，恢复原状。可怕的小孩。"

"她叫什么名字？"达瑞尔说，"哦，等一下——是不是叫布丽奇特？"

"是。"莫伊拉说，"她和康妮可以凑成一对！"

"那让我们期待康妮和她能结伴同行！"艾莉西娅说，"她们会成为一对出色的朋友，让她们'互相伤害'去吧！"

不一会儿，她们都上了床。达瑞尔的床在莫琳旁边，她对这个新生道了晚安，也对莎莉说了。莎莉在她的对面，然后她闭上了眼睛。她的床比家里的那张硬，可她知道，她很快便会习惯的。她将被子掀开了一点儿。

这是一个很暖和的夜晚。她听到隔壁床传来一声抽鼻子的声音。

达瑞尔吃惊地想：天哪，不会是莫琳吧，哭得像七年级的新生。她翻了个身，倾听着。

一声，又一声。是的，又来了。

"莫琳，到底怎么啦？"达瑞尔小声说，"不会是'首夜忧伤症'吧？你都这么大了。"

莫琳的声音颤抖着，对达瑞尔说："开始的时候我总是这样的。我想念爸爸妈妈，想知道他们现在在家干什么。你知道，我这个人很敏感的。"

"那你最好别那么敏感了。"达瑞尔简短地说道。根据她的经验，对那些到处说自己很敏感的人，需要泼点儿冷水，如果她们是低年级学生，要被人一通嘲笑，以便摆脱入学敏感。

"可如果你是一个敏感的人，这是没办法的事。"莫琳抽抽鼻子说。

"哦，我知道，可你有办法不谈那个。"达瑞尔说，"快睡吧，听你抽鼻子就好像你想要块手绢又没有，我可听不得这个。"

莫琳觉得达瑞尔很不客气。她希望对面床上的人会更有同情心一点儿。可那张床是空的，那是格温的床，她还没有返校呢。

黑暗里，达瑞尔冲自己咧嘴笑笑。要是她们能让莫琳和格温凑在一起就好了！莫琳和格温很像，显然，她们有同样软弱的天性。要是她们能把她推到格温身边，看看会发生什么，那可就太棒了！

"你等着明天格温德琳·玛丽回来吧。"达瑞尔有点儿居心叵测地对莫琳说，"她跟你正是一类人，也很敏感。我敢肯定，她能理解你全部的感觉。这么多年了，她依然讨厌回来的头一晚。明天你就留意她吧，莫琳，我敢说，她跟你是一类人。"

邻床的莎莉听着，发出了一声轻轻的笑声。如果年级有一个像她的人，一个自以为是到无法言语的人，一个时刻都需要赞美和同情的人，格温会多生气啊！达瑞尔这么快就把莫琳推给格温，真是太坏了，可又是多么合适啊！

"别再说了。"莫伊拉的声音从黑暗里传来，"时间不早了。"

十年级的老生对这个突如其来的命令很反感。莫伊拉又不是级长，总之，现在还不是！官方还没宣布呢。没人再说什么，不过，从几张床铺上传来一阵"呸"和"哼"声。尽管如此，她们都累了，除了莫琳，没有人真的想保持清醒。

从莫琳床上又传来几声抽鼻子的声音，然后，便是一片寂静。艾琳开始小小地打起鼾来。她仰睡的时候常常会打呼噜。贝琳达在她的邻床，倾身过去，狠狠地戳了她一下，让她翻了个身。艾琳甚至没有醒来，就乖乖地转了个身冲着她。现在，贝琳达已经把她训练得很好了！

事实上，早上，康妮便再度出现在门边，看起来好战而固执。

"你还来?"艾莉西娅说道，"我猜，你想知道露丝是不是睡了个好觉，所以一整晚都站在这儿吧!"

"没有哪条规矩不许我早上过来问句话，是不是?"康妮说，"别太讨人厌了，艾莉西娅。露丝有双袜子错放在我的箱子里了，我只是过来送还给她。"

"谢谢。"露丝接过袜子说道。康妮整理了露丝梳妆台上的一两件东西。露丝立刻又把它们摆回原样。"这样不好，康妮。"她说，"放过我吧。我告诉你，我现在已经十一年级了。"

"我从没想过，如果我留了级，你会冲我大呼小叫。"康妮说道，突然一脸茫然。

"我没有。走开吧。"露丝低声说。她知道，屋里大多数的女孩都假装不在意，可每一个人都对这场小战争非常感兴趣。艾莉西娅想插手，达瑞尔尽力阻止了她，让露丝自行处理这场争斗吧!

莫伊拉突然开口："你能把这本书带给我的妹妹布丽奇特吗?"她拿出一本小书，用突兀的声音说道："她也在十年级，是今年从九年级升上来的。我想你已经跟她说过话了。"

"是的。说过了。"康妮说，"书我会交给她的。"

康妮拿过书，走出了屋子，再也没有看露丝一眼。达瑞尔瞟了一眼露丝。她看起来非常伤感。康妮把她逼到如此困境，真煎熬啊！怎么会有人像这位双胞胎姐姐一样厚脸皮呢！

早餐铃响起。莫琳哀叫一声："天哪，是不是又打铃了？我还以为我依然在马泽利学园。那儿打铃要晚得多！我要迟到了！"

"恐怕，我们要常常听到马泽利学园了。"下楼的时候达瑞尔在莎莉耳边说着。

"也许，是格温会常常听到才对。"莎莉说，"这是你的计划，不是吗？可问题是格温能顺利升到十一年级吗？你知道，她会考也失败了，她也许会和康妮一起留在十年级。"

"哦，不，当然不会！"达瑞尔说，"她上十年级年龄过大了。她甚至超过了十一年级的平均年龄，超过了几个月。毕竟，康妮没超龄，留在十年级不要紧。"

早饭时，她们向杜邦老师打听格温的事。

"她会和我们一起上十一年级吗？"达瑞尔说。

"是的，当然啦！"杜邦老师说，"的确，她会考失败了，可怜的孩子，经历了这场可怕的考试。可她病了，她的心脏不好，可怜的格温。"

十一年级的人互相戳戳。格温的心脏不好！格温为了逃避考试，炮制出了心脏怦怦乱跳的故事。除了杜邦老师，无人相信她，格温后来不得不参加会考，并且考砸了。

"呃，不管心脏好不好，显然，她都跟我们一起上十一年级了。"艾莉西娅说，"亲爱的格温德琳·玛丽，今天她能回到我们身边真是幸事一件！"

第五章

大 好 消 息

　　九点一过，十一年级的学生就去了她们的教室。她们欣赏了壮丽的景色，达瑞尔拉开窗户，让九月的金色空气吹拂进来。

　　"美妙无比！"她说，"我希望学校现在还能允许我们游泳。我敢打赌，岩石上的泳池眼下正是完美状态。"

　　莫琳看来惊慌失措。"冬季学期不会允许你们游泳吧！"她说，"天啊，在马泽利学园，我们……"

　　"那肯定是个不错的地方。"艾莉西娅用柔和的声音说道。

　　"哦，是的，我们曾经……"莫琳接着说。

　　"它不得不关闭，真是不幸啊。"艾琳打断她。

　　"是的，非常不幸。"莫琳表示同意，为她们突来的兴趣与同情感到十分高兴，"你瞧，我们所有人都……"

　　"你一定会发现，相较于这所了不起的学校，马洛里塔学园只能是二流的。"贝琳达插话，听起来也充满同情。

"不过，我们会尽最大努力。"莎莉向她保证。

莫琳开始对这些打断她的话感到怀疑，尽管听起来是善意的。也许，她最好在稍微站稳脚跟之前别再多话了。这些女孩看起来与亲爱的马泽利学园的女孩太不一样了。

"我们的新晋班主任老师詹姆斯小姐人怎么样？"达瑞尔问凯瑟琳和莫伊拉，"她教了你们几个学期了，她人好吗？"

"相当随和。"莫伊拉说道，"可要小心！眨眼之间她就会换一副面孔——变得太快了。要是你没注意这种变化可有点儿不妙；不过，吉米①还不算坏。"

"她好起来很可爱，别扭起来又很讨厌。"凯瑟琳带着灿烂的笑容解释道，"事实上，她很可爱。"

"哦，在凯瑟琳看来，一大堆人都'很可爱'，要么就是'亲爱的老友'，甚至是'小宝贝儿'。"莫伊拉说，"她从来不说任何人的坏话，是吧，凯瑟琳？要是你有想办的事，凯瑟琳会替你做的，她就是喜欢为别人效劳跑腿。"

凯瑟琳脸红了。"别傻了，莫伊拉。"她说，但眼睛里流露出焦虑的神色。她心想：莫伊拉是在开玩笑吗？只是在小小地嘲笑她一下吗？

其他人对此并不感到奇怪——她们心中有数！莫伊拉并不

---

① 吉米是詹姆斯小姐的昵称。

是在赞扬凯瑟琳，她只是在嘲笑。莫伊拉可能从来没有真心地赞扬过任何人。

女孩们选好了课桌。当然，最受欢迎的后排的座位属于两位老资格的十一年级生，莫伊拉和凯瑟琳，还有达瑞尔和莎莉，这两位都曾在之前的几个学期里担任过一段时间的级长。艾琳和贝琳达也占到了后排的位置。

现在，教室里来了其他人，她们是其他塔里的十一年级生——泰莎和珍妮特还有佩内洛普，凯蒂、朵拉和格拉迪斯——来自北塔的十一年级。大家虽然知道她们的姓名和长相，但是不如对自己塔的人那么熟悉。所有塔的学生混在一起上课、运动，可之后便完全分开了，每个塔的人各自回自己的塔吃饭、休闲和睡觉。

"嘘！"有人说，"吉米来了！"

然后，吉米走了进来，或者称她为詹姆斯小姐——一个瘦筋筋的高个子女士，大约五十多岁，她的灰色鬈发衬托出一张学究气的脸，那双淡褐色的眼睛善良而又精明。

"坐下。"她说，全班人落座，她们拖着脚，动了动椅子，挪了挪书和纸张。詹姆斯小姐一直等到她们彻底安静下来。

"嗯，我又接了一个新的班级。"她开口道，那双精明的眼睛先挨个儿看了看这些女孩，"我发觉，你们当中只有三个人上个学期在我的年级，由于种种原因，她们没有升到预科，依然和我在一起。当然，她们会帮助我让新同学融入我的轨道。"

女孩们想看看第三个老生是谁。哦——是小珍妮特。当然，从年龄上看，她上预科远远不够。她一年前才被安排上十一年级，因为她通过会考早得出奇。她现在看起来依然像一个十年级生，达瑞尔想，她完全不像个十一年级生！

珍妮特看起来很高兴被留在十一年级，她很害怕预科。莫伊拉皱起了眉头，她痛恨留级。凯瑟琳眉开眼笑，心中暗喜：是的，她会尽力帮忙的。詹姆斯小姐当然可以依靠她。她试图迎上老师的目光，但不知为什么，詹姆斯小姐坚定地看向了另一个方向。

一段时间里，凯瑟琳维持着她灿烂的笑容，满怀希望地凝视着詹姆斯小姐。可老师转了话题，开始做其他事了。凯瑟琳只能收起了笑容，她脸颊的肌肉都酸了。

"由达瑞尔担任十一年级的运动队队长，莎莉协助她。"詹姆斯小姐说，"十一年级的运动队队长意味着为学校低年级的运动队训练一些年轻队员，达瑞尔，你知道吧？这会占用你一些时间，可有莎莉协助你。"

达瑞尔的脸色发光。能够挑选出一些年轻的七年级、八年级的学生，并将她们训练成马洛里塔学园九年级和十年级的校队成员，这是多么愉快的事情啊。试想，她和莎莉将运动队训练得相当出色，赢得主场和客场所有的比赛，这将是多么了不起的纪录啊！达瑞尔开始做起了白日梦，她仿佛看到一些训练有素、出色的低年级球队赢得了一场又一场比赛。

她想：我肯定会训练费莉西蒂，她现在的水平已经很不错了，我会让她成为一流的运动员。苏珊也很好，我也会给那个小琼恩上上规矩。天哪，她现在真得守规矩了。我不会容忍她胡说八道的！还有八年级的哈丽特，露西也是八年级的……

詹姆斯小姐接下来说的几件事她都没听见，她沉浸在自己一流的长曲棍球队的梦想之中。

"上学期，你们学得都很努力。"詹姆斯小姐说，"实际上这个年级的所有人都通过了会考，而且考得很好。那些没有通过的，因某些可以理解的原因而失败了的，之后会再有机会。学校会给她们特别的补习，在考试结束之前，她们将不得不暂时缺席本班日常的一些课程。"

艾莉西娅叹了口气。当然，这学期她不会缺席，可她痛恨不得不离开其他人去接受特别的补习。天哪！上学期她为什么偏偏在考试的时候得麻疹啊？

"因为你们上学期学得很辛苦，这学期我不打算让你们用功过度。"詹姆斯小姐说完，教室里响起一片轻松的叹息，如同一阵微风掠过。

她接着说："我是说，我不会让你们做沉重的课外作业，也不会强迫你们用功，但是会有其他事情占据你们的时间。例如，我想让十一年级创作今年的圣诞娱乐节目。"

这话让所有人都精神起来了。创作圣诞娱乐节目！天哪！那肯定很有趣。上演一出话剧如何？还是来一出童话剧？或是芭蕾舞？各种各样的想法在女孩们的脑海里闪过，她们高兴地互相对视。

"除了可以向那位音乐大师扬先生征询一些建议，或是找演讲教练葛瑞林小姐之外，你们将全盘独立创作。"詹姆斯小姐接着说道，对女孩们表现出的快乐感到满意。啊，她们升入十一年级之时，是多么喜欢不受任何人的干涉，独立行事啊！很对！如果她们现在不学会处理事务，不学会自立，她们就永远不会了！

"你们可以选择自己的制作人，至少选两位，因为只选一位的话，工作会太繁重。"詹姆斯小姐说，"你们的自主性越强，我和校长格雷灵女士就会越高兴。当然，如果需要的话，我们很乐意给你们任何建议或帮助。"

班上的每个女孩都立刻下定决心，一个建议也不征求。圣诞节汇演，无论是什么节目，应该是她们的，而不是任何人的。

"它必将是马洛里塔学园有史以来最好的。"达瑞尔起誓。

我们要把爸爸妈妈请来，他们该多么惊讶啊！莎莉想。

多好的机会啊！艾莉西娅敏捷的头脑一下子就把各种各样的想法都想了个遍。她盼望着首次会议。要是她们让她当制作人就好了，她会组织得很好。她会计划，比任何人都足智多谋。她知道她有这个能力！

她们都盼着课间休息的到来，这样她们好讨论由詹姆斯小姐输送到她们脑海中的那些点子。艾琳高兴得要上天了，如果要演童话剧，她们会让她谱曲吗？为整出童话剧谱曲。天哪，这将给她比以前更大的发挥空间！

梅维斯也愉快地发着梦。如果她们排一出话剧或是童话剧，能让她唱上几段吗？这学期她被允许好好地练习唱歌，而且还有一位专门的唱歌老师来学校教她。哦，要是她能唱一些主题曲就好了！

课间休息终于到来了，十一年级的学生一窝蜂地冲了出去，她们聚在场地的一个角落里，议论纷纷。

"我们要开一个正式的会议。"达瑞尔说，"天哪，我真是太激动了。学校告知我们可以完全由自己主办圣诞娱乐活动，还告知我成为运动队队长，负责为低年级赛队挑选和训练成员！天哪，我怕是完全没时间做其他任何工作了！"

"嗯，我们现在已经学会如何工作了。"莎莉说，"要是我们没有学会，就永远也学不会了！我想，我们现在有别的事需要学习——如何自己规划事情、如何实施以及如何协同合作诸如此类。"

"哦！你们觉得吉米策划了这一切只是为了让我们学会更多的事情吗？"达芙妮说。

"多半是这样。"艾莉西娅说，"可这意味着什么呢？如果我们需要通过排演一出童话剧而学会一些事，那么我们无论如何都要学会！我会全力以赴的！"

"我们必须选举一个委员会，"莫伊拉抢过了话头。莎莉、达瑞尔和艾莉西娅感到一阵烦恼。十年级的时候，她们已经习惯了凡事都要居于领导地位，因此很难接受莫伊拉的权威。她仍然是级长，她有权负责，而且她深谙此道。这点毫无疑问。

女孩们都能从莫伊拉身上感受到强势性格的影响，就像她们从艾莉西娅身上感受到的一样，艾莉西娅的性格也很强势，她气势十足。不过，艾莉西娅富有幽默感，莫伊拉却相当缺乏这点——这就天差地别了！

艾莉西娅虽然会说一些犀利的话，但她的表达方式会引人发笑。她也很聪明，很活泼，莫伊拉却不一样。当然，世界是由各种各样的人组成的，而莫伊拉们、格温们和莫琳们也应该有自己的一席之地，达瑞尔想，也同样该有莎莉们、艾琳们和贝琳达们的位置。

"只不过，认识后者更好！"达瑞尔自言自语。

"我们最好选出七人或八人委员会。"莫伊拉接着说，"我们用常规的选举方法——每个人都在纸条上写下她们想要让其加入委员会的女孩的名字，把它们都放进盒子里。然后，我们把纸条拿出来，打开、唱票，看看谁得的票最多。今天晚上我们就办这件事吧。"

哦，我希望我能被选入委员会！达瑞尔想。

艾莉西娅有相同的期待，她非常想分一杯羹。她也坚信自己可以掌控整个局面，只要给她机会！

第六章

太 阳 底 下

那天下午一点四十五分，她们吃完饭后都躺在阳光下。此时，艾莉西娅问道："亲爱的格温德琳·玛丽什么时候回来呀？"天气晴朗，暖如夏日。所有的女孩都在户外找到了暖和的地方，院子里挤满了一小群一小群结伴的女孩，正在快乐地晒太阳。

"格温？哦，她在下午茶时间到达。"达瑞尔说，"亲爱的格温德琳·玛丽！你们觉得她是凯瑟琳所说的那种'小宝贝儿'吗？"

"我能想出比这个适合得多得多的称呼。"贝琳达边说边忙着画梅维斯。梅维斯此刻张着嘴睡着了。

"格温人好吗？"莫琳问，"我觉得，她人应该不错。"

达瑞尔冲艾莉西娅眨眨眼。

"不错？哦，你会喜欢她的。"她说，"她富有同情心，愿意倾听！与她交谈那么有趣，而且她讲述的家族故事和她的猫猫狗狗的故事也很有趣哦。你可以听上几个小时，莫琳。"

"她喜欢运动吗？"莫琳问，显然她自己并不喜欢，"在马泽利学园，除非我们想，否则就可以不运动。我是说，不像这里，他们不是强制性的。我觉得强制是不对的。"

"哦，格温痛恨运动。"艾莉西娅说，"不过，因为她胖胖的，所以她不得不尽可能多运动，还要步行数英里呢。"

"可怜的格温！"莫琳对这位缺席的人满含同情，"我看得出来，我们会有很多共同点。她有没有特别的朋友，你们知道吗？当然，我知道这是个傻问题，像那样的一个女孩，肯定会有一个密友啦。可我只是想，你们知道，我总是独自一个人，如果能在这里找到一个人，她还没有固定的一起散步、一起聊天的朋友那就太好了。"

"我想想！"艾莉西娅说，冲着天眨眨眼，"格温德琳·玛丽有朋友吗？"

大家都是一副深思熟虑的模样。

"呃，也许她没有亲密的朋友。"艾琳说着发出轻轻的笑声，"我们姑且可以这么说，她是天下人的朋友，如何？"

"哦，你真是一语中的。"达瑞尔忍住笑说道，"我想，她会喜欢莫琳的，你们觉得呢？"

"她会喜欢的。"贝琳达坚定地说道，"醒醒吧，梅维斯，看看，你睡着的时候有多美。"

"坏蛋！"梅维斯看了看贝琳达画的她张嘴躺着睡觉的滑稽素描，说道。

莫琳也瞅了一眼。"真是幅不错的画。"她说，"我也会画。我曾是马泽利学园最好的画手之一。有时间我得把我的画拿给你看看，贝琳达，跟你的风格很像呢。"

贝琳达正想说一些简短而粗鲁的话，艾琳却冲着她皱皱眉头。然后，贝琳达用一种病态的甜蜜语气对毫无戒心的莫琳开了口："我猜，你也会唱歌吧。你会作曲吗？"

"哦，我会唱歌。"受到如此注意，莫琳很开心，"在马泽利学园的时候，我受过特别的训练。音乐老师说我有一副不同寻常的嗓音。而且，我也写了几首曲子。天哪，我不应该这样吹嘘自己的！"

她发出那种傻傻的、短促的笑声。其他人也都想笑。怎么会有人这么傻乎乎呢？

"你以前的学校有好多学生吗？"莎莉问，疑惑什么样的学校能培养出莫琳这样的人。

"哦，不，那是一所非常挑剔的学校，"莫琳说，"他们挑学生非常仔细。"

"你一定得把这一切讲给格温听。"艾莉西娅认真地说道，"是不是？格温一定会非常感兴趣的。而且，你们不觉得，亲爱的格温能得莫琳这样的人为友是好事一桩吗？我是说，我觉得她比我们更适合，我相信格温德琳·玛丽会欣赏她的。"

莫琳简直不敢相信这些妙语竟会用在她身上。她半信半疑地环视四周，女孩们都以严肃的面孔相对。艾琳不得不背过脸去，她确信她可怕的笑声就要喷出口了。

"格温返校时总是很孤单的。"艾莉西娅接着说，"是时候跟她谈谈了，莫琳。我们会向她提起你的，你们俩可以交个朋友。"

"非常感谢。"莫琳说，她自以为众人对她极其欣赏，并沉浸其中。

她接着说："我现在不觉得马泽利学园的女孩们会比你们更好！"

艾琳笑喷，很大声，又努力把它化为一声咳嗽和喷嚏。莫琳再次略感怀疑。

就在这时，杜邦老师微笑着向她们走来。她在草地上坐下来，先找了找有没有蚂蚁、剪刀虫和甲虫。她很怕这些玩意。她友好地向四周微笑，女孩们也回报以微笑。她们喜欢这个胖胖的、脾气火爆的、幽默的法国老师。她不像永远坏脾气的鲁吉耶老师，要是杜邦老师发脾气，她当然会暴跳起来，可都不会持续很久。

"啊，你们都在晾太阳！"出乎所有人的意料，她这样说道。

"哦，你的意思是说晒太阳吧，杜邦老师?"伴随着一声尖尖的笑声，达瑞尔说道。

"是的，多可爱的太阳！"杜邦老师说，她高兴地扭动着丰满的肩膀。

可一两分钟之后，她就害怕要长出雀斑，退到阴凉的地方去了。

"还有你，我的小莫琳①，你在此地很好地安顿下来了吧？"看到莫琳正坐在自己身旁，杜邦老师和气地问，"当然啦，你会想念你旧日的学校，那学校叫什么来着？啊，是的，你的梅子李学园，是不是？"

一阵笑声震耳欲聋。

"哦，杜邦老师，你可真是个无价之宝！"贝琳达快笑哭了，"你总是一语中的！"

"梨？什么梨？"杜邦老师环顾四周发问，好像希望看到一只梨子挂在半空，"我什么也没看到。别戏弄我了，这么热的天！②"

她又转向莫琳。"她们打断了好心眼的杜邦老师的话茬。"她微笑着俯视一头蓬松头发的莫琳说，"我刚才正问到你可爱的梅子李学园。"

这次可真的太过了。莫琳看着杜邦老师和大笑的女孩们，脸上浮现出被冒犯了的厌恶的表情。女孩们在草地上打滚，高兴得要命的样子让杜邦老师很吃惊。她心想：自己说了什么话，那么有趣吗？

---

① 此处杜邦老师说的是法语。
② 杜邦老师是法国人，英语发音不标准，所以才会读错音，会错意。

"我要问的就是有关你那可爱的……"杜邦老师又困惑地开了口。大家笑得停不下来了。莫琳站起身，怒气冲冲地走了。用这么可怕的名字嘲笑她的母校多么可恶啊，杜邦老师真的是有意这么叫的吗？她也在取笑自己吗？莫琳开始严肃地怀疑，之前那些对她说的甜言蜜语其实都是恶意的。

"哦，天哪，你真是个宝贝，杜邦老师！"达瑞尔坐起身来，擦掉笑出来的眼泪，"以后，莫琳再开始炫耀她难舍难分的学校的时候，我们就用'梅子李'这个词。我们肯定会把她这个毛病治好的。"

"希望格温快点儿回来。"莎莉说，"我期待着看这两人碰面。莫琳的做派跟格温太像了，格温认识莫琳，一定就像揽镜自照一样！"

"喂，喂——不要再拨弄莫琳啦。"杜邦老师说。当然，她的意思是不要戏弄。

"呼，真热。我的鼻子上要长雀斑了。我感觉到了！我得坐到阴凉的地方去。呼！"

"我们会有一个愉快的学期的，杜邦老师。"达瑞尔说，"我们会做大量的运动，而且，我们十一年级还要举办圣诞娱乐活动！我怕我们没多少时间学法语了。"

"坏丫头[①]！"杜邦老师立刻说道，用力地扇着风，弄得自己

---

① 　此处杜邦老师说的是法语。

更热了，"坏丫头，达瑞尔。你们有大把的时间来学法语。别耍'八戏①'了，这学期不要再搞小'八戏'，你们没时间耍'八戏'。"

"你为什么不搞个小'八戏'呢，杜邦老师?"艾莉西娅懒洋洋地说，"我们全权让你在我们身上耍个小'八戏'。"

"哦，是的，想耍多少个就耍多少个!"莎莉高兴地说。

"可我们会看穿所有的把戏的。"梅维斯说。

"啊，要是我来个小'八戏'，一定超级棒的!"杜邦老师用法语的腔调说道，"超级棒! 妙极了! 简直是奇迹! 你们从来没有见过的'八戏'。"

"我们谅你也不敢，杜邦老师。"艾莉西娅立刻说道。

"我，我不敢。"杜邦老师说，"也许我能想出来一个'八戏'，可我不会实施的，我可没你们的胆量。"

下午的上课铃声响起。大家都站起身来。

艾莉西娅用力把杜邦老师拉起来，差点儿又让她摔倒了。

"你的胆子可太大了。"她生气地对艾莉西娅说，"总是胆大包天哪，艾莉西娅!"

第七章

格 温 驾 到

恰在下午茶之前，格温坐车回来了。消息传开了。

"亲爱的格温德琳·玛丽回来了！来看看那温馨的告别场面吧！"

格温家的告别场面是马洛里塔学园一个经久不息的笑柄。场面总是包含抛洒的热泪，还有深情的拥抱，请求尽快写信的情景，这些会在她与她妈妈和那位家庭教师温特小姐之间持续很久。

窗户上贴着一排排的面孔，女孩们俯瞰着车道。格温从车子中出来。她妈妈和温特小姐也下了车。开车的是她爸爸，他坐着没动。假期里格温已经让他心烦了。

"是时候掏出手绢啦！"艾莉西娅说，于是，格温的手绢掏出来了，她妈妈和温特小姐的手绢也都掏了出来。天哪！上方窗前，所有"好事"的观望者也都掏出了手绢！

"现在，我们来揩把眼睛吧！"艾莉西娅接着说，当然，下方的人们也开始擦眼睛了，上面的人一个个也都抽抽鼻子，擦擦眼睛。

艾琳发出的一声爆笑，暴露了大家。下方的四个人惊讶地抬头，看向一直观望着的女孩们，她们人手一块手绢在擦眼睛。

莱西先生放声大笑。他握住方向盘，笑得很大声。

"她们为你做了一场精彩的表演，格温，你也为她们表演了一番！"他大声说。窗边的女孩们察觉自己被发现了，便立刻消失不见。她们觉得有点儿不自在。现在，莱西夫人可能会抱怨她们的教养太差了！这正是她会做的事。

"妈妈，回车上吧。"格温恼火地说，根本不知道有人在看着她。她是真的喜欢这些告别场景。可现在，她的温馨告别被毁了！她妈妈和温特小姐几乎是急匆匆地回到车上，再也没有了流泪，也没有了拥抱。

"我不喜欢这种行为，格温。"女孩们的行为让莱西夫人很生气，"我很想给格雷灵女士写封信。"

"哦不，妈妈！"格温惊慌地说，她完全不想引起格雷灵女士的注意。格雷灵女士曾对她说过一些很可怕的话。

"不要紧的，格温。我不会让她写的。"她爸爸说，"现在，说再见，上去吧。记住，这学期如果我再听到任何关于你的荒唐话，你要面对的就是我了，而不是你妈妈。上学期你表现得糟糕，为此你也吃了不少苦头。要是这学期我还听到有关你的不良报告，你还会吃苦头的。不过，若是听到你的好消息，也没有人会比我更高兴，而我也毫不怀疑我会听到这样的好消息的。"

"是的，爸爸。"格温温顺地说道。

"在我们跟格温离别之刻你真是太严肃了。"莱西夫人又擦了擦眼睛，"再见了，亲爱的。我会非常想你的！"

格温绝望地抬头看了看窗户，心想：天哪，妈妈要旧戏重演吗？

"再见。"格温迅速地说了句，然后关上了车门。莱西先生立即踩下离合器，车子开走了。格温甚至没有回头挥挥手，就拿着她的曲棍球棍和夜用小箱子走上了台阶。她的行李已经提前送达了。

莫琳没有看到这一场愉快的告别，直到下午茶时间她才见到格温。格温提着箱子到了宿舍，发现里面是空的，心中庆幸。她揽镜自照，暗自欣赏着自己，她不再肥胖了。那些讨厌的步行带走了她的体重。而现在，她又不得不面对一个需要大量运动和步行的学期了。谢天谢地，她不用游泳了！

下午茶的铃声响了。格温快速地梳了梳蓬松的金发，这头发与莫琳的很像。她又洗了手，将领结系正，下了楼。

和落在后面的几个女孩一起走进餐厅后，她看到坐在十一年级餐桌边的同学们，她们正冲她挥手。

"你好啊，又看到亲爱的格温德琳·玛丽了！"

"假期过得好吗？"

"你去了法国，是不是？幸运儿。"

"你晚来了一天，错过了不少哦！"

"跟家人道别了吗？"

格温很高兴返校了。当然，跟妈妈和温特小姐一起待在家里，衣来伸手饭来张口很不错，可学校也挺有趣的。她打定主意这学期要懂事一点儿，什么活动都要参加。所以她环视四周，露出亲切的微笑。

"大家好！回来太高兴了。你们得把所有的新闻都讲给我听。我昨天才从法国回来。"

"哈，美丽的法国①！"杜邦老师插进来说道，"我们应该来一些推心置胸的谈话，说说美丽的法国。"

格温看起来十分惊讶。"哦，你是说推心置腹的谈话吧。好的，杜邦老师，那一定会很有趣。"

"格温，有一位新生，我给你介绍，你会喜欢她的。"艾莉西娅用一种可疑的声音温柔地说道，"这位是莫琳。这位呢，是格温德琳·玛丽。她们俩长得有点儿像吧，杜邦老师？"

"没错②！"杜邦老师表示同意，"是的。两个人都有金灿灿的头发，还有大大的蓝眼睛。啊，这是真正的英伦之美，没错！"

---

① 此处杜邦老师说的是法语。
② 此处杜邦老师说的是法语。

这话让格温和莫琳都非常满意，并引得她们饶有兴趣地看着对方。她们握了握手，相互微笑。

"我为你留了位子。"莫琳羞涩地说，把眼睛睁得大大地看向格温。格温坐下来，看看下午茶有什么吃的。长长的汽车之旅之后，她饿极了。

"吃点儿我的蜂蜜吧。"莫琳热切地说，"我们家养蜂，总是有好多好多蜂蜜。我们也养鸡，所以也有好多好多鸡蛋。我带了一些过来，希望能与你分享。"

格温很喜欢这样。天哪，尽管她刚到，可她一定给这位新来的女孩留下了深刻的印象。

"其他人跟我说了有关你的所有事。"莫琳夸张地说，"看来你真是很受欢迎啊！"

不知怎么，这话在格温听起来不太对。她不知道自己这么受欢迎。事实上，虽然她内心不想坦率地承认，可她知道得很清楚，她是整个年级最不受欢迎的！

莫琳愉快地说个不停。格温有一搭没一搭地听着，倒不是因为她想听，而是因为她忙着吃东西。艾莉西娅看到这个画面觉得好笑，照这样下去，格温增加的脂肪会比游戏、健身和散步消耗的还要多！

"我们这学期不用太用功，你听到这个一定很开心吧，格温。"艾莉西娅告诉她，"我们会有更多的时间运动和做体操。你会喜欢的。"

格温给了她一个如艾莉西娅自己所言的"那种眼神"。哎呀，这种眼神从没给艾莉西娅留下过好印象。和艾莉西娅争论、反驳，或者试图说些酸溜溜的话都是不安全的。论回嘴，艾莉西娅总是比别人快几倍，论刻薄，她比别人更胜一百倍。

"我们五点半开委员会会议。"莫伊拉宣布，"看来这是最好的时间。你会来吧，格温？你听说了圣诞娱乐节目委员会了吗？"

格温还没听说，所以有人告知她，她很开心。不管选择表演什么话剧或童话剧，她马上就会想到自己被选为主角之一。她会解开她一头金色的头发——可惜不是鬈发。她看起来会非常可爱的！她知道她会的！

莫琳的脑海里闪过一模一样的念头。她也想演一个主角，也想解开金发出演。她觉得，她要把自己的想法告诉格温。

"我在马泽利学园的时候……"她开始了。

贝琳达立刻打断了她："对了，你有没有告诉格温有关梅子李学园的事？"

莫琳皱起了眉头。"是马泽利学园。"她骄傲地说道，"杜邦老师说这个词的时候只是不知道它如何发音，仅此而已。"

杜邦老师听到她的名字被人提起，转过身来，带着一个大大的微笑说："啊，你们又说起梅子李学园了吧，你亲爱的母校，是不是①？你还没告诉格温有关梅子李学园的事吧？"

---

① 此处杜邦老师说的是法语。

莫琳看到女孩们咧嘴笑，便放弃了。她接着跟格温聊天，格温对所有的旁敲侧击感到惊讶，对此她也完全摸不着头脑。

"我以前在学校演过童话剧，是《睡美人》。"莫琳说，"当然啦，我不得不把头发披下来。这类角色得找金发的人来扮演，是不是？"

格温由衷地表示同意。她深为自己的金发骄傲，巴望着学校能够允许她披散着头发，她在家就是这样的。

"剧中的王子很帅，我得把这出戏的事都讲给你听。"莫琳接着说，"你对话剧很有兴趣吗？那……"

直到下午茶时间过后很久，莫琳都在没完没了地讲她在以前那所学校演戏发生的冗长而乏味的故事，格温没法阻止她，也摆脱不了她。莫琳和她一样厚脸皮，对于暗示十分迟钝！

"格温终于遇到对手了。"达瑞尔对莎莉说。

"天哪，看比尔还有克拉丽莎，她们都穿好骑马服了。她们知不知道委员会十分钟后就要开会了啊？"

莎莉叫她们："嘿，你们俩！要去哪儿啊？"

"去看看雷鸣和乐腿儿。"比尔说。

"你们不知道马上就会有委员会会议吗？"达瑞尔夸张地说。

"不知道，没人告诉我们。"克拉丽莎看起来很吃惊，"公告板上没有写啊。"

"嗯，从今天早上起我们一起在谈论这事，整个下午茶时间除了这个没说别的，除了莫琳和格温，她们俩在讨论话剧里的金发美人。"达瑞尔说，"你们俩的耳朵呢？你们一个字也没听到？"

"一个字也没听到。"比尔严肃地说，"对不起，我们当然会参会的。我们有时间先去看看雷鸣和乐腿儿吗？只是看看。克拉丽莎和我，我们刚才在说别的事，没听到你们在说什么。"

"你们俩在窃窃私语。"莎莉说，"我猜你们俩又是满脑子的马了。不，现在别去马厩了。要是你们去了，不到会议结束是不会回来的。我可知道，你们俩一去马厩就会无踪影。"

克拉丽莎和比尔欣然走出十一年级的休息室。也许，你们可以另找时间去马厩。

"来吧，我们去召集其他人。"莎莉对达瑞尔说，"我很期待这次会议。"

第八章

午 后 会 议

全体十一年级的学生很快被召集到北塔的休息室。女孩们有的坐在椅子上，有的懒洋洋地躺在沙发上，或是躺在小地毯上，她们有说有笑。

莫伊拉走了进来，径直走向桌子。桌后已摆好了一把大大的椅子。她砰的一声把书扔在桌子上。

"安静！会议即将开始。"她郑重地说，"你们都知道会议的内容，就是挑选委员会成员，以处理圣诞娱乐节目组织事宜，这是由我们十一年级生承担的。"

"知道了，知道了。"有人说道。莫伊拉置之不理。

"我认为还应该要求全年级一起来讨论并选择我们应该制作什么样的娱乐节目。"她说。

"木偶剧《庞奇和朱迪》①。"有人叫道。

"不可以太过搞笑。"莫伊拉说，"首先，我们来选举委员会。我让凯瑟琳裁好了要用的纸条。放在哪儿了，凯瑟琳?"

她转向坐在她身边的凯瑟琳。凯瑟琳递给她一摞纸条。

"在这儿呢。你一跟我说，我就做好了。这儿有个盒子，我在十一年级教室的橱柜里拿出来的。我还收集了足够的铅笔，供大家使用，瞧……"

"好的，正是我们需要的。"莫伊拉说，"现在，谁来发纸?你，玛丽露?"

玛丽露坐在一个小橱柜顶上，双腿荡来荡去。她正打算从柜子上下来。

"不不不，不用麻烦你了，玛丽露。"凯瑟琳立刻说道，"我来发吧。"没等任何人阻止，她便绕着屋子，给每个人发了一张纸和一支铅笔。

"每个人都拿到纸了吗?"莫伊拉问，"瞧，梅维斯没有拿到，凯瑟琳。"

"我把你给漏了，太抱歉了!"凯瑟琳满含歉意地说，"给你。"只要可能，她的抱歉之辞总是不绝于口。

"我觉得，委员会要选八个人，因为有许多要做的工作。"莫伊拉说，"比如，我们需要有人负责艺术方面，有人负责音乐

① 《庞奇和朱迪》是一出英国传统木偶剧，讲述总和妻子朱迪打闹的庞奇的故事。

方面，等等。因为我是级长，我必须是委员会的成员之一，所以你们当然得投我一票。这就意味着，你们只要写下七个名字就行了。"

"呃，我理应给莫伊拉投一票吗？我可不知道这个。"艾莉西娅低声对艾琳说，"她太专横了，不合我的口味。不需要多久，我们见到她时都得向她敬礼了！"

大家都忙着写名字。莫伊拉有点儿迷糊，因为她认识的人太少了。格温提示她，不一会儿，莫伊拉就注意到了。

"格温！别告诉莫琳该写谁的名字，那就意味着你一个人投了两次票。我忘了莫琳是新生了。我们只好暂时不要她参加这一项了。"

凯瑟琳拿着盒子四下里走动，收集那些折好的纸片，让大家把纸片放进盒子里。然后，在其他女孩闲聊的当儿，莫伊拉和凯瑟琳拿出纸条，在被选中的女孩的名字旁边打勾，然后把打勾的数目加起来。

莫伊拉拍了拍桌子，说："请安静！现在有结果了。得票最多的人是艾莉西娅、梅维斯、艾琳、贝琳达、达瑞尔和珍妮特——还有，莎莉和贝蒂的票数相同。"

珍妮特和贝蒂是住别的塔的十一年级生。贝蒂是艾莉西娅最好的朋友，和她一样聪明，也和她一样俏皮，很受欢迎。

"那么，就这样吧——"莫伊拉说，"因为莎莉和贝蒂票数持平，那我们最好把她们俩都吸收进来，这样委员会就有九个人了，而不是八人。"

"我来负责音乐相关的事。"艾琳说。

"我愿意负责美术相关的事，任何有关装饰的事。"贝琳达说。

"我画得很好。"莫琳悄声对格温说，"我能帮忙，我可以说吗？"

"不可以。"格温完全不会画画，而且并不想让这个新来的女孩出风头。

"我来负责服装方面的事。"珍妮特说，"这方面我愿意出力。"她在针线活上特别拿手，她所有裙子都是自己做的。

"很好。"莫伊拉赞同。

"我能不能——你们觉不觉得我可以在唱歌方面帮把手？"梅维斯犹豫地说，"我不想出风头，可要是有什么跟唱歌相关的，比如合唱之类的事，我可以训练她们。我自己受了不少训练，我想我知道如何着手做这事。"

"好，好主意。"莫伊拉说。

"嗯，要是有一些独唱的任务，你可以自己唱。"达瑞尔叫起来，"现在，你的嗓音很美。"

梅维斯高兴得脸都红了。"哦，那我看看吧。也许没什么独唱的部分。"她害羞地说，"这取决于我们要排演什么，是不是？"

"这些一般性的事务就交给艾莉西娅、达瑞尔、莎莉和我吧——有关组织方面的事。"莫伊拉说道，她确实能很好地主持会议，并使之顺利进行，"我们必须一起顺利、高效、友好地合作。"

她说话的时候瞥了艾莉西娅一眼，迅捷、充满敌意的目光，只在眼睛轻轻一眨之间。可艾莉西娅捕到了这个眼神并会意了。那句"友好地合作"指的就是她。好吧，莫伊拉有多友好她就会有多友好——一分都不会少！

"嗯，现在我们委员会的名单确定了，接着进行下一项。"莫伊拉说，"我们要搞一个什么样的节目？"

"童话剧！"

"不，演话剧，一出幽默剧！我们演《平静的周末》！"

"杂耍表演！"

"芭蕾！哦，我们演芭蕾剧吧！"

最后一个建议来自一个漂亮的女孩，她是个芭蕾舞者。她被否决了。

"不，不要，这太片面了。不是所有人都会跳芭蕾！"

"嗯，我们要弄一个大家都能参加的，都能有所贡献的。"

"那最好是演童话剧。"莫伊拉说，"这里面可以有一些歌曲、舞蹈，还有各种不同的表演。童话剧从不拘泥于它的剧情，可以非常自由。"

更多的叫喊、讨论过后，她们决定了要演童话剧。由于某种原因，《灰姑娘》比其他剧目更受欢迎。

格温和莫琳的脑海中立刻呈现出自己披散着头发饰演的完美灰姑娘的模样。

莫琳转向格温。"我多喜欢演灰姑娘啊。"她喃喃地说道,"在我以前的学校,我……"

"我问问,你原来的学校叫什么来着?"贝琳达立刻说道。

可怜的莫琳不敢说名字了,她转身背对着贝琳达。"在我以前的学校,我演过一次灰姑娘。"她说,"取得了巨大的成功,我……"

格温根本不喜欢这些事,她开始觉得莫琳这个人特别无趣而自负。天哪,她原本正打算说她会把灰姑娘演得极其出色的!她根本不觉得莫琳这样软弱、愚蠢的兔牙女孩能成为一个好的女主角。

"我们要为童话剧选一名灰姑娘。"莫伊拉说,"全剧都由我们自己来写,达瑞尔,你作文好,你可以把它起草出来。"

达瑞尔看来非常惊讶。"起草?起草一整出童话剧!"她叫道,"哦,我不成。我都不知道怎么开头。"

"你只需要找来一两部其他童话剧的剧本,看看它们是如何开头的就行。"莫伊拉说,"你会写韵诗吗?会写歌词吗?这个我们也需要。"

达瑞尔恨不得她根本没有入选委员会的成员。天哪,这将是一个真正艰巨的工作。本来她以为自己会有一个轻松愉快的学期。她张嘴想抗议,可莫伊拉已经结束了与她的话题。此刻,她正在跟艾琳说话。

"一旦歌词写好了，你可以马上谱曲吗？"她问艾琳，"或者，你愿意在歌词写出来之前先作好曲，之后再配上词？"

"我自有我的工作方式，谢谢。"艾琳相当客气地说，但声音里带着一种坚定，仿佛在说"走开！在音乐方面，我想怎么做就怎么做"。

她直视着莫伊拉，说："你可以放心地交给我。音乐是我的专长，以前是，将来也是。"

"好的，可我必须了解你要如何开始，你会写什么样的旋律，诸如此类的。"莫伊拉不耐烦地说，"我们不能让事情这样悬而不决。"

"在我看来，你必须面对这样的状况。"艾琳说，"我不知道要写什么样的旋律，直到我听到它在我的耳畔奏响。然后我会抓住这旋律，把它写下来。我不知道何时才能听到它响起，所以呢，别指望我每天早上十点坐下来专门写这个！"

凯瑟琳又想息事宁人了，她喜欢做这种事。"嗯，毕竟，当你跟一个天才相处的时候，你不能为她们制定规则吧？"她这样说，"莫伊拉并不十分明白这个，艾琳。"

"不要为我说的任何话道歉。"莫伊拉嘲弄着凯瑟琳，"我不十分明白你这话是什么意思！这种事我做得够多了。我去年不是组织了表演吗？前年也帮忙组织了。"

凯瑟琳摆出一副圣洁的表情，说："好吧，当然啦，莫伊拉，你别太困扰自己。我本不该说什么的。我相信艾琳能理解了吧?"

她给了艾琳一个甜美的微笑，大家都觉得有点儿恶心。凯瑟琳有必要如此谦卑吗?

会议不得不突然中止了，因为晚餐铃响起了。"天哪，时间过得真快!"莫琳说。

"这下我们没时间去马厩了。"比尔悲哀地说。

"明天我们会开一个委员会短会，在同样的时间。"莫伊拉收拾好东西说，"到时我们会收拾残局的。"

她大摇大摆地走出房间，一副老师的派头!

"天哪! 现在我们得注意自己的言行了。"达瑞尔带着一副滑稽的表情说，"这学期，我们的所作所为可承载着莫伊拉的期望啊!"

第九章

气 球 把 戏

　　事实上，每学期的第一周过起来总是很慢的。第二周飞快地就滑过去了，然后，时间开始飞逝。可眼下依然还是第一周，她们得做许多计划，还有好多时间表要制定，有好多需要安顿的事。

　　达瑞尔发现自己真的很忙。她必须参加圣诞娱乐节目委员会的会议，得通读两部或三部童话剧剧本，决定如何起草她个人版本的《灰姑娘》。她发现莎莉给她的助力很大，果然是人多智广。

　　她还要负责运动这一块，要为低年级学生制定训练时间，还要帮体育老师做一些辅导。大家会一起商量，要挑选最好的运动员参加低年级的比赛。达瑞尔深感自己的重要，可以和大家讨论各种各样的情况。

"可不能让丽塔参加，"她说，"我知道她不错，可她就是不愿意练习，她在比赛中会垮掉的。"

"嗯，那你觉得克里斯汀如何？"体育老师这样问，"她个头太过矮小，我不太想选她。"

"可她跑起来像一阵风！"达瑞尔回答，"而且她热衷于这项运动，她只是需要一个机会！"

没错，达瑞尔日理万机，她忙碌于自己的工作且对它兴趣盎然。低年级的人很崇拜她，并争着赢得她的赞许，费莉西蒂深深地为这位十一年级的姐姐而骄傲。

"大家都觉得你厉害。"她告诉达瑞尔，"你应该看看她们就算在最糟糕的天气里也坚持训练的劲头，我的天，有朝一日我有没有机会参加一支赛队，达瑞尔？你一定得告诉我。"

"我只能说，如果你像现在这样继续练下去，你参加赛队是不成问题的。"达瑞尔说。费莉西蒂发出一声欢呼。

琼恩路过，丢下一记酸溜溜的眼神。她跟身边一起走的叫格温妮丝的女孩说："真够偏袒的！你看吧，达瑞尔会首选她的小妹妹，把她塞进赛队的。"

达瑞尔听到了，立刻走到琼恩的身边，说："琼恩！你怎么敢这么说一个十一年级的学姐！你等着吧！"她拿出十一年级的学生人手一份的《惩罚手册》（学校允许的），在上面写下了琼恩的名字，然后在名字旁写了一些内容，撕下来交给琼恩。

"拿着，花点儿力气用用功，你就会安静的，它还会提醒你管好那张嘴!"

琼恩不高兴地接过纸。她瞟了一眼,达瑞尔在上面写道:"学三首莎士比亚的十四行诗,在周二之前背给我或其他十一年级的学姐听。"

琼恩皱起眉头。"我做不到。"她说,"这周艾莉西娅已经罚我学东西了,我不可能两件事都做到。"

"恐怕你不做也得做。"达瑞尔说,"我猜,你又对艾莉西娅无礼了。嗯,这个我们不能忍。如果你现在不学会礼貌,尊重学姐,你就永远不会了。周二前必须背诗给我听!"

她和费莉西蒂一起走了。"琼恩真可恶。"费莉西蒂评论道,"要不是她有时候实在太有意思了,我真的永远不会和她说话了,苏珊也这样想。可她有时候玩的小把戏太有趣了。明天她又要在杜邦老师身上耍小把戏了。"

"什么把戏?"达瑞尔饶有兴趣地问,"我真想不出还有什么把戏可以捉弄可怜的杜邦老师。"

"嗯,有的,而且琼恩要付诸行动。"费莉西蒂说,"我看到杜邦老师的脸的时候,简直要笑哭了。"

"没错,我懂,有时候我也是笑得肚子痛。"达瑞尔说,回想起了她们过去耍的那些把戏,"琼恩明天要耍什么把戏?"

"哦,达瑞尔,她弄来了一种扁平的气球装置。"费莉西蒂一想便咯咯发笑,"事实上,有四个呢,在衬衫后面装一个,前面装一个,还有一个放在裙子底下,前面一个,后面一个。"

达瑞尔轻声笑着说："接着说呀。我都能猜到会发生什么了。"

"嗯，琼恩展示给我们看了。"费莉西蒂无法抑止地大笑起来，"所有的气球都用小管子连在一起，你按下一个充气阀给它们充气，再按一个放气阀就可以放气。你懂吧，她一按充气阀，人就肿了起来，然后她做出一副吓了一跳的样子。天哪，我笑得在椅子上都坐不住。"

达瑞尔也大笑起来，说："嗯，这果然是个新把戏！要是我们在七年级的时候玩过这个就好了。琼恩打哪儿弄来这个东西的？艾莉西娅总是从她的兄弟手中弄到这些。"

"嗯，琼恩收到了制作魔术和滑稽把戏的公司寄给她的广告小册子。"费莉西蒂说，"我估计，她肯定把所有的零花钱都花在这上面了。"

"在我们的童话剧里加点儿魔法倒也不错。"达瑞尔若有所思地说，"艾莉西娅变魔术太拿手了。好吧，我要在童话剧里加点儿魔法，这必须由艾莉西娅演！要是你明天能从琼恩手里把那本小册子借来，或者她有多少，你就借多少，我想好好地读一读。"

"好吧。可我不会告诉她是你要看的。"费莉西蒂说，"你让她学了那么多十四行诗，现在在她眼里你就是个坏蛋。达瑞尔，琼恩明天上午十二点会在法语听写的时候要这个把戏，你肯定没空吧？要是有空，你能不能过来装作给杜邦老师带个口信或是什么，然后看看琼恩肿起来的样子怎么样？事发在何时你会知道的，因为我想我们会笑得尖叫起来。"

达瑞尔琢磨了一下。她得留出那段时间继续写童话剧的草稿。不把角色写明白，她们就没法选角，所以重要的是先写出来。可是她怎么能忍住不溜下来看看杜邦老师的表情呢?

"嗯，我尽量来。"她许诺。

第二天早上十二点，达瑞尔被叫去跟舍监老师讨论有关丢失袜子的事。舍监老师总是把这类事情翻来覆去地讲，等达瑞尔空下来，二十分钟已过去了。

"好想知道七年级的教室发生了什么事情。"她自言自语，"我想知道这把戏弄耍成了吗?"对这种小毛孩的把戏这么感兴趣，她感到有点儿负罪感。

它要成了。琼恩一向被勒令坐在前排，在老师的眼皮子底下，确实非常成功地让自己"肿"了起来。她是循序渐进耍把戏的，所以，当杜邦老师一直看着她是否在听写时，起初并没有注意到什么。

可是，过了一段时间，琼恩开始显得有点儿"肿"了起来。杜邦老师仔细思考了一下:"琼恩这个孩子啊，她长胖了。也许稍长胖点儿对她有好处。她太闲不住了，真是个难缠的孩子。嗯，胖姑娘一般来说不那么难缠，这点很有意思。"

她又瞟了一眼琼恩，突然，吃了好大的一惊。天哪，这孩子肿得可真厉害啊!她牢牢地盯着琼恩。有一两个女孩实在太想笑了，可还是要板起脸来，真是一种痛苦。

琼恩不动声色地写着。"琼恩!"杜邦老师厉声说,"你是不是憋气了?"

琼恩看着杜邦老师,一副无辜的样子。"憋气?"她睁大了眼睛说,"没有啊,我为什么要憋气呢? 要是你想让我憋气,我也可以憋呀,我能憋好长时间呢。"

她鼓起腮帮子,憋住气。那个充气阀很管用,她明显地"肿"了起来,杜邦老师吃惊地盯着她。

"不,不,快呼吸,琼恩。你会爆炸的,你这是怎么啦?"

琼恩发出响亮的嘶嘶声,呼出一口气,同时拉了一下放气阀。她立刻又消肿了,看起来像极了她呼出一口气才这样的。看到她又变回了原来的块头,杜邦老师松了口气。

"憋气的感觉真好。"琼恩说。她已预见了一个美妙的小把戏:憋气,给自己"充气",呼气,给自己"放气"。

她又吸进一口气,鼓起了腮帮子,吐气,然后再憋气,可把杜邦老师吓坏了。在杜邦老师惊恐的注视下,她肿起来,一直肿到她看起来真的很可怕。

杜邦老师从椅子上跳起来。"我从来没见过这种事!"她失控地说,"琼恩! 求你了[1]! 求你了,别这么憋气了,你会爆炸的。"

这一刻,整个班级爆发了。她们再也忍不住大笑了,再不可能忍了。琼恩呼出一口气,迅速地"扁"了下去。

---

[1] 此处杜邦老师说的是法语。

"别，别这样，琼恩。"费莉西蒂喘不过气来了，在椅子上滚来滚去，"哦，别再来了。"

琼恩可没停下来，杜邦老师惊慌失措地看着她再一次地肿起来。"怪物啊！"她叫道，"琼恩，我再求你一次，不要再憋气啦，瞧你肿得，可怜的孩子啊！"

正在此时，放气阀坏了！它失灵了！琼恩疯狂地拉它，可它没法给藏在她衣服下的气球放气。她坐在那儿，疯狂地拉着拴在放气阀上的绳子，绳子断了！

杜邦老师几乎哭出来了。"可怜的琼恩！孩子们，孩子们，你们怎么还能笑得出来？这不是该发笑的事，我去找人帮忙。必须把舍监老师叫来。待着别动，琼恩，可别爆炸啊！"

她跑出屋去，扭着双手。显然，琼恩惊慌失措起来。

"天哪！这个讨厌的玩意坏了。我可不能让舍监老师看到我这副样子。我会被狠狠骂一顿的。我该怎么办啊？"

当杜邦老师冲出来的时候，达瑞尔正好来到门前，杜邦老师看起来很疯狂。她从达瑞尔身边走过，甚至没有看见她。达瑞尔把头伸进开着的门，看了看。

她看到了奇形怪状的琼恩。费莉西蒂以为达瑞尔那副天真的样子是装出来的，她说："达瑞尔！放气阀坏了！杜邦老师去叫舍监老师了。快！我们该怎么办？"

"拿个别针来，傻瓜。"达瑞尔说，"戳一下琼恩，把气放掉就好了。然后你们得赶快把她身上的装置脱掉，因为舍监老师肯定要搜身的。"

有人找来了别针。费莉西蒂把它戳进那四个鼓包里，每个鼓包都砰的一声炸开了！琼恩立刻又恢复了原来的身材，她开始拼命地把东西一样一样地扯出来。现在，她可吓坏了。

终于，她把橡皮气球扯了出来，然后把东西塞进她的课桌。这时，走廊里正巧传来了脚步声。达瑞尔溜了，她发现，面对这一切实在没法忍住不笑。她多么想看看杜邦老师第一次看到琼恩肿起来时的脸色啊！

杜邦老师是一个人回来的，她看起来很压抑，匆匆走过达瑞尔身边，进了七年级教室。她走进去，盯着琼恩。

"啊，那么说，你现在又'扁'下来了！我告诉了舍监老师，她笑话我了。她说这是一个'八戏'！这太可恶了，这是什么讨厌的'八戏'？我会找出来的，我要好好搜一搜。我要在教室的每张课桌里搜，啊啊啊啊啊啊啊！"

杜邦老师看来气坏了，她站在那儿，没人敢说一个字。琼恩开始觉得，早知道她该把气球留在衣服里的。要是杜邦老师真的查看她的课桌，那她自然就会发现了。

杜邦老师发现了。她打开桌盖，立刻看到了橡皮气球，扁扁的，扎破了。她把它们拎了出来，在琼恩的眼皮下晃："啊，你现在又可以憋气了，小坏蛋琼恩！憋着气听听我会对你说什么！你要在周二之前给我学一百行法语诗。没错，一百行！这能让你喘不上来气了吧，坏丫头？"

当然能！琼恩已经有两项英语诗歌要学了。现在，她又要多学一百行法语诗，雪上加霜。她呻吟一声。

杜邦老师接着在书桌里翻找，她拿出了一些手册，看了起来。

"新'八戏'，老'八戏'，在朋友身上耍的'八戏'，在敌人身上耍的'八戏'。"她读着，"啊！这些我要收走，琼恩。这学期你没法再耍更多的'八戏'了，我要没收这些东西，你别想拿回去了，别想！"

她把小册子和书一起放在桌子里，神色严峻，语气坚定地继续进行法语听写。同学们很快恢复常态，期待着最终铃声的响起，这样，她们就可以立刻发自内心地再度爆笑出声。

铃声响起了，杜邦老师严厉地说了声下课，然后拿着橡皮气球、有关"把戏"的小册子和她的书走了。她在与北塔的宿舍主管老师波茨小姐共享的屋子里坐下来。

"你看起来又热又烦躁，杜邦老师。"波茨小姐同情地说。

"啊，这个琼恩，她像个青蛙似的鼓起来，就在我眼皮底下！"杜邦老师开始气愤地说起来，她也鼓了起来。然后，她看到波茨小姐吃惊的样子，突然间自己就笑了起来。

她张开嘴，大笑着，在座位上滚来滚去，大笑不止。

"哦，这些'八戏'啊。总有一天我也要耍个'八戏'，一定得是一个超级棒、棒透了、妙不可言的'八戏'，哈！总有一天我也要耍个'八戏'！"

第十章

休 息 室 中

达瑞尔把琼恩耍的愚蠢的小把戏告诉了艾莉西娅。艾莉西娅大笑起来，说："家庭基因嘛！我和我的兄弟们都是恶作剧狂人，现在，我的表妹琼恩也继承了我们的传统。真可惜我们现在升到十一年级了，我们现在再耍这些把戏就不太体面了。"

达瑞尔叹了口气，说："没错，我觉得你说得对。长大也有不好玩的，这个就是其中之一。为了体面，我们不得不放弃一些傻念头。可是，艾莉西娅，我多想你当时看到琼恩'肿'的样子啊。说实话，这不亚于你的任何一次把戏呢！"

"真可惜，我这位表妹是一个冷酷、厚脸皮的小坏蛋。"艾莉西娅说，"事实上我觉得她无所畏惧。也许，她怕我的兄弟萨姆，可她又真心喜欢他，尽管她来我家住的时候，他总是责备她，也丝毫忍受不了她的废话。"

"不知怎么，她似乎让人无法接近。"达瑞尔说，"我的意思是，她好像一点儿也不在乎。呃，艾莉西娅，你知道吗？她有点儿像你，只不过现在的你比她好多了！"

艾莉西娅脸红了。她说："好吧，别触人的痛处了。我知道我这个人冷酷，可你教训我也没法让我改好！但我现在已经试着对傻瓜和笨蛋投入更多的同情心了，你可能没有注意到！当然啦，你不属于这二者之内，所以你没有机会注意了。"

达瑞尔大笑起来，她用胳膊挽住艾莉西娅。"你自己就有些傻气呢。"她说，"不过，你身上有一个特点很突出，就是你绝对的正直，可我在琼恩身上就没有感受到这一点。你觉得呢？我在我妹妹费莉西蒂身上也能感受到，任何情形下你都可以信任她，可琼恩就不行。她既冷酷又狡猾。"

"嗯，得趁我们还在马洛里塔的时候把她改造好。"艾莉西娅说，"我们还有两年的时间来做这件事，然后就要去上大学了，留下琼恩和费莉西蒂这样的孩子继续生活！"

星期二的晚上，琼恩来到十一年级的休息室，在艾莉西娅和达瑞尔面前背诗。她看起来怒火冲天。当琼恩大步走进房间时，大多数女孩都在忙着做一些零活，比如织补、列清单、重写作业、给家里写信等，她们抬起头来看着琼恩。

"低年级的小孩进屋来得先敲门，你不知道吗？"莫伊拉说。

琼恩一言不发，怒目相向。

"出去！敲门，叫你进来你再进来。"莫伊拉发号施令。

琼恩犹豫了一下，她讨厌被人呼来喝去。

看到莫伊拉摸了摸衣袋中的《惩罚手册》，琼恩一溜烟地走了。她可再也不想多背任何一首诗了！

"我从来没见过这么需要上规矩的人。"莫伊拉冷酷地说，"小坏蛋！艾莉西娅，我知道她是你的表妹，不过，她可没给你挣面子！"

"你妹妹布丽奇特也没给你挣面子啊。"艾莉西娅反驳道。她并不是特别想护着琼恩，可她讨厌莫伊拉那种高傲的态度，让她管好自己那个没礼貌的妹妹吧！

"琼恩已经敲了两次门了。"凯瑟琳说，"难道我们不要说一声'进来'吗？"

"要我说了才行。"莫伊拉道，"让她等会儿对她有好处。"

琼恩又敲了敲门。"进来。"莫伊拉说。

琼恩走了进来，怒火中烧。她沉默地走到达瑞尔面前，掏出一本书，她就是在这本书里选择要学的诗歌的。

"背给我听吧。"达瑞尔说。琼恩一字不差地背了出来。达瑞尔看看她。她真的非常像艾莉西娅，有着像艾莉西娅一样出色的记忆力。显然，记住这些诗只花了琼恩五分钟的时间。

她走到艾莉西娅面前，把艾莉西娅让她学的那首诗也背了出来，同样也是一字不差。

"好了。"艾莉西娅说，"你可以走了，如果你不想花一整个学期的时间学习诗歌的话，就对学姐们客气点儿。"

琼恩怒目以视。贝琳达突然掏出了铅笔。

"保持!"她对惊讶不已的琼恩说,"对,就这样——嘴角下垂,眉头皱起,表情粗鲁。保持,保持住! 我要收录到我的'怒目而视作品集'中。作品名叫《如何发怒》,非常有趣。你该看看我画的那些发怒的面孔!"

莫伊拉和格温知道自己对这本独树一帜的作品集贡献良多,立刻怒容满面,然后又板起面孔,以妨被贝琳达看见。讨厌的贝琳达! 在她身边,她们都没办法安安稳稳地皱眉头。

琼恩一动不动地站着,眉头皱得更紧。"画好了吗?"最后,她说道,"愿你看着那些愁眉苦脸的作品满心欢喜,只要你愿意,我随时都可以为你提供好的作品原型。只要有任何一位十一年级的学生在场,这件事易如反掌。"

她大步而去,摸了摸口袋中她为杜邦老师学习的诗篇。这些真没费她多少时间。谢天谢地,她拥有过目不忘的记忆力! 琼恩只要将诗通读一遍,大声地读出来就能记住。那些记忆力不如她的人非常嫉妒她。琼恩,最不用功却把功课学得很好;而她们呢,那么用功努力,却常常只能学得很普通甚至更差,真是不公平!

"讨厌!"艾琳突然放下铅笔,说道。她一直在创作一首有关"疾驰"的小曲,就是她听到车道上的马蹄声后在脑子里想了很久的曲子。"我正沉浸在这首轻快的曲子里,却想起来该轮到我在教室里摆花了,天黑下来之前我得去摘花。"

"我去吧，我很愿意为你做这件事。"凯瑟琳放下手中的针线活，"艾琳，你是一个了不起的天才，你只管继续写你的曲子吧。我只是一介凡夫俗子，完全没有天赋，很高兴能略尽绵薄之力。"

她露出灿烂的笑容。艾琳略觉不舒服。大家都厌烦了凯瑟琳和她那圣人一般的表现。她总是为别人竭尽全力，主动提出做别人不想做的工作，贬低自己，大肆赞扬别人。

"不用了，谢谢。"艾琳利落地说，"这是我的职责，我得去做。"

"你能这样想太好了！"凯瑟琳滔滔不绝地说起来，"嗯，我正在忙着替格温织补袜子，如果你真的不需要我替你摆花的话，我就……"

可艾琳已经走了。她砰的一声关上门，除了凯瑟琳，无人介意。她们都想摔门而去。

"我真的觉得艾琳应该说声谢谢。"凯瑟琳用相当受伤的声音说道，"你觉得呢，莫琳？"

莫琳觉得，如果她敢说一个"是"字，每个人都会冲她而来。艾琳那么受人欢迎。就在莫琳犹豫着要如何回答的时候，门开了，艾琳回来了。

"有人已经摆好花了！"她说。

"是的，现在我想起来了，我看见克拉丽莎做的。"梅维斯说。

"到底是为什么？"艾琳问，"天哪，我希望大家不会在我工作的时候围着我转！我还是很有能力做这些事的。"

"嗯，这周是克拉丽莎值日，傻瓜，你是下周。"达瑞尔突然想起来什么，"你今天早上才查过的。"

"天哪！"艾琳带着滑稽的神情沮丧地说，"我这个傻瓜！自己打断自己的创作，然后赶去做一件下周才要做的工作。不管怎样，这给了亲爱的凯瑟琳一个机会，让她提出一条慷慨的提议！"

"你这样不太友好，艾琳。"凯瑟琳脸红了，说道，"可不要紧，我能理解。要是我也像你一样会作曲，我想估计也会偶尔说些令人讨厌的话。我真的能理解。"

"你可否停止你的那些原谅和理解的话，好给我足够的时间完成曲子创作？"艾琳用警告的声音说，"你理解不理解我不在乎，眼下我在乎的只有完成这首曲子。"

凯瑟琳摆出一副圣洁的面孔，抿紧了嘴唇，仿佛阻止自己反驳似的，继续织补。

有人敲门。艾琳叹了口气。

"走开！别进来！"

门开了，康妮的面孔探了进来，说："露丝在吗？露丝，你能过来一会儿吗？布丽奇特在外面，我们有个好主意。"

"我不喜欢布丽奇特。"露丝低声说道，"而且，我也很忙，这里其他人都很忙。"

"露丝，这个星期我很难见到你。"康妮抗议，"你就出来一小会儿。顺便说一下，我把你的滑板修好了，你又可以用了。"

艾琳叹气，达瑞尔也叹气。她正在试着写童话剧的第三幕草稿。

"要么让康妮走，要么你走。"艾琳说，"不然的话，我就走！我带着这个去卫生间，也许我能得到片刻的安宁。啦啦啦，我想我还是走吧。"

她站起身。康妮溜走了，她以为艾琳会跟她吵架。露丝满含歉意地环顾四周，什么也没说。

"没事了。"达瑞尔柔声说道，"露丝，和康妮保持一定距离，直到她给你清静，别为此担忧。"

对此，凯瑟琳还是要犯一回傻。"可怜的康妮呀，我真忍不住替她觉得难过。"她说，"我们不该对她太过严厉，对吧？"

第十一章

时 间 飞 逝

现在，日子的流逝快得多了。两个星期过去了，三个星期，然后，第四个星期到来，日子又开始快速溜走了。

一切都很顺利。学校无人生病。天气晴好，因此操场每天都被利用了起来，大家都运动良多。课业也很顺利，除了那些真正的笨蛋，也无人功课糟糕。学校的长曲棍球队已经赢得了五场校际比赛，作为十一年级运动队队长的达瑞尔，已经乐得飞上了九重天。

她参加了两场赛事，都射进了制胜的球。费莉西蒂快高兴疯了。达瑞尔的两场比赛她都看了，因为都是主场赛。费莉西蒂加倍练习，恳求达瑞尔把她能抽出来的所有指导时间都留给自己。她是九年级校队的候补队员，并决心在学期结束前能正式入队。

圣诞娱乐节目的计划进行得也很顺利。到目前为止，她们还无需向音乐老师扬先生或是演讲老师葛瑞林小姐求助。一切都是女孩们自己计划的。

达瑞尔对于她和莎莉能够掌握一出大型童话剧的计划深感惊讶。起先，这看来是一个毫无指望的任务，达瑞尔根本不知道该怎么着手。可是现在，她已经认真地和莎莉讨论了起来，又读了几部其他的话剧和童话剧，有了大致的主意，她发现自己似乎很有创作新剧本的天赋！

"太棒了！"她对莎莉说，"我不知道我居然能行。我爱写这个，天哪，莎莉，你觉不觉得，我在这方面还有一点儿天赋？我从来没有想过我会有任何天赋。"

"是的，我觉得你的确有这种天赋。"莎莉诚实地说，"这就是这所学校的最好之处，它提供如此多的兴趣爱好，让每个人可以找到一种爱好，如果你有一个隐藏的或未发掘的天赋，你很可能会发现它，并且能利用它。你写歌词也是如此，我以前从来没想过你能做这个！"

"真的，我自己也从来没想到。"达瑞尔说。

她在稿纸里翻了翻，拿出字迹潦草的一页，接着说："我能给你读一读这个吗，莎莉？这是灰姑娘独自坐在火边时要唱的歌。她的姐姐们去舞会了，听着：

坐在火畔我做起了梦

火光中我似看见

那些美好的事物

从未降诸我身

从未降诸我身

啊！降诸我身！

华丽驾座，美丽衣裳，

飘逸的银斗篷——

余烬散去，画面隐灭，

我的美梦如烟而逝，我的美梦如烟而逝

如烟而逝！"

　　她停下来，说："这首歌目前我只写到这儿。当然，我知道还不算顶好，而且没什么诗韵，只不过是歌词，可我这辈子都不知道我还能写出押韵的东西来！当然，艾琳会把这些词囫囵吞下去，很快就能配上美妙的曲子。"

　　"是的，好极了。"莎莉说，"你真的从中找到了乐趣，是吧？天哪，你爸爸妈妈来看童话剧的时候，看到节目表上写着达瑞尔·里弗斯编剧又作词，他们会怎么想呀！"

　　"我不知道，我觉得他们不会相信的。"达瑞尔说。

　　达瑞尔并不是十一年级唯一一个从创作童话剧中享受到快乐的成员。艾琳也是一样，她正在为达瑞尔的歌词谱写最适合的曲调，她潦草地写下和声，就好像她一辈子都在作曲那样。毕竟艾琳不到一岁就会哼旋律了！

全班人已经习惯了艾琳嘴里哼着曲子在走廊里或是上楼梯时无意中撞到她们的举动。

"啦——嗒，滴——嗒，啦——啦。哦，抱歉，梅维斯，我真的没看见你。啦——嗒，滴——嗒。天哪，我伤着你了吗，凯瑟琳？我没看见你过来。"

"哦，完全没事。"凯瑟琳柔声说，拍了拍艾琳的胳膊，弄得她立刻害羞起来，"我们没有你这样的天分……"

可艾琳已经走了。她是多么不喜欢凯瑟琳谦卑的样子啊，也讨厌她不断为别人牺牲自己的样子！

"啦——嗒，滴——嗒。"艾琳突然在课堂上哼唱起来，猛地用手在桌上一拍，"有了！没错！就是这个！哦，抱歉，吉米小姐，呃，我是说，詹姆斯小姐，我刚刚走神了，我一直被这个困扰着……"

"你不用解释。"詹姆斯小姐说，眼中光亮闪现，"你觉得你已经抓住了脑海中那段特别的旋律了吗？你能不能集中精力，比如把半个小时的时间放在其他同学做的事情上？"

"哦，好的，当然啦。"艾琳说着，还是一脸困惑。她手里拿着铅笔，俯首在数学练习上。当练习交上来的时候，詹姆斯小姐看到一页数字和一页潦草的乐谱，觉得很有趣。两页做得都很好，因为艾琳在数学上几乎和在音乐上一样是天才。她坚持认为这两件事是一致的，尽管这在班上的其他人看来简直难以置信。数学那么枯燥无味，而音乐是那么可爱有趣！

童话剧的台词进展得很快，音乐也是。她们必须先把这些写出来，因为内容没写出来之前，大家是不可能排练的！

贝琳达正忙着设计布景和服装，她也特别快乐。每天晚上，每一个空闲时间，她的铅笔孜孜不倦地在纸上飞舞——她什么都画，甚至灰姑娘围裙上的图案都画！

小珍妮特急切地等待着设计稿积累起来，然后传到她手上。她也同样热切，满腔热情。她翻出了装满各个时期的连衣裙、束腰外衣和道具服装的巨大衣箱，这些衣物都是从前马洛里塔学园的女孩们用过的。她怎么改制呢？她怎么运用这些东西呢？哦，多美的一块蓝色天鹅绒啊！正适合做王子的角色服！

小珍妮特一直都很聪明，但现在她超越了自己。她以正确的品味，选择了所有她需要的材料和物品，挑选出可以改制的裙子和服装。她跑遍了整个学园，把所有好的缝纫工都请来为她服务。她请求文静的缝纫老师林妮小姐帮助她，让几个班的学生动手做衣服和装饰。

"我怎么也想不到，那个像小老鼠一样的珍妮特竟有这样的天赋！"波茨小姐对杜邦老师说，"给这些孩子一个独立做事情的机会，她们竟能有这样的成就！"

另一个非常努力的人是艾莉西娅，尽管她和大家努力的方向不同。因为艾莉西娅有一副好头脑，无需太过努力，她从来没有真正投入地、努力地去做任何事。可现在，她有一些需要努力的事了。无论有没有好头脑，这些事都需要不断的努力练习。

艾莉西娅要在童话剧里演魔王的角色，她将成为一个魔法师，一个能够施展魔法的魔法师！艾莉西娅要在剧中展示她的魔术技巧，她想在学校的舞台上展现出比肩伦敦任何一出童话剧中的魔术师的演技。

"我做梦也没有想到，艾莉西娅会为了取悦她的朋友们，如此辛苦地练习一些愚蠢的把戏和业余程度的魔术。"九年级的老师彼德斯小姐说着，轻轻地带上了一间音乐教室的门。

她刚听见从门里传来的古怪的响动——喘气的声音，什么东西掉下来的声音，气急败坏的声音。她好奇地向里面探头，想看看究竟发生了什么事。

艾莉西娅在屋里，背对着她，正在练习杂耍！没错，她既要玩杂耍，也要变魔术——她有一摞彩色的圈圈，她快速地把它们一个接一个地抛向空中，奇迹般地接住了它们。

然后，她又错手丢了一个，恼怒地叫起来，又从头开始。啊，艾莉西娅发现了这样一件事，不仅需要脑力劳动，也需要循环反复的耐心以及熟能生巧的过程。

"我为什么要答应演魔王啊！"艾莉西娅发着牢骚，第二十二次捡起了圈圈，从头开始练起来，"我为什么要答应表演杂耍和魔术啊！我那时肯定是疯了。"

可她的骄傲促使她继续，再继续。如果艾莉西娅做了一件事，她就必须比其他人做得更好。十一年级的学生对艾莉西娅的新兴趣最感兴趣。看到她突然伸手拿起一支铅笔、一块橡皮、一把尺和一支自来水笔，又迅速地把它们挨个抛到空中，然后灵巧地用一只手抓住它们，这可太有趣了。

她们看到艾莉西娅站起来从半空中抓住了杜邦老师的自来水笔，觉得太有趣了。更有趣的是，她又一脸严肃地从杜邦老师耳边摸出来一个鸡蛋。

"艾莉西娅，我可不允许这样的事！"杜邦老师大发雷霆，"天哪①，你又在我的另一只耳边抓出支自来水笔了！这样可不好！弄得我要起那个……你们怎么说来着？鸭皮疙瘩？"

"是鸡皮疙瘩，杜邦老师。"艾莉西娅说，咧嘴而笑，"我的天，你的自来水笔是不是又不见了？它又一如既往地飞到空中啦！"她伸出手又再次在半空中抓到了笔。

难怪全班都喜欢艾莉西娅的新兴趣。当然，它又给课堂增添了许多的乐子！

———————————————

① 此处杜邦老师说的是法语。

第十二章

奇 怪 伙 伴

有两个女孩在急切地等待着达瑞尔写完童话剧，她们是格温和莫琳。这两人都想着自己能来出演灰姑娘这个角色。她们都会偶尔溜到宿舍去，把金色的头发披散下来，在梳妆台的镜子前摆姿势。

"我看起来太适合灰姑娘这个角色了。"格温想，"我简直就是她呀。我可以坐在炉边沉思，看起来真的很可爱。要是扮成舞会上的公主，我会美若天仙的。"

她把学校即将上演童话剧的事写信告诉了妈妈。"当然，我们还不知道选角的情况。"她写道，"大多数女孩想让我来演灰姑娘，她们说我看上去就合适。我不知你怎么想，妈妈？你知道，我并不自负，但我禁不住想，我肯定能演得很好。温特小姐怎么看？"

她很快就同时收到了两封热情洋溢的信，一封是她欣喜若狂的妈妈写的，一封是她的老好人家庭教师写的，一如既往地表达了崇拜之情。

亲爱的格温：

当然，灰姑娘必须由你来扮演。你绝对是对的。你的头发在火光的映照下会很美。看到你坐在那里沉思，那么忧伤，我该多么骄傲啊！你望着……

如此这般。温特小姐的信大同小异。显然，她们俩都认为，格温理所当然地将会担纲主角。

一天，莫伊拉闯进宿舍，发现格温站在镜子前长发遮面，肩上披着一条毛巾当晚礼服斗篷。莫伊拉的突然出现让格温吓了一跳。

"天哪，你以为你在干什么？"她惊讶地说，"是在洗头还是在干吗？你疯了吗，格温？这个时间你不能洗头，还有五分钟该上法语课了。"

格温咕哝了几句，然后把毛巾扔回了架子上，她的脸红透了。莫伊拉迷惑不解。

两天之后，莫伊拉再次冲进宿舍，想检查一下窗子是不是开着。这一次，她发现莫琳站在镜子前，她的头发披散在背后，像一道金色的瀑布，她的腰上用别针别着一条小隔间的窗帘，弄得她像一列火车。

莫伊拉目瞪口呆地看着。莫琳脸红了，开始梳头发，仿佛披头散发、腰间别着一条窗帘被人看见是再平常不过的事。

莫伊拉终于开口。"你跟格温在搞什么，你们披头散发，又披着毛巾和窗帘在这儿游行？"她很好奇，"你们俩都疯了吗？我每次到宿舍来都能看见你或格温披散着头发，身上披披挂挂。你们到底要干什么？"

莫琳不可能告诉这个傲慢又务实的莫伊拉她在做什么，她只是假装自己是一个美丽的灰姑娘，披着一头灿烂的秀发，穿着长长的金色拖地裙。突然之间，莫伊拉猜到了。

她放声大笑，笑声中充满了轻蔑："哦！我想我知道了！你在演灰姑娘！你们俩都在假装自己是灰姑娘。你可真敢想啊！我们可不会选兔牙妹来演灰姑娘的。"

说完这句非常刻薄的话，莫伊拉大声笑着走出了房间。莫琳注视着镜中的自己，眼泪涌上了眼眶。兔牙妹！莫伊拉多可怕啊！多残忍啊！她的牙长成这样她也没有办法，或许，她曾经是有办法的？医生曾告诉她，要在她门牙上套上一根铁丝，这样才能把门牙往后拉。她一直不习惯，在马泽利学园时她就把它藏在抽屉里了。一想到这个，莫琳便心生负罪感。

在马泽利学园没有人谈论这件事，也没人在乎。正如莫琳爱说的那样，马泽利学园是一所自由自在的学校，在强制运动、好管闲事的舍监老师、性格果断又负责的宿舍总管等方面与马

马洛里塔学园·十一年级的日子

洛里塔学园相比，它确实差多了。

她想，如果牙医让我把牙箍套在牙齿上时我在这里上学，就算我自己不愿意，舍监老师和波茨小姐都会强迫我戴上的。那现在，我就会有一口漂亮的牙齿，而不会是这样"崎岖嶙峋"的了。

对美妙的马泽利学园的怀疑，爬上了莫琳的心头，这可是第一次。那所学校允许你为所欲为，真的是好事吗？做不做运动随便你？去不去步行自己定？也许是的，强制做一些对人有益的事，不管你喜欢不喜欢，一直到你足够成熟，有足够的责任感做出自己的选择，这样反而更好。

莫琳在本该戴上牙箍的时候选择不戴，现在被人叫兔牙妹，而且她可以肯定，大家不会选她演灰姑娘。她神色严肃，把头发梳好，又落了几滴眼泪，使劲用嘴唇包住突出的门牙。

她忘了解开身上的窗帘，便走出房间，一路陷入沉思，甚至感觉不到她的身后拖着窗帘。在楼梯最上面，她碰上了杜邦老师。

"天哪[①]！"杜邦老师吃惊地停下脚步，"你在做什么[②]，莫琳？你拖着条窗帘干什么？"

莫琳惊恐地看了一眼她身后拖着的"火车"，冲回宿舍去了。她解下窗帘，装回原处。她感到很压抑，便下楼去找格温。

格温实在太厌烦莫琳了。这个新来的女孩像水蛭一样缠住

---

① 杜邦老师此处说的是法语。
② 杜邦老师此处说的是法语。

了她。她讲述着有关她的家人、朋友、母校，尤其是她自己冗长而乏味的故事。她似乎从来没有意识到，格温也想说话。

有时，格温会打断莫琳无聊的讲述："莫琳，我有没有跟你说过我去挪威的事？天哪，太棒了。我每天都很晚才吃晚饭，那时候我才十三岁，而且……"

"我从来没有去过挪威。"莫琳也会打断她，"不过，我姑姑去年夏天去了，她给我寄了好多明信片。到时候我找出来给你看，你会感兴趣的，我肯定。"

格温并不感兴趣。她对任何人给她看的任何东西都没有兴趣。事实上，和莫琳一样，她对除了她自己之外的任何事物都不感兴趣。

莫琳唯一真正听格温说话就是她讲年级的其他人不那么中听的故事的时候。莫琳会兴趣盎然地听着。"没想到达瑞尔是这样的人啊。"她会说，"老天，达瑞尔真的做了那种事？天啊，我真没想到比尔这么会骗人！"

格温不仅被迫做很多运动，还要被迫参加许多练习。老师要求她适当地做体操，而且从来不允许她以身体不舒服为由逃脱锻炼。她必须要参加每一次计划好的步行，对此她怒不可遏。

是琼恩让莫琳明白了要认真参加运动、健身和散步。她兴致勃勃地把上学期格温"心脏衰弱"的历史讲给她听。

"格温想逃避学校会考，于是，她装腔作势说她的心脏很虚弱，像鸟一样乱扑腾。"琼恩咧着嘴笑，"她妈妈就把她带回家了。然后，事情败露了，格温被发现是假装的，于是她又被送回来了，正好赶上会考。自那以后，她就被迫做运动、练体操和散步。她是个骗子！"

琼恩本没有资格跟一个高年级生说这些，莫琳也不该听她这么说。可是，像格温一样，她喜欢收集一些流言蜚语，尽管她什么也没对格温说，可她把这些事记在了心里。

这两个女孩被迫经常在一起，年级里几乎人人都有自己的挚友。即便莫伊拉没有特别的朋友，她也和凯瑟琳一起。凯瑟琳会永远听候别人的支使。

于是，格温和莫琳作为异类，不得不绑在一起。当其他人都在做某件事的时候，她们俩总是一起被落下。

格温越来越讨厌莫琳，认为她是个自负又自私的家伙！格温讨厌莫琳的声音，试着尽可能避开她，找借口不与她同行。

可莫琳却不放过她。格温是她唯一可以交谈的人，也是她唯一可以吹牛的对象，有时，当她和詹姆斯小姐发生冲突时，莫琳还可以向她哭诉。

莫琳认为她可以画得像贝琳达一样好，或是差不多好，觉得她可以唱得很动听。事实上，她的确有一副惊人的嗓音，可惜的是，她唱歌总是走调，声音也很单薄。她还确信自己像艾琳一样能作曲，而且作得一样好。她甚至提出要为达瑞尔写几首歌词，这快把达瑞尔逼疯了。

"我们该拿莫琳怎么办？"一天晚上，珍妮特抱怨道，"她跑过来问我能不能帮忙，如果我给她点儿最简单的活计去缝，她会把它弄得一团糟，弄得我不得不返工。"

"她竟然跑来告诉我，她不喜欢我在《灰姑娘》的开场合唱中的一些和弦。"艾琳轻蔑地哼了一声，"我把她赶走了。可她看不出来自己不受欢迎，她察觉不到自己一无是处！她的脸皮太厚了，我可以肯定，即便子弹打上去也要弹回来！"

"得给她一点儿教训。"艾莉西娅说，"我的天哪，如果她跑来提出要教我练杂耍，我会把她当杂耍耍起来的！我准备把她抛到走廊尽头，然后折回头，再抛到花园里，抛到岩石上，抛到泳池里！"

"这几天格温看起来很不舒服。"贝琳达说，"她不喜欢有个分身，像莫琳那样缠着她不放。我很好奇她知不知道自己跟莫琳有多像，无聊、自负、自夸，还有……"

"哦，天哪！""圣人"凯瑟琳表示反对，"你是不是太不友善了，贝琳达？"

贝琳达看了看凯瑟琳。"该友善的时候友善，该不友善的时候就不友善。"她说，"亲爱的凯瑟琳，你好像并不明白这点。当你把我所有的铅笔削得特别尖的时候，你以为你是对我好，但你不是，你只是在干涉别人。我并不想把我所有的铅笔都削成那样。我让一些铅笔保持钝笔头是有用意的。说到对莫琳不友善，有时候不友善是纠正一些事情的捷径。我认为莫琳正需要这个——一剂有关人情世故的猛药。要是她不停止那些愚蠢的胡言乱语，这就是她的下场。"

凯瑟琳又摆出了一副英勇就义的模样。"当然，你最清楚，贝琳达，我做梦也不想反对你。铅笔的事，我很抱歉，我只是随便转转看看有什么能帮忙的，仅此而已。"

"要我点明你的心思吗，凯瑟琳？"贝琳达突然说。大家都竖起了耳朵，大多数人是被贝琳达突来的爆发吸引了。她一直是好脾气，可遇上莫琳、格温和凯瑟琳这样的人，有时真的让人受不了。

贝琳达的铅笔在一张大纸上飞快地划动。她已经画了五分钟了，然后，她拿出一枚图钉。"姑娘们，我要把它钉在墙上。"她说，"凯瑟琳肯定会喜欢。这是她想象中自己的伟大形象。"

她拿着纸走到墙边，把它钉上去。女孩们聚拢来，凯瑟琳也好奇地走上前来。

那是一张她站在彩色玻璃窗前的画，她的头上有一圈闪闪发光的光环，贝琳达在下方用粗体写了一行字：

我们的圣人啊，凯瑟琳！

凯瑟琳在一阵欢声笑语中落荒而逃。"她得偿所愿了！"达瑞尔说，"凯瑟琳，回来吧！做一个站在彩色玻璃窗前的圣人的滋味你喜欢吗？"

第十三章

一 场 争 吵

在那周结束之前，达瑞尔已经把整出童话剧写完了，包括台词和其他一切。大部分的曲子已经作好，因为艾琳几乎是在达瑞尔一写好词的时候就把它从她手中抢过去了。

"简直就是吉尔伯特与沙利文①式的最佳搭档。"莫伊拉相当轻蔑地说。她指的是上世纪那对著名的喜剧大师。她感到很不舒服，因为童话剧在写出来之前，大家无法排练，所以眼下她就无事可做。而她又喜欢管理一切，组织人和事，支配所有人，立定规矩。

她并不是一个受人欢迎的级长。十一年级的学生讨厌她专横的态度，她们不喜欢她缺乏幽默感的作风，所以尽可能地忽视她。

莫伊拉对这一切感到恼火。"达瑞尔、莎莉，打起精神来吧。"她说，"我巴不得我自己来写，你们动作太慢了。"

"你写不了。"达瑞尔说，"你知道你写不出来。你的作文几乎拿不到好分数。"

莫伊拉脸红了，她说："别太放肆了。"

凯瑟琳为她说话，声音甜蜜又温柔。"我可以肯定，莫伊拉让你和莎莉做这件事是为了给你们一个机会。"她说，"我可以肯定她自己写的话是可以写得很好的。"

"我们的大圣人凯瑟琳发表意见了。"艾莉西娅冷嘲热讽地插嘴说，"亲爱的圣人凯瑟琳，她配得上贝琳达给她画的光环，你们说是不是？"

凯瑟琳皱起了眉头。贝琳达立刻叫了起来："保持！凯瑟琳，保持住！不，别以那种病态的甜美的方式微笑，让我再瞧瞧你皱眉头的模样吧！"

凯瑟琳转过头去。可怜的凯瑟琳心想：我一直在努力表现出善良、自我牺牲和真正的友爱，却被人嘲笑，这太糟糕了。她瞟了一眼墙壁，天啊！上面还有一张她的画像，脑袋上的光环比以前画上的都大！

凯瑟琳经常趁没人的时候溜进公共休息室去，把贝琳达日常给她画的画像取下来，可总有新鲜的一幅画出现。这简直让

---

① 莫伊拉所说的吉尔伯特和沙利文，指的是英国维多利亚时代幽默剧作家威廉·S. 吉尔伯特（William S. Gilbert）与英国作曲家阿瑟·沙利文（Arthur Sullivan）。从 1871 年到 1896 年长达二十五年的合作中，这二人共同创作了十四部喜剧。

人抓狂。在这幅画中，她正在削成千上万支铅笔，如果有人仔细观察那个巨大的光环，就会发现它也是由削尖的铅笔排列在一起组成的。这足以让任何人愤怒了。凯瑟琳想：我不知道自己会不会发脾气，会不会爆发出来，会不会骂人。嗯，我都乐意为之，可这太难了！

十一年级的人决定她们得像对付凯瑟琳一样，对付莫琳。"在我们开始排练之前，最好让她们认清自己的地位。"艾莉西娅说，"我们一旦开始工作，就不能被干扰者、抱怨者和圣人打扰。那么，我们怎么对付莫琳呢？"

"她的麻烦在于她满心满眼就只有自己，她认为自己做什么事都比任何人好，而且她坚信可以主办整个演出。"达瑞尔说，"她脸皮厚得很，没办法对付她，她自负得无法言表！"

"没错！"艾莉西娅说，"我们给她一次真正的机会，让她画几幅设计稿，帮帮贝琳达；让她唱一两支歌，助梅维斯一臂之力；让她作一两首曲子，帮艾琳一把；再写一两首歌词，帮莎莉写嘛。然后，我们再轻蔑地拒绝她弄的东西，她就知道自己的地位了。"

"嗯，听起来太过分了。"玛丽露说。

"的确，相当过分。"莎莉说，"我们让她做事，可拒绝的时候别太轻蔑了，行不行？"

"行。我们可以假装她只是没拿它当回事去做，当她把曲调、诗歌什么的拿出手的时候，我们一致表现出她只是在逗我们玩的样子。"达瑞尔说，"我们可以拍拍她的背，鼓掌而笑，可完全不拿它当真。要是她还懂一点儿人情世故的话，无论如何她都会闭上嘴的。如果她没常识，我们就不得不做得过一点儿——就像玛丽露说的那样。"

除了格温和凯瑟琳，所有人都参与了这个阴谋。女孩们担心，如果让她们俩得知了这个计划，其中一人会向莫琳告密的。莫伊拉表示赞同，尽管她并不是真心赞同。她更喜欢前面一个主意，就是那个"过分"的点子。

她们要求莫琳提交歌词、乐曲和设计稿，还要求她再学一两首歌，以便她能提高梅维斯对歌曲的理解。

莫琳知道后非常高兴，感谢之情无以言表。终于，她可以大展拳脚了，她的天赋总算被人发现了。多棒啊！

她径直跑去告诉格温。格温简直不敢相信自己的耳朵。她听着，嫉妒得脸都绿了。她们让莫琳做这些！真不可思议。

"你不高兴吗，格温？我做这些事，能做得比其他人都好，是不是?"莫琳叫道，她淡蓝色的眼睛闪闪发亮，"终于，其他人开始认识到我在马泽利学园的确学有所成。"

"你和你的那个'梅子李'学园……"格温转过头去说道。莫琳吃了一惊。她的朋友格温，实实在在地说了"梅子李"这个词吗？她一定是听错了，莫琳抓住格温的胳膊，快乐地喋喋不休。

但格温出奇地不友好，她无比嫉妒，但一字不能言。

莫琳非常努力。她创作了两首歌词，还有两首曲子和各种服装设计稿。她学会了达瑞尔给她的两首歌。她独自一人走进十一年级的音乐室，在那里大声地歌唱，声音那么大，还走调，让隔壁房间的人听见了，又惊奇又惊讶。

她的声音不仅响亮，而且音调也不准确——不断地走调，变得单薄，就像一台即将失灵的留声机。这声音让隔壁屋里吃惊不已的女孩瑟瑟发抖。这么叫着的，是谁啊？

莫伊拉在十年级的妹妹布丽奇特过去瞧了瞧。天啊，那是一个十一年级的学生在哀叫。那是谁呢？是莫琳·利特啊！布丽奇特咧嘴而笑，去找康妮。她们两个人已经是朋友了，康妮渐渐地把露丝丢下，来找她做伴的次数也越来越少。

两个十年级的人透过莫琳正在唱歌的音乐室门口的方形玻璃窗望进去。

"听见了吗？妙极了，是不是？"布丽奇特嘲讽地说，"咱们俩也到隔壁的屋里去哀嚎吧。来吧，那屋子空着呢，要是允许十一年级的人这么号叫，那我们也可以啊！"

于是，两人跑到隔壁屋，假装是一对歌剧演员，大声喧哗，让走廊里的每个人都吓了一跳。

只有莫琳，沉浸于她自己的歌声中。那歌声声震四野，让她听不到任何声音。她那间屋的门忽然被打开，莫伊拉走了进来。

"莫琳，闭嘴！我们在休息室都能听到你的声音！"

莫琳猛地停住了，然后从隔壁屋子里传出了更多的哀叫。莫伊拉吃惊地急步跑过去，现在又怎么啦？

康妮一看见莫伊拉便立刻停下来，可布丽奇特对她姐姐的怒气不以为然，使劲地唱着，而且立刻把歌词改了。

"哦哦哦哦哦，莫伊拉驾到！来了来了，她来了！"

"布丽奇特！马上停下来！"莫伊拉生气地说。

可布丽奇特就是不停，她一直唱："来了！她来啦！"

"我说话你听见了吗？"莫伊拉叫着。

布丽奇特停下来喘气。"我可赶不上莫琳弄出的噪音。"她说，"更何况，我在调上，她可没在调上。如果一个十一年级生可以像那样号叫，为什么我们不可以？"

"不要厚脸皮。"莫伊拉开口，气得脸色发白，"你知道，我无法容忍这种行为。康妮，出来，我建议你不要与布丽奇特成为密友，你只会让自己陷入麻烦。"

康妮被吓走了。如果是露丝和她在一起遇到了麻烦，康妮会留下来支持她。但布丽奇特不一样，她总是为自己挺身而出。此刻，她面对着莫伊拉。

"这么说你妹妹是件好事，莫伊拉。"她说，"家丑外扬！告诉别人，我不适合做人家的朋友。"

"我可没这么说。"莫伊拉说，"你为什么不守规矩呢，布丽奇特？我真为你感到丢人。我老是听到人家说你。"

"嗯，我也一样啊。"布丽奇特说，"十一年级最霸道的人是谁啊？是你！谁是最不受欢迎的级长？是你！谁因为没人能受得了她没法跟上一届的十一年级生一起升级？是你!"

"哦，你真让人受不了。"莫伊拉叫着，气得脸色更白了，"我要向威廉姆斯小姐汇报，没错，康妮的事也一起汇报。而且，你每做一件不该做的事我都要举报你。我知道你半夜九点从宿舍偷偷摸摸溜出来跑去找九年级的学生闲聊，我也知道你是怎么逃避职责的。"

"耳报神!"布丽奇特说。

这是一幅非常丑陋的景象，两姐妹站在那里，冲着对方大喊大叫。此刻，莫伊拉浑身发抖，布丽奇特也是。莫伊拉不得不捏紧拳头垂下胳膊，她非常想揍她妹妹。布丽奇特尽量避开冲突，她总是在斗争中败下阵来。

一阵沉默。"你要真汇报了我下午的事，你会后悔的。"布丽奇特最后说道，"真抱歉，我警告你。去举报莫琳吧！她会期待霸道的莫伊拉这么做！记住，我警告过你了，你要举报了我，你会后悔的。"

"好吧，我会汇报的。"莫伊拉说，"这是我的职责。十年级生不允许出现在这些练习室里，你知道的。"

她转身走出了屋子，还在发着抖。她去找十年级的老师威廉姆斯小姐了。如果在怒火中烧之时没有立即报告这些事情，在愤怒平息后她可能就不会这样做了。

威廉姆斯小姐对此事相当冷淡。她写下了莫伊拉给她的两个十年级生的名字，点了点头，说："好吧，我会跟她们谈谈的。"

这就完了。莫伊拉恨不得她根本什么也没说。

她开始对布丽奇特的威胁感到不舒服了。布丽奇特会如何让她悔不当初呢？布丽奇特有时很凶，做一些莫名其妙的事情。比如几年前，因为莫伊拉把她的一个玩具扔出了窗外，她就弄坏了莫伊拉的一个布娃娃。

莫伊拉走回公共休息室时明显感到不自在。没错，如果有机会，布丽奇特肯定会报复她的！

第十四章

计 划 成 功

　　训练室里，莫伊拉的突然到来让莫琳感到非常害怕。莫伊拉离开她的时候，她也听到了隔壁房间里愤怒的声音，她更害怕了。这事不费吹灰之力就吓倒了莫琳。她匆匆离开了训练室，到教室去给她的设计稿做最后的润色。这天晚上，她会把这些给其他人看。

　　当她拿着设计稿、曲稿和歌词稿走进休息室时，她看见了格温酸溜溜的面孔。哦，莫琳可真是日理万机呀！要是杜邦老师和詹姆斯小姐知道她有多么努力、多么用功，她们该有多吃惊呀，她们谁也不知道莫琳有此种天赋呢。

　　"我真的不知道马泽利学园都教些什么。"詹姆斯小姐每次批改莫琳的作业时，就会对其他的老师说。

　　"自我崇拜、自大、自怜。"威廉姆斯小姐嘀咕。她给十一年级上课，已经受够莫琳了。

"这个学校可没教自控。"詹姆斯小姐说道，"什么样的学校呀！它关闭了真是好事一桩。"

休息室里的每个人都在等待着莫琳的到来，尽管格温和凯瑟琳对其他人正在实施的计划一无所知。

莫琳微笑着转过身来。"现在，你们会看到一些作品。"她喜气洋洋地说着，露出傻傻的笑，"在马泽利学园，大家总说我是一个全才，我不认为我是在自夸，你们会吗？但说实话，大多数事情我都能行！虽然这是我自己说的。"

听到有些女孩异样地大笑，莫琳很惊慌。

"你真爱开玩笑啊，莫琳。"艾莉西娅欣赏地说道，"总是这么幽默。"

对于莫琳而言，这是个新说法。以前从来没有人说她幽默。她对自己的评价立刻提高了。

"现在，"她说，"我就先给你们看一下我的设计稿。这是给灰姑娘设计的舞会服装，正如你们看到的，我回溯了十六世纪的风格。"

大家都发出了尖叫。"无价之宝！"达瑞尔说着，假装抹了抹眼泪，"你怎么想出来的啊，莫琳？"

"真是好笑得上天了。"梅维斯说着拿起那幅粗劣的、涂色很差的画，"真是个好笑话！我不知道你这么有幽默感，莫琳。"

莫琳很迷惑，她根本没想让这幅画有搞笑的风格。她原以为这画很美。

她快速地翻到下一张，但是女孩们抢在她前面拿起了画稿，尖声大笑着相互传阅。

"看这张啊，我这辈子没见过这么滑稽可笑的画。"

"好得足够上《喷趣》杂志[①]啦！天哪，看看图上男爵的脸！他穿的这是什么呀？"

"真是无价宝。天哪，莫琳真是一个幽默大师，是不是？"

接着，艾琳拿起曲谱，说："哎呀，这是她写的曲子！我敢打赌也是无价之宝。我来演奏一遍。"她走到休息室的钢琴边，脸上带着滑稽的表情弹奏着曲子，使它们听起来比原本更滑稽。

大家都聚在钢琴边，大笑着。

"莫琳真是太滑稽啦！她会画有趣的画，还能写可笑的曲子！"

莫琳开始觉得可怕，心想：她们是认真的吗？看起来是。她们不可能真的认为我所有可爱的作品都糟糕到可笑的地步吧？也许她们认为这些作品是有意表现幽默，也许她们认为，我是故意这么做的！

她转头寻找格温。格温一定会理解的，格温是她的朋友，她什么都不瞒着格温。她是多么擅长绘画、音乐和唱歌啊，她又是多么努力地去做这些啊！她对这些成果多么满意啊！

---

① 《喷趣》杂志，又名《笨拙》杂志，是一份英式幽默的讽刺周刊，创刊于1841年，2002年停刊。

格温正看着她，而且面色不善。那是一种得意的神情，仿佛在说：啊，骄兵必败啊，我的姑娘，这是多么大的败仗啊。那种神情又仿佛在说：看到你这样我开心极了，活该啊。

莫琳吃了一惊。格温大笑起来，加入到其他人之中。

"滑稽极了！无价之宝，莫琳！谁能想到你能这么搞笑啊？"

"现在，唱一首歌吧。"梅维斯说，然后把乐谱塞到她手里，"让我们一饱耳福。你有一副美妙的嗓音吧？而且你也经过了良好的训练。我肯定你一定为之欢欣鼓舞。唱吧！"

莫琳不敢拒绝。她茫然地看着乐谱，唱起歌来。她高亢的声音响起来，跑调跑得比平常更厉害了。当女孩们又开始鼓掌、欢呼大笑之时，她的声音失望地颤抖着。

"哈！哈！听啊！达瑞尔，她能在童话剧里演一个喜剧角色吗？再唱上一曲？她能把房顶都掀了。你们以前听过这种声音吗？"

莫琳停下不唱了，眼泪从脸颊上滑落。她给了格温一个失望的眼神，一个祈求赞扬的神色，可没收到任何回应。

她转身走出了屋子。凯瑟琳跟在她后面跑出去，说："莫琳！别这样。她们并不真的是那个意思！"

"哦，我们真的是这个意思呀。"达瑞尔小声说，"我们是为了善意而残忍，凯瑟琳会这么说的。"

"不要碰我！"莫琳叫道，"圣人凯瑟琳，在你和其他人一起嘲笑我之后，你又假惺惺地跑过来！呵，圣人！"

凯瑟琳退缩了。除了格温无人再笑。玛丽露看来很不安，她受不了这样感觉。

　　比尔呆呆地看着，她站了起来。"嗯，我要去骑马了。"她说，"天光还剩大约半个小时，你来吗，克拉丽莎？"

　　比尔钝钝的就事论事的声音让每个人都感觉正常多了。她们看着比尔和克拉丽莎走出了休息室。

　　"嗯，不知怎么，我觉得这并不像我们希望的那样成功。"莎莉说，"事实上，我觉得我们很卑鄙。"

　　"我也这样想。"达瑞尔说，"当然，莫琳是个自负的傻瓜，急需让她冷静下来，但恐怕我们让她冷静下来的程度超出了我们的本意。"

　　"这不会伤害她的。"格温用一种自鸣得意的声音说，"她自视甚高了。我不明白为什么这几个星期她一直缠着我。"

　　艾莉西娅忍不住说道："同声相应，亲爱的格温。"

　　她又说："同气相求。你和莫琳，你们如同一个模子里生出来的。看到你们俩在一起真是令人愉悦。"

　　"你不是说真的吧，艾莉西娅？"一阵惊讶和受伤后的沉默之后，格温说道，"我和莫琳根本不像。你又满嘴跑火车了。"

　　"想想吧，亲爱的格温德琳·玛丽，"艾莉西娅建议她，"你是不是没完没了地唠叨你无聊的家庭琐事？莫琳也是。你以为'自己即世界'吗？莫琳也是。你是不是认为自己是灰姑娘唯一的、最合适的人选？莫琳也是。"

格温一跃而起，用手指着莫伊拉："哦，就因为前几天你在宿舍里发现我披散着头发，肩上披着毛巾，你就去告诉其他人我想演灰姑娘！"

"嗯，在我碰见莫琳做一模一样的事之前，我并没有意识到。"莫伊拉说，"你们俩都是披头散发，披着东西摆姿势。艾莉西娅说得完全正确，你们俩就是一个模子刻出来的。你们真应该做朋友，简直就是双胞胎！"

"可我不喜欢莫琳。"格温用气愤又高亢的语气说道。

"我毫不惊讶。"艾莉西娅拿腔作调，别有用意地说，"你应该明白她是什么样的人，不是吗？因为你们简直就是双胞胎啊！"

格温怒气冲冲地冲出了房间。达瑞尔用铅笔在桌子上敲了敲。"我对这一切不太满意。"她用很小的声音说道，"这里面有太多的怨恨和恶意了！"

格温突然从门口探出头来，对莫伊拉说："为了你告诉女孩们关于我和莫琳站在镜子前的事，我要报复！你等着瞧吧，管你是不是级长，我会报复的！"

莫伊拉皱起眉头，贝琳达下意识地掏出铅笔。一个多好的怒目而视！

达瑞尔带着哀求的表情拿走了笔。"这次别画了。"她说，"今晚这个屋里的恶意太多了。"

"好吧，圣人达瑞尔。"贝琳达说。达瑞尔无奈地笑了。

莫伊拉走到她身边。"我们换个话题吧，"她说，"主场比赛如何了？我们看看你新选入的队员如何吧？"

达瑞尔拿出了名单。莫伊拉作为级长，对十一年级学生的比赛很感兴趣，因为她喜欢运动，她对低年级的选手也很感兴趣。这是她和达瑞尔唯一意见一致的事情。很快，她们俩深入讨论起来，衡量着一个队员与另一个队员的优点。

"这场是对韦尔斯堡的比赛，就在下周。"达瑞尔说道，"我们学校的十年级队对抗韦尔斯堡的十年级队，我选了小苏珊参赛，我也想让我的妹妹费莉西蒂上场。你觉得如何，莫伊拉？"

"很好，没错。"莫伊拉说，"费莉西蒂是一流的，非常棒！她跑起来像一阵风，接球从不失手。她肯定一直在坚持练习！"

"是的。"达瑞尔说，"我有点儿犹豫——呃，因为她是我的妹妹，我担心我可能会偏心，你明白吧。"

"乱讲！"莫伊拉说，"如果你不选择最好的队员，那你就枉为一个好队长！你要选费莉西蒂入队，我坚持这点！"

达瑞尔笑起来，她很高兴。"哦，好吧，既然你坚持！"她说着写下了费莉西蒂的名字，"天哪，她要高兴坏了。"

"琼恩教训得如何了？"艾莉西娅叫道，"我最近看到她经常练习。整个人焕然一新了，你们觉得呢？"

"嗯，并非如此。"达瑞尔说，"我是说，她练得很多，可我教她的时候，她还是像以前一样漫不经心，一个谢字也没有，而且总是准备吵嘴。我还不能选她加入赛队。她根本不懂团队精神——她总是为自己着想，不为别人着想。"

"是的，你说得没错。"莫伊拉说，"我也注意到了。团队里不能有不愿意出力的人。"

达瑞尔好奇地瞟了莫伊拉一眼。莫伊拉在运动话题上表现得比其他任何话题都要好太多了。她公正、公平，而且兴趣盎然。她能把霸道和固执己见抛之脑后。很可惜她是级长，啊！要是她不在别人身上猛下功夫，可能会好得多。

"你能把名单带下去，然后帮我贴在运动告示板上吗?"达瑞尔对莫伊拉说，"我还有一大堆的事要做。"

凯瑟琳正要主动来拿的时候，莫伊拉拿走了名单。"我来拿。"凯瑟琳说。她似乎认为自己理应成为所有人的受气包。

"不用了，谢谢，圣人凯瑟琳。"莫伊拉说。凯瑟琳的脸因屈辱而通红。她为莫伊拉做了那么多事，对她那么好，从她肩上卸下那么多苦差事——她得到的只是一个轻蔑的、可恨的称呼——圣人凯瑟琳。她出人意料地瞪了莫伊拉一眼。

达瑞尔看到了，焦躁地抖了抖。我不喜欢到处都是这种恶意，她心里想。它总是会演变成一些可怕的事情。想想，圣人凯瑟琳居然给她喜爱的莫伊拉这样可怕的眼神！

莫伊拉拿着名单下去了。她先把十年级的名单钉了起来，标题是"对战韦尔斯堡比赛名单"。一群兴奋的七年级生立刻把她包围了。

"费莉西蒂，你被选上了！"有人叫道。费莉西蒂的脸庞快乐得闪闪发光。

"苏珊也被选上了。可你没被选上，琼恩。"另一个人的声音说道，"想想吧，你练得那么刻苦。太丢脸了！"

"哦，好吧，你能指望什么呢？达瑞尔当然会选她妹妹入队啦。"琼恩说道。她非常失望，但还是像往常一样兴高采烈地说着话。

莫伊拉听到了，她说："琼恩！马上道歉！达瑞尔完全不偏心。她有点儿想把费莉西蒂排除在外，是我坚持应该选她入队的。你马上道歉。"

"嗯。"琼恩挑衅地说，准备开战了。

可莫伊拉坚持说："我说'道歉'，你听见我的话了。你得照做！"

"我道歉。"琼恩不高兴地说，"可我敢打赌，是你坚持要把我剔除的！"

"我告诉达瑞尔，既不能为团队作战，也不能为自己而战，我的队伍里不允许有这样的人存在。"莫伊拉匆匆说道，"你没有尽到自己的责任。虽然你练了又练，可在比赛中，你想做的只是自行其事，不顾他人！在我看来，这就不是一个出色的运动员所为。好好想想吧，琼恩。"她走开了，毫不在乎七年级的同学对她的直言不讳有什么看法。

琼恩一言不发。苏珊认为她看起来相当古怪，她走到琼恩面前。"在我们面前说那些话太过分了。"她说,"她本该……"

"你这话什么意思?"琼恩说着,突然间又高兴起来,"你以为我会在乎莫伊拉,或是达瑞尔,或是艾莉西娅,或是任何一个自命不凡的十一年级学生吗?"

第十五章

重 要 会 议

为了讨论有关童话剧的选角和排练时间，大家召开了一场重要会议。达瑞尔已写完了剧本，艾琳完成了谱曲。排练已万事俱备。

所有的十一年级学生都在北塔的休息室参加了这次会议。休息室里很拥挤，壁炉里炉火正旺，因为此时已是十月，晚间很冷。

莫伊拉主持会议。凯瑟琳相当安静，生着闷气，挂着不那么自在的灿烂笑容，坐在莫伊拉的左手边，随时准备为她提供任何想要的东西。委员会成员坐在桌子的两边。

莫伊拉将一本书砰地拍在桌上，大声叫着安静。大家安静下来，她们总是下意识地服从莫伊拉！她有一把清脆又硬邦邦的声音。

会议开始了。达瑞尔被叫起来解释童话剧及其中的角色，同时也被要求读一读第一幕。

达瑞尔兴奋地红着脸将童话剧简单地讲给十一年级的人听。她们很赞许地听着。这剧听起来很不错。

接着，达瑞尔读了童话剧的第一幕。起初有点儿结结巴巴，她原封不动照稿宣读，对话、歌曲、舞台指导和一切。

"第一幕结束。"最后，她说完害羞地抬起眼，不能完全确认她是否能吸引听众的注意。

片刻之后，这个问题就毫无疑问了。女孩们又跺脚又拍掌又欢呼。达瑞尔高兴得浑身燥热了起来，不得不擦干额头的汗。

莫伊拉拍桌子以示安静。

"那么，你们已经听到了，达瑞尔和莎莉合作完成了一个多么好的剧本。"她说，"大部分是达瑞尔写的，可莎莉也很出色。如果我们能好好地排演出来的话，你们就会知道它会博得满堂喝彩。"

"谁担当制作呢？"贝蒂叫道。

"我。"莫伊拉立即说道，"有反对的吗？"

不少人面露怀疑的表情。无人真正怀疑莫伊拉制作一出童话剧的能力，但她们确实怀疑她是否有充分调动别人的才能。毕竟，她把她们惹毛很多次了。

"我认为最好有两位制作人。"有人说道。

"对。"莫伊拉立刻说。她并不介意有几个制作人，只要她是其中一员就行了。总之，她应该是那个真正的制作人。

"谁愿意来?"

"贝蒂，贝蒂!"一半的十一年级生尖叫道。显然，这是计划好的。莫伊拉微微皱起了眉头。贝蒂! 艾莉西娅那位爱笑、粗心、聪明的好友。

"没错，让贝蒂来吧。"艾莉西娅突然说。她觉得自己没法和莫伊拉单独愉快地合作太久。可两个制作人就容易得多了。她总是与贝蒂沟通得很好!

贝蒂咧嘴一笑，在委员会成员的一把椅子上坐了下来。"谢谢。"她说，"我会很好地制作这出剧!"

"现在，来选角。"莫伊拉说，"我们差不多已定下了。我来读一读。"

格温和莫琳屏住了呼吸。有没有希望演灰姑娘呢? 甚至，仙女教母也行，或者，演王子呢?

莫伊拉读出了名单:"灰姑娘，由玛丽露扮演。"

玛丽露、格温和莫琳都倒抽一口凉气，玛丽露是因为吃惊，后两者是因为失望。

"哦，我不行的!"玛丽露立刻说。

"你行。"达瑞尔说，"我们要那种有一副惹人怜爱的长相的人，要有点儿受惊吓的样子——一双迷人的大眼睛，又能演又能唱。"

"而你，正适合这个角色。"莎莉说，"没错，睁大眼睛，露出惊吓的样子，玛丽露，你就是活生生的可怜的小灰姑娘啊！"

大家都笑起来。玛丽露也无奈地笑起来。她的眼睛开始闪亮。

"我从来没有想到你们会选我。"她说。

"我们想过。"达瑞尔说，"你能演得很好，而且你有一副好歌喉，虽然声音小了点儿。"

"王子，由梅维斯扮演。"莫伊拉说。这个大家都知道了。王子有好多唱段，梅维斯会唱得很好。她的声音也恢复了优美，配上达瑞尔的歌词。艾琳还为她写了可爱的曲子，大家都鼓起掌来。

"男爵，由比尔扮演。"莫伊拉说完一阵愉快的笑声响起来。

"哦，对！比尔穿着马裤，跺着脚呼唤她的马！"克拉丽莎快乐地叫着。

"仙女教母，由卢埃拉扮演。"莫伊拉说。大家转头看向卢埃拉，她来自南塔，瘦瘦高高，有金色的鬈发，还有一把清亮的嗓音。

"万岁！"所有的南塔女孩都欢呼起来，有来自她们塔的人扮演很好的角色，这让她们非常高兴。

"巴顿斯①，就是小靴子，由蕾切尔扮演。"莫伊拉接着说，"蕾切尔可以演得很好，而且她以前也演过同一个角色。"

---

① 《灰姑娘》中一个角色的名字。

"谁来演丑八怪姐妹?"有声音叫起来。

格温的心突然猛地一跳,一下子沉到肚子里。丑八怪姐妹!假如她被选中演其中的一个呢?这不行,她受不了这个。她看到艾莉西娅不怀好意地盯着她,她心中确信自己应该是被选中了。

她根本无法忍受这个,她站起身,说自己感觉不舒服,朝着门边走去。艾莉西娅微笑起来。她能准确地摸透格温的心思。格温要走是因为她害怕接下来自己的名字被念出来,成为丑八怪姐妹的人选之一。

"你的心脏又让你不舒服了?"一个西塔的女孩冲着格温叫道。大家都大笑起来。

格温消失了。她打定主意在会议结束之前不回来了。

莫琳也在为同样的事焦虑着,她想起了自己的兔牙。莫伊拉想:或许她天生就该演丑八怪姐妹。天哪,为什么当她有机会的时候没有理智一点儿,把牙齿矫正一下呢?她噘起上唇,想把兔牙藏起来。

"丑八怪姐妹,由帕特和丽塔扮演!"莫伊拉说。女孩们立刻发出一阵赞成的叫声。

帕特和丽塔滑稽地四下看看。她们是双胞胎,当然,她们不丑,可她们有上翘的鼻子,充满喜剧色彩,而且她们的眼睛睁得大大的,头发也吓得竖了起来。她们的动作很滑稽,又擅长表演,可以把那对丑八怪姐妹演得很出彩。

"谢谢，莫伊拉！"丽塔叫道，"这两个角色太适合我们了，从头到我们丑丑的大脚丫都合适得不得了！"

"魔王由艾莉西娅扮演！"莫伊拉说。由贝蒂引头，大家又响起一阵赞同的大叫。

莫伊拉微笑着环顾四周，看起来非常开心。"艾莉西娅会表演杂耍和魔术，还会像魔王一样在舞台上跳来跳去。"她说，"我没法想象有别人能把魔王演得如此成功。"

更多赞许的尖叫响起。詹姆斯小姐离得不远，好奇到底发生了什么事。教室里听起来就好像一场足球赛的五万名观众齐声吼叫，把嗓子都喊哑了。

"非常好的选角！"有人叫道，"接着说。"

"嗯，接下来轮到仆人、侍臣这些了。"莫伊拉说。"这将在你们中产生。每个人都有一个角色，哪怕是很小的角色。"

"那达瑞尔呢？"有人叫道。

"达瑞尔写了剧本，还要帮着制作。"莫伊拉说，"莎莉也要帮助她。她们不参演，因为她们有好多事要忙。我们要问一下波普，看他能不能负责灯光这部分工作，他会喜欢的。"

波普是学校的勤杂工，很受欢迎，在这种场合是非常宝贵的。

"一切听起来都很棒。"温妮说，"什么时候开始排练？"

"每周二的晚上，需要特别排练的人，还要加上周五的晚上。"莫伊拉说，"个人部分的剧本明天发给你们。看在老天的分上，你们得尽快背会。排练的时候光读就没指望了，这样是演不好的。"

"你忘了说艾琳负责的音乐，贝琳达负责的布景和珍妮特负责的服装部分。"达瑞尔说。

"我没忘。"莫伊拉飞快地说，"我正要说这些。总之，大家都知道这些。顺便说一句，我们欢迎任何一个人在制作服装这件事上助珍妮特一臂之力。任何针线活好的人我们都欢迎。只要你肯向珍妮特要，她就会把活计发给你的。"

又是一阵掌声，然后是一阵兴奋的交谈。这将成为有史以来最棒的童话剧！这会让整个学校的人都刮目相看的！它必定会轰动全校的！

"以前从来还没有一出剧目是由我们自己写歌、写词、作曲的呢。"温妮说道，"我的天哪，格雷灵女士一定会惊讶坏了！"

铃声传来，大家都站起身。

"我们要排练了！把自己的台词记住！梅维斯，唱歌的部分如何？你要训练合唱队吗？"

闲聊着、喧哗着，她们向各自的塔散去。达瑞尔快乐地叹了口气，用胳膊挽住莎莉。

"这将是我这辈子做过的最兴奋的事，莎莉。"她激动地说，"就算有朝一日我成不了作家，也无憾了！"

第十六章

首 场 比 赛

第二天，费莉西蒂来找达瑞尔，商量和韦尔斯堡比赛的事。她用闪亮的眼睛看着她十一年级的姐姐。

"天哪！真想不到我会在十年级校队打球！我原以为幸运的话，到期末我或许可以，可是，下周就要打比赛了！你把我选进了赛队，太谢谢了，达瑞尔。"

"事实上，是莫伊拉坚持要把你选进赛队的。"达瑞尔说，"你知道，我当时还在想是不是因为你是我妹妹，我才对你有偏爱呢。然后，莫伊拉说你一定要进赛队，所以，你就被选进去了。"

"琼恩没有被选上，她很失望。"费莉西蒂说，"她一直在拼命地练习，达瑞尔。她假装不在乎，可是她真的很在乎。我希望她不要一直说十一年级的人太多难听的话。她好像真的盯上你了，好可怕。"

"她会没事的。"达瑞尔说,"我敢保证,我们不会为小琼恩而失眠的。"

"你会来看我们对抗韦尔斯堡的比赛吗?"费莉西蒂热切地说,"哦,来吧,如果你在场加油欢呼,我一定会打得更好的。"

"我当然会去。"达瑞尔说,"我会一直为你加油,所以,你只要保证让我有足够的理由为你加油!"

七年级的学生祈祷着比赛时有个好天。这是主场赛而非客场,而且是她们头一次对抗韦尔斯堡的十年级队,她们真的无比兴奋。

对于这些小毛孩子的兴奋劲,高年级的人报以微笑。她们也记得,当年她们初次打一场重要的比赛时是多么高兴。

"看到她们如此热衷真叫人高兴。"莫伊拉对达瑞尔说,"我想,我要拿上我的曲棍球棒,在晚饭前给她们来点儿辅导。我有半小时的时间。"

"我去帮你拿。"凯瑟琳立刻用她惯常的受气包口吻说道。

"不用了,圣人凯瑟琳。"莫伊拉回答,"我还能走到储物柜那儿拿我的球棒。"

比赛当天的一大早,阳光明媚,是十月的一个灿烂的日子。操场周围的树木闪烁着秋天的红色、棕色和黄色。海上吹来的风腥咸而新鲜。早上,所有的女孩都高兴地起床,望向窗外。这样的天气里,马洛里塔学园看起来是如此可爱。

当然,最快乐的是七年级的小家伙,兴奋的十二岁的女孩们用最大的嗓门不停地叽叽喳喳。她们是怎么听清别人说的话的，这可是个谜。

早上，七年级的老师波茨小姐很宽容。杜邦老师也是如此，当她的学生们兴奋不已的时候，她自己常常也很兴奋。

"那么说，今天就是你们比赛的日子？"她对七年级的学生说道，"你们会打得很好的，是不是①？你们会赢得所有的球。我会来观看的。那个躲进球的姑娘呢……"

"是射进球，杜邦老师。"苏珊说。

"射球！啊，是的。可你们也没有弓箭怎么射呢？"杜邦老师说，她永远也学不会体育用语，"那么，那个射进球的姑娘，我要对她说：'明天你没有法语课外作业！'"

"杜邦老师，这不公平！"十几个声音冒了出来，"我们并不是所有人都参赛了，只有费莉西蒂和苏珊，还有维拉。"

"啊，我忘了。"杜邦老师说，"正是如此。那我该怎么说呢？"

"就说，你会让我们所有人在这周剩下的时间里都免写法语课外作业。"费莉西蒂叫道。

"不，不。那不用说了。"杜邦老师吃惊地说，"如果你们赢了比赛，明天就没有法语课外作业！"

"你真是个可人儿，杜邦老师。"一个快乐的七年级生叫道。

---

① 此处杜邦老师说的是法语。

"什么话!"杜邦老师惊讶地说,"你叫我可人儿?我从来……"

"没事的,杜邦老师。这是一种赞美。"费莉西蒂说,"可人儿很可爱。"

杜邦老师放弃了。"嗯,我们来学学动词吧。"她说,"请翻到第三十五页[①],不要再闲聊啦。"

两点二十分,韦尔斯堡队的女孩们乘着一辆大大的马车来了。她们比马洛里塔队的队员们年长不少,块头也大了许多。马洛里塔队的人觉得有点儿紧张。两队的队长握了握手,队员们相互点头微笑。

体育老师吹响了哨子,队员们过来围住她,由两个队长抛硬币。

队员们在场上各就各位。费莉西蒂抓住她的曲棍球棒,好像如果她不抓紧,球棒就会从她手里逃走。她摆出一副严肃的表情,每个看到她的人都笑了起来。

她的膝盖微微颤抖着!她多希望没人注意到啊。比赛时紧张是很傻的,这个时候最不应该这样的!

"祝你好运!"苏珊离她不远,小声地说道,"进球!"

费莉西蒂点了点头,看起来依然很严肃。

达瑞尔、莫伊拉和莎莉在一起观看比赛。大多数十一年级的

马洛里塔学园·十一年级的日子

人都来了，因为她们中许多人都帮助过低年级的人练习，对她们的比赛很感兴趣。还有一些其他年级的人也在场。韦尔斯堡学园是一所优秀的、以体育闻名的学校，经常派出一流的球队出征。

"你的小妹妹看起来凶巴巴的。"莎莉对达瑞尔说，"瞧她！她打算大展身手呢！"

比赛开始了。开球了，女孩们开始追着它跑，用网把它捞起来，扔出去，接住，再把它打出场，再捞回来，互相纠缠，让旁观者兴奋地大叫起来。

韦尔斯堡队进了第一个球。球直直地飞进了球网，根本不可能拦得住。十二岁的守门员非常沮丧。韦尔斯堡队得一分！

费莉西蒂咬紧了牙关。韦尔斯堡队领先了。她向达瑞尔投去一瞥。没错，她在那儿，目不转睛地盯着球。费莉西蒂渴望做一些真正了不得的事，让达瑞尔自豪地跳跃、欢呼。可韦尔斯堡队十分强大，没人能有所突破。只要马洛里塔队的球一到球网处，总有一个韦尔斯堡队的女孩，随时准备把球打飞！

而且，总有一个韦尔斯堡队的女孩看起来要比主队的任何一位队员跑得快。这真让人抓狂。费莉西蒂和苏珊跑得上气不接下气，气喘吁吁地冲过球场，心跳得如同擂鼓一样！

然后，苏珊射入一球！这真是出乎意料。她当时正在离球门很远的地方飞快地跑着，身后跟着两个韦尔斯堡队的女孩，费莉西蒂跑上前，若是苏珊把球传过来，她就会接住。

苏珊迅速扫视了一下四周，看费莉西蒂是否准备好接球。

一个韦尔斯堡队的女孩跑到费莉西蒂身侧，那是个高个子女孩，球传过去，她很有可能会抢在费莉西蒂前接住它！

天啊！冲动之下，苏珊将球射向远处的球门。那是非常有力的一击，球笔直地飞了出去。守门员冲过去拦截，可她失手了，那球正中球网中心！

观众立刻爆发出一阵欢呼。达瑞尔也大叫着，然后，她转向莫伊拉。

"真是一招险球。这么远射门通常不会成功，可这个成功了！一比一平！"

比赛快到半场了。还有一分钟。球传到费莉西蒂这边。她高高跃起，用网接住了它。

"好球！"大家都叫起来，看到这漂亮的接球都无比开心。费莉西蒂带着球飞快地跑着，把球传给了丽塔。她没有看到一个韦尔斯堡队的高大女孩向她跑过来，重重地与她撞在一起。费莉西蒂被撞翻在地，她感到右脚踝疼痛难忍。疼痛如此尖锐，让她无法起身。她眼前突然一黑。可怜的费莉西蒂吓坏了。不不不，她不能昏过去！不能在比赛当中昏倒在运动场上！

半场的哨声响起。费莉西蒂颤抖着长长地舒了一口气。

休息五分钟。她的脚踝会好吗？

她总算没有晕倒！她坐在草地上，假装摆弄她的曲棍球靴，直到她感觉好一些。

苏珊冲她跑过来，说："天哪，你摔得好重啊。你受伤了吗？"

"脚踝扭了一下。"费莉西蒂说，脸色十分苍白，让苏珊惊慌起来。

体育老师走过来，说："扭伤了脚踝吗？给我看看。"她快速地脱下费莉西蒂的靴子，看了看她的脚，按了按，又转一转。

"只是普通的扭伤。"她说，"刚扭伤的时候疼得厉害，我知道。你最好下场，换你的替补上。"

费莉西蒂几乎要哭出来了。达瑞尔跑了过来，说："她是不是扭伤了脚踝？哦，她常常扭到。她的右脚踝有点儿脆弱。爸爸总是让她把脚踝绑紧，就在脚的这个位置绑紧，马上走一走，不要躺下。"

"嗯，如果费莉西蒂能稳稳地站起来，并且能跑，我就同意你继续比赛。"体育老师说，"这要看她了。"

苏珊给费莉西蒂拿来柠檬片让她吮吸。她开始觉得好些了，脸上又有了血色。她站了起来，小心翼翼地动动脚踝。然后，她微笑起来。

"没事了。明天会又青又紫，可没什么大问题。几分钟之后就会好了。"

体育老师把费莉西蒂的脚踝绑得紧紧的，她又把靴子穿上了。脚有点儿肿，但肿得不厉害。费莉西蒂嚼着柠檬，一瘸一拐地走了一两分钟，感觉自己越来越好了。

"没什么大碍。"体育老师宣布，"一个令人讨厌的转折，但费莉西蒂是一个坚定的小家伙，其他女孩会呻吟、大惊小怪、一瘸一拐地下场，但她会继续比下去。这对脚也没什么伤害，也许还有好处。"

哨声又响了，中场休息的一段时间给了费莉西蒂一个恢复的机会。女孩们各就各位，这次交换了场地。

苏珊在下半场的表现真是个奇迹。她竭尽全力保存费莉西蒂的体力，像一只三月的兔子^①一样疯狂跳跃、奔跑。大家都为她欢呼。

费莉西蒂的脚不再疼了。她把疼痛抛之脑后，又开始奔跑起来，接了一个漂亮的球，让所有的观众爆发出欢呼。她拦截了一个韦尔斯堡队的女孩，把球抢了过去，跑向球门。

"射门！"大家都叫起来，"射门！"

可在她射门之前，球被撞出了她的网，一个韦尔斯堡队的女孩带球飞快地往回跑，她把球传出去，球被接住，又向前传，直冲着马洛里塔队的球门而去。

"救球啊，救啊！"大家都痛苦地叫起来。守门员稳如磐石地站立着，她用长曲棍球棒猛地一击，奇迹般地接住了硬橡皮做成的球，立刻扔给了马洛里塔队的一个女孩。

"没进，没进！"女孩们快乐地唱起来，"救得漂亮，希尔达，救得漂亮！"

"看来要平局了。"莫伊拉看了看手表说道，"只剩下两分钟

---

① 英国民间有 "mad as a march hare" 的说法，意思是像三月兔一样疯狂。三月是野兔的发情期，这时的兔子会完全改变以往胆小的脾气，兴奋地到处乱跑。

了。费莉西蒂又有点儿跛了，她真是个勇敢的孩子。"

"她接住球了！"达瑞尔叫起来，激动地抓紧莫伊拉，"又是一记漂亮的接球！我的天，熟能生巧！她接球接得比谁都好。瞧啊，她控住了球！"

费莉西蒂带球在场上奔跑。她被一个韦尔斯堡队的女孩截住，转身躲开，将球传给了苏珊。苏珊看到两个对手直直地冲她而来，她接住球，立刻又传给费莉西蒂。因为球传得非常高，费莉西蒂差点儿没接住，可她像一只羚羊一样跳起，用网去接球，球安然入网。

然后，她转身飞奔，冲过场地，脸色变得阴沉起来。

"射门！"女孩们叫起来，"射啊啊啊啊啊啊啊！"

正在费莉西蒂射门之际，一个对手的网兜冲了过来，想从她手里把球抢走。

球被高高地射向空中，守门员冲出来拦截。她失手了，球被弹起，然后缓缓地、像是有意一样滚到了球门的角落里，一动不动地躺在那里，好像它滚得精疲力竭了。

"进了！"大家都大叫起来，完全疯狂了。莫伊拉、莎莉和达瑞尔团团抱在一处，对十一年级的人来说这姿势不大体面，比尔和克拉丽莎一起跳起谷仓舞①。至于低年级的学生，她们开始用震耳欲聋的声音齐声大叫，杜邦老师立刻用手捂住了耳朵。

---

① 谷仓舞，一种苏格兰传统舞蹈。

"干——得——好！费——莉——西——蒂！干——得——好！费——莉——西——蒂！"

哨声响起。队员们排成队，满脸通红，气喘吁吁，队伍里洋溢着欢声笑语。费莉西蒂有点儿跛，可是又高兴又骄傲，就算双脚都跛了，她也不会在意！

达瑞尔捶着她的背，说："你射进了制胜的一球，你成功了！天哪！我真为你骄傲！"

莫伊拉也捶着她的背，说："我们很高兴选你入队，费莉西蒂。这学期你都会留在队里。你很有团队精神，你一直都在为自己的队伍而战。"

琼恩就在附近，听到了莫伊拉说的话，并且确信莫伊拉这么说是为了让自己听到。她转身而去，心有戚戚。她本来可以参赛的，本该由她射进这个制胜之球的。可她被费莉西蒂代替了。琼恩没法走过去拍拍费莉西蒂，向她表示祝贺。她嫉妒了。

费莉西蒂太高兴了，所以没去注意这些小事。她和队员们一起去和韦尔斯堡队的女孩们喝"庆功茶"。任何人看到成堆的三明治、加了果酱的小面包和一片片被高高堆在大盘子上的水果蛋糕都会想，这些东西肯定需要二十支球队才能吃完！

可这两支队伍轻而易举地就把这些"消灭"了。

多有意思啊！多么喧闹的喊声、笑声和全心全意的欢乐！

学校太棒了！费莉西蒂一边嚼着第四个果酱面包，一边想。

真是太棒了！棒极了！

第十七章

期 中 时 刻

排练开始了。周二过去了，接着周五到来，又到了周二，大家已经排练了三次了！

"我觉得一切顺利，你们呢?"达瑞尔对莎莉说，"小玛丽露已经记熟了她的台词，她一定学得很刻苦，因为灰姑娘的台词比任何人的都多。"

"是啊，而且她扮起来一定很像。"莎莉说，"低年级时，连自己的影子都害怕的小玛丽露，现在能在童话剧中担任主角了，谁想得到呢!"

"这显示了马洛里塔学园对人的影响!"达瑞尔说，"不过，我想任何好的寄宿学校都会有同样的影响——让你学会独立，打磨你的棱角，教会你常识，让你承担责任。"

"这也取决于每个人!"莎莉笑着说，"看起来，学校并没有教会亲爱的格温德琳·玛丽多少东西。"

"呃，我想，总有例外。"达瑞尔说，"她大概是和我们一起上学的孩子中唯一一个没有学会任何有意义的东西的人。"

"当我们告诉她，她和莫琳简直像双胞胎时，她很震惊！"莎莉说，"那会儿她真的看到了别人眼中的自己。不管怎样，我觉得她比以前好多了，尤其是她不得不去参加运动和体操之后。"

"她不愿意在剧里演一个仆人。"达瑞尔咧嘴一笑，说道，"莫琳也不愿意。她们俩在剧里没台词，戏也不多。不过，既然她们俩演技都不行，这样正好！"

"这对她们的骄傲来说是一个可怕的打击。"莎莉说，"天哪，比尔会演得很好的，是不是？当她穿着马靴在舞台上大步走来走去，用鞭子在身侧抽打着的时候，就是一个活生生的乖戾的男爵！"

没错，童话剧进行得很顺利。这个周五是期中假期，十一年级的人甚至为错过排演而遗憾。不过，能看到家人，她们也很高兴。达瑞尔有好多话要对爸爸妈妈说，费莉西蒂也是。

第二天，费莉西蒂的脚踝果然青一块紫一块的，她骄傲地展示给七年级的人看。脚踝都这样了，还能射门，真是奇迹！费莉西蒂真成低年级的英雄了。

期中假期到来了又过去了，飞一样地快。达瑞尔的爸爸妈妈来了，不得不听两个兴奋的女孩同时谈论童话剧和比赛。

"我们排演得非常好，我写的台词听起来不错，你们真该看看玛丽露演的灰姑娘。"达瑞尔用她最大的嗓门说着。

"当我射进制胜的一球的时候，我简直不敢相信，可是，周围巨大的欢呼声和叫喊声响起，又让我不得不信。"费莉西蒂与达瑞尔同时大叫着说。瞧这对小姐妹！

比尔的四个兄弟过来看她，她妈妈也来了，他们都是骑着马来的！男孩们也正在放期中假。比尔带着克拉丽莎一起，高兴地骑马走了。用这种方式来度过期中假期多好啊，克拉丽莎想，一整天骑马奔驰，然后野餐，喝茶！

格温目睹克拉丽莎高兴地走远了。如果她上学期明智一点儿，就能成为克拉丽莎的朋友。可她不够明智，而现在，她只能和那个可怕的莫琳黏在一起！

糟糕的是莫琳的爸爸妈妈在最后一刻不能来，所以莫琳没有人可以一起出去，她跑去告诉格温这个消息。

"哦，格温，你带什么人一起出去吗？我爸爸妈妈不能来了。我太失望了。"

格温生气地盯着她。当然，这种事是会有的。现在她得让莫琳整天跟在她身边了。

她用极不客气的态度把莫琳介绍给她的妈妈和家庭教师温特小姐。

"妈妈，这是莫琳。她爸爸妈妈今天没有来，所以，我说她可以跟我们一起。"

"当然，当然！"莱西夫人立刻说道。像往常一样，她穿的衣服太花哨了，面纱、围巾和零零碎碎的东西周身飘荡。她同情地说："可怜的孩子，真可惜呀！"

莫琳对莱西夫人热情起来，这是一个她可以轻松与之交谈的人。

她傻笑了一下。"哦，莱西夫人，你们让我加入真是太好心了。你知道吗？这是我在这里的第一个学期，我真的不知道，没有亲爱的格温我该怎么办。她真的是我的患难之交。"

"我相信她是，格温总是这么善良。"莱西夫人说，"难怪她这么受欢迎。"

"你知道吗？总有人说我跟格温理应成为朋友，因为我们非常相像。"莫琳叽叽喳喳地说着，坐在车里把小毯子裹在身上，"我们俩都有金发碧眼，她们说我们的行事风格也很像。我真幸运，找到了一个如此相像之人！"

这种谈话是温特小姐和莱西夫人都理解并喜欢的。温特小姐对莫琳好得不行，格温一点儿也不喜欢这样。

格温希望带莫琳出去玩的时候莫琳会夸赞自己。可莫琳并没有，莫琳一直在说她自己的事。她形容了她的家，她的家人们，她的狗狗们，她家的花园，她以前度过的所有假期，还有所有生过的病。格温没法插进嘴，过了一会儿，她沉默下来，生着闷气。

莫琳真是太无趣了！多傻啊！又自私又自负！她的笑声又

愚蠢又做作。格温生气地想。

莱西夫人在午饭时说了一句非常可怕的话。她冲两个女孩微笑着说："你们知道吗？除了莫琳的牙齿凸出来一点点之外，你们两个真的长得很像！莫琳，你会像格温那样可爱地喋喋不休地谈论你的所作所为，连你们的笑声都是一样的，是不是，温特小姐?"

"是啊，她们真该是姐妹。"温特小姐表示同意，和蔼地对兴高采烈的莫琳微笑，"她们的言谈举止一模一样，连声音也一样。"

格温觉得非常不舒服，她简直吃不下东西了。如果连真心欣赏她的妈妈和温特小姐也认为那个无聊的、自负的莫琳和她一模一样，那么她自己一定也是一个非常可怕的人。难怪她不受欢迎，难怪大家都要嘲笑她。

对于格温来说，那真是糟糕的一天。跟一个可能跟你很像的人在一起，听莫琳发出跟自己一模一样的傻笑，听她没完没了地讲关于她自己的无聊故事，看到那种浅薄、不真诚的微笑在莫琳的脸上蔓延，这是一种糟糕的经历。

可怜的格温想：我永远也忘不了这个。我以后一定要小心行事，得立刻改掉我的笑声。我真的是像那样笑的吗？是的，我是的。唉，我真是感到羞愧啊。

"格温很安静。"温特小姐最后说，"有什么不对吗，格温?"

"哦，可怜的格温，没有被选中演灰姑娘她太失望了。"莫琳飞快地说道。

"哼，你也是！"格温反驳，"是你以为你可能会演灰姑娘。莫伊拉说的！"

"姑娘们，姑娘们！别那么对对方说话。"莱西夫人惊愕地说，"天哪，我真的以为格温会演灰姑娘！"

"是啊，你在信里说，大多数人都希望你来演。"温特小姐说，"她们为什么不选你呢，格温？你一定会把灰姑娘演得很出色的！真可惜。"

"我猜，和她们没选莫琳的原因一样。"格温生气地说，"她们觉得我们不够好。"

"当然啦，我并没有指望能被选上，这只是我在这儿的第一个学期。"莫琳飞快地说道。

"你明明指望了！"格温说。

"哦，没有啊，亲爱的格温。"莫琳说，傻傻地笑。这使格温恼怒不已。

"你要再那么笑我真的要疯了。"她粗野地说。

一阵惊讶的沉默。莫琳再度发笑，打破了沉默。格温握紧了双拳。

"可怜的格温！"莫琳说，"说真的，莱西夫人，她们没有选她真可惜啊，这让她真的很沮丧。我们去排练的时候，格温看到玛丽露演灰姑娘，而她只演一个仆人，一句台词也没有，整部戏里一个字也没说，她真是抓狂啊！"

"亲爱的，我真的很抱歉。"莱西太太安慰着怒目相向的格温，"我不愿意看到我的宝贝女儿伤心。"

"别说了，妈妈。"格温说，"我们换个话题吧。"

莱西夫人很受伤，她转身背对这个异常乖戾的格温，开始和莫琳说话，对她特别好，以此向格温表明自己对她很不满意。温特小姐也同样为之，莫琳在这种奉承和全力关注的光彩之下更加兴高采烈了。可怜的格温不得不听更多的有关莫琳生活的故事，还要更频繁地听她傻乎乎的笑声！

这一天终于结束了。莫琳得体地感谢了莱西夫人和温特小姐，她挽着格温的胳膊，挥着手走开了。

"我会帮你们照顾格温的！"她回头叫道。

"嗯，多招人喜欢的孩子啊，对格温来说是多好的朋友啊。"莱西夫人说着开车离去，"格温为灰姑娘的那些事不开心，真遗憾。莫琳一定是同样失望。"

"是啊，恐怕亲爱的格温不太能接受。"温特小姐说，"不要紧，她有那个好孩子莫琳为她做榜样。"

"我想，我们理当邀请莫琳在圣诞假期来住上一两个星期。"莱西夫人说，"这对格温有好处。"

可怜的格温！她如果听到这些话，一定会怒气冲天的。当她接到妈妈的来信，告诉她已经邀请了莫琳圣诞假期来住上一星期时，一定会大吃一惊的。

车子一驶出视线，格温就把胳膊从莫琳的手臂上抽开。

格温转过身来对着她。"嗯，你毁了我的一整天，希望你从中得到乐子了，你这个坏蛋！你讲的那些可怕的故事，发出的可怕的笑声和拍的马屁，真令人作呕！"

　　"格温，她们说我很像你。"莫琳说，看起来十分困惑，"她们也喜欢我。如果我跟你一样，怎么可能这么糟糕？"

　　格温没有告诉她，这是一件她一想到就无法忍受的事。

第十八章

独 断 专 行

期中假一过，日子如飞。每当达瑞尔和莎莉想到学期末要给家长们表演童话剧时，她们就会时不时地感到一阵恐慌。

"我们永远不会准备好的！"达瑞尔呻吟道。

"是啊。我们从来没有想到会有这么多事情要做。"莎莉严肃地说。

"要是每个人都像玛丽露和梅维斯那样把词记熟就好了。"达瑞尔说，"卢埃拉真的要把我逼疯了。每一次她都忘记唱词。现在，我巴不得当时我们没选她演仙女教母。"

"哦，演出当晚她会好的。"莎莉说，"就像她去年演的那出戏一样，直到最后一晚才背好所有的词，然后演得相当完美。"

"嗯，我只希望你是对的。"达瑞尔抱怨，这让稳重的莎莉乐不可支。达瑞尔很容易对她宝贵的童话剧心存沮丧。莎莉对她帮助很多，她不认为每个人都是没救的，而且总会准备一些安慰之语。

"艾莉西娅真棒啊。"她停了一会儿，从手中的工作中抬起头来说道。

"是啊，她是个天生的魔王。"达瑞尔咯咯笑着说，"她在舞台上跳来跳去，大喊大叫，有时候我真的被她吓得不轻，而且她的魔术真是不可思议。"

"她的杂耍也是。"莎莉说，"她一直在练习那种'魔鬼音'，直到听起来真的很诡异。"

达芙妮也笑着说："没错，她在法语课上突然发出这种声音，杜邦老师脸上的惊讶表情也是妙不可言。"

"艾莉西娅真是太好笑了。"达瑞尔说，"我想，她会是这出剧里演得最好的。"

有片刻的沉默。"真正让我担心的只有一件事，就是莫伊拉。"达瑞尔低声说，"她和贝蒂一点儿也合不来，和艾莉西娅也一样。她对她们发号施令太多了。"

"是啊。她总忍不住。"莎莉说，"不过，对贝蒂和艾莉西娅这样的人发号施令真是太荒唐了。毕竟，贝蒂也是制作人之一，艾莉西娅帮了她们大忙。"

达瑞尔对莫伊拉的担心是没错的。莫伊拉太热衷于把童话剧做到完美了，她让大家都在她的指挥之下拼命工作。女孩们对此很反感。卢埃拉故意忘词来激怒莫伊拉，比尔每次都故意从错误的一边上场，弄得她大喊大叫。

莫伊拉处理问题用错了方法，可她并没有意识到。

当然，她是一个出色的组织者。她事无巨细，和达瑞尔一起安排好每一场戏，证明了自己的聪慧，并给出了非常明智的建议。

可是，她做的这一切都用错了方法。她咄咄逼人，固执己见，断然地反驳别人，吹毛求疵，却很少表扬人。

"你太独断专行了，莫伊拉。"有一次排练时，比尔这样对她说，"我不喜欢这样，这里的其他人也不喜欢。"

"如果你认为不下命令、不挑错误就能演出一流的童话剧，那你就错了。"莫伊拉愤怒地说。

"我不这样认为，我从来没有说过我这样认为。"比尔温和地说，"可你不用这么独断专行也能做成这一切。你气势汹汹地坐在那里无情地折磨我们。有时候，我恨不得放弃算了。"

"我们继续吧。"达瑞尔说，她很怕莫伊拉会爆发。争吵总是容易浪费太多的时间。

她接着说："我们再练一遍，梅维斯，从你的唱段开始。"

梅维斯唱起来，周围一片寂静。她有一副多么美妙的声音啊，低沉纯净而甜美。一定会赢得满堂掌声！一个学生能有这样的嗓音实在难得。

达瑞尔想：她离开这里去音乐学院学习音乐和唱歌的时候，我们会想念她的。梅维斯的歌唱完了，她后退一步，让蕾切尔演的巴顿斯上前唱她的部分。

是的，排练是辛苦活，可她们也感到兴致盎然。随着时间的流逝，达瑞尔和莎莉开始信心倍增。达瑞尔突然发现剧本的台词有问题，就急忙修改，有时自己也感到惊讶。

我现在知道什么是错的，什么是对的，她一边写下新的台词一边想到。我喜欢演童话剧，我感觉它是我的剧，因为都是我写的。下一次我还想写一出剧，我能写出来吗？下学期我可以吗？只要一出短剧就行。我能不能成为一个著名的剧作家呢？

格温是个闷闷不乐的演员。她讨厌被困在合唱队的后面，打扮成仆人，还无词可说，无事可做。看她不高兴，莫琳更高兴了。她说的某些话把格温搞疯了。

"当然，我不介意扮演微不足道的小角色。"她说，"但这对你来说不一样，格温。你在这里待了这么多年，而我连一学期都没待满。你本应该得一个好角色的。我可不指望。"

格温皱起了眉头。

"我要写信告诉你妈妈，你的仆人演得很好。"莫琳接着说，"我认为她邀请我度假真是太好心了。假期里我们经常在一起不是很有趣吗，格温？"

格温没有回答。她开始有点儿害怕莫琳了。莫琳傻傻的，装腔作势，但她天性中也有狡猾的一面。当然，格温也是如此。她很容易就发现莫琳身上的这一面，因为她自己身上也有同样的一面。这就是被迫和莫琳建立友谊的可怕之处，就如同与你自己交朋友一样，你知道所有的缺点、所有的傻事和你自己的脑海里所有的狡猾之处。

格温确实试着小小地改变了自己，这样她就不会和莫琳相像了。因此，她不再傻笑，不再露出大大的假笑，也不再谈论她自己了。

使她大为恼火的是，似乎没有人注意到这个。事实上，她们丝毫也不关注格温，就算她突然之间长出了胡子，穿上了马靴，她们也不会费心。谁愿意给格温一点儿关注啊？她从来没有做过什么让人喜欢或信任的事情，所以最好的办法就是无视她。

无视她，她们做到了，虽然可怜的格温已经竭尽全力表现得理智而惹人喜爱了。不过，她这么做已经有点儿晚了！

两个星期过去了，排练时大家突然发生了一场争吵。事实上，正如一场常见的大吵那样，它起于一件傻极了的小事。

艾莉西娅脑海中突发奇想，要在上场或下场时来点儿恶魔的吟唱。这是在排练前的几分钟她才想出来的，还来不及告诉达瑞尔或莎莉，所以她觉得自己可以毫无预兆地先唱一唱这首奇怪的小曲。

于是她就唱了。她以突如其来的方式，蹦跳着上场了，发出了怪异的吟唱："哦——呜——啦，呜——啦，哦——咦，哦——呜——啦——"

莫伊拉大声斥责，排练停顿了下来。

"艾莉西娅！你到底在干什么？这个剧本里没有，你明明知道得很清楚。"

"我当然知道。"艾莉西娅说，一如既往地被莫伊拉不必要的尖锐语气惹恼了，"我来不及告诉达瑞尔我要加上这个，这是我刚刚想出来的。"

"呵，我们现在不能加入新的东西了。"莫伊拉冷冷地说，"无论如何，也轮不到你来加入这种不寻常的曲子。如果我们需要，我们会让达瑞尔写一首的。"

"听着，莫伊拉，"艾莉西娅很快失控了，"我可不是七年级的孩子，我是……"

达瑞尔匆忙打断她："莫伊拉，我觉得艾莉西娅的这个点子好极了。你觉得呢，贝蒂？我从没想到为魔王写这么一首小曲，这听来的确很有魔王的风格，而且……"

"没错。"贝蒂说，她急于反对莫伊拉，支持她的朋友艾莉西娅，"这个点子好得不得了。我们就用它吧。"

莫伊拉立刻被气得七窍生烟，那架势连魔王本人看到了也要羡慕嫉妒！

她站起来，怒目而视："贝蒂，你这么说仅仅是因为你是艾莉西娅的朋友，而且……"

"呸！"贝蒂粗鲁地说。

莫伊拉继续说下去："而达瑞尔这么说是因为她也是永远支持艾莉西娅的。我是首席制作人，我要用我的方式来处理。不需要魔王小调。大家继续排练!"

艾莉西娅的脸色变得苍白。"今天晚上我不演了。"她用冷冷的、愤怒的声音说道,"你自己也太抢戏了吧,莫伊拉。瞧你脸上挂着的那副表情,倒是把女魔王演得很出色咧!"

莫伊拉的确是这样一副表情,这话引起了一阵哄堂大笑。

艾莉西娅走下了舞台。达瑞尔目瞪口呆。莎莉主持了局面。

"谁是下一位? 来吧,比尔。"

比尔决心对莫伊拉表示蔑视,一如既往地走错了边上场。她大摇大摆地走了进来,双手插在裤兜里。她排练的时候总是穿着骑马服,她说这使她更有男爵的感觉!

"比尔,你不能从那边上来,你很清楚。"莫伊拉叫道,她也清楚地知道这是比尔支持艾莉西娅的表示。比尔像个傀儡一样地站在那里。

"回去,从正确的方向再走一遍。"莫伊拉严厉地说。

"不,我要去骑马了。"比尔说。她干脆利落地说完,作势要走! 她哼着歌走开了,莫伊拉听到她在叫克拉丽莎。

"克拉丽莎,来吧! 今天晚上我觉得自己不适合演戏,我想做一些有活力的事情。"

"这太傻了。"贝蒂说,"大家都要走了。我来主持吧,莫伊拉。今晚你用了错误的方法激怒了她们。"

莫伊拉粗暴地把她推到一边。她真的被激怒的时候,脾气就很坏,和她妹妹布丽奇特一样,如果她真的生气了,就喜欢把东西砸个稀巴烂！

"我会继续。"她咬着牙说，"一旦事情失控，我们就完蛋了。我们来排仆人的合唱。"

合唱队上来了，咯咯笑着，如果有可能，她们要给莫伊拉找点儿麻烦。尽管她们都承认她能把事情办好，也把事情办得很好，但她们对她专横的作风颇为愤怒。

莫伊拉立刻盯上了格温和莫琳。

"你们两个！你们没在唱！哦，不，你们没唱！别说你们唱了。每次你们俩都表现得很糟糕，你们最好现在就振作起来，否则你们连合唱都不要参加了。我会找几个九年级的学生来代替你们！"

"天哪！闭嘴吧，莫伊拉。"贝蒂用低低的声音说，"你明知道你拿这两个人毫无办法，而且如果你这样对她们，肯定于事无补。"

莫伊拉对此毫不在意。"你们听到我说的了吗，格温、莫琳？"她叫道，"站到前面来单独唱，这样我能判断你们是不是真的记住了歌词。"

格温犹豫了，她真想回击莫伊拉一顿，或者像比尔那样走开。可她害怕莫伊拉毫不客气的言语。

"很好，那就站那儿，你唱吧。"莫伊拉说，突然意识到不能把主要精力花在让格温和莫琳出风头上。

她紧接着说："艾琳，音乐！"

艾琳看起来闷闷不乐，很不情愿地演奏着仆人们的合唱部分。格温用尖细的声音唱了起来，莫琳也喃喃地唱着歌词。

　　"停下。"莫伊拉说，音乐停了下来，"你们没记住词，也没记住曲子，而现在已经是第七次排练了。你们两个是整出戏里最差的。"

　　在众人面前被这样羞辱，格温和莫琳感到非常愤怒，但她们仍然不敢反驳莫伊拉。

　　在这种情况下，她们俩都是小懦夫，她们默不作声地站在那里。格温像往常一样，眼泪说来就来了。

　　不用说，这次排练并不成功。晚餐铃声响起时，大家都松了一口气。莫伊拉皱着眉头走开了。许多女孩模仿她的样子冲她皱眉。

　　"讨厌。"达芙妮说，"她越来越过分了！"

　　"她很焦虑，因为还有好多场排练，还有很多事情要做。"达瑞尔说，试图阻止这一场日常的抱怨。如果大家不愿意愉快地来排练，事情就会变得非常困难。这是她的童话剧，是她的杰作，她不能让她们对莫伊拉的怨恨情绪破坏了这一切。

　　"圣人达瑞尔！"贝蒂快活地叫着。

　　达瑞尔咧开嘴笑了起来。"我不是圣人！"她说，"我和大家一样感到又气又烦，但就因为我们有个脾气不好的制作人把节目搞砸了又有什么好处呢？"

　　"我们把她赶走吧。"有人建议道，"我们有贝蒂了，还有你和莎莉，艾莉西娅也可以帮把手。现在我们不需要莫伊拉了，重活已经完成了。"

"我们不能把她赶走。"达瑞尔果断地说，"在她或多或少把事情都安排好了之后赶走她，那就太刻薄了。老实说，我认为她易怒是因为她太热衷于追求完美了，每一件小事都让她心烦意乱。我们再给她一次机会吧！"

"好吧。"大家同意了，"可我们只给一次机会，达瑞尔！"

第十九章

匿 名 来 信

　　达瑞尔相当紧张地跟莫伊拉说起上一次失败的排练。

　　"我们都知道你有些过度劳累，你已经为这部剧付出了那么多。"她这样开始。

　　"哦，住嘴吧。你说起话来像圣人凯瑟琳。"莫伊拉说着，瞟了一眼一旁的凯瑟琳，"她已经试图为我找了一百种借口了。我讨厌拍马屁的人，我生气并不是因为我疲劳或是工作繁重，而是因为有像艾莉西娅、比尔、格温和莫琳这样的人，她们挑衅、粗鲁、懒惰、不支持我。现在你明白了吧。"

　　"嗯，莫伊拉，那请你下次多点儿理解和耐心吧。"达瑞尔说，她控制住自己的脾气，感觉到火突然上来了。天哪！两个人都发火是绝对不行的！

　　"你到底让不让我继续学法语？"莫伊拉用一种警告的声音

说道。达瑞尔放弃了。

接下来的一次排练好了一点儿，但也没好太多。达瑞尔坚持把艾莉西娅要唱的小曲写出来，莫伊拉眉头紧皱，可是也没说什么。毕竟，写剧本是达瑞尔的活。这次，莫伊拉没有挑出艾莉西娅和比尔的错。她不需要了。两人都令人赞叹，对自己的角色了如指掌。比尔按达瑞尔的要求，从正确的一边上场，一切也很好。

其他的事却不对劲。其他人也遭到了批评、指责，扮演朝臣的人被要求把她们的歌唱四遍，仆人们没有在适当的时候鞠躬或行屈膝礼，巴顿斯的扮演者在不该说话的时候说话！

莫伊拉没有发脾气，可她很不客气，态度生硬。她竭力控制住自己。她是十一年级的级长，是这出剧的首席制作人，她已经把所有的重活难活都做了，把事情都安排成型了。她有意要按自己的意思去做，按她喜爱的方式安排一切。她不打算像那贝蒂那样傻乎乎地说请、谢谢，然后微笑、鼓掌！

之后，又有更多的抱怨。达瑞尔和莎莉开始觉得不安。假如童话剧不是完美无缺，而是支离破碎怎么办？

接着，又发生了一件可怕的事。来了几封匿名信——充满了恶毒与仇恨的信件，末尾没有署名！

全年级只有莫伊拉一个女孩收到了这些信。在一个排练的日子，她接到了第一封信。她撕开信封，在公共休息室里读了起来，然后厌恶地大声叫了起来。

"出什么事了？"达瑞尔说。

莫伊拉将信扔给她，说："读一读。"

达瑞尔读了信，吓得不轻。信的内容如下：

> 要是你知道人们对十一年级级长的真实看法就好
> 了！脾气暴躁、不公正、专横。如果你在学期末离开，
> 对某人而言也不算太早。某人就是——我。

"真恶心。"达瑞尔沮丧地地说，"谁会写这种信啊？都是用
印刷体写的，来隐藏作者自己的笔迹。不要理会它，莫伊拉。
这封匿名信的唯一归宿就是火炉。"

莫伊拉把信扔进火里，继续干她的活。没人能说清她是不
是难过沮丧，可大家都好奇是谁写了这么可怕的信。

下一封信在第二天到了。它放在莫伊拉的一堆书上，用同
样的印刷体书写。

她不假思索地打开了信：

> 这么说，你收到我的第一封信了。我希望你乐在
> 其中。你不想知道女孩们是怎么说你的吗？它会让你
> 的耳朵发热的！你绝对是全校最不受欢迎的女孩——
> 但这种"与众不同"谁想要呢？反正某人是不想要的。
> 某人就是——我。

"又是一封。"莫伊拉用随意的语气说道,将信递给达瑞尔和莎莉。她们读了信,被隐藏在寥寥几行字里的恶意弄得心神不宁。

"莫伊拉,会是谁写的呢?"达瑞尔说,"天哪,太可怕了。我觉得,匿名信总是由最低劣之人写的,一想到马洛里塔学园里有这样的人就让我很害怕。"

"我不在乎。"莫伊拉虽然这么说,可她是在乎的。躺在床上的时候,她想起了那些恶毒的话,发起愁来。她也为排练而发愁。她非常希望排练能像刚开始时那样顺利,但是,可怜的莫伊拉发现总是很难放弃自己的意见和方式。她无法改变自己,她希望别人都能适应她。当然了,她们不可能。

莎莉发现莫伊拉的脸色看起来相当苍白,便对她说:"不要再拆任何信了。你能从信封上的字体上分辨出来那种信,把它们扔进火里就好了。"

可下一封信没放在信封里,而是塞在更衣室中莫伊拉的曲棍球储物柜里的。实际上,它是被塞在她的右靴子里的!她把它拿出来,立刻看到了上面的内容,因为这次,信没有装在信封里。

什么是独断专行的人?去问莫伊拉,可别问——我。

仅此而已。莫伊拉狠狠地把信揉成一团。这个可怕的写信者！她真的了解说什么才能最大程度地伤害莫伊拉。

　　她告诉了达瑞尔。虽然她真的不想告诉任何人，但不知为什么，她觉得自己必须勇敢地面对这件事，把那些信的事讲出来，将它们公之于众，这样就能向写信的人表明她不在乎。

　　她把信给达瑞尔看的时候，自己大笑起来。"这次相当短啊。"她说，"可一句好话也没有呢！"

　　"哦！真讨厌！"达瑞尔说，"我们得搞清楚是谁干的，得阻止这事。我在马洛里塔学园这么久，从来没听说过会发生这样的事。居心不良的信，恶意满满的信！莫伊拉，你怎么不难过？"

　　"如果我收到这些信，我会非常难过的！就算我知道这些信说的不是真的。"她急忙加了一句。

　　"你不用加上这一句。"莫伊拉微弱地笑了一下，说道，"事实上，信上写的是真的。你们不止一个人说我独断专行，这你是知道的，还有什么专横啦，坏脾气啦。"

　　达瑞尔吃惊地盯着她，说："莫伊拉，你不会以为是我写的吧？或是以为是莎莉写的？或者是艾莉西娅，或者……"

　　莫伊拉耸了耸肩，转身走了。达瑞尔沮丧地盯着她的背影，转过来对莎莉说："我们必须找出是谁干的，不能让莫伊拉怀疑我们每一个人！天哪！要是这种事继续发生的话，排练会怎么样啊？"

第四封信并没有直接交到收信人的手里。它肯定是没有折叠就被塞进了莫伊拉桌子上的一本书里。可这本书碰巧是波茨小姐借给莫伊拉的有关剧本制作的书。莫伊拉没有发现里面藏着那封信，看完书之后便将它还给了波茨小姐。

因此，波茨小姐发现了那封信，它滑落到了她和杜邦老师共用的房间的地板上。她捡起来读了：

> 你在为这些信而烦恼吗？还有更多的信即将到来呢！我还有好多对你的称呼，还有适合你的形容词。女魔王如何？有时你就像一个魔王。一个盛气凌人，专横跋扈，怒目而视的魔王。至少，在某人看来，你是如此。某人就是——我。

波茨小姐为这封信吃惊不已，她又仔细重读了一遍。这信是要给谁呢？她将信翻过来，反面的印刷体写着一个名字：莫伊拉！

"莫伊拉！"她说，"所以说，是有人把信塞进了我借给她的书里。一封匿名信，而且是充满恶意的信。到底是谁，想得出如此低劣的事呢？

她检查了笔迹，没有线索，因为所有的文字都是印刷体，写得非常整齐。波茨小姐站在那里，皱起了眉头。像所有正派的人一样，她认为写匿名信的人不是疯了就是懦夫。她们不敢公开说出自己的想法——她们不得不偷偷地做这件令人厌恶的事。

她派人去叫莫伊拉。莫伊拉把其他几封信的事也告诉了她。

"是谁写的,你就一点儿不知道吗?"波茨小姐说。

莫伊拉犹豫了:"知道。可我不能肯定,所以我不能说。"

"去把达瑞尔还有莎莉叫来。"波茨小姐说,想着她也许能从她们那儿了解更多,"我们必须阻止这一切。一旦有人干了这种事就不知道下一步还会有什么事发生。"

达瑞尔和莎莉来了,她们读了信。达瑞尔看起来不舒服,她说:"可怕。"

"是谁写的?"波茨小姐问。

三个女孩都把目光转开了。"嗯?这不是一件可以退缩的事吧?"波茨小姐不耐烦地说,"必须加以阻止,你们同意吗?"

"哦,同意。"达瑞尔说。

"那么,关于是谁写了这些信,你们要是有任何想法就告诉我。"波茨小姐说,"然后我可以立刻处置她们。"

"嗯,你知道,可能是很多人中的一个。"达瑞尔说。

"很多人?"波茨小姐不能置信地说,"你是不是想告诉我,有好多人讨厌莫伊拉,讨厌到给她写这种信的地步?"

一片沉默。波茨小姐愤怒之下豁然开朗:"莫伊拉有这么多敌人吗?为什么呢?对于她担任级长,我并无不满。你们为什么会认为有许多人讨厌莫伊拉呢?"

真是尴尬中的尴尬。达瑞尔和莎莉不知道究竟该说什么。

莫伊拉过来救了她们，她脸色苍白，看起来很紧张。"我来告诉你有可能是谁，波茨小姐！"她说，"有可能是格温，有可能是莫琳，甚至有可能是艾莉西娅。"

"不！"莎莉和达瑞尔异口同声地说。

莫伊拉接着说："有可能是凯瑟琳，有可能……有可能是布丽奇特。"

"布丽奇特？你是说你在十年级的妹妹吗？"波茨小姐吃惊地问。

莫伊拉点了点头，看起来很伤心。她没有看莎莉和达瑞尔。

波茨小姐转向她们。"这一切你们是怎么看的？"她问道。

"嗯，这些人都有可能，除了艾莉西娅。"达瑞尔说，"艾莉西娅的确因为排练时发生的事情生莫伊拉的气，可艾莉西娅不是卑鄙的人。她要是想对莫伊拉说这些话，她会大声说出来，而且很可能当着所有人的面说！做这种事情的当然不会是艾莉西娅。"

"我同意你的话。"波茨小姐说，"我们完全可以排除艾莉西娅。这样还剩四个人，莫伊拉认为她们讨厌她到要写这些信的地步。你周围有四个人对你怀有这样的怨恨，这种感觉相当可怕，是不是？你做了什么惹了她们？"

莫伊拉什么也没说，她心里很清楚为什么这四个人讨厌她。她残酷地嘲笑了格温和莫琳，还在上周排练时，在舞台上羞辱了她们。她称凯瑟琳为受气包，还嘲笑她那种令人讨厌的自我牺牲行为，不拿她当回事，尽管凯瑟琳为她做了成百上千件事。

至于布丽奇特，这对姐妹之间从未有爱，也谈不上失去爱。她可以肯定布丽奇特讨厌她。布丽奇特不久前不是威胁过她吗？她说什么来着？

"我警告你，莫伊拉，你会为此后悔的，我警告你！"

嗯，可能是凯瑟琳，可能是格温或是莫琳，也有可能是布丽奇特，但不可能是艾莉西娅，因为这些信是一个懦夫写来的，没人会把艾莉西娅叫作懦夫！

是谁写了这些令人憎恶的信？她们怎么才能弄清楚呢？

第二十章

步 入 正 轨

那个星期发生了各种各样的事情。在接下来的排练中，艾莉西娅和莫伊拉之间又爆发了一次争吵——非常糟糕的争吵，最后艾莉西娅退出了演出！贝蒂作为其中一个制作人，也退出了。

这对莎莉和达瑞尔来说是一个沉重的打击。"我们没你不行，艾莉西娅。"达瑞尔哀嚎道，"我们再也找不到一个像你这样的魔王了，再也找不到那种精彩的杂耍和魔术还有你的雀跃蹦跳了。你要是退出，一切就完了。"

"要是我退出？我已经退出了！"艾莉西娅说，看起来平静自若，但看到达瑞尔如此沮丧，她内心却充满了愤怒、沮丧和痛苦，"我很抱歉这件事也会影响到你。不行，就算莫伊拉自己退出，然后来道歉，我也不会改变主意。"

达瑞尔知道莫伊拉绝对不会退出的。她不肯低头，而艾莉西娅呢，则倔强无比。

"真是倔到一起去了！"她呻吟道，"艾莉西娅，看在我的分上，打消退出的念头吧。现在离童话剧开演只有三个星期了。我不能把它重写一遍，把你的角色部分删去，你出场次数很多啊。"

"达瑞尔，我真的很抱歉。"艾莉西娅说，显得很苦恼，"但是你知道我从不食言。我的骄傲不允许我这样，世界上没有什么能让我向莫伊拉屈服。要是我不退出，就是向莫伊拉屈服了。"

达瑞尔绝望地盯着艾莉西娅。大胆、固执、意志坚强的艾莉西娅啊，一旦她下定决心，谁也拿她没辙。达瑞尔转过身去，发现自己眼中突然涌出了泪水，不禁又惊又怒。她真的失望透顶。她可爱的童话剧啊，还有那么奇妙的魔王，以及魔王的杂耍和魔术，只有艾莉西娅能做到。

莎莉和达瑞尔走在一起，试图安慰她。莎莉也非常失望，一想到要重写那么多东西，而且要在这么短的时间内找到另一个魔王再训练她，莎莉就直叹气。但达瑞尔是最难受的，这是她的第一份重要工作，也是她第一次尝试写一些有价值的东西。现在，一切都毁了。

莫伊拉也很固执，根本不愿谈论此事，也不会退出。她说："我只能说，我很抱歉发生了这种事，但是，大发雷霆退出的是艾莉西娅，不是我。"对此，她再也不多说一个字。

接下来，杜邦老师却给出了一个惊喜。

一天，她坐在与波茨小姐共用的房间里，在她的书桌前，揭开了真相。

"早该收拾了。"波茨小姐干巴巴地说，"我想，你可能会在那儿找到前年的试卷。我这辈子从没见过谁的桌子上这么垃圾成堆的。"

"哈，波茨小姐，你在开玩笑吗？"杜邦老师生气地说。

"不，"波茨小姐说，"我只是说了实话。"

杜邦老师哼了一声，从她的课桌里拿出大约一百张散着的纸。她刚把纸拿出来，这摞纸就立刻滑到了地板上，散了一地。一本小册子飘到了波茨小姐的脚上。她饶有兴趣地看着这本册子，因为封面上有一幅色彩鲜艳的画，画的是一个魔术师在变魔术。

"新把戏，老把戏，用在你的敌人身上的把戏，用来捉弄你的朋友的把戏。"波茨小姐大声念道，又惊讶地瞥了杜邦老师一眼，"你什么时候开始想学耍把戏了？"

"我可没想干那个。"杜邦老师说，又把一摞纸掉到了地板上，"哎呀！这是六年前的九年级学生演出的节目单。"

"我说什么来着？"波茨小姐说，"如果你再仔细在你的书桌里好好看看，你来马洛里塔学园第一学期开学典礼上的演讲稿也有可能找得到。"

"你可别'关玩笑'，"杜邦老师说，"我不喜欢被人'关玩笑'。"

"我不是在'开玩笑'。"波茨小姐说，"我很认真。我说你从哪里弄来的这些把戏和变戏法的清单？看看这个，我敢肯定，艾莉西娅和贝蒂曾经在你身上耍过的把戏都在上面呢！"

杜邦老师接过小册子，很快，她就完全沉浸其中了。她先是轻笑，接着大笑。她说了十几次"天啊！"和"哦，啦，啦！"。波茨小姐继续工作。她已经习惯了杜邦老师的风格。

杜邦老师这辈子从未读过像描述各种把戏的小册子这样令人着迷的东西，她完全沉迷其中了。她读到某种机器可以将人的手指锯成两半却不会真的伤人，末端发光却不会真正点燃的香烟，还有一种墨点和果酱的凝块，把它放在桌布上可以欺骗恼火的妈妈或老师，让她们信以为真。

小册子清清楚楚地描述了许多把戏。杜邦老师完全着了迷，她看到了一个把戏，笑出声来。"啊，听着，波茨小姐。"她开口道。

"不了，我不听，杜邦老师。"波茨小姐断然道，"七年级的学生今天竟然有勇气交来了二十三份不像样的数学卷子，我得批阅。我可不想听你列举那些幼稚的把戏。"

杜邦老师叹了口气，重新埋首于小册子中。她又读了一遍那个让她如此感兴趣的东西。有两张照片描述了这个把戏。一张是一个笑着的男人，咧嘴露出普通牙齿，另一张是同一个男人，戴着假牙，看起来很可怕。

杜邦老师又把描述读了一遍。这些假牙齿由赛璐珞巧妙制成，修成形，服帖地装在佩戴者自己的牙齿上，可是支棱八翘的，所以，佩戴者一发笑，脸上的表情就会大大改变，现出一副极其怪异的可怕模样。

杜邦老师研究了一下两张照片。她试着想象自己戴着那副假牙的模样，突然发笑，想着冲女孩们亮出这假玩意。哈！她们竟然敢让她捉弄她们！杜邦老师的头脑非常好，足以玩这个假牙的把戏。也许她会在操场上，在长曲棍网球比赛中突然戴上假牙，或者在带女孩们散步的时候不断地亮出那副假牙。

杜邦老师笑得浑身发抖。哈哈，那些坏丫头，跟她要了那么多次"八戏"，是时候让她们可怜的杜邦老师也给她们要个"八戏"了。

她们该多么惊讶啊，又会多么目不转睛地盯着她看啊！之后她们又会笑成什么样啊！

杜邦老师在乱糟糟的卷子里翻来翻去，找到了她的拍纸本。她用斜体字书写了"牙齿把戏"几个法语，并随信寄了一张支票。她很高兴，她连波茨小姐都不会告诉。

"不，我不会告诉她的。我会突然冲她一笑——就像这样。"杜邦老师自言自语，突然之间龇牙一笑，"我看起来会很奇怪，她会被我可怕的牙齿吓得后退不迭。"

杜邦老师读完信，然后漫不经心地看了看其他的把戏小册子，把它们扔掉了。就在那时，她看到了那张纸条。上面的字是用大写字母写的，写得非常仔细，内容很不友好，标题是：

　　给费莉西蒂：

　　你自以为很擅长运动是吧？呃，只不过是因为达
瑞尔偏向你才会让你参赛的。这件事人尽皆知！

　　纸条没有署名。"这是张讨厌的纸条。"杜邦老师厌恶地说道，把纸条抛给波茨小姐。波茨小姐一眼就认出了那些印刷体字迹，它们和送给莫伊拉的匿名信上的一模一样。

　　"这个你是从哪里得来的？"她厉声问道。

　　"我是在这本介绍把戏的小册子里找到的。"杜邦老师吓了一跳。

　　"小册子是谁的？你从哪里得到的？"波茨小姐说。

　　"我是从那个小坏蛋琼恩的课桌里收的。"杜邦老师说。

　　"很有意思。"波茨小姐说。她站起身向门边走去。她派了个女孩去找莫伊拉、莎莉和达瑞尔。她们来了，看上去很惊讶。

　　"我想，我已经找到了纸条的书写者。"波茨小姐说，"可在我处置她之前我想知道她是否有理由讨厌你，莫伊拉。这是七年级的琼恩干的。"

　　"琼恩！"大家大叫起来，吃惊不已。

　　莫伊拉看着波茨小姐。"是的，我想，她是有理由讨厌我的。"她说，"我责备她，因为我没有安排她参加对韦尔斯堡队

的比赛，她很无礼。我说她没有团队精神，还让她向我道歉，因为她竟敢当着我的面说达瑞尔出于偏袒自己的妹妹才把费莉西蒂安排进比赛的。"

波茨小姐点了点头，说："谢谢。那么，恐怕就是琼恩干的了。我马上要见她，把她叫来见我，好吗？恐怕这事应该上报让格雷灵女士知道。我们对琼恩不满意，把她从这里劝退并不费多大力气，但是发匿名信这种行为特别令人厌恶。"

琼恩来了，看起来目中无人，但样子很害怕。没有人告诉她为什么要找她来。

"琼恩，我叫你过来是为了一件非常非常严重的事情。我发现你一直在写令人讨厌的匿名信。不要试图否认，否认只会让事情变得更糟。你唯一的希望就是坦白。你为什么这么做？"

琼恩不知道波茨小姐是怎么知道这一切的。她的脸唰地白了，可还是一副无畏的样子。

"我想，你指的是给莫伊拉的信吧？"她说，"是我写的，她活该。大家都讨厌她。"

"那不是重点。"波茨小姐说，"我们必须强调的一点是，这所学校里有一个七年级的女孩，如果不及时制止，她以后可能会因为犯了什么罪而被送进监狱。一般来说，这种事很少发生，直到这个女孩长到比你大得多得多的时候，毕竟只有堕落和懦弱的人才会做卑鄙的暗箭伤人之事。"

她停下来，眼睛里透着一丝倦意，望向石化的琼恩。

"我们把写这种信的行为叫作'中伤'。"她接着说,"这种人也被世人憎恨,他们的行为是最低劣的,你知道吗?"

"不。"琼恩倒抽一口凉气。

"若不是你身上还有其他让我很不喜欢的地方,我是不会这么严肃地跟你说话的。"波茨小姐仍然用那种严厉、硬朗的声音说道,"你不服从,你反抗,你咄咄逼人,你对任何人都缺乏尊重。你可能认为这些是勇敢的、了不起的行为。不是的。这是强硬的个性出了问题的表现。除此之外,你还显示出自己是个懦夫,因为只有懦夫才会写匿名信。"

琼恩的膝盖打着颤。波茨小姐看到了,可她不理会。如果有谁需要好好地敲打一下,那就是琼恩了。

"这件事必须向格雷灵女士汇报。"她说,"现在,你跟我走。你可能有兴趣知道,正是因为杜邦老师发现了这张写给费莉西蒂的纸条,我才发现其他纸条的作者是谁。"

琼恩飞快地瞟了一眼写给费莉西蒂的纸条。"我没有给她。"她说,"我原本打算给她的,可后来我没给。我一定是把它落在哪本书里了。"

"若要人不知,除非己莫为。"波茨小姐严肃地说,"这句话永不会错。现在,跟我来。"

"波茨小姐,我会被开除吗?"琼恩问。她不再大胆、不再厚脸皮,就像那天在课堂上她的气球突然被刺破时一样泄气。

"那就得由格雷灵女士决定了。"波茨小姐说着站起身,"跟我来吧。"

这消息迅速在十一年级传开了。"纸条是琼恩写的,这个小坏蛋!"

"她去见了格雷灵女士,我打赌她会被开除的。总之,她不会有好结果的。"

艾莉西娅吃惊地听着。她自己的表妹!虽然她和其他人一样不喜欢琼恩。可是她的亲表妹陷入了可怕的麻烦和耻辱之中,让她很苦恼。

她想:这是我们全家的耻辱。琼恩的家人会怎么说?如果她被开除了,他们永远无法释怀。他们会认为我应该多盯着琼恩一些,也许我真应该这么做。可她真的是个小坏蛋啊!

那天晚上,费莉西蒂眼泪汪汪地进了十一年级的休息室。"达瑞尔!"她哭着说,几乎等不及敲门,"哦,达瑞尔,琼恩要被开除了,真的,格雷灵女士这样告诉她的。达瑞尔,虽然我不喜欢她,可是我不能忍受她被开除。她也确实没有那么坏。"

十一年级公共休息室里的每个人都听到了这个消息,吓了一跳。开除!已经很久没有人被如此丢脸地从马洛里塔学园驱逐了,这回还是一个七年级的学生。艾莉西娅沉默地坐着,咬着嘴唇。她自己的表妹,多么可怕!

可怜的费莉西蒂开始抽泣起来,她说:"琼恩明天就要走了,今晚格雷灵女士会给她的家人打电话。这会儿,她正在收拾东西。她非常非常难过,不断地说自己不是一个懦夫,她也不知道这事这么严重，她一直说……达瑞尔，你不能做点儿什么吗？假如是我，你会袖手旁观吗，达瑞尔？"

十一年级的学生被这一切惊呆了。她们想象着琼恩在不知所措地收拾行李，惊恐万分的样子。格雷灵女士肯定收到了很多有关琼恩的负面报告，才会出此下策。她一定认为琼恩一无是处，所以不再给她一次机会。

"达瑞尔！莎莉！艾莉西娅！你们不能去求格雷灵女士再给她一次机会吗？"费莉西蒂叫道，一大颗泪珠顺着她的鼻翼流了下来，落在地毯上，"我告诉你们，她很痛苦。"

莫伊拉一直在与其他人一起听着。这么说，是琼恩写的匿名信。她转头去看格温、莫琳还有凯瑟琳，她怀疑过这三个女孩子。看来，不是她们中的一个，这让她卸下了心头重负。也不是她的妹妹布丽奇特，更是让她大大地松了口气。

可假设是她呢？那么，就该是布丽奇特在收拾行李了，现在也会是布丽奇特感到"很痛苦"。到时候，就该是她的爸爸妈妈因为他们的孩子被开除而难过了。

莫伊拉站起身来。"我去见格雷灵女士。"她说，"我不会让她开除琼恩的，我会请求她再给琼恩一次机会。毕竟，这学期我自己表现得也很糟糕，难怪一个才读七年级的孩子会讨厌我到要写那些纸条的地步。这些话里有相当多的真话！琼恩应该受到惩罚，可不该是这么严重的惩罚。"

她走出屋子，留下一片深深的沉默。费莉西蒂和她一起跑出去，牵起了她的手！莫伊拉捏了捏她的手。"哦，莫伊拉，大家说你这个人心肠硬而且不友善，可你不是的，你不是！"费莉西蒂说，"你很善良，而且宽容、好心，我要这样告诉七年级所有的人！"

在格雷灵女士、莫伊拉、琼恩之间发生了什么，无人知晓，因为这三人都缄口不言。可结果是琼恩又打开了行李，闷闷不乐又心存感激。莫伊拉回来后，发现公共休息室里满是对她的赞赏和善意。

"没什么。"莫伊拉有点儿紧张地微笑着，"琼恩被宽大处理了。她又把行李打开了，她不会那么快忘记这个教训的。"

艾莉西娅用有点儿颤抖的声音说："非常非常感谢，莫伊拉。你在这件事上表现得非常得体，我永远也无法报答。知道我表妹不会被开除，这对我来说意义重大。呃——我想为退出童话剧道歉。如果你允许我撤回要求，我很乐意。"

这对艾莉西娅来说是一件非常困难的事情。艾莉西娅曾经说过，世界上没有任何事情可以让她收回退出的要求或道歉！她为人正派，也很勇敢，这些品质使她没有逃避尴尬和困难，而是当众直截了当地说出来。

突然之间，大家都疯狂了。达瑞尔发出一声高兴的尖叫，冲向艾莉西娅，莎莉在她的背上捶了一记，梅维斯大声歌唱，艾琳走到钢琴前，弹奏起了童话剧中的胜利进行曲，比尔和克拉丽莎像骑在马背上一样在房间里飞奔，小玛丽露咚咚地拍着桌面，莫伊拉突然笑了起来。

　　所有的怨恨和残忍都到哪里去了？那些争论和忧虑都去哪儿了？它们瞬间消失了，被莫伊拉出于本能、慷慨宽容地拯救琼恩的行为粉碎了。

　　"一切又步入了正轨。"梅维斯唱道，伴着玛丽露拍击桌子的声音，"一切的一切都步入了正轨——万岁！"

第二十一章

老 师 反 击

当然，所有的事都变好了。艾莉西娅去看琼恩，对那个受了很大的磨炼和打击的七年级学生说了许多透彻、明智的话。就算琼恩真的忘了这些话，也会是很长时间以后的事了。可她认为自己不会忘记。

莫伊拉沉浸在一种新发现的钦佩和喜爱中，这使她更容易接受别人的建议，排练也成了一种乐趣。就连闷闷不乐的布丽奇特也微笑着走进十一年级的公共休息室，说她很高兴莫伊拉救了琼恩。"这让我觉得你也会为我这么做，莫伊拉！"她说。

"嗯，我会的，"莫伊拉干脆地说。布丽奇特开心地走了出去。

杜邦老师对这一切感到非常震惊和不安。"这太可怕了！琼恩怎么能做这种事？还有莫伊拉，那个强硬的莫伊拉救了她！

波茨小姐，我怎么也想不到那个姑娘有这么宽容的行为！波茨小姐，我对我的学生了解得这么少，真让我震惊！"

"哦，你会克服这种震惊的。"波茨小姐高兴地说，"你还会经历更多的震惊。嗯，十一年级的姑娘们现在快活了好多。上个星期，她们还是一群忧心忡忡、苦不堪言、爱吵架的人！那个时候我真想跟她们开个玩笑，让她们高兴起来！"

杜邦老师看看波茨小姐，想起她的抽屉里装着那天早上刚刚寄到的假牙。波茨小姐不该开玩笑，要是真的要个把戏，那只有杜邦老师来做了。是的，让可怜的姑娘们开心起来！那真是好事一桩啊。

那天下午有一场校内比赛——北塔姑娘对阵西塔姑娘。杜邦老师决定她将作为观众出现——戴着那副假牙！

啊，那副假牙！杜邦老师把它们戴上了，像是为她定制的一般！和她本人的真牙完全贴合，但更长一些，微微向前凸。当然，当她闭上嘴时，完全不显眼。可是她一笑——看上去多么阴险，多么奇怪，多么凶狠！

当杜邦老师戴上那副与众不同的牙齿时，连她自己都感到震惊，她对着镜子里的自己笑了笑。"天哪！①"她说着，抓住了梳妆台，"我是个怪物！戴着这副牙齿我真是太吓人了……"

那天下午，她小心翼翼地把它们套在自己的牙齿上，然后

---

① 此处杜邦老师说的是法语。

下楼去操场，用围巾、帽子把自己裹得暖暖的。达瑞尔最先看到了她，在她坐的长凳上给杜邦老师腾出了地方。

"谢谢你。"杜邦老师说，对达瑞尔笑了笑，把达瑞尔吓了一大跳。杜邦老师突然变得完全不同了，相当可怕。达瑞尔盯着她，但杜邦老师很快就闭上了嘴。

第二个得到这样微笑的是小费莉西蒂，她和苏珊一起走过来。杜邦老师冲她笑了笑。

"哦！"费莉西蒂说，感到突来的恐惧。苏珊瞪大了眼睛。杜邦老师闭上了嘴，想笑的欲望在她心里渐渐升起。不，不，她不能笑。笑会毁掉这个把戏的。

她好一会儿没有露出笑容，竭力克制自己想大笑的冲动。林妮小姐从旁边走过，朝杜邦老师点头招呼。杜邦老师忍不住想对她展示自己的牙，她笑了一下。

林妮小姐又惊又怕，快步走开了。"那真的是杜邦老师吗？"她怀疑，"不，肯定是别的什么人。多可怕的牙齿！"

杜邦老师感觉她应该站起身到处走走。天太冷了坐不住，此外，她还非常想再度大笑。啊，她现在明白了姑娘们在耍那些神秘的把戏时为什么会笑成那样，那么无法控制。

她沿着操场走着，碰到了比尔和克拉丽莎。她们冲她微笑，她也报之以微笑。比尔呆立当下，大吃一惊。克拉丽莎并没有真正注意到。

"克拉丽莎，杜邦老师今天下午怎么啦？"杜邦老师走了之后比尔说，"她看上去好可怕！"

"可怕？怎么可怕？"克拉丽莎大为惊讶地问。

"嗯，她的牙齿！你看见她的牙齿了吗？"比尔问，"看起来好像换了还是怎么的，她的牙齿好可怕啊，又长又凸出。"

克拉丽莎很惊讶。"我们走回去，再冲她笑笑。"她说。于是，她们去了。可杜邦老师看到她们好奇的神色，强忍着不笑出声来，她不想张开嘴微笑。

舍监老师走了过来，说："哦，杜邦老师，你知道格温在哪儿吗？她又用灰色羊毛缝补她的藏青色运动短裤了。今天下午我要她做点儿屋内活计！"

杜邦老师忍不住对舍监老师笑了一下。舍监老师双目圆睁，好像不敢相信自己的眼睛。杜邦老师闭上了嘴。舍监向后退了一点，看起来相当惊慌。

"格温在那儿。"杜邦老师说。多出来的牙齿让她的口齿有点儿粗嘎。听了粗嘎的声音，舍监老师看起来更加惊慌了，匆匆地消失了。杜邦老师看着她跟波茨小姐说了点儿什么。波茨小姐四下里寻找着杜邦老师。

杜邦老师得意地想：哈！舍监老师告诉她我看起来很可怕！很快，波茨小姐就要来看看我的微笑了。我会仰天长笑的，我知道我会，很快我就会笑得停不下来。

波茨小姐走了过来，仔细地看着杜邦老师。她飞快地瞥了一眼杜邦老师的牙齿。然后，杜邦老师紧闭上了她的嘴。她如果不闭上嘴，会爆笑出声的！她又把围巾拉到脸上，试图掩饰想笑的欲望。

"你今天觉得冷吗？"波茨小姐焦急地问，"呃——你不是牙痛吧？"

杜邦老师发出一种奇特的狂野的声音，让波茨小姐大为吃惊。但那不过是杜邦老师强忍不住发出的一声尖叫。她飞快地跑了。波茨小姐不安地盯着她，杜邦老师这是怎么啦？

杜邦老师一个人在操场上散步，试图恢复一下。她来了几个大大的深呼吸，惹得两个八年级的学生怀疑她是不是要生病了。

可怜的杜邦老师觉得她不能长时间对任何人露出牙齿，因为她如果这样做，会像艾琳一样爆笑的。她决定去室内，转身向学校走去，然后，让她惊恐万分的是，她看见校长格雷灵女士带着两位家长冲她而来！杜邦老师露出痛苦的表情，以最快的速度继续往前走。

"哦，那是杜邦老师。"格雷灵女士愉快的声音响起，"杜邦老师，可以来见见詹宁斯夫人和佩顿夫人吗？"

杜邦老师被迫走向她们。她一下子就不想笑了。假牙突然之间变得不好玩了，变成了必须马上除掉的怪物。但怎么除掉呢？她不能当着正要和她握手的人的面把它们吐在手绢里。

詹宁斯夫人伸出了她的手。"久仰了杜邦老师，"她说，"我还听说了好多淘气的女孩在你身上耍的小把戏！"

杜邦老师尝试着完全不张开嘴微笑，可是效果相当奇特——像一种压抑着的咆哮。詹宁斯夫人看起来很吃惊。杜邦老师使劲地握着詹宁斯夫人的手，试图弥补她缺少笑容的不足。她对佩顿夫人也是如此。佩顿夫人原本是个健谈的妈妈，她想知道女儿特蕾莎法语学得怎么样，她一边跟老师说话一边开心地笑着，杜邦老师觉得不能回以微笑很痛苦。她不得不再次发出被压抑着的咆哮，闭着嘴，嘴唇紧紧地掩住牙齿，不自然地笑着。

格雷灵女士被奇特的微笑吓了一跳，她仔细地查看杜邦老师。杜邦老师的声音也跟往常不一样，听起来很粗。格雷灵女士心想，好像她满嘴都是牙齿似的，她一点儿也不知道自己一语中的。

最后，妈妈们走了。杜邦老师又使劲地和她们握手道别，这让她松了一口气，她有点儿忘我了，于是给了她们一个灿烂的微笑。

她们把可怕的牙齿看了个正着，格雷灵女士也是，她惊恐万分地瞪着眼睛，杜邦老师的牙齿怎么了？她把原有的牙拔了吗？这是一副新的假牙吗？可这多可怕呀！让她看起来像小红帽故事里的大灰狼。

两位妈妈一看到牙齿就迅速转过头，她们和格雷灵女士一起匆匆离开了，校长几乎没有听到她们说什么。她很担心杜邦老师的牙齿，决定当天晚上派人去请杜邦老师，谈谈她的牙齿。她不能允许她的教职员工戴着这样的牙齿到处走动！真是太怪异，太可怕了！

杜邦老师很庆幸见到的是最后一批孩子的妈妈，她急忙加入一小群十一年级的学生中间。她们正准备回教室，有的去练钢琴，有的去上朗诵课。

"你好，杜邦老师！"梅维斯说，"你要回教室吗？"

杜邦老师笑了笑，把十一年级的学生吓了天大的一跳。她们惊恐地凝视着。假牙这会儿松动了一点儿，于是看起来非常像獠牙，让杜邦老师看来极为阴险、凶恶。杜邦老师看到了她们的惊慌和讶异，笑意又涌上她的心头，越来越浓。她喘着气，倒抽一口气，然后放声大笑起来。

她瘫坐在长椅上，笑得无法抑制。她想起了舍监老师的脸，格雷灵女士的脸，还有两位妈妈的脸。越想，她就越笑得无法控制。女孩们围过来，比以往任何时候都更惊恐。杜邦老师怎么啦？这种巨大的玩笑是什么呀？

杜邦老师的牙整个滑了出来，掉到了她的膝头，然后又掉到地上去了。女孩们盯着牙齿，惊恐万状，然后又看看杜邦老师。现在她看起来又完全正常了，笑起来时现出一口她自己的小小的牙。她看着那副假牙掉在面前，不停地笑。

"这是个'八戏'。"最后，她尖叫道，用手帕擦了擦眼睛，"你们不是在跟我打赌吗？你们不是叫我跟你们要个'八戏'吗？我就用这副牙齿来跟你们要个'八戏'。这些是假牙。哦，我又要笑了。哦，我笑得要岔气了。哦，我笑得背都痛了。"

她笑得前仰后合，女孩们也开始笑了起来。鲁吉耶老师走了过来，看到另一个法语老师笑得这么开心，她很惊讶。

"出什么事了？"她面无笑容地问道。

艾琳爆发出她特有的笑声，指着地上的牙齿，说："杜邦老师戴着这个来耍把戏——牙掉出来了，把戏穿帮啦！"随即，她又爆发出尖声大笑，其他女孩也加入其中。

鲁吉耶老师冷冷地看着，一副不满的样子。"我不觉得好笑。"她说，"这一点儿不好笑，牙齿掉在草地上。这种情况该去看牙医了。"

她走开了，她的话语和不满的面孔让所有人又爆发出一阵大笑。对于杜邦老师而言，这是一个非常成功的下午。这个"八戏"的故事立刻传遍了全校。

杜邦老师突然发现，她异常受人欢迎，但教职员除外。

"这有点儿不庄重，你们不觉得吗？"威廉姆斯小姐说。

"这事可不能常做，杜邦老师。"波茨小姐说。她打定主意一有机会就把那些"把戏"小册子从杜邦老师的书桌里扔出去。

"你把可怕的假牙丢了，我真高兴。"舍监老师直率地说，"在没有警告我之前不要再做这种事了，杜邦老师。我这一辈子没这么被惊吓过。"

可女孩们太喜欢杜邦老师的"八戏"了，学校的每一个班级，从高年级到低年级，在杜邦老师耍过这个惊人的"八戏"之后，都双倍地用功起来（杜邦老师是这样宣布的）！

第二十二章

盛 大 演 出

期末将近。童话剧差不多准备就绪了。一场"大吵"之后，一切都很顺利。

莫伊拉的态度软和了许多，女孩们对她为琼恩仗义执言的行为表示无限的钦佩。艾莉西娅回归了，还扮演了魔王，演得一如既往地好，加上了那段令人毛骨悚然的吟唱。贝蒂也回归了，还当联合制作人，每个人都把自己的角色了解得很透彻。

贝琳达的布景也快完成了。借助波普从谷仓里拿来的一些东西——以前演戏时留下来的物品，她创造出了各种奇妙的效果。她画得迅速而气势十足。波普还帮她改造了一辆华丽的马车，他们还设法用镀金油漆将它装饰了一下。

"看起来太棒了。"克拉丽莎惊叹道，"我想，乐腿儿都拉不动它，是不是？贝琳达，我敢说它一定精彩绝伦！"

"我敢说是这样，但如果你认为我会让雷鸣和乐腿儿在我宝贵的舞台上疯狂地奔驰，那你就大错特错了。"贝琳达说着，给一个轮子加上了最后一层镀金。

所有的演员都记住了唱段，歌词和曲子都记牢了。

服装都准备好了，珍妮特做得很好，每个人都有一套非常合身的服装。灰姑娘穿着她的舞会礼服，看起来很迷人。裙子的下摆飘逸，上面镶有无数亮片，是七年级的学生在缝纫课上耐心地缝上去的。

整个学校都对这出童话剧很感兴趣，因为她们中的许多人要么帮忙画布景，要么帮忙做些杂活儿，要么帮忙缝制服装，大家都热切地盼望着下周的演出。

格温和莫琳嫉妒地看着玛丽露的舞会礼服，她们多希望自己也有这样的一件礼服穿啊。她们穿上会多美啊！

凯瑟琳也盯着小玛丽露，她非常喜欢玛丽露。玛丽露温柔、羞怯，对凯瑟琳为她做的一切总是心存感激。玛丽露没有称她为受气包，也没有嘲笑她自我牺牲的处事方式，她甚至不像其他人那样叫她圣人凯瑟琳。

凯瑟琳已经不再做本年级的受气包了，她为此感到愤怒和伤心。可有时她还是忍不住要为他人服务，玛丽露不介意这个！于是，凯瑟琳就悉心照料她，帮她换服装，称赞她，倾听她说话，总之，她使玛丽露放松心情。玛丽露要在这场演出中担任主角，确实很紧张。

现在日子过得飞快，周五，周六，周日，周一过后还有两天，还有一天……

"这一天终于到来了！"第二天早上，达瑞尔冲到窗边，大声说道，"天气好极了！这样，爸爸妈妈都可以毫无阻碍地到来。天哪，我兴奋得忘乎所以了。"

"嗯，而且你兴奋得都分不清我的海绵和你的海绵了。"莎莉说着，从兴奋不已的达瑞尔手里拿过自己的海绵，"来吧，穿好衣服，傻瓜。我们今天有好多事要做！"

家长们在茶点时间到了。下午茶是四点，童话剧定于五点半开始，七点半结束。之后是盛大的晚餐，然后他们就会回家；如果回家需要开一段时间的车，那他们就去旅馆。

茶点很丰盛，七年级和八年级的学生端着盘子和碟子跑来跑去，一有机会就大吃蛋白霜和泡芙。十一年级的学生在四点半悄悄溜去换服装，达瑞尔偷看了一下舞台。

舞台看起来真大啊，多么宏伟！第一幕已经布置好，舞台上有一个大大的壁炉，让灰姑娘坐在旁边。达瑞尔感觉很庄严。这部童话剧是她写的，如果失败了，她就再也不会写任何东西了。世事难料啊，这可能是一个可怕的失败。

莎莉走了过来。她看到达瑞尔严肃的脸，笑了。"这部剧会取得巨大成功的。"她说，"你看！你值得这样的成功，达瑞尔，你真的很努力。"

"你也一样。"达瑞尔真诚地说。但莎莉知道，创意部分一直都是达瑞尔做的，歌词和歌曲也都来自达瑞尔的想象。而她虽然理智、坚强，但是还有点儿呆板。她非常欣赏达瑞尔敏捷的创造力，对此她毫无嫉妒之心。

学校的管弦乐队在各自的位置上调音，她们已经学会了艾琳创作的所有音乐，她将担任指挥。此刻，她满脸通红，显得很高兴。

"你紧张吗?"贝琳达问道。

"是的。现在我很紧张。但是当指挥棒首次挥起之时，在乐曲的第一个音符响起的一刻，我就会忘记紧张，我这个人就不在了，我就成了音乐本身。"艾琳说。贝琳达非常理解这句非凡之语，严肃地点了点头。

演员们都穿着戏服。玛丽露穿着她那件破旧的灰姑娘连衣裙，看起来很害怕。"你看起来愁眉苦脸又害怕。"莫伊拉告诉她，"不过，这没关系，角色的形象恰恰就应如此，你简直就是活生生的灰姑娘!

艾莉西娅看上去美极了，她穿着一件紧身的亮红色服装，完美地展现了她苗条的身材。服装上缀满了亮晶晶的小片，衬得她的眼睛也闪闪发光。她戴着尖顶的兜帽，按贝蒂的话说，看起来"绝对邪恶"。

"你玩杂耍的时候别把圈圈掉到地上，还有，你不会发现你的兔子根本不在帽子里吧。"贝蒂对艾莉西娅说。但艾莉西娅知道自己不会，她一点儿也不紧张，自信满满，双目也炯炯有神，在一旁蹦蹦跳跳，好像脚后跟有弹簧似的。

"嘘——"有人说，"乐队开始演奏了。观众们都来了。嘘——"

管弦乐队演奏了一首欢快的曲子。多么可爱啊！达瑞尔透过幕布往外看，艾琳站着，起劲地指挥着。指挥演奏自己的音乐是什么感觉？毫无疑问，这种感觉就像看到自己的剧目上演一样。达瑞尔激动得发抖。

幕后响起一声铃，幕布将启，合唱队准备进场了。童话剧开始了！

当合唱团下台以后，玛丽露被留在火边，她扮演着灰姑娘。她唱了起来，细小而甜美的声音与艾琳轻快的旋律相呼应，每个人都听得很认真。

男爵走过来了——比尔穿着马靴，跺着脚走来走去，声震四野。

"是比尔啊！"学生们高兴地欢呼着，掌声热烈无比，以至于引得童话剧停顿了一会儿。扮演灰姑娘那两个丑陋的姐妹的人也博得了满堂彩。她们的扮相非常丑陋，非常愚蠢，但是表演非常精彩。她们演得多么陶醉啊！格温甚至希望自己是她们中的一个！不管丑不丑，能演出这样一个滑稽的角色一定很棒。但格温只是合唱团里的一个仆人，不被看见，也几乎不被听到！

莱西夫人几乎没看见她，但这一次她不介意了，她对这出童话剧太着迷了。

然后王子来了——高个、苗条的梅维斯，她看起来害羞而紧张，直到她放声歌唱。多么美妙啊！她的声音让观众惊愕不已，真是奇迹！她唱歌的时候一片鸦雀无声。

妈妈们发现她们热泪盈眶，这是多么美妙的声音啊！梅维斯的声音恢复了真是太好了。有一天，她会成为一个伟大的歌剧演唱家，也许是有史以来最伟大的。梅维斯像鸟一样唱啊唱，她的声音纯净而真实，艾琳为她写的曲调如此美妙，在一旁指挥的艾琳欣喜若狂。

掌声如暴风雨般热烈，童话剧又停顿了下来。

"再来一个！"每个人都大声喊道，"再来一个！再来一个！"

达瑞尔兴奋得浑身发抖。演出成功了，真的成功了！

事实上，它看起来是一个伟大的成功。她几乎无法安宁下来。

艾莉西娅很棒，她演得极其出彩，唱着诡异的歌。"哦哦哦哦！"低年级学生兴奋地说，"大魔王是艾莉西娅！"

艾莉西娅在杂耍、翻滚、侧手翻、变魔术时一个错误也没犯，就好像她一生除了这个没做过别的事一样。爸爸们面面相觑，惊叹不已。

"她太优秀了，完全够格登上伦敦的舞台。她到底是怎么变那个魔术的？"

演出继续进行着，第一幕结束时，每个人都疯狂地鼓掌欢呼。

幕布落下时，演员们冲向莫伊拉和达瑞尔，问："我们演得好吗？我差点儿忘了台词！观众们反应热烈吗？达瑞尔，你是不是很骄傲？莫伊拉，我们演得很好，是不是？快回答我到底是不是？"

第二幕的演出开始。此时，观众有时间欣赏这些可爱的服装了，并且都为之惊叹不已。他们也惊叹于眼前的布景，疯狂地为这辆镀金的马车鼓掌，尤其是低年级的学生，她们中的一些人还帮忙粉刷了这辆马车。

最后，结局到来了。唱完了最后的合唱后，演员们最后鞠了一躬。幕布拉开了一次、两次、三到四次。观众们站起身来，欢呼、喊叫、跺脚。这是马洛里塔学园取得的最大成功。

观众们坐了下来。喊声响起，而且越来越大声。

"作者！作者！作者！"

有人推了达瑞尔一把，说："去吧，傻瓜，他们在叫你。你是作者啊！这都是你写的！"

达瑞尔茫茫然地走到幕前。她在什么地方看到了费莉西蒂兴奋的脸，她的目光寻找爸爸妈妈。他们就在那儿，疯狂地鼓着掌。里弗斯夫人发现眼泪从自己的脸上流下来。

达瑞尔！她的达瑞尔！有一个让你引以为傲的孩子是多么美妙！做得好！达瑞尔，干得漂亮！

"说点儿什么！"叫声响起，"说点儿什么！说点儿什么，说吧说吧！"

"说啊，小傻瓜！"乐池中的艾琳说。

突然间观众席鸦雀无声。达瑞尔犹豫了，她该说什么？

"谢谢。"最后她说道，"我们很热衷于此。当然，靠我一个人是做不到的，还有艾琳，她写了剧中所有美妙的曲子。上来吧，艾琳！"

艾琳走上来，站在达瑞尔的身边，鞠躬。观众们给予她掌声与欢呼。

"还有贝琳达，她设计了一切。"达瑞尔接着说道。

贝琳达从幕后被推了出来，站在她身边。

"还有莎莉，一直助我一臂之力。"

莎莉站了出来，满脸通红。

"莫伊拉和贝蒂是联合制作人。"达瑞尔说着，活跃起来，"她们也来了。珍妮特制作了所有的服装！"

她们喜气洋洋地出现了，赢得了大量的掌声和欢呼。

"梅维斯也应该上来，因为她在唱歌方面贡献良多，她还训练了合唱队。"达瑞尔说。梅维斯害羞地侧身走了出去，赢得了热烈的掌声。

"哦，我不能忘记波普！"达瑞尔说。让大家都很高兴的是，那个穿马甲和绿围裙的勤杂工走了出来，他看起来完全蒙了，却非常自豪。他鞠了几个躬，然后像玩偶盒中的玩偶一样"砰"地消失了。

接着，演出真正结束了。最后一次长时间的掌声，最后一次长时间的欢呼，一切结束了。

我希望可以把这一刻留存到永久。达瑞尔想，又一次在幕布后偷窥。

我的第一部剧，我的第一次成功。我不想让这一刻消失！

那就留存着它吧，达瑞尔，我们先离场。

这是你自己的伟大时刻。

这一刻便是永恒了！

马洛里塔学园

［英］伊妮德·布莱顿（Enid Blyton） 著

杨筱艳 译

上海译文出版社

图书在版编目（CIP）数据

预科生的日子/（英）伊妮德·布莱顿
（Enid Blyton）著；杨筱艳译. —上海 ：上海译文出
版社，2024.6
（马洛里塔学园）
ISBN 978 - 7 - 5327 - 9514 - 7

Ⅰ.①预⋯　Ⅱ.①伊⋯ ②杨⋯　Ⅲ.①儿童小说一长
篇小说－英国－现代　Ⅳ.①I561.84

中国国家版本馆 CIP 数据核字（2024）第 100673 号

预科生的日子

CONTENTS

目录

第 一 章

新 的 起 点

我的最后一学期！达瑞尔想着，准备下楼去。

我的最后一学期！再过一个生日，我就十八岁了——我就要长大成人了！

下方传来一声叫声："达瑞尔！你还来不来了？爸爸问你想今天走还是明天走？"

"来了！"达瑞尔叫着回应，抓起她的网球拍和小手提箱，像往常一样三步并作两步地跑下楼梯。

她的妹妹费莉西蒂在那里等着她。两人都穿着马洛里塔学园的棕色配橙色制服——深棕色外套和裙子，白色衬衫，橙色领带，草帽上装饰着橙色带子。

"这是我最后一次穿着同样的制服和你一起出发了。"达瑞尔相当严肃地说，"下学期你就得一个人去了，费莉西蒂。你会喜欢这种感觉吗?"

"一点儿也不喜欢。"费莉西蒂说,可她看起来还是那么快活,"不过,你自己去上大学也会过得很愉快的。别那么板着脸啦。"

"最后一次总是有点儿可怕。"达瑞尔说。她和费莉西蒂一起向轿车走去。爸爸正准备按响喇叭,心想:为什么总让我等来等去?难道她们不知道该出发了吗?

"谢天谢地,你们终于来了。"他说,"上车吧。你们的妈妈呢?老实说,这个家需要一个牧羊人每天把所有的羊都赶到一起!啊,她来了!"

里弗斯夫人上车后,费莉西蒂又溜了下去。爸爸没有注意到她就发动了汽车。

达瑞尔尖叫了一声:"爸爸,爸爸!等等!费莉西蒂没上车!"

他惊奇地环顾四周。"但我看见她上来了。"他说,"我的老天,她又去哪儿了?"

"我猜她是忘了跟小猫说再见。"达瑞尔咧嘴笑着说,"她得和所有的一切道别,连池塘里的金鱼都不能落下。我以前也这样做过,但我从来没有像费莉西蒂那样,为所有的一切抹眼泪!"

费莉西蒂又以最快的速度出现了。她气喘吁吁地钻进汽车说:"我忘了跟园丁道别了,他答应帮我照看我的幼苗,我还要数一数我的草莓结了多少果实。天哪，跟一切说再见真是太难熬了。"

"嗯，那就别告别呗。"达瑞尔说。

"哦，但我喜欢。"费莉西蒂说，"等好好地道别了以后，我就觉得可以好好地期待上学了。哎呀，我不知道那个可怕的约瑟芬会不会回来！她一直说要和她可怕的家人一起去美国，所以我希望她已经走了。"

"我也希望她走了。"达瑞尔说，记起了那个大嗓门，坏脾气的约瑟芬·琼斯，"她不适合马洛里塔学园，我搞不懂校长女士为什么要收她入学。"

"嗯，我想她是觉得马洛里塔学园可能会把她变得低调一些，让她有所作为。"费莉西蒂说，"在马洛里塔学园，没有多少人会毫无改变，真的，连我也改头换面了！"

"天哪，学校让她改变了吗？"达瑞尔故作惊讶地说，"听闻此言，不胜欢喜之至。唉，真希望这不是我的最后一学期。想起我六年前刚出发的时候，好像还是昨天。那时我还是个十二岁的小虾米呢。"

"你又来了，瞧你多愁善感的样子。"费莉西蒂高兴地说，"我想不出你有什么理由不感到骄傲和快乐，你当过一两个学期的运动队长，还当过级长，现在你又是学生主席，整个学校的领头人，你已经连任两个学期了！我永远做不到。"

"我希望你将来能做到。"达瑞尔说，"不管怎样，我很高兴莎莉要和我一起离开，我们去同一所大学，还会相互作伴。爸爸，别忘了我们要去接莎莉，好吗?"

"我没忘，"里弗斯先生说，他驶上了通往莎莉·霍普家的那条路。他们很快就进入了车道。莎莉和她大约六七岁的小妹妹站在前门的台阶上。

"你好，达瑞尔，你好，费莉西蒂!"莎莉叫道，"我已经准备好了。妈妈，你在哪儿? 里弗斯一家到了。"

莎莉的小妹妹大声喊道："总有一天我也要去马洛里塔学园，六年后。"

"你真幸运，达芙妮!"费莉西蒂叫道，"那是世界上最好的学校!"

莎莉上了车，挤在费莉西蒂和达瑞尔之间。她挥手和家人告别，他们重新出发。

"这是最后一次了，达瑞尔!"她说，"多希望这是头一次啊!"

"哦，你可别这样了。"费莉西蒂说，"达瑞尔从启程到现在，一路上都闷闷不乐呢。"

"别口出狂言哦，费莉西蒂·里弗斯!"莎莉咧嘴笑着说，"记住，你只是一个八年级的小虾米!"

"下学期我要上九年级了，我在慢慢地升级呢。"费莉西蒂说，"不过，这得花相当长的时间。"

"看起来时间长，可现在是我们的最后一学期了，时间如白驹过隙啊。"莎莉感慨万千地说。

一路上，她们一直在不停地聊着。后来，当车驶近马洛里塔时，莎莉和达瑞尔陷入了沉默。她们总是很看重见到学校的第一眼——每个角落都有一座高大的塔楼。

车子拐了个弯，三个人的目光集中在一座高大的方形建筑上，那是一座灰色石头建筑，矗立在一个陡峭的山岗上，一直延伸到海边。建筑的每个角落都矗立着圆形的塔楼——北塔、东塔、西塔和南塔。这所学校看起来像一座古老的城堡，远处是深蓝色的康沃尔海。

"快到了！"费莉西蒂扬起了声音说道，"爸爸，开快点！赶上前面的那辆车，我敢肯定苏珊在里面。"

就在这时，一辆汽车从他们身边呼啸而过，不仅超过了他们的车，也超过了前面那辆。车从里弗斯先生的车子边擦过，差点儿把他逼到树篱里去，里弗斯先生猛地急刹车。

"那是约瑟芬家的车！"费利西蒂叫道，"你见过这样的怪物吗？"

"'怪物'这个词真是再合适不过了，像那样把我逼到一边。"里弗斯先生生气地说，"在乡间小路上开得那么快，他们以为自己在干什么？"

"哦，他们总是那样开车。车速低于每小时九十英里，乔①的

---

① 约瑟芬的简称为"乔"。

爸爸就说受不了。"费莉西蒂说，"爸爸，他有四辆车，都像这辆车一样大。"

"有就有呗。"里弗斯先生嘟囔着，气得满脸通红，他和达瑞尔一样脾气急躁，"要是我在学校见到他，我可得和他谈谈他的驾驶技术。他可真是个路霸！"

费莉西蒂高兴地尖叫了一声："哦，爸爸，这个名称很适合他。他那副模样就像个霸王——胖得吓人，长着一双猪猪眼。乔和他一模一样。"

"那么我希望你别跟她做朋友。"爸爸说。

"她不是我的朋友，苏珊才是我的朋友。"费莉西蒂说，"我们到了！大门！是琼恩！还有茱莉和帕姆。帕姆，帕姆！"

"我耳朵都要被你震聋了。"里弗斯夫人笑着说，她转向丈夫，"亲爱的，今天你不能把车靠近通往前门的台阶了，车子太多了，而且学校的马车也把坐火车的女孩们带过来了。"

宽敞的车道很是拥挤。里弗斯先生突然笑起来，说："这里就像足球场一样嘈杂。女孩们能制造出这么大的噪音，总是叫我惊讶万分！"

达瑞尔、费莉西蒂和莎莉抓着球拍和包跳下了车，她们立刻被一群兴奋的女孩包围了。

"达瑞尔！你从没有给我写过信！"

"费莉西蒂，你看到茱莉了吗？学校允许她把小马杰克·霍纳带回来了！它棒极了！"

“喂，莎莉！你晒黑了！”

“艾莉西娅！艾莉西娅，艾莉西娅！贝蒂！嘿！大家一下子都到了。”

一个声音洪亮的男人后面跟着一个穿着过分讲究的女人，他们从人群中挤了出来，走向那辆把里弗斯先生挤进树篱的大块头美国汽车。

“好吧，再见了，乔。”他说，“我发现你在年级的排名垫底，我以前也一直是这样！老师说什么废话你都别忍，哈哈！你喜欢做什么就做什么，记得要开开心心的。”

达瑞尔和莎莉面面相觑。难怪乔那么可怕，她爸爸说话就是这副腔调！这嗓门大的！

乔·琼斯的爸爸显然志得意满。他朝周围沸腾的女孩们咧嘴一笑，挺起胸膛，拍了拍他胖乎乎的宝贝女儿的背。

“好了，再见，乔！如果你还需要什么吃的，就告诉我们。”

他看见里弗斯先生在看他，便点头微笑，高兴地问：“你也有个女儿在这儿上学？”

“我有两个。”里弗斯先生用清晰自信的声音说，“可我跟你说，琼斯先生，刚才在你拐进一条狭窄的小路的时候，我如果没有快速驶进树篱里，可能就没女儿了。这么开车可不行！”

琼斯先生吓了一跳，他迅速环顾四周，看看有没有人听到这话。他看到很多女孩都在听，又看了一眼里弗斯先生不苟言笑的表情后，决定不开口为妙。

"好样的，爸爸，好样的！"费莉西蒂说，她就在旁边，"我敢打赌，从来没人敢惹他，你就敢！乔和他一样。看，她来了。"

乔瞪着费莉西蒂和里弗斯先生。当然，她没有听到费莉西蒂怎么说她的，可她听到费莉西蒂的爸爸在批评她的爸爸，她可受不了这个。她心想：没关系，如果可能的话，这学期我会在费莉西蒂身上讨回来的。

"我们得走了，亲爱的。"里弗斯夫人说着从车里探出头来，"你们的东西都拿齐了吗？再见，达瑞尔，费莉西蒂！再见莎莉！祝你们这学期愉快！夏季学期总是最棒的！"

汽车疾驰而去。费莉西蒂冲进了拥挤的人群中，不见了踪影。莎莉和达瑞尔走得比较稳重，正是预科生的风范。

达瑞尔说："作为最高年级的学生真好啊。可我还是忍不住羡慕那些大喊大叫的低年级生。看看她们，好多人啊！"

第 二 章

全 体 到 来

　　达瑞尔和莎莉走上台阶，走进大厅。"我们上楼去书房吧。"达瑞尔说，"我们可以把东西放下来，然后四处看看。"

　　她们上楼，来到两人合用的那间舒适的小房间。学校允许预科生使用这样的书房，每两个女孩共用一间，莎莉和达瑞尔都喜欢她们的小房间。

　　她们把里弗斯夫人送的鲜艳的地毯铺好，两人都准备了最喜欢的画挂上墙。壁炉架上有一些旧坐垫，是以前用这个房间的两个女孩的妈妈留下的，还有一些装饰品，它们大多是瓷制或木制的马和狗。

　　"我不知道下学期谁会用这个房间。"达瑞尔说着，走到窗前向外望去，"这恐怕是最好的房间了。"

　　"当然是最好的。"莎莉说着，一屁股坐进一张小扶手椅里，

"我想，十一年级的学生中会有一个幸运儿能享用它！"

预科生有自己的书房也有自己的公共休息室。当然，公共休息室里有一台收音机，一个图书室，还有供她们使用的各种橱柜和架子。公共休息室面朝大海，通风好，光线明亮，日照充足。女孩们很喜欢。

"最好下楼向舍监老师报到。"达瑞尔说。此时她们已经打开了旅行袋，拿出了两个闹钟，三四个新的装饰物。达瑞尔把一块小桌布放进了抽屉，那是她带过来这学期用的。如果她们像往常一样开个茶话会，用起来就很漂亮。过去，她们经常开茶话会。

"健康证明带了吗？"莎莉问，"我想知道艾琳有没有把她的证明带上。过去的三四个学期，她都牢牢记住了。这是最后一学期，我巴望她忘记才好。"

达瑞尔大笑起来。艾琳的健康证明在学校里是个经久不衰的笑话。"费莉西蒂的证明也在我这儿，我得把它交给她。"她说，"走吧，我们下去吧。"

她们下楼找到了舍监老师，她正站在一群女孩中间。她们把健康证明交给她，那些低年级的学生把零用钱也上交了。

一个声音传来，向达瑞尔和莎莉打招呼："喂！我们又回来了！"

"艾琳！"达瑞尔和莎莉同时喊。艾琳朝她们俩咧嘴一笑。她看上去和达瑞尔六年前第一次见到她的时候没有什么不同——虽然长大了，更高了，但还是那个邋遢、散漫的老样子。她的外表容易给人假象，其实艾琳在音乐方面是个天才，在数学方面也很出色。只是在日常小事上，她才显得笨手笨脚。

"艾琳！"舍监老师叫道，几乎每个学期她都对能不能拿到这个女孩的健康证明感到绝望，"这学期我该怎么办？是因为你又忘了健康证明把你隔离起来呢？还是说你已经记住把证明带来了？"

"给你，舍监老师！"艾琳说着将一个信封递给她，并冲着达瑞尔和莎莉眨了眨眼。舍监老师打开信封，一张艾琳穿着泳装的照片掉了出来！

"艾琳！这是张照片！"舍监老师恼怒地说。

"哦，抱歉，舍监老师，拿错信封了。"艾琳说着将另一个信封递给她。

舍监老师将信封撕开，瞪眼看向艾琳，说："你是在开玩笑吗？这是小狗的健康证明！"

"老天！那么说，老罗弗的证明在这儿啊！"艾琳说，"对不起，舍监老师，这个信封肯定没错了！"说着，她递上了第三个信封。

每个人都咯咯笑起来。艾莉西娅现在加入了舍监老师四周的人群，她的眼神亮晶晶的，显然她很喜欢这个笑话。

舍监老师打开第三个信封，大笑起来。

那是一幅画得很巧妙的画，是她责备艾琳忘记带健康证明的画面。这幅画是艾琳的朋友贝琳达画的，她们两个人想开个玩笑，于是把它塞进了第三个信封。

"我要把这个留作纪念，好让我想起你，艾琳。"舍监老师说，"我要把它钉在我房间的墙上，警告所有记性不好的女孩。现在，把'正经东西'给我，好吗？"

"正经东西"终于拿出来了，舍监老师很满意。"我想，在最后一学期，你还是要把丢健康证明的传统保持下去，是吧？"她微笑着说，"好了，琼恩，你的呢？还有你的呢，乔？"

费莉西蒂走上前来，达瑞尔把证明交给她，让她上交。然后达瑞尔和艾莉西娅、莎莉一起去看谁回来了。

突然，达瑞尔听到车道上的马蹄声。"我打赌是比尔！"她说，"我想知道，这次有几个兄弟跟她一道来！"

威廉敏娜，昵称比尔，有七个兄弟，全都爱马成疯。每个学期都有几个兄弟陪她回学校，每每引发很大的轰动！女孩们跑到窗前去观看。

"没错，是比尔，可只有三个兄弟跟她过来了。"莎莉说，"我猜，这说明另一个兄弟参军或是工作了。瞧，克拉丽莎来了。她一定和比尔一起骑着她的小马'乐腿儿'来的。"

"还有格温！"艾莉西娅说，声调里充满了嘲讽，"我们看过多少次格温和她妈妈深情的告别呀！让我们再多看几眼吧，这将是最后一次了！"

可格温现在很警惕。女孩们常常模仿她含泪告别的样子。

她下了车，看上去很严肃，但很有派头。她吻了吻妈妈和以前的家庭教师温特小姐，也不让她们在她面前犯傻，但她没有和爸爸吻别。

他冲格温道："再见，格温。"

"再见。"格温的声音硬邦邦的，女孩们诧异地对视。

"吵架了！"莎莉说，"我想她爸爸又因为她干的一些蠢事责备她了。对格温德琳·玛丽来说，家里有个明智之人真是太好了！"

格温的妈妈正用手绢擦着她的眼睛。汽车掉了个头，沿着车道消失了。格温跟在其他人后面走进房间。

"你们好！"她说，"假期过得好吗？"

"你好，格温。"达瑞尔说，"你过得好吗？"

"还行。"格温说，"不过，我爸爸太让人心烦了。"

其他人什么也没说。格温永远无法理解在公共场合攻击父母是不礼貌的。

"妈妈安排我去瑞士上一所非常棒的精修学校①，贵得不得了。"格温说，"所有优秀的人都把他们的女儿送到那里。简·特雷根顿夫人的女儿也要去那儿，而且……"

还是那个老样子的格温，自负、势利、愚蠢。达瑞尔和莎莉心里想，觉得很不舒服。她们转过身去，觉得世界上没有任

---

① 精修学校指的是富家女子学习上流社会礼仪的学校。

何东西能教会格温做一个体面、善良的女孩。

格温一点儿也不介意背后议论人，她接着滔滔不绝："然后，当一切都安排妥了，爸爸说太贵了，他说这都是胡来。他说我应该找份工作，找工作！他说……"

"我认为你不应该把这一切都告诉我们，"达瑞尔突然说，"我敢肯定你爸爸讨厌这样。"

"我才不在乎他讨不讨厌，他想搞砸一切。"格温说，"但我把我对他的想法告诉了他。我有我自己的方式。这个学校我去定了！"

莎莉看着达瑞尔和艾莉西娅。这是格温的最后一学期了。她在马洛里塔学园待了六年，挨了许多深刻的教训。然而，她似乎没有学到任何有价值的东西！

达瑞尔想：她现在可能永远也学不到了。一切都太迟了。

她和莎莉、艾莉西娅一起走出房间，她们都很反感这些。格温怨恨地皱着眉头跟在她们身后。大家经常将她弃置一旁，她从来都无力阻止。

格温想：我还打算把我对爸爸说过的话告诉她们呢。我很高兴我没跟他道别。我是他的独生女，他居然那样对我！现在他知道我对他的看法了。

格温太自以为是了，沉浸在自己的胜利之中，完全忘记了要像以往一样装出伤感和思乡的样子来。她四处游荡，找到了小玛丽露。现在，玛丽露长大了很多，但仍然害羞，依然认为大多数人都比她好得多，也比她有趣得多。

玛丽露总是倾听他人说话，格温开始把她告诉别人的一切又告诉她。玛丽露盯着她。"我无法相信你竟对你爸爸说过那样的话！"她生气地说，"你不能这么残忍。"

小玛丽露居然昂首阔步地走掉了！格温突然开始意识到，如果她不非常小心谨慎的话，最后一个学期里她是不会受欢迎的。

晚餐时间到了，女孩们可以看到谁来了，谁还没来。她们可以看到塔楼里新来的学生，也可以看到新的老师。每座塔楼都有自己的公共休息室和餐厅。达瑞尔和她的朋友们住在北塔，那里俯瞰大海，被她们认为是所有塔楼中最好的一个。当然，其他塔楼里的女孩也自认自己所在的塔是全校最佳！

达瑞尔确信预科根本不会来新生。新生这么晚才来马洛里塔学园是很少见的。因此，当她在预科生的桌旁看到两个新面孔，她感到非常惊讶！

一个女孩身材高大，体格结实，看起来很有男儿气概，一头短发，大长腿，大脚板。另一个则是小个儿，生得很漂亮，小手小脚的。她一开口，达瑞尔就意识到她是法国人。

杜邦老师面带着灿烂的微笑介绍了这个女孩。

"姑娘们！这位是苏珊娜！她是鲁吉耶老师的侄女，她是南塔的新生，但那边没空房给她了，所以她到我这儿来了。她将上预科，她得把语言学好。是不是，苏珊娜？"

"理应如此①，杜邦老师。"苏珊娜用一种娴静的声音回答，用明亮的黑眼睛迅速扫视了一下周围的预科生，然后又垂下了目光。达瑞尔刹那间就喜欢上了她。

　　"啊，不②，你一句法语也不可以说哦，你这个丫头！"杜邦老师责备道，"你应该用英语说'梨当如此'，而不是说法语'理当如此'。"

　　"梨当如此。"苏珊娜慢吞吞地说。女孩们都笑了起来。

　　达瑞尔用手肘戳了戳莎莉。"她跟杜邦老师会有些乐子的。"她低声说道，"苏珊娜会让我们开心的！"

---

① 此处苏珊娜说的是法语。
② 此处杜邦老师说的是法语。

第 三 章

未 来 计 划

杜邦老师转向另一个新生。"这位是——你叫什么来着?"她问那个体格结实的新生,"阿曼达·傻特洛?"

女孩们都笑了起来。新来的女孩轻蔑地看了杜邦老师一眼。"不对,是阿曼达·沙特洛。"她大声说道。

"啊!我说的就是这个词,阿曼达·傻特洛。"杜邦老师申辩道,"可怜的阿曼达,她的学校被大火烧毁了!哎呀①,它已经不存在了!"

没人知道该说些什么。阿曼达又吃了些面包,没有理会杜邦老师。

格温一头扎进了谈话的空当,她说:"哦,天哪,多可怕的事,有人受伤吗?"

"没有,那是假期发生的事。"阿曼达说着又自顾吃了些沙拉，"你们大概在报纸上读到过了。它是特伦尼根塔学园。"

"天啊，我确实读到过。"莎莉回忆着说，"特伦尼根塔学园！那是以体育著称全国的学园吗？我记得你们学校赢得了每一场比赛，赢得了所有的网球盾牌和长曲棍球杯。"

"没错，可这都烟消云散了。"阿曼达说，"时间太匆忙，没法找到另一栋教学楼，所以我们都只能各自分散，去找其他学校。我不知道我会在这里待多久，也许一个学期，也许更久一点儿。你们马洛里塔学园没有什么体育方面的名声，对吧？"

一个新生说这种话，未免太过分了，哪怕她是个预科生，又来自一所以体育著称的学校。

达瑞尔冷冷地盯着她。"我们学校的体育并不是很差。"她说。

"也许你愿意不吝赐教。"艾莉西娅用柔和的声调说。这声调让大多数女孩视为危险的信号。

"也许我会的。"阿曼达说完后再也不发一言。女孩们面面相觑，然后她们看着阿曼达，发现她相当强壮，是一个身材魁梧的女孩，大约五英尺十英寸②高。

她有多重？我想，一定有十三英石③吧！达瑞尔一边把阿曼达和那个苗条优雅的法国女孩作比较，一边想着。天哪，我们得忍受她整整一个学期吗？我可能很难压制她！

莎莉也这么想。她担任全校的运动队长，这是一个非常重要的职位。从预科生到七年级生，对莎莉说的话都必须认真听从。莎莉是一流的网球运动员和长曲棍球运动员，也是马洛里塔学园有史以来最好的游泳运动员之一。除了达瑞尔，在网球上没有人能打败她，而且这种情况也少之又少。

莎莉又看了一眼表情呆板、神色轻蔑的阿曼达，自认为对她发号施令将非常困难，尤其是阿曼达很可能会轻易地证明她的网球和游泳水平比莎莉的还要好。虽然莎莉强壮柔韧，但远没有阿曼达那么魁梧。

"你能在马洛里塔找到一席之地真的很幸运。"格温滔滔不绝地说。

"我幸运吗？"阿曼达冷冷地盯着格温说，好像一点儿也不喜欢她。

格温眨了眨眼睛，心想：她真是个可怕的女孩！希望艾莉西娅能够对付她，毕竟艾莉西娅什么人都能对付，她的伶牙俐齿比学校任何人都厉害。

"我想你要参加奥运会的吧。"艾莉西娅故意出言讽刺，"下一届是在……"

"是的，我估计会参加大约五种不同的比赛。"阿曼达平静地说，"我在特伦尼根塔学园的教练说我应该至少能赢得两项比赛。"

女孩们倒吸了一口气。艾莉西娅看上去也吃了一惊，她从来没想到她那句轻蔑的话可能成真。这让她看起来很尴尬。

艾琳笑了起来，慢吞吞地说："你大驾到来，我校真是不胜荣幸，阿曼达！"

"谢了。"阿曼达说，看都没看她一眼。

"阿曼达真是个'大身头^①'姑娘。"杜邦老师开口，把阿曼达的无礼误认为害羞，"她的网球会发挥出色的。也许她会加入二级队，是不是^②？"

无人应答。莎莉只是哼了一声。杜邦老师继续说，自以为让这位了不起的"大身头"姑娘阿曼达感到轻松自在。"你有多高，阿曼达？"她接着问，感觉这姑娘至少七英尺^③！

阿曼达让胖乎乎、小个子的杜邦老师走到她身边时觉得自己矮得不行！

"那么你有多少——嗯，那个词怎么说来着？你有多少小卵石呢^④？"

桌子边传来一阵尖尖的笑声，就连阿曼达也屈尊笑了笑。

杜邦老师愤怒地环顾四周。"我说什么啦？"她问道，"小卵石，不对吗？"

---

① 杜邦老师错把"大块头"说成了"大身头"。
② 这句杜邦老师说的是法语。
③ 约210厘米。
④ 此处杜邦老师想问阿曼达有多少英石重，英石是当时的重量单位。杜邦老师是法国人，常用错英语词。

"不对，是英石，不是卵石啦，杜邦老师。"女孩们齐声说，"我们是用英石来衡量体重的，不是用卵石。"

"英石，卵石，不是一样嘛！"杜邦老师说，"我是永远也学不好英语这门语言了。"

晚餐结束的铃声响起。所有的女孩都笑着站了起来。

亲爱的老杜邦老师，她的错误可以写成一本书了！

达瑞尔和她的朋友们到书房里闲聊。像往常一样，有莎莉、艾莉西娅、贝琳达、艾琳、玛丽露、比尔和克拉丽莎，梅维斯不在。

"梅维斯不在有点儿怪怪的。"莎莉说，"她现在去接受歌手训练了。也许有一天我们都会去听她的音乐会！"

"我也想念安静的老好人珍妮特，她现在正在接受服装设计师的培训。"达瑞尔说，"她应该做得很好！你们还记得我们十一年级上演童话剧的时候，她做的那些漂亮的衣服吗？"

"凯瑟琳也走了，谢天谢地！"艾莉西娅说，"我这辈子从没见过这种受气包，难怪我们管她叫圣人凯瑟琳！"

"她没那么坏。"玛丽露诚恳地说，"只是她太喜欢服务他人了。"

"她用的方法不对，仅此而已。"比尔说，"她总是把自己弄得像个受气包。你们知道她将来要做什么吗？"

"她会待在家里给妈妈做帮手，这对她再合适不过了。"艾莉西娅嘲讽地说，"我想，妈妈觉得自己有点儿应付不来，这样凯瑟琳就能自得其乐，做一个虔诚的小女儿了。"

"别这么刻薄，艾莉西娅。"玛丽露说，"在受气包的表面之下，凯瑟琳有一颗善良的心。"

"你的话我赞同。"艾莉西娅对玛丽露微笑着说，"别生气，别不安。这只是一个老八卦而已！玛丽露，明年离开这儿，你打算做什么？"

"我会更早一点儿走。"玛丽露说，"我已经决定了我要成为什么样的人，九月份我要去受训。我要成为一名医院护士——儿童护士。我从没想过要做别的，我要去大奥蒙德街医院①接受训练，一切都定下来了。"

其他人看着安静、可爱、充满理想的玛丽露，她们都立刻意识到她为自己选择了正确的职业。护理是一份事业，是一份为了他人利益的事业。这对玛丽露来说绝对是正确的。

"我想不出还有什么事比这个更让你喜欢的了，玛丽露！"达瑞尔热情地说，"这事业对你来说正合适，你也正合适这个事业！由你照顾的孩子们真幸运！"

玛丽露看上去既高兴又窘迫，她害羞地回头看了看其他人。"你们大家将来打算做什么？"她说，"当然，我知道贝琳达早定下了。"

"是的，我一定要成为一名艺术家。"贝琳达说，"我一直拿得

---

① 英国的大奥蒙德街医院是一所权威的国际儿科护理中心，被一致认为是全球范围内为数不多的，可为患有罕见、复杂或多种疾病的儿童提供诊治的医院。

准，如果你有天赋，一切都很简单，除了发挥天赋，别无他法。"

"艾琳要学音乐，这也清清楚楚。"莎莉说，"比尔，你呢？还有克拉丽莎？你们俩都为马痴狂，我无法想象你们会接受一份不是骑在马背上的工作。"

克拉丽莎看着比尔，咧嘴一笑。"你说到点子上了！"她说，"我们的确要从事马背上的工作，是不是，比尔？"

比尔点了点头说："是的。克拉丽莎和我打算一起办一所马术学校。"

"不会吧！"其他人惊呼道，既惊讶又兴趣十足。

"是真的。我们上个假期里一起决定的。"克拉丽莎解释道，"我和比尔会住在一起，我们听说有一些马厩要出售，我们就想把它们买下来，把我们自己的马带过去，再多买上几匹，开办一所马术学校。那地方其实离这儿也不远。我们还想试试是否能让格雷灵女士让我们招收一些马洛里塔学园的女孩做学生。"

"好！"艾莉西娅满含钦佩地说，"你们俩不能成为两匹黑马谁还能！"

听了这个典型的艾莉西娅式的笑话，大家一阵大笑。比尔咧嘴一笑，她向来都寡言少语，但她是一个意志坚定的年轻人。比尔-克拉丽莎马术学校将会非常成功，这点无人怀疑。

"我保证我所有的孩子来马洛里塔学习时都要当你们的学生。"艾莉西娅咧嘴笑着许诺，"真没想到你们俩不声不响地就把这一切想清楚了！"

一阵短暂的沉默。似乎她们中的大多数人都清楚离开学校后自己要做什么，而且选择得很正确。

"嗯，我和莎莉要去上大学。"达瑞尔说，"艾莉西娅和贝蒂也会上大学。我们都要去苏格兰的圣安德鲁斯大学①，到时候我们会过得多开心啊！"

"开始的时候感觉可能有点儿怪——再度成为全校年龄最小的而不是最大的。"贝琳达说，"我猜你会选择艺术专业，并最终要当一个作家？"

"我不知道，我是想当作家。"达瑞尔说，"可你瞧，贝琳达，莎莉和我没有你和艾琳那么幸运。我们没有出众的天赋，也没有玛丽露那样的使命感。我们得找到最适合我们的东西，我们准备在大学里寻找。我们很可能也得刻苦努力，到时候再与一些杰出人才较量一番。"

莎莉站起身。"我们把饼干放哪儿了，达瑞尔？"她说，"闲聊老让我肚子饿。就这一点，让我觉得我们还没有真正长大成人呢。有时，我们自认为我们正在成长之中，但我们总会没来由地觉得很饿。大人们似乎从来不会有这种感觉！"

"好胃口万岁！"艾莉西娅拿了一块饼干说道，"祝我们永葆健康！"

---

① 圣安德鲁斯大学，始建于 1413 年，是一所位于英国苏格兰的顶尖小型公立大学。

第四章

校 长 箴 言

第二天，大家都被铃声的巨响惊醒了。新生们从床上坐起来，吓了一跳，她们还不习惯响亮的晨铃声。八年级生哼唧一声，翻了个身又打了个盹儿。那一年她们年级是出了名的懒惰。为此，达瑞尔总拿这事取笑她在八年级的妹妹费莉西蒂。

"小懒猪，总是匆匆忙忙地去吃早饭，领结打了一半，鞋子也没穿好。"她说，"我真奇怪，帕克小姐怎么不惩罚你们呢！"

"哦，'大鼻子'老师罚我们的！"费莉西蒂咧嘴笑着说，"达瑞尔，在你八年级的时候，她也这么严格吗？她什么事都要管？"

"别介意。"达瑞尔说着想起了自己八年级时，有一次只穿了一只袜子下楼吃早饭，"那个讨厌的约瑟芬怎么样了？"

"哦，她一如既往地盛气凌人。"费莉西蒂说，"苏珊和我不怎么注意她。她去惹琼恩，吃了个大瘪，琼恩'打'了她一个落花流水，她活该！"

达瑞尔很肯定，像费莉西蒂说的，琼恩会把任何人都"打"得落花流水。琼恩是艾莉西娅的小表妹，是个性子强硬、好斗的小丫头，马洛里塔的生活让她变得温和了一点儿。她很像艾莉西娅，有艾莉西娅的伶牙俐齿和犀利的幽默，她也像艾莉西娅一样喜欢耍把戏，每个教她的老师都学会了对琼恩保持很高的警惕。

杜邦老师除外！任何人都可以跟她耍把戏然后全身而退。但现在事情变得困难多了，因为杜邦老师发现，有些公司散发的小册子和传单里会描述那些花招和把戏，对此，她做了仔细的研究，现在她变得更加警惕了。

"你还记得杜邦老师跟我们开过的玩笑吗？"费莉西蒂说着陷入回忆，咯咯地笑了起来，"她买了一副赛璐珞假牙，装在自己的真牙上。你还记得吗？她冲每个人微笑，看到的人全吓坏了，她看起来太可怕了！"

"是的，我一辈子都忘不了亲爱的杜邦老师。"达瑞尔说，"上学期，我巴不得她能玩个'八戏'。到目前为止，假牙是她唯一玩过的'八戏'。"

因为生病或其他原因，还有一两个女孩没有回来。预科的莫伊拉这天该回来了。她和莎莉负责制定运动和比赛的时间表，她们合作得挺好。此外，莫伊拉依然不太讨人喜欢。

"她总是那么自信满满，打定主意要做个神气十足的人！"女孩们抱怨道，"一贯正确，不能反驳，至高无上的莫伊拉！"

达瑞尔看见新来的预科生阿曼达走过，坚定而自信的步伐让她想起了莫伊拉，她暗自笑了。她心想：莫伊拉会喜欢阿曼达吗？看她们碰头应该很有趣。这学期说不定会有一些"战斗"！事到临头总会更有趣。我可不想我的最后一学期枯燥乏味。

早饭后，达瑞尔去公共休息室找她们年级的其他人。莎莉在那里，还有玛丽露和贝琳达。

"第一节课的上课铃就要响了。"达瑞尔说，"我想我们还是下去吧。"

有人敲门。"进来！"达瑞尔喊道。

一个一脸害怕的八年级生在门口探进脑袋，她开口道："求你们帮帮忙。"

"你人进来！"贝琳达说，"让我们看看你的全貌。我们不会吃掉你的！"

八年级生把身子也挤进了门来，说："拜托，格雷灵女士说请你们当中的一个人带新生去见她。她说了，新预科生不必来了，所有北塔的其他新生都要去，她在等着呢。"

"好吧，你可以离开了。"达瑞尔说，"她们像往常一样在大厅等吗？"

"是的，拜托了。"吓坏了的八年级生说，然后，她感恩戴德地离开了。

"我带孩子们去吧。"玛丽露说着站了起来。

新生们总要在第二天早上去见校长。格雷灵女士喜欢给她们讲马洛里塔学园对她们的期许。一般来说，没有一个女孩会忘记这些箴言。

达瑞尔就从来没有忘记过。现在她想起了那些话，突然伸出一只手阻止了玛丽露。

"玛丽露，让我带她们过去吧。不管怎么说，这是我的工作。而且，我想再听听格雷灵女士对新生们说的话，就像她曾经对我们说的那样。我去吧！"

"好吧。"玛丽露立刻明白了，她又坐了下来。达瑞尔走出房间，走进大厅。新来的女孩在那里，一共五个。三个七年级生，一个八年级生，一个九年级生，她们都显得很不自在，而且相当害怕。

"学生主席来了。"九年级生小声说道，"注意言行。"

没有人会故意不注意言行。七年级的小女孩睁大了眼睛，看着这个举足轻重的预科生。达瑞尔还记得，就在六年前，她自己是多么害怕预科生啊。

她亲切地冲她们笑了笑，说："来吧，孩子们。我带你们去。别那么害怕，你们来到了世界上最好的学校，你们很幸运！"

达瑞尔把五个女孩带到了校长的房间，在一扇漆成深奶油色的门外停了下来。她敲了敲门。

一个低沉而熟悉的声音喊道："进来!"

达瑞尔打开了门,她说:"我把新来的女孩带来了,格雷灵女士。"

"谢谢你,达瑞尔。"校长说。她坐在写字台前写着什么,头发花白,面容平静,一双蓝得惊人的眼睛,嘴巴的线条坚毅。

她看着站在面前的五个瑟瑟发抖的女孩,蓝眼睛从一个身上转到另一个身上,仔细地打量着每个女孩。

达瑞尔很好奇,校长从她们身上看到了什么?她看得出优缺点吗?她看得出哪些女孩值得信任,哪些女孩不值得吗?她知道她们中哪些人有责任感,会在学校表现良好,哪些人会失败吗?

格雷灵女士用她低沉而清晰的声音对每个女孩说话,询问她们的名字和所在的年级。然后她严肃地对大家说话。达瑞尔和孩子们一样专注地听着,回忆着六年前的那些话。

"我希望你们能听我说一两分钟。有一天,你们会成长为年轻的女士,带着你们的求知欲,带着一颗善良的心和助人的愿望,走入这个世界。你们也要带着对无数事物的充分理解,勇于承担责任的意愿,向世界展示你们是值得被爱与被信任的。所有这一切,如果你们愿意的话,你们都将在马洛里塔学园学到。"

她停顿了一下,每个女孩都专注地看着她,认真地聆听着。

"我不想历数那些通过考试取得学历的成功者，虽然这是极荣耀的事，我反而要历数那些通过学习而拥有了善良的心灵，美好、明智、值得信任、优秀而健康的女性，那些值得这个世界依靠的女性。若有人经年在此学习，却不能拥有这些品质，则是我们的失败。"

达瑞尔真希望她能看透五个正在聆听的女孩。这些新生在想什么？她们是否也像她曾经那样，下定决心要成为马洛里塔学园的成功典范之一？

五个女孩屏住呼吸，看着格雷灵女士，认真听着。

"对你们当中的部分人而言，学会这些易如反掌；对另一些人而言，则困难重重。无论难易，你们必须谨记：离开这里之后，你们要幸福，以及能带给他人幸福。"

格雷灵女士停下来，望着对面的达瑞尔，后者正全神贯注地听着。

"达瑞尔，"格雷灵女士说，"你还记得你刚来的时候我对你说的这些话吗？"

"记得，格雷灵女士。"达瑞尔说，"你还说了些别的，你说：'在马洛里塔的这段日子，你们将收获满满，看看你们是否也能贡献满满！'"

"我确实这么说过。"格雷灵女士说，"现在我必须补充一点。姑娘们，六年前我对达瑞尔说过这些话。她在这里度过了很多时光，没有人比达瑞尔回报得更多了。"

五个女孩敬畏地看着达瑞尔——她们的学生主席。她们无法想象，当年十二岁的孩子在格雷灵女士面前，聆听着同样的话。但格雷灵女士记得很清楚。

　　"你们可以走了。"校长说，这五个新生的模样让她心生欢喜。她们都是些好苗子，她想她们中的某位很可能成为级长，或是运动队长，还有可能是未来的学生主席。

　　达瑞尔转身也要走。"等一下，达瑞尔，"格雷灵女士说，"请把门关上。"

　　达瑞尔关上门，回到了书桌前。听了格雷灵女士对她的评价，她内心十分高兴，觉得自己的脸都红了。她害羞地看着校长。

　　"你是我们的成功者之一，达瑞尔，也是我们最大的成功之一。"格雷灵女士说，"莎莉是另一个，玛丽露也是。我认为只有一个可悲的失败者，就在你的年级。她只有这一个学期可以有所改变。你知道我说的是谁。"

　　"我知道，"达瑞尔说，"是格温。"

　　格雷灵女士遗憾地轻叹。"可能你比我更了解她。"她说，"对她，你可否有所作为呢？这个假期我和格温的父母就她的未来进行了一次非常不愉快的访谈。她母亲有一个想法，她父亲则另有想法。当然，她的父亲是对的。但我听说他不得不在这件事上做出让步。达瑞尔，如果可以的话，我希望你试着影响格温，让她接受她父亲的观点。否则，这个家庭就会分崩离析，那将是件大不幸之事。"

"我会试试的。"达瑞尔说，但她的语气很不确定。格雷灵女士知道成功的希望渺茫。

达瑞尔接着说："当然，这一切我都很清楚，格雷灵女士。格温已经心知肚明！可当格温一意孤行时，她是不可能被说动的。"

"嗯，不要紧。"格雷灵女士说着突然微笑起来，"只要再有几个莎莉和达瑞尔，二十个格温我都能忍受！"

第五章

新晋良师

达瑞尔走出了房间，她感到既骄傲又高兴，简直要放声歌唱了。她是成功者之一！她一直渴望成为一个成功的人，虽然她犯过错，有时不能与人为善，发脾气的次数也多得连她自己都记不清了。她曾经遗憾地得出结论：虽然自己不是一个失败者，但也不是一个彻头彻尾的成功者。

不过，格雷灵女士似乎认为她是，所以她一定是。达瑞尔昂着头，摇摇摆摆地向预科教室走去。她打开门，悄悄地走了进去。

"对不起我迟到了，奥克斯小姐。"她说，"我带新生们去格雷灵女士那儿了。"

"我知道的，玛丽露告诉我了。"奥克斯小姐说，"我们刚才在讨论本学期的功课，达瑞尔。需要参加高级证书考试的人要组成一个小组，只和本年级其他人一起上少许的额外课程。前两个学期，你们都学得很用功，因此你们不会觉得本学期过分艰苦，可你们必须坚持下去！"

达瑞尔点了点头，她非常想要高分通过高级证书考试。她敢肯定莎莉也是同样的想法。至于艾莉西娅和贝蒂，她们敏捷的头脑和出色的记忆力肯定会让她们成功的。她回头看了看其他塔的女生，她们也要考高级证书。没错，她们都会通过的。她们是一群热情、勤奋之人。

"我很高兴用不着考高级证书。"格温说，"反正我可以在瑞士的学校里考这个证书，是不是，奥克斯小姐？"

奥克斯小姐对格温未来的学校并无兴趣，就像她对格温本人并无兴趣一样。

"不管你在哪个学校，你恐怕都达不到这个高级证书的标准。"她冷冷地说，"格温，我只希望你这学期能比前两个学期表现得好一些。要让我对你的能力有一个比现在更好的印象，是不是太过困难？"

格温局促不安，她回过头来望向莫琳，寻求同情。可她一无所获，因为对于让格温难堪，莫琳总是乐见其成。其他人都认真地望着远方，决心不与格温的目光对视，也不让她有机会和她们谈论她未来的学校，她们确信自己的耳朵会听出茧子来的。

"阿曼达，我知道，如果你原来的学校没有被毁的话，你是要考高级证书的。"奥克斯小姐转向那个新来的魁梧又结实的女孩，说道，"你想在这儿考吗？我听说这事已经交给你来决定了，如果你愿意的话，可以明年再考。"

"这学期我不想考，谢谢你。"阿曼达说，"跟不同的老师学习，会让我很混乱，我就没法公正地评价自己了。这学期我打算专注运动。不管怎么说，我希望能入选明年的奥运会。"

只有北塔的女孩们早早听说过这个消息。其他塔的女孩们听闻阿曼达的直率宣言后都目瞪口呆。去参加奥运会！她要么是疯了，要么就真是个运动健将！

"是啊，我忘了你是从特伦尼根塔学园来的。"奥克斯小姐平静地说，"好吧，阿曼达，对你而言幸运的是，你会发现这里的运动很出色，而且经营得很好。"

阿曼达看起来颇不相信，可她一言不发。然而，每个人都看得出来，她对在马洛里塔学园可能期待的运动嗤之以鼻。莎莉觉得又恼火又好笑。莫伊拉则怒火中烧，怒视着阿曼达，下决心尽快给她点儿颜色瞧瞧！

莫伊拉想：如果她想兴风作浪，我会立刻表明我不能忍受任何胡闹，即使莎莉能忍我都不忍！一念至此，她怒目皱眉，贝琳达的手本能地伸进书桌去拿速写本——女孩们管它叫"怒目而视作品集"。它收集了最精彩的皱眉画面，最漂亮的无疑是格温的皱眉！

格温多么希望她能把贝琳达可怕的本子搞到手啊！但贝琳

达为它找了一个很好的藏身之处，小心翼翼地守护着它。每次她把它从桌子里拿出来的时候，格温都弄不明白它是打哪儿冒出来的。

"不，贝琳达。"奥克斯小姐出言制止，现在她看到这个"怒目而视作品集"的时候已经能认出来了，"请不要在这节课上画皱眉图。还有，艾琳，不管那是首什么曲子，你能不能别在桌子上敲了？"

"哦，对不起。"艾琳说着，立刻停止了敲击，"当一个新的曲调进入我的脑海时，我就情不自禁了，就像风吹过那些树，唰啦——唰啦——唰啦，就像那样。奥克斯小姐，这让我……"

"你又在敲了，艾琳。"奥克斯小姐不耐烦地说。她不太确定艾琳是否真的如她自己所说的那样迷失在"曲调"之中，或者她这样做是为了转移注意力，引起哄笑。

可艾琳是来真的。她一半生活在音乐的世界里，一半生活在平凡的世界中。当一个世界与另一个世界发生冲突时，她就迷失了！她很有能力写出一首法语曲子，却写不出一个法语单词，而且她居然把曲子交了上去！

杜邦老师经常惊讶地发现自己盯着的是乐谱，而不是法语动词。

在一番交流当中，法国姑娘苏珊娜一直半闭着眼睛坐着。

奥克斯小姐突然冲她开口说话，把她吓了一跳。

"苏珊娜！你在听吗？"

"你缩水了?"苏珊娜说①。

奥克斯小姐非常惊讶。"她是说'你说什么'。"达瑞尔笑着说,"每回她不明白什么事的时候,她总是说'你缩水了',是不是,苏珊娜?"

"你缩水了?"苏珊娜一个字也没听懂,"你缩水了?达瑞尔,我不明白②。我不白③。"

"呃,苏珊娜,你得竖起耳朵听,睁大眼睛看。"奥克斯小姐说,"否则,你在这儿一句英语也学不会。我知道你来此的目的就是学一口流利的英语,对吧?"

"你缩水了?"苏珊娜又重复道,乌黑的眼睛睁得大大的,"我的英里缩得茶④。"

"她在说什么?"奥克斯小姐说。

"她是说,她的英语说得很差。"莎莉说。

"那么,她需要特别的补习。"奥克斯小姐坚定地说。

"不,我不要'步行⑤'。"苏珊娜同样坚定地说。

"啊,这么说你听明白我说的话了。"奥克斯小姐说,开始怀疑这个看上去天真无邪的苏珊娜了。

"你缩水了?"苏珊娜又说。于是,奥克斯小姐放弃了。她

---

① 法国姑娘苏珊娜的英语发音不准,把"你说什么"误说成"缩水了"。但有时,她是故意为之。

② 这句苏珊娜说的是法语。

③ 此处,苏珊娜的意思是"我不明白"。

④ 苏珊娜说的是"我的英语说得差"。

⑤ 苏珊娜说的是"我不要补习"。

暗自决定和鲁吉耶老师谈一谈她这个貌似笨笨的侄女。她开始就这学期要做的工作对大家下达指示，要用什么教材，哪些功课由女孩们独立完成。

"我喜欢老好人奥基①。"休息时，达瑞尔说，"可我常常巴望她能多点儿幽默感。她从来不，她从来不能理解笑话，她还总怀疑有人要布下陷阱，让她掉下去。"

"是的，就像艾琳和她的曲子。"贝琳达说，"事实上，艾琳对这些曲子完全是认真的。你们瞧她，唰啦——唰啦——唰啦——唰啦，她就那么在窗户边，眼睛紧盯着树。"

艾莉西娅淘气地笑了笑。她走到艾琳跟前，拍了拍她的肩膀，说："我说，艾琳，我能玩开火车游戏吗？唰啦——唰啦——唰啦，来吧，让我们玩开火车游戏。"

在吃惊不已的艾琳还没反应过来之前，一半的预科生已经排成一列，在艾琳身后扮演"火车"，模拟引擎，发出轰然之声。

阿曼达轻蔑地看着这一切，心想这真是所好学校啊！现在她如果在特伦尼根塔学园，大家都会出去练习网球击球或是做些别的运动！

"保持住，阿曼达，保持住！"贝琳达突然说道，她发现阿曼达那张大脸上露出不快的表情，便拿出"怒目而视作品集"，忙

① 奥基是奥克斯小姐的昵称。

着画起来。

阿曼达根本不知道贝琳达这是在干什么。她是新生，甚至不知道贝琳达会画画。她惊恐地发现，贝琳达把她的脸和表情画得神形毕肖。她立马伸手去抓那本册子，但贝琳达躲开了。

"我才不是那副样子呢！"阿曼达生气地说，"我只是站在这儿想，如果我还在我以前的学校，我们就不会像这样装疯卖傻，而是在户外练习网球，或者做一些有意义的事情。"

"真的吗？"莫伊拉冷冷地说，"我想你没有注意到现在外面正在下大雨吧。"

事实上阿曼达真没注意到，她一直忙着嘲笑别人傻乎乎的行为。她转过身去，狠狠地瞪了莫伊拉一眼，莫伊拉也狠狠地回瞪一眼。达瑞尔觉得，这二人真是针尖对麦芒啊！

阿曼达转身走到放收音机的角落，开始摆弄它，最后终于找到了一段体育赛事的节目。解说员非常兴奋，他的声音响彻了大家正在休息的公共休息室。

没人愿意告诉她把声音关小一点儿。达瑞尔推了推莎莉，冲着窗户点了点头。雨已经停了。莎莉咧嘴一笑，她和达瑞尔向其他人做手势，示意她们悄悄地离开房间，不要打扰阿曼达。她们踮着脚尖鱼贯而出，达瑞尔轻轻地关上了门。她们冲到衣帽间，打开储物柜，穿上网球鞋，抓起球拍，跑向球场。

"但愿她看见我们！"莫伊拉喘着气说。

阿曼达看见了。节目结束了，她关掉了收音机。她立刻意

识到了房间里的安静，当她转过身来时，发现屋子空了。她听
到外面的说话声和击打网球的声音，便走到窗前。她皱起了眉
头。天哪！她们是故意惹怒她的！

　　下课铃响了，女孩们笑着回来了。

　　"可惜你好像不太喜欢练习，阿曼达！"莫伊拉喊道，"没关
系，祝你下次好运！"

第六章

游 泳 池 畔

像往常一样，女孩们很快就安顿下来迎接新学期。夏季学期总是那么可爱，有那么多的事情可做。对于喜欢游泳的人来说，那个巨大、壮观、坐落在下面海岸岩石凹陷中的游泳池，是最大的乐趣之源。

一经学校宣布游泳池的水足够暖和了，那些想要每天在早饭前游上一会儿的女孩们便沿着陡峭的悬崖小径跑向游泳池。她们穿着游泳衣，身上裹着一条毛巾。

大多数女孩都喜欢游泳池，只有少数人不喜欢。没有学过游泳的人很害怕，不喜欢冷水的人也讨厌游泳池。格温当然是其中之一，莫琳也是。

新来的法国女孩也讨厌游泳池。有一次，她去那里看女孩们游泳，水一溅到她的脚指头，她就吓得尖叫起来！

"苏珊娜！别犯傻了！"波茨小姐说，那天她正好在游泳池值班，"如果你像个七年级的小傻瓜那样尖叫，我就让你直接去泳池里游泳。我不明白杜邦老师为什么不让你游泳。"

如果她们不愿意的话，杜邦老师是不会强迫任何人下水的，她自己也讨厌游泳池。另外一位法语老师，苏珊娜的姑妈鲁吉耶老师也讨厌游泳池。她们两人对于英国学校对各种游戏和运动的狂热之情都很不理解。

"我要回去了。"又一次被水花溅到的苏珊娜宣布，然后她转身走上通往学校所在的悬崖的那道斜坡。

"哦，不，你别回去。"波茨小姐说，"你待在这儿。就算说不动你去学游泳，你也可以在这里看别人游！"

"你缩水了？"苏珊娜茫然地说道。波茨小姐恨不得苏珊娜七年级时就能在她的管辖之下，哪怕只有一天。要是那样的话，她很肯定苏珊娜再也不会说出这句气人的话了！

当然，格温和莫琳是被迫要游泳的，尽管她们花了很长时间才下定决心跳入清凉、澄澈的水中。她们俩一直等到其他人都下水后才下去，因为当艾莉西娅、莫伊拉或贝蒂过来的时候，她们总会把她们俩推下水。这事发生了无数次了，真不可忍受！如果有一件事是格温最讨厌的，那就是毫无预兆地落入泳池之中！

在阳光明媚的日子里，游泳池总是很漂亮，池面闪烁着比天空更深一点的蓝色。几个星期后，夏天的天气变得怡人起来。

潮水上来了，淹没了泳池，留下了更清凉的水！达瑞尔喜欢游泳池，即使不游泳的时候，她也常常带着书坐在池边，看着湛蓝的池水，浮想联翩。

莫伊拉是个游泳好手，莎莉和达瑞尔一直都是。但是新来的女孩阿曼达，却超越了她们所有人！

她是一名出色的游泳运动员。她第一次下水时，每个人都倒吸了一口气。她以大家从未见过的最有力的扬臂划水姿势畅游泳池。

"天哪，她真是个游泳高手！我真是见所未见。"达瑞尔说，"她有足够的能力参加奥运会，她能把我们打得落花流水，莎莉。"

虽然泳池又大又深，阿曼达还是不满意。她向大海望去，说："我要去海里游。"

"学校不允许。"达瑞尔说，她正在旁边擦干身子，"涨潮时，那里有一股非常危险的水流。"

"对于像我这样强壮的游泳者来说，水流并不危险。"阿曼达说着弯曲手臂，向达瑞尔展示她强健的肌肉。她的双腿也很健壮，走起路来脚步沉沉。虽然这在日常生活中一点儿也不显优雅，但是当她做运动或游泳的时候，就像某种大型动物一样矫健有力，体态看起来非常迷人。

低年级的学生目瞪口呆地看着她。阿曼达到游泳池的消息一传开，他们就经常跑到池边，只是站在那里盯着看！

"你愿意给这些低年级的学生一些指导吗，阿曼达？"有一天，莎莉说。作为全校运动方面的负责人，她总是在寻找有潜力的年轻人来训练。

"可能会吧。"阿曼达说，显得不耐烦，"只要不让我白费时间就行。"

"好吧，如果是这样，那就算了！"莫伊拉气愤地说。她就在旁边听着。莫伊拉不太讨人喜欢，但至少在运动方面，她尽心尽力地帮助低年级的学生。她也帮了莎莉很大的忙。

"在特伦尼根塔学园，我们从来不用为低年级的学生操心。"阿曼达一边说，一边使劲擦干自己，把皮肤都擦红了，"我们学校有很多教练，他们会照管孩子们。你这儿的体育老师好像太少了。"

听闻对马洛里塔学园的如此批评，达瑞尔怒火中烧。这里每一门学科的老师数量都很充足！就因为马洛里塔学园没有像特伦尼根塔学园那样把体育奉为至高无上之事，这个大块头阿曼达才会瞧不起它！

莎莉看出达瑞尔的脸色，用胳膊肘推了推她。"说什么都没用。"阿曼达走开时她说，"阿曼达刀枪不入，对自己的前途十拿九稳，所以我们说什么她都听不进去。特伦尼根塔学园在一场大火中化为灰烬，那个时候她一定很难过。她可能讨厌马洛里塔学园，因为这儿对她来说是全新的，也没有像她希望的那样完全投入到她喜欢的运动中去！"

"她能来这儿真走大运了。"达瑞尔哼了一声，仍然显得很生气。莎莉笑了，她已经很久没见过达瑞尔发脾气了，她这脾气可谓闻名遐迩。有段时间，达瑞尔几乎每学期都会发脾气，让全校都为之震惊。但现在她很少这样了，因为达瑞尔自控得很好。

"别被她惹毛了。"莎莉说，"相信我，她更有可能把我惹毛！她对学校的网球极为不满，似乎认为我们都不配和她对打一场！她已经把莫伊拉惹毛了，我估计很快她们就有一场架要吵。"

八年级的学生跑到游泳池游泳。高年级的人听到了穿着橡胶鞋走路的呱嗒呱嗒声，转过身来。费莉西蒂叫了一声："喂，达瑞尔！你游泳了吗？你觉得水怎么样？看起来是不是像天堂一样？"

"妙极了。"她的朋友苏珊说道，她一脱下鞋子便用脚趾试了试水，"天哪，已经开始暖和起来了。快点儿，费莉西蒂。我们越早下水就越早享受！"

达瑞尔有几分钟的空闲时间，她和莎莉、莫伊拉待在一起，照看低年级的学生。达瑞尔很快就要离开学校了，她强烈希望能有其他人继承马洛里塔学园的伟大传统，尤其希望她的妹妹费莉西蒂能担起重任。

她骄傲地看着费莉西蒂。她和苏珊迅速跳进水里，用有力而优美的划水姿势在大大的泳池里游了个来回。

"你这个妹妹有希望。"莫伊拉对达瑞尔说，"去年她表现得很好，今年她会做得更好。我想如果她的仰泳技术有所提高，我们可以让她加入某个游泳队。"

"希望如此。"达瑞尔说，她巴望着费莉西蒂能闪闪发光。苏珊也很好，但速度远没有那么快。

喂——这只海豚是谁？一个胖胖的、动作笨拙的女孩站在泳池边瑟瑟发抖。一些已经在水里的八年级学生冲她大叫着："下来啊，乔，快下来！你要是再不下来，就只能在水里待两分钟，仅此而已！"

对于又胖又胆小的乔来说，两分钟也太长了。她在其他方面傲慢无礼，在冷水面前却是个胆小鬼。她曾经恳求爸爸给她找个理由不去游泳，她爸爸就给格雷灵女士打了个电话，告诉她他希望如果他的女儿乔不想游泳，就不要让她游。

"为什么不游？"格雷灵女士发问，"是医生不允许她游泳吗？"

"不，是我不允许。"这位大嗓门的琼斯先生冲着电话大吼大叫，"这理由足够了，行不行？"

"恐怕不行。"格雷灵女士用坚定而果断的声音说，"被送到马洛里塔学园的女孩们都应遵循学校的常规，除非游泳违反了医生的命令。对乔来说，游泳没什么问题。体育老师告诉我，她只是怕冷水。我想你会同意我的看法，约瑟芬应该征服冷水，而不是被冷水打败，对吧？"

琼斯先生本来想说他自己一向讨厌冷水，他不明白乔为什么不能像他那样，不去靠近冷水半步，但他突然改了主意，因为他听出来格雷灵女士冷静的声音中有一种警告的意味。他猛然放下电话，心想如果他坚持下去，格雷灵女士可能不会让马洛里塔学园再接纳乔了！

于是，琼斯先生告诉乔，她必须忍受游泳，坚持下去，这让她既恼火又吃惊。她每天都要到泳池边，恐惧地瑟瑟发抖，直到她不可避免地被一个满脸轻蔑的八年级生拖下水去。就连七年级的学生也知道要把乔带下水去！

今天是费莉西蒂悄悄跟在乔后面，把她拖到了泳池里，哗啦啦溅起了巨大的水花！

乔从水中冒出头，喘不过气来。她把水从嘴里吐出来，然后转向正在大笑的费莉西蒂。

"你这个可恶的家伙！这是你第二次这么做了。你等着，我会讨回来的！你和你爸爸一样坏！"

"我爸爸做了什么？"费莉西蒂问，觉得很好笑。

"他对我爸爸的态度很粗鲁。"乔说，"说什么他把你们家的车逼到树篱里去了，我听见他说的！"

"好吧，他确实把我们的车逼到树篱里去了，现在我又把你逼到水里去了！"费莉西蒂叫道，"以牙还牙！我们扯平了！小心——我要带你潜入水里去咯！"

说完，她潜入水中去扯乔的腿。乔又叫又踢，她的腿滑开了，费莉西蒂又潜入水中不见了。乔怒气冲冲地钻出水面，挣扎着站到一边，对莎莉喊道："莎莉！你就不能阻止费莉西蒂在水里胡闹吗？她总是对我的腿下手。"

"那就学游泳吧，接受训练！"莎莉说，"你总是不接受任何辅导。当心——又有人冲你的腿下手了！"

可怜的乔！不管她在岸上怎样趾高气扬，怎样自吹自擂，在水中，她还不如最年轻的七年级生有地位呢！

第七章

无 能 为 力

　　达瑞尔希望她在马洛里塔的最后一个学期过得非常慢。莎莉也是。

　　"在最后的一学期，我想抓住每一刻。"达瑞尔说，"我很清楚我们不久要离开这里，将会在圣安德鲁斯大学度过一段美好的时光，但我真的很喜欢马洛里塔，我希望时间过得越慢越好，这样我在离开的时候就能记住这里的每一个细节。我永远不想忘记。"

　　"好吧，我们会记住所有我们想记住的事情。"莎莉说，"比如我们要记住跟杜邦老师开过的每一个玩笑！我们要记住，在阳光明媚的日子里，游泳池是什么样子的！我们要记住从教室的窗户望出去大海的模样！我们要记住早晨的课结束时，大家从学校里拥出时发出的巨响。"

"你会记得亲爱的格温和她那套做派的。"艾莉西娅正好在旁边,"你永远不会忘记的!"

"哦,格温!"达瑞尔说,一想到她就生起气来,"我不介意忘记关于她的一切。她的愚蠢行为正在毁掉我们最后的一个学期!"

格温真的一直在努力毁掉这一切,她从来都不喜欢马洛里塔,因为她一直与这里的思想、理念格格不入。她娇生惯养,自私而愚蠢,却认为自己是一个极具魅力和讨人喜欢之人。年级里唯一一个与她气味相投的女孩——莫琳,又让她很讨厌。她看得出莫琳在很多方面都和自己如出一辙,可她不愿经常在她不喜欢的女孩身上看到自己的影子。

格温一直在说她的下一所学校,也就是最后要上的那所学校。"它在瑞士,你们知道的吧。"她说了有一百遍,"它是那儿最好的学校。那所精修学校的学生都是精挑细选的。"

"好吧,我希望它能把你彻底地修一修。"艾莉西娅说,"是时候有个什么来给你做个了结了!"

"这一点儿都不好笑,艾莉西娅。"格温说,看起来派头十足,"这非常低幼。"

"你总是逼我觉得自己很低幼,"艾莉西娅说道,"你一开口谈论你愚蠢的学校时,我就会想做些蠢事,比如伸出舌头。为什么这学期你不离开,让我们安安静静地享受最后的日子呢?我简直想不通。"

"我要去那个学校，还得费不少口舌！"格温说。其他人哼了一声，她们已经听过太多格温的"费口舌"了。每次她提起这个，她就说自己如何应对她爸爸，话说得越来越难听。

"我敢说那些话她一半都没说过。"艾莉西娅对达瑞尔说，"没有哪个当爸爸的能忍受，尽管莱西先生以前也多次让格温难堪！"

然而，在过去的假期里，格温确实对她爸爸说了一些非常残忍的话，她妈妈也在背后给她撑腰。莱西夫人一直想把格温送到一所精修学校，在那里她可以交到一些"上等朋友"，所以她用尽一切办法来支持格温。

先是眼泪，然后是更多的眼泪，接着就是谩骂，生闷气和残酷的言语……莱西夫人使出了各式花招，格温则火上浇油。就连老好人家庭教师温特小姐——一位很崇拜格温，把莱西夫人也看得比天大的人，对此也震惊不已。

格温把这一切都讲给不情愿的听众听："温特小姐是个傻瓜。她只会说：'你爸爸累了，他身体不好已经有一段时间了。你不觉得最好不要让他这么担心吗？'她又愚蠢又软弱，一直如此。"

"闭嘴！"莎莉气愤地说，"要是我，绝不会那样对待我的爸爸。"

"我对爸爸说：'难道我不是你的独生女吗？你不愿意让我再享受一年的幸福吗？'"格温继续说，全身心地投入到角色之中，"我说：'你不爱我，你从来没有爱过我！如果你爱我，你就会让我得到我想要的一件小东西，这也是妈妈想要的。'"

"我说了，闭嘴！我们不想听这些。"莎莉又说，"这对你没有任何好处，格温。这太残忍了。"

"莎莉，你可真是个正经人。"格温带着一抹小小的假笑，说道，"反正，我敢肯定，你没有勇气和你爸爸对着干。"

"如果全家一心，你就不必跟父母对着干。"莎莉简短地说。

"接着说，格温。"莫琳在房间的另一个角落说，"真有意思，你说话听起来像个大人！"

莫琳的称赞让格温感到惊讶，但也很高兴。她不明白莫琳鼓励她继续下去只是为了让大家都觉得厌烦。莫琳看得出其他人有多反感，她自己也相当讨厌格温这样。虽然她的性子与格温很像，但她至少爱她的父母，不会像格温一样出言不逊。

莫琳心想：让格温继续说下去吧！这个可怕的家伙，她在出乖露丑！

于是格温继续跟莫琳说话，重复着她对爸爸说过的那些难听的话，为自己战胜了爸爸而欢欣鼓舞。

"我一直坚持这么做，直到我称心如意。"她说，"我在床上躺了一整天，妈妈告诉他如果再这样下去，我真的会生病。于是爸爸上楼说：'很好，你可以为所欲为了。你的目的达到了，你可以去瑞士上学。'"

没有人相信她爸爸说过这些话。除了莫琳，没人开口说话。

"多么伟大的胜利啊，格温。"莫琳说，"我敢打赌，从那以后，你爸爸一定对你言听计从。"

"如果他早说我可以去的话，我当然早就称心如意了。"格温说，看起来有点儿困惑，"可那之后他变得非常伤心，几乎不搭理我们任何人，除了有时会跟温特小姐说说话。我知道他板起面孔当然是为了让我难受，可我才不难受呢。我想，你那一套我也会，所以我也对他不理不睬。开学时，他把车开走时，我都没跟他道别。到了我们这个年纪，你得勇敢地面对父母！"

达瑞尔突然站了起来，她实在觉得恶心。她想起了自己的爸爸里弗斯先生——一位和蔼、勤勉工作的外科医生，对妻子和两个女儿尽心尽力。如果她突然'跟他对着干'，对他说一些残酷的话，就像格温对她爸爸那样，他会有什么感觉？

达瑞尔想：他会心碎的！我相信莱西先生也是这种感觉。他是爱格温的，即使格温很残忍、很自私。她怎么能那样做？

她对格温开口，她的语气让每个人都抬起头来。"格温，我想和你说几句话。"达瑞尔说，"到我书房来，好吗？"

格温很惊讶。达瑞尔找她干什么？她想拒绝，但还是站了起来。对直率的达瑞尔，她内心是发怵的。

达瑞尔带路，往她的书房走去。她记起了格雷灵女士的话。现在，就在这一刻，她能不能说点儿什么来影响格温呢？说点儿什么告诉她哪里出了问题，达瑞尔觉得自己应该如此。她有强烈的愿望，她确信她能让格温明白她的意思。

"坐那张扶手椅上，格温。"达瑞尔说，"我有话对你说。"

"我希望你不要对我说教。"格温说，"你现在是一副说教的面孔。"

"好吧，我不打算说教了。"达瑞尔说，希望自己真不会，"听着，格温，对于这一切，我忍不住为你爸爸感到异常难过。"

格温很惊讶："为我爸爸难过！为什么？这跟你有什么关系？"

"你对我们讲了那么多次你们家的争吵，就我个人而言，我不禁觉得这事现在的确跟我有关了。"达瑞尔说，"我的意思是你逼迫我参与了所有的斗嘴、争吵和不安，我几乎成了一个旁观者。"

格温沉默了片刻。达瑞尔接着说："谁对谁错，我不会置喙，格温，我也不会批评任何人。从你告诉我的情况来看，你让你的好爸爸很痛苦。你得到了你想要的，却牺牲了别人内心的平静。"

"我得自力更生，不是吗？"格温喃喃地说。

"如果你一直依赖别人，就算不上自力更生。"达瑞尔趁热打铁，"你不爱你爸爸吗，格温？我不可能像你对待你爸爸那样对待我爸爸。如果你确实对你爸爸说了那么多残忍的话，那么你应该跟他说对不起。"

"我不后悔说了那些话。"格温的语气生硬，"我爸爸经常对我说难听的话。"

"好吧，你活该。"达瑞尔说，开始失去耐心了，"但是，他不该被这样对待。我见过他很多次，我觉得他是个可爱的人。你配不上这样的爸爸。"

"你说过你不会说教的。"格温轻蔑地说，"你还要说教多久？"

达瑞尔看着格温那张愚蠢、软弱的脸，惊讶地发现平时软弱的人竟然如此强硬，如此倔强。她又试了一次，虽然她现在确信这毫无用处。这个世界上没有人能影响格温！

"格温，"她开始说，"你说你爸爸说过他供不起你去瑞士读书，如果硬要送你去，他自己就得有所牺牲，才能供你去上学。"

格温说："他说过供不起，不过他错了，妈妈说他供得起。他这么说只是为了找个借口不让我去。他对整件事很抗拒。他说我已经够傻了，不能再傻了，一份好……好工作就能让我不再废……废话连篇！"格温因为自怜而结结巴巴，哭了起来。

达瑞尔绝望地看着她。"你能不能去找你爸爸，跟他说对不起。你把这一切都取消，照他的话去做，再找份工作，怎么样？"她直率地问。在达瑞尔看来，一切都很简单。

格温开始抽泣起来，说："你不明白。我不可能做那样的事，我也不会卑躬屈膝。那样，爸爸就会冲我大吼大叫。我很高兴我让他痛苦了，这会让他吃一个教训！"格温说完了。她的话恶毒得让达瑞尔跳了起来。

"你太可怕了，格温！你不爱你爸爸，也不爱任何人。你只爱你自己。你真是太可怕了！"

达瑞尔走出房间，径直向格雷灵女士的房间走去。她在格温身上的努力彻底失败了。如果格雷灵女士想影响格温，就让她亲力亲为吧。达瑞尔可是无能为力了！

她把一切都告诉了格雷灵女士。校长严肃地听着。"谢谢你，达瑞尔。"她说，"你尽力了，而且做得很好。总有一天格温会受到惩罚的，唉，那将是一个可怕的惩罚。"

"这是什么意思？"达瑞尔说，她被格雷灵女士不祥的语气吓了一跳。

"我只是想说，当一个人犯了严重的错误，却不道歉，并且引以为荣时，那人一定会受到可怕的教训。"格雷灵女士郑重地说，"在她生命的某个时刻，惩罚在等着她。我不知道是什么样的惩罚，但它无可避免地会到来。谢谢你，达瑞尔。你已经尽力了。"

第八章

巧 思 妙 计

达瑞尔不会让格温和她的固执破坏自己宝贵的最后一个学期，哪怕一天也不行！她在书房里沉思了几个小时，回想着与格温的交流，觉得自己本可以和她沟通得更好一点儿的，然后她便把这件事抛诸脑后。

她理智地想：我知道我已经无能为力了，所以担心又有什么用呢？接着，她把思绪转到了更有趣的事情上——网球比赛、游泳比赛。等到期中假，她的爸爸妈妈会来，她也想起了费莉西蒂前一天咯咯笑着告诉她的一个秘密。

"达瑞尔，你一定要听听这个！苏珊听琼恩说了一个可爱的把戏，非常简单，非常安全。"

达瑞尔咧嘴一笑。身为学校里的最高年级学生，又是预科的重要成员之一，当然是件好事，但这意味着学校不允许预科生搞恶作剧和小把戏。禁止戏弄任何老师。要戏弄端庄、学究气的奥克斯小姐，光想想就觉得简直是不可能的。

但是年轻的孩子们没有理由不找点儿乐子，就像达瑞尔当年一样。于是，在花园的一个僻静角落里，达瑞尔笑着听费莉西蒂把她的小道消息一股脑儿道出来。

"琼恩很快会弄到块磁铁。"她说，"那是个非常特别的东西，用特殊的法子处理过，让它的功能变得非常强大。它也很小，琼恩说小到可以藏在手掌心。"

"嗯，你们打算用它做什么?"达瑞尔问。像磁铁这种普普通通的东西似乎没有太大发挥的可能。

费莉西蒂又咯咯地笑了起来。"好吧，你只要听着就行，达瑞尔。"她说，"你知道那两位法语老师平时怎么梳头发的吧?她们把头发梳成小圆髻。"

达瑞尔点了点头，还是迷惑不解。她怎么也看不出发髻和磁铁能有什么关系。

"鲁吉耶老师的发髻在脑后，杜邦老师的发髻差不多在头顶。"费莉西蒂说，"而且她们俩都在发髻上插了满满的发夹子固定。"

达瑞尔盯着她的妹妹，此刻，灵光乍现。她惊奇地说:"你不会是说——天哪，费莉西蒂，你不会要把磁铁靠近两位老师的脑袋，把发夹吸出来吧!"

费莉西蒂点了点头，目光闪烁。"是的，就是这个主意。"

她说，"达瑞尔，是不是很棒？这棒透了！"

达瑞尔笑了起来。"这太好了！"她说，"我们怎么没想出这么简单的把戏呢。费莉西蒂，你打算什么时候做？我希望我能亲眼看到！我巴不得自己上手！"

"你可不能做，你是学生主席啊。"费莉西蒂说，看起来很吃惊，"不过你可以找个借口来看我们耍这个把戏，我们觉得，只要不被怀疑，我们就同时跟杜邦老师和鲁吉耶老师耍这个把戏，直到她们受不了为止。"

"我想她们俩很快就会起疑心的，"达瑞尔说，"尤其是鲁吉耶老师，费莉西蒂，在她面前你最好小心点儿，她可没有杜邦老师的幽默感。"

"我们会小心的。"费莉西蒂说，"如果我们告诉你什么时候耍这个小把戏，你能找个借口到我们教室来吗？"

"我试试。"达瑞尔说，可她觉得自己肯定做不到。如果每次杜邦老师的发夹被吸出来的时候她都出现在八年级教室，老师可能会大吃一惊的！

达瑞尔告诉了预科的其他人，除了格温和莫琳，因为没有人信任她们，连小小的秘密大家都不会让她知道。阿曼达也在场，出乎大家意料的是，她突然大笑起来。笑声就像她的嗓音一样响亮，响得让每个人都跳了起来。她们以前从没听过傲慢的阿曼达笑过——她总是看不起这里所有的事物！

"妙极了！"阿曼达说，"在特伦尼根塔学园我们也干过类似的事情。"

"是吗?"达瑞尔吃惊地说,她内心对特伦尼根塔学园的评价相当低,可现在这评价稍稍提升了一点儿,"你们耍了什么把戏?"

阿曼达第一次敞开了心扉,一场有关把戏的热烈谈话开始了——那些好的和坏的,安全的和危险的,容易暴露的和永远也不会暴露的把戏。这是一次非常有趣的闲聊。

阿曼达不得不承认,马洛里塔学园比特伦尼根塔学园更擅长耍把戏。

"好吧,说实在的,我们能耍出这么好的把戏,全归功于艾莉西娅。"莎莉说,"艾莉西娅有三个兄弟,其中一个叫萨姆,他经常把自己耍过的好把戏分享给她。艾莉西娅,你还记得那个打喷嚏的把戏吗?"

"哦,我记得。"艾莉西娅说,"阿曼达,那是一种小粒球球,我们把它粘在杜邦老师身边的某个地方——墙上或是别的什么地方。你在上面滴几滴盐水,它就会散发一种看不见的蒸汽,直让人打喷嚏。你真该听听杜邦老师打喷嚏的声音!"

"啊——啾!"莎莉出声,把大家都吓得跳了起来。

莎莉咧嘴一笑。"就像这样。"她说,"可怜的老好人杜邦老师就这样不停地打喷嚏,打啊打啊,直到把她自己吓得魂不守舍为止。"

"天哪,我们快笑晕过去了。我真羡慕低年级的孩子啊。"

艾莉西娅说着装出一副滑稽的样子，"她们不需要端着架子，不像我们要肩负责任，也没必要给全校树立榜样，还可以玩那个神奇的磁铁戏法！"

"你的小表妹琼恩确实继承了家族传统。"玛丽露说，"她们打算什么时候耍这个荒唐的把戏？"

时间定在星期四上午，法语课结束的时候，这是课间休息前的最后一节课。下课后，如果需要的话，女孩们就可以到庭院里开怀大笑了！

"谁来上课？杜邦老师还是鲁吉耶老师？"达瑞尔问道，希望是那个胖胖的、快活的杜邦老师。

但事实并非如此。上课的是那位瘦削的、脾气相当坏的鲁吉耶老师。当她发现发夹不见了，头发披散下来，她会怎么想呢？

八年级的学生们精心策划了这一切。她们决定不让琼恩去耍这个把戏。所有的老师都对她抱有戒心，得另找他人来做这件事。

"我来行吗？"费莉西蒂说，"或是苏珊如何？苏珊在课堂上一直表现很好，没有人会怀疑她能做这种事。"

"我也并不总是表现那么好。"苏珊说，"反正我不想耍这个把戏，我太容易傻笑了。"

"谁也不许笑。"琼恩警告说，"我们一旦笑了，就会被怀疑，就不能再玩这个把戏了。"

"但是我们怎么能不笑呢?"诺拉问,她也像艾琳那样突然哼了一声,"我的意思是笑就像打喷嚏或咳嗽,说来就来,无法阻止。"

"不,你可以不笑!"琼恩坚定地说,她能很好地控制自己,在最滑稽的事情发生时也能板着脸,"如果你觉得你要泄露秘密了,最好在我们要把戏之前离开房间。明白了吗?"

"我不能离开,我可不想错过这种好戏。"诺拉说,"我不会笑的,我要拿三四条手绢塞进嘴里。"

星期四到来了。法语课开始了。鲁吉耶老师走向教室,她沉重的脚步声响彻走廊。

琼恩扶着门。诺拉轻轻地哼了一声,口袋里塞满了手绢。

"闭嘴!"几个人低声说道。诺拉环顾四周,准备再哼唧一声,但撞上了锐利的目光,她平静了下来。

鲁吉耶老师走了进来。"请坐①。"她用她尖利、清脆的声音说道。全班同学听从指令坐了下来,椅子刮擦出很大的响动。她们看着鲁吉耶老师,眼睛瞪得很大,令人起疑。

但鲁吉耶老师已经习惯了面对几十双明亮的、含笑的眼睛。她厉声发出指示。"翻到第三十三页。我希望你们已经做好了预习。"她用法语慢慢地重复了一遍,"诺拉,请开始吧。"

诺拉的法语不好。突然之间,她完全没了发笑的念头,站

---

① 此处鲁吉耶老师说的是法语。

了起来，结结巴巴地念着法语翻译。其他人一个接一个念下去。鲁吉耶老师的脾气很坏。那天早上，她的愤怒之词比赞美之词来得多！全班人都很高兴她就要被捉弄一场了！

就在这节课快结束的时候，鲁吉耶老师像往常一样下了指令："请擦黑板。"

苏珊站了起来。她的手掌里藏着一块强力的小磁铁。她们已经用许多东西试验过它了，并且，大多数情况之下都取得了神奇的效果。

苏珊稳步地走到鲁吉耶老师身旁的黑板前。鲁吉耶老师打开她的书桌，在里面翻找一本书。这是个好机会，把磁铁用起来！

在屏气凝神的八年级学生的注视下，苏珊把磁铁向鲁吉耶老师的后脑勺靠去。她按照指示，把它举到离鲁吉耶老师脖子处的发髻大约两英寸的地方。

在她欣喜的目光注视之下，鲁吉耶老师用来夹住发髻的大发夹一个个都飞了出来，牢牢地、无声地贴在了磁铁上。苏珊朝全班笑了笑，立刻走到黑板前擦了起来。

鲁吉耶老师显然什么也没注意到。铃响了，她站了起来，说了声"解散"。

全班下课了，诺拉已经把一条手绢塞进了嘴里。她们去大厅拿饼干和牛奶，等着鲁吉耶老师也过来。

随着她的到来，这些八年级的学生高兴得尖叫起来："头发披下来了，发髻全散了！"

的确如此。鲁吉耶老师没有注意到，但彼德斯小姐立刻就看到了。她轻轻地拍了拍鲁吉耶老师的肩膀，冲她开口说："你的头发披散下来了，鲁吉耶老师。"

鲁吉耶老师抬起手来，非常惊讶地发现她的发髻完全解开了，头发垂在背上！她摸索着找发夹，想把头发再夹起来。

她头上一个发夹都没有！这并不奇怪，因为它们都在磁铁上。此刻，苏珊把磁铁稳妥地放在口袋里了！鲁吉耶老师满头满脑地疯狂摸索着。

诺拉沉闷地哼了一声，她把第二条手绢塞进嘴里。

鲁吉耶老师开始往下摸脖子，想看看发夹是不是掉脖子里了。

彼德斯小姐好奇地看着她，说："发夹丢了？"

"全丢了！"鲁吉耶老师说，心里充满了惶恐和惊讶。她不知道当天早上是不是根本就忘记梳头了。她是梳好头发去上课的吗？想到这里，她的脸涨得通红。女孩们会怎么想呢？

她看到了笑成一团的八年级学生，看到了诺拉把第三条手绢塞进嘴里。她急忙转过身来，几乎是跑着出了大厅。

"女孩们在发笑！"可怜的鲁吉耶老师自言自语，"我确实没有把头发梳好就去上课了。这是怎么回事啊！我怎么会忘了把头盘好呢？我头发上连一个发夹都没有！"

她回到自己的房间，非常仔细地梳好头发。她一点儿也没怀疑是有人捉弄了她。但是，如果她看到那些顽皮的八年级孩子在操场树下一块隐蔽的草地上笑着打滚，她一定会非常怀疑的！

"她往脖子里摸，找根本不存在的发夹！"琼恩轻声笑着说，"还有，彼德斯小姐看到鲁吉耶老师的头发披散在背上时的表情，让我差点儿就笑晕过去了。"

"我们再来一次吧！"费莉西蒂央求着，"来吧，来吧。这是我们想到的最有趣的把戏！"

第 九 章

意 外 决 定

　　达瑞尔在为考试而用功,莎莉也是。但她们也很努力地享乐,不知怎么,她们就是能抽出时间参加一周中突然出现的所有辩论、唱歌、讲座和会议。这是一种幸福而忙碌的生活,达瑞尔非常享受。

　　她在马洛里塔学园已经待了六年,学会了有效学习,所以考试似乎没有她想象的那么难。

　　奥克斯小姐对她很满意。"你已经可以自主学习了,达瑞尔,只需要一点儿指导。"她说,"你现在已经准备好上大学了。在那里,你会发现大家可以根据自己的意愿学习,这完全取决于个人!不过你会一直努力学习的,莎莉也是——你们现在已经养成了这个习惯。"

　　奥克斯小姐私下里认为,达瑞尔和莎莉在大学里的表现会比艾莉西娅和贝蒂好得多，尽管这两个人比达瑞尔和莎莉的脑子转得更快，记忆力也更好。

长大了，第一次从上课铃声、严格的时间表和没完没了的课程中解脱出来，这对艾莉西娅和贝蒂来说都是好事一桩，奥克斯小姐想。她们在大学里可能一点儿功课也不做！她们会整天出去跳舞、参加聚会。到最后，健康的小达瑞尔和结实的小莎莉会拿走艾莉西娅和贝蒂原本唾手可得却没有得到的荣誉。

此时，达瑞尔和莎莉正在拟定本赛季第一场网球比赛的参赛名单。莫伊拉也在，用相当霸道的方式提出了极好的建议。然而，为了她的帮助，莎莉忍受了这一切。谈及运动，莫伊拉是很内行的。

阿曼达走上前来，默默地越过她们俩的肩膀望了望。其他人都不理会她。莫伊拉特别明显地背过身去。

"三级队我们会让九年级的珍妮·史密斯上场。"莎莉说，"她的发球很好，很稳定。她和苔丝·洛曼一定会配合得完美。"

"苔丝不行。"阿曼达说，"除非她改掉她独特的发球方式，她们的配合不会好。她那种挥球拍的方式让她损失了一半的力度。"

"我敢打赌，你连苔丝是哪一位都不知道！"莎莉说。

"不，我知道。"阿曼达出乎意料地说，"我有时会看看那些小毛孩，总要慧眼识珠是不是？"

"那么，你比我们聪明。"莫伊拉说，"你可能会凭借慧眼挑出一些明珠，然后发现她们只是昙花一现——根本就难成大器。"

"我当然能慧眼识珠。"阿曼达自信满满地说，"我现在就可以告诉你谁应该进入一级队。这很容易，还有二级队、三级队和四级队。但我不会选择珍妮或苔丝进入三级队，她们俩会一败涂地的。"

其他人觉得很恼火。这样指手画脚算什么？阿曼达才来马洛里塔几个星期，怎么可能了解所有女孩的运动能力呢？

"也许你能告诉我们三年后谁会是学校运动队的队长。"莫伊拉讽刺地说，"我们洗耳恭听！"

"是的，我可以告诉你们。"阿曼达毫不犹豫地说，"如果她能得到一些适当的指导，并且坚持练习的话就能做到。八年级有这么个孩子，无论在哪个年级，她都可以成为运动队长，无论在哪个年级，她都是网球领域的佼佼者。"

其他三个人转过身来盯着阿曼达。听起来她非常非常笃定。

"那孩子是谁？"莫伊拉最后问道。她们三个都在脑子里搜寻着这个难以捉摸的八年级生，却一无所获。会是谁呢？

"你们瞧，我告诉了你们她很优秀，她在哪个年级，你们却说不出这个人是谁。"阿曼达说着，走开了，"哎呀，要是在特伦尼根塔学园，她在上学的第二天就会被人慧眼发现的！你们学校可能拥有一个世界冠军，你们却永远不会知道！"

"阿曼达！别走！"莫伊拉命令道，"既然你畅所欲言，我们也不妨再多听几句。这位了不起的八年级生是谁？"

"你去看看她们打球自会知道了。"阿曼达用不耐烦的语调说。

就在阿曼达打开门要走出去之际，莫伊拉飞快地冲到门口把门又关上了。"不，阿曼达，你出去之前就告诉我们。"她不依不饶地说，"不然我们会认为你在胡说八道，根本没有什么前途无量的孩子！"

"我才不要白费口舌呢。"阿曼达轻蔑地说，"莫伊拉，别那样瞪着我，你爱怎么使唤别人就怎么使唤，你跟她们说话就好像她们轻如鸿毛一样。她们已经习惯了，我可不行，我也不愿意。要不要谈这件事，得我说了算！"

莎莉为莫伊拉辩护，尽管她私下里很高兴找到一个能对抗固执己见的莫伊拉的人，一个与她势均力敌的人。

"你是新来的，阿曼达。"莎莉说，"可你好像忘了一点，你不能这样跟我们说话，你必须意识到，即使我不比你更内行，可莫伊拉也比你更了解我们学校的学生！"

"她不会比我更了解。"阿曼达轻蔑地说，"好吧。我把那孩子的名字告诉你，你就会明白我是对的。她就是琼恩。"

"琼恩?!"另外三个人惊讶地说。琼恩是艾莉西娅叛逆的、好斗的、冒失鬼表妹！谁会想到是她呢！

"别人指导她的时候，她听都懒得听。"莎莉说。

"她只有在想打球的时候才打。"达瑞尔说，"她还常常装疯卖傻！她不行。"

"琼恩总是这样。"莫伊拉说，"自从她来到这里就是这样——如果她努力的话，她可以在长曲棍球场上跑得更快，铲球也比任何人都好——但我们从来不让她加入任何一个赛队。如果她不总是那么游手好闲的话，她可以游得像条鱼一样快。我们知道只要她愿意，她就能游得很快，但琼恩永远靠不住。"

"听着，我告诉你们，"阿曼达语气坚定地说，"我不知道琼恩是否擅长长曲棍球，可如果她在网球和游泳方面得到适当而健全的训练，我敢说，这个孩子会是你们能拥有的最好的网球选手和游泳运动员。我知道她总在胡闹，我也知道她是个胆大妄为的人，对任何人都毫不在乎——不过我敢说，一旦她发现自己能在某件事上出类拔萃，那么，你们就等着瞧吧！她会一飞冲天的！"

这一切都令人非常惊讶。不知何故，经阿曼达洪亮、坚定的声音说出来，却非常令人信服。达瑞尔看着莎莉，阿曼达是对的吗？难道她们对这个厚脸皮、满不在乎的琼恩的厌恶使她们一叶障目，看不到她有成为一流运动员的希望吗？

"好吧。"莎莉怀疑地说，她想起了琼恩打网球，也想起了上个星期看着她在球场上胡闹的样子。"嗯，我拿不准。她非常敏捷、灵活，而且非常强壮。但她的性格却不利于她的发展，她懒得努力。"

阿曼达说："她只是希望有人对她感兴趣，鼓励她。我敢打赌你们对她是'欲加之罪何患无辞'。如果把她交给我来指导，我很快就会使她有所作为的！"

"那你为什么不指导她呢？"莫伊拉相当不愉快地说。她突然意识到阿曼达是对的。她严肃地想：琼恩是一个天生的运动员，她眼力强，风格独特。不过，她老是跟我作对，以至于我看不到她的优点。

莫伊拉把问题抛给阿曼达，站在那里等着她的回答，接着问："那你为什么不指导她呢？"

"哦，阿曼达懒得指导任何人，是吧，阿曼达？"莎莉狡黠地说。她确信只要对阿曼达使出激将法，她就会让这个好斗的大个子女孩自愿去做这事。聪明的莎莉！

阿曼达立刻中了圈套，她简洁地说："如果这个人值得，我愿意费心去指导她。无论如何，你们似乎同意我的看法，我很高兴。我要接管琼恩，更重要的是，在学期结束之前，我要让她加入网球二级队和游泳二级队！"

阿曼达走了出去，像往常一样砰地大力关上门。房间里剩下的三个人面面相觑。达瑞尔揉了揉鼻子，她每次感到惊讶时都会如此。

"好吧！当然，她是对的。如果琼恩愿意的话，她可以成为，也会成为一名运动奇才。她就像艾莉西娅一样，聪明，但不稳定。只要她在做着自己想做的，并且下决心要做好的事，她就能创造奇迹——否则她什么也做不了。"

"我可不想管琼恩那个小坏蛋。"莫伊拉说,"她粗鲁无礼,忘恩负义,整天游手好闲。我祝阿曼达快乐吧!"

"她当然可以助一臂之力。"莎莉说着,拿起她的运动名单,"可如果她能在运动上帮助琼恩,那还真是了不起!无论如何,费莉西蒂是靠得住的,真是谢天谢地,达瑞尔,她一定会追随你的脚步的!"

达瑞尔高兴得满脸通红。是的,费莉西蒂很可靠,她也会做得很好——然而,如果琼恩肯费心训练的话,她会比费莉西蒂还要好一倍!

"嗯,我们拭目以待吧。"莫伊拉说,"看看会发生什么有趣的事。这太有趣了!自信十足的阿曼达和十足自信的琼恩,我的天,这两个我都喜欢不起来!"

第十章

达 成 协 定

阿曼达言出即行。她一走出房门，就向外张望，寻找一个八年级生，她看见了苏珊。

"嘿，你叫什么名字来着？苏珊！"她叫道，"去把琼恩找来，告诉她我找她，叫她到我的书房来。"

苏珊飞快地走开了，心里疑惑琼恩做了什么。一般来说，八年级生只有在需要受教训的时候，才会被请到高年级去。她找到了琼恩，传达了这个消息。

琼恩很惊讶。据她所知，阿曼达甚至懒得知道她的名字，尽管她曾几次看到这个大个子预科生在观看低年级的网球训练和游泳。

她不解地看着苏珊。"我敢肯定她要找的不是我，肯定是别人。"她说，"不管怎样，我没有做错任何事，如果有人要责备我，那也不会是阿曼达。要么是莎莉，要么是达瑞尔。我不去，我不喜欢阿曼达。"

"但是你必须去。"苏珊说，琼恩竟然敢违抗预科生的命令，令她感到震惊，"就算弄错了，你也应该去弄清楚。"

"我忙着呢，别烦我。"琼恩不耐烦地说，"不去会惹上麻烦的是我，又不是你。可我不会有麻烦的，别担心！阿曼达指的是别人，不是我。"

苏珊走开了。好吧，如果琼恩想违抗阿曼达，就随她去吧。苏珊把口信送到了。琼恩就是那么愚蠢而固执。她讨厌那些高年级的女孩对她颐指气使。

阿曼达回到书房等着，她除了注意到琼恩在运动方面的天赋之外，对这个孩子并不那么感兴趣。阿曼达只是想训练她，以证明自己的观点。她坐着等着这个八年级生的到来。

她知道苏珊可能要花点儿时间才能找到琼恩，于是耐心地等了五分钟。然后，她极其不耐烦地又等了五分钟。接着，她懊恼地站起身来，走到门口，想看看琼恩是不是碰巧在那儿敲门，她却没有听见任何动静。

外面的通道空无一人。阿曼达走到窗前看了看。在花园里，她看见琼恩和另外两三人在散步，兴致勃勃地交谈着。她朝窗外喊道："琼恩，上来！苏珊没有把我的口信告诉你吗？"

琼恩假装没听见。阿曼达又喊了起来。其他人推了推琼恩，指着正在大喊大叫的阿曼达。琼恩定了定神，走到窗下。

"马上到我书房来，"阿曼达命令道，"我已经等了十多分钟了！"

其他的八年级学生看到琼恩那副生气的样子，嘲笑起来。"现在轮到你了！"凯瑟琳叫道，"你最近干了什么，琼恩？你要挨一顿臭骂了！"

琼恩想不起来她做了什么，她讨厌当着所有人的面被强迫进屋。她闷闷不乐地走了进去，站在阿曼达的门外，重重地拍门。

阿曼达原以为会听到柔和的、满含歉意的敲门声，她跳了起来。"进来吧。"她说。琼恩走了进去，关门声太响了。她要让阿曼达知道，不管预科生们如何自认为不可一世，她都不会畏惧她们！

她们之间的任何合作都没一个好的开端。阿曼达生气了，琼恩也气乎乎。

"我想苏珊没有把我的口信传给你吧？"阿曼达说。

"不，她说了。"琼恩说。

"那你究竟为什么不来呢？"阿曼达问。

"我以为你弄错了，"琼恩说，"我都不知道你居然还知道我的名字。"

"这借口太站不住脚了！"阿曼达说。的确这借口听起来相当无力，甚至在琼恩自己听来也是如此。

琼恩皱起了眉头，她等着听阿曼达说出自己做错了什么。

她还以为会在桌上看到一本《惩罚手册》呢，可什么也没有。预科生们人手一册《惩罚手册》，她们会在上面记下对犯有某种错误的低年级学生的惩罚。通常的惩罚是学习或背诵诗词。

琼恩想：希望她能告诉我，我都干了些什么。她咄咄逼人地打量着阿曼达。事实上，阿曼达觉得琼恩太让人恼火了，她正在考虑是否要改变主意，还要不要主动提出给她当教练。阿曼达决定继续干下去。如果她不这样做，她无法忍受莫伊拉嘲笑她。

"听着，琼恩，"她突然开口，"我一直在观察你。"

琼恩吓了一跳。"观察我！"她说，立刻采取了守势，"为什么？我并没有意识到原来自己居然值得关注。我最近可没干什么坏事。"

"别用那种愚蠢的口气说话。"阿曼达说，"我一直在看你打网球和游泳。你可以做得很好。事实上，你可以做得比八年级或是九年级的任何人都好。如果你能在运动上下功夫，而不是装疯卖傻地胡闹，你很快就能打败十年级的任何一个人。

琼恩目瞪口呆。事情如此不同寻常，如此出乎意料，她不知道该说什么。

阿曼达接着说："所以我提议由我亲自来指导你，琼恩。我已经把我对你的看法告诉了莎莉、达瑞尔和莫伊拉，我还说我可以把你培养得足够好，在学期末之前把你送入网球二级队和游泳二级队。我想证明我是对的。"

琼恩仍然惊讶地盯着阿曼达。她无法理解阿曼达为什么挑中了她。琼恩对自己不抱幻想，她知道只要努力，她就能出类拔萃，但是努力太辛苦了！不过，听到这一切，还是让人感到非常荣幸！

"怎么样？"阿曼达不耐烦地说，"你为什么一言不发？我建议，训练马上开始。如果可能的话，今天下午就开始。"

琼恩犹豫了。她在两种选择之间左右为难。她不喜欢阿曼达，想把她的提议扔回她的脸上，因为这个提议有些生硬，还带着居高临下的意味。另一方面，在其他八年级的学生面前称王称霸，告诉她们是那个从著名的体育学校特伦尼根塔学园来的阿曼达把自己从低年级的学生中挑了出来，并认为花大量时间在她身上是值得的，这是多么有趣啊！

"好吧。"琼恩终于说，"莎莉说过我可以接受你的特别指导吗？"

阿曼达哼了一声说："别傻了，我觉得你至少应该表现出一点儿感激之情。我要把很多时间贡献给你。"

"你这么做只是为了证明你自己是对的，是不是？"琼恩说起话来犀利得要命，"不是因为你真的对我感兴趣吧？我不介意。利人利己嘛！"

阿曼达努力控制住了自己的舌头。不要一开始就把这个厚脸皮的年轻人置于敌对的情绪中，否则她们之间就不会有合作，也不会有好的结果。可她是多么不喜欢琼恩啊！

"很好，这件事我们就成交了。"阿曼达干脆地说，"我想证明我是对的，而你想加入二级队。至少我认为你知道，这对八年级生来说是件了不起的事。"

"行吧。"琼恩用她令人发狂的口气漫不经意地说。

"但有一件事你必须明白，否则整件事就作罢。"阿曼达认真地说，"当我打算训练你游泳和打网球的时候，你一定要来。明白了吗？"

"这很公平。"琼恩说。就这样，她们之间达成了交易。

这是一种冷冰冰的交易，双方对彼此并不真正感兴趣。

琼恩得意洋洋地走了，其他八年级的学生听到她的消息会多么吃惊啊！她一出现在八年级的公共休息室，其他人就冲她喊了起来：

"怎么回事，琼恩？她找你干什么？"

"这次你要学多少句诗歌啊？"

"你让她丢面子了吗？你说什么了？"

琼恩宣布："阿曼达叫我去是因为她说她想指导我练网球和游泳。"

这使她们惊得沉默不语。费莉西蒂气喘吁吁地说："阿曼达——教导你。琼恩！为什么？"

"她似乎认为，如果我愿意的话，到学期末我可以进入网球二级队和游泳二级队。"琼恩轻松地说。

"你不可能做到，你总是游手好闲的。"苏珊立刻说道。

"没错。我觉得阿曼达似乎也是这么想的。"琼恩回答，"不过，苏珊，我毫不怀疑你的意见才是更正确的呢。"

"听着，别这么气人。"费莉西蒂说，"告诉我们到底发生了什么事。"

"我告诉过你们了，"琼恩说，"阿曼达想每天指导我，我已经同意了。就是这样。"

又是一阵沉默，八年级的学生觉得这一切都难以置信，但她们知道琼恩说的是实话。她总是实话实说。

"好吧，我只能说，我祝你在这个可怕的、大嗓门的家伙的指导下快快乐乐。"苏珊说道，"她会对你颐指气使的。"

"她得注意自己的言行。"琼恩平静地说，"我可不喜欢被人使唤。如果她想证明她是对的，想让我有足够的实力进入二级队，她就必须采取正确的方法。"

"你们是天生一对，绝对的天生一对！"哈丽特说，"我要去看你们训练。"

"我不希望你们去看。"琼恩急忙说。

"哦，可我们必须去。"费莉西蒂说，冲其他人眨了眨眼睛。

"毕竟，你的教练那么出色，很快就能把你推到二级队，说不定我们也能从中得到一些提点。"

"我们得到的只是富人餐桌上的残羹剩饭！"苏珊咯咯地笑着，"啊——这真是个好消息！"

第十一章

特 别 训 练

特别训练的消息很快传遍了学校。体育教师听到这话时，显得有些怀疑。把太多的注意力放在任何一个低年级的孩子身上都不是什么好事。另一方面，如果琼恩有足够的兴趣，她是可以在运动中有出色表现的。也许阿曼达的提议真的会促使她努力练习网球和游泳。如果她能在某件事上努力一点儿，对她的性格也是有帮助的！

"她真是个让人抓狂的孩子，"八年级的教师帕克小姐对杜邦老师说，"在所有事情上，她几乎都有能力，只是她没有足够的兴趣，她不肯费一点儿功夫做出成绩，除了在逗乐他人这件事上。"

"是的，她太擅长这个了。"杜邦老师表示同意，琼恩的这种能力让她深受其害。

"她最会装腔作势了。"琼恩在七年级时的老师波茨小姐说，

"她大概是我这一生中唯一一个真的很想摆脱的孩子!"她们笑了起来。

"好吧,如果阿曼达能让她埋头苦干,那就有意思了。"帕克小姐说,"我们拭目以待!"

阿曼达为琼恩制订了一个非常紧凑的时间表。琼恩看到它时倒吸了一口气。每天都得留出一段时间来训练网球和游泳。琼恩不知道该不该抗议。算了,如果阿曼达那么认真的话,琼恩也会履行她的义务。

训练开始了。一群兴致勃勃的七年级和八年级学生跑过来观看。看到这么多人,阿曼达很吃惊。琼恩一点儿也不喜欢这场面,她不想被人嘲笑,也不想一直被人喝倒彩。

"这都是怎么回事?"阿曼达一边说,一边冲坐在庭院草地上的围观者们挥手。

"她们是来看我们的。"琼恩说,"她们当然会来的。"

阿曼达立即向人群发表宣言:"如果你们是来学习窍门的,那没关系;如果不是,就走开。任何打断我的指导,或者以任何方式妨碍我的人,都请三思。我像往常一样带着《惩罚手册》。"

此话一出,引起了一阵寂静。然后,当阿曼达转过身去时,一阵低沉而谨慎的低语响了起来。阿曼达显然不受欢迎,她的人缘甚至不如霸道的莫伊拉好。

几个女孩站起来走了。她们来只是为了看琼恩的笑话,可如果这意味着她们的名字要被记入《惩罚手册》，那么留在这里似乎就没有多大意义了。

琼恩热切地希望大家走开。她发现自己很紧张，这让她又惊讶又心烦。

阿曼达开始用拍子拍球，密切关注琼恩的接球和落位。她注意到琼恩善于手脑并用，她注视着琼恩挥动球拍的姿势，眼睛一直盯着球，她关注每一个细节。

关于网球，阿曼达真是无所不知！她参加过女生锦标赛，她不仅是天生的运动员，也是天生的教练。

"我说，你还要炫耀多久啊？"琼恩终于抱怨起来，"我是说你这个拍球动作。"

旁观者中传出一阵笑声，她们坐直了身子，希望琼恩开始搞笑一番。

阿曼达没有回答，她又发了一个球给琼恩。琼恩假装没接到，差点摔倒，然后她奇迹般地站稳，扭身击球，又直起身来。这是她最擅长的小丑把戏。

观众们爆发出一阵笑声。"加油，琼恩！"哈丽特叫道。

阿曼达用手接住了球，转身冲着低年级学生："再喊一声，你们就都给我走！"

她宣布："现在我可以直截了当地告诉你们，说到装疯卖傻，我的确什么也教不了琼恩——她熟悉所有的把戏；可说到真正的打网球，恐怕她知之甚少。你们看到她反手球打得有多糟了吗？她是这样走位的，而不是这样！你们注意到她在右手击球时脚的状态吗？全是错的！"

琼恩站着不动，怒不可遏。为什么要把她的缺点公之于众呢？当然，她知道为什么。这是阿曼达对于她一番搞笑的报复。每次她扮小丑，引来一阵笑声，阿曼达就会停下来指出琼恩的其他缺点！

当球再一次打到观众席上时，琼恩低声跟她们说话："我希望你们都走开。你们这么多人盯着我，我很难集中注意力。"

可她们并没有走开，尤其是看到阿曼达停止了拍球动作，开始用她响亮而威严的声音向琼恩解释她无数的错误，看到满不在乎的琼恩像幼儿园的娃娃一样站在那里，听着阿曼达指出她所有的网球失误，真是太棒了。低年级的孩子们真的乐在其中。

可琼恩一点儿也不喜欢。她如果是一个性格软弱的人，就会下定决心放弃这一切，拒绝再接受指导。可琼恩并不软弱。此外，她不由自主地意识到，阿曼达确实是言之有物。阿曼达也知道如何保持耐心，如何简单明了地解释一件事。

琼恩发现自己带着不情愿的钦佩看着阿曼达，她用球拍的各种摆动和脚的位置来说明她的意思。她心想：我在这次辅导中学到的东西比我整个学期学到的还要多。但她没有告诉阿曼达，她可不打算给这个大呼小叫的阿曼达好脸色！

阿曼达也没有给琼恩任何好脸色，她只是说："今天到此为止吧。如你所见，你有很多问题要思考。下次希望你有所改正吧。明天早上请准时到游泳池去。我只有十分钟的时间给你，一秒钟也不想浪费。"

琼恩一秒钟也没迟到，阿曼达也准时到了。她让琼恩度过了非常难熬的十分钟，她发现琼恩在游泳上的缺点和网球上的一样多。达瑞尔、莫伊拉和玛丽露碰巧也在那里，她们默默地看着。

"如果琼恩能坚持下去，这将对她大有益处。"达瑞尔说，"我发誓，阿曼达真是个出色的领路人，她一刻也不会松懈。"

"琼恩是能够挺过去的。问题是——她会吗？"玛丽露说，"我有一种感觉，她很快就会厌倦这一切——不是厌倦训练，而是厌倦训练的方式。不知怎么，我觉得这方法很残忍。"

三四个八年级的学生下来游泳，其中有约瑟芬，她胖胖的，脸色却很苍白，她像往常一样发表自己的意见。当然，她的意见从来都毫无价值。但是，像她爸爸一样，她喜欢听见自己的声音，只要有的吹，她就会吹嘘一番。

她有许多可以吹嘘的东西。"我爸爸有一整个车队！我妈妈有一条钻石项链，可她从来不戴，因为它太贵重了。我们家的狗值五百英镑呢。我姑姑会给我寄五英镑作为生日礼物。我哥哥有个……"

这些都是乔一直在谈论着的她的家庭新闻。毫无疑问，这都是真的。

"帕克小姐是个爱管闲事的老阿姨！今天早上我本来打算不游泳了，可她一定要来管东管西，把我赶出来游泳。我把我对她的看法告诉了她。我说……"

"闭嘴。你闭上嘴，下水吧。"阿曼达说，她正在对泳池里的琼恩大声发布指令，"我在指导别人训练。"

乔咯咯一笑。起初，她没有认出穿着泳衣的阿曼达。后来，她说："哦，是阿曼达。哦，我们来围观吧，这和打网球一样好玩。"

她碰巧挡住了阿曼达的路，阿曼达不耐烦地推了她一把。乔痛苦地尖叫着掉进了水里。其他人大笑起来。

但是乔掉进了深水区，她不会游泳。她冒个头，喘着粗气，吓坏了，试着用脚去踩泳池底，可没踩着，她又沉了下去。

"快看，乔在深水区！"达瑞尔喊道，"她不会游泳啊！"

琼恩游向挣扎中的乔，开始救她。可是乔现在完全失控了，她吓坏了，一把抓住琼恩，把她也拖了下去。她又胖又重，让琼恩毫无招架之力。

阿曼达利落地跳入水中，溅起了一片水花。不一会儿，她就游到了乔的身边，迅速抓住了她。"放手，琼恩！"她命令道，"我来对付她！"

乔茫然地盯着阿曼达，阿曼达觉得自己只能做一件事，她必须立刻使乔恢复理智——只有给她一记重击才行，否则，要把这个吓坏了的女孩带到泳池边要花很长时间。

她扬起手，一巴掌狠狠地拍在了乔的右脸颊上。那一巴掌响彻泳池。乔喘着气，立刻恢复了理智，真是气得发疯。

"这就对了，现在你清醒一下，听我说!"阿曼达厉声命令道，"别抓这么紧，我抓住你了。躺着别动，我马上把你推到池边去。"

几秒钟后，阿曼达就把乔推到了池边，莫伊拉、达瑞尔和玛丽露把她拉了上来。

乔瘫倒在地，号啕大哭。"我差点儿就淹死啦! 你打我! 我要写信给我爸爸，告诉他是你把我推下水的，你这个大坏蛋!"她哭着说，"我感觉糟透了，我差点儿淹死。你打我的地方太疼了。"

"别傻了。"莫伊拉说，"你并没有淹死，你只是在水里失控了。你上了那么多节游泳课，却连下水试一下游泳都做不到!"

"阿曼达救了你。"玛丽露看到乔真的吓坏了，温柔地说道，"她不知道你不会游泳，否则她不会把你推下去的。"

"她是个恶霸，"乔哭着说，"我要告诉我爸爸。"

"告诉去吧，告诉他你唯一的毛病就是懦弱。"阿曼达说，"如果你愿意，我也会给你特别的指导——几节课后我要让你像鱼一样游起来!"

这是乔最不愿意做的事。她穿好衣服，一边哭一边满口说着威胁之语，往学校走去。

其他人都笑了。

"可怜的乔，她不适合马洛里塔学园。"玛丽露说，"她真是个小傻瓜!"

第十二章

泳 池 风 波

除了一个名叫迪尔德丽的小个子七年级生，乔几乎没有得到任何人的同情。迪尔德丽遇到了她，这时乔正从泳池里出来，还在哭泣。

"啊！怎么了，乔？"迪尔德丽担心地问，"你受伤了吗？"

"我差点儿就淹死了。"乔说，热泪滚滚流下脸颊，"那个野蛮的阿曼达把我推到了深水区，她明明知道我不会游泳，还扇了我一巴掌——等着瞧吧，我要告诉我爸爸。"

"哦，要是我，我也会的。"迪尔德丽说。一个八年级的人这样跟七年级的人说话让她受宠若惊。迪尔德丽也不会游泳，她很能理解乔被推到深水区时的恐惧。

她说："阿曼达多坏啊，没人喜欢她，我一点儿也不惊讶。"

乔在一块岩石边上坐下，用手擦了擦眼睛。"我觉得不舒服。"她说，"我难受极了，我的肚子里肯定装满了海水。今天我什么也吃不下了。"

这对乔来说是可怕的，对迪尔德丽来说几乎也同样可怕，因为她的胃口很好。她大着胆子摸了摸乔的胳膊。"你在发抖，你最好进屋去。"她说，"要我替你把舍监老师叫来吗？"

"哦，天哪，不。"乔马上说。她对舍监老师没有好感，正如舍监老师对她也没好感一样。在绝大多数情况下，舍监老师都能看穿乔的伪装和逃避。其中之一就是，一到每天下午大家按规定远足时，乔就头痛得厉害！

"真奇怪。"舍监老师说，"远足和头痛，对你来说这两件事总是息息相关。好吧，你可以在远足中缓解头痛，对你有好处的！"

因此，在她"差点儿淹死"的那天早上，乔当然不想引起舍监老师的注意，她需要的只是同情，并且多多益善。

但是她得到的唯一的同情来自那个七年级的小女孩迪尔德丽。其他人都嘲笑她。

"差点儿淹死！"苏珊嘲笑道，"乔，你才入水，只喝了一小口水而已。"

"如果你真的想知道'差点儿淹死'是种什么滋味，我可以把你拖下水，在水里多待会儿。"琼恩在听了乔一遍又一遍的哀叫后说道。

"乔至少有十二次'差点儿淹死'。"道恩说，"我不明白她为什么不试着学学游泳，那她就不会一直'差点儿淹死'了!"

"我搞不懂你们为什么对我这么刻薄。"乔可怜巴巴地说，"我不是把我的糖果、蛋糕还有别的东西分给你们了吗？我不是告诉过你们，我刚从姑姑那儿得了二十五英镑，我会用来办生日会吗？你们知道的，用这笔钱我们会玩得很开心的。我不是总是……"

"安静点儿吧。"费莉西蒂生气地说，"我们都有东西给大家分享，你又不是唯一一个!"

"是的，但我的东西多得多啊!"乔说，"看看我上周的那个大蛋糕——我们这桌人吃了两天。再看看……"

"别老在我们面前炫富!"琼恩恼怒地说，"以后你的蛋糕和糖果就自个儿留着吧，我根本不想吃。你自己留着吧，一个人全吃了吧!"

乔满眼是泪。"你太刻薄了。"她说，"你们都太可怕了，总有一天我会逃跑的!"

"逃吧。"琼恩说，"要是某天早上一觉醒来，我们发现你的床铺是空的，那可真是美妙得难以形容啊，终于解脱了!"

乔悲哀地哼了一声，又去找迪尔德丽。她知道迪尔德丽会同情她的。

迪尔德丽的确深表同情，尤其是乔拿着一大盒她前一天刚收到的巧克力出现时。到目前为止，她还没有和任何人分享过这盒巧克力。

"我的巧克力一块也不会分给八年级的人了。"乔宣布,"迪尔德丽,你吃吧,这半盒都给你。下一次我有蛋糕的时候,我分你四分之一!"

迪尔德丽没有妈妈给她寄蛋糕或糖果。她只有爸爸,他在海上工作。她还有一个老姑妈,她并不明白寄宿学校里小女孩喜欢收包裹。所以,迪尔德丽得了巧克力非常兴奋。这些巧克力棒极了,乔的东西一向很棒。

"我们家的东西都是最好的。"乔说。她发现她可以向迪尔德丽尽情吹嘘,迪尔德丽全听进去了。

"我希望你能看看我在家的卧室——它都是红色和金色。我还有一间自己专用的小浴室,用红色漆和金色漆粉刷的。"

这倒是真的。乔的爸爸很有钱,乔曾夸口说没什么是她爸爸买不起的。琼恩就曾经调侃地问她,她爸爸的钱够不够给他自己买点儿 H 字母。

乔永远不会原谅琼恩说的这番话!她第一次意识到,她爸爸说话时总是不发字母"H"的音,而他的大嗓门只会使这个毛病听来更糟糕,而且他说话时语法上也有奇奇怪怪的错误。

有一天早上,阿曼达竟然来找乔,问她是否愿意让自己教她游泳。阿曼达很内疚之前把乔推下水,又后悔没有事先弄清楚乔是否会游泳。

乔粗鲁地转过身去不理阿曼达。"不用了,谢谢。"她冷漠地说,"我没有写信告诉我爸爸,这对你是件好事。不管怎么说，你给琼恩的一切我都不会接受。不用，谢了！"

莎莉是和阿曼达一起来的，莎莉扳着乔的肩膀把她转过来。"现在，为你的粗鲁向阿曼达道歉吧。"她说，"快点儿道歉，快！"

"不干。"乔看到她的仰慕者迪尔德丽正在旁边。

"那好。"莎莉一边说，一边掏出她的《惩罚手册》，"你可以在法语诗歌书上学习任何一首诗，只要不少于二十行就行。下星期三之前背给我听。"

"对不起。"乔不情愿地说。法语是她不擅长的科目之一。

"太晚了，惩罚依然有效。"莎莉说，"别愁眉苦脸了。"

"不，保持住！"贝琳达的声音从后面传来，她掏出速写本，"这种胖胖的愁眉苦脸可不常见啊，啊哈——看看你自己吧，小家伙！"

乔愤怒地盯着自己的漫画——活脱脱的就是她大发脾气的模样。她转过身，没精打采地走了。迪尔德丽像条忠实的小狗一样跟在她后面。

"那孩子需要有人管教管教。"莎莉说，"我听费莉西蒂说，她几乎每天都会收到家里寄来的包裹，而且都是非常奢侈的包裹。还有，她得了不少钱！如果被我发现她胡乱花钱，我就没收她的零花钱，或者把她送到舍监老师那里去。涉及金钱问题，低年级的学生必须遵守规则，否则这对其他学生不公平，因为她们每学期只有几英镑可花。那孩子可真讨厌。"

阿曼达指导琼恩引发的兴趣很快就淡了。琼恩坚持了下来，尽管有时她有些勉强。阿曼达从不表扬别人——这是她被诟病之处。她多次发现琼恩的失误，但就算琼恩后来打出了一个漂亮的发球，阿曼达也只会说："嗯，很高兴终于看到一个像样的发球！"

阿曼达很快就向大家证明了她在网球和游泳方面的全校最佳实力。她自动被选入了游泳、跳水一级队，也加入了网球一级队。看她游泳或打球真是一种享受。对于在网球场或游泳池里阿曼达魁梧的身躯所展现出的矫捷，达瑞尔从来不吝赞叹之词。

莫伊拉和阿曼达经常争吵，尤其是在辅导低年级的孩子方面。莫伊拉对此很在行，但阿曼达根本不感兴趣。"苔丝得学学怎么更好地把球打到位。"她会这样说。或者，她会说："如果露西在游泳时不再大呼小叫，而是多多练习，那她就会进步了。"

"那么，告诉苔丝，再给露西示范一下，教她们该怎么做，如何？"莫伊拉不耐烦地说道，"你总能看出哪里出了问题，但你从来都不想纠正它。你只会纠正琼恩，她是你的唯一。"

阿曼达没有回答，似乎她根本没有听。这让莫伊拉最为恼火。"倒也是，遥想未来，想想你即将在奥运会上赢得一切的美好日子吧。"莫伊拉说完冷笑着走出房间。

莫伊拉巴不得自己能像阿曼达一样是运动健将，这是她最大的兴趣所在。对此，法国姑娘苏珊娜一直感到惊奇不已。

"这个莫伊拉，这个阿曼达，"她对杜邦老师说，"真是怪有趣的!①"

"说英语，苏珊娜。"杜邦老师严厉地说，"我要跟你说多少遍?"

"你缩水了?"苏珊娜说。

"你明明听到了。"杜邦老师说，"来吧，把你刚才说的话再说一遍——请用英语说。"

"这个莫伊拉，这个阿曼达——她们——蒸的怪油气的②!"苏珊娜诚恳地说道。

杜邦老师盯着她，惊讶地问："你说的是什么呀?"

"蒸的怪油气的!"苏珊娜重复，"杜邦老师，这是个千真万确的词，这是达瑞尔'浇在我身上的'。"

"你说是达瑞尔教你的?"杜邦老师说，"啊，我得问问她是怎么回事。"

当然，结果证明这词是"不懂香肠③"。此后的一段时间里，所有奇怪的东西都被称为"怪油气的"!艾莉西娅又主动多教了苏珊娜几个词，也让可怜的杜邦老师大为吃惊。

她教这个毫无戒心的苏珊娜"好胡了""漂漂"和"喵极

<MALORY TOWERS>

---

① 此处苏珊娜说的是法语。
② 此处是苏珊娜说的不标准的英语，意为"真的怪有趣的"。下同。
③ 其实杜邦老师这个词也读得不标准，达瑞尔教的词是 particular，意为"不同寻常"。

了"这类的词，这些词是好吃、美味这些词的混合体。

苏珊娜非常喜欢这几个词，一有机会就用。她形容杜邦老师的新蕾丝领子"好胡漂漂"，还和和气气地对杜邦老师说。在她看来，游泳是一件"喵极了"的事，是一件"油气极了"的事，还说，难道杜邦老师不这样想吗？

"什么是'漂漂'和'好胡了'？"杜邦老师疑惑地问，"这些不是词。艾莉西娅，你听过这些词吗？说实话。"

"哦，是的，杜邦老师。"艾莉西娅说，天真地盯着杜邦老师。她看见一个发夹从杜邦老师的发髻里露了出来，这情景使她想起了那块神奇的磁铁。琼恩又耍了一次把戏吗？她一定要知道这个。

"好胡了！"杜邦老师喃喃自语，忙乱地在词典里查这个词，"'好胡了'不在词典里，这个词没有。苏珊娜，你把这本词典拿去，帮我仔细查一遍。"

"你缩水了？"苏珊娜礼貌地说道。

杜邦老师抓狂了。"是的，把你一直念叨的这个'缩水'也查一查吧！"她叫道，"看看这是什么意思，总有一天你会弄明白这些词的。缩水！啊，你这个傻丫头。你永远也学不会英语的正确'八音①'！"

---

① 杜邦老师自己的发音也不准确，把"发音"说成了"八音"。

第十三章

绝 妙 计 谋

艾莉西娅没有忘记向琼恩询问有关磁铁的事。琼恩朝她咧嘴一笑，把手伸进海军蓝运动短裙的口袋里，掏出那块漂亮、强力的小磁铁。

艾莉西娅拿过去。它很重。她把它沿着桌子滑动。一个大卷笔刀几乎弹到空中又落下来，吸在了磁铁上。接着它又吸住了一个指南针，还有两三枚回形针。

"我们又捉弄了一次鲁吉耶老师。"琼恩说，"这次是哈丽特干的。我们的做法有点儿不同，但一样有趣。"

"怎么回事?"艾莉西娅问。

"嗯，她的发夹又掉出来了。"琼恩露出了大大的笑容，回忆起来，"哈丽特赶紧把它们从磁铁上取下来，回座位的时候顺手丢在了门边。鲁吉耶老师发觉她的头发又披散下来了，她又抬手去摸，结果连一个发夹都摸不到，她看上去吓坏了。"

"然后费莉西蒂举起手说她看见门边有些发夹，会不会碰巧是鲁吉耶老师的。"

"鲁吉耶老师简直无法理解发夹怎么会掉在那儿的，我们给她提供了各种各样的解释。我说，一定是鲁吉耶老师进教室的时候掉的。哈丽特说她不认为那是鲁吉耶老师的，还说有人把发夹掉在了我们的教室是多么走运，然后……"

"你们解释得太多，鲁吉耶老师会觉得不对劲的。"艾莉西娅笑着说。

"我想她确实感到不对劲了。"琼恩说，"她不停地用手摸头发，看看它是否齐整，她还整天用手指摸发夹，确保它们还在头发上！现在，她已经用可怕的怀疑的眼光看着我们了！"

"我真希望能在杜邦老师身上耍这个把戏，"艾莉西娅叹了口气，"用在她身上是最有趣的啦。"

"是的，真可惜，你们预科生太高高在上，不能耍这种把戏了。"琼恩说，"我希望我就算升到预科，也不至于这么趾高气扬的。"

"你就算不趾高气扬，也好不到哪儿去。"艾莉西娅说，"这是个好把戏，要是我八年级的时候有这个把戏就好了。你们看起来耍得还不错，要是那个时候就有的话，我想我肯定会让它发挥更大的效力！"

她走开了。琼恩看着她的背影，心想：艾莉西娅会如何更好地发挥这块磁铁的效力呢？不可能吧！琼恩慢慢地把磁铁放回口袋里，她聪明的脑袋好好地把艾莉西娅说的话又复习了一遍。

她找到了费莉西蒂和莎莉，三个人集思广益。

乔走进房间，看见了她们，一下子兴奋起来，走了过去。

"有什么秘密吗？是什么事？"她问。

"没事。"琼恩说道。

"你们一定得告诉我。"乔感到被冒犯了，"我真的觉得你们太坏了，我总是被拒之门外。我什么都不瞒你们，我计划下周办一次一流的餐会。瞧，我有二十五英镑！"

今天，她已经第四次从上衣口袋里掏出钞票给别人看了。她不敢把它们放在抽屉里，生怕被舍监老师发现了没收去。

"这些票子我们已经看过太多次了。"费莉西蒂厌烦地说，"你爸爸会送你什么生日礼物呢？一辆劳斯莱斯吗？还是一群赛马？还是说他太小气了，只送你一条珍珠项链而已？"

乔生气地转过身去。费莉西蒂真想知道乔怎么会永远都学不会不炫耀呢？她是不是太像她的父母了，所以也继承了他们所有的举止和习惯？

乔刚离开公共休息室，一件非常不幸的事就发生了。她上衣的口袋破了——正是她放钱的那个口袋！毫无疑问，她把钱拿出拿进太多次，把口袋弄坏了。总之，这口袋悄悄地就破损了，而乔一点儿也没察觉。

她在走廊里踱来踱去，有种熟悉的、被冷落的感觉。那三个人在嘀咕些什么呢？她们为什么不告诉她？她决定去找迪尔德丽，再跟她说说八年级的人的坏话。迪尔德丽总是乐意听，更乐意分享乔的许多好东西。

乔刚走过去，舍监老师就从房间里走了出来。她看到地板上有一张五英镑的钞票，大吃一惊，把它捡了起来。它肯定是从乔的口袋里掉出来的，而乔没有注意到。舍监老师把它塞进了口袋，又继续往前走。她又发现了第二张五英镑的钞票，落在走廊的地板上。

这太不寻常了！舍监老师起了疑心。这些钱是真的吗？还是什么人开的玩笑？有人故意看着她捡起来吗？舍监老师扫视了一下四周，但根本没看到有人。她看了看钱，它们看起来的确是真的。

当她看到了第三张钞票时，真的吃惊万分。它就在拐角处，落在地上，在走廊的穿堂风中像插了翅膀似的微微扇动着。舍监老师把它捡起来，若有所思：这肯定不可能是哪个女孩的吧？没有哪个女孩能一下子有这么多钱！

"十五英镑。"她自言自语道，"十五英镑——没有交给我！它们怎么会这样落在地上呢？"

最后两张钞票一起落在走廊靠近花园门的一个角落里。舍监老师赶过去捡起来。

"现在有二十五英镑了！嗯，看来有个富翁打这儿经过了。

可是，为什么有人要把这么一大笔钱扔掉呢？

舍监老师向门外望去，她看见远处有两个人影——迪尔德丽和乔，正在热烈地交谈着。

舍监老师恍然大悟。钱是乔的！她的一些有钱的亲戚又开始给她提供不合规矩的零用钱了。可是，二十五英镑啊！乔的一家子多愚蠢啊！他们那些愚蠢而奢侈的观点正在毁掉她！

一定是乔把钱弄掉了。舍监老师站在门边，皱起了眉头，心想：乔身上还有比这更多的钱吗？她本该把钱上交——这是严格的规定。

她看见乔拉了拉外衣，把手伸进了口袋。啊，原来钱就是放在那儿的！

然后，乔发现了那个衣袋上的洞——钱不见了！她惊恐万状地大叫起来。

舍监老师离开了，回到自己的房间，把钱放进保险柜，然后用清晰的字体写了一张告示。

与此同时，乔发现自己的钱不见了，她惊恐地看着迪尔德丽。

"瞧，我的口袋有个洞！我一定是把钱弄掉了。快点儿，我们必须把钱找回来！应该就在附近。"

当然啦，钱没了。可怜的乔一分钱也没找到。她沮丧地哭了起来，迪尔德丽试图安慰她。

乔遇见了琼恩、费莉西蒂和苏珊，她们正从走廊里走过来，看上去得意非凡。此刻，她们制订了一个以磁铁为中心的绝妙小计划！

乔向她们冲过去，说道："我的钱丢了，全丢了！你们知道有谁捡到了吗？"

"要是有人捡着了，布告栏上很快就会贴出告示来的。"费莉西蒂说。她们三个人继续往前走，一点儿也不想听乔拉着她们诉苦。

"坏蛋！毫无同情心的坏蛋！"乔说，"我为什么要到这儿来上学啊？迪尔德丽，你是学校里唯一正派的人，是我唯一可以依靠的人。我真想逃跑！"

这句话迪尔德丽以前听过很多次了。"哦，不，你不能这么做。"她安慰乔说，"乔，不要说那样的话！"

当费莉西蒂她们几个走回来时，她们和其他人都看到乔跪在走廊里，还在找那些钱，大家都笑了起来。她们已经在布告栏上看到舍监老师的告示了。乔要是知道谁捡到了她的钱，该有多震惊啊！

"去看看布告栏吧。"琼恩说，"有人捡到了你的钱，乔，你知道了一定会很高兴的。两分钟内你就能把它拿回来！"

谢天谢地，乔站了起来，带着迪尔德丽匆匆地跑去看告示。

琼恩笑了。"不知道舍监老师会对乔说什么，"她说，"我是说——要是乔敢去要钱的话！"

但她们对乔的兴趣没有维持超过一分钟。她们沉醉于自己的磁铁小计谋，很快把乔的事忘在了脑后。她们一直在找诺拉，要把计划告诉她，她们知道诺拉一定会笑掉大牙的！

她们终于找到了她。"听着，诺拉，你认识我表姐艾莉西娅吗？"琼恩说，"她今天看到了我们的磁铁，她说如果她有磁铁的话，会比我们玩得好得多。因为她上预科了，她一直喋喋不休地抱怨，预科生们都太自命不凡了，再也不会要把戏了。"

"所以我们决定好好款待一下预科生们。"费莉西蒂插嘴说，"我们中的一个人要到她们教室，给在那儿上课的杜邦老师带个口信，趁机把她所有的发夹都吸下来，然后转身就走！"

"那么，杜邦老师就会认为是她们中的某个人在捣鬼，"苏珊兴奋地说，"她们根本就有口难辩！"

"我们想把这个把戏耍上两到三次，只是为了让预科生们知道，我们的把戏耍得不比她们的差。"琼恩说。

诺拉放声大笑。"让我去吧。"她央求道，"让我去，让我去，让我去！我发誓我不会傻笑。只有跟八年级的人在一起的时候，我才一直想笑，笑个不停。如果你让我去，我会像法官一样严肃的。"

"我们会选择你。"琼恩说，"杜邦老师可能会怀疑我们——我们以前开过她的玩笑，但她绝不会怀疑你——你也是她的宠儿之一，所以她见到你会很高兴的。"

杜邦老师一直喜欢有着大眼睛和毛茸茸头发的孩子，诺拉正是这个模样。她对那三个密谋家眨了眨眼睛。"我来干！"她轻声笑着说，"你们开口，要我干上三次都行！"

"哦，不，下一次必须由别人来干。"琼恩说，"我们不想让杜邦老师起疑心。如果你老是出现在她面前，她会起疑心的！"

"特别是你一出现，她的头发就披散下来。"苏珊咯咯地笑着说，"天哪，我真巴不得自己能去她们教室！"

"乔来了！"琼恩低声说，"我的天，她看上去吓坏了！"

乔真的吓坏了！她走到布告栏前，立刻看到了舍监老师的告示。

> 那个在走廊上丢了五张五英镑共计二十五英镑钞票的人，你能来找我一下吗？
>
> 舍监老师

乔差点儿跌倒在地。舍监老师！现在她该怎么办呢？如果说可怜的乔真的害怕什么人，那这个人就是舍监老师！

第十四章

问 题 重 重

可怜的乔大声地向迪尔德丽哭诉她的霉运。想想吧，捡到钱的人是舍监老师！她有二十五英镑！足足二十五英镑啊！可她却没有按要求为了安全起见上交给老师保管，她该怎么向舍监老师解释呢？

"乔，你得去告诉她。"迪尔德丽焦急地说，"如果你不去，你可能拿不回钱了，永远拿不回来了。如果舍监老师不知道钱是谁的，她怎么能归还呢？"

"好吧，我想我最好还是去吧。"乔说。

可乔刚走到门口就折回来了。"我做不到啊！"她对迪尔德丽说，"我不敢面对舍监老师。别以为我是个懦夫，迪尔德丽，老实说，每回舍监老师摆出那副面孔，说出最可怕的话的时候，我就吓得双膝发抖。"

胆小的迪尔德丽从来没有听过舍监老师对她说过什么可怕的话。可她知道如果自己遇到了，也会有和乔一样的感觉。她盯着乔。她们怎样才能摆脱困境呢？

"乔，我想，你能不能趁舍监老师不在的时候溜进她的房间，看看钱是不是藏在什么地方，你能做到吗？"她低声说，"不管怎么说，钱是你的。你只是拿走属于你的东西！"

乔的小眼睛闪闪发光。"是的！"她说，"也许我能做到——只要舍监老师把钱随意地放在什么地方。我知道，我有时在她的桌子上看到一些捆得整整齐齐的小包——都是零用钱、现金。我想她可能把我的也放在那里，准备还给失主呢。"

"她不会把钱一下子发给我们的。"迪尔德丽说，"你知道的，她会保存着钱，一点点地发。所有的低年级学生都可以领到发给她们的零花钱。你可能每周只能拿到一点儿，剩下的她会在你放假回家时还给你。"

乔皱起了眉头。"我本打算用这笔钱办一个丰盛的宴会。"她说，"你知道，我的生日快到了。我一定要想办法把钱弄回来。"

"嘘——"迪尔德丽说，"有人来了。"

来的是费莉西蒂。她把鼻子探到门边，咧嘴一笑。"拿回你的钱了吗，乔？"她说，"还是说你打算把它作为礼物送给舍监老师？我知道，我才不愿意承认自己有二十五英镑。要是我还不小心把它弄丢了的话，我就更不愿意了。你真是个大傻瓜！"

"闭嘴，费莉西蒂。"乔说，"我已经受够了你们这些人，总是对我吹毛求疵。我真不明白你们为什么每时每刻都盯着我。任何人都会认为，我不适合待在马洛里塔学园。"

这正是大多数八年级学生的想法，费莉西蒂没有再搭腔。乔肯定不适合，她确信。如果她的爸爸妈妈支持学校的观点，给予乔一些帮助，她也许会有机会改变的。但是他们嘲笑学校的纪律，他们还告诉乔，如果她不想遵守任何条条框框，就不要费心去遵守。他们给她寄来了一大堆她不该有的东西，还给她过多的零花钱。

费莉西蒂一边想着，一边走去练习网球发球。乔的爸爸一直说她只要好好享受就行了，用不着费心学习——以前他自己在年级总是垫底，而现在他却财源滚滚，所以他认为乔即使成绩垫底也没关系！

令人费解的是，有的家长以正确的方式来给他们的孩子做后盾，有的并不是这样。如果你爱你的孩子，你肯定会努力把他们培养得各方面都得体，对吧？然而乔的爸爸看起来很爱她。这也让费莉西蒂很困惑。如果他真的爱自己的孩子，他怎么会鼓励她去破坏规则，在学校里表现懒惰，把所有错误的事都做个遍？当他读到乔的成绩报告上那些批评性的评论时，他怎么能笑出来呢？

乔说过，上学期，当他读到帕克小姐在成绩报告底部写的评语时，他拍了拍她的背，大笑不已。老师写了些什么呢？"乔连最基础的东西都还没有学会，这个东西即明辨是非。用不了多久她就要面临教训了。"

费莉西蒂心想：天哪，如果老师在我的成绩报告里写这样的话，爸爸肯定会伤心欲绝，我也会被臭骂一顿。可乔的爸爸只是一笑置之！

费莉西蒂找到了苏珊，她正准备练习发球。很快，她们来到了球场上，费莉西蒂冲着很有耐心的苏珊用力地扔球。过了一会儿，阿曼达走过来观看她们。费莉西蒂加倍卖力，想打出好球来。

自从阿曼达接管了琼恩，并把她训练得很好，每个低年级的学生都希望能从这个高大的预科生那里得到一点儿关注。费莉西蒂来了一两个快发球，苏珊冲阿曼达叫道："她真棒，是不是，阿曼达？"

"一般吧。"阿曼达说着，转过身去，显得兴趣不大。

"坏蛋！"苏珊低声说道，"莫伊拉至少会说'是'或'不是'。如果费莉西蒂做错了什么，莫伊拉会纠正她；如果她做得好，莫伊拉还会表扬她。"

阿曼达几乎没有注意到费莉西蒂的一番表演。她正在认真地思考着什么。实际上，是在思考着两件事。她担心的是琼恩，而不是她的进步。事实上，她的进步是惊人的。阿曼达知道该教什么，也知道该怎么教。琼恩是一个能力非凡、反应很快的学生，但她已经厌倦了阿曼达的严格以及缺乏表扬的风格，也对那些严厉的命令和简短的指示感到厌烦。

对琼恩来说，向任何人屈服从来都不是件容易的事，而被一个她真心不喜欢的人使唤，对她来说有点儿太过分了。

前一天她就这样对阿曼达说过。阿曼达教了她一种新的快速泳姿，并坚持要她在泳池反复地练习。然后因为琼恩没有注意到她的大声指示，她又找了琼恩的麻烦。

"你用错误的腿部姿势在游泳池里横冲直撞，你故意的。"阿曼达说，"我冲着你大叫，可你还是一个劲儿地游啊游啊。"

"我耳朵进水了，胳膊在水中划来划去，弄出像打雷一样的响动，你觉得这样我还能听见一个字吗?"琼恩气喘吁吁地问道，"不错，就连学校里的人都可能听到你的声音，毫无疑问，她们甚至在一英里外的邮局里也能听到——你那声音可是够响的! 可我就是听不见，所以你最好拿个扩音器。虽然我承认，无论何时何地你的声音听起来都比任何扩音器要响。天呐，就算是在教堂里……"

"够了!"阿曼达生气地说，"我不会容忍一个八年级的人无礼。"

"我现在觉得我也不愿意再容忍一个预科生的颐指气使了。"琼恩说着，用毛巾擦干身子，"我差不多受够了。所以我警告你，阿曼达——"

阿曼达正要说一些非常恼怒的话，但她忍住了。她已经开始以琼恩为荣。琼恩是一个非常了不起的学生，尽管她表现得并不友好，而且通常很沉默。但是，琼恩在网球和游泳方面几乎达到了她原来希望的完美水平，所以停止训练就太可惜了。现在，她已经足够优秀，可以参加二级队了，阿曼达打算在一两个星期内让她参加测试。

于是阿曼达转过身去，忍气吞声。琼恩暗自笑了。阿曼达的话已经说出口了，为了向其他人证明她是对的，她是不会放弃训练琼恩的，这点琼恩很清楚。尽管如此，琼恩还是想：我已经厌倦了。这个学期像这样当牛做马，真是太不愉快了。老实说，我真的那么在乎加入二级队以至于要经历这一切吗？我不确定我是不是真的在乎！

当然，琼恩就是这样的人。如果她足够努力，足够用心，她可以在任何事情上闪现光彩。可她强硬的个性里似乎有一个缺陷，使她对事情不够专注。

琼恩是阿曼达心头盘绕的众多问题之一。另一个是她自己的游泳问题。游泳也许是阿曼达在体育运动中最辉煌的成就。看到阿曼达飞速横渡游泳池，这对大家来说就是一种奇观。没有人能游得有她一半快。看到阿曼达利落地跳入泳池，即使是七年级的毛孩子也停止了喋喋不休。

阿曼达苦苦思索的正是她的游泳之事。现在，学校的游泳池对她来说不太够了。她想直接到海里游。她要进行真正的长距离游泳，如果不在海里游，怎么能得到足够的练习呢？这个泳池很好——又宽又长又深。可毕竟，它只是一个游泳池。阿曼达想至少游上一英里，两英里！乃至三英里！她兴高采烈地想：我有足够的力量游过英吉利海峡，我对此坚信不疑。

在特伦尼根塔学园，她以前的学校所在之处，海岸要比马洛里塔学园所在的康沃尔海岸更安全。这儿有湍急的水流和凶险的岩石，巨浪日夜拍打着岩石。但阿曼达确信她可以克服这急流。

马洛里塔学园不允许任何人直接游到海里。这是一条牢不可破的规则。想要在海岸体验真正的海泳的人可以结伴，走上一段路到另一个海滩去，在那里游比较安全。但是，学校不允许任何人从马洛里塔学园的海岸边游出去。

根本没有人想要海泳！巨浪拍到岩石上，又冲到泳池里。即使在风平浪静的日子里，蓝色的海水也会汹涌起伏，以巨大的力量席卷岩石。阿曼达喜欢海水的力量，渴望在这里，与凶猛的大海搏斗。她对一切有形的东西都无所畏惧。

她站在球场旁边，懒洋洋地盯着球看，却对费莉西蒂的发球视而不见。她该不该冒个险，找个时间去海里游泳呢？她不太在乎是否会卷入争端，毕竟她不会在马洛里塔学园待太久，这里的规矩也吓不倒她！她突然下了决心。

她决定：我要去海里游泳，我和渔夫杰克谈过了，他把海流是什么样的告诉了我。如果我在退潮时走到岩石的边缘，可以潜入深水，再向西游，避开最湍急的水流，然后直接游出去。我应该没事的。

问题是她什么时候才能掩人耳目地做这件事呢？倒不是说她介意和别人起争端，但如果明明可以避免却还要跟人吵架就是愚蠢的。阿曼达把这件事反复考虑了一遍。

她想：早晨最好。很早的时候，周围不会有人。我有大约一个半小时来一场真正的畅游，那会美得像上了天！

想通了这个问题后，阿曼达感到很高兴。她真希望琼恩的事也能这么容易解决。但这并不完全取决于她！她不打算屈服于琼恩的想法，按她的法子训练。如果琼恩的态度粗鲁，把事情弄得难上加难，那么她们之间可能会有一场严重的争吵。

"我不想吵！"阿曼达自言自语道，"但如果琼恩挑事，也许我干脆挑明了，让她知道自己的地位。我当然不会容忍任何胡言乱语，而且我想如果真的到了那个地步，琼恩也不会傻到放弃进入校二级队的机会。"

第十五章

期 中 到 来

期中假来了又去了。天气晴朗，家长们在学校操场上和海边闲逛，玩得很开心。

这个封闭的花园位于马洛里塔这座四塔建筑中心的四方广场上，非常受欢迎。那里，摆满了成百上千的玫瑰花束，鲜花和芬芳让家长们心旷神怡。

"马洛里塔在我的最后一个期中假里状态极佳，我特别高兴。"达瑞尔对她妈妈说，她带着妈妈去看玫瑰，"我将永远记住它此刻的模样。妈妈，感谢你为我选择了这所学校，我在这里过得很开心。"

她妈妈捏了捏她的胳膊。"你在马洛里塔学园确实表现出色。"她满意地说，"所有的老师都对我说以后她们会多么想念你，你总是能帮上大忙。她们很高兴你有个妹妹可以继承你的衣钵！"

格温跟她妈妈和温特小姐走了过去。"这是我的最后一个期中假了！"她说，"真想不到，下一个期中假我将会在瑞士度过。我相信在那里我会比在这里快乐得多。"

格温的爸爸没有来，格温很高兴。"我怕他来会把一切都搞砸。"她对妈妈说，"上个假期他对我们的态度太可怕了，是不是？"

"他本来要来的，但是他的身体不好。"温特小姐说，"这个状况已经有一段时间了，格温。你知道，这学期你应该给他写信的。我真的认为你应该这么做。"

"这不关你的事。"格温冷冷地说，"老实说，很难分辨出爸爸是身体不好呢，还是只是脾气不好，对吧，妈妈？反正，我们今天别想他。"

"莫琳在哪儿？"莱西夫人问。莫琳和格温很像，都有着蓬松的金色头发和淡蓝色的大眼睛，很受莱西夫人和温特小姐的喜爱。但那天格温完全不搭理莫琳！莫琳很喜欢巴结格温的家人，她们也很享受这种巴结。

"莫琳的家人今天也来了。"她说，"可怜的莫琳，我真为她难过。她不会去精修学校，甚至也不会去上任何类型的大学。她要去上秘书课程，然后去别人的办公室工作！"

乔的家人走了过来，乔挽着爸爸的胳膊。像往常一样，那个高大、大嗓门、言语粗俗的人的声音响彻庭院。

"乔，这小玫瑰园还凑合，是吧？"他说，"当然，和咱家的比差远了。想想，孩子她妈，咱家的玫瑰园里有多少朵玫瑰来着？"

"五千朵，"琼斯太太低声说。在其他父母面前她总是战战兢兢，她开始希望她的丈夫不要那么大声嚷嚷，态度傲慢。她接收到了几个吃惊的目光和一些狡黠的微笑。她疑心，自己是不是戴了太多珠宝。

她的确戴多了。就像琼恩对苏珊说的那样，她"浑身珠光宝气"。"我唯一感到奇怪的是她戴了那么多东西，居然没有戴钻石鼻环。"琼恩说，"我想向乔建议。也许她可以把这个主意传达过去。"

"不，不要，"苏珊说，琼恩的刻薄让她害怕，"她没有办法选择自己的爸爸妈妈的。哦，她爸爸这次表现得很可怕是不是？"

的确如此。他把乔的老师帕克小姐逼到墙角，用号角一样的大嗓门对她说："喂，帕克小姐，咱家的乔表现得咋样？是不是像往常一样，是年级里最淘气的姑娘啊？好吧，淘丫头总是最受欢迎的，是吧？我小时候也是一样。我的名字叫查理，所以他们在学校叫我'厚脸皮查理'！想想我对老师说的那些话！哈哈哈！"

帕克小姐没有回答，只是面露厌恶之色。乔感到害怕，她了解帕克小姐的这种脸色。她有一种感觉，帕克小姐可能会说一些连"厚脸皮查理"都不喜欢的话。

她爸爸继续胡言乱语。"你一个字也没说咱家的乔呢。你是不是觉得她魅力十足？哈哈，我敢打赌她管你叫'大鼻子帕克'！"他说完还在帕克老师的肋骨上戳了一下！

"对于乔，我没什么可说的，除了一句，有其父必有其女。"帕克小姐说，气得满脸通红。她转过身去和来"救"她的达瑞尔妈妈说话。无论谁和琼斯先生在一块儿，都会希望被人拯救出来！

"爸爸！你不该说那种话。"乔非常不安地说，"这太可怕了。你把她惹毛了，请不要再说那样的话了。"

"嗯，可我喜欢说！"琼斯先生说着把帽子往后一推，搔了搔额头，"我刚说什么来着？哦，刚才我'厚脸皮查理'又现原形了是吧？可你的确管她叫'大鼻子帕克'，对吧？我的天，这就是你的班主任啊。我必须和她说句话！"

乔想把他拉回来，痛苦地瞥了她的妈妈一眼。乔开始意识到她的爸爸礼貌不周。

为什么他这么大喊大叫，为什么他的脸总是又红又亮？为什么他要戳别人的肋骨，为什么他要讲一些愚蠢的笑话？当大家在一起谈话时，他为什么要插嘴插舌？

他现在正在这么做。乔没能阻止他径直走到校长身边，而此刻，校长正和三四个家长交谈着。她妈妈的脸涨得通红。她也知道"厚脸皮查理"实在无礼。

"你好，你好，你好！"琼斯先生说着，径直走到人群中间，向格雷灵女士伸出一只红色的大掌，"你今天就像英国女王御驾亲临，是不是？咱们这些可怜巴巴的家长就是你的臣民！哈哈哈！"

琼斯先生为自己的妙语而欢欣鼓舞，得意洋洋，眉开眼笑，期待得到许多赞许和欣赏。

不过，他一无所获。格雷灵女士礼貌地与他握了握手，然后立刻放下了琼斯先生的巨掌。"您好！"她低声地说，然后又转向刚刚与之交谈的那位家长。他们谁也没看琼斯先生一眼，但"厚脸皮查理"的脸皮真够厚，对此无动于衷。

"我希望咱家的乔能为她的学校增光添彩，她爹可做不到！"他又开口说道，"他是个淘气包，从前他总是在年级垫底，是不是，孩子他妈？嗯，学校看起来挺好的，格雷灵女士！"

"谢谢。"格雷灵女士说，"恐怕我要失陪一下了，我要和雷顿医生和夫人把话说完。"

琼斯太太拉着他的胳膊。"走吧，查理。"她央求道，心想她丈夫一定是中暑了。当然，他总是这样，大声喧哗，胡乱吹嘘。但不知怎么，在家里和他自己的朋友面前，他还没这么显眼。在这里，这种行为突然显得非常粗俗，格格不入。

琼斯先生正要对雷顿医生说几句热情洋溢的话，这时，他发现，这位高贵绅士的眼睛里有一种异常冷淡的目光，让"厚脸皮查理"想起了他的一位老校长。这位校长曾经告诉过他，自己对他究竟有何看法。琼斯先生后退了几步，嘴里咕哝着什么。

格雷灵女士松了口气。"对不起。"她对其他家长说，"接收乔入学是一次尝试，但我担心这个尝试不会有好结果。我们以前也做过其他的尝试，接受并不合适这里的女孩入学，希望她们以后能与学校契合。到目前为止，她们总是以一种不可思议的方式做到了。我想乔也会的，只要她能得到父母的一点儿支持。可是，她父亲总把我们在这儿为乔做的好事毁了！"

"我们去别处吧，"另一位家长说道，"我想这样更安全点儿！"

看到校长朝另一个方向走去，乔松了口气。哦，天哪，她真得把她的爸爸拉过来，提醒他一番。见自己的女儿看上去垂头丧气的，乔的爸爸紧紧抓住了她的胳膊。"怎么了，丫头？"他和蔼地说道，"打起精神来！我不喜欢看到我的小姑娘愁眉苦脸，她的老爹为了她什么事都愿意做！"

听到他声音里的爱意，乔高兴起来。帕克老师、格雷灵女士，还有其他人都见鬼去吧！这是期中假，谁也别想破坏它。

她拉着妈妈的胳膊。"妈妈！我可以请我的朋友迪尔德丽今天来和我们一起吗？她爸爸出海了，她没有妈妈。所以她今天孤零零一个人。"

"好的，请她来吧。"不等她妈妈回答，她爸爸就用洪亮的声音说道，"咱们会好好招待她的。我很高兴你终于有了一个朋友，乔！你以前好像从来没有朋友。"

于是，迪尔德丽被邀请加入琼斯一家，她很高兴能和别人一起出去玩，尽管琼斯先生活跃的举止确实把她吓坏了。

"你是咱家乔的朋友吧？"他大声对她说，"好吧，你要忠于我的乔，我的乔值得。你叫啥名字来着？迪尔德丽？我们会给你寄一些很棒的包裹，对吧，孩子他妈？你要忠于乔，迪尔德丽！"

"好的。"迪尔德丽结结巴巴地说，耳朵都要被震聋了。

"姑姑上个星期寄给你的钱怎么样了？"琼斯太太一有机会插进嘴就问道，"我们还没听你提起你是不是收到了呢。你妥当地收到钱了吗？"

乔犹豫了。她不敢告诉妈妈，她把钱弄丢了，舍监老师捡到了，而她不敢去把它拿回来。她爸爸如果知道了，会马上去找舍监老师要钱的，为了他的宝贝乔！这简直是不可想象的。

"我很妥当地收到了。"乔嘟囔着，绞尽脑汁地想如何换个话题。

"哦，好吧，如果那笔钱你还没动，我现在就不再给你了。"她妈妈说，"二十五英镑足够用了，放在你的抽屉里，或者想放哪儿就放哪儿。如果你还想要钱，就写信来。"

乔不知道该说什么。她本来希望妈妈能再给她点儿钱，这样她就不用去舍监老师的房间里拿回来了。可怜的乔，甚至没法鼓起勇气往舍监老师的房间里探个头。她现在身上有每周零用钱里剩下的几个硬币，是舍监老师发给她的，除此之外，她一个子儿也没有了。

期中假转瞬即逝。家长们开车或是乘火车离开了，只有比尔的父母骑着马来来去去，这让比尔和克拉丽莎都很高兴。她们的期中假是在骑马翻越悬崖中度过的，马和任何人一样享受这期中假！

"我的最后一个期中假过去了。"达瑞尔悲哀地说，"现在我要面对在学校的最后几个星期了！"

"振作起来！"艾莉西娅说，"几周内可能发生很多事情。"

她是对的。的确发生了很多事，而且大部分都是出乎意料的事！

第十六章

大 吵 一 场

首先发生的是琼恩和阿曼达之间的争吵。大多数人都认为这两人迟早闹翻，事实也的确如此！

起因是一件小事。阿曼达训练琼恩打网球，给她发快速发球让她接——又快又狠，有些发球竟把琼恩吓得不行！但是，她都勇敢地把球击回了，并为自己能够应对如此出色的发球感到高兴。

"琼恩！用用脑子！"阿曼达喊着，暂停了发球，"你该把球打到我得跑着去接的地方，甚至打到就算我跑起来也接不到的地方！否则，把快发球击回来又有什么用呢？你现在所做的就是把球打回我的脚边而已！"

"我能把球接住就不错了，更不用说要把球打到指定位置了。"琼恩回答道，"给我一个机会嘛！另外，球场这边有点儿凹凸不平，球弹不起来。每回球弹不起来我就相当恼火。"

"别找借口了。"阿曼达说。

"我才没有！"琼恩愤怒地喊道。但是阿曼达已经把球高高地抛向空中，准备下一次发球了。

球像闪电一样飞过球网，飞向了琼恩。球又在那个不平坦之处弹起，向右拐了一点儿。琼恩疯狂地击球。

球笔直地飞向空中，然后在球场四周的网上弹回来，落在一群观众的中间。她们为了接住球摔倒了，尖叫着笑了起来。

"琼恩，如果你胡闹，我们就停止训练。"阿曼达严肃地说。她真心认为琼恩是故意胡乱击球的。琼恩的心里立刻有什么东西"砰"的一声炸响了，每当她发脾气时总是如此。

起初她还维持着表面的理智，只是在球场周围把球捡起来，然后，她把球一个接一个地扔向四周的网，给观看的女孩们。

"我不干了，真没法和你一起做事。"她对阿曼达宣布，"这种事，我再也不会露面了，也不值得我浪费时间。再见吧！"

在女孩们敬羡的目光下，琼恩轻轻地吹着口哨，溜达着离开了球场。

阿曼达对她喊道："别犯傻，琼恩。马上给我回来。"

琼恩没有理会。她的口哨吹得更大声了，开始把球拍抛向空中，在球拍落下时灵巧地接住。她做了几个击球的假动作，然后开始耍宝，把观看的女孩们都逗笑了。

阿曼达大步跟在琼恩的后面，说道："琼恩！我说了，给我回来。否则的话，我会让你连三级队也进不了。"

"我还不想入选呢！"琼恩说着又把球拍抛向空中，接住了，"你去找别的八年级生来挨骂吧，别浪费了你可亲的、善良的天性，阿曼达。"

这一次她真的走开了，她轻蔑而厌恶地看了阿曼达一眼，把阿曼达吓了一跳。那一小群观众现在吓坏了。她们耳语着四下散开。这消息在学校里传开了。好一场争吵！琼恩真是妙极了！七年级生和八年级生低声议论："老实说，她谁也不在乎，连阿曼达她也不在乎！"

阿曼达亲自把这个消息告诉了莎莉、达瑞尔和莫伊拉。"琼恩突然耍脾气，训练取消了。"她宣布，"我不会再把时间给那个忘恩负义的小坏蛋了。现在，虽然她值得，但我也后悔给她时间了。"

"啊，真可惜！"莎莉说，"我们已经安排好了，明天看琼恩游泳，再过一天看她打网球，看看她能不能按你的建议进入二级队。她已经有足够的能力加入三级队了，本来她可以加入所有级别的赛队的！"

"嗯，她现在没可能了。"阿曼达说，接着，她又恶狠狠地补了一句，"她这周的状态不佳，也不配进入三级队。"

艾莉西娅和琼恩谈过这件事。"出了什么事？"她说，"你就不能再坚持一下吗？我们本来打算本周看你游泳和打网球的——意思是要把你安排到二级队，这样你就可以参加比赛了。"

"我不愿受任何人的摆布。"琼恩说道,"尤其不愿受阿曼达的摆布。就算是为了参加二级队,跟十年级生和十一年级生一起出风头也不行。"

"可是,你这不是死要面子活受罪吗?"艾丽西娅问,"琼恩,你不想参加比赛吗?你知道,比赛很重要。今年我们确实想赢,我们失去了去年的网球盾牌,在游泳比赛中只获得第二名。"

琼恩犹豫了,她确实想参加比赛,也想为球队带来荣誉、增光添彩,也为马洛里塔学园争光。琼恩偶尔也开始意识到,一个人应该为自己的团队而战,而不是总为自己。

"好吧,我跟你说实话,艾莉西娅。"她最后说道,"是的,我很期待参加比赛,而且我很确定自己会被选中。但阿曼达就像一个监工,别无其他——为了她的利益,她逼迫我。这么做绝对是不人道的,我再也不能和她纠缠不休了,哪怕这意味着放弃比赛。"

"就算你知道你可能会帮助学校夺回网球盾牌、赢得游泳比赛也不行吗?"艾莉西娅说。

一阵沉默。"我很抱歉,"琼恩艰难地说道,"恐怕我对问题的那一方面考虑得不够。但是,艾莉西娅,一切都已经结束了,我不会食言的。我对网球和游泳厌倦透了。这学期我再也不想碰球拍了,我即便下了游泳池,也是随便玩玩。"

"我看你这辈子都要混日子了。"艾莉西娅说着站了起来，"你想的都是你自己的感受。我很遗憾，琼恩。你是我的表妹，我真想看着你做成一件很好的事，为你把嗓子喊哑，就像达瑞尔为费莉西蒂欢呼一样。"

她走开了，留下琼恩一个人，觉得自己又渺小又难过。但没有什么能让琼恩再去找阿曼达。在这个世界上没这种可能。琼恩咬紧牙关，把想象中的球拍扔向空中，接住了。一切都结束了！她不再训练了！

诺拉跑了过来，说："那是艾莉西娅吗？你没把我们今天要对杜邦老师耍那个磁铁把戏的事告诉她吧？"

"别犯傻，"琼恩轻蔑地说，"你以为我们说过一个字不透露之后我又会改主意吗？"

"哦，刚刚看你们好像在聊天。"诺拉说，"我是来问你能不能把磁铁给我。我一直都想问你，你和艾莉西娅吵架了吗？"

"没有，别好奇过头了，管好你自己的事吧。"琼恩简洁地说，"给你磁铁。"

诺拉喜气洋洋地接过它。她被八年级的学生选出来，为高高在上的预科生们表演一番，她感到十分自豪。在费莉西蒂的帮助下，她把一切都仔仔细细地计划了一遍。

"我冲进预科生的教室，从桌上拿了一本练习本。"费莉西蒂告诉诺拉，"你要做的就是走进教室，说声打扰了，然后问杜邦老师这本练习本是不是预科生的，你可以在她查看的时候要那个小把戏。"

这听起来易如反掌。那天下午，时间到了，诺拉激动不已。八年级生在自由活动，高年级的人则忙于功课。诺拉拿着练习本快速跑到预科生的教室。

当她到达那里时，她听到有人在用法语大声朗读，她敲了敲门。

杜邦老师的声音立刻传来："请进①。"

诺拉拿着练习本走了进去。"对不起，杜邦老师。"她说着，把本子递了过去，"这是哪个预科生的吗？"

杜邦老师接过本子看了看，她说："啊，这是玛丽露丢的本子。"诺拉在她身后拿着强力的小磁铁，离杜邦老师整洁的小发髻只有两英寸远。

艾莉西娅敏锐地捕捉到了她的动作，她死死盯着，几乎不相信自己的眼睛。杜邦老师所有的发夹都立刻被吸在了磁铁上。诺拉赶紧把磁铁收回去，说了声"谢谢，杜邦老师"，然后在忍不住爆笑出声之前，她冲出了教室。艾莉西娅确信她能听到这个小猴子逃回八年级那边的时候在走廊里的鼻息。

杜邦老师似乎有所察觉。通常，她头发上的发夹比鲁吉耶老师的还要多，也许她已经感觉到它们都在慢慢地脱落！她抬起手，发髻立刻松开，头发披散在她的背上！

---

① 此处杜邦老师说的是法语。

"咦①!"杜邦老师惊讶地说。女孩们都抬起头来。艾莉西娅觉得自己又像回到了七年级的时光,渴望着开怀大笑。杜邦老师用手在头上拍来拍去,找她的发夹,但一个也找不到。

"真奇怪②。"杜邦老师说,"真是奇怪极了!"

她站在那里,看着地板,想知道是不是因为某些特殊原因,让她的发夹掉地上了。不,地上没有发夹。杜邦老师趴下来,在桌下查看着。

女孩们笑了起来。艾莉西娅很快把发生的事情告诉了她们。可怜的杜邦老师在地板上摸索着,寻找她根本不在那儿的发夹。她的头发披在一边的肩膀上,即使是那些古板的预科生也忍不了了。

杜邦老师站起身来,疑惑不安,她继续疯狂地寻找丢失的发夹。她想它们可能掉进她的脖子里去了。她站着,扭动身子,希望一些发夹会掉出来。她摸索着衣领,满脸困惑。

她看见女孩们在笑。"你们这些坏丫头!"她说,"谁拿了我的发夹?它们不见了。啊,这真是一件奇怪的事,令人费解。"

"'蒸的怪油气的'!"苏珊娜的声音响了起来。

"可没有人能拿走你的发夹啊,杜邦老师。"达瑞尔说,"哎,今天下午我们没人靠近你的办公桌。"

---

① 此处杜邦老师说的是法语。
② 此处杜邦老师说的是法语。

"这倒是真的①。"杜邦老师说，显得很惊慌，"那么，这不是一个'八戏'了。我头发上的发夹凭空消失了。姑娘们，你们看到发夹在哪儿吗?"

这是一个信号，于是一场疯狂的搜寻开始了，大家在每一个偏僻的角落和缝隙里找啊找。达瑞尔无法控制地大笑，再也无法维持秩序了。

在这三四分钟的时间里，这些预科生就像重回八年级的时光。艾琳爆发了几次狂笑，就连不苟言笑的阿曼达也哈哈大笑起来。

"姑娘们，姑娘们! 好了，好了!"杜邦老师恳求她们，"威廉姆斯小姐就在隔壁，她会怎么想?"

威廉姆斯小姐的确浮想联翩，她不知道一向安安静静的预科年级发生了什么事。

杜邦老师站了起来。"我再去重新盘发髻。"她说着，神色严肃，步态慌张，消失了踪影。

---

① 此处杜邦老师说的是法语。

第十七章

秘 密 行 动

女孩们笑啊笑啊。"是诺拉那只小猴子干的。"艾莉西娅又说，"我看到她手里拿着磁铁。真是个厚脸皮，一个八年级生就这么闯进了我们的教室。"

"不过，太有趣了。"克拉丽莎一边说，一边擦去泪花，"我好久没有笑得这么厉害了。我希望诺拉能再做一次，就在我眼皮底下！"

"可怜的杜邦老师，她完全糊涂了。"玛丽露说。

"啊，'蒸'是太太太'油气了'。"苏珊娜说，她非常喜欢这个小把戏，"非常'油气'，真是'喵极了'！"

杜邦老师冲进了她和波茨小姐共用的房间。波茨小姐看到杜邦老师突然出现，披头散发，有点儿吃惊——不过也没有太过吃惊，因为在和杜邦老师一起工作的这些年里，波茨小姐已经习惯了她有时做出的各种"油气"的举动。

"波茨小姐，我所有的夹子都'去'光了！"杜邦老师说，连语法都用错了。

"夹子？什么夹子？"波茨小姐说，"你不会是说你的发夹吧？是怎么'去'的？"

"这我不知道。"杜邦老师说，用悲惨的眼神盯着波茨小姐，惹得波茨小姐直想笑。"前一刻我的发髻还好好的，下一刻就全解开了。我找夹子，全'去'了①。"

这在波茨小姐听来像是一个把戏，她便这么说了。

"不，不，波茨小姐，"杜邦老师断言，"今天下午，没有一个姑娘离开座位到我面前，一个也没有。"

"那好吧。"波茨小姐说，她把这件事当作发生在杜邦老师身上的众多无法解释的事情之一，不想理会，"我想是因为你用的发夹不够多，所以你的发髻掉下来了。"

杜邦老师找到了一些发夹，把发髻扎得牢牢的，看起来真的很奇怪，但这次她不想冒任何风险！她回到教室，恢复了尊严。

诺拉回到八年级的人身边，描述了自己所做的一切。她们笑着说："我敢打赌，杜邦老师的发髻掉下来的时候，预科生们一定笑坏了！"

---

① 因为慌乱，杜邦老师的英语都说错了。

琼恩说："可惜你不能留下来看看。"

她们见到的第一个预科生是法国女孩苏珊娜。她微笑着匆匆向她们走来。

"啊，小坏蛋诺拉！"她喊道，然后兴奋地说了一段法语。法语很好的苏珊迅速地翻译了一下。八年级的人听了对杜邦老师惊讶且沮丧的生动描述，高兴地笑了起来。

"克拉丽莎说她希望你在她眼皮底下再来一次，我们也希望看到。"苏珊娜用法语说，"我也想看，我非常喜欢。我们是高年级，得谨言慎行，不能耍把戏了，可我们不介意看着你们耍把戏！"

苏珊娜真是太调皮了。没有哪个预科生会傻到鼓励低年级的孩子到她们教室来尽情地耍她们喜欢的把戏——苏珊娜却叫她们去干这个！可苏珊娜是法国人，她对责任一词的理解与英国女孩不太相同。

她常常对功课感到厌烦，渴望某种"油气"的事发生。如果八年级的人愿意给她们提供一些乐子，那真的是"豪得鸟不的①"！

"好吧。"琼恩马上说，"如果你们想看，那就如你们所愿。我会想出点儿东西来款待一下预科生。"

琼恩现在很无聊，因为她几乎已经放弃了运动和游泳。她正想干点儿坏事，搞点儿恶作剧——还有什么比这更好的呢？

① 这里是苏珊娜说得不准确的英语，意为"好得了不得"。

她立即开动她敏捷的脑袋。

乔很委屈，因为没有人告诉她诺拉在预科生的教室里玩这个发夹小把戏。"你们应该告诉我的！"她说，"你们总是把我排除在外。"

"你什么都对那个七年级的小孩说，她叫什么来着？迪尔德丽。"琼恩说，"所以，我们不让你知道我们的秘密。"

"我会把今天收到的包裹分给七年级的人，不分给你们。"乔说。

"去吧。"琼恩说，"也许你可以用食物买到她们的喜欢和友谊。不幸的是，你买不到我们的。真可惜，不过事实就是如此！"

乔很难过。她开始明白，成堆的钱、糖果和食物一点儿也打动不了女孩们。不过，如果她在自己的生日那天举行一场非常精彩的午夜宴会，邀请大家一起参加，而且她自己也表现得非常谦虚、友好，也许她们会认为她还不算太坏，是吧？

可她没有钱，怎么办一场盛宴呢？她沉思着，想起她被舍监老师捡去的那些钱，她还没去认领呢。

"就算我去找她认领，她也不会给我的。"乔第二十次向迪尔德丽哭诉，"我得鼓足勇气，到她房间里窥探一下，看看能不能发现她把我的钱放在哪儿了。"

一个意想不到的机会突然出现了。舍监老师让苏珊给乔捎了个信，说自己要找她。

乔脸白了，她问："有什么事？"

"不知道。"苏珊说，"也许你又用蓝羊毛线补了你的红手套。你老是这样，你以为舍监老师是色盲啊！"

乔悲伤地走开了，她敢肯定，舍监老师一定会问她那二十五英镑是不是她的。她从骨子里有这种感觉！

她发现舍监老师的房门开着，就走了进去。屋里空无一人。她能听到从走廊那头很远的地方传来的喊叫声，一定是有人摔倒受伤了，舍监老师赶过去急救。乔迅速地环视了一下熟悉的房间。啊，那些药瓶！

到处都找不到钱——但突然间，乔看到了什么，她呆住了。

在舍监老师房间的角落里，有一个又小又重的保险箱，她把收上来的钱都锁在里面——女孩们的零花钱、医药费等。让乔大为吃惊的是，保险柜的门开了一点儿，钥匙插在锁孔里！显然，舍监老师刚要打开或关上保险柜，就听到了一阵痛苦的喊叫。她冲出去了，把钥匙忘在保险柜门上了。

乔跑到门口向外张望了一下。一个人也没有。她跑回保险柜前，打开了柜门。一层架子上放着一堆钞票，另一层架子上放着一堆银币。乔抓了几张钞票塞进口袋，然后逃走了！

没人看见她走。她跑回去的时候，一个人也没碰上。她去找迪尔德丽，她们把自己关在一间浴室里，锁上了门。

"看！"乔把钱从口袋里掏出来，说道，"舍监老师的办公室里没有人。我把我的钱拿回来了。"

"可是乔，这里不止二十五英镑呢。"迪尔德丽说。

的确如此！这儿有九张五英镑的钞票，都是崭新的，干干净净的。

"天哪，我没想到会有这么多。"乔说，"不要紧。这多出来的四张五英镑的钞票算我借的！下次给爸爸写信时，我可以让他给我寄四张五英镑的钞票，这很容易，然后我就把它们还回去。"

"如果我们不马上把它们放回去，这——这不就是偷窃吗？"迪尔德丽害怕地问。

迪尔德丽要求她把钱放回舍监老师的房间，这把乔吓坏了，所以她立刻对这个建议嗤之以鼻。她觉得如果把钱放回去，她肯定会被抓住的！

"不，我才不去。"她说，"别傻了。我一直很有钱。我不需要偷，对吧？我告诉你，其中二十五英镑是我自己的钱，还有四张五英镑的，是我刚借的，下星期我会还的。"

迪尔德丽高兴起来。"现在我们能去买东西准备宴会了吧？"她问，"天哪，我们能买多少东西啊！下次允许我们出去的时候，我们到镇上去买一大堆东西，好吗？"

乔现在得意非凡。她觉得自己做了一件非常出色和大胆的事。她拿了两枚别针，把钞票牢牢地别在上衣的口袋里，生怕再次弄丢了。

她们俩出发去购物。"我们把东西藏在哪儿呢？"乔说，"我不敢把它放在宿舍里的任何地方，公共休息室也不安全。"

"嗯，天气很好。我们确实可以把它藏在某个树篱下。"迪尔德丽说。

她们买了很多东西：好几袋饼干、好几罐雀巢牛奶、好几听沙丁鱼、好几打巧克力棒，还有一包包的糖果、一罐罐的桃子和梨！她们带着一半的东西摇摇晃晃地走了出去，答应再回来拿剩下的那些。原本她们带着一些包装袋，可这些包装袋连一半的货物也装不下。

在田野里，她们找到了一个藏食物的好地方。一个老树桩倒了下来，树桩一侧的洞正好朝下。两个女孩把所有东西都塞进了那个小洞里，洞里很干燥。她们回去拿剩下的东西。

她们付了账——二十五英镑！迪尔德丽简直不敢相信自己的耳朵。这比她五年来花的钱还多！

"不过我们的钱花得很值。"乔说，她们摇摇晃晃地走了，满满地抱着罐头和袋子，"这些东西够咱们全年级每个人吃得饱饱的，而且绰绰有余呢！"

她们把第二批食物藏了起来，在洞口铺上常春藤，然后洋洋得意地回到学校。她们已经决定，叫上十几个八年级的学生和她们一起去取食物。她们确信，仅凭她们自己，要一路把食物带到学校而不中途跌倒，是不可能之事！

但是，乔还没来得及把这一系列令人兴奋之事告诉任何人，就遇到了麻烦。她本该在另一个八年级生或是高年级的人的陪伴下才能出去散步的。而七年级生只有在预科生或是一位老师的陪同下才能出去散步，尽管这条规定有时会被无视。乔把一个七年级的人带出去，违反了这一规定，而且她还比晚自习时间迟了一个小时才把迪尔德丽带回来。

所以那天晚上，八年级教师帕克小姐给了乔一个惊吓。她在桌子上用力一拍，拍下一张纸条，所有人都从功课上抬起头来。

"我这儿有张纸条，上面写着七年级的迪尔德丽·巴克今天下午被一个八年级的学生带走了。"帕克小姐说，"这是违反规定的——而且她直到七年级的晚自习开始一个小时后才回来。迪尔德丽没有透露这个八年级的人的名字。因此，我必须请她站起来，好让我看看她是谁。"

当然，大家都知道，这个人是乔。她们看见她和迪尔德丽一起走了。即使没有看见，她们也会猜到这个人是迪尔德丽的朋友乔。有一两个人满怀期待地看向乔。

乔不敢承认！她害怕不得不交代她们去了哪里，买了什么，钱是从哪里来的。她在座位上颤抖着，眼睛一直低垂着，脸涨得通红。

帕克小姐沉默地等了两分钟。"很好，如果那个犯了错的人不坦白，我必须惩罚全班。"她说，"八年级的人接下来三天都不许去游泳。"

第十八章

逃 之 夭 夭

乔仍然没有站起来。她不能。哦，女孩们不明白！这不仅仅是承认自己未经允许就带迪尔德丽出去的事，而是所有其他可能被发现的事情，比如那四十五英镑！

四十五英镑！四十五英镑！它突然变得越来越大，越来越大。她为什么要拿走这笔钱？只是为了拿回她自己的钱，也是为了虚张声势——给迪尔德丽留下好印象。在接下来的晚自习中，乔一直低着头，她完全无法做任何功课。

那天晚上，宿舍起了风暴。

"乔！你不坦白交代是什么意思？"琼恩问，"你马上下去承认。去啊！"

"和迪尔德丽一起出去的不是我。"乔无力地说。

"哦，乔！你比以前还要坏。你怎么能这样撒谎？"费莉西蒂叫道，"下去承认吧。你不会真的想要害整个八年级三天不能游泳吧？你一定是疯了！"

"好吧，我是疯了。"乔说。她看到所有愤怒、指责的面孔都转向她。此时，她觉得自己像一只被猎捕的动物。

"你不适合待在马洛里塔，我真不明白你为什么要来。"苏珊气愤地说，"你不仅没有进步，反而越变越坏了。"

"别这么说。"乔说着眼里充满了泪水。

"对，哭吧！你活该。"凯瑟琳说，"现在，我问你最后一次，你到底承不承认？"

"我没有和迪尔德丽一起出去。"乔固执地重复着。

"我们决定不睬你了。"琼恩说，"在接下来的三个星期里，我们谁也不和你说话，不和你有任何关系。明白吗？这种惩罚是专门针对你这种人的，约瑟芬·琼斯！你这种人，让自己的所作所为连累其他人，然后又懦弱得不敢承认。我们三个星期都不会搭理你！"

"可是，马上就是我的生日了，我为大家准备了一顿大餐！"乔疯狂地叫道。

"宴会你就一个人享受吧。"琼恩冷酷地说，"除非你想叫那个小不点儿迪尔德丽一起享受。现在，大家都明白了吧？从现在起，我们不搭理乔了！"

乔以前从未听说过这种说法。这对她来说是全新的，意味着没有一个人跟她说话，没人回应她，甚至看都不看她一眼。

那天晚上她太过张扬吸引了她们所有的注意，还不如当时不在场呢。乔躺在床上哭泣。她从姑妈那儿得到那笔钱以后，为什么不马上交给舍监老师呢？一切麻烦自那时起。

她一直等到其他人都睡着了，才去找迪尔德丽。两人蹑手蹑脚地走到走廊里窃窃私语。"迪尔德丽，我受不了了。"乔哭着说，"我要逃走，我想回家。这里每个人都对我不好，除了你。"

"我不该和你一起去买东西。"迪尔德丽低声说，"这一切麻烦都是我惹的。"

"哦，迪尔德丽，如果我逃走了，你会和我一起吗？"乔抽着鼻子问，"我不敢一个人走。求你了，求你说你愿意和我一起走。"

迪尔德丽犹豫了。逃跑的念头把她吓坏了。可她的性格脆弱，很容易被人牵着鼻子走。乔比她强壮得多，而且对她很慷慨。

"好吧，我也走。"她说。乔立刻高兴起来。她们开始计划起来。

"我告诉你我们该怎么做。"乔说，"我们要把所有的食物都搬到棚屋去，就是上学期我们在乡间散步时经过的那间，你还记得吗？七年级和八年级的人一起去的，我们都在那个棚屋里玩过，那个地方非常偏僻。我们把食物带过去，在那儿待上一两天，再想办法回家。"

对迪尔德丽来说，这似乎是一次相当愉快的冒险。她立刻同意了。"我们明天最好早点起，把东西搬过去。"她说，"我们至少得跑两趟，到那间棚屋还挺远的。"

乔现在感到很高兴。当八年级的人知道，是因为她们孤立她才逼得她逃走的，她们会作何感想？乔没有想到她突然消失会让学校和父母怎样担惊受怕。她非常自私，很快就把整件事看成一场奇妙的冒险。

不知怎么，第二天早上她很早就醒了。她穿好衣服，叫醒了迪尔德丽，幸亏迪尔德丽的床就在寝室门边。两人悄悄地出发了。她们终于来到了藏东西的树洞那儿，然后，她们开始了长途跋涉，往返于棚屋和树洞之间，花费的时间比她们想象的要长。

棚屋是个很好的藏身之处。这里离任何一条路都很远很远，只有一条马道能通向附近。除了几个徒步旅行者，通常没有人靠近它。

"好了，我们一定要记得带一个开罐器。"乔高兴地说，放下最后一罐桃子，"我们的食物够吃几个星期的，迪尔德丽。"

"得快点回去。"迪尔德丽看了看表说，"我们吃早饭要迟到了，无论如何，都决不能再让人看见我们一起出去。"

"到目前为止还没有人发现我们。"乔说，"我们很走运。"

的确，没有人认出她们，但是有人远远地看见了她们！是比尔，骑着她的"雷鸣"，还有克拉丽莎骑着"乐腿儿"，两人一大早外出骑马，她们沿着离棚屋不远的一条马道骑着。比尔敏锐的眼睛看到有两个人走进了棚屋。

"奇怪！"她说，"那看起来像两个马洛里塔的女孩——一样的制服，也许是两个大清早出来散步的人。"

"也许吧。"克拉丽莎说，没想太多。她们继续疾驰而去，经历了一段美妙的旅程之后，在乔和迪尔德丽之前回来了。乔和迪尔德丽两人小心翼翼地从不同的大门溜了进来。

她们计划，当天晚上等其他人都在床上睡熟后逃走。八年级的学生为乔那天的行为惊讶不已。她们原以为她会痛苦而压抑，因为完全没人搭理是一种非常严厉的惩罚。可恰恰相反，乔的眼神明亮，心情愉快，似乎一点儿也不在乎被孤立。

"她是个厚脸皮的小坏蛋。"琼恩对费莉西蒂说。琼恩一下子对两个人视而不见，她不仅对乔视而不见，对阿曼达也一样！在那几天里，她们碰巧遇上了好几次，琼恩都转身不理睬阿曼达，内心暗自为此高兴不已。

那天晚上，等八年级宿舍的女孩们睡熟之后，乔起床了，悄悄地穿好衣服。她从床上取下毯子，然后偷偷溜进迪尔德丽的寝室。迪尔德丽醒了，也是因为恐惧这一刻的到来。毫无疑问，她几乎要完全放弃逃走这个想法了！

可是乔不打算放弃，也不允许迪尔德丽放弃！没过多久，她们俩的胳膊上都搭着毛毯，偷偷地走在月光笼罩下的走廊。她们打开花园的门，走到外面的院子里，一切易如反掌。

"我很高兴有月光。"迪尔德丽说着，露出一个半带害怕的笑来，"我不想走黑路。哦，乔，你确定没事吗？你确定你的家人不会介意我和你一起回去吗？"

"哦，不会介意的。他们会把你当作我的朋友来欢迎的。"乔说，"他们会觉得我们的冒险很好笑，我知道他们会的。他们会觉得这太棒了！"

她们终于到达了棚屋。所有的食物还在那里。她们把毛毯铺在地板上，躺下睡觉。天气很暖和，但有一段时间她们谁也睡不着。最后，乔打开了一包饼干，她们慢慢地嚼着，迪尔德丽先睡着了，然后，乔闭上了她的眼睛。

乔心想：明天，女孩们会怎么想？她们会后悔把她赶走的！帕克小姐会为她说了那些难听的话而后悔的，杜邦老师也会。还有……可此刻，乔已经睡得很熟了，甚至没有听到小刺猬在棚屋的地板上窜来窜去的声音。

早上，没有人注意到女孩们的空床。有人早起散步或游泳是很平常的事。七年级和八年级的学生噔噔噔地下楼吃早饭，像往常一样叽叽喳喳的。

但没过多久，这个消息就传遍了学校。

"乔不见了！迪尔德丽不见了！没人知道她们在哪里。大家在到处找她们呢！"

八年级生不禁感到很内疚。是她们的惩罚把乔赶走了吗？不会，她老是说自己要逃走的！尽管如此，她还是带着脆弱的小迪尔德丽逃走了——也许是因为她受不了被孤立。会发生什么事呢？她们到底去了哪里？

有人报了警。格雷灵女士打电话给琼斯先生，告诉他，他的女儿不见了，但她们希望能找到她，以及她带走的一个女孩。她们不可能走远。

格雷灵女士把消息传达给琼斯先生时，他的反应让她吃惊。她原以为他会心烦意乱、忧心忡忡，也许会责备学校没有把乔照顾好，但电话里传来一阵大笑。

"哈，哈，哈！咱家的乔可不就是这样嘛！你知道，她就跟我一模一样。当年我也老是逃学！不用担心咱家的乔，格雷灵女士，她知道怎么照顾好自己，也许她正在回家的路上。如果她到了，我就给你打电话。"

"琼斯先生，我已经通知了警察。"格雷灵女士说，她对乔的父亲接收消息的态度感到困惑，"当然，我会尽量不让这件事见诸报端。"

"哦，别为那件事操心了。"琼斯先生吃惊地说，"我倒希望看到咱家乔的冒险能登上头条。她是个了不起的姑娘，是不是？"

他惊讶地听到格雷灵女士那头的咔嗒声，话筒被坚决地放下了。"她怎么啦？就这样挂我的电话。"他想，"嘿，孩子他妈，你在哪儿呢？咱家乔干的这事儿，你觉得咋样？"

那天早上，格雷灵女士听到了一个非常令人不安的消息，这消息来自一位警官，校方就是向他报告了女孩们的失踪。格雷灵女士把她们的事说了，并描述了她们的模样。之后，警官清了清嗓子，有些尴尬地开口："呃，格雷灵女士，关于之前报告的另一件事，你们舍监老师的保险箱里被盗，你还记得吗？舍监老师记得钞票上的编号是有序列的。我们已经追踪到这些钞票了。"

"哦——"格雷灵女士说，"那么，你知道小偷是谁吗？"

"嗯，女士，我们知道的，在某种程度上说是这样的。"警官说，"一个马洛里塔的小女孩用这些钞票，在镇上的两家商店付账。她和另一个女孩一起过来，她们买了一大堆食品，一罐又一罐的……"

格雷灵女士的心一沉，她捂住了眼睛。可不能是马洛里塔的女孩干的呀！她们中间会有那样的小偷吗？

"谢谢你，警官。"她终于说道，"我会调查是哪些女孩的。早安。"

第十九章

黯 然 离 去

事情很快就清楚了，买东西的是乔和迪尔德丽。真相一点一点地浮现出来。舍监老师讲述了她是如何发现那些五英镑钞票的，她也知道那是乔的，但乔从来没有认领过。

八年级的学生说乔打算为生日宴会买食物。帕克小姐补充了有关迪尔德丽和一个八年级的学生外出的事，还有她是如何没能让这个八年级的学生承认这些事。

"可是，毫无疑问，那人就是乔。"她说。

"是了。"格雷灵女士说。现在，她看到了这个不幸故事的全貌。乔到舍监老师的房间拿回自己的钱，拿的比她打算拿的多，又不敢把钱放回去。然后，麻烦就来了，恐惧和痛苦使乔逃跑了。这个愚蠢的、被宠坏的小家伙！

当然，这主要是她的父母之过。格雷灵女士对舍监老师说：

"恐怕不能指望他们有所作为了，他们于她没有益处。"

有人敲门。比尔和克拉丽莎出现在门外。

她们记起了前一天早上在旧棚屋附近看到的那两个人影，向校长问道：她们会是乔和迪尔德丽吗？

"很有可能。"格雷灵女士说，"她们可能把食物藏在那里，并且在那里露营。你们认识路吗？"

"哦，认识。我们经常骑马去那里。"比尔说，"格雷灵女士，我们想骑上雷鸣和乐腿儿过去，看看那两个人还在不在，这对我们来说是最快的办法。"

"彼德斯小姐也可以骑着她的马过去。"格雷灵女士说，"如果女孩们在那里，她可以带她们回来。"

于是，三个骑手出发了，她们越过田野和山丘，来到了通往棚屋附近的马道。这天早上，乔和迪尔德丽正坐在棚屋里吃第四份"点心"，她们听到了马蹄声，迪尔德丽向外张望。

"是比尔和克拉丽莎。"她说着，冲了回去，看上去很害怕，"还有彼德斯小姐。"

"她们不可能猜到我们在这儿的。"乔手忙脚乱地说。

可她们就是猜到了！她们三个很快就下了马，彼德斯小姐向棚屋走去。她朝里面看了看，发现乔和迪尔德丽蜷缩在一个角落里，看上去又脏又乱，惊慌失措。

"原来你们在这儿，真是一对傻瓜。"她说，"马上出来吧，我们受够了这种胡闹。"

乔和迪尔德丽活像两只受了惊吓的小狗一样爬出了棚屋。比尔和克拉丽莎看着她们。

"原来我们昨天见到的是你们。"比尔说，"你们在玩什么把戏？扮演印第安人还是什么？"

"比尔！我们会惹上大麻烦吗？"迪尔德丽问道，脸色煞白。她不喜欢在棚屋里度过的那个夜晚。一大早，一阵风吹进来，她觉得很冷，醒来后就再也睡不着了。而且，棚屋里似乎有一股很难闻的气味，迪尔德丽想也许是老鼠的味道，她很怕老鼠。

比尔看着脸色苍白的迪尔德丽，为她感到难过。她只是个七年级的学生，才十三岁，是个胆小、软弱的小女孩——乔就是喜欢找这种人，冲她吹嘘，引诱她做坏事。

"听着，迪尔德丽，你真是个傻瓜，要不是那天克拉丽莎和我看见你在这儿，你可能会引起很多担心和麻烦。"比尔说，"还好这件事还没有见报。你能做的最好的事就是对这件事绝对坦率和诚实，真心悔过，并承诺重新开始。那么我敢说，你还有机会的。"

"我会被开除吗？"迪尔德丽问，一想到这里就惊慌不已，"我爸爸会非常难过的，我没有妈妈。"

"我不认为你会被开除。"比尔和蔼地说，"据我所知，你的名声并不坏。来吧，你可以骑在雷鸣身上，坐我身后。"

迪尔德丽怕马，但她更害怕因为不听比尔的话而惹上更多的麻烦。她爬到了雷鸣的背上，乔被抱上了彼德斯小姐的马。

彼德斯小姐只对浑身脏兮兮的乔说了几句话。

"逃避从来都没有任何好处。"她说，"你不能逃避困难，你只能去面对困难。记住这一点，乔。现在抓紧我，我们走吧。"

她们回来时正好是课间休息。她们走上车道，大家听到了马蹄声，跑过去看是不是乔和迪尔德丽被带回来了。她们默默地看着这两个脏兮兮、浑身湿透、愁眉苦脸的女孩！

两人被直接带到格雷灵女士那里。迪尔德丽现在处于极度恐慌的状态。她怎么能跟乔一起逃跑呢！她的爸爸会怎么说？她是他的全部，现在，他会感到羞愧和遗憾，他送她去这么好的学校，可是她却给学校带来了耻辱。泪水顺着她的脸颊滚下来，格雷灵女士还没来得及说话，迪尔德丽就把她的感情倾吐了出来。

"格雷灵女士，我很抱歉。别告诉我爸爸，求你了，别告诉他。他信任我，我是他唯一的依靠。格雷灵女士，请别开除我，我再也不会做这种事了，我向你保证。我真不知道我为什么要做这种事。只要你再给我一次机会，我会尽力表现好。格雷灵女士，请相信我！"

格雷灵女士一眼就看出她是真正悔悟了。这不是一个试图摆脱困境的人，而是一个被她自己做的事情震惊的人，一个正在考虑这件事可能对她爱的人产生何种影响的人，一个真心希望改过自新的人！

"我会让你看看我说到做到的。"迪尔德丽继续恳求，用一只脏兮兮的手擦去眼泪，把脸弄得脏兮兮的，"你爱怎么严厉惩罚我就怎么严厉惩罚我，我都照做。但是请不要告诉我爸爸。他是个水手，他绝对不会逃跑，他会为我感到羞耻的。"

"逃跑从来都是无济于事的，这是懦夫的做法。"格雷灵女士严肃地说，"勇敢面对才是英雄之道。我要想一想该怎么惩罚你，明天早上再告诉你。我相信无论我做什么决定，你都会接受，并且勇敢地面对。"

格雷灵女士转过身来，看向舍监老师，她正安静地坐在大房间的一个角落里织着毛衣。

"现在，请把迪尔德丽带走好吗？"她说，"首先，她得洗个澡，换上干净衣服。今天早上别让她去上课了。让她帮着你干点儿活，好吗？等她平静下来，我再跟她谈谈。"

舍监老师冷静、善良，做事高效，听到后把她的毛线活儿放进包里。"来吧，我的孩子，我很快就会安顿好你的。"她对迪尔德丽说，"我这辈子从没见过这么脏兮兮的七年级学生。洗个热水澡，换件干净衣服会让你感觉好很多。然后你可以帮我整理一下我的亚麻橱柜。让你忙起来，也让你摆脱麻烦！"

她亲切地挽起这个女孩的胳膊，迪尔德丽松了一口气。她总是害怕舍监老师，但突然间老师似乎成了一块真正的磐石，一个可以依靠的人——几乎像一位妈妈，迪尔德丽想，她确实非常想要有一位妈妈。她紧紧挨着舍监老师，急急忙忙走开了。她很想问舍监老师，校长会不会开除她，可她害怕听到答案。

可怜的迪尔德丽。她不适合做任何冒险的事。

乔一直默默地站着，生怕从嘴里漏出一个字。格雷灵女士看着她。"我正在等你父亲，他十分钟内会到。"她说，"不然我也会叫你去洗个澡的。不过最好现在先等着，等他来。"

乔的心情一下子振作起来。那么说，她爸爸很快就要来了，他不会为此生气的，他会嘻嘻哈哈。他会笑着开玩笑，把他闺女最近做的这事告诉他所有的朋友。他会大事化小、小事化无的！

乔松了一口气。"坐下，"格雷灵女士说，"等你父亲来了，我们再和他讨论这件不幸之事。我一听到比尔和克拉丽莎说她们知道你的藏身之处，就派人去找他了。"

格雷灵女士开始写信。乔静静地坐着，她希望自己看起来不要那么脏。她的外衣破了一个大洞，光裸着的膝盖脏兮兮。

十分钟后，一辆巨型汽车呼啸着驶上车道。是爸爸！乔想，他这么快就到了！随着一声刺耳的刹车声，汽车停了下来。有人下了车，车门重重地关上了。

不一会儿，琼斯先生出现在客厅门口，他喜气洋洋地走了进来。"这么说你找到那个小坏蛋了，是不是？"他说，"咦，她在这儿！乔，这事儿亏你做得出来，就这样跑了。她是个小无赖，是不是，格雷灵女士？"

"你不坐下吗？"格雷灵女士用非常冷静的声音低声说，"我想和你讨论一下这件事，琼斯先生。恐怕，我们认为此事非常严重，幸好没有见报。"

"是的，可是你瞧，这有什么大不了的？"琼斯先生勃然大怒，"只是开个小玩笑，乔是个活泼的姑娘，她一点儿毛病也没有！"

"琼斯先生，她的毛病很多。"格雷灵女士说，"以至于我想让你今天就把乔带走。我很遗憾地说，我们不能让她回来了，她在学校造成了很不好的影响。"

琼斯先生一生中从未遇到如此突然而至、令人不快的意外之事。他张着嘴坐着，简直不敢相信自己的耳朵——乔被开除了！她们想让他把她带走，不让她回来了！究竟为什么？

乔既震惊又恐惧。她咽了一口吐沫，盯着她的爸爸。他终于开口说话了。

他开始咆哮："是的，可听我说，你不能这么做，你知道这只是开个小玩笑。我承认乔不应该那样做——惹出了很多麻烦什么的——而且她也不应该把另一个孩子带走。可你不能为了这个就把她给开除了，肯定不能！"

"我们能，琼斯先生，我们如果认为她造成了不良影响的话，就可以开除她。"格雷灵女士说，"当然，这种情况并不经常发生。事实上，它非常罕见。但在这种情况下，我们就得这么做。你看，这不仅是逃跑的问题，还关乎一件偷窃之事。"

乔捂住脸孔，几乎要瘫到地上去。那么说，格雷灵女士什么都知道了！她爸爸看起来目瞪口呆。他站起来，低头看着格雷灵女士，声音颤抖起来。

"你是什么意思？你不能说我家乔是小偷！你不能！我不相信。她总是有大把的钱。"

格雷灵女士什么也没说，她只是指了指乔。乔仍然捂着脸坐着，身子前倾，泪水从手指缝中浸出来。她爸爸目瞪口呆地盯着她。

"乔，你没偷钱，哦，你没偷钱！"他说，声音突然变得嘶哑，"我简直不敢相信！"

乔只能点点头。那些可怕的钞票！剩下的部分还别在她的衬衫上。她一动，便能感觉到钞票在沙沙作响。她突然把钱掏出来，放在格雷灵女士的面前。"剩下的就这些了，"她说，"但我会把其余的还上的。"

"我会把所有钱还上的，所有钱，我赔双倍！"琼斯先生用同样嘶哑的声音说，"想想看，我的乔——偷钱！"

胆大包天、厚脸皮的乔和曾经狂躁自大的男人都可怜巴巴、谦卑地看着格雷灵女士。她为他们俩感到痛心。

"我想没有必要再说什么了。"她平静地说，"我不想听乔的任何解释。如果你愿意，可以听听她说些什么。琼斯先生，但你应该明白，我不能再让乔留在这儿了。在马洛里塔学园，她有过很好的机会，可她没有抓住。我想我应该告诉你，她的父母应该负部分责任，你们没有给乔提供她需要的支持和帮助。"

"是的，你没能支持我，爸爸！"乔抽泣着叫道，"你总说我是不是年级垫底无所谓，你从前总是垫底！你说过我不必为规矩烦恼，只要我愿意，我可以任意打破规矩。你说过只要我玩得开心就行，那才是最重要的。事实上不是这样的，不是这样的……"

琼斯先生静静地站着，一言不发，他突然转向格雷灵女士。"我觉得，乔说得对。"他说，声音听起来满是惊讶，"格雷灵女士，我猜想你原以为如果我能正确看待此事，你可能会再给乔一次机会，但我没有。走吧，乔，我们必须把事情想清楚。现在，咱们回家吧。"

他伸出手去，乔握住了，重重地吞咽了一口。琼斯先生向格雷灵女士伸出手，说话时带着出乎意料的庄重。

"再见，格雷灵女士。我想真正有错的是我，不是乔。为了乔好，你不会把这件事传扬出去吧？我是说关于钱的事。"

"当然不会。"格雷灵女士说着，与琼斯先生握了握手，"琼斯先生，不管你怎么拿这件事与你的朋友们说笑打趣，也不管你怎么掩饰乔被开除的事实，我请求你不要拿这件事跟乔开玩笑。这是一件严肃的事情，可能是她人生的转折点，无论转向善还是转向恶。她有权利期待父母给她指明正确的道路。"

几分钟后，那辆大汽车呼啸着驶离大路。乔走了，永远地离开了马洛里塔学园。一个失败者，如果她的父母能支持她，她将来可能会获得成功。

父母是多么重要啊！格雷灵女士想。真的，我认为应该有人开办一所家长学校！

第二十章

惊 涛 骇 浪

迪尔德丽没有被开除。她真正的缺点是软弱，这是可以改进的。当她听到自己可以留下来时，她高兴得想放声歌唱。对乔的事，她深感震惊，但又暗自松了一口气，因为她可以摆脱她强大而专横的影响了。

整个学校也震惊了。女孩被开除是非常罕见的，但大家都认为乔不可能不被开除。

"可怜的孩子，有那样愚蠢的父母，没规矩谁能成方圆呢？"玛丽露说，"乱花钱、吹牛、厚脸皮，想让乔跟他们一样富有。马洛里塔学园有那么多的尝试，这一次出了问题。"

"我得说，我宁愿有一个像乔的爸爸那样慷慨的爸爸，也不愿有一个像我的爸爸这样小气的爸爸。"格温插嘴说，"乔的爸爸绝不会不愿意让她在精修学校多待一年。"

"你这是在胡思乱想。"艾莉西娅说，"我告诉你吧，你胡思乱想得太多，太没边儿了。你爸爸比乔她爸爸强十倍——不是指金钱上，而是在真正重要的事情上！"

"乔的那件事很恶劣。"达瑞尔说，"终于结束了，我很高兴。也许现在我们有一段安静时光了，不用再闹哄哄的了！"

当然，这么断言真是太傻了。几乎立刻就有事发生了！

阿曼达已经做好了决定。第二天早上，潮水正好适合她出海游泳。她热切地盼望着，终于可以畅游一番了！

她住在一间很小的预科生宿舍里，只有三个同学。莫伊拉、莎莉和比尔这三个的睡眠都很沉。她可以悄悄地溜出去，不吵醒她们。她并不想告诉她们任何一个人她将要做什么，或者她在一番长距离畅游之后会怎么样。她们是如此热衷于遵守规则，可阿曼达认为这样的规则真的不适用于未来的奥运游泳运动员！

她早上四点半起床。正是黎明时分，天空中铺满了银色的光。很快，当太阳升起时，天空便会染成金色和粉红色。那将是天堂般美好的一天！

她悄悄地走了出去。整个学校鸦雀无声。阿曼达很快就站在泳池边，脱下衣服，她里面穿着泳装。她先在泳池里泡了一泡，感觉真美妙！她强壮的手臂在水里扑腾，她结实的身体尽情畅游，她仰面躺在水上几分钟，梦想着明年她能在奥运会上赢得游泳冠军。她想象着，人山人海，她仿佛听到了欢呼声和掌声。这是一幅令人愉快的画面，让阿曼达陶醉其中。

然后，她爬出泳池，朝岩石的边缘走去。虽然远处风平浪静，但海浪还是汹涌而来。阿曼达眺望着湛蓝的大海和天空。她干净利落地跳进深水区，游过那里的一条通道，突然之间，便来到了开阔的海面上。

终于！她一边想，一边用双臂划破水面，两条腿稳稳地推动她向前。我终于又开始真正地游泳了！

她朝计划好的方向游去。太阳升得更高了，阳光照射下来。今天会很炎热，水面上金光闪烁，阿曼达高兴地笑了起来。哗啦，哗啦，哗啦，她游啊游啊，与大海融为一体！

没有人看见她离开。她打算在有人来泳池晨泳之前赶回来。最早也就是七点钟。她有的是时间。可那天早上，有人七点之前就下来了。

琼恩醒得很早，便再也睡不着了。阳光正照在她的脸上，她瞥了一眼闹钟——六点钟。还有好长一段时间晨铃才会响呢。她坐起身，把晨衣拉过来。

她想：我要下去游个泳，在泳池里真正地游个泳，而不是像我和阿曼达吵架后一直在胡闹的那种。我要看看，我是不是还记得她的那些规定。

她轻轻地走下楼梯，来到阳光普照的空地。很快就到了泳池边，她去找她的泳衣，她把它留在那里晾干。她把泳衣穿上了，然后，利落地跳进了游泳池。

在那里，一切都是她一个人的，真是太美妙了。通常泳池都很拥挤。琼恩懒洋洋地漂着。然后她开始游泳。是的，她记得阿曼达教给她的一切。她以最快的速度在水中游来游去，柔软的身体像鱼一样轻盈。她上下起伏，游着游着，直到筋疲力尽。

她爬出水面休息，坐在阳光下。她决定到海边去，坐在岩石上，让海浪拍打她。于是她走了下去，找到了一块高高的岩石架子，坐在上面，海浪正好溅到她的腿上。

她懒洋洋地望着大海。多么奇妙的蓝色啊，是翠雀蓝，琼恩断定。然后她的眼睛突然盯住了远远的海面上某处，有一个黑色小球上下浮动，会不会是一个浮标，系在那里警示那儿有一块隐藏的岩石？琼恩以前从未注意这个。

然后她看到似乎有一个白色的手臂扬了起来。她跳了起来。天哪，那是一个游泳的人！在那里，有人被水流困住，拼命地游着，以免自己被逼到礁石上。

琼恩一动不动地站着，她的心突然狂跳起来。她聚精会神地看着。那是一个游泳的人，虽然她看不清是男人还是女人，但激流已经困住了他或她，正在把那人拖向礁石，那里海涛汹涌，那人自己知道吗？

是的。阿曼达知道了。她感到身下的水流无比湍急、沉重。她怎么能嘲笑水流呢？它比十个游泳者，甚至二十个游泳者还要强壮！它无情地拖拽着她，不管她怎么游，都把她往相反的方向推去。

阿曼达累极了，她用了很长时间和巨大的力量来对抗变幻莫测的水流。她被警告过要小心岩石，可她惊恐地看到自己正被带到离那个岩石越来越近之处。

如果其中一个巨浪把她卷起来，再把她抛向浪尖，她便毫无机会，她会立刻被拍打得粉身碎骨！

琼恩看到那个游泳者正试图逆流而上。她知道这是无望的。她能怎么办呢？她有时间跑回学校，提醒别人并让她们打电话求助吗？不，她没时间了。

琼恩想：只有一个办法，只有一次机会！船！如果我能及时赶到船坞，把船拖出来，在那个游泳的人触礁之前拦住他，或许我能救他。只有一次机会！

她穿着泳装，匆匆奔向小船坞。它在海岸的某个地方，在一个没有岩石，海浪打不到的位置。琼恩找到了钥匙，打开了门，想拖出一艘小船。有时，女孩们说服船夫老汤姆带她们去划船时，就会用到这小船。

就连这条小船也沉得不得了。琼恩又拉又推，最后它终于下水了，一下子被托举到浪头上。琼恩跳进船去，拿起桨。她开始以最快的速度划着，但很快就不得不放慢了速度，因为她上气不接下气。她环顾四周，想找到那个游泳的人。

他在那儿——不，那一定是个女人，因为她的头发很长，湿漉漉的，拖在水里。真是个傻瓜！琼恩使劲划桨，惊恐地看到那个游泳的人正被冲到离岩石很近的地方。

幸运的是，海上风平浪静，所以拍打着岩石的海浪没有往常那么巨大。琼恩对游泳的人喊道："喂！这儿！喂！"

游泳的人没听见。阿曼达几乎筋疲力尽了。她的胳膊现在差不多不能动了。她再也不能逆流而上了。

"喂！"琼恩又叫道。这次，阿曼达听到了，她转过头来。一艘船！啊，多么幸运、美丽的景象啊！但她能及时游向它或是它能不能及时划向她呢？

船过来了。突然，一个巨浪牢牢抓住了阿曼达，把她卷起来，向前去，她的腿打在一块隐藏的礁石上，她痛苦地叫了起来。

天哪，她差点儿被甩上岩石了，琼恩惊慌地想。她拼命地划着，终于划到了游泳的人身边，她现在正浮在水面上，再也游不动了。

琼恩从船舷那边向她伸出手来。这是阿曼达！她认出人来，大吃一惊。谁能想到她会这么鲁莽？奇迹般的是，海浪在一两分钟后消退了。

琼恩拉住了阿曼达。"来吧，用力啊！"她喊道，"振作起来！"

阿曼达不知道自己是怎么上船的，琼恩也不知道。这几乎是不可能的事，因为阿曼达的腿和胳膊都受了重伤。但不管怎么说，她还是成功上了船。最后她躺在船底，筋疲力尽，浑身发抖，痛苦不堪。她咕哝着谢谢，除此之外一句话也说不出来。

琼恩发现她现在必须逆流而行。她已经累坏了，立刻就意识到这是不可能的。但很快有人来帮忙了，一些早起的游泳的人发现了那艘船，一个头脑清醒的十年级学生拿来了一副双筒望远镜。一看到小船出了问题，就有人跑去找老汤姆。这会儿，他那只小小的舷外挂机摩托艇正在嘟嘟嘟地开出去救那两个精疲力竭的女孩！

他们很快就上了岸。女孩们透过望远镜认出琼恩之后，就把舍监老师叫来了。起初没有人发现阿曼达，因为她在船底。

大家围了过来，惊恐地大叫起来："看看阿曼达的腿和她可怜的胳膊！哦，太可怕了！"

第二十一章

新 的 起 点

这个消息又像野火一样传遍了学校！"阿曼达去海里游泳，结果被水流困住了！琼恩去游泳池游泳，看见了她。琼恩找到了小船，救了她，可阿曼达伤得很重。"

"想想看，琼恩救了她的死敌！"低年级的学生说，"好一个琼恩！她晕倒了，舍监老师说的，她们都在医务室。"

琼恩很快恢复了健康。当时她已经筋疲力尽了，再加上她感受到的恐慌，让她几个小时昏迷不醒。然后，她突然坐起来，说她感觉很好，问能否站起来。

"还不行。"舍监老师说，"躺下。我不想对了不起的救命恩人这么严厉，但如果你不按我说的做，我可就要严厉起来了！你确实救了阿曼达的命。"

"阿曼达怎么样?"琼恩问。一想起阿曼达可怕的腿和胳膊——淤青、肿胀、割伤，她就浑身发抖。

"她不太好。"舍监老师说，"她的手臂还好，但腿部肌肉严重撕裂，我想是被一块岩石弄伤的。"

琼恩静静地躺着，问："舍监老师，这是否意味着阿曼达这学期不能游泳或运动了？"

"可能不止如此。"舍监老师说，"对她来说，这可能意味着所有运动的终结——除非她的肌肉能自我治疗，神奇地愈合。"

"可是，阿曼达打算参加明年的奥运会。"琼恩说，"她也完全够格啊，舍监老师。"

"这些我都知道。"舍监老师说，"琼恩，这事太糟糕了。当一个人被赋予卓越的力量、健康的体魄和运动的天赋，却为了一小时被禁止的快乐而失掉了这一切，真是一个悲剧。我不敢想象那个可怜的姑娘躺在那儿在想什么。"

琼恩也不愿意去想象。这对阿曼达来说太痛苦了！一想到这也是她咎由自取的，那就更痛苦了。

"我能去看看阿曼达吗？"她突然问舍监老师。

"今天不行。"舍监老师说，"琼恩，我知道你和阿曼达的冲突，我不在乎谁对谁错。那个姑娘需要一点儿帮助和同情，所以，如果你不能慷慨地给予她这两样，最好就不要去见她。你救了她的命，这是件了不起的事。现在你可以做一件小事——和她言归于好。"

"我会的。"琼恩说，"舍监老师，你的这番劝说真是糟糕啊，我简直想象不出我为什么会喜欢你。"

"彼此彼此，深有同感！"舍监老师眨了眨眼，说，"现在，请你好好躺下好吗？"

当琼恩终于起床回到学校时，她发现自己成了一个女英雄！当她尴尬地走进公共休息室时，引发了一片欢呼，她突然感到莫名的害羞。苏珊拍了拍她的背，费莉西蒂上下摇晃着她的右胳膊，诺拉则摇晃着她的左胳膊。

"琼恩，大好人！"女孩们齐声喊道，"琼恩，大——好——人！"

"可别再说了吧。"琼恩说，"有什么新闻吗？我觉得自己好像已经离开很久了。你们去预科生那边要了什么小把戏了吗？"

"天哪，没有！我们一直在想着、念叨着的就只有你和阿曼达！"费莉西蒂说，"我们从来没有想过耍把戏。但是我们现在应该行动了，为了庆祝你的勇敢！"

"你们可别傻了。"琼恩说，"我碰巧在那里，看到阿曼达陷入困境，仅此而已。换做别人也会这么做的。"

但八年级的人不会掩饰她们为琼恩而骄傲的心情。艾莉西娅也感到高兴和自豪，她下楼来，亲切地拍着她小表妹的背。

"干得好，琼恩。"她说，"可是，阿曼达倒霉透了，是不是？这学期剩下的所有比赛她都不能参加了，也许明年也没有机会参加奥运会了。"

没有人说，甚至没有人这样想：这是阿曼达自高自大的报应，是她不断吹嘘自己本领的报应。就连低年级的学生也没这样说，尽管她们过去都不喜欢阿曼达。她的不幸引起了她们的同情。也许学校里唯一一个有类似"阿曼达罪有应得"这种想法的人，是那个叫苏珊娜的法国女孩，她讨厌阿曼达，是因为阿曼达的行为粗鲁，对她本人相当蔑视。

但是，苏珊娜仍无法理解阿曼达为什么要去长距离游泳，也不可能理解这么长时间不能参加任何比赛带来的痛苦和失望。

琼恩说到做到。一获许可，她便带着一大盒姜糖去看阿曼达。

"你好，阿曼达。"她说，"最近怎么样？"

"你好，琼恩。"阿曼达说，她看上去依然苍白而疲惫，"哦，我是说，谢谢你的姜糖。"

舍监老师走出了房间。阿曼达迅速转向琼恩，说："琼恩，我不太善于感谢别人，可谢谢你所做的一切。我永远不会忘记的。"

"现在我得说点儿什么，我就说给我们俩听，以后我们再也不提了。"琼恩说，"训练那个事，我们都是傻瓜。我恨不得那场争吵没有发生过，但它发生了。其实错误是五五开，让我们忘掉它吧。"

"你本可以同时参加游泳和网球二级队的。"阿曼达遗憾地说。

"我会的！我想参加！"琼恩说，"我要重新拼命地练习，你相信吗？莫伊拉提出每天帮我计时游泳，每天下午帮我练习发球!"

阿曼达立刻高兴起来。"这太好了。"她说,"琼恩,我不会那么计较。我的意思是,我不会置身事外——如果你能进入二级运动队,我就不会觉得自己徒劳无获。"

"好的,"琼恩说,"我会尽力的。"

"还有一件事。"阿曼达说,"一旦她们允许我起床,我就会花时间指导低年级的学生。我的腿要打上石膏,然后就能一瘸一拐地走了。我自己不能运动了,但我至少能看到其他人在运动上有所成就。"

"好的。"琼恩又说,"阿曼达,我会为你挑选几个有潜力的人,这样等你能下床的时候,她们就会准备好了!"

"该走了,琼恩。"舍监老师说着,又急急忙忙地走了进来,"你喋喋不休会使阿曼达感到厌烦的。天哪,但是她看起来情绪好多了!你最好能再来,琼恩。"

"我会来的。"琼恩说着,咧嘴一笑离开了,"别把阿曼达的姜糖都吃了,舍监老师。我知道你的小把戏!"

"嗯,你们这些厚脸皮的小坏蛋!"舍监老师笑着说。但是琼恩已经走了。

阿曼达看起来精神多了,舍监老师看了很高兴。"琼恩就像她那个小坏蛋表姐艾莉西娅。"她说,"没错,艾莉西娅就像她妈妈。她妈妈小时候也是由我照管的。天哪,我一定是老了。艾莉西娅妈妈以前也要些小把戏,而我还没有满头白发可真是个奇迹！"

她走了，好让阿曼达睡个午觉。但是阿曼达没有睡，她躺着思考。那些卧病在床、痛苦不堪的人的思考是多么漫长啊！阿曼达在生病期间理清了很多事情。

没有人向她指出骄傲总是以失败为代价，但她向自己指明了无数次。没有人指出，当你跌倒时，真正重要的不是摔倒本身，而是重新站起来，继续前行。阿曼达想再站起来继续往前走，她打算弥补很多很多事情。

她想：如果我腿上的肌肉再也不能恢复到足够强壮，让我能好好运动，那我也不会自怨自艾。毕竟，重要的是勇气，而不是已然发生在你身上的事情。发生什么并不重要，只要你有足够的勇气去面对它。勇气和劲头，我二者皆有。如果我自己不能参加运动，那我就做一个体育教师。我喜欢做教练，而且我也擅长此事。这是退而求其次，但我很幸运还能够拥有第二种选择。

因此，当阿曼达能站起来一瘸一拐地走来走去时，她受到了低年级同学的欢迎。她们都渴望阿曼达能看见自己在体育上的闪光之处，并向她表示她们对她不得不一瘸一拐地走来走去的遗憾。

阿曼达惊讶于她们的"健忘"，心想：她们已经忘记了，除了琼恩，我从来没有费心帮助过任何人。她把所有额外的时间都给了这些充满了渴望的孩子，如果不是因为腿的问题，原本她通常用这些时间自己做运动。

"她真是一个天生的体育老师!"体育教师对彼德斯小姐说,"现在她又开始训练琼恩了,琼恩的态度非常温顺,那孩子很快就会进入二级队!"

当然,莫伊拉、莎莉和达瑞尔一致支持她,让阿曼达感到一阵骄傲——这是一种不同于以往的骄傲。这一次是为别人而骄傲,而不是为她自己。

"现在,我的女孩,你可以展示你的真本事了!"艾莉西娅对琼恩说,"我们原本希望阿曼达能为我们赢得所有校际奖杯和奖牌,但她已经出局了。所以,也许你能担起重任,有一个全新的起点!"

第二十二章

聪 明 把 戏

接下来发生的事情要愉快得多。

想要获得高级证书的女孩们参加了考试，挨了过去。她们四处走动，虽然看上去心烦意乱，脸色苍白，但最后一次考试一结束，她们就奇迹般地恢复了活力。

"现在，我觉得我需要放松一下。"艾莉西娅说，"我真想装疯卖傻，笑到肚皮痛！现在，我愿意付出一切，只要能重新成为八年级生，跟某个人开几个疯狂的玩笑。"

然后把戏就要起来了。当然，这一切都是由势不可当的八年级的学生策划的，尤其是琼恩和费莉西蒂，她们在考试的那一周都为达瑞尔和艾莉西娅感到遗憾。

这两个人一碰头，便精心策划了一系列诡计。她们告诉了八年级的其他人，弄得她们忍不住咯咯发笑。

"这些把戏都依赖于完美的时机。"琼恩说,"一个是我们已经知道的——发夹魔术,另一个是我在最新的魔术小册子上看到了广告,写信索取的。"

琼恩有一大堆这样的小册子,虽然总是被老师没收,但不屈不挠的琼恩也不断地重新搞来。

"我们认为发夹的把戏还没尽兴,它仍然有很多可能性。"费莉西蒂说,"但我们想把它和另一个把戏结合起来,让预科生们震惊一下,也让杜邦老师大吃一惊。"

"好哇,好哇,好哇!"热切的听众们说,"是什么?"

琼恩细致地解释:"听着,看到这些小球了吗?它们在被弄湿之前非常不起眼,然后,把它们弄湿,整整一刻钟之后,它们就会膨胀成蛇状物,还会发出嘶嘶声!"

"嘶嘶声?"诺拉说着眼睛闪闪发光,"什么意思,这个嘶嘶声?"

"你难不成不知道'嘶嘶'是什么意思吗?"琼恩说,"这样!"她冲着诺拉发出好夸张的嘶嘶声,吓得诺拉惊恐地后退。

"可小球怎么能发出嘶嘶声呢?"她问。

"我不知道,这只是把戏的一部分。"琼恩不耐烦地说,"把它们打湿,然后它们就膨胀成一种怪里怪气的白蛇,同时发出嘶嘶声。事实上,嘶嘶声可响啦!我打湿了一个,备在那边的桌子上了,因此,你可以在几分钟后看到它的效果。"

"哦!"八年级的学生高兴地说。

琼恩接着说:"我的建议是,在杜邦老师给预科生上课的时候,我们派一个人到预科生的教室去,用磁铁把她的发夹吸下来。发夹全掉了,她就会冲出去重新盘头发。与此同时,烟囱上方会藏着一个这样的小球,已经打湿了,旁边会有一个小小的针垫①,不过上面插的不是针,而是跟杜邦老师用的同样的发夹!"

"我明白了,我明白了!"凯瑟琳说,目光闪烁,"等杜邦老师回来,坐定了,这个小球就会变化成'蛇'爬出来,嘶嘶作响,每个人都会听到的……"

"是的。"费莉西蒂说,"当她们去寻找嘶嘶声的时候,就会在烟囱上方发现小针垫上插满了杜邦老师的发夹!"

"可她们不会看到那条'蛇'吗?"诺拉问。

"不会,因为之后它会变成最细的粉末,肉眼甚至看不见。"琼恩说,"这就是它的美妙之处。她们会把针垫拿下来,目瞪口呆!我都能看到我表姐艾莉西娅满脸疑惑的模样了!"

"不仅如此,远远不止。"费莉西蒂说,"我们中有一位再次走进教室,把杜邦老师头上的第二批发夹吸走——之前她会重新把头发盘好的,你们懂吧?我们再把一个打湿的小球塞到黑板后面,旁边再摆上另一个插了发夹的针垫!"

听闻此言,八年级的人全体尖叫起来。想想吧,这一切发

---

① 一种小垫子,供插缝纫针用的。

生在预科生教室！

"'蛇'会爬出来，藏在黑板后面，就在壁架上，发出愤怒的嘶嘶声。"琼恩说，"当她们循声而去的时候，会再次找到一个插着发夹的针垫。"

"妙不可言。"哈丽特说道。

"棒透了！"诺拉说。

"确实算得上是奇思妙想。"琼恩谦虚地说，"费莉西蒂和我一起想出来的。不管怎么说，经过一周的考试，对于那些可怜的、疲惫不堪的预科生们来说，这是一种真正的享受。"

她们搞清楚了杜邦老师下一次法语课的安排。这段时间必须是八年级生的自由活动时间，或者是她们可以游泳和打网球的时间。时机正确，却在安排上出了小纰漏，是很容易犯的错。

"星期三，两点四十五分，这再好不过了。"琼恩查看了她们年级的时间表和预科生的时间表之后，这样说，"诺拉，你先拿着磁铁进去。费莉西蒂，你下一个进去，好吗？"

"我先进去。"费莉西蒂说，"上课前，谁来把球弄湿，放到烟囱上方呢？"

"我来弄。"琼恩说。所以，星期三下午到来的时候，这些八年级的学生兴奋不已，咯咯地笑着。帕克小姐对此很疑惑，不知她们意欲何为。但是天气太热了，她实在懒得弄清楚。

就在差一刻到三点的时候，琼恩带着湿漉漉的小球和小小的针垫上楼去了。烟囱上方有一个小架子，她小心翼翼地把小球放在后面，把针垫放在小球前面，然后她逃走了。

几分钟后，学生们开始上课。杜邦老师驾到。接着，费莉西蒂气喘吁吁地走了进来。

"噢，杜邦老师，这是给你的一张便条。"她说着，把信封放在杜邦老师面前。上面的名字是琼恩用伪装的笔迹写的：鲁吉耶老师。

"怎么，费莉西蒂，我的孩子，你现在还不知道我姓杜邦，不姓鲁吉耶吗?"杜邦老师说，"这是给另一位法语老师的，送到十一年级她的教室去吧。"

费莉西蒂在杜邦老师身体稍后一点儿的地方。全班同学都怀疑地看着她。为什么这个八年级的孩子会笑得那么欢？她们很快就看到，一块磁铁在杜邦老师的后脑勺停留了片刻。然后费莉西蒂把磁铁和吸在上面的发夹藏在手里，拿了那张便条，匆匆离开了。

一切发生得如此之快，预科生们目瞪口呆。杜邦老师几乎立刻感觉到她的头发出了问题。她抬起手来，哀号一声："哦，天哪①，我的头发又散开了!"

她又一次徒劳地寻找她的发夹。从第一次的经历中可知，她是不可能找到的，一个也找不到。她困惑不解，离开房间去弄头发。这些天她的头发怎么了？她的发夹又怎么了？杜邦老师认真地考虑过是不是要把头发剪短些更合适！

她冲进自己的房间，重新梳好头发，用发夹再次把发髻夹牢，狠命地把发夹塞进头发里，好像要阻止它们跑出来似的！然后她冲回教室，小心翼翼地拍着自己的发髻。

她刚坐下，嘶嘶声就开始了。在烟囱上方，打湿的小球正在变成"蛇"，发出一种响亮而持续的嘶嘶声。

"嘶嘶嘶嘶嘶嘶嘶嘶！"

预科生们抬起了头。"这是什么声音？"杜邦老师不耐烦地问，"艾莉西娅，是你在发出那种声音吗？"

"不，不是我。"艾莉西娅咧嘴笑着说，"可能是外面的动静，杜邦老师。"

"不是的。"莫伊拉说，"就是这个房间里的动静。我敢肯定。"

嘶嘶声越来越响。

"嘶嘶嘶嘶嘶嘶嘶嘶！"

"听起来像是什么地方有蛇。"达瑞尔说，"蛇发出的就是这种嘶嘶声。可别是一条蝰蛇啊！"

杜邦老师尖叫着跳了起来："一条蛇。不，不，这儿不可能有蛇！"

"那么，这到底是什么声音呢？"莎莉不解地说，她们都默默地听着。

"嘶嘶嘶嘶嘶嘶嘶嘶！"那小球发出响亮而持续的响声，小球内部的化学物质很强大，从小球里冒出一条蛇形物。

艾莉西娅站了起来。"我要找出声音的来源。"她说，"是在壁炉附近的某个地方。"

她双膝跪地，趴下来听着。"在烟囱上面！"她惊奇地叫道，"我伸手上去摸摸，看看有什么。"

"不，不，艾莉西娅！别这样！"杜邦老师吓得几乎尖叫起来，"有蛇！"

艾莉西娅在烟囱上方摸索，很确定没有蛇。她的手抓住了什么东西，把它拉下了烟囱。

"我的天哪！"她吃惊地说，"看这儿，杜邦老师，你的发夹插在了一个针垫上！"

预科生们简直不敢相信自己的眼睛。如果没有人爬上烟囱附近，把发夹放上去的话，杜邦老师的发夹怎么可能奇迹般地出现在那里呢？那个嘶嘶声又是怎么回事？

"谁有手电筒？"艾莉西娅说，"咦，嘶嘶声停止了。"

的确如此。小球耗尽了。那条"蛇"化成了最细的粉末。艾莉西娅打开手电筒，在小烟囱架上方照来照去，可什么也没看见。

杜邦老师非常生气，暴跳如雷。"啊，不，不，不①！"她嚷道，"你这是什么恶行，艾莉西娅！你不是个预科生吗？可恶

————————————

① 此处杜邦老师说的是法语。

啊①！这是什么行为！你先把我所有的发夹都拿走了，然后把它们插在一个针垫上，再把它们藏到烟囱上面，然后你就开始发出嘶嘶声！"

"我们没有发出嘶嘶声，杜邦老师。"达瑞尔抗议道，"不是我们！我们怎么可能在你眼皮底下做这些？"

显然，杜邦老师认为她们完全有能力做出这种奇迹般的事情，而且完全肯定，艾莉西娅或什么人，和她开了一个最复杂的玩笑。她一把抓住针垫，狠狠地扔进了废纸篓。

"可恶！"她怒不可遏，"可恶之极！"

正在这时，门开了，诺拉走了进来，看上去好像无法自控似的。她恰好听到了杜邦老师的叫声，看到她把针垫扔进废纸篓里。她高兴得快要发狂了。看来，这个把戏成功了！

"哦，打扰了，杜邦老师。"她礼貌地说，冲着激动不已的法语老师微笑着，"帕克小姐的书在你的书桌里吗？"

杜邦老师看到了她最心爱的学生之一，心里稍稍平静了一些。她拍了拍自己的发髻，看看它是否整齐，发夹是否还在，努力地稳住情绪。

"等一下——我看看。"她说着打开了书桌。琼恩之前就小心翼翼地把帕克小姐的一本书放在那儿，早准备好了，所以她毫不费力地找到了。

----

① 此处杜邦老师说的是法语。

当然，诺拉毫不费力地把磁铁靠近了杜邦老师倒霉的发髻！预科生们看到了她的举动，倒吸了一口气。这个厚脸皮！一节课要两次把戏！嘶嘶声和针垫都是同一个把戏的一部分吧？艾莉西娅的脑子开始疯狂地运转起来。这些聪明的小猴子是怎么做到的?

诺拉有足够的时间把那湿漉漉的小球塞进壁架上，这壁架是用来将黑板挂在墙上的，然后她把小小的针垫放在小球前面，妥善地藏在黑板后面。因为恰好杜邦老师打开桌子往里察看之际，她的视线有片刻是被桌盖遮住的，所以诺拉成功地做到了"掩老师之耳目"。

诺拉感激地接过书，跑开了。她踉踉跄跄地走在走廊上，一边大喘气一边笑了起来。波茨小姐遇见了她，怀疑地打量着她：诺拉在忙什么呢？

诺拉刚把门关上，一种熟悉的感觉在杜邦老师的头上掠过——她的头发又披散下来了，她的发髻又散开了！她惊恐地举起手，大叫了起来："又来了！我的发夹又不见了——我的发髻，它掉下来了！"

女孩们哈哈大笑，杜邦老师惊恐的表情滑稽得难以形容。苏珊娜笑得从椅子上跌到地板上。杜邦老师愤怒地站了起来。

"你！苏珊娜！你为什么笑成这样？是不是你要的这个'八戏'?"

"不，杜邦老师，不是我①。我笑只是因为太'油气'啦。"

_____

① 此处苏珊娜说的是法语。

苏珊娜差点儿笑出眼泪来。

杜邦老师正要把苏珊娜赶出房间，突然她停了下来。那嘶嘶声又开始了！就在房间里。

"嘶嘶嘶嘶嘶嘶嘶嘶！"

"这太过分了。"杜邦老师心烦意乱地说，想在没有发夹的情况下把发髻盘起来，可没有办法。

"又是那条蛇。艾莉西娅，往烟囱上方看看。"

"这次声音不是从烟囱那边出来的。"艾莉西娅困惑地说，"你听，杜邦老师，我肯定不是。"大家都听着。

"嘶嘶嘶嘶嘶嘶嘶嘶！"

那声音很欢快。女孩们面面相觑。八年级的学生真聪明，可她们怎么敢这么做呢？达瑞尔和艾莉西娅冷静地决定，之后，她们可得找费莉西蒂和琼恩好好说道说道。

"那是从你身后传来的，杜邦老师，我敢肯定。"莫伊拉突然喊道。

杜邦老师发出一声痛苦的尖叫，猛地向前冲去，竟摔倒在废纸篓上。她以为一条蛇正从后面向她扑来呢！

艾莉西娅猛地从座位上站起来，冲到杜邦老师的桌前，和达瑞尔、莎莉一起扶着杜邦老师站了起来。"就在这儿的某个地方。"艾莉西娅一边喃喃地说，一边寻找着，"是什么东西发出那种嘶嘶声呢？"

她顺着声音追踪到搁黑板的壁架上，小心翼翼地把手伸到后面，又摸出了一个插满发夹的小针垫！预科生们又是张口结舌！杜邦老师一屁股坐在椅子上，呻吟起来。

"又是我的发夹！"她说，"可是谁从我的发髻里把发夹拿走了？是谁把它们插在那个针垫上的？房间里有个隐身人吗？啊啊啊啊啊！"

黑板后面什么也没有。"蛇"又化成了细粉，嘶嘶声也停止了。女孩们又无可奈何地笑了起来。莫伊拉在杜邦老师身后发出嘶嘶声，可怜的杜邦老师跳了起来，好像中了枪似的。苏珊娜立刻又笑得从椅子上摔了下来。

门开了，大家都跳了起来。波茨小姐走了进来。"一切都还好吗？"她问，看见眼前的景象，她深感迷惑不解，"我从这儿经过，听见这里传出奇怪的声音。"

苏珊娜从地板上站起来。其他人不再笑了。艾莉西娅把针垫放在桌子上。杜邦老师又坐了下来，想再把头发盘起来。

"你不会说你又把发夹弄丢了吧，杜邦老师！"波茨小姐说，"你的头发都披散下来了。"

杜邦老师终于找回了声音。她激动地发表长篇大论，说蛇在房间的各个角落里对她嘶嘶叫，说针垫上插满了发夹，说发夹从她头发上消失了，然后又回到蛇的话题上，再从头说来。

"跟我来吧，杜邦老师。"波茨小姐安慰说，"我会回来处理这件事的。你应该再把头发盘起来，就会感觉好些的。"

"我要把头发剪掉。"杜邦老师说，"现在，我走了，波茨小姐。我立刻就走。告诉你吧，波茨小姐……"

　　但她还跟波茨小姐说了什么，预科生们就不知道了。她们坐回到椅子上，又大笑了起来。那些八年级的小坏蛋！就连艾莉西娅也不得不承认，她们真是干成了一件非常机灵的事！

第二十三章

黑 暗 一 日

完全没人生八年级的人的气。预科生们也认同，那天下午她们笑得太畅快了，再去跟八年级的人吵架就太不公平了。

"在经历了噩梦般的一周考试后，我正需要大笑一场。"达瑞尔说，"可怜的杜邦老师，她现在已经康复了，但是那些淘气的八年级小家伙一走在她后面就发出嘶嘶声，让她撒腿就跑，快得像只野兔。"

"她们比我们还淘。"艾莉西娅说，"我可没想到有这种可能！"

现在，这个学期真的开始过得飞快。日子一天天过去，达瑞尔几乎无法抓住时光。比赛举办了，她们取得了胜利。游泳锦标赛也举办了，冠军也属于她们！莫伊拉、莎莉和达瑞尔的球打得好，游泳也游得很好，但明星当然是琼恩。她加入了游泳和网球的二级队，是队伍中有史以来最年轻的成员。

阿曼达走路还是一瘸一拐，她为琼恩感到骄傲。"你们瞧，是我慧眼识人，我告诉过你们，她是学校里最有前途的女孩!"她兴高采烈地对这些预科生说，"她的观摩和训练终于有了回报! 那个孩子真是个奇迹!"

莎莉和达瑞尔对视了一眼。现在的阿曼达完全不一样了。因为，至少在一年内，学校不可能允许她参加任何比赛或运动训练，所以她会继续留在马洛里塔。现在的阿曼达不再把注意力集中在自己的技术和实力上，而是集中在琼恩和其他有前途的年轻孩子身上，她已经把她们的运动目标大大地改变了。

"我可以照看琼恩和其他一两个孩子。"阿曼达高兴地接着说，"不过，你们都要走了，我真遗憾。没有你们在这儿，感觉怪怪的。你们要走了，会不会难过?"

"唯一一个巴不得离开马洛里塔的人是格温。"达瑞尔说，"其他人都会难过。尽管我们有大学可上——贝琳达要去艺术学校，艾琳要去市政厅音乐及戏剧学院①。"

"还有比尔和我，我们的马术学校。"克拉丽莎说，"还有莫伊拉……"

"哦，天哪，我们先别谈下学期的事。"达瑞尔打断了她的话，"让我们度过最后一两个星期，仍然假想着下学期还会回

MALORY TOWERS

---

① 市政厅音乐及戏剧学院，又名吉尔德霍尔音乐与戏剧学院，是英国一所一流的音乐与戏剧学院，享有世界声誉。

来。这学期我们经历了很多波折，现在让我们好好享受吧。"

她们都有同样的心情，除了一个女孩，那就是格温。对她来说，一个黑暗的下午到来了，一个她永远不会忘记的下午。在她最意想不到的时候，它突然降临了。

舍监老师在公共休息室里找到了她。"格温，"她用相当严肃的声音说，"你去格雷灵女士的房间好吗？那儿有人要见你。"

格温吓了一跳。谁会在学期快结束的时候来看她呢？她立刻就过去了。她惊奇地看到，是她旧日的家庭教师温特小姐，羞怯地坐在格雷灵女士对面的椅子上。

"天啊，温特小姐！"格温惊讶地说。

温特小姐站起来吻了吻她。"哦，格温！"她说完就立刻哭了起来。格温惊恐地看着她。

格雷灵女士开口道："格温，恐怕温特小姐带来了坏消息。她……"

"格温，是你爸爸！"温特小姐擦着眼睛说，"他病得很重，进了医院，格温，你妈妈今天早上告诉我，他快不行了！"

格温觉得好像有人把她的心从胸腔里掏了出来，她茫然地坐在椅子上，盯着温特小姐。

"你——你是来接我去见他的吗？"她吃力地说，"我还——能赶得及吗？"

"哦，你不能见他。"温特小姐哭着说，"他病得非常重，他认不出你了。我是来接你回家见你妈妈的。她的状态很糟糕，格温。我无能为力，一点儿帮不了她。一点儿也帮不了！你能马上收拾行李跟我走吗？"

这对格温来说是一个可怕的打击——她的爸爸生病了，她的妈妈陷入了绝望——她自己也不得不匆忙离开。

接着，她心中忽起一念，于是不由得哽咽了起来。

这意味着她不能上瑞士的学校了。刹那间，整个未来呈现在她面前，不是在令人愉快的新学校里光辉灿烂、幸福美满的日子，而是黑暗的。为了一个陷入绝望的妈妈，去从事看不到头、令人厌倦的工作，还要去安慰一个哀怨连天的妇人，而且背后没有一位坚定、慈祥的爸爸。

格温想起她的爸爸，羞愧地蒙上了眼睛。"我连一声再见都没说！"她大声喊道，把温特小姐和格雷灵女士吓了一跳，"我甚至没有——说再见！我知道他病了，也没有写信。现在，一切都太晚了。"

太晚了！多么可怕的字眼。来不及说对不起，来不及表达爱意，来不及表现得乖巧善良。

"我说了残酷的话，我伤害了他。温特小姐，你当时为什么不阻止我？"格温叫道，她脸色苍白，欲哭无泪。对格温来说，眼泪总是说来就来，但现在她却哭不出来。

温特小姐回望着格温，不敢提醒她自己曾经怎样恳求她对自己的爸爸好一点儿，不要那么固执任性。

"亲爱的格温，对此，我很难过。"格雷灵女士用和蔼的声音说道，"我想你该去收拾行李了，因为温特小姐想赶下一班火车回去。你妈妈需要你，你得走了。格温，你该做的一直都没有做到，现在是你的机会，让你得以表现我们想象之外的优秀品质。"

格温跌跌撞撞地走出了房间。温特小姐跟在后面，帮她收拾行李。

格雷灵女士坐着沉思：不管怎样，人若自作孽，惩罚总是会找上门来，如同幸福迟早会降临到那些应得幸福之人的身上。种因得果。要是每个女孩都能懂得这一点就好了，那样世界上就不会有这么多的不幸了！

达瑞尔走进宿舍的时候，格温正在收拾行李。此刻，她泪流满面，眼泪几乎让她的视线模糊。

"格温，你怎么了？"达瑞尔说。

"哦，达瑞尔，我爸爸病得很重，他快不行了。"格温哭着说，"达瑞尔，请忘掉我这学期说过的那些可怕、恶毒的话吧。要是他能活下来，让我有机会弥补过去的严重错误，我愿意做他要我做的一切——从事世界上最无聊、最痛苦的工作，放弃其他一切，但是太晚了！"

达瑞尔震惊得说不出来。她搂着格温，不知道说什么好。

温特小姐胆怯地说："我们一定要赶上那趟火车，亲爱的格温。你要收拾的东西就这么多吗？"

"我去收拾她的箱子，负责把它寄回去。"达瑞尔很高兴能

马洛里塔学园·预科生的日子

182

帮上忙，"格温，你就拿上几样东西，放在夜用小箱子里。"

达瑞尔陪格温一起走到前门，她心中很难过。这样离开马洛里塔真是太悲惨了！可怜的格温！她所有美好的希望和梦想都烟消云散了。那些可怕的字眼——太迟了！当格温想起自己的不好之处，心里该多难受啊。

格雷灵女士也为她送行，车驶下车道后，她轻轻地关上了门。"别太伤心了，这可能成就格温。"她对达瑞尔说，"别让这件事毁了你最后的一两个星期，亲爱的达瑞尔！"

达瑞尔突然给了格雷灵女士一个拥抱，让校长十分惊讶。她奇怪，自己怎么胆敢做毁掉最后一两个星期的事啊！她跑去把这个消息告诉其他人。

当然，这件事在每个人的心头都蒙上了一层阴影，尽管许多人私下里认为格温活该。格温在学校里没有真正的朋友。在马洛里塔学园的这些年里，她抱怨、呻吟、哭泣、自夸，留下的只是不愉快的回忆。但因为她遭遇这么大的不幸，莎莉、达瑞尔、玛丽露还有另外一两个人都尽力地表现出对她的善意。

很快，其他的事情让女孩们忘记了格温。达瑞尔和莎莉在学校的网球比赛中战胜了那些年长的女孩，莫伊拉赢得了单打冠军。有人过生日，她妈妈送了一个非常漂亮的蛋糕，足够让全校所有人享用。它是用一辆特殊的货车运送，并且由两个人抬进来的！

这时传来了乔的消息。迪尔德丽说她收到乔寄来的一个包裹和一封信：

> 这是我给你买的东西，也是我自己打包的。我还不知道我今后能做什么。爸爸说他没法把我送进像马洛里塔学园那样好的学校了，哪所学校愿意接收我，我就只能去哪所学校。
>
> 但我不介意告诉你，我不会再犯傻了。爸爸是个好人，但他真的很伤心。他一直说一半是他的错。妈妈受够我了，她不该一直吹嘘我在马洛里塔学园上学，她说我让家族颜面扫地。我只能说：幸好，我只让"琼斯"家族的名誉受损了。
>
> 我很抱歉让你惹上了麻烦，我也很高兴学校没有把你也开除。我恳求你能为我做点儿什么。我希望你能告诉八年级的学生（去找费莉西蒂），我为上次没有坦白而道歉。你会为我做这件事吗？这件事让我良心不安了很久。
>
> 我真的很想念马洛里塔。现在，当知道自己回不去的时候，我才知道它有多么好。
>
> 希望你喜欢这个包裹。
>
> 乔

迪尔德丽把信拿给了费莉西蒂，费莉西蒂默默地读了一遍，然后又递了回去。"谢谢。"她说,"我去告诉其他人。还有,替八年级的同学向她致以最美好的祝愿,好吗?别忘了。就这样说——八年级的同学向她致以最美好的祝愿。"

格温也传来了消息,让达瑞尔松了一口气。格温的爸爸不会死。格温见过他,毕竟还不算太晚。他将终生残疾,格温现在肯定得找份工作,但她会努力做好这件事。她在信中写道:

> 妈妈是最让人担心的。她只是不停地哭。如果这件事没有发生在我身上,我也可能成为那样的一个人。我可能永远不会像你——达瑞尔,或莎莉或比尔或克拉丽莎那样意志坚定、勇敢无畏。但我想,我再也不会像以前那样软弱和自私了。你们看,毕竟还不算"太晚"。这对我影响重大,我觉得好像又得到了一次机会。
>
> 请一定偶尔给我写写信。我一直想念着在马洛里塔的你们。虽然我知道你们没有人会想念我,但你们能不能偶尔给我来封信呢。
>
> 祝全年级一切顺利,祝你一切顺利。
>
> 格温

达瑞尔当然会写信,她立刻就写了。达瑞尔很快乐,自己有一个幸福的未来可以期待,她完全可以给格温枯燥乏味的生活带去一点儿快乐。

莎莉也写了信，玛丽露也写了。比尔和克拉丽莎寄去了马厩的照片，她们打算在秋天，就在这马厩里，建立一个马术学校。

现在，最后一个学期真的快结束了。大家开始整理架子和橱柜。预科生们的私人物品都寄回家了。箱子是从阁楼上拖下来的。

学期的最后几天，熟悉的忙碌又开始了。贝琳达最后画了"怒目而视"之作，艾琳哼着最后一首曲子。

这学期就要结束了。

第二十四章

最 后 一 天

"最后一天，达瑞尔。"在最后一天早上醒来时，莎莉这样说，"谢天谢地，今天阳光明媚。我不忍心在下雨天离开。"

"我们的最后一天！"达瑞尔说，"你还记得六年前的第一天吗，莎莉？我们都还是十二岁的小不点儿，比费莉西蒂和琼恩这会儿还小！时间过得真快啊！"

早饭后，最后一天的忙碌开始了。舍监老师大概是学校除了格雷灵女士之外唯一一个冷静的人，谁也没见过她慌张或生气。杜邦老师像往常一样喜气洋洋，心情好得有些不知所措。波茨小姐忙碌地来来去去，照管那些不是丢了这个、就是丢了那个的七年级学生。

大部分箱子都已经提前送走了，但那些要装上汽车带走的箱子却堆在了车道上。勤杂工波普像野兔一样跑来跑去，把沉重的箱子扛在他宽阔的肩膀上，好像它们轻如鸿毛似的。第一辆车来了，在车道上鸣着笛。一个九年级的学生认出了自己家的车，兴奋地尖叫着，差点儿从楼梯上摔下来。

"天啊①！"杜邦老师抓住她说，"这是下楼的路吗？你总是慌慌张张的，希拉里！"

"莎莉，到泳池边来。"达瑞尔说。她们沿着陡峭的小路走下去，站在波光闪烁、水波荡漾的泳池旁，不时有巨浪从岩石上冲过来冲刷着池子。

"我们在这儿玩得很开心。"达瑞尔说，"现在，我们去玫瑰园吧。"

她们去了那里，看着一簇簇艳丽的玫瑰。每个人都在默默地向自己最爱的地方告别。她们去了所有的公共休息室，从七年级的到预科的，回忆着每间休息室里发生的往事。她们往餐厅里探头看了看，又往各个年级的教室里看了看。她们度过了多少快乐时光啊！而她们又将拥有多少快乐时光！

"今天我们要好好回顾一下过去，然后再展望未来。"莎莉激动地说，"达瑞尔，大学会更有趣的，大家都这么说。"

琼恩和费莉西蒂看见这两个预科生在四处闲逛。琼恩推了推费莉西蒂，说："看，她们在深情地告别，看起来是不是很庄重？"

_____

① 此处杜邦老师说的是法语。

琼恩赶上了预科生。"你们好。"她说，"你们忘了点儿东西。"

"什么东西？"莎莉和达瑞尔问。

"你们忘了跟马厩和木棚说再见了。还有……"

"这一点儿也不好笑。"达瑞尔说，"等你的最后一天到来时你就懂了，小琼恩！"

"琼恩毫无感情，是不是，琼恩？"艾莉西娅从拐角处出现，说道，"我今天觉得自己有点儿严肃。喂，你们两个年轻人，今天对你们来说也很可能是一个庄严的日子！"

她抓住琼恩的肩膀，凝视着她的眼睛，这让琼恩大吃一惊。"把我的事业继续下去。"艾莉西娅说，"创造更高的目标，你能保证吗，琼恩？"

"我保证。"琼恩吃惊地说，"你——你可以相信我，艾莉西娅。"

"我也保证，达瑞尔。"费莉西蒂同样严肃地说，"我永远不会给马洛里塔学园抹黑，我也要创造更高的目标。"

艾莉西娅松开了琼恩的肩膀。"好吧。"她说，"只要有人把旗帜传递下去，我就高兴！也许有一天我们自己的女儿会帮我们继承传统。"

"她们还要骑在比尔和克拉丽莎的马背上，上骑马课。"费莉西蒂说。这话把她们都逗笑了。

车道上又传来了更多的喇叭声。"来吧。要不等我们的家人来了，我们还没准备好呢。"艾莉西娅说，"听起来像我哥哥萨姆在按喇叭，他说他今天会来接我的。"

她们汇入了沸腾的人群之中。杜邦老师在叫着一个早就离开了的人的名字，苏珊娜试图向她解释那人已经走了。波茨小姐手里拿着一件睡衣，显然是从什么人的夜用小箱子里掉出来的。舍监老师急急忙忙地追着一个七年级的小家伙，谁也不知道为什么。

这种"最后一个晨间的兴奋"是多么熟悉啊。

"达瑞尔！费莉西蒂！"里弗斯夫人的声音突然响起，"我们到了！你们到底去哪儿了？我们在这儿等了很久了。"

"哦，我们听到的是爸爸的喇叭声。"费莉西蒂说，"我早就该猜到了。来吧，达瑞尔。拿好你的箱子了吗？"

"拿好了，还有我的球拍。"达瑞尔说，"你的呢？"费莉西蒂消失在人群中。

里弗斯先生吻了吻达瑞尔，笑了起来。

"她又开始玩失踪了。"他说。

"再见了，达瑞尔！别忘了写信！"艾莉西娅喊道，"十月在圣安德鲁斯大学见。"

她往后退了一步，重重地踩在杜邦老师的脚上。"哦，对不起，杜邦老师。"艾莉西娅说。

"你总是踩我的脚，真不公平。"杜邦老师说，"你看见凯瑟琳了吗？她把球拍落下了。"

费莉西蒂拿着自己的球拍跑了上来，说："再见，杜邦老师，这个假期要小心蛇哦！"

　　"啊啊啊啊啊！你这个坏丫头。"杜邦老师说，"我就知道是你！嘶嘶嘶。"

　　这声音让格雷灵女士吃了一惊，她正好路过，充分"享受"了杜邦老师凶猛的嘶嘶声。杜邦老师惊惶失措，急忙走开了。

　　达瑞尔笑了。"天哪，我真喜欢最后一刻的慌乱。我们走吧，爸爸。再见，格雷灵女士。再见，波茨小姐。再见，杜邦老师。再见，马洛里塔学园！"

　　再见了，达瑞尔，祝你好运。我们很高兴与你相识一场。

　　再见！